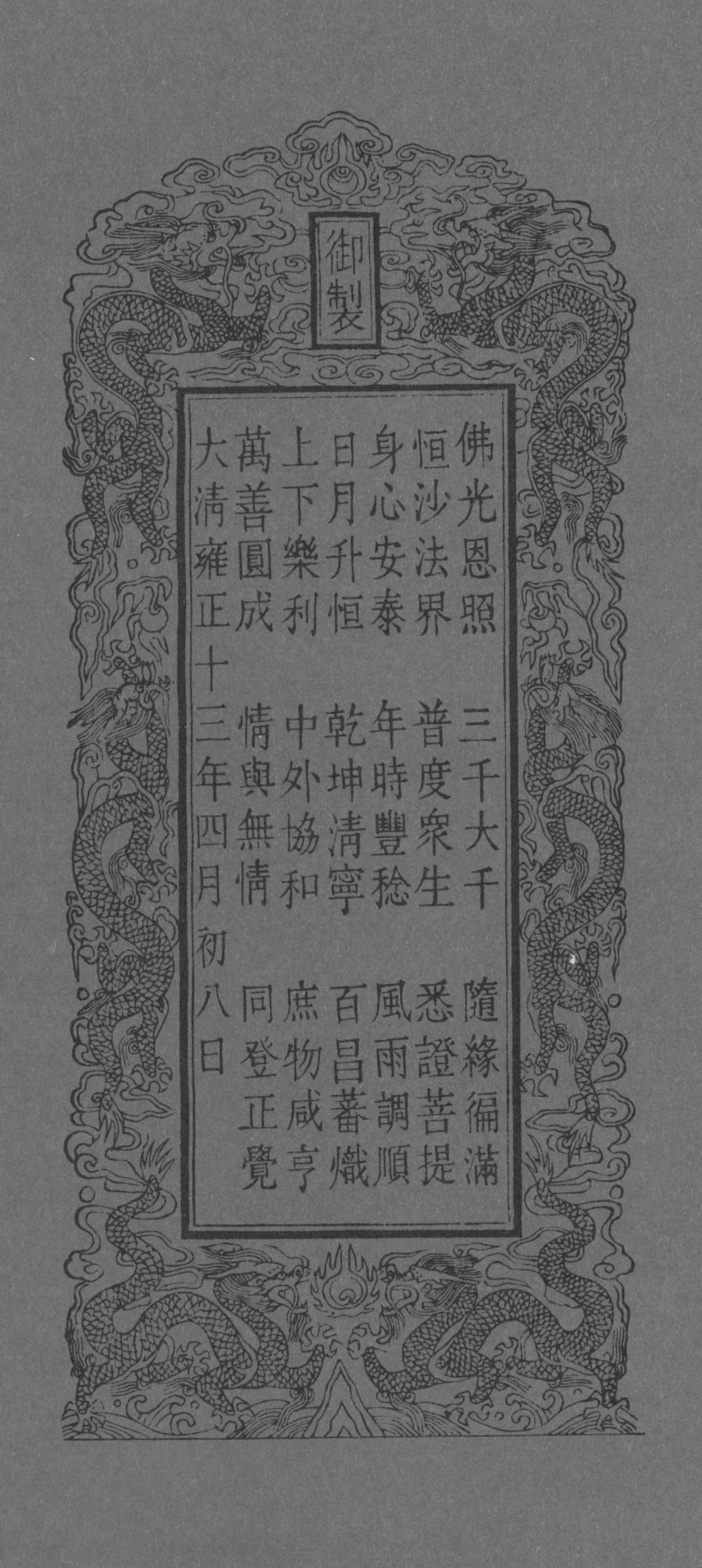

御製

佛光恩照　三千大千　隨緣偏滿
恒沙法界　普度衆生　悉證菩提
身心安泰　年時豐稔　風雨調順
日月升恒　乾坤清寧　百昌蕃熾
上下樂利　中外協和　庶物咸亨
萬善圓成　情與無情　同登正覺
大清雍正十三年四月初八日

第七六册　小乘律（一〇）

四分比丘尼羯磨法
劉宋罽賓三藏求那跋摩譯

清刻龍藏佛說法變相圖

四分比丘尼羯磨法

劉宋罽賓三藏求那跋摩譯

結界法第一八諸羯磨作法應先唱言不來諸比丘尼說欲及清淨除結界無受欲法若自恣時應言說欲及自恣復應白僧言大姊僧聽僧今何所作爲僧中一人應隨前事答某甲羯磨但結界法二界不得相接應留中間亦不得隔駛流水結除常有橋梁若欲大界內安戒場者先豎戒場四方相於外下至相去一肘豎大界內相外隨遠近亦豎四方相使一舊住比丘尼唱其方相衆中差堪能羯磨者結應先結大界後結戒場如欲唱此大界相者先從外相東南角起四方一周又唱內相亦令一周言彼爲外相此爲內相此是大界內外相一周如是三唱若內無戒場直唱外相結大小界法僧應盡集不得受欲

結大界羯磨文

大姊僧聽此住處比丘尼某甲唱四方大界相若僧時到僧忍聽僧今於此四方相內結大界同一住處同一說戒白如是

大姊僧聽此住處比丘尼某甲唱四方大界相僧今於此四方相内結大界同一住處同一說戒誰諸大姊忍僧於此四方相内結大界同一住處同一說戒者默然誰不忍者說僧已忍於此四方相内結大界同一住處同一說戒竟僧忍默然故是事如是持

結界場羯磨文元戒場之興爲以住處衆大難集故別結此界用擬衆中有於要事隨時得作故不容即解若不依住處但爲暫時作法者事訖去即便解不容不解

大姊僧聽此住處比丘尼某甲稱四方小界相若僧時到僧忍聽僧今於此四方小界相内結作戒場白如是

大姊僧聽此住處比丘尼某甲稱四方小界相僧今於此四方小界相内結作戒場誰諸大姊忍僧於此四方相内結作戒場者默然誰不忍者說僧已忍於此四方相内結作戒場竟僧忍默然故是事如是持

解大界羯磨文時諸比丘尼意有欲廣作界者有欲陿作界者佛言自今已去若欲改作者先解前界然後欲廣陿從意當白二羯磨解

大姊僧聽今此住處比丘尼同一住處同一說戒若僧時到僧忍聽解界白如是

大姊僧聽此住處比丘尼同一住處同一說戒今解界誰諸大姊忍僧同一住處同一說戒解界者默然誰不忍者說僧已忍同一住處同一說戒解界竟僧忍默然故是事如是持

結不失衣界羯磨文不失衣界即依大界相結無別異相故文言還稱此住處

大姊僧聽此住處同一住處同一說戒若僧時到僧忍聽僧今結不失衣界除村村外界

白如是

大姊僧聽此住處同一住處同一說戒僧今結不失衣界除村村外界誰諸大姊忍僧於此住處同一住處同一說戒結不失衣界除村村外界者默然誰不忍者說僧已忍同一住處同一說戒結不失衣界除村村外界竟僧忍默然故是事如是持

解不失衣界羯磨文（大界不失衣界既是一處重結故前後解結互易不同若欲解者應先解不失衣界却解大界）

大姊僧聽此住處比丘尼同一住處同一說戒若僧時到僧忍聽僧今解不失衣界白如是

大姊僧聽此住處比丘尼同一住處同一說戒僧今解不失衣界誰諸大姊忍僧同一住處同一說戒解不失衣界者默然誰不忍者說僧已忍同一住處同一說戒解不失衣界竟僧忍默然故是事如是持

結小界羯磨文（若布薩日諸比丘尼於無村野路中行欲說戒衆多難集不得和合聽隨同師善友知識下道別集一處結小界說戒）

大姊僧聽今有爾許比丘尼集若僧時到僧忍聽結小界白如是

大姊僧聽今有爾許比丘尼集結小界誰諸大姊忍爾許比丘尼集結小界者默然誰不忍者說僧已忍爾許比丘尼集結小界竟僧忍默然故是事如是持

解小界羯磨文

大姊僧聽今有爾許比丘尼集若僧時到僧忍聽解此處小界白如是

大姊僧聽今有爾許比丘尼集解此處小界誰諸大姊忍僧解此處小界者默然誰不忍

者說僧巳忍解此處小界竟僧忍默然故是事如是持

結同一說戒同一利養羯磨文若二住處彼此各別令欲共合同一說戒同一利養者先彼此各自解本界然後兩住處通豎標相合爲一界僧盡集一處羯磨結

大姊僧聽如所說界相若僧時到僧忍聽僧今於此處彼處結同一說戒同一利養白如是

大姊僧聽如所說界相僧今於此處彼處結同一說戒同一利養誰諸大姊忍僧於此處彼處同一說戒同一利養結界者默然誰不忍者說僧巳忍於此處彼處同一說戒同一利養結界竟僧忍默然故是事如是持

結同一說戒別利養羯磨文亦先彼此各解本界然後兩住處通豎標相合爲一界僧盡集一處作羯磨結之

大姊僧聽如所說界方相若僧時到僧忍聽僧今於此處彼處結同一說戒別利養白如是

大姊僧聽如所說界方相僧今於此處彼處結同一說戒別利養誰諸大姊忍僧於此四方相內結同一說戒別利養者默然誰不忍者說僧巳忍於此四方相內結同一說戒別利養竟僧忍默然故是事如是持若二住處先共同說戒同利養或同說戒別利養後還欲別者應先解界後各自唱界相依舊別結

結別說戒同一利養羯磨文

大姊僧聽若僧時到僧忍聽僧今於此彼住處結別說戒同一利養爲守護住處故白如是

大姊僧聽僧今於此彼住處結別說戒同一利養爲守護住處故誰諸大姊忍僧於此彼

住處結別說戒同一利養爲守護住處故者默然誰不忍者說僧已忍於此彼住處結別說戒同一利養爲守護住處故竟僧忍默然故是事如是持

受戒法第二

比丘尼乞畜衆羯磨文若比丘尼欲度人者當往比丘尼僧中徧露右肩脫革屣禮僧足已右膝著地合掌乞畜衆羯磨作如是白言

大姊僧聽我比丘尼某甲今從僧乞度人授人具足戒願僧與我度人授人具足戒第二第三亦如是說

與畜衆羯磨文

大姊僧聽此比丘尼某甲今從僧乞度人授人具足戒若僧時到僧忍聽僧今聽比丘尼某甲度人授人具足戒白如是

大姊僧聽此比丘尼某甲今從僧乞度人授人具足戒僧今聽比丘尼某甲度人授人具足戒誰諸大姊忍僧聽比丘尼某甲度人授人具足戒者默然誰不忍者說僧已忍聽比丘尼某甲度人授人具足戒竟僧忍默然故是事如是持

度沙彌尼文若欲在寺內剃髮者應白一切僧若不和合應房房語令知若和合應作白然後與剃髮應作如是白

大姊僧聽此某甲欲從某甲求剃髮若僧時到僧忍聽爲某甲剃髮白如是白已爲剃髮欲在寺內出家者應白一切僧若不和合應房房語令衆知若和合應作白然後與出家應作如是白

大姊僧聽此某甲欲從某甲求出家若僧時到僧忍聽與某甲出家白如是應作如是出家教出家者著袈裟已偏露右肩脫革屣右膝著地合掌教作如是

請和尚尼文

大姊尊憶持我某甲今請尊爲十戒和尚尼

願尊爲我某甲作十戒和尚尼我某甲依尊故得受沙彌尼十戒如是三說
我阿姨某甲歸依佛歸依法歸依僧我今隨佛出家和尚尼某甲如來無所著等正覺是我世尊第二第三亦如是說我阿姨某甲歸依佛竟歸依法竟歸依僧竟我今隨佛出家竟和尚尼某甲如來無所著等正覺是我世尊第二第三亦如是說說如是已應與受戒
盡形壽不得殺生是沙彌尼戒能持不答言能
盡形壽不得盜是沙彌尼戒能持不答言能
盡形壽不得婬是沙彌尼戒能持不答言能
盡形壽不得妄語是沙彌尼戒能持不答言能
盡形壽不得飲酒是沙彌尼戒能持不答言能
盡形壽不得著華鬘香塗身是沙彌尼戒能持不答言能
盡形壽不得歌舞倡妓亦不得觀聽是沙彌尼戒能持不答言能
盡形壽不得高廣大牀上坐是沙彌尼戒能持不答言能
盡形壽不得非時食是沙彌尼戒能持不答言能
盡形壽不得捉持生像金銀寶物是沙彌尼戒能持不答言能
如是沙彌尼十戒盡形壽不得犯能持不答言能
汝已受戒竟當供養三寶佛寶法寶僧寶當修三業坐禪誦經勸助衆事聽童女十八者二年學戒年滿二十聽二十二部僧中受大戒若年十歲曾出適者聽二歲學戒年滿十二與受大戒應如是與二歲學戒

式叉摩那受六法文沙彌尼應往比丘尼衆中偏露右肩脫革屣禮

比丘尼僧足已右膝著地合掌白如是言

大姊僧聽我沙彌尼某甲今從僧乞二歲學戒和尚尼某甲願僧濟度我慈愍故與我二歲學戒第二第三亦如是說應將沙彌尼至離聞處著見處已衆中應差堪能作羯磨者如上應白言

大姊僧聽此某甲沙彌尼今從僧乞二歲學戒和尚尼某甲若僧時到僧忍聽僧今與某甲沙彌尼二歲學戒和尚尼某甲白如是

大姊僧聽此某甲沙彌尼今從僧乞二歲學戒和尚尼某甲僧今與某甲沙彌尼二歲學戒和尚尼某甲誰諸大姊忍僧與某甲沙彌尼二歲學戒和尚尼某甲者默然誰不忍者說是初羯磨第二第三亦如是說僧已忍與某甲沙彌尼二歲學戒和尚尼某甲竟僧忍默然故是事如是持應如是與六法某甲諦聽如來無所著等正覺說六法

不得犯不淨行行婬欲法若式叉摩那行婬欲法非式叉摩那非釋種女與染汙心男子共身相摩觸缺戒應更與受戒是中盡形壽不得犯能持不答言能

不得偷盜乃至草葉若式叉摩那取人五錢若過五錢若自取教人取若自斫教人斫若自破教人破若燒若埋若壞色非式叉摩那非釋種女若取減五錢缺戒應更與受戒是中盡形壽不得犯能持不答言能

不得故斷衆生命乃至蟻子若式叉摩那故自手斷人命求刀授與人教死勸死讚死若與非藥若墮胎厭禱呪術自作教人作者非式叉摩那非釋種女若斷畜生不能變化者命缺戒應更與受戒是中盡形壽不得犯能

持不（答言能）

不得妄語乃至戲笑若式叉摩那不眞實非已有自稱言得上人法言得禪得解脫得三昧正受得須陀洹果斯陀含果阿那含果阿羅漢果言天來龍來鬼神來供養我此非式叉摩那非釋種女若於衆中故作妄語缺戒應更與受戒是中盡形壽不得犯能持不（答言能）

不得非時食若式叉摩那非時食犯戒應更與戒是中盡形壽不得犯能持不（答言能）

不得飲酒若式叉摩那飲酒犯戒應更與戒是中盡形壽不得犯能持不（答言能）

式叉摩那於一切尼戒中應學除爲比丘尼過食自受食食

式叉摩那受大戒法（若式叉摩那學戒已年滿二十若滿十二應與受大戒先至比丘尼僧中請和尚應如是說言）

大姊一心念我某甲求阿姨爲和尚願阿姨爲我作和尚我依阿姨故得受大戒慈愍故（第二第三亦如是說和尚尼應答言爾應如是受將受戒人離聞處著見處應差教授師是中戒師應如是問言）此衆中誰能爲某甲作教授師（若有者答言我能爾時戒師即應作白）

大姊僧聽此某甲從和尚尼某甲求受大戒若僧時到僧忍聽某甲爲教授師白如是（教授師應往至受戒人所語言）此安陀會鬱多羅僧僧伽梨此僧祇支覆肩衣此衣鉢是汝有不（答言是）

善女人諦聽今是眞誠時我今問汝有便言有無當言無汝不犯邊罪不汝不犯淨行比丘不汝不賊心受戒不汝不破內外道不汝非黃門不汝不殺父不汝不殺母不汝不殺阿羅漢不汝不破僧不汝不惡心出佛身血

不汝非非人不汝非畜生不汝非二根不汝字何等和尚尼字誰年歲滿不衣鉢具足不父母夫主聽汝不汝不負債不汝非婢不汝是女人不女人有如是諸病癩白癩乾痟癲狂二根二道合道小大小便常漏洟唾常出汝有如是諸病不答言無應語言如我向者問汝僧中亦當如是問如汝向者答我僧中亦當如是答教授師問已應至僧中如常威儀至舒手及處立應作白

大姊僧聽此某甲從和尚尼某甲求受大戒若僧時到僧忍聽我已教授竟聽便來白如是彼應語言來來已應與捉衣鉢教禮僧足已在戒師前互跪合掌教作如是乞

大姊僧聽我某甲和尚尼某甲求受大戒我某甲今從僧乞受大戒和尚尼某甲願僧濟度我慈愍故第二第三應如是說是中戒師應作白

大姊僧聽此某甲從和尚尼某甲求受大戒此某甲今從僧乞受大戒和尚尼某甲若僧時到僧忍聽我問諸難事白如是

汝諦聽今是真誠時我今問汝有當言有無當言無汝不犯邊罪不汝不犯淨行比丘不汝不賊心受戒不汝不破內外道不汝非黃門不汝不殺父不汝不殺母不汝不殺阿羅漢不汝不破僧不汝不惡心出佛身血不汝非非人不汝非畜生不汝不二根不汝字何等和尚尼字誰年歲滿不衣鉢具足不父母夫主聽汝不汝不負債不汝非婢不汝是女人不女人有如是諸病癩白癩乾痟癲狂二根二道合道小大小便常漏涕唾常出汝有如是諸病不答言無應作白

大姊僧聽此某甲從和尚尼某甲求受大戒此某甲今從僧乞受大戒和尚尼某甲某甲

自說清淨無諸難事年歲已滿衣鉢具足若僧時到僧忍聽僧今爲某甲受大戒和尚尼某甲白如是

大姊僧聽此某甲從和尚尼某甲求受大戒此某甲今從僧乞受大戒和尚尼某甲某甲自說清淨無諸難事年歲已滿衣鉢具足僧今爲某甲受大戒和尚尼某甲誰諸大姊忍僧今爲某甲受大戒和尚尼某甲者默然誰不忍者說是初羯磨（第二第三亦如是說）僧已忍與某甲受大戒竟和尚尼某甲僧忍默然故是事如是持

尼往比丘僧中受大戒法（彼受戒者與比丘尼僧俱至比丘僧中禮僧足已右膝著地合掌作如是言）

大德僧聽我某甲從和尚尼某甲求受大戒我某甲今從僧乞受大戒和尚尼某甲願僧救濟我慈愍故（如是三說此中戒師應問諸難事）

大德僧聽此某甲從和尚尼某甲求受大戒此某甲今從僧乞受大戒和尚尼某甲若僧時到僧忍聽我問諸難事白如是

善女人諦聽今是眞誠時實語時我今問汝有當言有無當言無汝不犯邊罪不汝不犯淨行比丘不汝不賊心受戒不汝不破內外道不汝非黃門不汝不殺父不汝不殺母不汝不殺阿羅漢不汝不破僧不汝不惡心出佛身血不汝非非人不汝非畜生不汝不二根不汝字何等和尚尼字誰年歲滿未衣鉢具足不父母夫主聽汝不汝不負債不汝非婢不汝是女人不女人有如是諸病癩疽白癩乾痟癲狂二根二道合道小大小便常漏涕唾常出汝有如是諸病不（答言無應問言）

汝學戒未清淨不答言學戒清淨應問餘比丘尼某甲學戒未清淨不答言已學戒清淨大德僧聽此某甲從和尚尼某甲求受大戒此某甲今從僧乞受大戒和尚尼某甲某甲自說清淨無諸難事年歲已滿衣鉢具足已學戒清淨若僧時到僧忍聽僧今爲某甲受大戒和尚尼某甲白如是大德僧聽此某甲從和尚尼某甲求受大戒此某甲今從僧乞受大戒和尚尼某甲某甲自說清淨無諸難事年歲已滿衣鉢具足已學戒清淨僧今爲某甲受大戒和尚尼某甲誰諸長老忍僧爲某甲受大戒和尚尼某甲者默然誰不忍者說是初羯磨第二第三亦如是說僧已忍爲某甲受大戒竟和尚尼某甲僧忍默然故是事如是持

善女人諦聽如來無所著等正覺說八波羅夷法若比丘尼犯者非比丘尼非釋種女不得犯不淨行行婬欲法若比丘尼作不淨行行婬欲法乃至共畜生此非比丘尼非釋種女是中盡形壽不得犯能持不答言能不得偷盜乃至草葉若比丘尼盜人五錢若過五錢若自取教人取若自斫教人斫若自破教人破若燒若埋若壞色非比丘尼非釋種女是中盡形壽不得犯能持不答言能不得故斷衆生命乃至蟻子若比丘尼若自手斷人命持刀授與人教死讚死勸死與人非藥墮胎厭禱呪術若自作方便教人作方便彼非比丘尼非釋種女是中盡形壽不得犯能持不答言能不得妄語乃至戲笑若比丘尼不眞實非已

有自稱言得上人法得禪得解脫三昧正受得須陀洹果斯陀含果阿那含果阿羅漢果言天來龍來鬼神來供養我彼非比丘尼非釋種女是中盡形壽不得犯能持不答言能

不得身相觸乃至共畜生若比丘尼有染汙心與染汙心男子身相觸腋已下膝已上若摩若捺若逆摩若順摩若牽若推若舉若下若捉若急捺彼非比丘尼非釋種女是中盡形壽不得犯能持不答言能

不得犯八事乃至共畜生若比丘尼有染汙心與染汙心男子受捉手捉衣至屏處屏處立屏處語若共行若身相近若共期犯此八事彼非比丘尼非釋種女是中盡形壽不得犯能持不答言能

不應覆藏他罪乃至突吉羅惡說若比丘尼知比丘尼犯波羅夷不自舉亦不白僧不語人令知後於異時此比丘尼若休道若滅擯若作不共住若入外道後作如是言我先知此人如是如是彼非比丘尼非釋種女覆藏重罪是中盡形壽不得犯能持不答言能

不得隨被舉比丘語乃至沙彌若比丘尼知比丘爲僧所舉如法如毗尼如佛所教犯威儀未懺悔不作共住便隨順彼比丘彼比丘尼諫此比丘尼言大姊彼比丘爲僧所舉如法如毗尼如佛所教犯威儀未懺悔不作共住莫隨順彼比丘彼比丘尼諫此比丘尼時堅持不捨彼比丘尼應乃至三諫捨此事故乃至三諫捨者善若不捨者彼非比丘尼非釋種女犯隨舉是中盡形壽不得犯能持不答言能

善女人諦聽如來無所著等正覺說四依法比丘尼依此出家受大戒是比丘尼法依糞掃衣出家受大戒是比丘尼法是中盡形壽能持不（答言能）

若得長利若檀越施衣得輕衣若得割截衣應受

依乞食出家受大戒是比丘尼法是中盡形壽能持不（答言能）

若得長利僧差食若檀越送食月八日食十五日食月初日食衆僧常食檀越請食得受

依樹下坐出家受大戒是比丘尼法是中盡形壽能持不（答言能）

若得長利若別房樓閣小房石室兩房一户應受

依腐爛藥出家受大戒是比丘尼法是中盡形壽能持不（答言能）

若得長利酥油生酥蜜石蜜應受

汝已受戒竟白四羯磨如法成就得處所和尚如法阿闍梨如法二部僧具足滿當善受教法當勤供養佛法僧和尚阿闍梨一切如法教勑不得違逆當學問誦經勤求方便於佛法中得須陀洹果斯陀含果阿那含果阿羅漢果汝出家功不唐捐果報不絶餘所未知者當問和尚阿闍梨（使受戒人在前而去）

尼受五衣鉢文（其受三衣鉢如比丘法唯稱尼大姊爲異名受餘二衣者應云）

大姊一心念我某甲此衣覆肩衣受長四肘廣二肘半是覆肩衣持（三說）

大姊一心念我某甲此衣僧祇支衣受長四肘廣二肘半僧祇支衣持（三說）

除罪法第三

尼懺僧殘罪法尼以女弱事須假伴以書其懷如私己容惡則自壞彼犯在不輕故尼覆僧殘但增罪治半月行摩那埵無別覆藏調伏法故尼懺僧殘要在二部僧中作摩那埵羯磨大僧與尼二部各滿四人若作出罪羯磨大僧與尼二部各滿二十人不得減

乞摩那埵羯磨文比丘尼犯僧殘罪應二部僧中半月行摩那埵行摩那埵時應至二部僧中偏露右肩脫革屣禮僧足右膝著地合掌作如是乞

大德僧聽我比丘尼某甲犯某甲若干僧殘罪今從二部僧乞半月摩那埵願僧與我半月摩那埵慈愍故第二第三亦如是說

與摩那埵羯磨文

大德僧聽此比丘尼某甲犯某甲若干僧殘罪今從二部僧乞半月摩那埵若僧時到僧忍聽僧今與比丘尼某甲半月摩那埵白如是

大德僧聽此比丘尼某甲犯某甲若干僧殘罪今從二部僧乞半月摩那埵僧今與比丘尼某甲半月摩那埵誰諸長老忍僧與比丘尼某甲半月摩那埵者默然誰不忍者說是初羯磨第二第三亦如是說僧已忍與比丘尼某甲半月摩那埵竟僧忍默然故是事如是持比丘尼行摩那埵法與大僧同唯應二部僧中日日應作如是白

大德僧聽我比丘尼某甲犯某甲若干僧殘罪已從二部僧乞半月摩那埵僧已與我半月摩那埵我比丘尼某甲已行若干日過餘有若干日在白大德僧令知我行摩那埵

乞出罪羯磨文比丘尼半月行摩那埵竟應至二部僧中作如是乞

大德僧聽我比丘尼某甲犯某甲若干僧殘罪已從二部僧乞半月摩那埵僧已與我半月摩那埵我已於二部僧中行半月摩那埵

竟今從僧乞出罪羯磨願僧與我出罪羯磨慈愍故第二第三亦如是說

與出罪羯磨文

大德僧聽此比丘尼某甲犯某甲若干僧殘罪已從二部僧乞半月摩那埵僧已與比丘尼某甲半月摩那埵此比丘尼某甲已於二部僧中行半月摩那埵竟今從僧乞出罪羯磨若僧時到僧忍聽僧今與比丘尼某甲出罪羯磨白如是

大德僧聽此比丘尼某甲犯某甲若干僧殘罪已從二部僧乞半月摩那埵僧已與比丘尼某甲半月摩那埵此比丘尼某甲已於二部僧中行半月摩那埵竟今從僧乞出罪羯磨僧今與比丘尼某甲出罪羯磨誰諸長老忍僧今與比丘尼某甲出罪羯磨者默然誰不忍者說是初羯磨第二第三亦如是說僧已忍與比丘尼某甲出罪羯磨竟僧忍默然故是事如是持

說戒法第四其說戒法與大僧同

尼僧差請教授人羯磨尼僧應半月半月至大僧中請教誡故今須差此使爲尼僧請教誡應如是差

大姊僧聽若僧時到僧忍聽僧今差比丘尼某甲爲比丘尼僧故半月往比丘僧中求教授白如是

大姊僧聽僧今差比丘尼某甲爲比丘尼僧故半月往比丘僧中求教授誰諸大姊忍僧差比丘尼某甲爲比丘尼僧故半月往比丘僧中求教授者默然誰不忍者說僧已忍差比丘尼某甲爲比丘尼僧故半月往比丘僧中求教授竟僧忍默然故是事如是持更差人伴

往大僧中至舊住比丘所禮足曲身低頭合掌白如是言

大德一心念比丘尼僧某甲等和合禮比丘僧足求教授第二第三亦如是說受囑比丘說戒時應作如是白

比丘尼僧某甲衆和合禮大德僧足求教授第二第三亦如是說

比丘尼明日應問可否教授師應期往比丘尼應期迎比丘期往不往者突吉羅比丘尼僧期迎而不迎者突吉羅若比丘尼聞教授師來當半由旬迎至寺內供給所須洗浴具羹粥飲食果蓏以此供養若不者突吉羅若比丘僧盡病若衆不和合若衆不滿遣信往禮拜問訊若比丘尼僧盡病不和合若衆不滿亦當遣信往禮拜問訊若不往者突吉羅

安居法第五其安居法皆與大僧同

自恣法第六

尼僧差往大僧中受自恣人羯磨文比丘尼僧夏安居竟應往大僧中受自恣故今須差此使為尼僧詣大僧中求受自恣應如是差

大姊僧聽若僧時到僧忍聽僧今差比丘尼某甲為比丘尼僧故往大僧中說三事自恣見聞疑白如是

大姊僧聽僧今差比丘尼某甲為比丘尼僧故往大僧中說三事自恣見聞疑誰諸大姊忍僧差比丘尼某甲為比丘尼僧故往大僧中說三事自恣見聞疑者默然誰不忍者說僧已忍差比丘尼某甲為比丘尼僧故往大僧中說三事自恣竟僧忍默然故是事如是持

往大僧中受自恣文差人為伴往大僧中禮僧足已曲身低頭合掌作如是說

比丘尼僧夏安居竟比丘僧夏安居竟比丘尼僧說三事自恣見聞疑大德僧慈愍故語

我我若見罪當如法懺悔（第二第三亦如是說）彼即比丘僧自恣日便自恣而皆疲極佛言不應爾若比丘僧十四日自恣比丘尼僧十五日自恣若大僧病若衆不和合若衆不滿比丘尼應遣信禮拜問訊不者突吉羅若比丘尼僧病若衆不和合若衆不滿比丘尼僧亦當遣信禮拜問訊不者突吉羅（其至大僧中受自恣人還共尼僧作自恣其自恣法一與大僧同）

分衣法第七（與大僧同）

衣食淨法第八（尼無作餘食法除此已餘皆與大僧同）

雜法第九（尼無乞處分作房法自餘皆與大僧同）

內護正救僧衆擯罰羯磨法

律藏所明僧之正法宗要有三故結集稱言是法是毗尼是佛所教法者謂五種遠離行何等五（一出離非世法二越度非受法三無欲非有欲四無結非有結五不親近生死非親近）

毗尼者謂五種出要行何等五（一少欲非多欲二知足非無猒三易護非難護四易養非難養五智慧非愚癡）

佛所教者謂五種教誡行何等五（一有罪行者制二無罪者聽三若制若聽法有缺減者如法舉之四數數違犯者折伏與念五眞實功德愛念稱歎）故經云正法住正法滅謂之於此傳法之人亦有於三故聖誥稱言知法知律知摩夷

知法者謂善持修多羅藏如阿難等

知律者謂善持毗尼藏如優波離等

知摩夷者謂善於訓導宰任玄綱如大迦葉等故凡欲暉蹤聖跡以隆道教經軌後代不絕於時者非玆而誰

五種入衆法何等五（一應以慈心二應自卑下如拭塵巾三應善知坐起上下威儀四不雜說俗事爲衆說法若請他說五若見僧中有不可事心不安忍應默然）

五種如法默然何等五一見他非法而默然二不得伴而默然三犯重罪默然四同住默然五在同住地默然

五種非法默然何等五一如法羯磨而心不同默然任之二得同意伴亦默然任之三若見小罪而默然四爲作別住而默然五在戒場上而默然

五種棄法何等五一比丘犯罪餘比丘問汝犯罪見不答言不見彼語言汝若見罪應懺悔二比丘犯罪餘比丘問汝犯罪見不答言不見彼語言汝若見罪應僧中懺悔三比丘犯罪餘比丘問言汝犯罪見不答言不見彼語言汝若見罪當於此僧中懺悔四比丘犯罪餘比丘問言汝犯罪見不答言不見衆僧應捨棄語言汝不見罪隨所至處不聽汝布薩如惡馬難調合轅杙俱棄汝亦如是五比丘犯罪餘比丘問言汝犯罪見不答言不見彼應僧中作不見舉羯磨

五種作羯磨法何等五一現前二自言三不清淨四如法五和合

斯謂知病知藥知對治善於廢興通塞存護之儀故致任持之功義顯於此

三種調法謂呵責羯磨擯羯磨依止羯磨

三種滅法謂罪處所多人語如草覆地

三種不共住法謂三舉羯磨惡馬治滅擯羯磨

呵責羯磨文先作舉作憶念與罪已然後作羯磨

大姊僧聽此比丘尼某甲喜共鬬諍共相罵詈口出刀劒互求長短彼自共鬬諍已若復有餘比丘尼鬬諍者即復往彼勸言汝勉力莫不如他汝等多聞智慧財富亦勝多有知識我等當爲汝作伴黨令僧未有諍事而有諍事已有諍事而不除滅若僧時到僧忍聽爲比丘尼某甲作呵責羯磨若後復更鬬諍共相罵詈者衆僧當更增罪治白如是

大姊僧聽此比丘尼某甲喜共鬬諍共相罵詈口出刀劒互求長短彼自共鬬諍已若復有餘比丘尼鬬諍者即復往彼勸言汝等勉力莫不如他汝等智慧多聞財富亦勝多有知識我等當爲汝作伴黨令僧未有諍事而

有諍事已有諍事而不除滅僧爲比丘尼某甲作呵責羯磨誰諸大姊忍僧與比丘尼某甲作呵責羯磨若復後更鬪諍共相罵詈者衆僧當更增罪治者默然誰不忍者說是初羯磨第二第三亦如是說僧已忍爲比丘尼某甲作呵責羯磨竟僧忍默然故是事如是持與羯磨已以三十五事令其折伏後若其隨順改悔者僧應還與解羯磨

與罪處所羯磨文先作舉作憶念與罪已然後作羯磨

大姊僧聽是比丘尼某甲無慚無愧多犯諸罪有見聞疑先自言犯後言不犯前後言語相違若僧時到僧忍聽僧今與比丘尼某甲罪處所羯磨白如是

大姊僧聽是比丘尼某甲無慚無愧多犯諸罪有見聞疑先自言犯後言不犯前後言語相違僧今與是比丘尼某甲罪處所羯磨誰諸大姊忍僧今與比丘尼某甲罪處所羯磨者默然誰不忍者說是初羯磨第二第三亦如是說僧已忍與比丘尼某甲罪處所羯磨竟僧忍默然故是事如是持與羯磨已以三十五事令其折伏後若隨順改悔僧應還與解羯磨

與滅擯羯磨文先作舉作憶念與罪已然後作羯磨

大姊僧聽是比丘尼某甲犯某甲波羅夷罪若僧時到僧忍聽僧今與比丘尼某甲波羅夷罪滅擯羯磨不得共住不得共事白如是

大姊僧聽是比丘尼某甲犯某甲波羅夷罪僧今與比丘尼某甲波羅夷罪滅擯羯磨不得共住不得共事誰諸大姊忍僧與比丘尼某甲波羅夷罪滅擯羯磨不得共住不得共事者默然誰不忍者說是初羯磨第二第三亦如是說

僧已忍與比丘尼某甲波羅夷罪滅擯羯磨不得共住不得共事竟僧忍默然故是事如是持（此永無解法）

此後三羯磨皆是治罰法但以過有輕重階之爲三前呵責羯磨等是調伏法罪處所羯磨等是折伏法滅擯羯磨等是驅出法故經言應調伏者而調伏之應折伏者而折伏之應罰黜者而罰黜之若隨事而言羯磨非一備明律典寧容具集故各當其分惟摽一羯磨示之恒式餘類准以可知

四分比丘尼羯磨法

音釋

豎（臣庾切立也）陿（胡夾切隘也）斫（之若切斬也）蓏（郎果切草實也）暉（許歸切）黜（丑律切貶斥也）

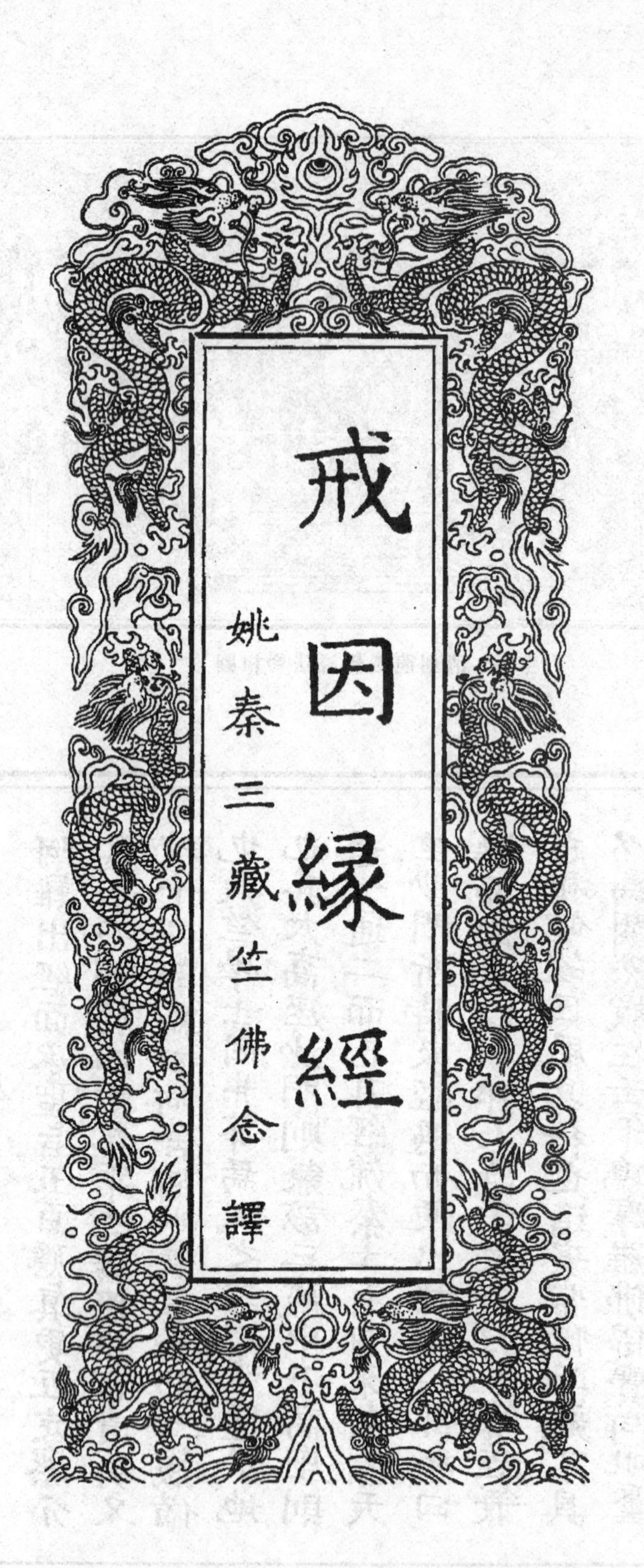
戒因緣經
姚秦三藏竺佛念譯

清刻龍藏佛説法變相圖

戒因緣經鼻奈耶序

晉　釋　氏　道　安　作

阿難出經面承聖旨五百應真更互定察分爲十二部於四十九年之誨無片言遺失又抄十二部爲四阿含阿毗曇鼻奈耶三藏備也天竺學士罔弗尊焉諷之詠之未墜於地也其大高座沙門則兼該三藏中下高座則通一通二而已耳經流秦土有自來矣隋天竺沙門所持來經遇而便出於十二部毗曰羅部最多以斯邦人莊老教行與方等經兼忘相似故因風易行也道安常恨三藏不具以爲闕然歲在壬午鳩摩羅佛提賫阿毗曇抄四阿含抄來至長安渴仰情久即於其夏出阿毗曇抄四卷其冬出四阿含抄四卷又其伴罽賓鼻奈廞名耶舍諷鼻奈經甚利即

今出之佛提梵書佛念爲譯曇景筆受自正月十二日出至三月二十五日乃了凡爲四卷與往年曇摩寺出戒典相似如合符焉於二百六十事疑礙之滯都謏然焉上聞異要煥乎可觀焉二年之中於此秦邦三藏具焉然世尊制戒必有所因六群比丘生於貴族攀龍附鳳雖貪出家而豪心不盡鄙悖之行以成斯戒二人得道二人生天二人墮龍一入無擇明恃貴不節自遺伊慼向使中門家子遇佛出學雖不能一坐成道何由如此之困乎然此經是佛未制戒時其人所犯穢漏行多既制之後改之可貴天竺持律不都通視唯諸十二法人堅明之士乃開緘縢而共相授耶舍見囑見誨諄諄人可使由之不可使知其言切至乃自是也而今以後秦土有此一部律矣唯願同我之人尤慎所授焉未滿五歲非持律人幸勿與之也

戒因緣經卷第一

姚秦三藏竺佛念譯

鼻奈耶第一

波羅夷法第一之一

鼻奈耶秦言去奈耶秦言眞也去若干非而就眞故曰眞也降伏此心息此心忍不起故曰眞也降伏戒也息定也忍智也

三戒無上戒戒無上意戒無上智戒彼云何無上戒戒於此比丘比丘持戒以戒解脫自嚴飾習行成見纖芥事即恐懼應戒中戒此謂無上戒戒云何無上意戒於此比丘除婬乃至四禪思惟正受此謂無上意戒云何無上智戒於此比丘知此苦諦知此苦習諦知此苦盡諦知此苦道諦此謂無上智戒以此三戒得立順眞恒沙等過去當來今現在佛佛藏佛寶佛祕要以訓三乘聲聞支佛三耶三佛

佛世尊在鞞貫羅城獼猴江邊石臺園觀去鞞貫羅不遠名迦蘭陀鈴彼迦蘭陀子名須達多於彼止富財無貲限田業盈豐舍宅成就象馬駝牛驢錢穀珍寶金銀眞珠瑠璃貝玉琥珀碼碯硨磲珊瑚即捨趣如來聽受法與得信樂意以此信樂意得正受剃除鬚髮捨家爲道共無限比丘到拘薩羅城竹園結歲坐當爾時穀貴飢餓穀霜雹所殺雖少遺脫爲蝗蟲所食乞求甚難得於是須達迦蘭陀子作是念今穀貴飢餓穀霜雹所殺雖少遺脫爲蝗蟲所食乞求甚難諸賢聽我所言我有鞞貫羅國知識家親里家富貴無限錢財田業無量珍寶雜物豐盈我等可共到彼

福度親里諸比丘亦可得安身及時可向鞞貰羅國到彼已比丘當供食飯漿湯藥衣被於是須達多迦蘭陀子向拘薩羅城結座結座已竟三月補納衣裳一日竟衣已辦即著衣持鉢向鞞貰羅將諸衆前行漸漸到鞞貰羅趣鞞貰羅獮猴江邊石臺所作諸飯食飯食比丘自手斟酌爾時須達多迦蘭陀子到時著衣持鉢趣鞞貰羅國親里家乞食乞食已即速出去于時門外迦蘭陀家鞞女子見須達多迦蘭陀子入親里家何以速出還見迦蘭陀婦跪曰此意向者貴族須達多迦蘭陀子入親里家還出甚速將無疾病意愁耶爲不樂梵行犯戒捨道就俗法乎須達多母聞此語已歡欣無量不能自勝即往須達多所告須達多身體輕健不意無餘想婆意有犯梵行耶爲欲犯戒捨道就俗法乎若有此心速來須達多捨戒習欲不妨布施作諸功德何以故於佛衆中持戒甚難學道亦難聞此已即報母言我無疹患亦無他想無犯梵行意不犯戒捨道就俗法母復答曰須達多汝當知此意汝前婦端正無雙若不欲捨道就俗者可住續種繼後吾種姓熾盛一旦無孫者錢財珍寶盡爲拘薩王所奪須達多答曰若聽我爲道者此事可隨爾時須達多母語須達多婦言我今勑汝若月期三日後著初嫁衣服好自嚴飾來白我須達多婦即隨其教月期三日後著夫前所敬服往須達多母所即如事白月期三日今正是時於是須達多母將此婦到須達多所語須達多言當知此婦端正無雙可續種繼後莫使吾種姓

子孫斷錢財珍寶爲拘薩羅王所奪留婦已即避出去爾時須達多前抱此婦將屏處作不淨行須臾間乃至三當爾時帝釋降神處其胎爾時須達多婦八月外九月裹生男兒面首端正無雙前所言續種母即名之爲續種爾時須達多作此惡行已慚愧爲人所辱爾時須達多比丘與同學等體者結座結座已今方竟故來問訊汝忍意常不懷婆氣力輕健不結座中供養充足不出乞食婆無疾患婆意無若干想乎須達多答曰諸賢當知有忍意結座盡充足亦不出乞食亦無疾患唯意有他想諸比丘答若卿有忍意結座盡充足復無疹患何故有他想須達多前所犯盡具向諸比丘說即時彼諸比丘極怨責須達多世尊以無數方便說婬之惡露向婬念婬婬意熾盛世尊說婬惡露如此向婬犯貞念婬婬意熾盛如是諸比丘極好責數已即往世尊所頭面著地在一面坐以此所犯具白世尊佛知即告須達多汝審犯此事那答審犯世尊世尊言我以若干方便爲癡人說婬之惡露向婬念婬婬意熾盛說婬之惡露如是佛世尊以若干方便爲沙門結戒觀比丘十德當與戒何等十衆得持衆德養衆得行道也一不信戒者教使入信也二常自慚愧省已短也三犯邪者教令入正也四正者欲令重正也五現身學道滅結欲使後身無結也六後身欲使結滅不起也七習諸淨行也八得梵行欲不失也九欲使梵行久住也十沙門當共知爾時世尊因此事因此義集諸和合僧結此戒若比丘比丘犯戒不捨戒戒羸不自悔無淨行犯婬

法者此比丘波羅夷菩提阿薩婆肆阿薩婆肆者不受僧不審也
佛世尊在舍衛國祇樹給孤獨園當爾時有異比丘拘薩羅國去城不遠有園觀於中夏坐去園不遠有雌獼猴於此止雌獼猴數數到道人所此比丘數數與彼獼猴食如是獼猴不畏難彼比丘與獼猴爲不淨行彼大比丘衆中有同學共壇者拘薩國結座結座已補納衣一日所成衣著衣執鉢到此比丘所語比丘言夏坐來不有患苦不出乞食婆意無若干想婆比丘答諸賢者忍意於夏坐中無所患苦亦無亂想彼獼猴從外來逕趣此比丘在前踞熟視比丘視比丘已回面復看餘比丘餘比丘回面看是比丘於是比丘前回身背比丘此比丘羞諸比丘不從獼猴亦不眄視猴猴見比丘不眄視便起惡意回身攫掣比丘頭面傷壞便去諸大比丘語此比丘言向者獼猴來到此間前舉目視卿復視我等便回身背卿見卿不語不眄視便起恚意攫掣卿頭面破便去諸大比丘好切責數得諸比丘責數已即便自首諸比丘語云何比丘世尊竟不説無數方便説婬惡露那向婬念婬婬意熾盛世尊盡説婬之惡露向婬念婬婬意熾盛卿云何不觀此婬行而爲此惡行如是諸大比丘責數此比丘已即往詣佛所頭面著地禮佛足在一面坐彼比丘衆如前所見盡白佛佛知告此比丘審實爾不比丘慚愧顔面失色如被塵坌右膝著地偏袒右肩長跪叉十指白佛世尊審實世尊爾時世尊語此比丘云何比丘我豈不爲癡人

無數方便説婬之惡露向婬念婬婬意熾盛我盡説婬之惡露如是佛世尊無數方便説婬因此事因此義集和合僧觀有十德乃至梵行久住世尊爲諸比丘結此戒若比丘比丘犯戒婬意起不還捨戒戒羸不自悔爲不淨行下及畜生有形之屬犯者不受棄捐彼云何爲戒戒名者若比丘持二百五十戒無上戒戒是謂戒戒云何不還戒不還戒名愚癡亂意痛惱捨戒者爲不還戒痾聾相向還戒者爲不還戒音聲不相關者還戒不爲還戒若獨還戒者不爲還戒佛塔前沙門塔前還戒不爲還戒若離佛和尚和尚及阿闍梨阿闍梨及離盡不依附我不佛法中住向諸比丘言我今已往不爲道諸比丘語汝不爲道那答不爲道此爲還戒

婬女色三處成棄捐近常産道是一棄捐法近穀道是二棄捐法若近口是三棄捐法近男兒有二棄捐近穀道近口是二棄捐不成男亦二事有男有女二形者有三與女同近畜生有二除口與女同畜生雄者一棄捐畜生犢者亦爾畜生中有雄雌形者二棄捐雞鵶如上二非人女三處與女人同此不淨行波羅夷初

佛世尊在羅閱祇鷲山與大比丘衆倶千二百五十弟子彼時比丘收拾薪草持用作菴舍彼諸比丘入羅閱祇城乞食後羅閱祇城中男女大小出城壞諸菴舍持去供用諸比丘乞食後還見諸菴舍爲人所壞諸比丘復更取薪草作菴舍住諸比丘復入羅閱城乞食羅閱城中男女大小復壞菴舍持去如是

至三諸比丘見此已作是念羅閱祇城中男女大小數出壞菴舍彼衆中有比丘名檀貳迦瓦陶家子便起此意我等取此薪草持用作舍吾等入城乞食後城中男女出壞吾等菴舍我於城中有木工師是我親里我當往從乞材木持用作舍達貳迦比丘到時著衣持鉢入羅閱祇城向木工師舍語木工師卿知不王阿闍世撓賜我材木卿當與我木工答曰若王賜賢木隨意取彼達貳迦比丘自取材木官之要好材盡取斫截聚著一處守羅閱祇城人按行羅閱祇城到大聚材木所見官所禁材木段段聚在一處見已尋向木工所即問木工阿誰聚官材段段截聚著一處木工尋答達貳迦比丘來勑我官賜吾材卿當與我此比丘取材木段段截聚著一處

爾時守城人即遥瞋阿闍世王即往阿闍貰王所白言大有惡材木不用乃取好材與比丘爲王答吾無此教爾時王阿闍世勑使人召木工即奉王教走召木工王阿闍世有教召卿木工即時隨信到王所中路值達貳迦比丘木工見達貳迦比丘已即前禮言坐尊人故將我到王所比丘答言並且在前吾尋後到爾時木工即到王所王見木工即問卿非人何以自由官好材木取與比丘木工尋答大王當知達貳迦比丘來到材所作是語官賜我材卿當與我即對比丘王審賜卿便隨意取王問工師言語未竟達貳迦比丘來到王所王遥見比丘來便勑傍人將此木工權著下房前此比丘聞王教令將木工去前比丘王問比丘今至誠時官好材木輙取段

段截聚著一處比丘答王王賜我材我省無此教比丘答王王不憶初作王時那爾時持新草水三事布施沙門婆羅門乎王見比丘作此詭言王答比丘我所施者乃及無主不及有主去比丘往受王法爾時阿闍世王瞋恚熾盛憶世尊功德須臾頃默然不語勑比丘去還所止莫復更爲爾時阿闍世王傍臣百官皆放聲大言怪此比丘於死得脱爾時達貳迦比丘還詣大衆所語大衆言諸賢當知向者大王欲取我殺尋復放我諸比丘問有何事故此達貳迦比丘具向衆説其中有頭陀乞食比丘聞此語各懷羞恥往詣世尊所如此比丘所説爾時世尊顧謂阿難速去阿難入羅閲城住四徼道頭作告此語若比丘盜五錢以上盜直五錢衣若盜此者阿闍世王有何刑罰爾時阿難受世尊教頭面禮足繞三帀共二比丘入羅閲城到四徼道告中行人若比丘盜五錢直五錢衣有盜此者阿闍世王有何刑罰爾時羅閲祇城四徼道人即報之言若比丘盜五錢直五錢衣王阿闍貫有教非沙門爾時阿難尋出羅閲祇還詣佛所即白佛言羅閲城中問諸行人若比丘盜五錢直五錢衣王阿闍世有教非比丘爾時世尊因此事和合僧聚觀有十德世尊爲沙門結戒乃至梵行久住沙門當知此事若比丘於村落城郭有盜意不與取以此形像不與取事若王若王大臣捉比丘打縛驅著界外或作是語咄比丘汝非賊汝非小兒汝不癡作此形像不與取波羅夷不受多合比丘住拘薩羅處彼處近關商人來到

語比丘與上人少物令我得過關此物與上人半彼比丘度此物已而反悔我不犯棄捐不受彼比丘以此事白世尊佛告彼比丘若比丘度關過物者至五錢直五錢物取賈客顧已爲成棄捐不受除賊飢餓險道時彼村籬柵及壍牆壁圍彼牧象馬駝牛驢以繩連繫若比丘畜生中盜解其繩而度籬柵波羅夷度壍棄捐度垣牆城棄捐不受若出牆外爲成棄捐不受若外空澤中驅來入牆爲成棄捐不受入壍爲成棄捐不受入柵内爲成棄捐不受

若家家轉當得水分若比丘以盜意決水放下至五錢爲成棄捐不受若手若脚若木若鍬盜決爲成棄捐不受彼比丘在水浴浴未竟決溝放彼居士瞋恚言此比丘詐浴而決溝放彼比丘各懷疑我等不成棄捐不受耶彼比丘以此事而白佛佛告若以盜心決者下直五錢而決爲成棄捐不受及池水或有主或無主中有鳥以鳥故施羅網若比丘以盜意若網内若網外而盜鳥下直五錢爲成棄捐不受（網内網有主也網外池有主也二事互有主也）鳥或有主或無主若比丘以盜心取鳥爲成棄捐不受

若居士以身瓔珞曝著日中在屋上若鳥有主無主彼鳥若撥珠瓔及諸瓔珞持去若比丘奪之若以盜意奪有主鳥下直五錢爲成棄捐不受

若比丘以新染衣屋上曝若風吹墮地若比丘持入舍而反悔我不成棄捐不受盜婆彼白世尊世尊告若以盜意爲成棄捐不受若不以盜意不成棄捐不受如是衣若中閣墮

下地若下地至中閣中閣至上閣若以盜意爲成棄捐不受如是及種種物及麻米豆錢大麥小麥黑豆芥子爲首若以盜意取直五錢爲成棄捐不受

彼園果樹胡桃柰子椑桃梨爲首若比丘取食便懷疑意我不侵衆僧及不與取不成棄捐不受婆彼以事白世尊世尊告曰不成棄捐不受若非僧結界裏其有沙彌取果無苦也師子竹園外殺鹿食肉飲血而眠餘殘若比丘取食若師子覺已求而不得遍求鳴吼佛知已問阿難言何故師子繞園鳴吼阿難以事具說佛告若比丘師子所食殘下直五錢而食爲成棄捐不受虎亦如是及熊羆玃玃至豹畜生食肉及兩足鷲鴻鶴鷹鴟爲首行食肉奪者世尊告若鳥以取食而奪爲成棄捐不受若鷲走來欲護令不取不成棄捐不受若比丘親里屠兒不與肉而取便懷疑我不成棄捐不受婆彼白世尊世尊告若以盜意取者爲成棄捐不受若以親里取不成棄捐不受王舍國竟

佛在舍衛國與大比丘從拘薩羅來至舍衛國薩羅盤園薩羅盤園間遇賊彼賊或以王力或以村力捕得奪彼賊衣鉢還比丘彼比丘各懷疑意我不成棄捐不受彼以事白世尊世尊告若比丘在賊許以力奪爲成棄捐不受若王力村力奪與者不成棄捐不受以不口告故若言而奪不受也

一比丘從拘薩羅來道中爲賊所剝彼比丘以親里力而還奪賊衣鉢奪已比丘便懷疑意我不成棄捐不受婆彼比丘以事白佛佛

告賊已得不可以力奪若以力奪教他奪爲成棄捐不受若比丘與直贖得取於是尊者優波離白世尊若比丘衆僧財不與取是誰物不與取世尊告若財以入面門今當食負去者爲成棄捐不受如是財物當分是取爲成棄捐不受尊者優波離若衆僧物衆僧所須彼比丘不與取是誰棄捐不受世尊告衆僧物難賞若檀越與財物彼功德斷是故棄捐不受優波離復白世尊佛塔寺綵旛蓋若比丘不與取是誰棄捐不受世尊告若佛塔寺物取者爲成棄捐不受聲聞塔亦爾謂檀越施與塔寺斷彼施主福爲成棄捐不受盜塔寺物入地獄

佛世尊住那竭國乾抵越園（園主名也）有優婆塞自以信自在自悲自憙開作講堂已私施與尊者羅雲於是尊者羅雲受是講堂已出行兩月彼優婆塞聞尊者羅雲受講堂已行至兩月彼優婆塞聞已持講堂施與招提僧於是尊者羅雲行至兩月已還到那竭羅雲聞檀越持講堂施與招提僧聞已到佛所到已頭面禮佛足却住一面尊者羅雲以事而白佛佛告汝羅雲至彼優婆塞所到已作如是說我於汝優婆塞作不可事苦事非事不淨非沙門事不隨順耶於是尊者羅雲受世尊所說極受持受持已從座而起繞佛而去於是尊者羅雲盡夜已早起著衣持鉢入那竭那竭乞食已往到彼優婆塞所彼賢者眼遥見羅雲來見已從座起一向著衣叉十指至羅雲所白曰善來羅雲善哉羅雲久乃來就此座隨所施座羅雲坐之坐已告優婆塞言

優婆塞我不於汝作不可事苦事非事不淨事非沙門事不隨順耶如是說已優婆塞言汝於我無有此事乃至不隨順聞是語已羅雲從座起還至佛所到已頭面禮佛足却住一面以事白佛於是世尊以此事和合僧會已世尊告諸比丘有十非法施非法受非法用施一比丘已奪持與二是非法施非法受是非法用施二已奪二與三是非法施非法受非法用奪三已以與多者是非法施受是非法用施多已奪與一是非法施受用也施一已奪與二奪多施與僧與僧已奪與他僧與二僧已奪與比丘尼僧奪比丘尼僧已與他比丘尼僧鬬作二分未合奪一衆與一衆或助一或不助一是非法施非法受非法用前施是施後施非施檀越施雖得自在正可守護王是施主即牀卧主衣鉢在比丘此應用如是佛說不與沙門結戒即於蒲萄園中有主有比丘上樹不與果上樹取果取果波逸提若取果直五錢爲成棄捐不受如是一切生果一切生華在甘蔗園園有主若比丘不與截取持去波逸提果滿直五錢爲成棄捐不受藕有主無主若比丘取有主者掘地爲波逸提截爲波逸提下直五錢成棄捐不受如是及一切根比丘食處而受兩分下直五錢爲成棄捐不受言二人犯妄語也及請飮兩分亦如是若近國界比丘教王各各相伐爲成棄捐不受若自將導成波羅夷相伐起軍波逸提所得下直五錢爲成棄捐不受

戒因緣經卷第一

音釋

謏先了切小也

鄙悖鄙補委切陋也悖蒲昧切逆也

緘縢緘古咸切緘封也縢徒登切纏也東也

諄諄章倫切諄諄誨言重複也

纖芥纖息廉切細也芥古監切小草也

鞞貰羅梵語也此云廣博貰始制切

鈐巨鹽切

貲即移切量也

斟酌斟諸深切酌之若切謂斟酌飲食也

疹章刃切病也

眄莫殄切邪視也

攫掣攫居縛切爪持也掣昌列切挽也

責數數所矩切亦責也

自首首舒救切有答自陳曰首

坌蒲悶切塵埲也

痾聾痾烏何切病也聾盧紅切耳病也

獖扶分切獖豕也

鶚五各切鵰屬

柵初革切編木爲柵也

塹七豔切坑也

鍬七遙切鍤也

猳玃猳古牙切牡豕也玃居縛切大猿也

戒因緣經卷第二

姚秦三藏竺佛念譯

鼻奈耶第二

波羅夷法第一之二

佛世尊在跋耆村跋渠末江與大比丘僧俱爾時世尊告諸比丘觀諸惡露極觀莫疲坐觀食不盡想不忘何以故觀惡露者得大果功德福爾時諸比丘作是念言世尊說惡露不淨行乃至坐觀食不盡行不淨行觀此行已當得大果大功德報諸賢當共勗勉觀不淨行乃至坐觀食不淨行我等觀此行已當得大果大功德報是諸比丘觀不淨行極觀不淨行乃至坐觀食不淨行作是觀行時猒此臭身衆惱集會還自慚愧用此身爲何時當脱此苦譬如壯夫端正無雙以諸珍寶瓔珞其身隨時澡浴香薰塗身頭著寶冠及華鬘飾身被天衣不受塵土手脚柔輭髮紺青色鬚髭奮吒爲人中最若以死蛇及狗死人青膖膿爛食不盡段段異處便血塗染臭處不淨以此三屍瓔此人頸人甚穢惡衆惱集會還自慚愧何時當早脱此惡去如是衆比丘觀諸不淨乃至坐觀食不淨行猒此臭身意自念言何時當死爾時衆中有一比丘觀不淨行乃至自患猒即捨本位往獵師種沙門崛比丘所語沙門崛言賢嚴比丘能殺我者當顧卿三衣爾時沙門崛比丘手執利刀斷其命殺此比丘已執刀詣跋仇末水坐洗其血時水上有立魔天讚沙門崛比丘善哉善哉賢嚴成大功德能取精進比丘不度者度不脱者脱不般涅槃者令般涅槃時沙門

崛比丘作是念誠如天言我大得功德令諸比丘不度者度不脱者脱不般涅槃者令般涅槃既度沙門加得三衣喜自慶賀爾時沙門崛比丘信此倒見已執向者刀還至衆中房房告令我能不度者度不脱者脱不般涅槃者令般涅槃時諸比丘觀不淨行乃至自猒臭身穢惡房房中諸比丘出詣沙門崛比丘所作是語能取我輩殺斷命者當顧卿三衣時沙門崛執利刀殺一二三四五乃至六十比丘斷其命爾時世尊十五日說戒在大衆中敷高座坐具坐定遍觀衆比丘意見諸比丘坐少不足言世尊知問阿難云何阿難今日衆僧坐何以希集會說戒時阿難承世尊所說善受持右膝著地偏袒右肩整衣服叉手向佛白世尊言世尊勑諸比丘觀不淨行乃至猒身臭處行不淨坐觀食想已得大果大功德爾時諸比丘各自相語諸賢當知世尊說觀不淨行行不淨行已得大果大功德我等當共觀是不淨行行不淨行已得大果大功德爾時諸比丘觀不淨行行不淨行已猒此臭身譬如壯夫端正無雙以諸珍寶瓔珞其身隨時澡浴香薰塗身頭著寶冠及華鬘飾身被天衣不受塵土手脚柔輭髮紺青色鬚髭奮吒爲人中最若以死蛇及狗死人青膖膿爛食不消盡段段異處便血塗染臭處不淨以此三屍瓔此人頸人甚穢惡衆惱集會還自慚愧何時當早脱此患去如是衆比丘觀諸不淨乃至坐觀食觀不淨行猒此臭身意自念言何時當死爾時衆中有一比丘觀不淨行乃至自患猒即捨本位往獵

師種沙門崛比丘所語沙門崛言賢嚴比丘能殺我者當顧卿三衣爾時沙門崛手持利刀斷其命殺已此比丘已執刀詣跋仇末水洗坐洗其血時水上有立魔天讚沙門崛善哉善哉賢嚴成大功德能取精進比丘不度者度不脫者脫不般涅槃者令般涅槃時沙門崛作是念誠如天言我大得功德令諸比丘不度者度不脫者脫不般涅槃者令般涅槃既度沙門加得三衣喜自慶賀爾時沙門崛信此倒見已執向者刀還至衆中房房告令我能不度者度不脫者脫不般涅槃者令般涅槃時諸比丘觀不淨行乃至自猒臭身穢惡房房中諸比丘出詣沙門崛所作是語能取我輩殺斷命者當顧卿三衣時沙門崛執利刀殺一二三四五乃至六十比丘斷其命以是之故比丘僧說戒稀少善哉世尊願說餘方便使諸比丘得無量智慧之證

爾時世尊告諸比丘當學安般念廣修其行食息之頃莫失安般念行何以故行安般念廣修其行後得大果有大功德報於此比丘中比丘若在村落若在城郭依彼止住到時著衣持鉢入村落乞食將護其身專定六根莫失至行若眼見色不興起想染著之意作如是行則成眼根如是耳鼻舌身意法不興起想染著之意意不適彼則成意根若於村落乞食之後取衣鉢著房中先洗脚舉尼師壇著肩上求無人處向彼閑靜樹下露精草廬園外平處塜間山谷巖窟依彼止住若至閑居若至樹下布尼師壇結加趺坐平坐不傾欹繫念在門鼻也比丘念息項息出亦念息

入亦念息出長亦知長息入長亦知長息出短亦知短息入短亦知短身諸毛孔息出盡覺知身諸毛孔息入盡覺知若意定覺滅出息覺滅入息身口意覺滅出息覺滅入息譬如旋作輪若旋弟子牽旋長亦知牽旋短亦知比丘如是行安般念廣修其行乃至意念覺滅出息入息作是行安般念廣修其行得大果報有大功德爾時諸比丘各自相勑世尊憐愍卿等說安般念欲使我等廣修其行行安般念廣修其行已得大果報有大功德卿等來共至所在行安般念廣修其行不失安般念何以故行安般念廣修其行得大果報有行得大功德爾時諸比丘行安般念廣修其行逮無量智慧證得阿羅漢道爾時尊者阿難詣世尊所頭面禮佛足兩膝著地叉十指向佛白世尊言世尊言廣說安般念行乃至廣修其行諸比丘承佛聖教行安般念皆得無量智慧證得阿羅漢道爾時世尊以是因緣以是妙行集和合僧備十功德世尊為沙門結此戒諸比丘當防此事若比丘人人形之類自手念斷其命若持刀若使他持勸他使死若稱譽死或作是語咄此男子用此苦生為汝生不如死彼人心從此心作如是念無數方便勸他使死若稱譽死設使此人就死者如是比丘棄捐不受比丘在避屏處持弓刀弩關機及穽用是殺人者波羅夷不受

比丘向官讒言官勢殺人者波羅夷不受比丘鞞陀路婆（鬼著屍也使起殺人）若作呪作藥持用殺人波羅夷不受

比丘作𦆀縮人頸殺波羅夷不受比丘和合吐下藥若灌鼻若從下灌若鍼出血若著眼散持用殺人者波羅夷不受若復比丘女人懷妊有殺心持手按腹若教他按若兒女人死波羅夷不受若一死二死俱波羅夷不受若比丘懷殺心教人投火赴水投巖作是殺人者波羅夷不受比丘懷殺心寄作書讒使人持書人云有重罪令殺彼若殺者波羅夷不受在毋胞胎中得二根身根命根比丘若於彼懷殺意呪墮人胎作是殺者波羅夷不受佛世尊在舍衛國祇樹給孤獨園當爾時尊者薄佉羅處鍛作園中止房中遇患病苦尊者分尼侍扶給水漿爾時薄佉羅語分尼往詣佛所持我名字頭面禮世尊聖體康強輕利不起居有力得行道不往作是語近日薄佉羅比丘在鍛作園止房中遇病困此比丘遥禮世尊聖體康強輕利不起居有力得行道不薄佉羅比丘欲來覲世尊但念身無氣力至世尊所問訊善哉世尊顧屈意至鍛作園為薄佉羅比丘爾時分尼比丘速疾速疾受薄佉羅語詣世尊所頭面禮足具如是白善哉世尊顧屈意往到鍛作園薄佉羅比丘所為薄佉羅比丘故世尊默然不答爾時分尼見世尊默然可便從座起頭面禮足繞佛三帀而去爾時世尊見分尼去不遠食後從禪起往至鍛作園薄佉羅所薄佉羅遥見佛來欲從座起然無氣力得起爾時世尊語薄佉羅言不須起但卧更有餘座吾當陛座坐

定後世尊告薄佉羅堪忍漿粥得消化不體中苦痛疼有除降不除降覺增覺損薄佉羅白佛言唯然世尊不堪忍漿粥無有消化有苦痛疼但增無損譬如世尊有力之人以索纒頭此人如是頭苦痛疼如是世尊我頭痛疼亦如彼人無異以是故不堪忍漿粥無有消化但增無損譬如世尊有力之人手執利刀頭而鑽頂上如是頂上患苦疼痛我今頭痛世尊亦爾但覺增無損譬如世尊有力人執刀刺牛腹患此腹疼痛不可言我今如是腹疼痛亦如彼譬如世尊有兩健人捉一羸者各持手脚於火坑上轉旋此人疼痛不可言我今世尊身如是以是故不堪忍漿粥但覺增不覺損我今世尊欲持刀自殺不堪取生佛言我還問卿汝當答我云何薄佉羅夫言色者有常無常耶答無常也云何若無常者爲苦爲樂耶答苦世尊云何若無常苦變易法者或復於此聞諸道證言是我所非我所有信者不不也世尊云何薄佉羅痛想行識有常無常耶答無也世尊若無常者苦耶樂耶答苦也世尊若無常苦變易法者或復於此聞諸道證言是我所非我所有信者不不也世尊以是故薄佉羅所有色過去當來現在內外大小善惡若遠若近此一切我所非我所盡無觀諸法以是故薄佉羅痛想行識過去當來現在乃至觀諸法等薄佉羅聞說諸道證覺色空無所有則得解脫得解脫已智慧生我今生死盡逮淨行所作已辦不復處胞胎如是痛想行識不復更受乃至不處胞胎以是故薄佉羅莫恐莫怖汝不復入

惡道不生惡道中去處不遇惡世尊說已逕還精舍中即日夜半有二天人色像無雙來至佛所頭面禮足在一面住其一天人前白佛言尊者薄佉羅得護解脫次第二天前白佛言世尊薄佉羅於解脫得解脫諸天作是語禮佛而去爾時世尊即於其夜告諸比丘向者有二天來問此義尊者薄佉羅得解脫護第二天問於解脫得解脫受解而去佛告一比丘往詣鍛作園薄佉羅比丘所作是語君聽世尊教及天問莫恐莫怖不生惡處不於惡處生所生處無有惡此世尊教昨夜有二天來至我所一天者問尊者薄佉羅得護解脫不第二天問尊者薄佉羅於解脫得解脫不此薄佉羅是天語比丘聞佛教已往詣鍛作園時薄佉羅語侍病比丘諸賢共舉我著牀上舁出門不堪取活我今持刀欲自刺死諸比丘即著牀上舁出門時大比丘衆於門外經行彼佛所遣比丘詣經行比丘所作是語薄佉羅比丘住何所欲往問訊衆比丘答薄佉羅比丘今舁出門持刀欲自刺死若欲問訊便往時此比丘逕至薄佉羅所薄佉羅遥見一比丘來即語侍病比丘小停牀住待此比丘來即便停牀彼比丘至語薄佉羅如佛所教具向說之乃至此是佛教此是佛教此是天語薄佉羅答我所得者世尊亦知我所見者世尊亦知是故我無疑於色有常無常乃至行識若復無常苦空變易之法及於諸法聞沙門證是我所非我所悉無如其實等見我所知者諸天亦知我所見者天亦見是故我不疑有常無常乃至等見無疑宿

對見逼持刀自斷命作是語已便舉刀自刎諸侍病比丘皆自疑我等不犯波羅夷不受婆我等共舁出者往問佛佛答若獸患殺意授刀與者若教使死有殺意舁出者波羅夷不受若有慈悲喜護隨意不逆病者不有波羅夷不受拘薩羅界有諸比丘止住此比丘數數鬪二國王有比丘驛使送書若導軍前殺人教他殺波羅夷不受

佛世尊在羅閱城竹園迦蘭陀處爾時調婆達兜十二年誦經學道稟受教授無有休懈於其間聞佛所說經盡皆諷誦親近巖穴無事樹下空處塚間舍利弗目揵連阿那律難提金鞞羅比丘等共侶此調達於世尊不起惡意時初不犯戒如毫毛後正起惡心於世尊於是便犯戒彼諸堂室地盡布坐具世尊先以結戒不洗足不得入爾時調達不洗足而入時有優鉢色比丘尼語調達云何調達世尊制戒言不洗足不得入調達答何弊惡比丘尼汝知戒能勝我耶即以力士力拳打比丘尼頭上比丘尼即命過諸比丘如狀向世尊說世尊告曰愍此惡人得無限罪此比丘尼得阿羅漢道時世尊緣此事集和合僧結戒若比丘若男若女自手斷命犯者波羅夷不受

佛世尊在舍衛國祇樹給孤獨園爾時尊者目揵連爲執杖梵志打如壓竹箭乃命盡彼國人民即知尊者目揵連爲執杖梵志所殺身體碎爛如壓竹箭馬師弗那跋二人聞師爲人所殺瞋恚熾盛毛衣盡竪以大力士力盡取執杖梵志殺佛觀此事知而告馬師弗

那跋比丘我今與卿等説四句法義婆四諦時馬師弗那跋慚愧無顏右膝著地叉十指向佛白世尊言我等罪重不敢聞此深法義也世尊慇懃問乃至再三世尊愍此惡人離我遠離深法遠即因此事為諸沙門結此戒若比丘自手殺人教他殺者波羅夷不受此二人墮龍中在乾陀越國西失利虎頭山水中瞋佛背不與説法欲出水壞佛法輒有化佛在其前立曰汝欲聞四深法義婆恚便止如是非一此二人佛從弟也

佛世尊在舍衛國祇樹給孤獨園爾時尊者耶舍比丘將從弟子二百五十尊者跋陀先跋檀陀兒將從弟子亦二百五十人從拘薩羅國來至舍衛國欲覲世尊問訊諸比丘在祇洹門外談論聲徹門內世尊聞大聲世尊知而問阿難門外有何等人談論聲高乃徹此間時阿難具白世尊是諸比丘論義之頃衆人雲集語聲遂高即遣阿難語耶舍衆及跋陀先衆世尊告卿等不得於此舍衛國夏歲坐時阿難承佛教即詣耶舍衆及跋陀先衆所世尊告卿等不得在舍衛國夏坐時尊者耶舍及跋陀先衆即詣跋仇末江水邊作廬舍結夏坐當於爾歲人民饑餓霜雹飛蝗食穀乞求難得時諸比丘作是念言卿等知不今穀貴時霜雹飛蝗食穀乞求難得我等共詣鞞舍離國諸長者家各各相稱譽長者知不此某甲比丘名是姓是得第一禪第二禪第三禪第四禪亦逮慈悲喜護得四空定止觀安般守意須陀洹果斯陀含阿那含阿羅漢果共同此語各相讚歎然後於此國當得供養國王大臣長者婆羅門行道庶民當得衣被乞食牀臥病瘦醫藥時諸比丘入鞞

舍離國諸長者前各相稱譽長者當知此某甲比丘名是姓是得須陀洹乃至阿羅漢果時諸長者皆信謂呼得道隨時供養衆僧衣裳飯食諸佛常法衆僧集會有二時節春後外國三時分一年春三月坐後一月詣佛詣師二時亦爾往詣佛所禮覲禀受佛所說法吾等當學於夏坐中諷誦歲後月夏坐訖三月中補納衣一日竟衣執鉢往詣佛所此二時節衆僧大會爾時跋仇末江水邊夏坐比丘三月補納衣一日竟衣至舍衛國祇樹給孤獨園詣佛所諸佛常法有遠來比丘先問於夏坐中善得誦經行道得無倦耶時世尊以此句以此義告比丘曰諸比丘等誦經行道得無倦耶諸比丘答言我等世尊無有疲極跋仇末江水夏坐沙門身體肥盛血脉隆脹其舍衛國夏坐沙門身體羸瘦顏色無光氣力微少江水邊諸沙門語舍衛比丘卿等何以羸瘦顏無光澤答曰卿不知耶此國穀貴乞求難得以是故身體羸黑顏無光澤卿等何以獨肥盛顏光暐暐此諸比丘如狀具說羸比丘聞是語甚怪所已云何卿等以少臭食故言是上人法此諸比丘極甚責數諸比丘云何比丘世尊無數方便說妄語之罪不妄語者歎其德諸比丘各詣佛所頭面禮足坐一面即以此事具白世尊世尊而問曰諸比丘實爲此事耶諸比丘慚愧兩膝著地叉十指向佛審爾世尊世尊告曰云何比丘我前不爲癡人無數方便說妄語罪不妄語歎其德卿云何種此罪根佛以無數方便因是事緣和合集僧備十功德爲沙門結戒使諸沙門得知此義若比丘不

知不見上人法我得諸德我知我見善處無爲我知是見是此比丘若於餘時若有人問卿是阿羅漢非答言非我無狀前作是語當淨其過憶所作事不知言知不見言見空妄語誑言不淨除過而故爲比丘波羅夷不受佛世尊在舍衛國祇樹給孤獨園爾時有一比丘年少學道日淺不悉法去眞念根未定行無節度若至他家自稱上人法時大比丘衆執鉢著衣入舍衛國分衛聞年少比丘自稱言我是上人法諸比丘聞得食出城去往詣年少比丘所語言卿莫數數至他家莫自稱言是上人法年少比丘答曰諸長老比丘常至他家況我何不得至他家耶如是諫不從長老比丘語諸長老比丘往詣佛所具白此事世尊告曰譬如比丘大空曠深山有泉水處中有龍象下入泉水選取藕根洗泥土却極令使淨而取食噉此諸龍象食各飽滿氣力强壯歡樂不暴不相殺害無有死苦大象群中諸小龍象若下入深泉中擇取藕根竟不洗淨合泥土食食已氣力轉微無復歡樂緣是故共相殺害而有死苦如是長老比丘婬怒癡離久修淨行又不數至諸檀越家以不數至檀越家故不信法而來求信信者重令信若得呪願物意不染著不懷嫉妬若受信施而得消化不相謗苦無邪僞意此諸長老比丘衆中有年少比丘學道日淺未解法去眞自相稱譽言上人法所至到處不信法者增其不信若常信者損其本心所得信施懷染著意嫉妬結友不解無常而取食之食之已顔無光澤無有氣力以是故而有死

苦時世尊緣此事集和合僧爲沙門結戒若比丘至長者家恒自稱譽言上人法者比丘波羅夷不受

佛世尊在羅閱城竹園迦蘭陀所時調達初求作沙門賣三百千兩金所乘象亦直金百千兩象之乘具亦直金百千兩調達所著衣裳服飾亦直金百千兩出家剃除鬚髮著袈裟捐棄國土入山行道誦經稟受於其間世尊說經法盡誦上口彼亦有大神足比丘往以閻浮樹名故此地名閻浮提諸神足比丘往取閻浮果持來食噉去閻浮樹不遠有大呵梨勒園大阿摩勒園（各相去五十由旬）或至欝單越取自然粳米持來食噉或至兜術天上取天甘露持來食噉或至東方南方西方北方種種變化飛騰虛空調達見如是起憎嫉意我當何時有此大神足往詣閻浮樹下取甘果來食乃至飛騰虛空無所罣礙便生念言我今先當往詣佛所問佛神足道便往佛所問神足道世尊知此調達當爲此不救罪於此法作無益事是故佛語調達去不須問神足道但思念無常苦空無我思此事調達聞此不入神懷意故念神足復作是念舍利弗者大智慧人當往問神足道當不逆我即往問舍利弗神足道見佛不然故不向說復作是念此目揵連者於聲聞中大神足第一當往問神足道便往問神足道目揵連亦不與說復作是念此阿難者是我小弟世尊亦說於聲聞中多聞第一當往問神足道必向我說神足道往詣阿難所問神足道時阿難未得神通不慮此人已垢未盡所聞神足便向

說時調達從阿難稟受神足道不忘便向空靜處樹下深山園果處所習行此法晝夜不懈便得世俗四禪依此禪便得神足以前所言誓往詣閻浮樹下取果來食噉乃至兜術天取天甘露無數方便變化非一時調達便起妬嫉意向如來復作是念比沙門瞿曇生處種姓不能勝我此亦釋種我亦釋種有何差降所以人來供養者以其神足我今亦當以神足教化受化者多彼復作是念今王頻婆娑羅以在沙門瞿曇道阿維越致聲聞我不能以神足化此調達至聰明翻捷天文地理虛空星宿盡明達知遍觀衆人唯太子阿闍世王相備具此太子必作王無疑我今當往以神足化太子使此居門當受我教時調達化身爲象往至阿闍世太子所從壁入門中出作若干變化欲使阿闍世太子知是調達復化身爲馬出入無礙或從門入從非門出或化諸珍寶以作寶冠在阿闍世太子膝上太子便取冠之雖爾知是調達變化所作復化作小兒金銀瓔珞其身在太子膝上坐太子抱弄唾哺嗚口亦復知是調達變化時阿闍世太子便起嫉妬恚意調達神足乃欲勝佛便興供養衣服飯食牀臥病瘦醫藥日送五百釜飯至調達所嚴五百乘車將從自至調達所亦有五百比丘在調達所坐食時諸大比丘衆到時著衣持鉢入羅閱城分衛時諸比丘聞阿闍世太子供養調達無能過者乃至嚴五百乘車至調達所調達所將從五百比丘坐食諸比丘聞已往詣佛所具白此事世尊告曰汝等莫詣調達所受供養莫

興起羨意何以故如飲毒藥豈有不死者耶既自飲毒復飲他人譬如比丘達陀利樹果生枝折竹箄子生則死如騾懷軀二命俱死如是比丘調達供養既自飲毒復飲他人譬如比丘大力之人執杖打惡狗或破頭鼻狗遂惡不比丘答言唯然世尊如是調達所得供養意遂熾盛念此愚人長夜受太山罪時調達便興此念我今供養勝於如來如來何以禁固衆僧不使來受供養調達興念適竟便失神足當於爾時尊者目揵連在羅閱城迦陵伽谷時目揵連司學比丘名陜浮陀拘利長者子修四等心生梵天上陜浮陀梵即以天眼見調達失神足時陜浮陀梵如人屈伸臂頃從梵天上至目揵連所迦陵伽谷前白尊者目揵連尊者知不調達以失神足目揵連可往白世尊調達以失神足目揵連便興此意坐入三昧觀調達心時目揵連便入三昧知調達以失神足時目揵連默然可天所白天便還天上時目揵連見天去不久即坐三昧至竹園所去佛不遠從三昧起整頓衣服來至佛所頭面禮足在一面立白世尊言如陜浮陀梵言調達失神足如是語頃調達將從五人瞿婆離騫陀羅婆婆迦留陀帶三文陀羅嗏頭世尊遥見調達將從五人來世尊顧語目揵連止止護口不須作是語此癡人來當自有言時目揵連便作是念我今入三昧正受於此間坐使調達不見我時調達來至佛所頭面禮足在一面坐白世尊言今世尊老大氣力微弱年以時過善哉世尊勑諸衆僧受我供養世尊答曰如舍利弗目

揵連等大神足人來索衆僧吾尚不與況汝在懷抱受他唾哺當與衆僧時調達便興此念云何世尊獨歎舍利弗目揵連而遏絕我德時調達便起惡意向佛及舍利弗目揵連不辭即從座起去世尊告諸比丘信施甚重比丘墮人瞋中不得言得前所誦者今懈不諷不得證言得證譬如力士切筋作索用纏脚腨兩頭互牽此索傷皮及肉盡傷筋筋斷至骨徹骨及髓如是比丘當知信施亦復如是墮人瞋中不得言得前所誦者今懈不諷不得證言得證其有比丘受信施者味著以爲已有傷皮乃徹骨髓善哉比丘從今以去當學所得信施不味著以爲已有受當如所施受心無狐疑比丘當作是學時世尊因此事緣乃至備十功德爲沙門結戒若比丘若

依俗禪起神足及自稱譽言上人法此比丘波羅夷不受時世尊告諸比丘當知其有比丘以衣裳飯食牀臥病瘦醫藥故非阿羅漢言阿羅漢若復比丘作賊導師將從百人二百三百乃至千人此二大賊有何差降比丘答曰將從百人及千人者此常小賊此第二賊天上人中梵魔衆沙門婆羅門以衣裳飯食牀臥醫藥故非阿羅漢言阿羅漢此賊中之大賊時尊者優波離問世尊曰波羅夷者義何所趣世尊答曰一切根力覺道登道樹下得果諸結盡都棄是故言棄譬如比丘人有過於王所盡奪養生之具舍宅捐棄如是於四波羅夷展轉犯事一切功德盡捐棄云何不受名若說戒受歲其衆僧祕事比丘不受不受非沙門非釋種子

戒因緣經卷第二

音釋

跛者梵語也此云金剛跛蒲撥切　跛渠末梵語也此云盤曲　勗勉勗許玉切勵也勉彌兗切勸也　鬚髭鬚相俞切髭即移切在口上曰髭在口下曰鬚　奮吒奮方問切吒陟嫁切　膖匹絳切膖脹也　獵良涉切逐禽也　崛衢物切沙門名也　安般安梵語具云安那此云遣來入息也般梵語具云般那此云遣去出息也般音撥　傾欬傾去營切側也欬去奇切不正也　弩奴古切弓有臂者曰弩　穽疾正切陷也坑也　讒士咸切譖也　樈其亮切施罟於道以冐鳥獸曰樈　縮所六切縛東之也　鍼職深切鍼剌也　妊汝鳩切孕也　鍛丁貫切冶金曰鍛　鑽借官切穿也　舁羊諸切兩手對舉也　自刎刎無粉切割也　驛使驛羊益切傳舍也使踈吏切將命者曰使　粳米粳古行切稻不黏者曰粳　噉徒濫切食也　唾哺唾湯卧切口液也哺薄故切口飲也　釜扶雨切鍑屬　喺胡計切　筋舉欣切骨絡也　腨市兗切腓腸也

戒因緣經卷第三

姚秦三藏竺佛念譯

鼻奈耶第三

僧伽婆尸沙法第二之一

佛世尊遊舍衛國祇樹給孤獨園爾時尊者迦留陀夷（迦留陀夷阿難從弟）於祇洹歲坐掃灑房室於中敷牀前著澡灌外復有澡灌到時著衣持鉢入舍衛城分衛得食而還入房舉衣鉢息迦留陀夷婬意偏多憶向所見得食之家婦女婬意熾盛以手弄陰精墮即便洗手澡浴掃灑房室如是再三乃至竟夏坐時諸比丘是迦留陀夷知識在拘薩羅結夏坐坐已具補納衣一日竟衣著衣持鉢來至舍衛國祇樹給孤獨園時諸比丘往詣迦留陀夷比丘所各各相向禮拜問訊已在一面坐云何優陀夷體履健不於夏坐中無苦不乞求易不優陀夷答我於此間掃灑房室乃至弄陰具向諸比丘說諸比丘答云何優陀夷無數方便世尊說婬不淨向婬念婬婬熾盛說婬之惡露卿云何於中起婬意如是諸比丘極苦責諫責諫已便起去往詣世尊如是事具白世尊世尊知而自問優陀夷審爲此事那時優陀夷內懷慚愧外則恥衆從座起偏袒右肩右膝著地叉手向佛白世尊言審爾世尊世尊告曰云何癡人我不以無數方便說婬之不淨向婬念婬婬熾盛婬之惡露云何癡人而以此手受長者信施復以此手而捉此形弄耶如是佛世尊無數方便誨責因此事集和合僧備十功德世尊爲沙門結戒諸沙門當共防此若比丘憶念弄陰墮精僧伽

婆尸沙

世尊遊舍衛國祇樹給孤獨園時有一比丘在祇洹夏坐此比丘於夢中失精覺已便懷狐疑我不犯僧伽婆尸沙耶便問諸比丘諸比丘不知當何報諸比丘往白世尊世尊告曰夢中失精無罪若比丘弄陰失精除其夢中僧伽婆尸沙時尊者優波離問世尊失精有幾處是僧伽婆尸沙世尊世尊告曰左右手弄者僧伽婆尸沙使他手弄亦爾他兩曲肘弄者及屈膝間兩腋間臍兩邊及歧間尻潚間兩肩上項間現身上屈伸處衣裏弄者伏牀褥弄者畫女像木女像作處所弄失精者僧伽婆尸沙

佛遊舍衛國祇樹給孤獨園時尊者難陀姪意偏多入舍衛城分衛有一長者婦以手接難陀足作禮女人手輭難陀便失精墮此人手上女人即舉手塗頂上我今得大利乃使尊者難陀姪意熾盛梵行全顧意不犯戒難陀便懷狐疑我不犯僧伽婆尸沙便問諸比丘諸比丘不知報即往具白世尊時世尊因此事集和合僧世尊知而故問難陀實如此事不難陀時尊者難陀内懷慚愧外則恥衆偏袒右肩右膝著地叉手向佛白世尊言審爾世尊爾時世尊於衆人前歎難陀言善哉善哉難陀乃能作是全梵行能爾行梵行者得大果報得大功德時世尊告諸比丘其族姓子見難陀者誰能呰言不端正乎身體柔輭筋力勝人婬意偏多誰能勝難陀也如是比丘難陀族姓子閉塞根門飲食知足夜不失時念定不亂難陀能盡形壽淨修梵行彼

難陀族姓子云何能閉塞諸根門於此難陀族姓子眼見色者意無染著設使見色眼根不具者當念無明憂惡不善法意不向者則護眼根如是耳鼻舌身意法知巳不起染著設使意根不具者當念無明憂惡不善法意不向者則護意根此是難陀族姓子閉塞根門彼難陀族姓子云何飲食知足於此難陀族姓子摶飯食知足無有貪餮不求顏色氣力無細滑意所以食者欲使身體久住以滅故痛新者不興樂得行道譬如有人有瘡痍病以膏塗之所以塗者何欲使瘡愈如是難陀族姓子飲食知足無有貪餮乃至樂得行道譬如有人以脂膏車所以膏者何以其重載故如是難陀族姓子飲食知足無有貪餮乃至樂得行道此是難陀族姓子飲食知足

彼難陀族姓子云何是夜不失時於此難陀族姓子晝日經行坐禪夜亦經行坐禪初夜時經行坐禪降伏心不使睡眠中夜之時襞衣多僧使四疊而敷座上舉僧伽梨著頭前右脅著地累足更互申脚繫想在明何時當曉後夜即起經行坐禪降伏心法此是難陀族姓子初夜後夜夜不失時彼難陀族姓子云何念定不亂於此難陀族姓子若欲視東正身思惟而視東無有亂意若欲視南西北正身思惟而視無有亂意於是難陀族姓子若欲有痛想終不失智行識亦爾痛想未起不令使興若痛想有起次第滅之此是難陀族姓子念定不亂是故難陀失精無罪若復當有如是失者亦復無罪諸比丘從今以去當著舍勒（半泥洹僧）弄陰者義何所趣獨處興意

念想若已若彼身體相近弄陰是弄義也佛遊釋羈瘦迦維羅越那拘陀國爾時尊者迦留陀夷當五日直有諸長者婦女來至園中諸房間觀時尊者迦留陀夷手執鑰毋在門外立呼言諸姊來前入此園遊觀中有浴池泉源時諸婦女即入園遊觀開諸房戶使入觀看歷陰室内捉諸婦女抱嗚捻挃身體諸婦女或欲從者或不從者其不從者出語諸比丘常無畏處安隱處而更大有恐畏諸比丘問有何恐畏即以所見事具白諸比丘諸比丘不知當何報往詣世尊具白此事世尊知而故問尊者優陀耶審爲此事那時優陀耶内懷慚愧外則恥衆偏袒右肩右膝著地合掌向佛白世尊言審爾世尊世尊告曰云何我前不爲癡人無數方便說婬不淨向婬念婬意婬熾盛婬之惡露云何優陀耶我前不向優填王說婬不淨耶王優填問我瞿曇此諸比丘年少端正新來入法鼻奈諸根善具眼鼻充澤皮輭如桃華安庠不犯他婦女盡命淨修梵行爾時我語王諸比丘其像母者當呼言毋其像姊妹者當呼言姊妹像女者亦當呼言女以是義理故大王使諸比丘年少端正者乃至不犯女色盡形命得修梵行王復問世尊人心多想設使我等像毋言毋乃至像女言女心故走世法頗更有餘義使諸年少比丘盡命淨修梵行不世尊告曰我以語諸比丘大王諸比丘當觀此身從足毋指上至髮際觀種種惡露不淨此身中有髮毛爪齒塵垢皮肉血筋脉骨髓心肝脾腎肺腸胃腹屎溺肪膏膽涕唾涎腦膜以是

義故大王使諸年少比丘盡命得修梵行王復問世尊此心多想設使我等覩此惡露故謂是淨頗更有餘義使諸年少比丘盡命得修梵行不世尊告曰我前以說大王諸比丘當閑諸根門守念不忘意不分散設眼見色心不染著設眼見色有染著者心念無明憂惱不善之法使不近者則守念眼根如耳鼻舌身意法無有染著假有染著意心念無明憂惱不善之法使不近者則守念意根以是義故大王使諸年少比丘盡命得修梵行王白世尊儻有此義諸年少比丘盡命得修梵行若我入宮裹時不護身念根意不端一則心走向婬意世法若護身念根意端一心無分散不向婬世法是故世尊可奇可特誰聞沙門瞿曇此語能不具諸根我今自歸佛歸法歸比丘僧願世尊聽爲優婆塞盡命不殺生受三自歸爾時世尊告優陀夷此世人尚能爾癡人而不防此像毋者當言毋乃至女亦如是爾時世尊以無數方便誨責優陀夷集和合僧備十功德爲比丘結戒若比丘婬意熾盛手摸女人若執手捉臂捉髮及諸身體腕節摩捫抱持犯者僧伽婆尸沙時尊者優波離問佛抱持女人幾處是僧伽婆尸沙世尊告曰若比丘以婬意熾盛從堂上抱女子著象上僧伽婆尸沙若象上抱下著馬上馬上抱著車上車上抱著轝上轝上抱著牀上牀上抱著繩牀上繩牀上抱著机上机上抱著地若復從地抱展轉還至堂上者僧伽婆尸沙除其母姊妹有病無染著意者不犯戒

佛世尊遊舍衛國祇樹給孤獨園爾時有衆比丘於拘薩羅國夏坐夏坐已補納衣一日成衣著衣持鉢來至舍衛去舍衛不遠有江名阿脂賴跋提南岸止住水流駛疾時有諸婦女白比丘言諸嚴賢等渡我等諸比丘答諸姊當知世尊不許得渡女人諸女人各相執手便入水中爲水所漂即稱怨言諸賢諸賢誰有慈心能勝釋子我今没溺願來見救諸比丘懸念往執手救諸比丘各懷疑不犯僧伽婆尸沙即問諸比丘諸比丘不知當何報往白世尊世尊告曰無染著意不犯罪以慈心往救若復當有溺没者若捉髮執衣不得持體火厄亦爾有一女人行險谷側時比丘捉手過比丘便疑我不犯僧伽婆尸沙往白世尊世尊告曰無染著意不犯罪若復當更有如此者以衣裹手往捉臂過

佛世尊遊舍衛國祇樹給孤獨園時尊者迦留陀夷於祇洹止住有諸長者婦女來至浴池房園觀看執鑰毋開諸房戶呼曰諸姊來入浴池觀看婦女至浴池園觀優陀夷共諸婦女談語經時説婬快樂相娛樂事其中婦女或有然可或不然可其不然可者出白諸比丘常聞無畏安隱處而更恐畏諸比丘問有何恐畏諸婦女具白比丘時優陀夷以出語諸比丘亦爾諸比丘諫責優陀夷世尊不以無數方便説婬不淨向婬念婬婬熾盛婬之惡露諸比丘苦諫已往白世尊世尊知而問尊者優陀夷審爲此事如諸比丘所白不優陀夷内懷慚愧外則恥衆偏袒右肩右膝著地叉手向佛白世尊言審爾世尊世尊告

曰我不以無數方便說婬之不淨向婬念婬婬意熾盛婬之惡露卿云何歎婬相娛樂事世尊無數方便誨責集和合僧備十功德爲比丘結戒若比丘婬意熾盛向女人歎婬相娛樂事惡語相向惡眼相視若大若小女人犯者僧伽婆尸沙

佛世尊遊舍衛國祇樹給孤獨園時諸比丘各行乞食至揭貳加村婬聚諸長者見嫌其到彼此諸釋子吉無不利自知稱好而入此婬聚如被婬人入者以婬故亦入諸女家大童女家如欲娶婦者諸比丘以此因緣具白世尊世尊告曰比丘有五事不應行云何五入婬種家人大童女家若寡婦不端者家酤酒家偷賊家比丘此五不應行比丘不得入若其入者此比丘爲犯罪爲有重過

佛世尊遊舍衛國祇樹給孤獨園彼有一婆羅門生女顏色姝好端正無雙以其端正故毋字爲善光初生之日爲相師婆羅門見記此女人當與五百人通遂長十六歲諸人聞記當與五百人通無有娶者有一入海商人與共毗村遥見此女端正便起想即問此誰家女答者言婆羅門女復問爲嫁未答未也若爾者我當娶爲婦答者言此女盡好有一不可問是何事答者具語初生之日相師梵志記當與五百人通商人復作是念我舍無有人入唯有釋子釋子無有此意商人便娉爲婦娶之未遠有商人入海採寶彼國常法其有商人數入海者常使導前若自不肯王逼之時商人來語此商人君次應在前採寶商人便勑守門者我令入海採寶莫使異人

於此止宿除其釋子所以爾者釋子無有婬意即日發引入海有沙門婆羅門至此家乞食者婦便共調戲説婬之歡樂可來與我作不淨行諸比丘不知當何報各懷疑往詣世尊具白此事世尊告曰如此家者比丘不得入乞食若入乞食者不得坐不得與言語何以故如此家壞人梵行設坐聽受語者僧伽婆尸沙彼女人婬意熾盛即日向暮便死莊歷服飾轝棄塚間時有五百群賊從塚間過見此女屍便起婬意向五百人盡爲不淨行如前婆羅門所記其語不虚坐與沙門婆羅門調戲故由此因緣生三惡趣天竺國比泉水名毗怛吐作龍妻有五百龍常與共通

佛世尊遊舍衛國祇樹給孤獨園爾時有諸長者婦女來至房舍園觀觀看時六群比丘語諸長者婦女言我等國王子端正無雙身體香潔精進無比於法中最上者汝等可與我戲笑相娛樂能以身施者於檀中最尊其中婦女或然可者不然可者其不然者出語諸比丘常無恐懼安隱之處而更有恐懼諸比丘問有何事諸婦女具白比丘比丘不知當何報往白世尊世尊知而問六群諸比丘審爲此事耶比丘内懷慚愧外則恥衆偏袒右臂右膝著地長跪叉手白佛言審爾世尊世尊告曰云何癡人我不説婬如毒蛇螫人寧爲蛇毒蚖毒黑蟒毒所螫不共刹利種婆羅門種長者種婦女交會雖復端正無雙服飾殊好寧投身入火不與交會我不説婬如大聚薪放火然大聚薪火焰熾盛寧身投入中不與刹利種婆羅門長者婦女交接娛樂

我不說婬如深火坑大深坑盛滿火但有赤炭無有煙氣寧投身入不與剎利婆羅門長者種婦女交接娛樂婬如狗齩骨如鳥銜肉肉既少少受苦多也如蜜塗刀婬亦復爾如王有敎取彼罪人日三時拷拷則鉾刺百瘡婬亦復然亦如畫鉼盛臭處如毒花香向鼻則死寧飲毒漿而不向婬如人彈琴但有空聲亦如劒樹上下刺人如怨家盜賊常無善意如沸屎灰河地獄婬亦復然我不說婬義因緣婬本末鬭諍縣官佞讒眩惑欺誑作種種無數惡法皆由婬起我無數方便說婬不淨向婬念婬婬熾盛婬之惡露卿等云何於中造惡時世尊無數方便責誨因此事集和合僧備十功德佛爲比丘結戒若比丘婬意熾盛於女人前自歎身端正又言精進比丘於法中最上淨行作如是法行者僧伽婆尸沙（一跋難陀二難陀生天迦留陀耶闡怒怒車匿也佛去世巳於阿難許得道二人般泥洹馬師弗那跋生龍中六人也）

佛世尊遊舍衛國祇樹給孤獨園爾時尊者阿難平旦著衣持鉢入舍衛城分衛分衛巳還出城爾時甚熱夏後月暑盛時尊者阿難行路中道焦渴彼中道有旃荼羅女名鉢吉提於井汲水時阿難詣井乞水語大妹我今須水施我少水時女報阿難我是摩鄧伽種阿難語我不問是義旃荼羅非旃荼羅也我今須水但施我水女報君毋種成就沙門瞿曇第一弟子王波斯匿所敬末利夫人阿闍梨我是旃荼羅種不敢持水相與阿難語女我不問汝旃荼羅非旃荼羅我今須水速以水見與女答若須水者便取時女先㴉水澆

阿難足復掬水澆阿難手澆手足已復生婬
意時尊者阿難飲水已便前進路時鉢吉提
女見阿難前行不遠捉水瓶還家啓白父母
阿母願以沙門阿難爲夫壻母答此阿難者
轉輪王家子剎利釋種姓瞿曇國王大臣盡
識知沙門瞿曇弟子是波斯匿所敬末利夫
人師我等小家旃荼羅種當云何得阿難以
爲夫壻女報母若不得阿難爲夫壻者我若
當飲毒以刀自刎若絞死母報女曰此間亦
有摩鄧伽神語符呪能移日月以墮著地復
能移著彼亦能呪因帝梵天使下況不能得
沙門阿難使來或能以一事不可得若死若
生不能婬設復爲沙門瞿曇所護者我不能
得除此可得女聞此語歡喜踊躍便起澡浴
莊嚴身體著白服飾敷卧具思想而望來時

母亦澡浴著白服飾以牛屎塗地以五色線
結縷盛滿四瓶水盛滿四椀血盛滿椀四種
香水盛滿四椀蜜漿以四口大刀豎牛屎四
角頭豎四枚箭然八明燈取四死人髑髏種
種香塗其上以華布地捉熨斗燒香繞三帀
向東方跪而誦摩鄧伽呪術時阿難於祇洹
意便恍惚爲呪所縛如魚被鐵鉤如象隨鉤
時尊者阿難隨呪術至旃荼羅家母便語女
阿難已至從卿所爲時鉢吉提女見阿難踊
躍歡喜前抱阿難坐著牀上牽掣衣裳捻挃
阿難譬如力人手捉長毛小羊從其人手爾
時尊者阿難見十方盡闇瞑譬如日月爲羅
睺阿須倫手所障無復有明如是阿難爲大
呪所厭不得動於是阿難有大力人力（當十大力
上力拘夷力亦如阿難）爲呪術所厭不能得動時尊者

阿難聖道諦力念還得寤我今困厄世尊不
慈愍我世尊知阿難爲旃荼羅呪術所縛便
誦佛語
佛者最極尊於世間　諦無有能過佛之前
佛者最極尊於人天　諦諸法之王無上田
阿難以此實義於旃荼羅舍得解
法者最極尊於世間　諦無有能過法之前
法者最極尊於人天　諦斷諸縛結永息田
阿難以此實義於旃荼羅舍得解
僧者最極尊於世間　諦無有能過僧之前
僧者最極尊於人天　諦美福第一無上田
阿難以此實義於旃荼羅舍得解誦偈適竟
旃荼羅家内所設呪具刀箭碎折瓶甕破壞
燈滅髑髏迸碎黒風起展轉不相見旃荼羅
呪術不行毋便告女必瞿曇沙門神力所爲
衆物碎散呪術不行時阿難便作是念此將
是世尊恩力時尊者阿難得解譬如大象王
盛年六十醉暴兇惡身大牙長從鐵絆得解
從城走向空閑處阿難亦爾從世尊誦佛語
從旃荼羅舍得解還向祇洹時此女人逐阿
難至祇洹門並作是語阿難是我夫阿難是
我夫如犢隨毋不離須臾時此女人逐阿難
後不離須臾時阿難往詣世尊所頭面禮足
具白世尊世尊告曰我於諸法中不見眩惑
誑人如女人者人亦復爾何以故以其婬繫
意故是故阿難當覺意方便不爲六欲所牽
時尊者阿難平旦著衣持鉢入舍衛分衛此
女人亦逐其後語諸長者阿難是我夫阿難
是我夫時阿難分衛竟還至佛所前白佛言
此女去處語諸長者汚染人不審當何爲世

尊告曰汝往共語如姊妹相向何以故此女人應當作比丘尼時此女人來到佛所白世尊言願世尊還我沙門阿難用作夫壻世尊告曰若須阿難者於我法中爲比丘尼當與汝阿難時此女人歡喜踊躍爾世尊當爲道世尊當爲道如來世尊問有父母不辭父母未女報有父母而未辭父母汝往辭父母還時此女人即從座起詣父母所而以此事具白父母父母聞此語已歡喜踊躍本植善根各應得道母告女欲爲道者便爲我等亦欲共往見世尊時父母及女往詣佛所頭面禮足在一面住時世尊爲此女故廣與大衆說法無數方便現諸法義柔輭義檀義尸義天義說婬不淨義增長生根諸結義出家義諸道品義時世尊說四聖諦苦集盡道時此女人即在座上解四聖諦父母得阿那含道女得須陀洹道譬如純白氎衣易爲作色彼聞法亦爾時父母叉手白佛從今以往歸佛歸法歸衆聽爲優婆塞盡命不殺歸命時鉢吉提女現世得果頭面禮佛足叉手向佛白世尊言所犯過者世尊含容願如來不尤責如小兒如癡如無善所向阿難作不善意願恕聽入道爲比丘尼得依世尊修行梵行時世尊告阿難汝往阿難將二比丘尼及此女人往夏坐比丘尼所摩訶鉢柘鉢提瞿曇彌世尊有教以此女爲道授具足戒時阿難受此教已將二比丘尼及此女人往詣鉢柘鉢提瞿曇彌所世尊有教使此女爲道授具足戒大愛道問阿難云何阿難世尊許旃荼羅女爲道耶阿難報瞿曇彌此女人以得道果何

以不得爲道時大愛道即與剃髮爲道授具足戒教威儀禮節得八解脱禪得阿羅漢道時大愛道將此女人及五百比丘尼往詣佛所頭面作禮在一面立時世尊觀鉢吉提女人意語言汝今須阿難爲夫不時比丘尼慚愧羞恥長跪白佛言尊者阿難是我兄同一法同一水乳時阿難意懷狐疑我不犯僧伽婆尸沙婆即問諸比丘諸比丘不知當云何答往白世尊世尊告曰阿難不犯罪此乃摩鄧伽呪所惑若復當有被呪術者彼亦無罪

戒因緣經卷第三

音釋

僧伽婆尸沙 梵語也此云衆決斷
肘 陟柳切臂節也
腋 羊益切左右肘腋之間曰腋
歧 巨支切二達謂之歧
尻 苦刀切脊骨盡處曰尻
呰 將几切口毀也
餮 他結切貪食曰餮
襞衣 襞必益切疊衣也
鑰 以灼切關牡也
捻挃 捻奴協切指捻也挃陟栗切撞也
脾腎 脾頻彌切土藏也腎時忍切水藏也
肺 芳廢切金藏也
屎溺 屎賞是切溺奴弔切與尿同
肪膏 肪分房切脂也膏古勞切肥也
膽 覩敢切連肝之府也
腦膜 腦乃老切頭髓也神之液也膜慕各切肢膜也
摸 末各切摸搽也
腕 烏貫切手腕也
摩捫 捫莫奔切摩捫也謂摩撫捫摸也
輂 羊諸切車也
机 居矣切人所凭坐者
姝好 姝昌朱切美好也
娉 匹正切娶問也
園觀 觀古玩切樓觀也
螫 尸隻切蟲行毒也
蟒 莫朗切大蛇也
䶖 五巧切齧也
鉾刺 鉾莫浮切與矛同刺七自切直傷也
眩 黃絹切亂也
掬 居六切手捧也
絞 古巧切縊也
熨斗 熨於物切熨斗持火展繒之器也
甕 烏貢切罌也
迸 必諍切散也
絆 博慢切繫足曰絆

戒因緣經卷第四

姚秦三藏竺佛念譯

鼻奈耶第四

僧伽婆尸沙法第二之二

佛遊舍衛國祇樹給孤獨園爾時有一比丘名迦留鹿園子（母字）於中止住廣有知識國王大臣長者梵志所求衣食卧具病瘦醫藥時大有長者婦女便作是念此迦留比丘廣有知識國王大臣長者梵志無不識者所求盡得我等共往誘訹迦留比丘使至他家時諸婦女即往詣迦留比丘所白比丘言尊者廣有知識國王大臣所求盡得欲相勞屈爲我等行至其甲家聞汝女端正我兒亦復端正可嫁卿女爲我子婦門族種姓亦不相減我顧君君爲我往時此比丘即隨是語即往媒嫁女人復有一寡婦囑比丘言往至某甲長者家作是語此某甲婦端正無雙可爲作夫若不作婦可與私通此比丘即媒此事復有一長者語比丘言尊者廣有知識國王大臣長者梵志爲我故往至某甲家語某甲婦女卿又無夫我旣無婦我是大長者能與我作婦不諸長者囑及比丘如是非一時此比丘即往至諸婦女家具傳此事其中婦女或有從意者或不從者其不從者展轉語諸親里諸長者聞是語各各怨恨此沙門釋子自稱譽精進今方似商人販賣媒嫁男女諸長者聞是語語其中有行十二法比丘諸比丘聞愁惘不知當何答往白世尊世尊知而問迦留比丘審爲此事不答審然世尊世尊告汝違比丘行汝出家學道媒嫁女人以爲歡樂

有死亡時汝亦在中歡樂時汝亦在中汝非沙門行汝爲沙門執奴僕使世尊無數方便誨責已集和合僧備十功德佛爲沙門結戒若比丘用心媒嫁女與男媒男與女媒嫁寡婦與傍夫僧伽婆尸沙

佛世尊遊舍衛國祇樹給孤獨園彼迦留比丘廣識諸長者導諸長者施設福事諸長者夫婦自共鬬諍此比丘往教使和解牽捉使共宿餘長者親里笑此比丘所爲我等所應和解者反更比丘爲諸長者懷嫉妬心即往語諸比丘諸比丘不知當何報往至佛所具白世尊世尊告曰諸比丘不得至彼家和合偶時世尊緣此事集和合僧備十功德佛爲沙門結戒若比丘用心媒嫁女與男媒男與女若嫁寡婦與傍夫下及和解合偶僧伽婆尸沙男有三婦一劫略得二財買得三結髮婦若比丘於此三婦中語其夫可與此婦臥置彼婦鬬諍和解僧伽婆尸沙若比丘解放畜生合其牝牡僧伽婆尸沙

佛世尊遊羅閱祇竹園迦蘭陀所時達膩比丘瓦陶家子便作是念我工陶作無與我等者我既盛壯前造木舍阿闍世王欲取吾殺我今當作瓦舍於中住便和泥造大舍瓦戶瓦閾瓦眉格瓦牕牖瓦龍牙杙瓦衣枷時此比丘收拾薪草枝葉蓬蒿放火燒此坏舍火焰盛熾國人無不見者燒瓦舍竟周行分衛六十日我所乞者集會諸比丘入舍佛見此事知而告阿難曰汝著衣來我欲至其處觀看時世尊將阿難至達膩比丘瓦舍所世尊遙見瓦舍火焰熾盛世尊知而問阿難此是

何物火焰乃爾熾盛時尊者阿難具白世尊世尊告曰汝往阿難壞此瓦舍所以然者當爲後世人故於吾此法初不見有作瓦舍者時阿難即往壞此瓦舍達膩比丘二月分衛還到羅閱城達膩遥見瓦舍壞就看起恚意問吡住比丘誰來壞此瓦舍答世尊來壞達膩言審世尊壞者當復如之何

佛世尊遊釋呧瘦釋種迦維羅越尼拘陀園爾時迦維羅越釋種新造大堂舍新成不久量度尺寸不失其法門向東方迦維羅越諸釋種聞佛已至在尼拘陀園便作是念我等造作此舍新成不久量度尺寸不失其法戸向東方未有住者沙門婆羅門釋種釋種子先當請佛及比丘僧入舍施設飲食留佛一宿及比丘僧當得大福利時諸釋種出迦維羅越城東門詣尼拘陀園爾時世尊與無數衆圍繞說法釋種遥見世尊坐樹間端正無比身如金山諸天人師最尊第一三十二相自莊嚴身釋種見已各下車馬前至佛所頭面禮足在一面坐世尊與諸釋種說法使意歡喜時世尊與諸釋種說法已默然諸釋種從座起偏袒右肩右膝著地叉手向佛白世尊言我等世尊於迦維羅越造大堂舍新成不久量度尺寸不失其法戸向東方然未有住者沙門婆羅門釋種子願世尊將比丘僧到彼觀看當使我得大福利時世尊默然可之時諸釋種見世尊默然可已從座而起頭面禮足各繞三帀而去至新堂舍刻治掃灑敷諸坐具氍毹毾㲪白氎復將氍氎布施瓶盛好水以好淨油白氎爲炷然大明燈如是供

養不可稱數復往世尊所頭面禮足叉手向
佛白世尊言微供以辦今正是時世尊食後
著衣持鉢莊嚴及比丘僧往詣新講堂所在
外洗足入講堂中遍觀堂已就大高座顏色
和悅比丘僧亦洗足入講堂中次第西壁下
東向坐時諸釋種在外洗足入講堂中東壁
下西向坐爾時世尊即於其夜見衆會定爲
釋種說法無數方便說法已世尊告曰夜欲
過半各從所宜時諸釋種從座起禮佛而去
爾時世尊見諸釋種去未久觀諸比丘心宜
唱皆寂靜皆寂靜深入微妙種種三昧世尊
告目揵連唱皆寂靜皆寂靜比丘衆深入微
妙種種三昧吾今使汝爲比丘僧說法我今
患脊痛不堪說法時目揵連從佛受教唱默
然寂靜時世尊四疊襞僾多僧敷牀上僧伽
梨著頭前右脅臥師子座累膝互屈伸脚繫
意念明何時當曉時尊者目揵連告諸比丘
向者面被世尊教從佛承受此名無聞之聞
法如比丘無聞能行如比丘聞能行云何比
丘無聞能行於此比丘中行比丘若眼見色
念色色著不念色色離意不專一意解脫智
慧解脫如實不解諸惡法所生處故在不滅
不得有餘無餘處此謂比丘無聞能行念色
著色者耳聲鼻香舌味身細滑心法念色法
著不念色法離意不專一意解脫智慧解脫
如實不解諸惡法所生處故在不滅不得有
餘無餘處此謂比丘心意法著無聞能行作
是無聞行者比丘魔得其便壞敗其意若眼
見魔魔則得眼便耳鼻舌身意見魔者魔得
其便譬如比丘有乾竹葦叢若碎蒿聚以火

往燒四方豈有不然者乎如是比丘若眼見魔魔則得眼便壞敗其意如是耳鼻舌身意法魔得其便如是比丘爲色所降不能降伏色聲香味細滑法比丘爲法所降不能降伏法爲色所降爲法所降不能降伏惡法不能降伏惡法則生諸結增長種後世苦生老病死如是比丘此謂無聞能行云何比丘聞能行於此比丘中比丘若眼見色念色不著不念色色離心得專一則得意解脫也止智慧解脫也觀如實知法所生處即滅不起得有餘無餘處此謂比丘若眼見色聞則能行眼見色不著聲香味細滑法念色法不著不念色法已離心得專一則得意解脫智慧解脫如實知惡法所生處即滅不起得有餘無餘處此謂比丘意法知聞則能行如是比丘作是行者魔在在處處不得其便不能壞敗譬如有人造作石舍若堂復重墍塗其上四面執炬燒之而不能然如是比丘在在處處眼見魔魔不能得便耳鼻舌身意魔不得便此則比丘能降伏色不爲色所降如是聲香味細滑法比丘能降伏法不爲法所降不造來世惡法衆結不與生老病死苦斷此謂比丘聞則能行時世尊從卧起脊痛間結跏趺坐時世尊告尊者目揵連汝向爲諸比丘說無聞之聞法耶答唯然世尊時世尊歎目揵連善哉善哉目連汝數數與諸比丘說法莫使斷絶是時世尊告諸比丘奉持無聞之聞法誦習爲衆生故演此句義諸天世人得聞此法時世尊以達膩比丘故言告諸比丘此釋種長者造作堂舍量度尺寸不失其法門正向東

世人尚爾況汝達膩於吾法中所不許而作瓦舍世尊因此事備十功德爲沙門結戒若比丘自用如達膩作瓦舍者僧伽婆尸沙自爲自作主當有限量彼舍限量者長十二肘是如來舒手（磔指盡兩端）廣七肘於其間呼持法比丘持法比丘當以法量不以婬怒癡量若以婬怒癡量者不得作舍比丘自來索作舍比丘自作主又不呼持法比丘過限量者僧伽婆尸沙（上自爲已下是戒語非鼻奈經）

佛世尊遊羅閱祇耆闍崛山爾時有一摩訶羅比丘於四徼道頭斫大白楊樹用作講堂時彼樹神抱男負女吏三子從往世尊所頭面禮足在一面住白世尊言於世尊有摩訶羅比丘斫大樹卧四道頭此樹是我舍於今向寒竹園葉落將此兒子當向何所時世尊以大慈悲告語一天將此樹神安隱所宜使過大寒彼國街巷無不聞者皆傳此摩訶羅比丘四徼道頭斫大樹卧持用作堂舍彼諸長者聞此已皆嫌比丘所作此諸釋子比丘皆言精進不犯嬈人而斫此大白楊樹持用作堂舍與我俗人當有何異時頭陀沙門聞此不馨悶往白世尊世尊知而告此摩訶羅比丘曰汝實斫此樹耶時摩訶羅比丘內懷慚愧外則恥衆右膝著地叉手白世尊言審然世尊世尊告曰汝爲比丘常當慈心云何斫伐四徼道神祀大樹持用作堂舍世尊以無數方便誨責集和合僧備十功德佛爲沙門結戒摩訶羅比丘起大堂舍僧伽婆尸沙若起堂舍當呼持法比丘幷呼檀越持法比丘來當語尺丈不使增減若摩訶羅比丘起

大堂不呼持法比丘及檀越自用意作者僧伽婆尸沙（量從檀越也）

佛世尊在羅閱祇耆闍崛山爾時王頻毗娑羅告御車者汝往嚴駕羽寶車我欲往世尊所禮拜世尊時御使即往嚴駕車來詣王門白王勑嚴羽寶車今以在外時王頻婆（光澤）娑羅（第一）乘羽寶車出羅閱城詣耆闍崛山往世尊所下車上山刹利王法却五威儀解劒却蓋脫珠冠去玉柄拂及金鏤屣從人留後少將步人前至佛所頭面禮足在一面坐其諸從人中有禮佛者揖讓者有合手擎者有遥觀佛者爾時世尊與王說法諸人寂然無聲時王頻婆娑羅聞佛說法即從座起右膝著地偏袒右肩叉手白世尊言明日設淨微食願世尊及僧臨顧須臾世尊默然受頻婆娑羅請時王見世尊默然可從座起頭面禮足繞佛三帀而去還詣所在即於其夜具好飲食敷好坐具告一傍臣汝往世尊所持我名字問訊世尊飲食已辦今正是時此臣受王教已往詣佛所頭面禮足而白世尊飲食已辦今正是時爾時世尊到時著衣持鉢及比丘僧往詣王宮各次第坐時王頻婆娑羅見佛比丘僧坐定自行澡水次行種種飲食自手斟酌不以爲勞衆食已訖王在一面坐須臾從座起叉手向佛白世尊言願世尊及比丘僧受我夏坐於此羅閱祇城近爲世尊立一講堂尺量應法戶東向西壁大牖門戶端直復爲比丘僧起五百房五百牀五百領薦席五百拘遥枕各五百有好供具香粳米王藏中有病瘦醫藥持用供佛及比丘僧時世

尊默然可王所説時世尊與王達嚫梵志事火終身恒續不從他求也續爲目佉門也向也前也首也梵經四部章句爲首諸人民中以王爲首衆水流河以海爲首星列空中月爲其首衆熱之中以日爲首上下四域所有非方兩足人天三佛爲首
世尊如是説達嚫已還去食後世尊因此事集和合僧告諸比丘此比丘王者種把持人民爲一切主住大土界爲國事得大力勢此王見四道神樹猶不斫作講堂作講堂不過量善量善度戸向東方西壁牕牖門戸正直何故比丘不限作舍
佛世尊在羅閱祇迦蘭陀竹園當爾時尊者比丘名陀驃末路子王舍城知分處食知分處牀卧分諸比丘食不私親友不選好惡不畏不癡次第下次第上等行不違爾時有名蜜姤路地比丘次應貧家食彼比丘食惡食時作是念我爲苦我爲灾我爲困而彼末路子知已差我食惡食我當云何報彼怨作是念無根棄捐謗之即爾時彼比丘有妹比丘尼名蜜姤路姓也彼比丘尼到彼比丘所到已接足禮却住一面住已彼比丘不共語不讓座彼比丘尼便作是念念我不犯此諸賢耶不有苦不有過耶而此諸賢今日不共我語不讓我座諸比丘語妹汝不知耶我輩爲彼末路子差我惡食而觸嬈我汝不助我以是故不共汝語不讓汝座比丘尼答我當云何彼比丘曰妹汝去至世尊所作如是白於此世尊有何平等有何可貴陀驃末路子與我共爲不淨行棄捐比丘尼答云何我當謗眞

淨比丘梵行無根本棄捐法當爲此耶比丘答汝若不往白佛者我不與汝坐起言語比丘尼答可作是語但爲不麿耳比丘答汝徐徐來我等先至佛所汝徐徐來至爾時諸比丘往至佛所頭面禮足在一面坐坐未久比丘尼至頭面禮足在一面立白世尊言於此世尊有何平等有何可貴陀驃比丘與我共爲不淨行棄捐法爾時同情比丘白世尊言審爾世尊如比丘尼所言我等盡知爾時尊者陀驃比丘在世尊後執拂拂佛時世尊顧謂陀驃比丘如汝於今當復何言今蜜妬路比丘尼云何平等有何可貴陀驃比丘與我爲不淨行棄捐陀驃比丘白曰唯如來知唯世尊知世尊告曰汝今陀驃不應引我爲證言唯如來知唯世尊知若憶爲者當言爲若不憶爲者當言不爲比丘白佛不憶也世尊不憶也如來爾時世尊告比丘曰今陀驃比丘所白此蜜妬路比丘尼自言有是即是棄捐世尊說已從座起還入靜室爾時衆比丘見世尊去不久數責蜜妬路比丘尼善責誨及同情比丘汝等頗見陀驃比丘過不何時見云何見從阿誰聞言見如是諸比丘數責問其情實同情比丘答自用意瞋恚癡陀驃比丘信清淨梵行衆比丘告汝等何以自用意瞋恚癡誹謗今復言陀驃比丘信清淨如是再三責數同情比丘作是語也

聞如是一時佛遊羅閱祇竹園迦蘭陀所當於是時尊者陀驃比丘比丘分飯分付座席不自用意不瞋恚不愚癡從上至下從下至上不違威儀時遇有請值貧寒家得惡飯食

便生此念甚苦劇甚厄此陀驃比丘處我等著此間我等當與生其過使墮無根棄捐法以是故諸賢我瞋恚癡說是語耳陀驃比丘信清淨梵行爾時世尊從靜室起還講堂比丘僧前坐時諸比丘叉十指向佛具白世尊言向者如來入室不久善青蜜妬路地比丘汝等云何見何時見從阿誰聞言見蜜妬路地言自用意瞋恚癡說此語世尊告曰云何比丘我本不說此義耶今陀驃比丘所白蜜妬路比丘尼自言有是即墮棄捐時世尊因此事備十功德佛爲沙門結戒若比丘僧嫉妬謗彼清淨比丘不犯無根棄捐法誹謗我當墮此失梵行若於後時被責數言無根棄捐謗比丘不改者僧伽婆尸沙

佛世尊遊羅閱城耆闍崛山當於爾時尊者陀驃比丘在一石室止住彼諸比丘次第教訓比丘尼時陀驃比丘次應教訓比丘尼時諸比丘尼往至陀驃比丘所時諸蜜妬路地同情比丘以前飲食怨故常求過失伺比丘尼出入石室諸比丘在一石龕中遥看便生是念是諸比丘尼乍出乍入此陀驃比丘必當牽捉與共私語各共相語此必然不疑便告諸比丘彼闍鉢比丘便信此語頭陀比丘聞是語已各懷不樂往具白世尊時世尊緣是事集和合僧備十功德佛爲沙門結戒若比丘憎妬嫉彼清淨比丘謗墮淨行伺小小過不犯棄捐言犯棄捐若於後時被責數還悔者可若不悔者故伺小小過爲作大過者僧伽婆尸沙

佛世尊遊羅閱城耆闍崛山時尊者舍利弗

摩訶目揵連平旦著衣持鉢從耆闍崛山入羅閱城分衛道逢暴雨入石室避雨有牧牛女人先入中避雨卧夢失精舍利弗等見即尋出去時瞿婆離比丘調達弟子見舍利弗目揵連出尋入石室見此女人便生念言此舍利弗目連必與此女人爲不淨行時瞿婆離入城語諸比丘諸君常言舍利弗目揵連汚清淨行我向者具見此事諸比丘不知當何答往白世尊世尊告曰此癡人成大重罪清淨比丘淨行以無根本棄捐謗此癡人長夜受苦墮地獄時瞿婆離比丘往詣佛所頭面禮足在一面坐世尊告瞿婆離瞿婆離比丘汝宜及時悔心向舍利弗目揵連何以故此等梵行全瞿婆離白佛知如來信彼人意淨但爲眼見舍利弗目揵連爲惡世尊復再語瞿婆離瞿婆離汝宜及時悔心向舍利弗目揵連何以故此等梵行全瞿婆離白佛知如來信舍利弗等但爲眼見舍利弗目揵連爲惡佛如是三語瞿婆離瞿婆離汝宜及時悔心向舍利弗目揵連何以故此等梵行全瞿婆離白佛知如來信彼人意淨但爲眼見舍利弗目揵連爲惡時瞿婆離比丘佛三語不受便從座起而去去不久身體生瘡狀如芥子漸漸長大轉如豍豆行如大豆轉如雌豆如棗核許轉如阿摩勒果轉如鞞路如百子瓠潰爛一切身膿血流出時瞿婆離比丘即夜命斷墮婆曇摩地獄即夜有一天來至佛所頭面禮足在一面立白世尊言瞿婆離牧牛比丘起惡意向舍利弗目揵連謗言犯梵行墮摩訶婆曇摩地獄白佛世尊已禮足没還天上佛

告諸比丘昨夜有天來至我所頭面禮足在一面住白我言瞿婆離比丘起惡意向舍利弗目揵連謗言犯梵行死墮婆曇摩大地獄此比丘因小事作大誹謗清淨比丘梵行若比丘作是誹謗者僧伽婆尸沙時世尊告諸比丘欲聞婆曇摩大地獄衆生壽命長短不令正是時願世尊說婆曇摩大地獄諸比丘聞當承受奉行譬如比丘摩竭大斗十二斛胡麻子箒盛滿麻子上使成峯有人百年取一麻子諸比丘尚可數知麻子之數無知阿浮地獄人命不可數知如二十無實地獄不如一空無實地獄如二十空無實地獄不如一喚呼地獄如二十喚呼地獄不如一駛河地獄如二十駛河地獄不如一須揵提地獄如二十須揵提(甚香)地獄不如一摩頭揵提地獄(蒲萄酒香)如二十摩頭揵提地獄不如一優婆羅地獄如二十優婆羅地獄不如一拘勿豆地獄如二十拘勿豆地獄不如一分陀離地獄如二十分陀離地獄不如一婆曇摩地獄彼瞿婆離比丘調達弟子謗舍利弗目揵連而生其中

戒因緣經卷第四

音釋

誘詸　誘以九切引也導也詸私聿切亦誘也

販　方願切買賤賣貴曰販

牝牡　牝毘忍切畜母也牡莫後切畜父也

閾　越逼切門限也

牕牖　牕楚江切牖與久切在屋曰牕在墻曰牖

杙　與職切橜也

衣枷　枷正作架居許切掛衣具也

坏　鋪杯切未燒土器也

呧　巨支切

剗　初限切削平也

氍毹　氍強魚切毹山芻切氍毹毛席之類

毾毲　毾吐盍切毲都滕切毾毲毛席也

毧　而容切毳飾也

埿　奴低切塗也

屣　所綺切履也

達嚫　梵語也此云財施嚫初覲切

驃　毘召切

不譍　譍於證切不譍不以言對也

豍　必迷切豆名也

篅盛　篅市緣切竹器也盛時征切受也

戒因緣經卷第五

姚秦三藏竺佛念譯

鼻奈耶第五

僧伽婆尸沙法第二之三

佛世尊遊羅閱祇迦蘭陀竹園彼調達受供養衣被飯食牀卧病瘦醫藥太子阿闍世所貴重隨時供給日送五百釜飯嚴五百乘車將從連日至調達所調達初現將從有百漸二百三百四百五百用或王眠坐食時調達欲壞亂比丘僧誘訹諸比丘與衣鉢戶鑰鍼筒革屣大鍵鎔小鍵鎔（淺鐵鉢也）及餘什物語諸比丘此亦釋種瞿曇我亦釋種瞿曇此亦母族成就我亦母族成就此亦生釋家我亦生釋家此族姓與我無殊爾時國界飢饉乞求難得時衆多比丘著衣持鉢入羅閱祇城乞食乞食已聞調達欲壞亂比丘僧誘訹諸比丘與衣鉢戶鑰鍼筒革屣大鍵鎔小鍵鎔及什物諸調達弟子貪衣供相佐助衆多比丘乞食已出羅閱城至世尊所頭面禮足在一面坐諸比丘白世尊言向入城分衛聞調達欲壞亂比丘僧其比丘貪衣鉢戶鑰鍼筒革屣至大鍵鎔小鍵鎔及什物世尊告曰汝等比丘莫近調達供養何以故諸比丘寧飲毒自殺不近調達供養自飲毒復飲他人譬如比丘以杖打惡狗鼻壞云何比丘此狗遂惡不唯然世尊如是比丘此癡人長夜受苦無有窮已我亦知調達當壞比丘僧正爾食時當壞和合僧諸佛世尊常法若於食時和合僧壞至暮當還合於其中間不得爲道不得爲比丘不得爲比丘尼不得爲式叉摩尼不

得爲沙彌不得爲沙彌尼不得行八關齋不得爲優婆塞不得爲優婆夷無獲道果證無發三佛意時天地闇冥天人失明如來法向暮必還和合僧若不和合者天地翻覆時舍利弗目揵連聞調達破壞和合僧聞已往詣世尊頭面禮足在一面坐白世尊言調達以破壞和合僧今欲往詣調達所還和合僧世尊告舍利弗目揵連曰速往今正是時時舍利弗目揵連即從座起頭面禮足繞佛三帀而往詣調達所遥見調達如如來升高座説法諸比丘僧圍繞右有騫陀陀婆左有迦留羅提施(四人是調達左右弟子)海義捉拂在後調達遥見舍利弗目揵連來歡喜踊躍不能自勝是沙門瞿曇上足弟子今來至我所如世尊見舍利弗目揵連等法唱言善來比丘調達亦

復唱言善來舍利弗目揵連起右騫陀坐舍利弗起左迦留陀坐目揵連如世尊告尊者舍利弗目揵連與諸比丘説法我今患脊疼欲得小息調達亦復告舍利弗目揵連與諸比丘説法我今患脊痛欲小息如世尊四疊襞優多僧布牀上僧伽梨著頭前右脅倚臥師子坐互屈申脚繫意念明何時當曉調達亦復爾時調達眠首陀會天來下壓其身其欲得覺竭力不能得覺喘息麤惡或時讛語手脚不住捫摸四壁作種種變不能得覺時尊者舍利弗歎譽佛法及比丘僧時目揵連作若干變化東没西出南没北出坐臥虛空或坐三昧於三昧中放種種光明或青或黃或赤或黑或瑠璃色身下出火身上出水身上出火身下出水西南上下作若干變化無

所罣礙放諸光明普有所照時五百比丘見目揵連現諸變化各共相語我等不墮顛倒見婆云何捨如來依倚調達復作是念此必然不疑時尊者舍利弗目揵連與說法言便心開意解起慈心向如來悔前所爲時舍利弗目揵連及五百比丘來詣世尊所調達座上盡空無人唯有調達及四弟子時騫陀陀婆比丘以左脚蹹調達使覺促起調達舍利弗目揵連將五百人去座席盡空時調達覺見座上空無復有人便從座上自投于地其弟子以水灑面還坐牀上爾時世尊從靜室起出至外堂牀上布尼師壇結跏趺坐時五百比丘遙見如來於堂上結跏趺坐內懷慚愧外則恥衆前行詣如來所如來亦見五百比丘來顧語阿難若我不與語者沸血當從面孔出時如來以大悲意欲度彼人便與共語善來比丘如來難遇時時乃有雖如來出世聞法亦難欲求滅度亦復難得欲入泥洹當行此法癡緣行生行緣識生識緣名色生名色緣六入生六入緣更生更緣痛生痛緣愛生愛緣受生受緣有生有緣生生生緣老病死生老病死緣憂悲苦惱生如是則成五陰苦癡不覺行行不覺識識不覺名色名色不覺六入六入不覺更更不覺痛痛不覺愛愛不覺受受不覺有有不覺生生不覺老病死老病死不覺憂悲苦惱成五陰病說是十二緣法時五百比丘得阿羅漢道八十百千天女得法眼淨爾時世尊備十功德爲沙門結戒若比丘有壞亂和合僧僧伽婆尸沙調達犯此無救入地獄

佛世尊遊王舍城耆闍崛山金毗羅閱叉所住處有大石室爾時調達欲害世尊以四千兩金顧四力人共此四人上耆闍崛山抱石當石室上立伺如來出時佛出石室將經行調達共此四人山上下石槌如來時金毗羅閱叉在世尊後仰視大石來下兩手接之以擲南山彼時此石碎散有小段縱廣七十步迸來向世尊時如來為衆生故現宿對有報即坐三昧飛昇虛空石亦逐後衆生盡見南西北方石皆逐後時如來入大海水中石亦逐後時如來昇須彌頂石亦隨之時如來上四王尼耶山上天宮石亦隨之時如來上三十三天焰摩兜率涅磨羅那提波羅尼蜜婆舍跋提梵迦夷梵福婁醯吒波栗多婆阿婆嘬羅阿男鞞弗如鉢羞多毗頗羅宿呵宿呵陀施那宿呵訖栗那阿迦尼吒天石亦隨後時世尊以神足力還石室戶此石槌世尊右足趺破脚血流此調達及四力士為無救罪時世尊患脚疼痛自力說偈曰

非空非海中　非入山石間　無有地方所
得脫宿罪殃

時衆多比丘在石室左右乍坐乍行恐調達害如來時如來遥見知而問阿難彼衆多比丘石室外何等作為乍行乍坐阿難白佛遥看如來恐調達害是故在彼乍行乍坐世尊告阿難曰如來出世調達終不能害汝頗聞如來為人所害不不也世尊時世尊仰視時四力士見如來視心懷恐懼衣毛皆豎欲走脚不移時諸沙門一一捉得來詣佛所時如來語四力士善來童子我與汝說法時四力

士頭面禮足在一面坐時世尊與說法語解悅其意各使歡喜童子汝還本舍勿向向者來處時調達見此四人遲不時到更以八千兩金顧八大力士汝往殺此四人使根本斷時世尊遥見八力士來告曰善來童子我與汝等說諸法言時八力士頭面禮足在一面坐時世尊與說法解悅其意各使歡喜童子汝還本舍勿向向者來處時調達見此八人復遲不至復以十六千兩金顧十六力士汝往殺彼八人斷其根本世尊遥見十六人來告曰善來童子我與汝說法時十六人頭面禮足在一面坐時世尊與說法解悅其意各使歡喜告曰童子汝還本舍勿向向者來處時調達見十六人復不時至更顧三十二人汝往殺十六人斷其根本世尊遥見三十二人來世尊告曰善來童子我與汝說法時三十二人頭面禮足在一面坐時世尊爲說法解悅其意各懷歡喜童子汝還本舍從其所宜時三十二人承世尊命從座起頭面禮足而去時世尊見三十二人去不久顧語阿難汝往入羅閱城往大市四街巷頭作是唱言若調達所作行身口意所爲莫呼佛法僧教使爲調達自有親信弟子時阿難白佛前歎譽調達今復說其惡衆人有識者當云何答世尊告阿難曰有此語者以此語答本雖習善今復習惡何足怪耶時阿難將一比丘即詣羅閱城住大市街巷頭告諸行人調達所作身口意所爲者莫呼佛法僧教調達自有親信弟子時阿闍世太子其左右傍臣事親調達者聞說調達惡名還相謂言沙門瞿曇

甚爲憎嫉謗賢調達調達豈有身口過耶時調達亦聞此聲沙門瞿曇遣信入羅閱城住大市道頭作是唱言若調達作行身口意所爲莫謂佛法僧教調達自有親信弟子時調達加瞋意熾盛往詣阿闍世太子所語作是言卿自弒父我殺沙門瞿曇汝作摩竭大王我當作佛於摩竭界裏新王新佛不亦快耶王聞是語歡喜時王頻毗沙乘羽葆車詣後園觀時阿闍世太子腰帶利劒自匿在門間待父王王竟日戲駕駟馬車還宮適入門時太子以劒遥擲馬去駛竟不中王時太子便走四人逐得四人問曰太子欲何所爲太子答言我欲弒王四人復問伴黨是誰是賢調達及四弟子時四人議曰若實爾者當盡取沙門釋子殺或復議曰置沙門釋子但取調達將從殺復有議曰亦莫殺沙門釋子亦莫殺調達將從何以故此王頻毗娑吉祥良善繫牢獄應死者常赦宥之況當殺沙門釋子及調達將從耶且往白王王自當處斷我等何爲於此自作怨咎即往白王王於明日出殿上坐遣信往呼太子阿闍世太子至即問童子子欲何爲我欲弒王汝何以弒吾太子言王有鳴鼓我無鳴鼓王有曲蓋我無曲蓋王有鹵簿我無鹵簿王告太子汝代我處鳴鼓曲蓋鹵簿盡隨汝後時鳴鼓曲蓋鹵簿即隨太子後時太子佞諂傍臣便作是語若審爾者太子就位就位巳取父王弒一以自由時太子可其所白即遣旃陀羅往收父王閉著獄中即往收王繫獄王素仁慈於民數千萬人送食餉王阿闍世問傍臣父王故活耶

答言故活何由活答人民送食來餉故活王勑莫使人得前時諸夫人送食往餉阿闍世問父王故活耶答言活復勑門家莫令夫人前時第一夫人以飲食塗身外著衣裳不令現入見王使王就身上食王復問父王故活耶答言活勑莫令夫人入所繫獄門向耆闍崛山遥見世尊與比丘僧舍利弗目揵連阿那崘陀難提金鞞羅上山下山王得道迹見比丘曽歡喜無有饑渴想王阿闍世問傍臣父王猶活乎答言王活王問傍臣以何故活傍臣嫉妒答言日向如來渴拜以是故活王告曰汝促往築高牆障獄前莫令見耆闍崛山即往築令不見諸去來現在佛常法若欲入城有諸瑞應象鳴鼻面舉馬亦皆鳴牛吼鳧鴈鴛鴦孔雀鸚䳇白鴿千秋鶴盡皆和鳴箜篌箏皷琵琶箎笛不皷自鳴諸長者庫藏金銀水精瑠璃珊瑚琥珀硨磲碼碯不觸自作聲盲者得目聾者能聽瘖跛躄瘻諸苦痛者皆得休息伏藏自發世尊入城有此瑞應時王頻毗娑知佛入城踊躍歡喜於獄孔隙瞻視世尊及比丘僧王得道迹見世尊除饑渴想時王阿闍世問諸傍臣父王猶活耶答言故活問以何故活諸臣嫉妒答王言父王於獄孔隙瞻視世尊入城使其活耳卿往以利劒削足下勿令得行重加桎梏即往削足重加桎鎖王日羸瘦時阿闍世入宫與夫人共食阿闍世有幼子在外鬪雞戲王阿闍世問夫人幼子所在答在外鬪雞戲王語夫人呼來共食時幼子即抱雞入而不肯食王問何故不食若此雞不食我終不食時阿闍世

語夫人言奈此幼子何我今大王欲令共雞食夫人答言王何所嫌或有人以兒故食雞肉王聽夫人所白憶本父王執辛苦不王問夫人有何辛苦夫人答王王小時患左手母指晝夜患痛不得眠寐時父王抱王膝上取王痛指含著口中指得暖氣王得小睡時指膿潰於王口裏王作是念若我出指去膿或能疼痛即便咽膿而不出指汝父有是辛苦不揚於外願王見原莫弑王王聞是語默然不言時夫人謂呼以原即出堂户唱言原王命展轉遍城内至獄數千萬人皆悉歡喜稱善稱善皆奔走獄所王以得脱王以得脱王聞是語已我子兇惡無孝順心知當更加何事固不原我即從牀上自投于地王即命終時王阿闍世弑父得無救罪佛告諸比丘前遣阿難於市唱説調達身口意所作者正以今日事故弑父者不得爲道被法服不得作比丘不得作比丘尼不得作優婆塞不得作優婆夷不得聽入八關齋何以故此人無有道迹得果證不但弑父弑母亦爾若比丘知而容使爲道者與上壞僧同

佛世尊遊王舍城耆闍崛山與摩訶比丘五百俱爾時調達欲壞亂比丘僧時舍利弗目連等欲往曉諭調達勿壞亂比丘僧何以故僧和合一水乳一稟受爾時調達弟子騫陀陀婆迦留羅提施三門陀羅系頭語舍利弗等諸君莫語調達作是語何以故調達如法去趣眞調達所説我等盡奉行舍利弗等語騫陀陀婆等莫作是語言調達如法毗尼諸君莫隨調達教鬪亂比丘僧莫助欲鬪亂者

何以故僧和合一水乳一禀受是故莫鬬亂僧莫相佐助此比丘語彼比丘彼比丘不從語故往隨調達教時舍利弗等不知當如何往白世尊世尊因此事集和合僧備十功德世尊爲沙門結戒若比丘有壞亂僧者於中相佐助僧伽婆尸沙

佛世尊遊王舍城耆闍崛山與五百大比丘俱爾時世尊著衣持鉢從耆闍崛山來入王舍城分衛分衛已還詣耆闍崛山於石室結跏趺坐七日不起入種種正受過七日已著衣持鉢從耆闍崛山入王舍城分衛時調達聞沙門瞿曇遊王舍城耆闍崛山將從弟子五百人至時著衣持鉢從耆闍崛山入王舍城分衛分衛已還入石室一跏趺坐七日乃起阿闍世王有象名望伽婆兇惡暴横邊國諸王無此惡象如阿闍世王望伽婆時調達懷五百兩金詣望伽婆象師所語象師言汝知我阿闍世王許有力勢不對曰知若我使人富貴能不答曰有是力時調達探五百兩金以此顧卿辦我此事亦當語王與汝田業不審何事調達語此沙門瞿曇遊王舍城耆闍崛山將從弟子五百人到時著衣持鉢來至王舍城分衛分衛已還耆闍崛山結跏趺坐七日不起若入羅閱祇城時汝將此望伽婆象與醇清酒使飲解鋼鐵絆放使殺沙門瞿曇象師答言此是小事不足殷勤若我事辦後願不見急時象師日日屈指數待七日七日已至以醇清酒飲望伽婆象以鋼鐵絆絆使不動隱城門閒以待如來諸佛常法若欲入城有諸瑞應象鳴舉鼻馬鳴牛吼鳧鴈

鴛鴦孔雀鸚鵡白鴿千秋鶴盡皆和鳴箜篌箏鼓琵琶筑笛不鼓自鳴諸長者庫藏金銀水精瑠璃珊瑚琥珀硨磲碼碯不觸自作聲盲者得眼聾者能聽瘖跛躄瘻諸苦痛者皆得休息伏藏自發世尊入城有此瑞應時御象師知佛欲至城門便解象鋼鐵絆放數千萬人各各奔走求所安處人民怖懼或入舍內或復上屋閣上立象奔如來所人民愕看各各唱言其中不信佛者咄咄殺是沙門其信佛者此小象無如佛何有一長者遥見象走便乘一象先至佛所頭面禮足在一面立白世尊言此望伽婆象以清酒飲使令醉解鋼絆却使來害世尊善哉世尊願入此舍避若還出城此象狂醉備害如來世尊告曰此象終不害我世尊終不為他所殺象遥見如來及比丘僧踰地瞋吼噤切牙齒張曠兩耳驚鼻捷尾急走向世尊所時諸比丘僧見象走趣毛衣皆竪棄遠如來唯有阿難一人不去時象至如來前世尊仁慈意向象醉勢解瞋怒心兩膝跪地以舌舐如來足時世尊出金色臂摩象頭如父告子而說偈言

汝莫起瞋恚　害心向如來　其瞋恚向佛
終不生善處　伊羅鉢那象　在乎二天宮
如須彌山側　諸象王處中　彼雪山之頂
阿耨達象王　皆稽首正覺　汝種害佛殃
諸象修善本　而得在彼處　汝今醉懷害
安得生彼數

時望伽婆象悲泣墮淚頭面禮足便去七日不食草命過即生第四天上時數千萬人見如來此變化盡來至佛所爾時世尊顧語阿

難汝往取牀及水我欲洗足時阿難承佛教即布牀備水阿難右膝著地白世尊言牀水已辦願如來往洗脚洗脚已爾時世尊坐三昧現種種變化東没西涌北没南涌坐卧虚空身放光明青黄白黑或瑠璃色身下出火身上出水身上出火身下出水作種種變化已還復本座結跏趺坐爾時人民見世尊變化心開意解時世尊觀衆生意種種說法各得所願其中人民或發神足意者或發信根或發法忍或得道迹果頻來果不還果發無上正眞道意辟支佛聲聞意抅利人得度爾時世尊不及中食右肱挾阿難飛還耆闍崛山時五百比丘迸走諸谷羌虜中乞食乞食已各還精舍舉衣已詣世尊所頭面禮足在一面坐衆多比丘白世尊言甚奇甚特是阿難見大象來不捨世尊左右世尊告曰不但今日聽我說昔久遠世時有鹿王名失利末與五百鹿在雪山上時有獵師散飯草間張大繩羂鹿王在前左足墮羂鹿王便作是念若我告諸鹿墮羂者諸鹿不得食想諸鹿食足便告言我今墮羂諸鹿聞是語皆各迸走唯有一鹿不捨失利末王走時此鹿白鹿王言努力求脫今獵師至答我今竭力求脫繩麤入肉知當奈何獵師至前此一鹿言寧執刀前殺我身却乃殺王獵師作是念怪其能語此畜獸復欲代他死便語鹿言我不殺汝亦不殺汝王我今解羂放汝王去便解羂放之佛告諸比丘爾時鹿王者即我身是爾時五百鹿者今五百比丘是爾時亦棄我今復棄我爾時獵師者今望伽婆象是本不觸我

今復不觸爾時一鹿者今阿難是本不捨我
今亦不捨我爾時世尊因此事重說往昔所
更去波羅奈斯不遠有池水名吉雨水踊出
豐多魚鱉多鴈鴛鴦彼有鴈王名蹄提賴吒
畫將從五百鴈於池水戲爾時獵師張羅捕
鴈時鴈王墮羅網中便作是念若我說墮羅
網者諸鴈驚不得食諸鴈食足便言我墮羅
網諸鴈聞驚各各飛散有一鴈名須默獨住
不去時鴈王語須默我今墮羅網汝代我作
王須默答我不堪任代王處王問何故不堪
須默以偈答曰

寧與王俱死　不失王活命　生死牵連久
不敢獨違脫

時鴈王方便求脫不能得解獵師巳至時須
默以偈語獵師

鴈王血肉　與我無異　汝先殺我　願赦王疊

時獵師便作是念此鴈可奇可特乃欲代他
死以偈答鴈曰

汝爲鳥獸形　忠主代身當　我今不殺汝
亦不害爾王　今當解網放　隨卿意所向

時獵師便解網放時鴈王小退還相對談此
人大慈於死生我若當殺我者誰當來救獵
師來問汝說何等我今放汝何不早飛答不
爲不能飛所以議者欲小報恩獵師問汝爲
鳥獸何能報恩鴈王答曰將我二鴈往婆羅
奈城梵摩達王所到彼當相報恩獵師問到
彼儻傷害汝等當作何計鴈答不足慮此但
將我去時獵師各挾一鴈入城從大市中詣
王門坐肆諸商人見鴈可愛或以五錢十錢
二十乞此獵師比到王門以得數千時獵師

抱此鴈放於王門時鴈王語守門者蹄提賴吒鴈王在門求見時守門者即奏於王王敎使入時梵摩達王與敷金牀鴈王就坐須默隨侍其後時鴈王以偈問訊王安隱不王康强不國界士馬健不民順化不時梵摩達王以偈答鴈卿從遠來飛越山海經歷悠長身不疲息不爾時二王共談說五百偈時鴈須默默然不語梵摩達王問汝何默然須默答曰一是人王一是鴈王二王高談不敢間預時梵摩達王語鴈王言可受我請此間園池樹木可於此住所須飲食當相供給鴈王答不敢受請梵摩達問何故不受鴈王言王飲酒醉勑厨烹鴈若無餘者取我等殺以是故不敢留耳時五百鴈聞鴈王在梵摩達王所相率飛來在宮上翔王問此是何鴈鴈王答是我將從王問審欲去乎答言去欲須何物鴈王言我無所須唯有此人抱我達此願王賜金銀珍寶飲食所須作是語已便即高翔佛告諸比丘爾時蹄提賴吒鴈王者今我身是爾時五百鴈棄我遊者今五百比丘走者是時王梵摩達者今輸頭檀釋是爾時放我使去今復放我出家爾時獵師者今望伽婆象是爾時不害我今亦不觸爾時須默鴈侍我後者今阿難是昔不棄我飛今故不棄我也比丘重聽去此久遠有師子王遊於雪山將五百師子師子王年耆根熟兩目無所見時師子王在諸師子前行墮空井五百師子盡棄去去井不遠有野狐見師子王墮井便作是念有此王時我常飽滿飲食我今當思方策使得出井去井不遠有大河水即把窟

通水使來入井水漸漸多師子轉上遂得出井山神以偈歎曰
人之有朋友　不必擇弱猛　如彼小狐獸
師子出深井
說此偈已便不復現佛告比丘爾時師子王者今我身是爾時五百師子棄去者今五百比丘是爾時野狐者今阿難是布施精進不修惡事其發意向道者所生處不逢惡對
佛世尊遊舍衛國祇樹給孤獨園爾時馬師弗那跋比丘遊那竭提國迦羅園止住白衣家修行惡事比居村落無不聞者爾時佛遣尊者阿難詣罽尸國分衛六十日阿難去後佛昇天上與母說法竟四月爾時尊者阿難六十日分衛漸漸還過那竭提國平旦著衣持鉢入城分衛無所得空鉢而出爾時優婆塞名劫不切夫鈎來入城裏遥見尊者阿難出城便前頭面接足禮叉手白阿難言久違顔色分衛教化勞婆何時來此時尊者阿難語劫不優婆塞賢者知不朝著衣持鉢來入乞食乞食空鉢無所得此間無釋種子壞敗優婆塞作非沙門行犯身口意那賢者答此間迦羅園中有二比丘馬師弗那跋數至白衣家止宿作諸惡事比居村落無不聞見者或共婦女一牀席坐同一器食同一器飲覽僧伽梨著架上共婦女歌舞彈琴撓筑瑟琶搏頰弄口著華鬘或揷華鬘上或帶香瓔著綵色衣連臂至婬種家牽配男女或著俗服弄五兵或復射戲或習擿抛違絶高起頭夾入案或共角走或乘象馬出入園觀須臾不住日時已到善哉願尊者阿難到舍小食時尊

者阿難默然受請到舍就座行水自手斟酌布淨食飲阿難食訖行澡水時尊者阿難與劫不説法已從座而去漸漸分衛至舍衛國祇樹給孤獨園以此因緣具白世尊世尊因此事集和合僧備十功德佛世尊爲沙門結戒若比丘住白衣家作上惡事僧伽婆尸沙佛世尊遊舍衛國祇樹給孤獨園時比丘闡怒執心剛强甚難可化語諸比丘諸君無説吾善言惡言我亦不説君善言惡言時諸比丘語闡怒君不説我善言惡言若我亦不説君善言惡言汝所知善法毗尼語諸比丘諸比丘善法毗尼亦當向君説若其爾者長益佛種諸比丘展轉相授展轉相教若教君爲惡者莫從君意剛强莫執是心時闡怒比丘不從諸比丘語此闡怒甚難可化諸比丘不知當如何往白世尊世尊因此事集和合僧備十功德世尊爲沙門結戒犄闡怒比丘自心剛强不受諫誨者僧伽婆尸沙佛告諸比丘置闡怒比丘吾涅槃後自當受化優波離問世尊云何僧伽婆尸沙僧伽婆尸沙者有怖於比丘僧有怖於聖道有望於果證有怖於悔過若悔過時集二十僧當自悔過六宿五體布地所犯過不得藏匿僧决斷原如是故曰僧伽婆尸沙

戒因緣經卷第五

音釋

鍵鎡 梵語也此云淺鐵鉢鍵音虔鎡即私切
喘息 喘昌兖切疾息也
讛語 讛正作寱研計切寱中有言爲寱語
蹹 徒合切踐也
沸 芳味切涌出貌
磓 都回切以石投下也
擲 直炙切投也
嘬 楚快切
斃 毗祭切
弑 矢利切下殺上也
匿 女力切藏也
處斷 處敞呂切斷都玩切處斷調處置斷決也
鹵簿 鹵郎古切簿裴古切車駕行羽儀雙導謂之鹵簿
餉 式亮切饋也
筑 張六切似箏樂器也
跛躄 跛補火切足偏廢也躄必益切足不能行也
癭 以郢切頸瘤也
隙 綺戟切壁除孔也
桎梏 桎之日切足械也梏古沃切手械也
殨 胡對切肉爛也
鋼 居郎切堅鐵也
愕 五各切驚遽貌
噤 巨禁閉也
舐 神紙切以舌餂也
肱 古弘切臂幹也
羌虜 羌去羊切西夷也虜郎古切貪虜也
釁 許覲切隙也
把窟 把蒲巴切與爬同窟苦骨切孔穴也
罽尸 梵語也亦云拘尸此云角城罽居刈切
搏頰 搏補各切柎也頰古協切面旁也
擿拋 擿直炙切投也拋匹交切擲也

戒因緣經卷第六

姚秦三藏竺佛念譯

鼻奈耶第六

阿尼竭法第三

佛世尊遊舍衛國祇樹給孤獨園時尊者迦留陀夷數至浮帶優婆夷舍無人屏猥處共坐時浮多優婆夷欲爲不淨行共一處坐時迦留陀夷可其意復恐犯戒而不從之時比舍長者見還私相語此沙門釋子自稱歎我精進無儔匹今與婦女在屏猥處坐必當有異諸頭陀比丘往具白世尊世尊知而問優陀夷審爲此事不優陀夷白佛審爾世尊世尊因此事集和合僧備十功德佛與沙門結戒若比丘與婦女屏猥處坐受婦女語說棄捐說僧決斷說波逸提比丘坐聽此二法棄捐僧決舍墮此者阿尼竭不定

時迦留陀夷復更至浮帶優婆夷舍共露地敷座而坐時是優婆夷露處欲牽捉迦留陀夷身共一處坐時迦留陀夷意念欲隨復恐犯戒諸長者見私相告語此沙門釋子常自稱歎精進無儔匹今共婦女露地共坐語必當有異諸頭陀比丘聞往具白世尊世尊告曰若比丘共婦女露地敷座聽婦女語說二法僧伽婆尸沙波逸提若比丘聽此二法者阿尼竭

尼薩耆波逸提法第四

佛世尊遊舍衛國祇樹給孤獨園時跋難陀釋子貯畜衣裳積久朽敗蟲齧鼠嚙諸長者見各懷嫌恨自相謂言此沙門釋子衣裳節儉而今貯畜衣裳積久朽敗蟲齧鼠嚙時長

者便告諸頭陀比丘諸比丘不知當何報便往具白世尊世尊因此事集和合僧備十功德爲沙門結戒若比丘有三衣及一日成衣得終身持若過者尼薩耆波逸提

佛世尊遊王舍城竹園迦蘭陀所時摩訶罽葉往耆闍崛山時摩訶罽葉有僧小緣不著僧伽梨至竹園時天淋雨不得還上耆闍崛山明日還石室便自懷疑我不失僧伽梨婆往具白世尊世尊告曰若比丘不著三衣及一日成衣至他家一宿者不持僧伽梨優多羅僧安陀衛去者除其僧使尼薩耆波逸提

佛世尊遊舍衛國祇樹給孤獨園時有達暮提那比丘尼共諸比丘尼於舍衛夏坐時王波斯匿力人近此比丘尼園止住此力人於波斯匿王所得廩食日日博戲輕用不足供身諸婦女衣不蔽形此比丘尼日日聞戲笑聲明日比丘尼便往至力人婦女家語諸婦女衣何麤惡不足蔽形婦女報言所賜廩纔足供口不足衣帶比丘尼語汝所得賜半用衣食半用布施諸婦女答諾如來教時官有賜輒留半衣食半用布施時力人家漸漸大富衣食豐盈所著衣裳與人有異諸婦女各相謂言我等所有錢財是達暮提那比丘尼恩力當共相率報恩時婦女便語其夫我等富足由達暮提那比丘尼欲請夏四月坐一處供養設好淨飯夫報婦大佳時諸力人往詣達暮提那比丘尼所頭面禮足在一面坐時比丘尼與說法說法已黙然不語時力人從座起長跪叉手白比丘尼言從今以去歸佛歸法歸比丘僧願聽爲優婆塞盡命不殺

生願諸阿夷受夏四月請諸比丘尼答今佛近在祇洹先請佛者當往受請力人報當往請力人便往詣祇樹給孤獨園頭面禮足在一面坐世尊爲説種種法説法已須臾退坐白世尊言願世尊及比丘僧於此國受貧鄙夏四月坐時世尊默然受請諸力人見世尊默然許可從座起頭面禮足繞佛三帀便退還家爲佛比丘僧辦具飲食供四月調世尊知夏坐日逼將比丘僧至彼夏坐四月時諸力人供佛比丘僧衣裳飲食病瘦醫藥四月竟諸力人得信佛非漉水不飲常持漉水器繫弓鞬側時王波斯匿邊界畔逆召諸力人其處畔逆汝等當往攻伐諸力士拜唯如王命時諸大臣白王言王遣力士至彼攻伐不能克辦王問何故不辦臣答諸力人非漉水不飲小蟲常不殺何況能攻伐彼王問諸力人汝等將不誤我事耶力人答不審何事王曰聞汝等非漉水不飲於小蟲尚爾況能攻伐大者力人答此小蟲無過於王若當犯王法者亦殺不置王便作是念或有人淨潔非漉水不飲時諸力人便相謂言前供養世尊比丘僧竟未施衣若當征行或没不還今曼時可共施比丘僧衣便撾揵搥比丘雲集唯佛不來時諸力人以衣施比丘僧比丘僧不受恐犯長衣諸力人强施諸比丘不知何答往白世尊世尊告曰得受衣以慈悲受時世尊因此事與沙門結戒若比丘有三衣及一日成衣若得長衣此比丘自手受得一月著過一月與人若過一月自畜者尼薩耆波逸提時諸力人以得慈意便往征伐兩敵相對

即坐慈三昧外敵便退其入慈三昧者火不能燒刀斫不入飲毒不死不爲他所殺王波斯匿聞此力人征伐有功重增田業加廩賞二倍

佛遊舍衛國祇樹給孤獨園爾時阿羅鞞比丘尼平旦著衣持鉢入舍衛分衛分衛已還出城舉衣鉢洗足尼師壇著肩上往詣安陀婆山以尼師壇布一樹下結跏趺坐爾時有賊劫人已得財物逃此山中時有賊主信佛法衆遥見比丘尼坐樹下安禪顏貌端正諸根恬息時此賊主見比丘尼已倍歡喜踊躍持一段肉來布施比丘尼比丘尼答我今一食過時不餐賊主益復歡喜以極細氎一端裹此肉懸著樹若有沙門婆羅門取者來以施之作是語已便還出山時比丘尼便思惟賊主作此語留氎肉者爲我故明日平旦比丘尼持此肉入祇樹給孤獨園持肉付廚供衆比丘食還持白氎著肩上來出跋難陀釋子見問阿夷何所得此白氎鮮明淨好從何許得可以見惠比丘尼不逆即以氎與跋難陀釋子語諸比丘比丘尼以氎施我時比丘尼便作是念故來入城不見世尊便還者非我禮即往世尊所衣裳弊壞世尊遥見比丘尼來顧語阿難汝取一捨衣與此比丘尼時阿難即以捨衣與比丘尼比丘尼取著前至佛所頭面禮足在一面住世尊爲説法説法已世尊告汝還所在今正是時即頭面禮足而去比丘尼去不久佛問阿難此比丘尼衣何以弊壞阿難白佛此比丘尼向有一端白氎跋難陀奪去爾時世尊因此事集和合僧

告諸比丘云何比丘此比丘尼衣裳弊壞而奪其氎世尊無數方便誨責已與沙門結戒若比丘非親里比丘尼奪衣取衣及從與者除其貿易尼薩耆波逸提

佛世尊遊舍衛國祇樹給孤獨園爾時迦留陀夷往與崛多比丘尼知識別行二月分衛二月分衛已漸還至舍衛時崛多比丘尼聞迦留陀夷分衛已訖還至舍衛比丘尼便澡浴身體以香油塗首粉黛糚面治齒鵠白著新衣裳往詣迦留陀夷所頭面禮足在其前坐熟視迦留陀夷迦留陀夷亦復熟視比丘尼迦留陀夷坐起單著泥洹僧在前行時比丘尼亦單著一衣逐迦留陀夷後行不欲身相觸何以故畏犯戒迦留陀夷婬意熾盛便踞地失精污泥洹僧比丘尼以知失精時比丘尼更取一泥洹僧貿持去浣迦留陀夷更著衣已便與使浣比丘尼取此衣屏處浣取浣汁飲半半從下灌即覺有娠還所在身漸漸大諸比丘尼罵咄惡比丘尼汝非晚作比丘尼小小入道此何由而得諸比丘尼善責數之時崛多比丘尼具說本末諸比丘尼不知當何為往具白世尊世尊告曰汝等莫呼此崛多比丘尼犯戒何以故此清淨梵行莫惡意向崛多比丘尼經八月九月中生一男兒顏貌端正諸比丘尼聞生男兒往具白世尊世尊因此與比丘尼結戒一比丘尼不得獨宿有二比丘尼得宿不得與男子宿得與崛多比丘尼共宿諸比丘尼白佛世尊向者教不得與男子同室宿此今有兒當云何宿世尊告曰兒未斷乳得與宿斷乳後不得與

宿諸比丘尼受教已退還時世尊因此事集和合僧佛爲沙門結戒若比丘非親里比丘尼與故衣浣者染輾令光出者尼薩耆波逸提

佛世尊遊舍衛國祇樹給孤獨園時六群比丘數數至長者家與衣裳諸長者嫌其煩數還相謂言此沙門釋子自言精進我等先旣未許當與衣裳數數至此與衣裳十二法比丘聞便往白世尊世尊告曰若比丘非親里長者長者婦强逼與衣捨墮

或得初衣被賊或失衣或被火或衣朽敗或王奪得至長者長者婦家乞衣如所失取比丘若長取者捨墮

佛遊舍衛國祇樹給孤獨園有一長者婦與跋難陀釋子作衣時跋難陀聞某甲長者婦與我作衣即往至其家作是語卿若與我作衣極令好持用施我時長者即好作而與來至房中自譽語諸比丘某甲長者與我作此好衣諸比丘默然不知當何答便往具白世尊世尊告曰若比丘聞他與作衣先未許便往經營教令極好作與我而取者捨墮

佛遊舍衛國祇樹給孤獨園有二家長者與跋難陀作衣時跋難陀聞二家長者與作衣往至彼家便作是語善哉長者與我作衣者不足各作可合作一領佳者時長者壞二爲一成而與之還至僧中自貢高語諸比丘某二長者破二衣爲一衣持用施我諸比丘不知當何答往白世尊世尊告曰若比丘非親里長者婦女先未許與作二領衣使破爲一而取者捨墮

佛遊舍衛國祇樹給孤獨園優填王聞舍衛比丘衣被儉惡即遣婆羅門使持衣直至舍衛與諸比丘諸比丘不取世尊不許取衣直已成衣者便取使人問比丘諸賢無有人能買衣者耶諸比丘答無人比丘不知當云何即具白世尊世尊因此事集和合僧備十功德世尊爲沙門結戒世尊告比丘比丘欲買衣當借近知識守園人若五戒賢者此比丘言此買衣人此非買衣人因直詣市市衣此人若至市若錢肆金肆銅鐵肆綿絹絲肆使人於中坐比丘當四往五往六往默然在前立得者善若過六更往求者捨墮若不得衣當自往若中遣信至得物家前所施衣直因信來者某甲比丘竟不得還自往索莫謂比丘得莫費散物

佛遊舍衛國祇樹給孤獨園時六群比丘取拘施用作新卧具諸長者見此沙門釋子不貪好取拘施作此卧具與王長者有何異諸十二法比丘聞往白世尊世尊告曰若比丘以拘施新作卧具者捨墮拘施綵布

此六群比丘純用黑羊毛作新卧具世尊告曰不得用黑羊毛作卧具作卧具者捨墮時六群比丘復以純白羊毛作卧具世尊告曰不得以純白羊毛作卧具若作卧具兩分黑羊毛三分白羊毛四分尨若違限作者捨墮此六群比丘棄故卧具作新卧具諸十二法比丘聞便往白世尊世尊告曰若比丘作卧具當滿六歲六歲已還捨更作者捨墮若大壞敗當白衆衆許者得作若不許而作者捨墮

佛遊舍衛國祇樹給孤獨園時跋難陀釋子新作尼師壇故者捐棄諸比丘見便往白世尊世尊告曰若比丘新作坐具取故者緣緣四邊以亂其色若不取故緣緣四邊者捨墮

佛世尊遊舍衛國祇樹給孤獨園爾時優陀夷與衆多比丘從拘薩羅至舍衛國道逢賈客驅車策馬大載毳至舍衛國其道中多賊寇諸比丘語賈客我等欲與汝爲伴至舍衛國諸賈客報亦相貪爲侶諸比丘畏塵土坌體常在後行有一賈客車軸折語諸同伴汝等衆與我致少毳諸同伴語吾已分尚不能致況能致汝物便捨前進時此賈客對毳愁悶坐須臾間諸比丘至時此賈客以毳布施比丘僧諸比丘各各分持而去時此路當由一城裏過路側人民語比丘言此毳爲索幾許毳爲貴賤貿易何物辛苦擔負獲何等利其中十二法比丘聞此語不知當何答前至舍衛具白世尊世尊告曰若比丘行路人施羊毛得持行三由延若過者捨墮

佛遊舍衛國祇樹給孤獨園時迦留陀夷所得毳分與諸比丘尼與我浣擇染爲色迦留陀夷波斯匿王善知識末利夫人阿闍梨諸比丘尼不違語與取毳浣擇染妨誦經稟受大愛道瞿曇彌往具白世尊世尊告曰若比丘非親里比丘尼與羊毛浣擇染者捨墮

佛世尊遊羈舍離獼猴江石臺所時跋難陀釋子平旦著衣持鉢入毗舍離分衛時毗舍離城內有諸童子往街巷頭遥見跋難陀釋子來還相謂言此跋難陀是兇橫惡比丘我等取金銀試置道頭若取者我等當捉牽向

耆老時跋難陀釋子尋到其所便取此金銀諸童子來前牽捉汝爲比丘何以不與取金銀跋難陀答我亦不盜此落墮地我取之便將詣耆老所童子語耆老此比丘盜我金銀諸耆老盡信佛法衆語此童子言此沙門釋子信不盜汝金銀復語跋難陀賢嚴還舍莫復更爲跋難陀即還語諸比丘諸比丘不知當何答往具白世尊世尊告曰若比丘若手捉金銀教他捉者捨墮

佛遊舍衛國祇樹給孤獨園時跋難陀釋子坐肆販賣金銀求利諸長者嫌自相謂言此沙門釋子自坐肆販賣金銀求利與彼賈客有何異十二法比丘聞往白世尊世尊告曰若比丘坐肆販賣金銀求利與世人不別者捨墮

佛世尊遊舍衛國祇樹給孤獨園時跋難陀釋子復挾雜物分一爲二而行貨賣諸長宿見自相謂言此沙門釋子自稱精進懷雜物而行貨賣欲活誰命十二法比丘往具白世尊世尊因此事集和合僧備十功德世尊爲沙門結戒若比丘挾種種物行市貨賣者捨墮

佛世尊遊舍衛國祇樹給孤獨園爾時跋難陀釋子與一坐肆賣香小兒相識肆上有一摩尼鉢跋難陀釋子見語小兒言此鉢甚好可以施我即以盛滿飯而施持此鉢詣祇洹語諸比丘我毎出行吉無不利過香肆前有一小兒以此鉢布施我諸比丘聞語云何比丘當畜長鉢即往具白世尊世尊告曰若比丘得長鉢不得過十宿若過十宿不捨者捨

墮

佛世尊遊王舍城竹園迦蘭陀所爾時長者樹提遣子弟入海採寶得牛頭栴檀一枚還來詣家子弟便作是念我當持往獻長者樹提即以上之長者藏中栴檀甚多雖得此栴檀不以著意即勑巧師刻以作鉢豎大長木去地十仞舉鉢置上發心念言其有沙門婆羅門不施梯閣能得取者便以施之時富蘭迦葉聞長者樹提與我作好栴檀鉢即往詣其舍便語樹提長者畨作栴檀鉢用施我耶長者報我不為一人作今豎大長木去地十仞鉢在其上其有沙門婆羅門不施梯閣能得取者便以施之富蘭迦葉便作是念無此神足能得彼鉢即座起振信頭而去尋後摩訶離瞿耶婁阿夷湍波休迦旃先毗盧持尼乾弗來詣樹提長者舍語長者言審與我作栴檀鉢那長者答我不為一人作今豎長木去地十仞鉢在其上其有沙門婆羅門不施梯閣能得取者便以施之六師復作是念無此神足得取彼鉢即從座起振信頭去時尊者賔頭盧聞樹提長者作栴檀鉢豎大長木去地十仞若有沙門婆羅門不施梯閣能得取者便以施之時賔頭盧往詣尊者目揵連所頭面禮足在一面坐賔頭盧白目揵連當知樹提長者造栴檀鉢豎大長木去地十仞以鉢置頭若有沙門婆羅門不施梯閣能得取者便以施之世尊常歎聲聞之中目揵連神足第一可往取之時目連答以木鉢故現神足乎以是故我不往取時尊者賔頭盧即還房中明日平旦著衣持鉢上下齊整不左

右顧視如擎油鉢念不分散端攝五根如牛
被駕往詣樹提長者舍長者遥見尊者賔頭
盧來行步安庠被僧伽梨捉鉢持杖即起出
迎叉手白言善來賔頭盧久不來此聖體輕
强不可於此坐時尊者賔頭盧即坐樹提長
者頭面禮足在一面坐賔頭盧問長者聞汝
作栴檀鉢豎大長木舉鉢著上其有沙門婆
羅門不施梯閣能得取者便以施之爲實爾
不長者荅曰審有此語時賔頭盧不起于座
遥申手取鉢長者見是神變歡喜踊躍長者
白言願借此鉢入舍盛飯即入盛滿羹飯授
與賔頭盧賔頭盧即起詣竹園迦蘭陀所語
諸比丘我向者至樹提長者家大長木頭取
此鉢諸比丘聞不知何荅往具白世尊世尊
知而問賔頭盧汝審爲此事耶審爾世尊世
尊告曰云何比丘坐小木鉢自現神變賔頭
盧我今擯汝終身不得般泥洹不得住閻浮
提時尊者賔頭盧受世尊擯從座起頭面禮
足繞三帀而去時世尊見賔頭盧去不久集
和合僧爲沙門結戒若比丘恒自食鉢破爲
五分綴用若更求好者捨墮比丘得新鉢當
持故者還比丘僧比丘僧持新者授此比丘
終身持壞乃止時賔頭盧還房收攝什物即
坐三昧没閻浮提出拘耶尼於彼夏坐中授
五百優婆塞優婆夷戒五百弟子受具足戒
起五百塔婆五百房蔫席牀拘遥枕各五百
賔頭盧於拘耶尼而作佛事
佛在釋㗌瘦迦維羅衞尼拘陀園時諸釋種
別有織衣房時六群比丘從諸長者乞求線
至親里釋家語可勑織房與我織成作衣時

諸織人既不得價又不得食各怨恨言此沙門釋子强以力逼迫使我織衣十二法比丘便具往白世尊世尊告曰若比丘從長者家乞線縷强使非親里織作衣者捨墮

佛在釋哳瘦迦維羅衛尼拘陀園爾時迦維羅衛釋與跋難陀釋子織衣跋難陀聞釋種與我作衣即往織房語織人言汝知不與我織此衣極令好妙我分衛飲食以相供給時跋難陀語諸比丘比丘不知當何答便往具白世尊世尊告曰若比丘先未然許竊至作坊語織人言好織此衣極令使妙我當分衛以相供給若得衣者捨墮

佛在舍衛國祇樹給孤獨園爾時跋難陀有一弟子戒行純備跋難陀素性喜治生賈販作是念我此弟子足供手力即以衣一領布施弟子爾時世尊於夏坐竟將諸比丘著衣持鉢普行分衛跋難陀弟子辭索從佛而不肯放弟子報是非當去跋難陀語弟子我所以與汝衣者事須手力故若欲去者留此衣即前强奪弟子涕泣詣如來所頭面禮足具白世尊世尊告曰若比丘與比丘衣後便瞋恚强力還奪若教人奪比丘取此衣來我不與汝此比丘當還衣彼比丘取衣者捨墮

佛世尊遊舍衛國祇樹給孤獨園爾時世尊及比丘僧在舍衛夏坐爾時比丘於歲竟人人施衣諸比丘不取往白世尊世尊告曰若比丘於歲竟人施衣當善意受莫逆檀越意

佛因此事世尊爲沙門結戒十日未至歲比丘得衣即當受若得新衣應停至歲過十日當用施人若留者捨墮

佛在舍衛國祇樹給孤獨園時尊者婆覆常阿練兒（空處）留僧伽梨入舍衛國還所在失僧伽梨便語諸比丘我入舍衛城後失僧伽梨諸比丘不知當云何答往具白世尊世尊告曰三月後一月阿練兒比丘住空閑處欲有所至前有虎狼盜賊此比丘從空閑處以三衣送寄城内此比丘行得六宿離三衣若過六宿捨墮

佛世尊遊舍衛國祇樹給孤獨園時毗舍佉蕪夷羅毋請佛及比丘僧即夜施設飯具明日敷座遣一使人至祇樹給孤獨園白佛及僧飯食已辦食時已到時此使人即到祇洹值諸比丘露地洗浴像尼揵子使人便作是念此間無有沙門釋子純尼揵子滿祇洹中即還白無有沙門釋子一切盡尼揵子滿祇洹中毗舍佉得道迹聰明人便作是念比丘僧必當露地浴復重遣往白佛及僧食具已辦今正是時使便往白佛將比丘僧至毗舍佉舍各次第坐坐定自手行澡水布種種飲食比丘僧食竟行澡水已在一面坐以向者事具白世尊願世尊聽施比丘舍賴世尊即許佛達嚫而去到祇洹因此事與比丘結戒春一月過比丘當作遮兩舍賴半月一月得持若過者捨墮（少未至歲一月）

佛世尊遊舍衛國祇樹給孤獨園爾時尊者夜舍與大比丘僧遊拘薩羅界長者婆羅門晉識夜舍供養比丘僧飯餅甘饌及白氎施比丘僧達嚫所得物夜舍持入巳諸比丘見自相謂言此比丘云何取比丘僧物即往白世尊世尊告曰若比丘知是比丘僧物自入

已檀越欲施比丘僧物往求以入已捨墮

佛遊舍衛國祇樹給孤獨園時尊者畢陵伽婆蔡患兩目痛諸長者婆羅門送飯食供具四種藥酥麻油蜜黑石蜜積貯日日服諸比丘見往具白世尊世尊因此事集和合僧備十功德佛爲沙門結戒若比丘積貯四種藥不得過七日過者捨墮

優波離白佛云何名尼薩耆世尊告曰若三失三衣更不得受亦不得著若貿易若匃人此名尼薩耆波逸提名燒聖道根竟人不得生三昧此名捨墮

戒因緣經卷第六

音釋

屏猥 屏必郢切屏蔽也猥當作隈烏回切隩也隈僻也　蠹 當故切猶蛀也　鞬 居言切盛弓矢器也　嚙 倪結切噬也　廩 力稔切米藏曰廩　漉 盧谷切濾也　曼 莫半切且也　揵槌 梵語也此云鐘亦云磬律云隨有瓦木銅鐵鳴者皆曰揵搥揵巨言切搥正作椎音槌　長衣 長直亮切長衣謂餘剩衣也　恬 徒蒹切安也靖也　貿 莫候切易財也　黛 徒耐切畫眉墨也　糚 側霜切飾也　鵠 胡沃切水鳥也　浣 胡管切濯垢也　輾 女箭切與碾同研也　尨 莫江切雜也　緣緣 俞絹切衣純也　毳 充芮切細毛也　枚 莫杯切箇　擯 必刃切斥也　綴 陟衛切聯也　匃 居太切乞與也

戒因緣經卷第七

姚秦三藏竺佛念譯

鼻奈耶第七

波逸提法第五之一

佛世尊遊舍衛國祇樹給孤獨園時尊者羅雲於衆人中戲笑妄語諸比丘誨責汝爲佛子云何妄語諸比丘往具白世尊世尊告羅雲曰汝何爲戲笑妄語以偈誨責羅雲

妄語地獄近　作之言不作　二罪後俱受　是行自牽去　法衣在其身　爲惡不自禁　苟爲惡行者　命斷墮地獄　無戒受供養　街巷乞不慙　死噉燒鐵丸　極熱劇赤火

如是世尊誨責已爲沙門結戒若比丘戲笑妄語者波逸提

佛世尊遊舍衛國祇樹給孤獨園時六群比丘種類罵諸比丘諸比丘往具白世尊世尊告曰若比丘種類相罵者波逸提

佛世尊遊舍衛國祇樹給孤獨園時六群比丘常與十七群比丘共諍此間聞語便往告彼彼間聞便來語比諸比丘聞往白世尊世尊告曰若比丘調戲兩舌鬪亂彼此者波逸提

佛遊拘舍彌瞿師羅園彼拘舍彌比丘喜鬪繫閉坐衆耆老事以得解六群比丘還揚舉本事諸君以何事諍不使我等斷諸比丘聞六群比丘事解還揚舉往具白世尊世尊告曰若比丘諍如法諍止還揚舉者波逸提

佛世尊遊舍衛國祇樹給孤獨園時迦留陀夷獨入宮與末利夫人說法王諸大臣自相謂言云何比丘獨入宮說法十二法比丘往

白世尊世尊告曰若比丘獨與女人説法不得過五六語除其有人波逸提

佛世尊遊舍衛國祇樹給孤獨園時六群比丘向沙彌説毗尼語諸比丘見云何向未受大戒者説戒往具白世尊世尊告曰若比丘向未受戒者説一句戒法波逸提

佛世尊遊舍衛國祇樹給孤獨園有一比丘入沙彌聚自稱譽言我得初禪第二第三第四禪慈悲喜護諸比丘見即往責數云何比丘向未受戒者自稱得禪往具白世尊世尊告曰若比丘向未受戒人自稱譽言我知是見是實者波逸提

佛世尊遊舍衛國祇樹給孤獨園時六群比丘語不受大戒人某甲比丘犯僧伽婆尸沙波逸提諸比丘聞便白世尊世尊告曰若比丘向未受大戒人説犯僧伽婆尸沙波逸提者除其僧使波逸提

佛世尊遊舍衛國祇樹給孤獨園時諸長者來詣園房觀看若還去者身饑不能得達便語十二法比丘此沙門釋子常食人供而到園了無待賓比丘語六群比丘此諸長者至園觀看若還去時饑不能至可聽羅少穀米以供賓客六群答言大善後比丘多羅穀米以待賓客六群比丘語諸比丘誰使汝等大散僧物糴米穀以待賓客比丘答君前自許復言我不許汝諸比丘不知當何答往白世尊世尊告曰若比丘先共要後作是語汝減比丘僧物用違前要者波逸提

佛世尊遊舍衛國祇樹給孤獨園時十五日撾揵搥比丘僧集説戒尊者闡怒語諸比丘

半月用說是雜碎戒爲使諸比丘愁憒不得行道諸比丘聞便往白世尊世尊因此集和合僧備十功德佛爲沙門結戒若比丘說戒之日作是語半月用說此雜戒爲彈却戒者波逸提

佛世尊遊舍衛國祇樹給孤獨園六群比丘斫樹作牀樹神瞋往語十二法比丘我所居舍盡斫壞諸比丘往白世尊世尊告曰有神依樹根有神依樹枝有神依樹皮裹有神依樹皮裂中有神依樹蓓蕾有神依樹葉有神依樹華住有神依樹果一切藥草樹木盡有神神所以依住者食其香故比丘自斫樹教他斫者墮

佛世尊遊舍衛國祇樹給孤獨園六群比丘常與十七群比丘共諍十七群比丘不能忍卒便瞋恚諸十二法比丘聞往白世尊世尊告曰卒瞋恚者墮

佛世尊遊舍衛國祇樹給孤獨園時六群比丘挃擾激動阿練兒諸君已得初禪第二第三第四盡生死修梵行諸比丘聞便往白世尊世尊告曰若比丘激動人使瞋者墮

佛世尊遊舍衛國祇樹給孤獨園時六群比丘於露地敷牀薦席拘柘竟日坐論便起去天大雨盡污濕坐具牀薦席拘柘諸長者見自相謂言我等減損子孫分以供比丘僧此比丘不慚取他信施使雨澆爛十二法比丘往白世尊世尊告曰若比丘於露地敷比丘僧牀薦席拘柘若坐若卧起後不自收不教人收者墮

佛世尊遊舍衛國祇樹給孤獨園時六群比

丘於房中敷卧具起去後不收坐具蟲食諸長者來房中見自相謂言此沙門釋子夜卧已不收卧具使蟲嚙食十二法比丘聞往白世尊世尊告曰若比丘比丘僧坐具於房中敷若坐若卧起後不自收不教人收墮

佛世尊遊舍衛國祇樹給孤獨園時尊者夜舍將五百衆從拘薩羅至舍衛國六群比丘自相謂言我等小避須此比丘掃灑房室敷坐具已我等當往問君爲幾歲彼自當説爾許歲答言我等大君若不出者當强驅出伺諸比丘掃灑房室敷坐具已即往問君爲幾歲答我爾許歲六群比丘言我大君從出去不須住此諸比丘不知當云何往白世尊世尊告曰若比丘至比丘房詐爲瞋恚驅他使出若使人驅者墮

佛遊舍衛國祇樹給孤獨園有衆多比丘於講堂前夜敷坐具或禪或卧迦留陀夷從後至亦敷坐具卧時迦留陀夷詐囈喘息麤惡如魔狀喚呼手脚煩擾諸坐禪比丘不住即皆收坐具避去諸十二法比丘聞往白世尊世尊告曰若比丘於房中先敷卧具若後有來强敷坐具若不喜我者自當出去及煩擾者墮

佛世尊遊羅閲城迦蘭陀竹園所時新成重閣重閣上敷尖足牀閣下有一比丘坐禪跋難陀釋子於閣上放身疾坐牀上牀足下陷打比丘頭破坐禪比丘即失聲喚衆比丘集問汝何以頭破具陳所由諸比丘不知當云何往白世尊世尊告曰若比丘上重閣上作尖足繩牀縱力坐若卧者墮

佛世尊遊羅閱城迦蘭陀竹園所尊者闡怒以有蟲水灑地和泥諸比丘語闡怒汝無以蟲水灑地和泥闡怒很戾不隨諫語諸比丘不知當何如往白世尊世尊告曰若比丘知有蟲水灑地若教人灑自和泥若教人和者墮

佛遊舍衛國祇樹給孤獨園有一摩訶盧比丘取檀越百千兩金作大講堂一日累塗覆即夜崩壞其長者聞驚怪愁憂用乃爾所錢竟不成講堂即往具白世尊世尊因此事集和合僧備十功德佛爲沙門結戒比丘作大講堂先作閾牕牖得通日光細泥塗地再三覆之重草蓋也若過三者波逸提

佛遊舍衛國祇樹給孤獨園時六群比丘次未應與比丘尼說法自往與說法十二法比丘聞往白世尊世尊告曰若比丘比丘僧次未差與比丘尼說法自往說法者墮

佛遊舍衛國祇樹給孤獨園諸比丘次第與比丘尼說法尊者難陀次應直往而不肯行摩訶愛道瞿曇彌將五百比丘尼詣如來所頭面禮足在一面住爾時世尊與大愛道及五百比丘尼說微妙法說法已今正是時各還所在大愛道及五百比丘尼頭面禮足右繞三帀而去去不久顧問阿難次應誰與比丘尼說法耶阿難白佛比丘僧已周次應難陀難陀不肯行時難陀亦在座上時世尊告難陀汝可往爲比丘尼說法何以故我之說法汝之說法有何等異難陀聞佛教默然而受時尊者難陀平旦著衣持鉢入舍衛分衛分衛已還出城舉衣鉢舉坐布著肩上入房

坐禪時比丘尼衆聞難陀次來說法自相謂言難陀於夏四月讀一偈不能得欲云何與比丘尼說法難陀出靜室在堂前敷坐具結跏趺坐時大愛道及五百比丘尼詣難陀所頭面禮足在一面坐時尊者難陀即入三昧以三昧力東沒西湧西沒東湧坐卧虛空身放種種光青黃赤白或瑠璃色身下出火身上出水身上出火身下出水如是變化不可稱數還於本座上結跏趺坐難陀告諸比丘尼與汝說法善思念之云何諸妹眼有常無常耶答曰無常也難陀若無常者爲苦不苦耶答曰苦也難陀若無常苦爲變易法彼見諦人作是求言是我所非我所不耶不也難陀云何諸妹耳鼻舌身心有常無常耶無常也難陀若無常者苦不苦耶苦也難陀若無常苦變易之法彼見諦人作是求言是我所非我所不不也難陀何以故今如諦等智見眼無常眼識苦樂亦復無常如是耳鼻舌身心無常意識起想苦樂不苦不樂亦復無常善哉善哉諸妹如汝所言眼無常眼所識苦樂亦復無常如是耳鼻舌身心無常意識起想苦樂不苦不樂亦復無常云何諸妹眼因緣有識彼眼識者有常無常無常也難陀若無常者苦不苦耶苦也難陀若無常苦變易之法彼見諦人作是求言是我所非我所不不也難陀如是耳鼻舌身心心因緣有識生心識者有常無常無常也難陀若無常者苦不苦苦也難陀若無常苦變易之法彼見諦人作是求言是我所非我所不不也難陀何以故如諦等智見眼無常眼色識無常眼識

起想苦樂亦復無常如是耳鼻舌身心法心識無常心識因緣生想苦樂不苦不樂亦復無常善哉善哉諸妹如汝所言眼無常色眼識無常眼識因緣起想苦樂不苦不樂亦復無常如是耳鼻舌身心法心識無常心識因緣起想苦樂不苦不樂亦復無常諸妹眼因緣色色因緣識三事共會有更云何諸妹更者有常無常無常也難陀若無常者苦不苦耶苦也難陀若無常苦變易法者彼見諦人作是求言是我所非我所不不也難陀如是耳鼻舌身心法心識心更心更者有常無常無常也難陀若無常者苦不苦苦也難陀若無常苦變易法者彼見諦人作是求言是我所非我所不不也難陀何以故如諦等智觀眼無常色眼識眼更眼更因緣起想苦樂不

苦不樂亦復無常如是耳鼻舌身心法心識心更心更因緣起想苦樂不苦不樂亦復無常善哉善哉諸妹如汝所言眼無常色眼識眼更因緣起想苦樂不苦不樂亦復無常如是耳鼻舌身心法心識心更心更因緣起想苦樂不苦不樂亦復無常云何諸妹眼因緣色色因緣識三事合爲更更因緣痛彼更痛有常無常無常也難陀若無常者苦不苦苦也難陀若無常苦變易法者彼見諦人作是求言是我所非我所不不也難陀如是耳鼻舌身心法心識心更所生痛有常無常無常也難陀若無常者苦不苦苦也難陀若無常苦變易法者彼見諦人作是求言是我所非我所不不也難陀何以故如諦等智觀眼無常色眼識眼更痛眼更痛因緣起想苦樂不

苦不樂亦復無常如是耳鼻舌身心法心識心更心更痛無常痛因緣起想苦樂不苦不樂亦復無常善哉善哉諸妹如汝所言眼無常色眼識眼更眼更痛因緣起想苦樂不苦不樂亦復無常如是耳鼻舌身心法心識心更心更痛因緣起想苦樂不苦不樂亦復無常云何諸妹眼因緣色色因緣識識因緣更更因緣痛痛因緣愛彼眼愛者有常無常無常也難陀若無常者苦不苦苦也難陀若無常苦變易法者彼見諦人作是求言是我所非我所不不也難陀起如是耳鼻舌身心識心法心更心更痛愛彼痛愛者有常無常無常也難陀若無常者苦不苦苦也難陀若無常苦變易法者彼見諦人作是求言是我所非我所不不也難陀何以故如諦等智觀彼

法法自生法法自滅善哉善哉諸妹彼法法自生法法自滅如是諸妹六情因緣起想苦樂不苦不樂亦復無常諸妹譬如屠牛人若屠牛弟子執利刀殺牛剥皮取筋肉段段置著一處還以其皮覆上云何諸妹還得成牛不比丘尼答不也難陀何以故牛以分離實不像本所以引斯喻者當解此義如是諸妹牛者六情相因起想苦樂不苦不樂常住不滅無變易法作是等求者為可得道何以故如諦等智觀不見彼法法生不見彼法法滅所以引喻者觀意不聚如牛者六情無異如彼筋肉六塵是彼利刀者等智是何以故諸妹等智力盡斷一切生死結不復生彼此界斷等斷善哉諸妹當作是學於深著法心不染著欲得息於牽連法心不隨瞋恚愚癡息

次當學四意止七覺意八聖道八解脱門是故當學諸妹如是學者諸多陀竭阿羅呵三耶三佛陀皆從中出無數善法皆從三十七品中出常等心身無令中絶説是法時五百比丘尼得阿羅漢道見始變化時二百五十比丘尼得阿羅漢道其二百五十比丘尼迦葉佛時曾聞此法故今聞法得果難陀語諸妹今正是時各還所在時大愛道及五百比丘尼頭面禮足而去明日大愛道及五百比丘尼平旦者衣持鉢詣如來所頭面禮足却住一面世尊觀諸比丘尼盡得道須臾佛告諸比丘尼今正是時各還所在諸比丘尼作禮已還去世尊告難陀明日復次與比丘尼説法時難陀默然受教難陀明日著衣持鉢入舍衛分衛分衛已還出城舉衣鉢洗手足以尼師壇著肩上入室坐禪出室於堂前敷坐具結跏趺坐瞿曇彌大愛道將五百比丘尼詣難陀所頭面作禮在一面坐尊者難陀與説種種微妙法説法已竟今正是時各還所在諸比丘尼禮足而去時日入城門已閉或依樹下宿或塠阜邊宿或依池水宿或依流水宿或依城池宿明日門開諸比丘尼入城其守門者自相謂言諸比丘尼是沙門婦城外共宿清旦來入其十二法比丘聞以是語往白世尊世尊告曰比丘僧次第與比丘尼説法不得至暮還至暮者墮

佛遊舍衛國祇樹給孤獨園時六群比丘次應爲比丘尼説法六群比丘作是自相謂言諸比丘所以爲比丘尼説法者得好飲食故若不得者不與説法十二法比丘聞往白世

尊世尊告曰若比丘作是語以飲食故比丘與比丘尼說法者墮

佛在舍衛國祇樹給孤獨園時六群比丘與比丘尼同道行諸長者見自相謂言此沙門釋子與諸比丘尼同道行是沙門婦若非婦者何由同道行其十二法比丘聞往白世尊世尊告曰若比丘共比丘尼同道行從一村至村落內者墮或應共行者若有賈客前有虎狼賊寇得共行

佛遊舍衛國祇樹給孤獨園時六群比丘從拘薩羅國來至舍衛時阿脂羅江須船爾乃得渡六群比丘與比丘尼同船或逆水上或隨水下經時日已沒便渡水各散去時比丘尼爲賊所劫以此事具白世尊世尊告曰若比丘與比丘尼同船或逆水上或隨水下除直渡者墮

佛世尊遊舍衛國祇樹給孤獨園時迦留陀夷與崛多比丘尼衣著諸比丘尼問所由得此衣答迦留陀夷見施諸比丘尼往白世尊世尊告曰若比丘非親里比丘尼持衣施者墮

佛世尊遊舍衛國祇樹給孤獨園時迦留陀夷使崛多比丘尼作衣諸比丘尼問與誰作衣答言迦留陀夷作衣諸比丘尼不知當云何往白世尊世尊告曰若比丘非親里比丘尼使作衣者墮

佛世尊遊舍衛國祇樹給孤獨園時迦留陀夷與崛多比丘尼屏處坐諸比丘尼見往白世尊世尊告曰若比丘獨與比丘尼屏處坐者墮

佛世尊遊舍衛國祇樹給孤獨園時迦留陀夷與佛多優婆夷露處坐諸長者見自相謂言此沙門釋子云何與婦人露處坐十二法比丘聞往白世尊世尊告曰若比丘獨與婦人露處坐者墮

佛世尊遊舍衛國祇樹給孤獨園有一優婆夷請摩訶迦葉舍利弗目揵連阿那律時長者婦饌具種種飲食敷好坐具時鍮盧難陀比丘尼先與長者婦善知識平旦著衣持鉢來詣此家見饌具種種飲食敷好坐具即問長者婦欲請阿誰作是好飲食敷好坐具長者婦答請摩訶迦葉舍利弗目揵連阿那律比丘尼語捨龍象而請騾驢長者婦問誰是龍象比丘尼答尊者調達騫陀達婆迦留羅提施三文陀系頭此上人是迦葉最大先前入舍鍮盧比丘尼見來入語長者婦善哉優婆夷所謂龍象已至時長者俱聞此語便作是言惡比丘尼先言騾驢今言龍象耶去惡比丘尼莫復入此舍時長者見賢嚴坐定自行澡水布種種飲食飲食已竟重行澡水已在一面坐聽達嚫摩訶迦葉說達嚫已即從座起去詣如來所頭面作禮在一面坐以此事具白世尊世尊因此事集和合僧備十功德佛爲沙門結戒若比丘知比丘尼譽一比丘僧毀一比丘僧往彼飯者波逸提

佛世尊遊王舍城迦蘭陀竹園所當於爾時人民饑饉乞求難得諸長者或請一比丘或請兩比丘其不請往者或四或五諸長者見自相謂言此沙門釋子不知猒足無有慚愧其請一者五三自往十二法比丘聞往白世

尊世尊告曰若比丘不請强往者墮或時應往或病或執僧事作衣此應食

佛遊舍衛國祇樹給孤獨園拘薩羅界有一長者起招提僧舍其有客比丘得一日食時尊者舍利弗遇病從拘薩羅至舍衛國過此僧舍住三宿食時舍利弗便發去至舍衛國祇樹給孤獨園便懷狐疑我不過食招提僧食婆往白世尊世尊告曰若比丘無病得一宿住食若過食者墮

佛世尊遊舍衛國祇樹給孤獨園有多比丘從拘薩羅詣舍衛國有長者中道請飯豐饒酥酪時六群比丘兩三鉢盛下行比丘不得諸長者見自相謂言此沙門釋子 里疊兩三鉢盛下行比丘不得往白世尊世尊告曰若比丘請入舍長者設好食酥酪豐饒不得兩三鉢盛犯者墮若兩三鉢取出外當等分與不得比丘

佛世尊遊舍衛國祇樹給孤獨園時舍衛國有一長者居門衰喪唯有一小男兒在後此小兒聞其飯佛及比丘僧者得生三十三天第二天我當往行出筋力作所得錢財當飯佛及比丘僧即往詣比舍語一長者作是語我欲客作爲可爾不長者答須幾許物小兒言與我五百兩金自當竭力作使長者便思惟如今人饑饉乞求難得乞一食者尚不可得況爾所兩金長者問小兒能何等作爲小兒答能坐金銀銅鐵綿絹絲肆要不取價竟十月已長者便作是念或有人先索價却作使令此小兒先與人使却乃索直即使知金肆銀肆是小兒宿有福德常人坐肆得一倍

利此小兒得八倍十倍長者便作是念得此小兒是我之幸常人坐肆得一倍利此小兒坐肆得八倍十倍利次使知銅鐵綿絹絲肆皆爾獲利次使知田業常人耕種得一倍利此小兒得八倍十倍利十月期盡即從長者索直時長者不爲不欲與正欲與恐小兒去復重再三索爲欲與我不長者問得此金用作何等小兒答我聞飯佛及比丘僧得生三十三天所以客作欲飯佛及比丘僧願見時與長者便作是念怪此小兒爲佛及比丘僧執此勤勞即問小兒汝欲飯佛那答言飯佛柰得薪草釜竈器皿及人力可即於此間飯佛及比丘僧二人俱時福小兒答亦可爾耳長者語汝自往請佛及比丘僧即詣世尊所頭面禮足在一面坐世尊與說法說法已默然時小兒即從座起偏袒右肩右膝著地叉手向佛白世尊言欲設微供願佛及比丘僧臨赴須臾時世尊默然受請小兒見如來默然可之即起頭面禮足而去即夜具種種食飯敷好坐具往白世尊飯食已辦今正是時比丘僧往世尊住別送食來僧詣長者家各次第坐坐定小兒自手行水布種種食時是月八日國俗此日食先亡者以殘食施諸比丘僧諸比丘僧食已至小兒家略不食諸比丘同聲語行食人稍下小兒見飲食不減便作是念比丘僧不食者我必不生三十三天涕泣詣如來所白世尊言比丘僧食少不多比丘不食者我必不生三十三天世尊告曰汝往稍益食必生三十三天無疑小兒復作是念如來廣長舌言必得生三十三天歡喜

踊躍不能自勝即頭面禮足繞佛三帀而去往詣比丘僧所比丘僧食竟行澡水已在前長跪受呪願上座呪願已便去即日有五百賈客入海還歸最大導師入城求食問行路人誰家有食賣行人答言某長者家今日飯佛及比丘僧必有飲食導師即詣此舍語守門者言汝往白長者外有入海導師欲得相見守門者即為白長者出迎共相問訊接引入坐須臾起語長者言承有飲食賣當送直時小兒在一面坐長者答此非我食指言此擅越食也復問小兒有食見與當送直答言我食不賣若須者便相呼入坐當相供給不須直即往呼伴入坐小兒自手行水布種種食賈客食訖小兒還就牀坐去小兒不遠有拘薩羅碼碯鍵鎔時大導師語諸賈人此小兒飯食我等皆悉充足我等各各共報其恩諸商稱善時大導師語小兒過此鍵鎔來即過與導師開頭巾裹一明珠直百千兩金著鍵鎔鉢中其餘商人或直九十千兩金珠或八十七十六十五十四十三十二十下至直十千兩金珠流溢鍵鎔持與小兒小兒不取曰薄食不賣自相施耳導師復語計此珠價百千萬倍勝汝飲食意欲相遺幸莫見逆小兒便作是念我若取者不生三十三天上小住此間聽我往問世尊還即詣如來所頭面禮足在一面住以此事具白世尊世尊告曰汝往受之此並華報果實在後小兒歡喜踊躍不能自勝頭面禮足便退去去不久佛與沙門結戒若比丘先食重往食者墮時此長者往詣婦所作是語此小兒門戶種姓不滅

我族計一珠價足得我田業可嫁此女與爲夫婦婦言善即嫁女與俄而長者夫婦盡喪亡王波斯匿聞彼長者亡問傍臣頗有兄弟兒息不答言無唯有女夫在家王勑召來即往召至王遥見容顏甚歡敬之即封户一千使知徧城日出就位即名日出相國

佛世尊遊舍衛國祇樹給孤獨園衆多比丘從舍衛國詣拘薩羅界時跋難陀弟子欲與諸比丘伴至拘薩羅來辭跋難陀令比丘去弟子欲共行跋難陀以前恐故即語卿小住食弟子對先以食跋難陀語知卿已食意欲使卿更食去言語留連諸比丘已去跋難陀弟子後去不及伴爲賊所劫即往具白世尊世尊告曰若比丘已知比丘食强勸使食犯者墮

佛世尊遊舍衛國祇樹給孤獨園時失梨崛長者事外道常狐疑世尊是佛非佛耶是法非法耶是比丘僧非比丘僧耶我當施設飯食往請佛試之即往詣世尊所擎拳問訊在一面坐時世尊與説種種微妙法佛説法已默然住長者失梨崛白佛言欲請沙門瞿曇及比丘僧時世尊默然可之失梨崛從座起擎拳而退於門内鑿坑盛滿炭火無有煙焰以砂薄覆上興起此念沙門瞿曇有一切智知一切未然事自當知若無一切智自當墮火及沙門衆堂上設不繫繩牀僞敷坐具復作是念若沙門瞿曇有一切智者自當知若無一切智者當墮牀及沙門衆爲人所笑復設雜毒食復作是念若沙門瞿曇有一切智者自當知若無一切智食此毒飯自當死及

諸沙門即往白佛食具已辦今正是時世尊著衣持鉢及比丘僧來至失梨崛舍世尊顧語阿難汝往語諸比丘盡不得先如來前入失梨崛舍阿難即往告諸比丘不得先如來入失梨崛舍時如來足蹈火坑自然成浴池中生優鉢拘物波頭摩分陁利華鳧鴈鴛鴦和聲悲鳴時世尊足登華上入失梨崛舍華瑠璃色華紺碧色如來黃金色色色相奪時繩僞牀自然成寶牀時此長者見二變化心開意解叉手向佛白世尊言此食雜毒願小須留更設好食世尊告曰但行此食無苦時失梨崛自手行水布種種食佛語阿難此諸比丘盡不得於此閒食當詣阿耨達所時世尊與失梨崛男女說法施義戒義十善義生天義貪婬墮惡出家得道時世尊復與說法苦習盡道失梨崛即得道迹如純白氎易染爲色失梨崛即從座起頭面禮足從今以去歸佛歸法歸比丘僧聽爲優婆塞盡命不殺生世尊及五百阿羅漢盛滿鉢飯即入三昧從失梨崛門盡飛陵虛詣阿耨達宮時阿耨達亦知如來來化五百蓮華大如車輪復爲如來化作一華最妙如來坐上五百阿羅漢各次第坐如來五百阿羅漢比丘僧食已廣說阿耨達經時如來及比丘僧入三昧從阿耨達宮沒還至祇洹時毗舍佉無夷羅毋聞佛及五百阿羅漢受失梨崛請詣阿耨達食廣說阿耨達經今來舍衛我當別請佛及五百阿羅漢即往詣如來所頭面禮足在一面住世尊廣爲毗舍佉說法說法已毗舍佉即長跪請佛及五百阿羅漢世尊默然可之毗

舍佉頭面禮足而去即夜饌具好食敷好坐具重開門戶手擎香鑪叉手禮言飲食已辦今正是時諸比丘往或從地湧出或從壁入或從空下唯如來住別留佛食毗舍佉見比丘坐定自手行水布種種食食已竟復行澡水在前長跪受呪願上座呪願已而去阿難來取佛食世尊知而問阿難有幾比丘在毗舍佉舍食阿難白佛前所至阿耨達宮食五百阿羅漢盡在彼食世尊告曰云何阿難頗有一比丘於比丘僧中唱使行不不也世尊世尊告曰愍此毗舍佉不獲一福云何不食一比丘彼阿難毗舍佉毋食一比丘僧者得大福獲大果報世尊告曰若比丘衆中不唱私去會者犯者墮有應得去若道路行若乘船若大節會若沙門普會此應去時舉國人民聞佛言飯一比丘僧達嚫勝飯五百阿羅漢長者婆羅門盡得信佛敬比丘僧

戒因緣經卷第七

音釋

糴徒歷切市穀切　憒古對切心亂也　蓓蕾蓓薄罪切蕾落猥切蓓蕾華欲綻貌　托擾托呼高切攪也擾而沼切亂也　詐囈詐側駕切偽也囈魚祭切亂言也　很戾很胡懇切戾郎計切很戾不聽從也　塠阜塠都回切聚土也阜房久切無石山也　鍮盧梵語也尊者名鍮託矦切　釜扶雨切鍑屬　皿眉永切食器也　鑿坑鑿在各切穿也坑口莖切塹也　纍倫追切聯綴貌　躡尼輒切蹈也

戒因緣經卷第八

姚秦三藏竺佛念譯

鼻奈耶第八

波逸提法第五之二

佛世尊遊舍衛國祇樹給孤獨園爾時世尊未結過中食戒尊者迦留陀夷日下晡著衣持鉢入舍衛賓陀跋陀天陰夜黑厚雲掣電霹靂光亘然明有一妊娠婦出外汲水尊者迦留陀夷至門欲入分衛電光中見迦留陀夷大驚怖懼便失聲言毗舍支(毗舍支鬼也)迦留陀夷答我是沙門非鬼婦人答若沙門者不殺汝父不害汝母而墮我娠時此婦人往語十二法比丘十二法比丘往白世尊世尊告曰若比丘日過中食者墮時尊者婆持婆梨聞世尊結過中食戒便作是語二食中最好最妙無過暮食而沙門瞿曇斷我此食諸比丘聞往白世尊世尊告曰此著味來日久不但今日聽我說往昔無數劫時劫盡天地融爛後此地有肥甚甘美肥如弱石蜜有一阿婆嘬羅天子來下此地以指甞地肥甚甘美意愛樂喜還上天上語諸天子將諸天人來下教使甞此地肥至三日身重不復能飛地肥漸没地生鹵土雹後漸自然粳米出而食之爾時此人亦著味今復著味

佛遊舍衛國祇樹給孤獨園尊者畢陵淚跋昔患目痛諸長者婆羅門送酥油蜜黑石蜜及諸生食諸弟子甞停食經宿而食時十二法比丘見往白世尊世尊告曰若比丘無病停食經宿而食者墮

佛世尊遊舍衛國祇樹給孤獨園時六群比

丘不受水不受食而食十二法比丘見往白世尊世尊告曰若比丘不受水不受食而食投面門除其水楊枝者墮

佛世尊遊舍衛國祇樹給孤獨園時六群比丘所至村落見酪乳酥魚肉脯輙乞自入諸長者見自相謂言此沙門釋子大乞魚脯用爲往白十二法比丘十二法比丘往白世尊世尊集和合僧備十功德佛爲沙門結戒若比丘知彼村落有好酥乳酪出魚肉脯若比丘無病往彼乞者波逸提

佛世尊遊舍衛國祇樹給孤獨園爾時有二比丘住拘薩羅界深山中住未曾見佛常懷企望欲得見佛二人共議便發進路來見世尊時春後月極熱野馬像水日以向中值曠野中了無水漿身體燋渴二人處處求水值小澮水水少蟲多其一比丘語一比丘言飲此蟲水度此曠澤得覲世尊一比丘答言受世尊戒云何當壞時一人飲一人不飲其不飲水者命終生三十三天著百寶冠來詣世尊頭面禮足在一面住時世尊與說法使得見諦其飲水者在後至世尊遥見比丘來脫優多羅僧示黄金體汝爲癡人用觀是四大身爲純盛臭處其見法者則見我身世尊告曰若比丘知雜蟲水而取飲者墮

佛世尊遊舍衛國祇樹給孤獨園有一長者請佛及比丘僧時六群比丘先前至飲食廚間止諸長者見自相謂言此沙門釋子先來是間妨作飲食十二法比丘聞徃白世尊世尊告曰若比丘先至請飯食家坐若卧弄小兒墮

佛世尊遊舍衛國祇樹給孤獨園有一長者請比丘僧長者出行不在長者婦獨在後作食時尊者迦留陀夷先至長者家坐諸長者見自相謂言云何比丘釋子獨與婦人一處坐十二法比丘往白世尊世尊告曰若比丘先至請食家與婦人獨坐者墮

佛世尊遊舍衛國祇樹給孤獨園與大比丘僧五百人俱爾時鞞羅然村有婆羅門名阿耆達兜大富饒錢財田業成就時來至舍衛住一長者家語長者言卿此間頗有沙門婆羅門聰明智慧將諸徒衆中人師者不有此人者我欲時時往禮拜問訊使我心開意解長者答此間有沙門瞿曇是釋種子出家學道剃除鬚髮服三法衣令成阿耨多羅三阿惟三佛欲往見者今正是時可往問訊婆羅門問瞿曇今爲所在欲往問訊時長者答今世尊在舍衛國祇樹給孤獨園欲往便往時阿耆達兜婆羅門明日出舍衛詣祇洹爾時世尊與無數億百千人說法時阿耆達兜婆羅門遥見世尊端正無比諸根具足身黄金色即前至佛所擎拳稱善在一面坐世尊爲說種種微妙法說法已默然住時婆羅門白世尊言願沙門瞿曇及比丘僧受我夏坐九十日爾時世尊憶往昔對而不可避即默然受婆羅門請時婆羅門從座起擎拳辭退從舍衛國即往鞞羅然與佛比丘僧辦四月夏坐種種飯食至夏坐初勑守門者我今於四月中在内欲不出行莫令有人入若有苦樂吉凶事亦莫白我守門者即奉教命爾時世尊夏坐時到集和合僧世尊告曰汝等各各

收治衣鉢當詣鞞羅然所時五百比丘從世尊著衣持鉢至鞞羅然時鞞羅然無有堂舍比有大失利沙山山谷曠大草木深邃種種華樹若干種鳥爾時世尊及比丘僧於彼山宿時鞞羅然純婆羅門人民饑饉乞求難得世尊即夜集和合僧告諸比丘比丘當知此鞞羅然純婆羅門種人民饑饉乞求難得諸比丘欲於此間夏坐者坐不者各隨所宜時舍利弗即退至阿茂訶山頂受釋提桓因須夷阿須倫女請（阿須倫女帝釋第一夫人）四月食天廚時世尊於鞞羅然一不滿五百比丘結夏坐其長者婆羅門信佛者或作四食五食六食便止諸比丘乞求不能得時尊者目揵連白佛言所以名閻浮提因閻浮提果名東方去此無數千里取閻浮果與比丘使食去果不遠有呵梨勒阿摩勒園至鬱單越取自然粳米至三十三天取天甘露與諸比丘使食取此地以左手反此地右手取地肥與諸比丘使食世尊告目揵連曰知汝有此神力此諸比丘宿對因緣欲置何所世尊不許鞞羅然界饒輭水草有馬子驅馬於中放見諸比丘乞求無所得語比丘言此間穀貴乞求難得我無有熟食麨乾飯唯有馬麥須當相施諸比丘答世尊不許當食馬麥往白世尊世尊告曰雖知是馬隨時飲水飽生草可取食耳時馬有五百疋比丘僧少一不滿五百馬日食麥一斗養馬人日食麥二升分人馬麥各半以施佛比丘僧時阿難持世尊分及已分入鞞羅然求人熟見一婦人歎佛功德世尊有此戒三昧智慧解脫解脫智三十二大人相

八十種好莊嚴其身圓光七尺佛尋竟手足覆四肌不啻七尺身黄金色視之無猒剃除鬚髮被袈裟出家學道得阿耨多羅三耶三佛救衆生厄不度者度不脱者脱不般涅槃者令般涅槃無生老病死憂悲惱苦不出家學道者當作轉輪王七寶前導輪寶象寶馬寶摩尼寶玉女寶長者寶主兵寶當有千子雄健勇猛典四天下不加刀仗我及汝等皆當臣屬受請至此鞞羅然夏坐大妹能以此麥與作麨不婦人答曰我家急難役務事多自尚不供況當供他去此不遠有一婦人聞歎佛功德甚奇甚特便作此念世間乃有是人耶即呼阿難持此麥來我與作麨從今日始佛阿難及餘梵行者麥來我與作麨時此婦人即磨麥持與阿難阿難持麨詣佛所行

澡水授佛麨佛便食之阿難見佛食麨悲泣墮淚復作是念佛世尊是國王子常食好食未曾食惡食云何今日食此麥麨那得氣力時世尊知阿難心所念語阿難言汝能食此麨不對曰能食世尊即授與一摶使食如天甘露味阿難復作此念世尊食此必有氣力世尊食已澡鉢行水白佛向者倩一婦人作麨而不肯作有一婦人不倩而自作願聞其意世尊告曰其不作者設當爲作當爲轉輪聖王第一夫人不使而作者獲大功德雖不更作餘福種阿耨多羅三耶三佛根對未畢日無有闇佛及比丘僧食馬麥者有天魔波旬化作比丘僧擔囊盛乾飯石蜜摸持丸百葉餅於街巷間行諸長者問諸比丘從何所來諸比丘答從鞞羅然來佛及比丘僧無所

乞婆化比丘答飲食豐饒不能食盡今送餘至舍衛往對償畢其時十六大國皆聞佛及比丘僧在鞞羅然三月食馬麥諸富長者婆羅門積財一億及入海導師車馬駱駝載負種種供具往迎世尊及比丘僧餘有七日當新歲佛知而問阿難新歲餘有幾日阿難白佛餘有七日佛語阿難將二比丘入鞞羅然邑語阿耆達兜婆羅門佛已受卿請九十日竟欲普人間分衛時比丘白佛阿耆達兜竟不一飯佛何以故告別世尊告曰雖不設飯亦是請主法應當別時尊者阿難承佛教將二比丘入鞞羅然住阿耆達兜門語守門者汝往白阿難在外欲得相見時阿耆達兜在中庭沐頭披白氎衣踞繩牀上時守門者即白答語使入阿難即入徐徐就座默然須臾婆羅門問以何事來阿難報言世尊語婆羅門已受卿請九十日今欲入人間普分衛婆羅門問云何阿難瞿曇於此夏坐耶阿難答卿前請夏坐而忘耶婆羅門問九十日中云何得食阿難答大困大厄世尊及比丘僧三月食馬麥時婆羅門憶請佛及比丘僧辦夏坐具勑守門者莫令人來阿耆達兜婆羅門復作是念四方遠近皆當聞我爲此惡事阿耆達兜請佛比丘僧無有供養復語阿難可留瞿曇沙門得懺悔不阿難答曰不得留時阿耆達兜愁憂懊惱自投于地時親里衆以水灑面起坐親里語阿耆達兜言汝莫愁憂我等當詣瞿曇沙門所與汝悔過若不住者持此種種飲食使人轝往當隨後行住處有乞當以供奉時阿難與婆羅門及親里衆詣

世尊所悔過世尊遥見來若我不住者沸血當從面孔出以大慈悲更住七日前所辦夏坐四月飲食盡羣來豐饒盈溢時跋嗜人民聞佛當來六十日普行分衛各辦供具以待如來時世尊於鞞羅然具補納衣一日衣竟著衣持鉢詣跋嗜國阿耆達亦載飲食隨如來後有所乏者即供足之如來所投頓輒在前供辦並作是語我今日我明日請佛時跋嗜人民聞阿耆達載飲食隨如來後此必妨我不得飯佛即集會自作限制其作食飯佛者作小食復作蜜漿勿聽婆羅門得作飲食其有見阿耆達者當罵詈惡婆羅門將佛及比丘僧九十日與馬麥食今復載飯食妨他耶時婆羅門愁悶在一面立看諸人民供具少者輒供足之唯見無豆粥即以胡麻子蘇

子豆擣阿摩勒鞞醯勒蓽茇薑作粥奉上世尊世尊告曰分與比丘僧比丘僧不受世尊不許當食此粥時婆羅門來白世尊諸比丘不受此粥世尊告諸比丘從今以往有病無病常服此粥有五事益於身體除饑不渴無風寒病腸胃通利生食疾熟阿耆達復作是念我夏四月辦種種飲食載飲食來復不得飯佛及比丘僧我今當如祭神法布食著地使諸比丘脚履上過則爲已食世尊曰此非脚所履物此是口所食具世尊與婆羅門說法說法已婆羅門即還去時世尊著衣持鉢還舍衛國有一外道梵志身體肥大從世尊後有一婆羅門著道來問此梵志此間飲食可得不答言可得復問由誰得答言從是禿長老得婆羅門言咄去去汝爲惡言汝得肥

壯皆由瞿曇沙門而反更罵若瞿曇沙門聞當爲沙門結戒不復與外道飲食諸比丘往白世尊世尊告曰此外道異學長夜習顛倒此等若被打中毒横羅官事謂呼沙門瞿曇爲時世尊故未與沙門結戒前至舍衛國舍衛國長者與佛及比丘僧作酥餅百葉肥餅諸佛世尊常法飲食不足終不起座要當食足若檀越少者以佛力一切充足有二婆羅門婦來語尊者阿難見施少餅時以兩翻餅與一人一翻餅與一人得一翻者問彼一人汝得幾翻答言得二翻反問汝得幾翻答得一翻汝長得一翻當與我分答各自得分不與汝分一人言阿難必是汝壻二人共相捽摵大喚世尊知而問阿難此人何以共鬬阿難具白世尊世尊告曰若比丘自手與婆羅門婆羅門婦餅者墮食有五種一根食根食者藕蘆菖蘩婆陀(根小而跖)二莖食莖食者甘蔗叔基(酢莖)諸所食莖三爲葉食諸所食葉四爲華食婆婆羅羅梨華(婆婆羅羅酸棗)婆婆五爲果食諸所食果蒲萄柑橘復有五食粟米穈米青麥宛麥秔米若食此食時有婆羅門來乞當言非我食有索水者當言非我水索果者當言非我果盡不得與除其父母病人

佛世尊遊舍衛國祇樹給孤獨園王波斯匿與阿闍世常共鬬時與兵相伐六群比丘自相謂言共往看軍馬即往看軍馬諸長者見自相謂言此沙門釋子出家爲道方觀軍馬以此事往白世尊世尊告曰若比丘軍馬欲發就往看者墮

佛世尊遊舍衛國祇樹給孤獨園波斯匿大

臣伊沙多富蘭那揜跋提見諦人將諸比丘往看軍馬諸比丘亦有親里在軍馬中留比丘住三日諸長者見自相謂言此沙門釋子出家為道必當傳彼此語十二法比丘聞往白世尊世尊告曰若比丘在軍中不得過再宿若過者墮

拘薩羅波斯匿王講武戲軍諸比丘往看諸長者見自相謂言此沙門釋子非其所習而來觀看十二法比丘聞往白世尊世尊告曰若比丘講武戲軍若觀鹵簿幢麾者墮

佛世尊遊舍衛國祇樹給孤獨園時六群比丘常與十七群比丘共諍六群比丘自恃豪姓打十七群比丘諸長者見自相謂言云何比丘比丘自相打十二法比丘聞往具白世尊世尊告曰若比丘嗔比丘打者墮

時六群比丘瞋舉杖相恐以手相搏十二法比丘見往白世尊世尊告曰若比丘不得舉杖相恐以手相搏為者墮

佛世尊遊舍衛國祇樹給孤獨園時跋難陀弟難陀語跋難陀弟子言我欲有所至可逐我到彼便然共往路逢一女人難陀便將猥處為不淨行跋難陀弟子見還語諸比丘諸比丘往白世尊世尊因此事集和合僧備十功德佛為沙門結戒若比丘見犯罪藏匿經一宿者波逸提

佛世尊遊舍衛國祇樹給孤獨園時跋難陀釋子便作是念此弟子辱我小弟今當報之便語弟子言我欲有所至著衣持鉢隨我來亦當語檀越好供養汝即相隨去處處將行從一家至一家視日欲中過捷槌時過便語

弟子汝還舍衛我不喜與汝共行即還向祇洹日已過中比丘食已竟即往白世尊世尊告曰若比丘語比丘作是言我欲有所至共我到彼當語檀越好供養汝將去之後復作是語汝去比丘我不喜與汝共行我樂獨行作如是調誑者墮

佛世尊遊舍衛國祇樹給孤獨園佛從舍衛欲詣拘薩羅界中道無有村落依止一山宿有一摩訶羅比丘負大腐木來欲然火有黑虺蛇木中來出比丘怖懼便失聲喚諸比丘聞謂爲被賊即前問何以驚喚比丘如事答諸比丘往白世尊世尊告曰若比丘不病於露地聚薪草牛屎糠樹葉用然火者若自然教他然者墮

佛世尊遊舍衛國祇樹給孤獨園時尊者舍利弗來辭佛及比丘僧欲六十日普行分衛時迦羅檀提比丘聞舍利弗欲六十日普行分衛即來詣佛所頭面禮足在一面坐迦羅檀提白世尊言尊者舍利弗懈慢不辭別世尊及比丘僧欲於人間普行分衛時世尊即勑一比丘僧汝往詣舍利弗所世尊來呼時比丘即從座起頭面禮足而去詣舍利弗所世尊使我來呼舍利弗舍利弗與此比丘詣如來所頭面禮足在一面坐世尊告舍利弗言舍利弗汝向者去不久有此比丘來言舍利弗不辭佛及比丘僧欲於人間普行分衛舍利弗白佛言所周行處未曾失旨無不辭衆而行但此比丘所白事誤譬如犛牛截兩角却將人間行無復觝突人意我亦如是未曾懈慢不辭衆而行譬如此地含容穢惡大

小行地亦不作此言當載此置此我亦如是與地無異豈當懈慢不辭衆而行時迦羅檀提比丘從座起禮舍利弗足悔過舍利弗悔過願恕我如癡不及我今云何謗舍利弗淨行我自前犯此妄語願舍利弗受我悔過時世尊告舍利弗言時受悔過勿令此比丘於此座上頭破七分時舍利弗承佛教即受其悔過世尊告曰若比丘僧常法辭比丘僧僧聽使行後比丘證言不如法辭比丘僧初可後違者墮

佛世尊遊舍衛國祇樹給孤獨園時沙彌羅雲舍利弗弟子夜不聽使房中宿所向諸房皆不聽宿唯有一客比丘房無人羅雲於中宿卧未乆復有一客比丘至言汝是沙彌避我大沙門去即牽曳出時羅雲墮淚行詣如來厠入厠屋持如來一隻屐枕頭如眠有一惡蛇常居此厠先出求食中夜暴風雨蛇走來趣厠諸佛常法夜三時觀衆生誰應得度見羅雲正爾當爲惡蛇所害時世尊即以三昧力往至厠上時如來三彈指羅雲即覺世尊問汝是誰沙彌答是羅雲世尊問何以於此眠羅雲具白世尊時如來右肘擁羅雲頭將至石室平旦世尊集和合僧告諸比丘言此沙彌無父無毋唯仰和尚阿闍梨隨時看視不看者誰當看從今以往聽沙彌與大比丘再宿過者墮

佛世尊遊舍衛國祇樹給孤獨園時闡怒比丘生此惡念觀如來說法我悉知犯此惡法者不足以爲罪衆多比丘聞闡怒比丘生此惡念觀如來說法我悉知犯惡法者不足爲

罪時衆多比丘往至闡怒比丘所語闡怒比丘言審有是語觀如來說法我悉知犯惡法者不足爲罪耶闡怒答言此事信然世尊說法我悉知犯惡法者不足爲罪諸比丘語止闡怒莫作是語亦莫謗如來謗如來者現世不得善世尊無數方便說犯惡罪汝今闡怒捨此倒見諸比丘諫而不肯隨諸比丘不知當云何往白世尊世尊告曰若比丘生此惡念觀如來說法我悉知犯惡事者不足爲罪善比丘再三諫從諫者可不從諫者墮

佛世尊遊舍衛國祇樹給孤獨園時闡怒比丘故習惡見不親近比丘僧與六群比丘爲伴受六群教諸比丘見往白世尊世尊告曰若比丘習惡見已擯出若與坐卧言語者墮

佛世尊遊舍衛國祇樹給孤獨園時尊者目揵連有二沙彌不持戒習惡法在祇洹外各各爲惡諸比丘見語沙彌言世尊無數方便說婬不淨向婬念婬婬意熾盛婬之惡露汝等云何習此不淨時沙彌答我等亦見如來說法其習婬者無有罪諸比丘復語汝爲沙彌莫作是語言世尊說法犯婬無罪莫謗如來其謗如來現身不得善汝今沙彌可捨惡見時沙彌不從比丘諫諸比丘不知云何往白世尊世尊告曰若沙彌作是語如來說法犯婬無罪時比丘來諫汝沙彌莫作是語世尊說法犯婬無罪莫謗如來謗如來者現身不善若沙彌從諫者善不從者比丘當語沙彌作是語從今以往不得禮如來世尊亦不得逐比丘行如諸沙彌應得與大比丘再宿汝今無汝今徙去不復得住此若比丘知此

沙彌以被擯將行作使若同止一宿者墮

佛世尊遊舍衛國祇樹給孤獨園時毗舍佉無夷羅母著百種金瓔珞往詣世尊所毗舍佉無夷羅母中道便作是念我今往見世尊著瓔珞非我禮即脱瓔珞白氎裹付一婢使持無夷羅母先禮佛足在一面坐時世尊與說種種微妙法說法已即從座起禮佛而去時此婢使忘金瓔珞時阿難見即取舉之便懷狐疑我不犯墮婆即白世尊世尊告曰若比丘手捉金寶瓔珞若教人取者墮除其僧園中得金寶當遍令無人取者停九十日停九十日復令無人取者停三歲復令無人取者以供僧事若三歲後有主來索者持僧物償此是應取

佛遊舍衛國祇樹給孤獨園時六群比丘不染新衣而著諸長者見自相謂言此沙門釋子出家學道不染衣而著與俗人何異十二法比丘聞往白世尊世尊告曰若比丘得新衣當染作三色青皂木蘭若比丘不染作三色青皂木蘭者墮

佛世尊遊舍衛國祇樹給孤獨園王波斯匿別作浴室問諸阿逸今日應浴不諸比丘答今日應浴王語比丘於我浴室浴諸比丘或早食時浴或食後浴或夜浴波斯匿王夜來欲浴諸比丘洗王不得浴竟夜欲曉方乃得浴王便作是念我不得見如來即還城者非是我宜時王波斯匿即詣佛所頭面作禮在一面坐佛知而問王時猶未曉王從何來王具白世尊時佛為王說種種法默然住王聞說法已即從座起頭面禮足而去世尊見王

去不久集和合僧備十功德佛世尊與沙門
結戒若比丘半月一浴過者波逸提此應時
春後一月半歲前一月此應得浴除其熱風
雨僧作著路行此常得浴

戒因緣經卷第八

音釋

晡博孤切申時也霹靂霹普擊切靂郎擊切雷之急激者曰霹靂妊娠
妊汝鴆切娠失人切妊娠並孕也脯方矩切乾肉也企望企詰利切企望
舉踵而望也麨尺沼切乾粮也胑至移切與肢同不啻啻矢利切不啻
不止也倩七政切假借使人也擣都皓切舂也蓽茇蓽壁吉切茇北
末切捽摵捽存兀切持頭髮也摵莫結切亦捽也麾許為切旗屬虺
許偉切蝮也似蛇而小曰虺氂莫褒切長氂牛也觝突觝都禮切突陁
骨切觝突觸也厠初吏切圊也屐奇逆切履也

戒因緣經卷第九

姚秦三藏竺佛念譯

鼻奈耶第九

波逸提法第五之三

佛世尊遊鞞舍梨獼猴江石臺所當於爾時鞞舍梨諸童子等在城門裏而射箸箸相拄時尊者迦留陀夷平旦著衣持鉢入鞞舍梨分衛遥見諸童子共射箸箸相續即往詣射所語童子言汝等共射雖爲奇特不如我工諸童子即授弓箭迦留陀夷問欲使我射何物當於爾時有一鵄在上飛諸童子言仰射此鳥迦留陀夷即以四角叉箭射鵄叉箭叉鵄令住空不得飛童子復言不殺此鳥何以爲巧迦留陀夷問欲射何處童子言射右眼即射右眼鳥墮地死諸童子往白世尊世尊告曰若比丘斷衆生命者墮

佛世尊遊舍衛國祇樹給孤獨園六群比丘常與十七群比丘爭二群共著道行六群比丘語十七群比丘言汝等前行蹈蟲殺犯波逸提可時來向我悔過時此十七群比丘即向悔過諸十二法比丘聞往白世尊世尊告曰若比丘不殺蟲證言殺蟲者墮

佛世尊遊舍衛國祇樹給孤獨園諸比丘在静室坐禪時天甚熱各各欲睡諸比丘以指相挃驚禪比丘覺次復以指挃口中諸十二法比丘往白世尊世尊告曰若比丘禪以指挃驚覺次復以指挃口中者墮

佛遊舍衛國祇樹給孤獨園時諸比丘在静室坐禪時天甚熱各各欲睡時比丘以水相灑驚禪比丘比丘往白世尊世尊告曰若比

丘不得以水相灑驚禪者墮

佛世尊遊舍衛國祇樹給孤獨園時尊者阿那律在拘薩羅界夏坐夏坐已著衣持鉢詣舍衛國中道過一聚問中人此間得止宿不人指示一寡婦家此中得住尊者阿那律即往此家語言大妹此間得住不阿那律面首白淨婦人見婬意起答言得宿即與淨掃房室敷牀使坐在内辦種種飲食日已向暮持水來洗手持食來沙門可食阿那律答我今一食不向暮飯婦人便作是念今雖不食暮必與我卧更好布牀使卧婦人自食已然油明燈時此婦人即牀頭立前牽引阿那律衣裳欲作不淨行阿那律答梵行淨不得從汝意世尊無數方便說婬不淨向婬念婬婬意熾盛婦人竟夜擾阿那律婦人便作是念此必清淨沙門非不淨人便心開意解向阿那律阿那律爲說種種深法即時婦人壞二十億惡得須陀洹見諦得果即從座起頭面禮阿那律足我今日已往歸佛歸法歸比丘僧聽爲優婆夷盡命不殺生願尊者阿那律受我請於此間食阿那律默然受請婦人入内辦種種食行清淨水手自授食食已行水在前長跪白阿那律言盡命受我請衣被飲食牀卧病瘦醫藥阿那律默然受請阿那律爲說法已即從座起而去詣舍衛國至世尊所頭面禮足在一面坐佛問阿那律於夏坐中無所乏少婆阿那律白佛無所乏少時阿那律以此事具白世尊世尊告曰阿那律譬四毒蛇同一室住寧與惡蛇同處不與女人同牀坐譬如有明人王教令之守此四蛇食飲

不失時節若一蛇瞋殺汝不疑語此人從汝所宜時此人便捨去復值五拔刀賊欲殺云何阿那律此人畏四蛇得脫復值五賊越得免之復值六怨家常伺其便令適相逢殺汝不疑復得脫去前有空舍欲入中藏見舍空無所有捫摸四壁值瓶器皆空有一人來語此人言今有賊來可避去適出門遇賊復得免去前值山水流駛墮水死者無數人所立處復有狼虎欲來害人意欲渡水無有舟船便作此念我以何方便得渡此水即收草木縛以爲筏手足掊水得到彼岸得脫四蛇五賊六怨家空舍賊山水虎狼得渡婆羅門得活佛告阿那律所以引喻者當解此義蛇所居以喻此身肥白好由父母得長此亦無常是壞敗法四蛇者是四大地界水火風界各各增則死不疑五賊者喻五陰色痛想行識六怨家者喻六入空聚者喻六情眼耳鼻舌身意處觀眼眼空觀耳鼻舌身心心空出門見賊者外六塵山水者四使欲界欲使不可使癡使見使河水者三愛者是欲愛色愛無色愛所住處有虎狼者謂五道生死渡彼岸者謂涅槃筏者八聖道手足掊水者是勇猛婆羅門得活者謂如來無所著等正覺佛告阿那律我與汝等勤苦學道正可爾耳是以之故阿練兒常處樹下空處禪思莫懈時世尊因此事爲沙門結戒若比丘與婦人同共室宿者墮

佛世尊遊白善山時佛中夜起室前經行時須那刹多比丘刕掣子反被拘執來恐世尊曰我天地大神汝避我去世尊告曰十八億

魔來恐我不能動一毛豈當畏反被拘執來恐我耶明旦世尊告諸比丘若比丘自恐人教人恐者墮

佛世尊遊舍衛國祇樹給孤獨園時六群比丘取十七群比丘衣鉢藏揵搥以鳴比丘僧人坐十七群比丘索衣鉢不知所在比丘僧會罷還其衣鉢十七群比丘語汝爲沙門何以盜人衣鉢六群比丘答戲耳不盜諸比丘聞往白世尊世尊告曰若比丘戲藏衣鉢戶鑰針筒革屣及種種物自戲藏若教他人藏者墮

佛世尊遊舍衛國祇樹給孤獨園時跋難陀釋子賖賷衣與比丘尼後從借著既著衣壞復責他直十二法比丘聞往白世尊世尊告曰若比丘賖賷衣與比丘若比丘尼式叉摩尼沙彌沙彌尼還借著既著衣壞復責其直者墮

佛世尊遊王舍城迦蘭陀竹園所慈地比丘數數謗尊者達婆犯僧伽婆尸沙諸比丘聞往白世尊世尊集和合僧備十功德佛爲沙門結戒若比丘證言犯無根僧伽婆尸沙法者波逸提

佛遊舍衛國祇樹給孤獨園有一比丘從拘薩羅詣舍衛國中道至蔡羅園與群賊相值即問諸賊君何所至答言至舍衛國沙門語相貪爲伴即與爲伴至舍衛國賊不著大道行爲邏護人所捉邏人語群賊言此沙門亦作賊耶答言亦作賊最是魁首即將詣者老所具陳事狀者老心好道德言此沙門釋子終不作賊放使去莫復更爾此比丘至舍衛

國語諸比丘諸比丘往白世尊世尊告曰若比丘知群賊與共行從一村至一村者墮

佛世尊遊舍衛國祇樹給孤獨園時尊者摩訶拘致羅從拘薩羅國來至舍衛國中路依他聚宿爾時村中夫婦共鬬時婦逃走尊者摩訶拘絺平旦著衣持鉢出此村詣舍衛國道逢此婦人問沙門欲何所至答言至舍衛國婦人語沙門言貪為伴至舍衛國答言隨意時夫覓婦不知所在逢一人隨道來即問行人頗見有婦人西向行耶行人答言有一婦人共一沙門西去即瞋恚往逐捉得沙門汝為比丘將我婦欲何所至時比丘答我不將行此自著路行即熟打沙門放使去至舍衛國向諸比丘說諸比丘往白世尊世尊告曰若比丘與婦人同道行從一村至一村者墮

佛世尊遊王舍城迦蘭陀竹園所爾時尊者大目揵連將羅閱城內十餘童子為道集諸年少沙彌七八十人年未滿二十次第授具足戒竹園門外諸沙彌少氣多饑喚呼索食世尊知而問阿難喚呼涕泣者誰阿難白佛尊者目揵連在外授諸沙彌七八十人具足戒饑不得食是以喚呼世尊知而問目揵連年未滿二十汝授具足戒耶答審爾世尊世尊告曰年未滿二十者不耐寒熱饑渴亦不堪行道年滿二十者耐寒熱饑渴復能行道若比丘沙彌年未滿二十授具足戒者墮若受具足戒則非得戒授者諸沙門犯慚愧罪

佛世尊遊舍衛國祇樹給孤獨園時六群比丘自手掘地復教人掘地諸長者見自相謂

言此沙門釋子云何自手掘地復教人掘地與耕人何與諸十二法比丘聞往白世尊世尊告曰若比丘自手掘地若教人掘是地者墮

佛世尊遊舍衛國祇樹給孤獨園有一長者請佛及比丘僧夏坐四月供養供給衣裳飯食病瘦醫藥諸比丘往詣長者所請夏坐四月病瘦醫藥或有比丘長請四月外者諸長者見自相謂言我等許比丘齊四月裏更無餘調十二法比丘聞往白世尊世尊告曰若比丘受四月夏坐往請衣裳病瘦醫藥除其長請或時有別請或卒一日請若長請物者墮

佛世尊遊舍衛國祇樹給孤獨園時十五日撾揵搥比丘僧集說戒尊者闡怒語諸比丘我不學此戒當先問博學毗尼法師此戒有何義諸比丘不知當云何答往白世尊世尊告曰若比丘說戒日便作是言我不學此戒當先問博學毗尼法師此戒有何義者墮世尊告諸比丘若不解戒當問比丘博學毗尼法師此不犯

佛世尊遊拘舍彌瞿師羅園拘舍彌比丘喜鬬諍訟駡詈誹謗時六群比丘自相謂言此等比丘駡詈誹謗我等誦習明日向說之十二法比丘聞往白世尊世尊告曰若比丘共諍默然誦習明日向說者墮

佛世尊遊拘舍彌瞿師羅園時拘舍彌比丘集二十僧於中悔過時六群比丘自相謂言我等默起去使不得悔過即從座起去十二法比丘往白世尊世尊告曰若比丘比丘僧

斷事未竟黙然起去不囑比座比丘者墮

佛遊王舍城耆闍崛山時六群比丘於大衆中高聲大喚擾亂諸比丘十二法比丘聞往白世尊世尊告曰若比丘不得高聲大喚擾亂人若擾亂者墮

佛世尊遊舍衛國祇樹給孤獨園時尊者海從拘薩羅至嚓祇多國去嚓祇多國不遠有龍名阿末提吐於中住兇惡暴虐人不得到其處象馬駝牛驢皆不得到鳥亦不得在上飛時尊者嚓揭鬘平旦著衣持鉢入嚓祇多國分衞聞去城不遠有龍名阿末提吐兇惡暴虐人不得到其處象馬駝牛驢皆不得到其處鳥亦不在上飛分衞已還出城舉衣鉢洗足舉坐布著肩上往詣龍所樹下先三震拂敷尼師壇結跏趺坐阿末提吐龍聞袈裟臭即大瞋恚來尊者海即入三昧時龍放雷雨霹靂尊者嚓揭化雨霹靂成優鉢羅鉢曇摩拘物陀分陀利時龍復雨蛇蠆龜鼈尊者嚓揭化蛇作青蓮傅飾化蠆成薝蔔鬚化龜鼈爲百葉華時龍復雨擲牟刀戟海化成甘蔗石蜜蒲萄取而食之時龍便作是念此必大神人欲度我故來坐此耳時龍心開意解不懷瞋恚捨形化作婆羅門來至海前頭面禮足叉手白言我歸於君海答言汝莫歸我如我歸佛歸法歸比丘僧汝當從我時龍叉手受教正爾歸佛歸法歸比丘僧聽爲優婆塞從今日始盡命不殺生時國界人民聞海降此惡龍長者婆羅門聞爭來供比丘僧嚓揭漸漸來至舍衛國祇樹給孤獨園有一優婆夷聞嚓揭來至別請一日供養平旦嚓揭

著衣持鉢至此優婆夷家時優婆夷見坐已定頭面禮足行清淨水自手斟酌布種種食海語優婆夷言大妹行來渴有漿水不優婆夷便作是念若當與黒石蜜蒲萄漿苦酒漿者恐發腹内風即盛酒似水亦如水味時嚓揭不味而飲優婆夷行水訖在前聽法嚓揭說法說法已便去至祇洹兩門間酒氣始發醉不能前卧於道側三衣鉢鉢囊錫杖各在一處佛知而告阿難曰汝著衣來共出祇洹觀時世尊將阿難出祇洹門遥見嚓揭醉卧路側三衣鉢囊錫杖各在一處世尊知而故問阿難曰此是何人阿難白佛尊者嚓揭世尊告阿難曰汝還祇洹告諸比丘盡來會此時阿難敬承佛教即入祇洹召諸比丘將至門外時世尊告語比丘云何比丘頗見聞知嚓揭比丘降惡龍不見者言見聞者言聞世尊告曰云何比丘如今此人使降一蝦蟇不能而降惡龍諸比丘對不能世尊世尊告曰如是比丘此飲酒之大失諸比丘從今以往不得飲酒嘗酒飲酒嘗酒者墮漿有八種蒲萄漿甘蔗漿柹漿梨漿柰漿煑麥漿麴漿（苦酒）華漿取要言之其漿似酒亦如酒味飲而醉者世尊曰皆不得飲其漿似酒亦如酒味飲而不醉者世尊曰得飲其漿不似酒味不似酒飲而醉者世尊曰亦不得飲其漿不似酒亦不如酒味飲而不醉者世尊曰得飲（八漿皆中前飲其漿中後不得飲）

佛世尊遊舍衛國祇樹給孤獨園時迦留陀夷以得阿羅漢道便作是念我本未得道時與此六群比丘在此舍衛國多觸惱諸長者

家多犯諸事我今當教化用補前缺即於舍衛教化九百九十九家少一不滿千家其婦得道而夫不得者不在數其夫得道婦不得者亦不在數夫婦同得者乃數有一婆羅門夫婦應從迦留陀夷得道時迦留陀夷平旦著衣持鉢入舍衛儐陀跋陀不失次第至此婆羅門家時婆羅門出行不在婆羅門婦閉門在內作食迦留陀夷即三昧正受從竈前地中涌出婆羅門婦見便作是念此必從我乞食若空中倒懸我不與食迦留陀夷即空中倒懸婆羅門婦復作是念眼大如釜口我不與食時迦留陀夷眼即大如釜口婆羅門婦復作是念若戾口著額上我不與食時迦留陀夷即戾口著額上婆羅門婦復作是念正爾在我前死我不與食迦留陀夷即在前死婆羅門婦大驚怖言此沙門釋子廣有知識是波斯匿王善知識末利夫人阿闍梨備當聞於此婆羅門家死則誅我門族命當活者從意所索不逆其心時迦留陀夷小頻伸起婆羅門婦見起復作是念著釜燋飯當與其食即以杓酌終不得燋飯但得好飯時釜飯流來向鉢婆羅門婦見此變化心開意解此大神人來此間者正欲度我不來求食即擎鉢飯授優陀耶優陀耶答妹不用此飯可持往施比丘僧此婆羅門婦在先佛種善根語迦留陀夷共往欲持此釜飯盡飯比丘僧優陀耶言隨意時婆羅門婦負此釜飯詣祇洹鳴揵槌集比丘僧以飯施比丘僧頭面禮迦留陀夷在一面坐優陀耶即爲說種種法破二十拘利惡得須陀洹果時此婦人已得

見諦頭面禮優陀耶從今日始歸佛歸法歸比丘僧聽爲優婆夷盡命不殺生時此婦人頭面禮迦留陀夷足便去還詣家語婆羅門言尊者迦留陀夷至此分衞作若干變化我即釜飯布施比丘僧與我說法得須陀洹道君今及時可速往聽法時婆羅門在先佛種善根即往詣迦留陀夷所頭面禮足在一面坐迦留陀夷與說法破二十拘利惡得須陀洹果時婆羅門得見諦從座起頭面禮足從今日始歸佛歸法歸比丘僧聽爲優婆塞盡命不殺生時優婆塞聞說法已從座起頭面禮足而去到舍語其婦言迦留陀夷最是我等善知識斷我等生死根閉地獄門得度彼岸所須衣被飲食病瘦醫藥使此間取時婦語婆羅門若往請即往頭面禮迦留陀夷足在前白言所須衣被飲食病瘦醫藥願到我家取莫有疑難迦留陀夷默然受之所須常到彼取此婆羅門唯有一子即與取婦呼子與婦二人在前約勑子言若我夫婦死後汝看迦留陀夷如我在時兒跪答言奉教漸漸後父母死七日後澡洗著衣往詣迦留陀夷所頭面禮足在一面坐白優陀耶言迦留陀夷則是我父母所須衣被飲食病瘦醫藥至我家取迦留陀夷有所乏少常往取之時此婆羅門子出行不在時有五百賊外劫人已持財入舍衞城時群賊中有一魁首端正無雙婆羅門子婦屋上遥窺即遣一婢使往語可暫顧屈見造貧舍即到其家與婆羅門子婦爲不淨行尊者迦留陀夷尋亦至舍即就座行清淨水布種種食食訖復行清淨水在

一面坐聽說法說婬之惡露犯戒墮惡道持戒生天婆羅門婦便作是念此沙門後至說婬不淨持戒生天必當見我爲不淨行又於我夫最爲親厚若當語此事者罪我不少迦留陀夷去後語此賊師此沙門後至但說婬事必當見我爲不淨行又於我夫最爲親厚若當告此事者罪我不少賊問當云何婆羅門婦言當取殺賊答不得殺婦人問以何不得殺賊答此是大種姓家子波斯匿王善知識末利夫人師是故不得殺婦言當作方便即詐病遣信呼迦留陀夷食後著衣持鉢來至此家頭面禮足在一面坐迦留陀夷與說法說法已欲去婆羅門婦白言小留莫去意貪聞陀夷說法病如小差迦留陀夷復重說深法日沒時此賊執利刀在後斫頭即命斷藏舍後馬糞下其日是十五日說戒撾揵椎集僧說戒行舍羅長一𢆛嚓羅問誰不入說戒比座對尊者迦留陀夷不來𢆛嚓羅即問有囑授不答言無時𢆛嚓羅不知當云何往白世尊世尊告曰諸比丘但說戒迦留陀夷已般涅槃少一不滿五百世尊迦留陀夷常爲我善知識今日別矣時世尊平旦著衣持鉢與大比丘衆入舍衛國往詣馬糞所佛力使迦留陀夷身涌出去地七仞諸比丘以牀仰承即下臥牀上送至城外詣塚間種種香華供養旛蓋圍繞作衆伎樂香油灌體而耶維之與起偷婆王波斯匿聞尊者迦留陀夷爲其婆羅門所殺即誅婆羅門家左右誅十八家捕五百賊截手足擲祇洹塹中世尊因此事集和合僧備十功德爲沙門結戒若比

丘不囑左右比丘非時入聚落者波逸提諸比丘白佛尊者迦留陀夷本造何惡今得阿羅漢故爲此婆羅門家所殺世尊告曰迦留陀夷往昔久遠時作天祀主有五百群賊劫掠得物持入舍衛國五百群賊截羊四足持來祠天天祀主即斷此羊命爾時五百群賊截羊四足者今祇洹壍中五百群賊是時天祀主斷羊命者今迦留陀夷是雖得阿羅漢不免宿對爾時羊者今婆羅門婦是時世尊說迦留陀夷昔所事諸比丘聞佛所說歡喜作禮而去

佛世尊遊舍衛國祇樹給孤獨園時六群比丘宿所請佛比丘僧處平旦至彼家坐抱小兒弄時天甚熱長者婦女脫衣與比丘僧辦食羞六群比丘即諸長者見自相謂言此沙門釋子無有禁忌衆僧未來先至坐妨人辦食十二法比丘聞往白世尊世尊告曰若比丘請小食中食先至彼坐於大衆前弄小兒者墮

佛世尊遊舍衛國祇樹給孤獨園持六群比丘自恃王家子雞未鳴入宫裏諸長者見自相謂言此沙門釋子自恃王家子雞未鳴入宫十二法比丘聞往白世尊世尊告曰若比丘天未明未藏擧寶王未著衣服過城門閾除官及呼犯者墮有十事不得入王家若比丘入王宫第一夫人出笑向沙門作禮比丘亦笑向王見便生惡心此沙門必與我婦通此初不可入王家或時王與夫人共宿後忘與宿而夫人有娠比丘入宫王便生惡心此沙門數來入宫必當與我婦通此比丘第二

不得入王家或時王家失珍寶比丘入宮王便生惡心此沙門數數入宮或時偷珍寶去此比丘第三不得入王家或時王謀議欲殺太子及諸宗族王未有教而事漏泄比丘入宮王便生惡念更無餘人正此比丘傳漏此事此比丘第四不得入王家或時太子欲謀弑王比丘入宮與太子坐起言語王便生惡念此比丘數至太子所必當與共同謀此比丘第五不得入王家或時王欲殺大臣王未有教而聲漏出比丘入宮王便生惡念更無餘人此必比丘傳漏此語此比丘第六不得入王家或時王欲以賊人作大臣王未有教而聲漏出比丘入宮王便生惡念此比丘傳漏此語此比丘第七不得入王家或時王欲攻伐他國非人閱叉傳此語比丘入宮王便生惡念此必比丘傳漏此語比比丘第八不得入王家或時王左右大臣或不喜見比丘比丘入宮大臣不喜見是比丘第九不得入王家或比丘數數入宮留宿不得出妨不得坐禪誦經稟受此比丘第十不得入王家

佛世尊遊舍衛國祇樹給孤獨園時十五日撾揵椎比丘集說戒時鬧怒比丘自作是語所有教誡我盡誦習上口諸比丘謂呼鬧怒比丘誦戒上口諸比丘往白世尊世尊告曰若比丘說戒時作是語我知此法半月次來說戒我解此法諸比丘謂此比丘數數來聽戒曾聞此戒或處處聞如法悔過教令一心聽戒是比丘不解言解者墮

佛世尊遊舍衛國祇樹給孤獨園諸比丘以象牙骨角作鍼筒諸長者見自相謂言此沙

門釋子不貪好云何持象牙骨角用作鍼筒十二法比丘聞往白世尊世尊告曰若比丘不得持象牙骨作鍼筒作者墮

佛世尊遊舍衛國祇樹給孤獨園諸比丘不知作牀作牀施高脚十二法比丘聞往白世尊世尊告曰若比丘作牀足高八指除入梐過者墮八指者佛指也

佛世尊遊舍衛國祇樹給孤獨園時六群比丘收取樹綿及蒲臺用貯卧具未經幾日便生蟲十二法比丘往白世尊世尊告曰若比丘持樹綿蒲臺貯卧具者墮樹綿野蠶綿也

佛世尊遊舍衛國祇樹給孤獨園時六群比丘作兩被不知長短十二法比丘往白世尊世尊告曰若比丘作兩被布長六肘廣二肘半過者墮

佛遊舍衛國祇樹給孤獨園時諸比丘衣被單薄世尊聽著乾踈車陀泥洹僧覆髖衣諸比丘不知當云何作往白世尊世尊告曰若比丘作乾踈車陀長四肘廣兩肘過者墮

佛遊舍衛國祇樹給孤獨園世尊聽作尼師壇諸比丘不知當云何作往白世尊世尊告曰若比丘作尼師壇長二肘廣一肘半除其緣過者墮

佛遊舍衛國祇樹給孤獨園時難陀比丘是世尊弟姨母兒端正無雙佛有三十二相難陀有三十相世尊所著衣難陀亦同如來所著衣諸長老比丘遥見難陀來謂是如來皆從座起迎難陀來到相見知是難陀非是佛皆爲羞恥還坐十二法比丘往白世尊世尊集和合僧備十功德佛爲沙門結戒若比丘

作三衣與如來等者波逸提如來衣者長九肘廣六肘此是如來衣比丘自用肘廣三長五肘

戒因緣經卷第九

音釋

筈古活切箭本受弦處也　鵄赤脂切鳶屬　筏房越切簰也　掊蒲溝切把也　刕掣刕呂支切掣昌列切　賖詩車切貫也　邏郎賀切巡也　嚓千結切　蠆丑薑切毒蟲也長尾曰蠆短尾曰蠍　蝦蟇蝦胡加切蟇莫加切蝦蟇蛙屬　麴漿麴苦菊切漿即羊切麴漿苦酒也　杓酌杓市若切挹抒之器酌職略切取也　簸補過切　梐蒲禮切　蹅直加切

戒因緣經卷第十

姚秦三藏竺佛念譯

鼻奈耶第十

簸麗提舍尼法第六

佛世尊遊舍衛國祇樹給孤獨園爾時年旱穀貴乞求難得諸比丘顏色憔悴瞿曇彌提怒比丘尼廣有知識所索從意諸長者不逆見諸比丘顏色憔悴所得飯食盡施比丘而自餓不食連三四日不食平旦欲來入城至城門頭懸卧路側有一優婆塞遥見即入家遣一婢使往扶彼比丘尼來時婢使即往扶比丘尼將來至舍即煑粥飯比丘尼優婆塞問阿夷有何患苦於路側卧時比丘尼具説此事諸長者聞自相謂言此沙門釋子不知猒足乃使提怒比丘尼不食三四日甚爲苦哉十二法比丘聞往白世尊世尊告曰若比丘不病入聚落從非親里比丘尼自手取食飲此比丘當向善比丘悔過我爲可恥如法悔過此悔過法

佛世尊遊舍衛國祇樹給孤獨園有一長者施設淨食請衆多比丘僧吐羅難陀比丘尼亦於彼家食大呼求欲得益諸長者見自相謂言此比丘尼於大衆中何以高聲喚呼十二法比丘聞往白世尊世尊告曰若比丘坐食比丘尼於衆中大呼索食比丘不得食當默然住諸比丘當語比丘尼言大妹小住須比丘食竟其衆中不有一比丘語比丘尼小住者此比丘當向諸比丘悔過我爲可恥如法悔過此悔過法

佛世尊遊舍衛國祇樹給孤獨園爾時舍衛

國波斯匿王大臣失梨羯怒財富無數大有田業持戒精進智慧聰明見諦得果請佛及僧供給衣食牀卧病瘦醫藥布施作福作福不已後稍稍貧妻息奴僕衣裳不覆形諸長者見自相謂言此沙門釋子不知猒足數來失梨羯怒舍奪妻息分與比丘食妻息躶行十二法比丘聞往白世尊世尊告曰知見諦家請不得長至彼家食若比丘於彼見諦家雖先受請不得過一宿若過一宿往自手取飲食此比丘當向善比丘悔過我爲可恥如法悔過此悔過法

佛世尊遊迦維羅衞釋種尼拘類園迦維羅衞釋種常爲佛比丘僧別出飲食分然後自食時釋種婦女負飲食來垂欲到爲賊所奪六群比丘聞釋婦女爲賊所奪自相謂言我等共往逆嗤弄之即往語婦女言飲食爲所在施我少食諸婦女悉去失衣裳羞答言爲賊所劫世尊知而問阿難曰園外是何等人語言聲高阿難白佛釋種婦女負飲食來爲賊所劫又六群比丘往嗤弄之是故聲高世尊告阿難曰汝往取撿長白氎與使披來阿難受教即取白氎與使披前諸釋婦女即披白氎來詣佛所頭面禮足在一面坐時世尊與諸婦女說法說法已默然諸婦女見佛默然即起禮佛而去爾時世尊見諸婦女去不遠因此事集和合僧備十功德佛爲沙門結戒阿練兒所居處遠道路險難多寇賊若比丘知阿練兒所居處遠道路險難多賊寇比丘僧先不差出園外園内以食出外復索飲食此比丘當向善比丘悔過我爲可恥如法

悔過此悔過法

尸叉罽賴尼法第七

佛遊舍衛國祇樹給孤獨園時六羣比丘著泥洹僧下濺諸長者見自相謂言此沙門釋子著涅槃僧下濺與婦人何異十二法比丘往白世尊世尊告曰著涅槃僧不得下濺若下濺者爲不應尸叉罽賴尼彼六羣比丘復高著涅槃僧諸長者見自相謂言此沙門釋子著涅槃僧高與婦人何異十二法比丘往白世尊世尊告曰不得高著涅槃僧若高著者不應戒行彼六羣比丘偏曳一角著涅槃僧諸長者見自相謂言此沙門釋子著涅槃僧偏曳一角世尊告曰著涅槃僧不得偏曳一角偏曳一角者不應戒行彼六羣比丘罽羅婆著涅槃僧諸長者見自相謂言此沙門釋子著涅槃僧如罽羅婆世尊告曰著涅槃僧不得如罽羅婆如罽羅婆者不應戒行笮細襵上衽揷垂如束草束梵語罽羅婆彼六羣比丘麥飯摶著涅槃僧諸長者見自相謂言此沙門釋子著涅槃僧如麥飯摶世尊告曰著涅槃僧不得如麥飯摶如麥飯摶者不應戒行偏提一角而揷之不著帶彼六羣比丘多勒樹葉著涅槃僧諸長者見自相謂言此沙門釋子著涅槃僧如多勒樹葉世尊告曰著涅槃僧不得如多勒樹葉如多勒樹葉著者不應戒行彼六羣比丘著涅槃僧細襵帶上下垂似斧刃諸長者見自相謂言此沙門釋子著涅槃僧細襵帶上下垂世尊告曰著涅槃僧不得細襵其上下細襵其上下垂者不應戒行彼六羣比丘象鼻著涅槃僧諸長者見自相謂言此沙門釋子如

象鼻著涅槃僧世尊告曰著涅槃僧不得如象鼻如象鼻者不應戒行一角當前下垂彼六羣比丘㹠頭著涅槃僧諸長者見自相謂言此沙門釋子㹠頭著涅槃僧世尊告曰不得㹠頭著涅槃僧㹠頭著者不應戒行彼六羣比丘輒涅槃僧作光著諸長者見自相謂言此沙門釋子輒涅槃僧作光著世尊告曰著涅槃僧不得輒作光著輒作光著者不應戒行彼六羣比丘著細縷涅槃僧諸長者見自相謂言此沙門釋子著細縷涅槃僧世尊告曰不得著細縷涅槃僧著者不應戒行世尊告曰諸比丘當整齊著涅槃僧不整齊者不應戒行

佛世尊遊舍衛國祇樹給孤獨園爾時六群比丘垂曳三衣一角世尊見而告曰不得垂曳三衣一角若垂曳者不應戒行彼六群比丘高著三衣世尊見而告曰不得高著三衣高著者不應戒行彼六群比丘垂三衣前角世尊見而告曰不得垂三衣前角著垂著者不應戒行不挑著肩上垂臂上肘前世尊告曰諸比丘當齊整著三衣不齊整者不應戒行

佛世尊遊舍衛國祇樹給孤獨園時六群比丘不靜寂行入室世尊見而告曰當靜寂行入室不靜寂行者不應戒行彼六群比丘不靜寂入室坐世尊見而告曰當靜寂入室坐不靜寂入室坐者不應戒行彼六群比丘不諦視行入室世尊見而告曰當諦視行入室不諦視者不應戒行彼六群比丘不諦視入室坐世尊見而告曰當諦視入室坐不諦視

坐者不應戒行彼六群比丘大張目行入室世尊見而告曰不得大張目行入室若張目行入室者不應戒行彼六群比丘訶叱人行入室世尊見而告曰不得訶叱人行入室訶叱人行入室者不應戒行（仰頭與訶叱音同）彼六群比丘訶叱人入室坐世尊見而告曰不得訶叱人入室坐訶叱人入室坐者不應戒行（似自）大彼六群比丘喚呼人行入室世尊見而告曰不得喚呼人行入室呼喚人行入室者不應戒行彼六群比丘呼喚入室坐世尊見而告曰不得喚呼入室坐喚呼入室坐者不應戒行彼六群比丘高聲大喚行入室世尊見而告曰不得高聲大喚行入室高聲大喚行入室者不應戒行（多戒一對）彼六群比丘高聲大喚入室坐世尊見而告曰不得高聲大喚入

室坐高聲大喚入室坐者不應戒行彼六群比丘蹲行入室世尊見而告曰不得蹲行入室蹲行入室者不應戒行彼六群比丘蹲行入室坐世尊見而告曰不得蹲行入室坐蹲行入室坐者不應戒行彼六群比丘三衣覆頭行入室世尊見而告曰不得三衣覆頭行入室三衣覆頭行入室者不應戒行彼六群比丘三衣覆頭行入室坐世尊見而告曰不得二衣覆頭行入室坐三衣覆頭行入室坐者不應戒行彼六群比丘三衣纏頸行入室世尊見而告曰不得三衣纏頸行入室三衣纏頸行入室者不應戒行彼六群比丘三衣纏頸入室坐世尊見而告曰不得三衣纏頸入室坐三衣纏頸入室坐者不應戒行彼六群比丘著三衣開臆現胷行入室世尊見而

告曰不得開臆現胷行入室開臆現胷行入室者不應戒行彼六群比丘著三衣開臆現胷入室坐世尊見而告曰不得開臆現胷入室坐開臆現胷入室坐者不應戒行彼六群比丘垂三衣覆足行入室世尊見而告曰不得垂三衣覆足行入室垂衣覆足行入室者不應戒行彼六群比丘垂三衣覆足入室坐世尊見而告曰不得垂三衣覆足入室坐垂三衣覆足入室坐者不應戒行彼六群比丘著三衣左右抄著肩上行入室世尊見而告曰不得著三衣左右抄著肩上行入室左右抄著肩上行入室者不應戒行彼六群比丘著三衣左右抄著肩上入室坐世尊見而告曰不得著三衣左右抄著肩上入室坐左右抄著肩上入室坐者不應戒行彼六群比丘

反抄三衣著左肩上行入室世尊見而告曰不得反抄三衣著左肩上行人室反抄三衣著左肩上行入室者不應戒行彼六群比丘反抄三衣著左肩上入室坐世尊見而告曰不得反抄三衣著左肩上入室坐著左肩上入室坐者不應戒行少戒右彼六群比丘三衣内掉左右臂行入室世尊見而告曰不得三衣内掉左右臂行入室掉左右臂行入室者不應戒行彼六群比丘三衣内掉左右臂入室坐世尊見而告曰不得三衣内掉左右臂入室坐掉左右臂入室坐者不應戒行彼六群比丘搖手行入室世尊見而告曰不得搖手行入室搖手行入室者不應戒行彼六群比丘搖手入室坐世尊見而告曰不得搖手入室坐搖手入室坐者不應戒行多戒彼六群

比丘搖肘行入室世尊見而告曰不得搖肘
行入室搖肘行入室者不應戒行彼六群比
丘搖肘入室坐世尊見而告曰不得搖肘入
室坐搖肘入室坐者不應戒行（多戒）彼六群比
丘搖肩行入室世尊見而告曰不得搖肩行
入室搖肩行入室者不應戒行彼六群比丘
搖肩入室坐世尊見而告曰不得搖肩入室
坐搖肩入室坐者不應戒行彼六群比丘搖
頭行入室世尊見而告曰不得搖頭行入室
搖頭行入室者不應戒行彼六群比丘搖頭
入室坐世尊見而告曰不得搖頭入室坐搖
頭入室坐者不應戒行彼六群比丘搖身行
入室世尊見而告曰不得搖身行入室搖身
行入室者不應戒行彼六群比丘搖身入室
坐世尊見而告曰不得搖身入室坐搖身入
室坐者不應戒行彼六群比丘攜手行入室
世尊見而告曰不得攜手行入室攜手行入
室者不應戒行彼六群比丘攜手入室坐世
尊見而告曰不得攜手入室坐攜手入室坐
者不應戒行（連臂斷道舉車馬於上度）彼六群比丘翹一
脚跳行行入室世尊見而告曰不得翹一脚
行入室翹一脚行入室者不應戒行彼六群
比丘翹一脚入室坐世尊見而告曰不得翹
一脚入室坐翹一脚入室坐者不應戒行彼
六群比丘雙脚跳行入室世尊見而告曰不
得雙脚跳行入室雙脚跳行入室者不應戒
行（多戒）彼六群比丘雙脚跳入室坐世尊見而
告曰不得雙脚跳入室坐雙脚跳入室坐者
不應戒行彼六群比丘累足趺坐室世尊見
而告曰不得累足坐室累足坐室者不應戒

行彼六群比丘交脚坐室世尊見而告曰不得交脚坐室交脚坐室者不應戒行彼六群比丘扶頰坐室更相笑世尊見而告曰不得扶頰坐室更相笑更相笑者不應戒行

佛遊舍衛國給孤獨園有一長者請佛及比丘僧佛及比丘僧坐定自手行水布種種飲食長者婦女盡來行食時六群比丘仰視長者女飲食漏落不入鉢中諸長者自相謂言云何沙門視婦女顔色飲食不入鉢中十二法比丘往白世尊世尊告曰當用意端視受食不用意端視受食者不應戒行彼六群比丘不用意端視受羹菜世尊告曰當用意端視受羹菜不用意端視受羹菜者不應戒行彼六群比丘溢鉢受飯世尊告曰當平鉢受飯堆溢受飯者不應戒行彼六群比丘處處撮飯食世尊見告曰不得處處撮飯食處處撮飯食者不應戒行彼六群比丘掊飯中食世尊見告曰不得偏掊飯中食偏掊飯中食者不應戒行彼六群比丘大摶食掌案内口中世尊見告曰不得大摶飯掌案内口中大摶飯掌案内口中者不應戒行彼六群比丘摶飯過四指本食世尊見而告曰不得摶食過四指本過四指本者不應戒行彼六群比丘摶飯食世尊告曰不得摶飯食摶飯食者不應戒行彼六群比丘摶食未至大張口待世尊見告曰摶飯未至不得大張口待大張口待者不應戒行彼六群比丘大張口食世尊見告曰不得大張口食大張口食者不應戒行彼六群比丘含飯語世尊見告曰不得含飯語含飯語者不應戒行彼六群比丘捻

鉢大指入飯中食世尊告曰不得捻鉢大指入飯中食捻鉢大指入飯中食者不應戒行彼六群比丘噏飯食世尊見告曰不得噏飯食噏飯食者不應戒行彼六群比丘不嚼飯而吞世尊見告曰不得不嚼飯而吞不嚼飯而吞者不應戒行彼六群比丘吐舌食世尊見告曰不得吐舌食吐舌食者不應戒行彼六群比丘縮鼻食世尊見告曰不得縮鼻食縮鼻食者不應戒行彼六群比丘舐手食世尊見告曰不得舐手食舐手食者不應戒行彼六群比丘曲指收鉢舐食世尊見告曰不得曲指收鉢舐食曲指收鉢舐者不應戒行彼六群比丘振手食世尊見告曰不得振手食振手食者不應戒行彼六群比丘捻鉢大指污膩而以取漿世尊見告曰不得大指污膩而以取漿大指污膩而以取漿者不應戒行彼六群比丘不病請羹飯世尊見告曰不病不得請羹飯請羹飯者不應戒行彼六群比丘以飯覆羹上更索羹世尊見告曰不得以飯覆羹上索羹以飯覆羹上更索羹者不應戒行彼六群比丘左右顧視眦座飯鉢多少世尊見告曰不得左右顧視眦座鉢飯多少左右顧視眦座鉢飯多少者不應戒行彼六群比丘不視鉢而食世尊見而告曰不得不視鉢而食不視鉢而食者不應戒行彼六群比丘擇人受食世尊見告曰不得擇人受食擇人受食者不應戒行彼六群比丘澡鉢餘食不語施主而棄世尊見而告曰澡鉢餘食主人不聽不得棄棄者不應戒行

佛世尊遊舍衛國祇樹給孤獨園王波斯匿

自作限制盡命佛在舍衛國祇樹給孤獨園自要日往謁拜世尊若我一不去大臣責吾百兩金語諸大臣掃灑祇洹今日欲往禮覲世尊諸臣聞王教而不從令王復再三語諸臣掃灑祇洹今日欲往禮覲世尊諸臣聞教而不從令王波斯匿便瞋恚語諸大臣勑掃灑祇洹何以不從我教不掃灑祇洹不從我教不掃灑祇洹者盡梟其首次著道上足蹋至祇洹門諸臣聞此語自相謂言此王兇暴無有慈心能取我等爾時便往掃灑祇洹即來白王掃灑已訖大王今正是時王波斯匿便勑御者汝往嚴羽寶車我今欲往禮覲世尊時御者即往嚴車駕在門外來入白王嚴車以竟大王今正是時時王波斯匿乘羽寶車從舍衛城至祇洹門外下車知五威儀去蓋脫冠珠柄拂刻鏤屐解劒將步從至如來所頭面禮足却坐一面王波斯匿聞非人間香世尊與王說法不入王意意但在香上世尊知而問王波斯匿王今日何以不大聽法而有二心王波斯匿白世尊言少小生長深宮八歲知王事遍庫藏中有種種香木櫁青木梅檀彌鐵雞舌聞香盡識初不聞此非人間之香此是誰香願世尊告世尊告王大王欲見此香乎唯然欲見時世尊出右臂百相莊嚴以手按地有骸骨出長五丈六七人人八尺上昇虛空坐臥飛行或坐三昧放種種光青黃赤白或瑠璃色東沒西涌四方皆爾身下出水身上出火身下出火身上出水作若干變化還沒於地舉一祇洹聞此骸骨香王波斯匿白佛此誰骸骨世尊告王曰是辟支三

佛骨王白世尊本作何功德有此妙香世尊告曰去此久遠無數劫時人壽二十千歲有迦葉多陀阿竭三耶三佛出世廣與衆生説法於無餘涅槃而般泥洹是時有王名執鞞王載香華旛蓋幢麾螺鼓作倡伎樂種種供養而闍維之時王執鞞便作是念欲與迦葉如來作偷婆何者爲妙爾時四城門内有四大龍王從水而出化作婆羅門形來住王前擎手問訊各一面坐不審大王爲迦葉如來作何等偷婆王答言當築土作時四人白王凡常人死與築土爲墳況此世尊而築土耶王問四人欲云何作四人報言用四寶作時王報言舉閻浮提賣不得一寶況四寶乎時四人便作是念王必不識我是龍王即白王言我是龍王非凡常人住此城四門内所有宮殿或金或銀或瑠璃水精王遣巧手於四城門裏作墼其有金者則成金墼其有銀水精瑠璃皆成銀水精瑠璃墼時王即遣人於四城裏作墼皆成四種寶墼作迦葉如來偷婆縱一由延廣一由延高一由延上刹帝隷刹帝隷（蓋承露盤最上）去案跡一拘恕作迦葉如來偷婆竟而欲暱夜泥王遣人於城裏振鐸令其賣華者盡詣宮門我當與直有一長者子常詣婬種婬色時此婦人勑一婢使彼長者子持華者便與開門若無華者勿與開門時長者子來詣此門婢便問是誰答言是長者子婢問有華來不答言無華若無華者不得來入時長者子便作是念此城中華甚貴不可得唯迦葉佛偷婆中華易得即往入迦葉佛偷婆盛滿白氎華而還日已暮城門閉從

水竇入扣婬種門婢便問是誰答曰長者子婢復問有華來不答言有華開門呼前即入持華與婬種婦中夜交通向明身體一切生瘡如芥子瘡漸轉大如莚豆轉如大豆轉如阿摩勒轉如鞞勒小百子瓠身體膿潰黑血流出時此婬婦即勑婢使將投坑中其婢白言不可當告其父時婢即往語其父賢子有患可往看視其父即來四人共轝還家呼諸良醫語言此童子有是患若當云何療治諸醫答言當須九兩牛頭栴檀其父問欲何等爲醫答三兩用塗身三兩用服三兩用熏衣其父便作是念所有錢財盡輸婬婦舍牛頭栴檀其價甚貴恐不能辦語諸親里衆爲我辦少許即得九兩牛頭栴檀在病人前於石上磨病者問欲作何等其父答言用塗瘡其子白父我犯罪重臥我著栴檀林中猶不能令我病愈父母問是何重罪其子具如事白願以此九兩栴檀施我即持栴檀與願父轝我至迦葉佛偷婆即四人轝往執三兩牛頭栴檀便作是語近所取迦葉佛華者持此香償價其餘六兩持上迦葉佛便發願言緣是功德莫墮泥犂辟荔畜生唯生天上人中最後得辟支佛而般泥洹即時身體瘡愈去時轝往還自步行後命終生三十三天上當生之日諸天無不聞其栴檀香天上壽終生此人間一一毛孔盡作栴檀香出家學道得辟支佛於無餘泥洹而般涅槃般涅槃以來至今日五百歲骸骨不朽故有此非世之香使此祇洹盡聞其香說此語時數千萬人發辟支佛意大王爾時長者子今辟支佛骸骨是

世尊與王說法說法已黙然而住爾時王波斯匿從座起頭面作禮而去乘羽寶車還舍衛城時六群比丘王乘車並與說法十二法比丘見往白世尊世尊告曰不得與乘車人說法與乘車人說法者不應戒行彼六群比丘王在前自在後與說法世尊告曰人在前自在後不應爲說法說法者不應戒行彼六群比丘王在道中已在道外爲說法世尊告曰人在道中已在道外不應爲說法說法者不應戒行彼六群比丘已在卑座王在高座爲說法世尊告曰已在卑座人在高座不應爲說法說法者不應戒行除病彼六群比丘王坐已立爲說法世尊告曰人坐比丘立不應爲說法爲說法者不應戒行彼六群比丘坐人卧與說法世尊告曰人卧比丘坐不應爲說法說法者不應戒行除其病彼六群比丘王覆頭與說法世尊告曰人覆頭不應爲說法說法者不應戒行除其病彼六群比丘王纏頭與說法世尊告曰人纏頭不應爲說法說法者不應戒行除其病彼六群比丘人左右抄三衣與說法世尊告曰人左右抄三衣不應爲說法說法者不應戒行除其病彼六群比丘人偏曳三衣角與說法世尊告曰人偏曳三衣角不應爲說法說法者不應戒行除其有病彼六群比丘人偏垂三衣上角現胷爲說法世尊告曰人偏垂三衣上角不應爲說法說法者不應戒行除其病彼六群比丘人反抄三衣著肩上與說法世尊告曰人反抄三衣著肩上不應爲說法說法者不應戒行除其有病彼六群比丘人三衣裹掉

兩臂與説法世尊告曰人三衣裹掉兩臂不應爲説法説法者不應戒行除其病彼六群比丘人著華屣與説法世尊告曰人著華屣不應爲説法説法者不應戒行除其病彼六群比丘人著木屐與説法世尊告曰人著木屐不應爲説法説法者不應戒行除其病彼六群比丘人拄杖與説法世尊告曰人拄杖不應爲説法説法者不應戒行除其病彼六群比丘人持蓋覆身與説法世尊告曰人持蓋覆身不應爲説法説法者不應戒行除其病彼六群比丘人持刀與説法世尊告曰人持刀一切不得爲説法説法者不應戒行彼六群比丘人持勾釪戟與説法世尊告曰人持戟一切不應爲説法説法者不應戒行彼六群比丘人持鉞與説法世尊告曰人持鉞不應爲説法説法者不應戒行彼六群比丘於淨園菜地大小便洟唾世尊告曰不得於淨菜草上大小便洟唾大小便洟唾者不應戒行除其病彼六群比丘長者所食水於中大小便洟唾世尊告曰不得於淨水中大小便洟唾大小便洟唾者不應戒行除其病彼六群比丘立小便諸長者見自相謂言此沙門釋子立小便與尼乾子何異往白世尊世尊告曰不得立小便立小便者不應戒行除其有疾

佛世尊遊舍衞國祇樹給孤獨園有一長者請佛及僧比丘彼六群比丘十七群比丘次直留守自相便安十七群比丘住守六群比丘爲往請分時六群比丘即往中道自相謂言我等若得飯食徐徐在比丘僧後須日過

中當持食往比丘僧食竟與請食分在比丘後徐徐往在祇洹門外或在城下或在樹下彷徉不入時十七群比丘年少不耐饑出門外望不見便登大樹望便見皆在樹下城下坐諸長者見上樹來白世尊世尊告曰不得上樹過一人上樹過一人者不應戒行除其恐怖虎狼盜賊

佛世尊遊舍衛國祇樹給孤獨園爾時有比丘名斯瞿好喜鬪諍不避尊卑觸人罵詈諸比丘十二法比丘往白世尊世尊告曰恕此比丘恕癡人有七悔過法前爲過即教悔之一也端汝心意勿令有失二也若有愚人爲過教令黙三也不如法者教令知法四也有所犯過於比丘僧中如草布地悔過重悔過五也羊皮四布夫悔責比丘有五法先自無瑕然後責彼已既不淨不能自淨先自淨然後淨人誨責比丘於此初法端一心意然後悔責人一也彼誨責比丘口所說不淨已口不淨不能自淨先自淨已然後淨人誨責比丘於此二法端一心意然後誨責人二也彼誨責比丘已心不淨不能自淨先淨已心然後淨人誨責比丘於此三法端一心意然後誨責彼三也彼誨責比丘行來無度不能自禁先自靜已而後誨人誨責比丘於此四法端一心意然後誨彼四也彼誨責比丘不多聞不聰明宿無學業先自勤學然後教人誨責比丘於此五法端一心意然後誨彼五也後當學五法恭敬世尊法比丘僧戒淨行此爲五法有所犯過上座比丘當向下座懺悔下座比丘當向上座懺悔當相恕過不得經宿不悔過若經宿不悔過者於

毗尼法不得毗尼法諸比丘竟以無善有所犯過上座比丘下座比丘當共懺悔於毗尼法得毗尼法諸比丘則得安身行道世尊告諸比丘曰有過不悔不應尸叉罽賴尼於戒七法少長老年少二事其人以後二五事爲七後五中上下相向悔足了三衣中前四同戒後六對多一抄右肩上入内律張目可叱高聲喚呼戒自大仰視默然搖手至食律多搖手雙脚二對戒多拄頻受食律推平合爲一人張口捻鉢大指大飲不嚼吞大摶掌推戒抖擻指探擭飯于咽嘖嗅說法巳早坐人坐高泥洹僧中律戒不同一律云細襵其上麥飯摶戒云細襵一頭麥飯摶卷反

戒因緣經卷第十

音釋

憔悴憔昨焦切悴秦醉切憔悴謂顏色枯瘠也　躶郎果切赤體也　嗤赤脂切笑也　襵陟葉切襞也　㹠徒昆切　訶叱吒昌栗切亦訶也　蹲祖尊切踞也　翹渠堯切舉也　跳徒聊切躍也　撮倉括切兩指撮也　内口内奴盍切與納同　噏許及切呷也　嚼在爵切咀嚼也　舐神紙切餂也　梟堅堯切挂首本上也　䁥尼質切　蓖豆蓖必迷切蓖麻也　薜荔梵語具云薜荔多此云餓鬼薜蒲計切荔力計切　釨戟釨子列切戟紀逆切釨戟句子戟也

根本說一切有部百一羯磨
唐三藏法師義淨奉　制譯

清刻龍藏佛說法變相圖

根本說一切有部百一羯磨卷第一

唐三藏法師義淨奉制譯

爾時薄伽梵在室羅伐城逝多林給孤獨園告諸苾芻曰從今已去汝諸苾芻凡有來求善說法律情樂出家及受近圓者阿遮利耶鄔波馱耶應與出家及受近圓時諸苾芻不知有幾阿遮利耶幾鄔波馱耶佛言有五種阿遮利耶二種鄔波馱耶云何五種阿遮利耶一十戒阿遮利耶二屏教阿遮利耶三羯磨阿遮利耶四依止阿遮利耶五教讀阿遮利耶何謂十戒阿遮利耶謂授三歸及十學處何謂屏教阿遮利耶謂於屏處檢問障法何謂羯磨阿遮利耶謂作白四羯磨何謂依止阿遮利耶謂下至一宿依止而住何謂教讀阿遮利耶謂教讀誦乃至四句伽陁何謂

二種鄔波馱耶一者與其剃髮出家受十學處二者與受近圓如世尊言其親教師等當與出家受戒及受近圓者諸苾芻不知云何當與出家近圓佛言凡有欲求出家者隨情詣一師處師即應問所有障法若遍淨者隨意攝受既攝受已授與三歸并五學處成鄔波索迦律儀護（此言護者梵云三跛羅譯為擁護由受歸戒護使不落三塗梵云律儀乃當義譯云是律法儀式若但云護恐學者未詳故兩俱存明了論已譯為護即是戒體無表色）如是應授先教求出家者令禮敬已在本師前蹲踞合掌教作是語阿遮利耶存念我某甲始從今日乃至命存歸依佛陀兩足中尊歸依達摩離欲中尊歸依僧伽諸衆中尊如是三說師云與箄迦（譯云好或云爾亦是方便義由此聖教為善方便能趣涅槃至安隱處）答云娑度（譯為善凡是作法了時及隨時白事皆如是作若不誑者得越法罪梵漢任說已下諸文但云好善皆可準此或云後語同前）次授五學處教云汝隨我語（準如聖教及以相承並悉隨師說受戒語無有師說直問能不戒事非輕無容造次）阿遮利耶存念如諸聖阿羅漢乃至命存不殺生不偷盜不欲邪行不虛誑語不飲諸酒我某甲始從今日乃至命存不殺生不偷盜不欲邪行不虛誑語不飲諸酒亦如是此即是我五支學處是諸聖阿羅漢之所學處我當隨學隨作隨持如是三說願阿遮利耶證知我是鄔波索迦歸依三寶受五學處師云好答云善次請鄔波馱耶（譯為親教師言和尚者乃是西方時俗語非是典語然諸經律梵本皆云鄔波馱耶）教云阿遮利耶（譯為軌範師）存念我某甲今請阿遮利耶為鄔波馱耶願阿遮利耶為我作鄔波馱耶由阿遮利耶為鄔波馱耶故我當出家如是三說後語同前至第三番應言由

鄔波馱耶爲鄔波馱耶故由近師位故重言耳次請一
苾芻爲白衆者彼應問本師云所有障法並
已問未答言已問若問者善若不問而白者
得越法罪
次爲白衆一切僧伽當須盡集或巡房告知
次將至衆中致禮敬已在上座前蹲踞合掌
作如是語大德僧伽聽此某甲從苾芻某甲
希求出家在俗白衣未落鬚髮願於善說法
律出家近圓成苾芻性此某甲若剃鬚髮被
法服已起正信心捨家趣非家某甲爲鄔波
馱耶僧伽爲與某甲出家不此乃但是以言白事不是羯磨
單白衆咸言若遍淨者應與出家俱問者善如
不問者得越法罪
次爲請苾芻看剃髮者彼便盡剃其人後悔
佛言應留頂上少髮問曰除爾頂髮不若言

不者應言隨汝意去若言除者應可剃除次
與洗浴若寒與湯熱授冷水次與著裙當須
檢察恐是無根二根及根不全等時有苾芻
露形檢察彼生愧恥佛言不應露體而爲檢
察爲著裙時應可私視勿令彼覺次授縵條
教其頂受爲著衣已師應爲請苾芻與受求
寂律儀護者教禮敬已應在二師前蹲踞合
掌教作是語二師可相近坐令弟子執親教師袈裟角親見西方行法如是
阿遮利耶存念我某甲始從今日乃至命存
歸依佛陀兩足中尊歸依達摩離欲中尊歸
依僧伽諸衆中尊彼薄伽梵釋迦牟尼釋迦
師子釋迦大王如知應正等覺彼既出家我
當隨出在俗容儀我已棄捨出家形相我今
受持我因事至說親教師名親教師名某甲
如是三說師云好答云善次授十學處教云

汝隨我語阿遮利耶存念如諸聖阿羅漢乃至命存不殺生不偷盜不婬欲不虛誑語不飲諸酒不歌舞作樂不香鬘塗彩不坐高牀大牀不非時食不受畜金銀我某甲始從今日乃至命存不殺生不偷盜不婬欲不虛誑語不飲諸酒不歌舞作樂不香鬘塗彩不坐高牀大牀不非時食不受畜金銀亦如是此即是我十支學處是諸聖阿羅漢之所學處我當隨學隨作隨持如是三說願阿遮利耶證知我是求寂我因事至說鄔波馱耶名鄔波馱耶名某甲師云好答云善汝已善受十學處竟當供養三寶親近二師學問誦經勤修三業勿爲放逸若年滿二十可授近圓師應爲求三衣及鉢濾水羅卧敷具爲請羯磨師屛教師并入壇場諸苾芻衆既和集已或五衆或十衆令受戒者偏露右肩脫革屣一一皆須三遍禮敬然敬有二種一謂五輪至地（謂是額輪二手掌輪二膝輪）二謂兩手執師腨足任行於一既致敬已應請鄔波馱耶若先是鄔波馱耶或是阿遮利耶者隨時稱說若先非二師者應云大德或云尊者若請軌範師者類此應爲當具威儀作如是語鄔波馱耶存念我某甲今請鄔波馱耶爲鄔波馱耶願鄔波馱耶爲我作鄔波馱耶由鄔波馱耶爲鄔波馱耶故當受近圓（此謂先是十戒親教師）如是三說後語同前即於衆中在親教師前師與守持三衣應如是教鄔波馱耶存念我某甲此僧伽胝（譯爲複衣）我今守持已作成衣是所受用如是三說餘同前鄔波馱耶存念我某甲此嗢呾羅僧伽（譯爲上衣）我今守持已作成衣是所受用

如是三說後語同前鄔波馱耶存念我某甲此安呾婆娑（譯爲內衣）我今守持巳作成衣是所受用如是三說後語同前若是未浣染未割截物若絹若布權充衣數者應如是守持鄔波馱耶存念我某甲此衣我今守持當作九條僧伽胝衣兩長一短若無障難我當浣染割截縫剌是所受用如是三說後語同前餘衣準此（所有著衣法式如下尼五衣中具註）次可擎鉢總呈大衆恐太小太大及白色等若是好者大衆咸云好鉢若不言者得越法罪然後守持應置左手張右手掩鉢口上教云鄔波馱耶存念我某甲此波怛羅是大仙器是乞食器我今守持常用食故如是三說後語同前

次應安在見處離聞處教其一心合掌向衆虔誠而立其羯磨師應問衆中誰先受請當於屛處教示某甲彼受請者答云我某甲次問汝某甲能於屛處教示某甲某甲爲鄔波馱耶不彼應答言我能次羯磨師應作單白大德僧伽聽此苾芻某甲能於屛處教示某甲某甲爲鄔波馱耶若僧伽時至聽者僧伽應許僧伽今差苾芻某甲作屛教師當於屛處教示某甲某甲爲鄔波馱耶白如是次屛教師將至屛處教禮敬巳蹲踞合掌作如是語具壽汝聽此是汝眞誠時實語時我今少有問汝汝應以無畏心若有言有若無言無不得虛誑語汝是丈夫不答言是汝年滿二十未答言滿汝三衣鉢具不答言具汝父母在不若言在在者聽汝出家不答言聽若言死者更不須問汝非奴不汝非王臣不汝非王家毒害人不汝非賊不汝非黃門不汝非

汙苾芻尼不汝非殺父不汝非殺母不汝非殺阿羅漢不汝非破和合僧伽不汝非惡心出佛身血不汝非外道不（現是外道）汝非趣外道不（先已出家還歸外道更復重來）汝非賊住不汝非別住不汝非不共住不（先犯重人）汝非化人不汝非負債不若言有者應可問言汝能受近圓已還彼債不言能者善若言不能者汝可問彼許者方來汝非先出家不若言不者善如言我曾出家者汝不於四他勝中隨有犯不汝歸俗時善捨學處不答言犯重隨汝意去若言無犯者善問言汝名字何我名某甲汝鄔波馱耶字何答云我因事至說鄔波馱耶名鄔波馱耶名某甲又汝應聽丈夫身中有如是病謂癩病癭病癬疥疱瘡皮白瘀瘓頭上無髮惡瘡下漏諸塊水腫欬瘷喘氣咽喉乾燥闇風癲狂形無血色噎噦嘔逆諸痔痳瀝癰脚吐血癰痤下痢壯熱脅痛骨節煩疼及諸瘧病風黃痰癃總集三病常熱病鬼病聾盲瘖瘂短小攣躄肢節不具汝無如是諸病及餘病不答言無汝某甲聽如我今於屏處問汝然諸苾芻於大眾中亦當問汝汝於彼處以無畏心若有言有若無言無還應實答汝且住此未喚莫來其師前行半路向眾而立應作是語大德僧伽聽彼某甲我於屏處已正教示問其障法某甲為鄔波馱耶為聽來不合眾咸言若遍淨者應可喚來咸言者善如不言者犯越法罪（五天壇場安在寺中開處但唯方丈四邊纔壘可高二尺內邊基高五寸僧於上坐中有小制底高與人齊傍開小門得容出入其求受戒人立在壇外其屏教師於屏處問不令眾見不同此方皆在戒場內令眾共覩此即全乖隱屏之義既問障法已可教其人別立壇外師即前行半路遙白眾知此是言白元非羯磨）

西方親見其事聞者勿致疑情應遥喚來既至衆中令於上座前蹲踞合掌致禮敬已乞受近圓教作是語

大德僧伽聽我某甲今因事至説鄔波馱耶名我從鄔波馱耶某甲求受近圓我某甲今從僧伽乞受近圓我因事至説鄔波馱耶名某甲爲鄔波馱耶願大德僧伽授我近圓攝受拔濟我教示哀愍我是能愍者願哀愍故

如是三説

次令至羯磨師前若以氈或以物裹草稕支雙足跟十指踞地蹲踞合掌其羯磨師應作單白問其障法大德僧伽聽此某甲從鄔波馱耶某甲求受近圓此某甲今從僧伽乞受近圓某甲爲鄔波馱耶若僧伽時至聽者僧伽應許我於衆中檢問某甲所有障法某甲爲鄔波馱耶白如是

次問障法如上應知

次作白四羯磨

大德僧伽聽此某甲從鄔波馱耶某甲求受近圓是丈夫年滿二十三衣鉢具某甲自言遍淨無諸障法此某甲今從僧伽乞受近圓某甲爲鄔波馱耶若僧伽時至聽者僧伽應許僧伽今與某甲受近圓某甲爲鄔波馱耶白如是

次作羯磨

大德僧伽聽此某甲從鄔波馱耶某甲求受近圓是丈夫年滿二十三衣鉢具某甲自言遍淨無諸障法此某甲今從僧伽乞受近圓某甲爲鄔波馱耶僧伽今與某甲受近圓某甲爲鄔波馱耶若諸具壽聽與某甲受近圓

其甲爲鄔波馱耶者默然若不許者説此是初羯磨如是三説僧伽已與其甲受近圓其甲爲鄔波馱耶竟僧伽已聽許由其默然故我今如是持

作法了時即應量影苾芻足度其影便過佛言應作商矩度之彼皆不解何謂商矩佛言可取細籌長二尺許折一頭四指豎置日中度影長短是謂商矩一一商矩所量之影皆悉名爲一人此影纔長齊四指時看自身影與身相似若有增減準此應思（故僧祇律云一人二人影者此來人皆不識）量影訖時應告彼云汝在食前近圓或在食後影長爾許若一指二指一人半人二人三人等如其在夜或是晝陰即可準酌告之謂是初更夜半乃至天明等次後宜應告知時節差別彼皆不知時節有幾佛言有五時差別一冬時二春時三雨時四終時五長時言冬時者有四月謂從九月十六日至正月十五日言春時者亦有四月謂從正月十六日至五月十五日言雨時者有一月謂從五月十六日至六月十五日言終時者謂六月十六日一日一夜是言長時者有三月欠一日一夜謂從六月十七日至九月十五日（此是西方衆僧要法若不解者即非苾芻但爲比來未翻致令聞者不悟此謂佛家密教與俗有殊若至西國他問不知人皆見笑不同支那記月而已）

次當爲説四依法

汝其甲聽此四依法是諸世尊如知應正等覺所知所見爲諸苾芻受近圓者説是依法所謂依此善説法律出家近圓成苾芻性云何爲四汝其甲聽一糞掃衣是清淨物易可求得苾芻依此於善法律出家近圓成苾芻

性汝某甲始從今日乃至命存用糞掃衣而自支濟生欣樂不答言欣樂若得長利絁絹縵條小帔大帔輕紗紵布或諸雜物若更得清淨衣若從衆得若從別人得汝於斯等隨可受之知量受用不答言受用汝某甲聽二常乞食是清淨食易可求得苾芻依此於善法律出家近圓成苾芻性汝某甲始從今日乃至命存以常乞食而自支濟生欣樂不答言欣樂若得長利飯粥飲等若僧次請食若別請食若僧常食若常別施食（梵云泥得譯爲常施有別施主施僧錢物作無盡食每日次第令僧家作好食以供一人乃至有日月來不許斷絕西方在寺多有此他人不知閣若不能作食供乳亦好）八日十四日十五日食若更得清淨食若從衆得若從別人得汝於斯等隨可受之知量受用不答言受用汝某甲聽三樹下敷具是清淨物易可求得苾芻依此於善法律出家近圓成苾芻性汝某甲始從今日乃至命存於樹下敷具而自支濟生欣樂不答言欣樂若得長利房舍樓閣或居坎窟草苫板覆堪得經行若更得清淨處所若從衆得若從別人得汝於斯等隨可受之知量受用不答言受用汝某甲聽四陳棄藥是清淨物易可求得苾芻依此於善法律出家近圓成苾芻性汝某甲始從今日乃至命存用陳棄藥而自支濟生欣樂不答言欣樂若得長利蘇油糖蜜根莖枝葉華果等藥時及更藥七日盡壽若更得清淨藥若從衆得若從別人得汝於斯等隨可受之知量受用不答言受用

次說四墮落法

汝某甲聽有此四法是諸世尊如知應正等

覺所知所見爲諸苾芻受近圓者説墮落法苾芻於此四中隨一一事若有犯者隨當犯時便非苾芻非沙門非釋迦子失苾芻性此便墮落斷没輪迴爲他所勝不可重收譬如斬截多羅樹頭更不能生增長高大苾芻亦爾云何爲四汝某甲聽是諸世尊如知應正等覺所知所見以無量門毀諸欲法説欲是染欲是潤澤欲是愛著欲是居家欲是羈絆欲是躭樂是可斷除是可吐盡可猒息滅是冥闇事汝某甲始從今日不應輒以染心視諸女人何況共行不淨行事具壽如世尊説若復苾芻與諸苾芻同得學處不捨學處學羸不自説作不淨行兩交會法乃至共旁生於如是事苾芻犯者隨當作時便非苾芻非沙門非釋迦子失苾芻性此便墮落斷没輪迴爲他所勝不可重收汝從今日於此欲法不應故犯當生猒離殷重防護起怖畏心諦察勤修作不放逸汝於是事能不作不答言不作汝某甲聽是諸世尊如知應正等覺所知所見以無量門毀不與取離不與取稱揚讚歎是勝妙事汝某甲始從今日乃至麻糠他不與物不以賊心而故竊取何況五磨灑若過五磨灑（西方檢問諸部律中皆同此名斷其重罪不云五錢此是貝齒許八十箇名一磨灑大數總有四百貝齒一時離處方是犯盜元不據錢名若譯爲五錢者全乖本文故存梵語通塞廣如餘説）具壽如世尊説若復苾芻若在聚落若空閑處他不與物以盜心取如是盜時若王若大臣若捉若殺若縛驅擯若呵責言咄男子汝是賊癡無所知作如是盜於如是事苾芻犯者隨當作時便非苾芻非沙門非釋迦子失苾芻性此便墮落斷没

輪迴爲他所勝不可重收汝從今日於此盜法不得故犯當生猒離殷重防護起怖畏心諦察勤修作不放逸汝於是事能不作不答言不作汝某甲聽是諸世尊如知應正等覺所知所見以無量門毀於害命於離害命稱揚讃歎是勝妙事汝某甲始從今日乃至蚊蟻不應故心而斷其命何況於人若人胎具壽如世尊説若復苾芻若人若人胎故自手斷其命或持刀授與或自持刀或求持刀者若勸死讃死語言咄男子何用此罪累不淨惡活爲汝今寧死死勝生隨自心念以餘言説勸讃令死彼因死者於如是事苾芻犯者隨當作時便非苾芻非沙門非釋迦子失苾芻性此便墮落斷沒輪迴爲他所勝不可重收汝從今日於此殺法不得故犯當生猒離

殷重防護諦察勤修行不放逸汝於是事能不作不答言不作汝某甲聽是諸世尊如知應正等覺所知所見以無量門毀於妄語於離妄語稱揚讃歎是勝妙事汝某甲始從今日乃至戲笑不應故心而爲妄語何況實無上人法説言已有具壽如世尊説若復苾芻實無知無遍知自知不得上人法寂靜聖者殊勝證悟智見安樂住而言我知我見彼於異時若問若不問欲自清淨故作如是説我實不知不見言知言見虛誑妄語除增上慢或言我證四諦理或言天龍鬼神來共我語得無常等想得四禪四空六神通八解脱證四聖果於如是事苾芻犯者隨當作時便非苾芻非沙門非釋迦子失苾芻性此便墮落斷沒輪迴爲他所勝不可重收汝從今白於

妄語法不得故犯當生猒離殷重防護諦察勤修作不放逸汝於是事能不作不答言不作

次說沙門四種所應作法

汝某甲德是諸世尊如知應正等覺所知所見爲諸苾芻受近圓者說沙門四種所應作法云何爲四汝某甲聽始從今日若他罵不應返罵他瞋不應返瞋他調不應返調他打不應返打有如是等惱亂起時汝能攝心不返報不答言不報汝某甲聽汝先標心有所希望作如是念我當何時得於世尊善說法律出家近圓成苾芻性汝已出家今受近圓得好如法親教師及軌範師等和合僧伽秉白四羯磨文無差舛極善安住如餘苾芻雖滿百夏所應學者汝亦修學汝所學者彼亦同然同得學處同說戒經汝從今日當於是處起敬奉心不應猒離於親教師應生父想師於汝處亦生子想乃至命存侍養瞻病共相看問起慈愍心至老至死又於同梵行所上中下座常生敬重隨順恭勤而爲共住讀誦禪思修諸善業於蘊處界十二緣生十力等法應求解了勿捨善軛離諸懈怠未得求得未解求解未證求證乃至獲得阿羅漢果究竟涅槃我今爲汝於要略事舉其大綱餘未知者當於二師及同學親友善應諮問又於半月說戒經時自當聽受準教勤修爲說頌曰

汝於最勝教　具足受尸羅　至心當奉持
無障身難得　端正者出家　清淨者圓具
實語者所說　正覺之所知

汝其甲巳受近圓竟勿爲放逸當謹奉行令在前而去

根本說一切有部百一羯磨卷第一

音釋

蹲踞　蹲徂尊切踞居御切
輿箄　輿烏告切箄必二切
濾水　濾音慮漉也
華屣　屣所綺切皮履也
腨　市兗切腓腸也
疱　披皃切
痶瘓　痶他典切瘓土緩切
欬瘶　欬苦愛切瘶蘇奏切
喘氣　喘昌兗切疾息也
癲　音顛
噎噦　噎烏結切噦於月切
痳瀝　痳音林瀝音曆痳瀝謂小便痳病而滴瀝也
瘇　時勇切足腫病也
癰痤　癰於恭切痤昨禾切癰痤腫癤也
攣躄　攣力員切手拘攣也躄必益切足不能行也
草稕　稕之閏切束稈也
絁絹　絁音施繒似布者
帔　披義切衣帔也
苫　失廉切以草覆屋也

根本說一切有部百一羯磨卷第二

唐三藏法師義淨奉制譯

爾時具壽鄔波離請世尊曰大德如世尊說大世主喬答彌由其愛樂八敬法故便是出家及受近圓成苾芻尼性者大德餘苾芻尼衆欲遣如何佛告鄔波離餘苾芻尼若先出家未受近圓可隨次第如常應作若有在俗女人發心欲求出家者隨情詣一苾芻尼處尼即應問所有障法若遍淨者隨意攝受既攝受已授與三歸并五學處成鄔波斯迦律儀護（此言護者梵云三跋羅譯爲擁護由受歸戒護使不落三塗舊云律儀乃當義譯云是律法儀式若但云護恐學者未詳故二俱存明了論中已譯爲護也）如是應授先教求出家者令禮敬已在本師前雙膝著地低頭合掌教作是語阿遮利耶存念我某甲始從今日乃至命存歸依佛陀兩足中尊歸依達摩離欲中尊歸依僧伽諸衆中尊如是三說師云奧箄迦（譯爲好）答云娑度（譯爲善並已注如前）

次授五學處教云汝隨我語阿遮利耶存念如諸聖阿羅漢乃至命存不殺生不偷盜不欲邪行不虛誑語不飲諸酒我某甲始從今日乃至命存不殺生不偷盜不欲邪行不虛誑語不飲諸酒亦如是此即是我五支學處是諸聖阿羅漢之所學處我當隨學隨作隨持如是三說願阿遮利耶證知我是鄔波斯迦歸依三寶受五學處師云好答云善

次請鄔波馱耶教云（譯爲親教師言和尚者乃是西方時俗語非是典語然諸經律梵本皆云鄔波馱耶）阿遮利耶（譯爲軌範師）存念我某甲令請阿遮利耶爲鄔波馱耶願阿遮利耶爲我作鄔波馱耶由阿遮利耶爲鄔波馱

耶故我當出家如是三説後語同前至第三番應言由鄔波馱耶為鄔波馱耶故（由近師位故重言耳）

次請一苾芻尼為白衆者彼應問本師云所有障法並已問未答言已問若問者善若不問而白者得越法罪次為白衆一切僧伽當須盡集或巡房告知次將至衆中致禮敬已在上座前雙膝著地低頭合掌作如是語苾芻尼僧伽聽此某甲從苾芻尼某甲希求出家在俗白衣比未落髮願於善説法律出家近圓成苾芻尼性此某甲若剃髮披法服已起正信心捨家趣非家某甲為鄔波馱耶苾芻尼僧伽為與某甲出家不（此乃但是以言白事不是羯磨單白）合衆咸言若遍淨者應與出家俱問者善如不問者得越法罪次為請苾芻尼作剃髮者彼便盡剃其人後悔佛言應留頂上少髮問曰除爾頂髮不若言不者應言隨汝意去若言除者應可剃除次與洗浴若寒與湯熱授冷水與著裙當須檢察恐是無根二根及根不全等時苾芻尼露形檢察彼生愧恥佛言不應露體而為檢察為著裙時應可私視勿令彼學次授縵條教其頂受為著衣已師應為請苾芻尼與受求寂女律儀護者致禮敬已應在一師前雙膝著地低頭合掌教作是語（二師可相近坐令弟子執親教師袈裟角親見西方行法如是）阿遮利耶存念我某甲始從今日乃至命存歸依佛陀兩足中尊歸依達摩離欲中尊歸依僧伽諸衆中尊彼薄伽梵釋迦牟尼釋迦師子釋迦大王如知應正等覺彼既出家我當隨出在俗容儀我已棄捨出家形相我今

受持我因事至說親教師名親教師名其甲如是三說師云好答云善次授十學處教云汝隨我語阿遮利耶存念如諸聖阿羅漢乃至命存不殺生不偷盜不婬欲不虛誑語不飲諸酒不歌舞作樂不香鬘塗彩不坐高牀大牀不非時食不受畜金銀我其甲始從今日乃至命存不殺生不偷盜不婬欲不虛誑語不飲諸酒不歌舞作樂不香鬘塗彩不坐高牀大牀不非時食不受畜金銀亦如是此即是我十支學處是諸聖阿羅漢之所學處我當隨學隨作隨持如是三說願阿遮利耶證知我是求寂女我因事至說鄔波馱耶名鄔波馱耶名其甲師云好答云善汝已善受十學處竟當供養三寶親近二師學問誦經勤修三業勿爲放逸若是曾嫁女年滿二十若童女年滿十八（應可臨時隨事稱說下皆準此）應與六法六隨法二年令學應如是與先敷座已鳴揵椎言白復周苾芻尼僧伽隨應盡集極少須滿十二人於壇場中令求寂女致禮敬已在上座前雙膝著地低頭合掌作如是語苾芻尼僧伽聽我求寂女其甲年滿十八我因事至說鄔波馱耶名我從鄔波馱耶其甲於二年內乞學六法六隨法我其甲今從苾芻尼僧伽於二年內乞學六法六隨法我因至說鄔波馱耶名其甲爲鄔波馱耶願苾芻尼僧伽授我於二年內學六法六隨法攝受拔濟我教示哀愍我是能愍者願哀愍故如是三說

次一苾芻尼秉白二羯磨苾芻尼僧伽聽此求寂女其甲年滿十八其甲爲鄔波馱耶今

從苾芻尼僧伽於二年内乞學六法六隨法若苾芻尼僧伽時至聽者苾芻尼僧伽應許苾芻尼僧伽今與求寂女某甲年滿十八於二年内學六法六隨法某甲爲鄔波馱耶白如是

次作羯磨苾芻尼僧伽聽此求寂女某甲年滿十八某甲爲鄔波馱耶今從苾芻尼僧伽於二年内乞學六法六隨法某甲爲鄔波馱耶苾芻尼僧伽今與求寂女某甲年滿十八於二年内學六法六隨法某甲爲鄔波馱耶若諸具壽聽與求寂女某甲年滿十八於二年内學六法六隨法某甲爲鄔波馱耶者默然若不許者說苾芻尼僧伽已與求寂女某甲年滿十八於二年内學六法六隨法某甲爲鄔波馱耶竟苾芻尼僧伽已聽許由其默然故我今如是持

次應告言汝某甲聽始從今日應學六法一者不得獨在道行二者不得獨渡河水三者不得觸丈夫身四者不得與男子同宿五者不得爲媒嫁事六者不得覆尼重罪攝頌曰

不獨在道行　不獨渡河水　不故觸男子

不與男同宿　不爲媒嫁事　不覆尼重罪

復言汝某甲聽始從今日應學六隨法一者不得捉屬己金銀二者不得剃隱處毛三者不得墾掘生地四者不得故斷生草木五者不得不受而食六者不得食曾觸食攝頌曰

不捉於金等　不除隱處毛　不掘於生地

不壞生草木　不受食不飡　曾觸不應食

若二年内於六法六隨法已修學訖可授近圓師應爲求五衣及鉢濾水羅卧敷具爲請

作羯磨尼屏教師并入壇場諸苾芻尼既和集已極少須滿十二人諸苾芻尼先可授其淨行本法皆令三遍禮敬然敬有二種一謂五輪至地（謂是額輪二手掌輪二膝輪也）二謂兩手執師腨足於此二中任行其一既致敬已應請鄔波馱耶若先是鄔波馱耶或是阿遮利耶者隨時稱說若先非二師者應云大德或云尊者若請軌範師類斯應作當具威儀作如是語鄔波馱耶存念我某甲今請鄔波馱耶爲鄔波馱耶願鄔波馱耶爲我作鄔波馱耶由鄔波馱耶爲鄔波馱耶故當受近圓（此謂先是受十戒親教師）如是三說後語同前即於衆中在親教師前師與守持五衣應如是教鄔波馱耶存念我某甲此僧伽胝（譯爲複衣）我今守持已作成衣是所受用如是三說後語同前下之四衣皆須別持準此應說嗢呾羅僧伽（譯爲上衣）安呾婆娑（譯爲內衣）厥蘇洛迦（譯爲下裙）僧脚埼（譯爲掩腋襯衣）若是未浣染未割截物若絹若布權充衣數者應如是守持鄔波馱耶存念我某甲此衣我今守持當作九條僧伽胝衣兩長一短若無障難我當浣染割截縫刺是所受用如是三說後語同前餘衣準此（此五衣者尼所要用三衣如舊餘二須論厥蘇洛迦正譯名篇意取形狀立目即是尼之下裙長四肘寬二肘兩頭縫合入立擡上過齊後掩繫以腰條在髁上二指此是西方尼衆著裙之儀唯此一裙更無餘服以是煖地充事長道不同寒國重數須多舊云厥修羅或云祇修羅者皆訛也僧脚埼者即是此方覆膞更長一肘正當其量用掩肩腋佛制恐汙三衣先用通覆兩肩然後於上通披法服繞頸令急級㧉紐於肩頭其㧉紐與衫㧉相似衣總覆身元不露膞雙手不出斂在胸前同阿育王像乃至禮敬三寶及受大戒噉食之儀曾不輒許露出胸膞尼在寺時法皆如是僧亦同此然噉食禮拜之時僧便露膞五天皆爾不見僧尼披覆膞者若在寺中無帶㧉紐法由麁布經澀肩頭不墮此方絹滑旋帶胸前自是一家容儀非關佛所制則但白先

〔來翻譯傳授不體其義云僧祇支復道覆肩衣然覆肩衣者即僧脚崎喚作僧祇支乃是傳言不正此二元是一物強復施其兩名祇支似帶本音覆肩律無斯目又此方古舊祇支亦非本樣合是厥酥洛迦而纔偏開一邊事當下裙也此等非直各有參差著用亦未閑其軌畧註大綱廣如餘處自非親觀西國誰復委的元由設有見此告言改者萬中有一即但三衣之類也既而雷同執舊不肯隨新斯乃知而故爲違教之愆誰代之也〕

次可擎鉢總呈大衆恐太小太大及白色等若是好者大衆咸云好鉢不言者得越法罪然後守持應置左手張右手掩鉢口上教云鄔波馱耶存念我某甲此波怛羅是大仙器是乞食器我今守持常用食故如是三說後語同前次應安在見處離問處教其一心合掌向衆虔誠而立其羯磨尼應問衆中誰先受請當於屏處教示某甲彼受請者答言我某甲次問汝某甲能於屏處教示某甲某甲爲鄔波馱耶不彼應答言我能

次羯磨尼應作單白苾芻尼僧伽聽此苾芻尼某甲能於屏處教示某甲某甲爲鄔波馱耶若苾芻尼僧伽時至聽者苾芻尼僧伽應許苾芻尼僧伽今差苾芻尼某甲作屏教師當於屏處教示某甲某甲爲鄔波馱耶白如是次屏教師將至屏處教禮敬已如上威儀作如是語汝某甲聽此是汝眞誠時實語時我今少有問汝汝應以無畏心若有言有若無言無不得作虛誑語汝是女人不答言是汝年滿二十未〔若曾嫁女者問汝年滿十四未〕答言滿汝五衣鉢具不答言具汝父母在不若言在者聽汝出家不答言聽若言死者更不須問汝夫主在不若有若無隨時教答汝非婢不汝非宮人不若言是者應問國主聽汝不汝非王家毒害人不汝非賊不汝非憂愁損心不汝

非小道無道二道合道不汝非身常流血及無血不汝非黄門不汝非汙苾芻不汝非殺父不汝非殺母不汝非殺阿羅漢不汝非破和合僧伽不汝非惡心出佛身血不汝非外道不（現是外道）汝非趣外道不（先已出家還歸外道更復重來）汝非賊住不汝非别住不汝非不共住不（先犯重人）汝非化人不汝非負債不若言有者應可問言汝能受近圓已還彼債不言能者善若不能者汝可問彼許者方來汝非先出家不若言不者善如言我曾出家者報云汝去無尼歸俗重許出家汝名字何答名某甲汝鄔波馱耶字何答云我因事至説鄔波馱耶名鄔波馱耶名某甲又汝應聽女人身中有如是病謂癩病癭病癬疥疱瘡皮白瘓瘓頭上無髮惡瘡下漏諸塊水腫欬瘶喘氣咽喉乾燥癇風癲狂形無血色噎噦嘔逆諸痔痳癧瘇脚吐血癰痤下痢壯熱脅痛骨節煩疼及諸瘡病風黄痰癊總集三病常熱病鬼病聾盲瘖瘂跛小攣躄肢節不具汝無如是諸病及餘病不答言無汝某甲聽如我今於屏處問汝然諸苾芻尼在於大衆中亦當問汝汝於彼處以無畏心若有言有若無言無還應實答汝且住此未喚莫來次屏教師前行半路向衆而立應作是語苾芻尼僧伽聽彼某甲我於屏處已正教示問其障法某甲爲鄔波馱耶爲聽來不合衆咸言若遍淨者應可喚來咸言者善如不言者招越法罪（其壇場法式及威儀進止並如大僧已論審觀應作）應遥喚來既至衆中令於上座前如上威儀當乞受淨行本法教作是語苾芻尼僧伽聽我某甲今因事至説鄔波馱

耶名我從鄔波馱耶某甲求受近圓我某甲今從苾芻尼僧伽乞受淨行本法我因事至說鄔波馱耶名某甲爲鄔波馱耶願苾芻尼僧伽授我淨行本法攝受拔濟我教示哀愍我是能愍者願哀愍故如是三說

次令至羯磨師前雙膝著地坐小褥子低頭合掌虔誠而住（女人坐與男人不同作小褥子可方一尺厚三寸纔得支坐偏踞帖膝低頭合掌西方受戒法皆如是也）其羯磨師應作單白問其障法苾芻尼僧伽聽此某甲從鄔波馱耶某甲求受近圓此某甲今從苾芻尼僧伽乞受淨行本法某甲爲鄔波馱耶若苾芻尼僧伽時至聽者苾芻尼僧伽應許我於衆中檢問某甲所有障法某甲爲鄔波馱耶白如是

次問障法如上應知當作白二羯磨苾芻尼僧伽聽此某甲從鄔波馱耶某甲求受近圓是女人年滿二十五衣鉢具父母夫主悉皆聽許（有無之事如前問知）苾芻尼僧伽已與二年學六法六隨法此於二年已學六法六隨法某甲自言遍淨無諸障法此某甲今從苾芻尼僧伽乞受淨行本法某甲爲鄔波馱耶若苾芻尼僧伽時至聽者苾芻尼僧伽應許苾芻尼僧伽今與某甲受淨行本法某甲爲鄔波馱耶白如是次作羯磨苾芻尼僧伽聽此某甲從鄔波馱耶某甲求受近圓是女人年滿二十五衣鉢具父母夫主悉皆聽許苾芻尼僧伽已與二年學六法六隨法此於二年已學六法六隨法某甲自言遍淨無諸障法此某甲今從苾芻尼僧伽乞受淨行本法某甲爲鄔波馱耶苾芻尼僧伽今與某甲淨行本法

其甲爲鄔波馱耶若諸具壽聽與其甲受淨行本法其甲爲鄔波馱耶者默然若不許者説苾芻尼僧伽已與其甲受淨行本法其甲爲鄔波馱耶竟苾芻尼僧伽已聽許由其默然故我今如是持次當爲請作羯磨苾芻及請諸苾芻入壇場者二部僧伽隨應盡集苾芻極少須滿十人尼十二人敎受近圓者令三遍禮衆禮有二種如前已説於僧必須致禮尼衆執膌亦得禮訖向上座前雙膝著地合掌而住敎乞近圓應云二部僧伽聽我其甲今因事至説鄔波馱耶名我從鄔波馱耶其甲求受近圓我其甲今從二部僧伽乞受近圓我因事至説鄔波馱耶名其甲爲鄔波馱耶願二部僧伽授我近圓攝受拔濟我敎示哀愍我是能愍者願哀愍故如是三説

次令至羯磨師所如前威儀師作單白問其障法應如是説二部僧伽聽此其甲從鄔波馱耶其甲求受近圓此其甲今從二部僧伽乞受近圓其甲爲鄔波馱耶若二部僧伽時至聽者二部僧伽應許我今對二部僧伽問其障法其甲爲鄔波馱耶白如是

次問障法如上應知次作白四羯磨應云二部僧伽聽此其甲從鄔波馱耶其甲求受近圓是女人年滿二十五衣鉢具父母夫主悉皆聽許苾芻尼僧伽已與二年學六法六隨法此其甲已於二年學六法六隨法苾芻尼僧伽已與作淨行本法此女已能承事尼衆稱悦其心清淨奉行於尼衆中無有愆失此其甲今從二部僧伽乞受近圓其甲爲鄔波馱耶若二部僧伽時至聽者二部僧伽應許

二部僧伽今與某甲受近圓某甲爲鄔波馱耶白如是

次作羯磨二部僧伽聽此某甲從鄔波馱耶某甲求受近圓是女人年滿二十五衣鉢具受毋夫主悉皆聽許苾芻尼僧伽已與二年學六法六隨法此某甲已於二年學六法六隨法苾芻尼僧伽已與作淨行本法此女已能承事尼衆稱悦其心清淨奉行於尼衆中無有僽失此某甲今從二部僧伽乞受近圓某甲爲鄔波馱耶若二部僧伽時至聽者二部僧伽應許二部僧伽今與某甲受近圓某甲爲鄔波馱耶若二部僧伽聽與某甲受近圓某甲爲鄔波馱耶者默然若不許者説此是初羯磨如是三説二部僧伽已與某甲受近圓某甲爲鄔波馱耶竟二部僧伽已聽許由其默然故我今如是持次應量影并告五時準苾芻法作

次當爲説三依法汝某甲聽此三依法是諸世尊如知應正等覺所知所見爲諸苾芻尼受近圓者説是依法所謂依此善説法律出家近圓成苾芻尼性故何爲三汝某甲聽一糞掃衣是清淨物易可求得苾芻尼依此於善説法律出家近圓成苾芻尼性汝某甲始從今日乃至命存用糞掃衣而自支濟生欣樂不答言欣樂若得長利絁絹縵條小帔大帔輕紗紵布或諸雜物若更得清淨衣若從衆得若從別人得汝於斯等隨可受之知量受用不答言受用汝某甲聽二常乞食是清淨食易可求得苾芻尼依此於善説法律出家近圓成苾芻尼性汝某甲始從今日乃至

命存以常乞食而自支濟生欣樂不答言欣樂若得長利飯粥飲等若僧次請食若別請食若僧常食若常別施食八日十四日十五日食若更得清淨食若從衆得若從別人得汝於斯等隨可受之知量受用不答言受用汝某甲聽三陳棄藥是清淨物易可求得苾芻尼依此於善說法律出家近圓成苾芻尼性汝某甲始從今日乃至命存用陳棄藥而自支濟生欣樂不答言欣樂若得長利酥油糖蜜根莖葉華果等藥時及更藥七日盡壽若更得清淨藥若從衆得若別人得汝於斯等隨可受之知量受用不答言受用尼無獨在樹下住法是故但有三種依止

次說八墮落法汝某甲聽有此八法是諸世尊如知應正等覺所知所見爲諸苾芻尼受近圓者說墮落法諸苾芻尼於此八中隨一一事若有犯者隨當犯時便非苾芻尼非沙門尼非釋迦女隨失苾芻尼性此便墮落斷沒輪迴爲他所勝不可重收譬如斬截多羅樹頭不更能生增長高大苾芻尼亦爾云何爲八汝某甲聽是諸世尊如知應正等覺所知所見以無量門毀諸欲法說欲是染欲是潤澤欲是愛著欲是居家欲是羈絆欲是躭樂是可斷除是可吐盡可猒息滅是冥闇事汝某甲始從今日不應輒以染心視諸男子何況共行不淨行事汝某甲聽如世尊說若復苾芻尼與諸苾芻尼同得學處不捨學處學羸不自說作不淨行兩交會法乃至共傍生於如是事苾芻尼犯者隨當作時便非苾芻尼非沙門尼非釋迦女失苾芻尼性此便

墮落斷没輪迴爲他所勝不可重收汝從今日於此欲法不應故犯當生猒離殷重防護起怖畏心諦察勤修作不放逸汝於是事能不作不答言不作汝某甲聽是諸世尊如知應正等覺所知所見以無量門毀不與取離不與取稱揚讃歎是勝妙事汝某甲始從今日乃至麻糠他不與物不以賊心而故竊取何況五磨灑若過五磨灑（磨灑是數名有八十貝齒元非是錢）（廣如前註）汝某甲聽如世尊說若復苾芻尼若在聚落若空閑處他不與物以盜心取如是盜時若王若大臣若捉若殺若縛驅擯若訶責言咄女子汝是賊癡無所知作如是盜於如是事苾芻尼犯者隨當作時便非苾芻尼非沙門尼非釋迦女失苾芻尼性此便墮落斷没輪迴爲他所勝不可重收汝從今日於此盜法不得故犯當生猒離殷重防護起怖畏心諦察勤修作不放逸汝於是事能不作不答言不作汝某甲聽是諸世尊如知應正等覺所知所見以無量門毀於害命於離害命稱揚讃歎是勝妙事汝某甲始從今日乃至蚑蟻不應故心而斷其命何況於人若人胎汝某甲聽如世尊說若復苾芻尼若人若人胎故自手斷其命或持刀授與或自持刀或求持刀者若勸死讃死語言咄女子何用此罪累不淨惡活爲汝今寧死死勝生隨自心念以餘言說勸讃令死彼因死者於如是事苾芻尼犯者隨當作時便非苾芻尼非沙門尼非釋迦女失苾芻尼性此便墮落斷没輪迴爲他所勝不可重收汝從今日於此殺法不得故犯當生猒離殷重防護諦察勤修作

不放逸汝於是事能不作不答言不作汝某甲聽是諸世尊如知應正等覺所知所見以無量門毀於妄語於離妄語稱揚讚歎是勝妙事汝某甲始從今日及至戲笑不應故心而爲妄語何況實無上人法說言已有汝某甲聽如世尊說若復苾芻尼實無知無遍知自知不得上人法寂靜聖者殊勝證悟知見安樂住而言我知我見彼於異時若問若不問欲自清淨故作如是說我實不知不見言知言見虛誑妄語除增上慢或言我證四諦理或言天龍鬼神來共我語得無常等想得四禪四空六神通八解脫證四聖果於如是事苾芻尼犯者隨當作時便非苾芻尼非沙門尼非釋迦女失苾芻尼性此便墮落斷沒輪迴爲他所勝不可重收汝從今日於妄語

法不得故犯當生猒離殷重防護諦察勤修作不放逸汝於是事能不作不答言不作汝某甲聽如世尊說若復苾芻尼自有染心共染心男子從目已下膝已上作受樂心身相摩觸若極摩觸於如是事苾芻尼犯者隨當作時非苾芻尼乃至諦察勤修作不放逸汝於是事能不作不答言不作汝某甲聽如世尊說若復苾芻尼自有染心共染心男子掉舉戲笑共期現相同處往來在可行非處縱身而卧於是八事共相領受於如是事苾芻尼犯者隨當作時非苾芻尼乃至諦察勤修作不放逸汝於是事能不作不答言不作汝某甲聽如世尊說若復苾芻尼先知他苾芻尼犯他勝罪而不曾說彼身死後若歸俗若出去方作是語尼衆應知我先知此苾芻尼

犯他勝罪於如是事苾芻尼犯者隨當說時非苾芻尼乃至諦察勤修作不放逸汝於是事能不作不答言不作汝某甲聽如世尊說若復苾芻尼知彼苾芻和合僧伽與作捨置羯磨苾芻尼衆亦復與作不禮敬法彼苾芻於僧伽處現恭敬相希求拔濟自於界內乞解捨置法彼苾芻尼報苾芻言聖者勿於衆處現恭敬相希求拔濟自於界內乞解捨置法我爲聖者供給衣鉢及餘資具悉令無乏當可安心讀誦作意時諸苾芻尼告此尼曰汝豈不知衆與此人作捨置羯磨苾芻尼與作不禮敬法彼苾芻起謙下心自於界內乞解捨置法汝便供給衣鉢等物令無乏少汝令應捨此隨從事諸苾芻尼如是諫時捨者善不捨者應可再三慇懃正諫隨教應語令捨是事捨者善若不捨者苾芻尼於如是事隨當作時非苾芻尼乃至諦察勤修作不放逸汝於是事能不作不答言不作攝頌曰

尼有八他勝　四同於苾芻　餘觸染男期
覆罪隨僧棄

次應爲說八尊敬法汝某甲聽此八尊敬法是諸世尊如知應正等覺所知所見爲苾芻尼制尊敬法是可修行不應違越諸苾芻尼乃至命存應勤修學云何爲八（梵云窶嚕達磨窶嚕是尊義重義師義所恭敬義此字既含多義爲此比來譯者利隨其一於理皆得也）汝某甲聽如世尊說一者諸苾芻尼應從苾芻求受近圓成苾芻尼性此是世尊爲苾芻尼制初敬法是可修行不應違越諸苾芻尼乃至命存應勤修學二者諸苾芻尼半月半月應從苾芻求請教授尼人三者無苾芻處不應

安居四者若見苾芻犯過不應詰責五者不瞋訶苾芻六者老苾芻尼應禮敬年少苾芻七者應在二部衆中半月行摩那睥八者應往苾芻處爲隨意事此等八法是可修行不應違越諸苾芻尼乃至命存應勤修學攝頌曰

近圓從苾芻　半月請教授　依苾芻坐夏
見過不應言　不瞋訶禮少　意喜兩衆中
隨意對苾芻　斯名八敬法

次説沙門尼四種所應作法汝某甲聽是諸世尊如知應正等覺所知所見爲苾芻尼受近圓者説沙門尼四種所應作法云何爲四汝某甲聽始從今日若他罵不應返罵他瞋不應返瞋他調不應返調他打不應返打有如是等惱亂起時汝能攝心降伏瞋慢不返報不答言不報汝某甲聽汝先標心有所希望作如是念我當何時得於世尊善説法律出家近圓成苾芻尼性汝已出家今受近圓得好如法親教師及軌範師等和合僧伽秉白四羯磨文無差舛極善安住如餘苾芻尼衆雖滿百夏所應學者汝亦修學汝所學者彼亦同然同得學處同説戒經汝從今日當於是處起敬奉心不應猒離於親教師應生母想師於法處亦生女想乃至命存侍養瞻病共相看問起慈愍心至老至死又於同梵行所上中下座常生敬重隨順恭勤而爲共住讀誦禪思修諸善業於蘊處界十二緣生十力等法應求解了勿捨善軛離諸懈怠未得求得未解求解未證求證乃至獲得阿羅漢果究竟涅槃我今爲汝於要略事舉其大

綱餘未知者當於二師及同學親友善應諮問又於半月說戒經時自當聽受準教勤修爲說頌曰

汝於最勝教　具足受尸羅　至心當奉持
無障身難得　端正者出家　清淨者圓具
實語者所說　正覺之所知

汝某甲已受近圓竟勿爲放逸當謹奉行令在前而去

根本說一切有部百一羯磨卷第二

音釋

揵椎 梵語也此云鐘亦云磬律云隨有瓦木銅鐵鳴者皆曰揵椎揵巨寒切椎音槌也　墾掘 墾音懇耕也掘其物切穿也　篅 市緣切　絛 上刀切編絲繩也　髁 苦瓦切腰骨也　煗 煖同　膊 音博肩膊也　腋 音亦肘腋也　帢紐 帢恰候切紐女久切　氀 音牒毛布也　澀 色立切　僁 去乾切　掉 徒弔切搖也　窶 其矩切　詰 溪吉切責問也　𤰞 卑切卑也　舛 昌兗切差錯也

根本説一切有部百一羯磨卷第三

唐三藏法師義淨奉　制譯

畜門徒白二

如世尊説若苾芻尼滿十二夏欲畜門徒應從苾芻尼僧伽乞畜門徒羯磨應如是乞敷座席鳴揵椎言白既周諸苾芻尼集極少滿十二人彼苾芻尼向上座前致敬已蹲踞合掌作如是白大德尼僧伽聽我某甲滿十二夏欲畜門徒我某甲今從苾芻尼僧伽乞畜門徒法願苾芻尼僧伽與我某甲滿十二夏畜門徒法是能愍者願哀愍故第二第三亦如是説次一苾芻尼作白羯磨應如是作大德尼僧伽聽此苾芻尼某甲滿十二夏欲畜門徒此某甲今從苾芻尼僧伽乞畜門徒法若苾芻尼僧伽時至聽者苾芻尼僧伽應許苾芻尼僧伽今與其甲滿十二夏畜門徒法白如是次作羯磨大德尼僧伽聽此苾芻尼某甲滿十二夏欲畜門徒此某甲今從苾芻尼僧伽乞畜門徒法苾芻尼僧伽今與某甲滿十二夏畜門徒法若諸具壽聽與某甲滿十二夏畜門徒法者默然若不許者説苾芻尼僧伽已與某甲滿十二夏畜門徒法竟苾芻尼僧伽已聽許由其默然故我今如是持既得法已應畜門徒勿致疑惑

尼畜無限門徒白二

若苾芻尼欲畜無限門徒者應從苾芻尼僧伽乞畜無限門徒法如是應乞言白既周敷座席鳴揵椎作前方便乃至合掌作如是白大德尼僧伽聽我苾芻尼某甲欲畜無限門徒我某甲今從苾芻尼僧伽乞畜無限門徒

法願苾芻尼僧伽與我某甲畜無限門徒法是能愍者願哀愍故第二第三亦如是説次一苾芻尼作白羯磨大德尼僧伽聽此苾芻尼某甲欲畜無限門徒此某甲今從苾芻尼僧伽乞畜無限門徒法若苾芻尼僧伽時至聽者苾芻尼僧伽應許苾芻尼僧伽今與某甲畜無限門徒法白如是次作羯磨大德尼僧伽聽此苾芻尼某甲欲畜無限門徒此某甲今從苾芻尼僧伽乞畜無限門徒法苾芻尼僧伽今與某甲畜無限門徒法若諸具壽聽與某甲畜無限門徒法者默然若不許者説苾芻尼僧伽已與某甲畜無限門徒法竟苾芻尼僧伽已聽許由其默然故我今如是持若苾芻尼既得法已隨意多畜勿致疑惑

不離僧伽胝白二

若苾芻老朽無力或復身病無所堪能其僧伽胝衣重大不能持行者此苾芻應從僧伽乞不離僧伽胝衣法應如是乞作前方便下至四人於壇場内彼苾芻偏露右肩脱革屣向上座前蹲踞合掌隨應致敬作如是白（須知西方人衆元不著鞋履此云遺脱意在深防若有著來皆須脱去如其有病隨時準量）大德僧伽聽我苾芻某甲老朽無力或復身病無所堪能僧伽胝衣重大不能持行我苾芻某甲今從僧伽乞不離僧伽胝衣法願大德僧伽與我某甲不離僧伽胝衣法是能愍者願哀愍故第二第三亦如是説次一苾芻作白羯磨應如是作大德僧伽聽此苾芻某甲老朽無力或復身病無所堪能僧伽胝衣重大不能持行此某甲今從僧伽乞不離僧伽胝衣法若僧伽時至聽者僧伽應許僧伽

令與某甲不離僧伽胝衣法白如是大德僧伽聽此苾芻某甲老朽無力或復身病無所堪能僧伽胝衣重大不能持行此苾芻某甲今從僧伽乞不離僧伽胝衣法僧伽今與某甲不離僧伽胝衣法若諸具壽聽與某甲不離僧伽胝衣法者默然若不許者說僧伽已與某甲不離僧伽胝衣法竟僧伽已聽許由其默然故我今如是持若苾芻既得法已可持上下二衣隨意遊行勿致疑惑如苾芻既爾苾芻尼準此應與

次明結界法

如世尊說汝諸苾芻可於住處應須結界時諸苾芻不知界有幾種應云何結佛言界有二種一者小界二者大界可於大界標相內無妨難處安小界場舊住諸苾芻應共觀小界四方久住標相如東方牆相或樹或柵土封竪石釘橛南西北方標相隨事準知既知相已言白復周作前方便乃至衆須盡集舊住諸苾芻共稱小界四方久住標相已令一苾芻作白羯磨應如是作大德僧伽聽今於此處所有舊住苾芻共稱小界四方久住標相東方某相乃至北方某相若僧伽時至聽者僧伽應許僧伽今於此相域內結作小界場白如是大德僧伽聽今於此處所有舊住苾芻共稱小界四方久住標相東方某相乃至北方某相僧伽今於此相域內結作小界場若諸具壽聽於此相域內結作小界場者默然若不許者說僧伽已於此相域內結作小界場竟僧伽已聽許由其默然故我今如是持

次明結大界法舊住諸苾芻先共觀大界四方久住標相如東方牆相或樹或栅籬土封竪石釘橛南西北方準上應知既稱相已敷座席鳴揵椎作前方便衆皆盡集舊住諸苾芻共稱大界四方標相衆知相已令一苾芻作白羯磨應如是作大德僧伽聽今於此處所有舊住苾芻共稱大界四方久住標相東方某相乃至北方某相若僧伽時至聽者僧伽應許僧伽今於此相域内結作一褒灑陀同住處法僧伽大界從阿蘭若至斯住處於此除村及村勢分白如是次作羯磨大德僧伽聽今於此處所有舊住苾芻共稱大界四方久住標相東方某相乃至北方某相僧伽今於此相域内結作一褒灑陀同住處法僧伽大界從阿蘭若至斯住處於此除村及村勢分若諸具壽聽於此相域内結作一褒灑陀同住處法僧伽大界從阿蘭若至斯住處於此除村及村勢分者默然若不許者説僧伽已於此相域内結作一褒灑陀同住處法僧伽大界竟僧伽已聽許由其默然故我今如是持若於此住處僧伽已結大界竟此中所有苾芻應集一處爲褒灑陀及隨意事并作一切單白白二白四羯磨若衆不集作法不成得越法罪又於大界相域上結作苾芻不失衣界應如是結作前方便令一苾芻先作白方爲羯磨

結不失衣界白二

大德僧伽聽於此住處和合僧伽先共結作一褒灑陀同住處法僧伽大界若僧伽時至聽者僧伽應許僧伽今於此大界上結作苾

芻不失衣界白如是大德僧伽聽於此在處和合僧伽先共結作一褒灑陀同住處法僧伽大界僧伽今於此大界上結作苾芻不失衣界若諸具壽聽於此大界上結作苾芻不失衣界者默然若不許者說僧伽已於此大界上結作苾芻不失衣界竟僧伽已聽許由其默然故我今如是持若僧伽已結不失衣界竟唯將上下二衣界外遊行無離衣咎若須解大界者應以白四羯磨解於大界上敷座席鳴揵椎衆若不集極少至四苾芻應先作白方為羯磨

解大小界白四

大德僧伽聽於此住處和合僧伽先共結作一褒灑陀同住處法僧伽大界若僧伽時至聽者僧伽應許僧伽今解大界白如是大德僧伽聽於此住處和合僧伽先共結作一褒灑陀同住處法僧伽大界僧伽今解此大界若諸具壽聽解此大界者默然若不許者說此是初羯磨第二第三亦如是說僧伽已解大界竟僧伽已聽許由其默然故我今如是持如其小界欲須解時應以白四羯磨解於小界壇場中敷座席鳴揵椎下至四苾芻應先作白方為羯磨大德僧伽聽於此住處和合僧伽先共結作小界場若僧伽時至聽者僧伽應許僧伽今共解此小界場白如是大德僧伽聽於此住處和合僧伽先共結作小界場僧伽今共解此小界場若諸具壽聽解此小界場者默然若不許者說此是初羯磨第二第三亦如是說僧伽已解小界場竟僧伽已聽許由其默然故我今如是持若欲小

界大界一時雙結及一時雙解者其舊住諸苾芻衆先安小界四方標相先定東方牆相或樹柵籬土封竪石釘橛南西北方亦復如是次定大界四方標相如前小界準知於兩界上集二僧伽各敷座席鳴揵椎言白復周衆既集已令一苾芻應稱小界四方標相先從東方某相乃至北方某相既稱相已次稱大界四方標相先從東方某相乃至北方某相既稱大界相已其秉法苾芻於二界上或以牀或枯席等壓兩界上應先作白方爲羯磨大德僧伽聽今於此處所有舊住苾芻共稱小界四方久住標相東方某相乃至北方某相共稱大界四方久住標相東方某相乃至北方某相若僧伽時至聽者僧伽應許僧伽今於此相域内結作小界場僧伽今於此相域内結作一褒灑陀同住處法僧伽大界從阿蘭若至斯住處於此除村及村勢分白如是次作羯磨大德僧伽聽今於此處所有舊住苾芻共稱小界四方久住標相東方某相乃至北方某相共稱大界四方久住標相東方某相乃至北方某相僧伽今於此相域内結作小界場於此相域内結作一褒灑陀同住處法僧伽大界從阿蘭若至斯住處於此除村及村勢分若諸具壽聽於此相域内結作小界場於此相域内結作一褒灑陀同住處法僧伽大界從阿蘭若至斯住處於此除村及村勢分者默然若不許者説僧伽已於此相域内結作小界場於此相域内結作一褒灑陀同住處法僧伽大界竟僧伽已聽許由其默然故我今如是持次後諸苾芻衆

從座起向大界中同集一處依大界相域結作苾芻不失衣界以白二羯磨同前而結若欲兩界一時雙解者應二界上集二僧伽敷座席作前方便其秉法者於兩界上以牀席枯等壓之應先作白方爲羯磨大德僧伽聽於此住處和合僧伽先共結作一褒灑陀同住處法僧伽大界并結小界場若僧伽時至聽者僧伽應許僧伽今解大界及解小界場白如是大德僧伽聽於此住處和合僧伽先共結作一褒灑陀同住處法僧伽大界并小界場僧伽今解此大界及解小界場若諸具壽聽解此大界及解小界場者默然若不許者說此是初羯磨第二第三亦如是説僧伽巳解大界及解小界場竟僧伽巳聽許由其默然故我今如是持具壽鄔波離請世尊曰大德不作法界齊何名界佛言若諸苾芻在村住者齊牆柵内并外勢分應集一處爲長淨事及作隨意單白白二乃至白四悉皆應作若不集者作法不成得别住罪大德無村之處蘭若空田齊何名界佛言周圍各齊一俱盧舍諸有苾芻應集一處於此界内爲長淨事乃至白四羯磨悉皆得作若不集者作法不成得越法罪不作法界者謂不作法結舊云自然者非具壽鄔波離請世尊曰大德如世尊説汝諸苾芻應結大界諸苾芻衆未知結界齊幾許來名爲大界佛言結大界者得齊兩踰膳那半踰言膳那者既無正翻義當東夏一驛可三十餘里舊云由旬者訛略若準西國俗法四俱盧舍爲一踰膳那計一俱盧舍可有八里即是當其三十二里若準内教八俱盧舍爲一踰膳那一俱盧舍有五百弓弓有一步數準其步數纔一里半餘將八倍之當十二里此乃不充一驛親驗當今西方踰膳那可有一驛故今皆作一驛翻之庶無遠滯然則那爛陀

寺南向王舍城有五俱盧舍計其里數可一驛餘大德若過兩踰膳那半得爲界不佛言但齊兩踰膳那半是其界分大德向下齊何名爲大界佛言至水名之爲界大德向下兩踰膳那半外方至水者亦名界不佛言但兩踰膳那半是其界分大德向上齊何名爲大界佛言若界内有樹界至樹杪界内有牆界至牆頭此名爲界大德兩踰膳那半外方至樹杪牆頭者此亦界不佛言但齊兩踰膳那半是其界分大德若界内有山齊何名界佛言上至於水大德兩踰膳那半外方至水者亦名界不佛言兩踰膳那半爲定量故具壽鄔波離請世尊曰大德頗得不解前界後更重結得成界不佛言不得大德頗得以界入餘界不佛言不得大德界有幾種不相涉入佛言界有四種云何爲四謂小界場現停水處苾芻界苾芻尼界此皆不入亦不得重結大德頗得以界而圍餘界不佛言不得除現停水處小界場苾芻尼界大德有幾法失大界佛言有五云何爲五一者一切僧伽悉皆轉根二者一切僧伽决捨而去三者一切僧伽悉皆還俗四者一切僧伽同時命過五者一切僧伽作法而解大德頗得以一樹爲二三四住處界標相不佛言得應取其樹各據一邊大德頗得以佛世尊足僧伽數爲秉羯磨不佛言不得由佛陀寳體别故大德如世尊説有淨地不淨地未知云何名爲淨地云何名不淨地耶佛言正法住世巳來此有淨地及不淨地若正法隱没之後悉皆成淨若如是者云何名爲正法住云何名正法隱没佛言有秉羯磨者有順

教行者既有能秉法人及有行人此則名爲正法住世若不作羯磨及無順教行者名爲正法隱没大德頗得以界越餘界不佛言不得若如是者有幾處不應越佛言有五處云何爲五一小界塲二現停水處三苾芻界四苾芻尼界五二界中間大德若如是者有水之處得通結界不佛言若諸河間有橋梁者得通結界異此便非大德橋梁若破得齊幾時不失界耶佛言得齊七日不作捨心我當料理此橋如不爾者其界便失大德正結界時其秉法者忽然身死成結界不佛言不成若稱界方相作羯磨者已秉多分雖復命終得成結界若稱相已羯磨少分不成結界應須更結若苾芻尼界準此應知大德頗得一白一羯磨一秉事人應四處作羯磨不佛言

得四界各安三人其秉法者或以牀席枯板等壓四界上然後秉法此之一人得應四界成其足數若有五人法事四界各安四人十人事四界各安九人二十人事四界各須十九人但有如斯羯磨以一秉法人應此四界一切應秉復有五種僧伽爲秉羯磨者何者爲五一者四人僧伽二者五人僧伽三者十人僧伽四者二十人僧伽五言過此若住處有四人者應作一切羯磨唯除隨意近圓二十衆中出罪餘皆得作若住處有五人者唯除中國近圓二十衆中出罪餘皆得作若住處有十人僧伽者唯除出罪餘皆得作若住處有二十僧伽及以過者應秉一切羯磨勿致疑惑若苾芻尼小界大界及不失衣界若解若結作法非作法方相限域與大苾芻法

同準彼應爲故不重出具壽鄔波離請世尊曰大德說波羅底木叉戒經總有幾種佛言有五種云何爲五一者說序餘以常聞告知梵云褒灑陀者褒灑是長養義陀是清淨洗濯義意欲令其半月半月憶所作罪對無犯者說露其罪冀改前愆一則遮現在之更爲二則懲未來之慢法爲此咸須並集聽別解脫經合善法而增茂住持之本斯其上歟豈同堂頭禮懺而已哉此乃但是汎兼俗侶歟麤相而標心若據法徒未足蠲其罪責舊云布薩者訛也二者說序及四波羅市迦法竟餘以常聞告知三者說序乃至十三僧伽伐尸沙法竟餘以常聞告知四者說序乃至二不定法餘以常聞告知五者說序乃至終爾時世尊於十五日褒灑陀時於苾芻衆中就座而坐告諸苾芻曰夜分已過可爲長淨于時有一苾芻從座而起偏露右肩虔誠合掌作如是語大德於其房內有一苾芻身有病苦此欲如何佛言可應取彼欲淨時諸苾芻不知誰當合取佛言一人取一一人取二一人取多乃至但能於大衆中稱說其名隨意多取佛言與欲淨人所有行法我今當說諸與欲淨苾芻先偏露右肩脫革屣致敬已蹲踞合掌作如是說具壽存念今僧伽十四日爲褒灑陀我苾芻某甲亦十四日爲褒灑陀我某甲自陳遍淨無諸障法爲病患因緣故彼如法僧事我今與欲清淨此所陳事當爲我說第二第三亦如是說大德又復與欲淨苾芻有病不能起坐以身表業而與欲淨此得成不佛言斯成善與欲淨以口表業與欲淨者善與欲淨如其病人身表語表並不能者諸有苾芻咸應總就病人處或與病人將入衆中若不爾者作法不成得別住罪如世尊說諸取欲淨苾芻所有行

法我今當說時此苾芻受欲淨已不急走不踔躑不跳坑不在欄楯危嶮之處於寺中閣道之上不應一步而蹈兩階不躡兩梯橫不向界外不乘空不睡眠不入定復有二種鄔事一謂無慙二謂賴惰如說波羅底木叉時作如是語不來諸苾芻說欲及清淨其持欲淨者應對比座成就別人作如是說大德存念於某房中苾芻某甲身嬰病苦今僧伽十四日爲褒灑陀彼苾芻某甲亦十四日爲褒灑陀彼苾芻某甲自陳遍淨無諸障法爲病患因緣故如法僧事與欲清淨彼所陳事我今具說若更有餘緣隨時稱說若不爾者作法不成得別住罪具壽鄔波離請世尊曰大德其持欲淨苾芻既受欲淨已便即命終成持欲淨不佛言不成應更取欲大德其持欲淨苾芻若自言我是求寂或云我是俗人或云是別住人此並成持欲淨不佛言不成持欲淨若在路或至衆中其持欲淨者忽然身死成持欲淨不佛言不成應更取欲諸與欲淨苾芻授受之式如是應知於中別者若於作褒灑陀應云與欲清淨若非褒灑陀自餘羯磨等但與其欲不須清淨若二俱作欲淨皆與具壽鄔波離請世尊曰大德如有住處唯一苾芻獨身居止至長淨日此欲如何佛言若至長淨時於一閑靜處以新瞿摩塗拭灑掃敷座席鳴揵椎作前方便竟自誦少多經次向高迥處四顧觀望若見有苾芻來既慰問已告言具壽今日僧伽長淨仁可共來一處爲長淨事若無來者時此苾芻應居本座心念口言作如是說今十四日僧伽長淨

我苾芻某甲於十四日亦爲長淨我苾芻某甲於諸障法自陳遍淨我今且爲守持長淨若於後時遇和合衆而爲長淨滿諸戒聚欲第二第三亦如是說若一住處有二苾芻至長淨時並悉同前次第作已然須對首更互作法若一住處有三苾芻還復同前更互作法若一住處滿四苾芻者應可如法爲長淨事不合取欲淨若一住處有五苾芻或復過此應可如法廣爲長淨若有因緣聽一人與欲淨如十五日褒灑陀時若苾芻憶所犯罪應可共餘清淨苾芻如法悔除罪已方爲長淨又十五日褒灑陀時若苾芻於罪有疑此苾芻應向解三藏苾芻處問請除疑罪如法說悔方爲長淨又十五日褒灑陀時若苾芻於其衆中憶所犯罪時此苾芻應於其罪且心念守持云今僧伽十五日爲長淨我苾芻某甲亦十五日爲長淨我苾芻某甲今於衆中憶所犯罪我某甲於所犯罪自心守持若僧伽長淨已後對清淨苾芻我當如法說除其罪又十五日褒灑陀時若苾芻在於衆中於所犯罪心懷疑惑時此苾芻應於其罪且爲心念守持云今僧伽十五日爲長淨我苾芻某甲亦十五日爲長淨我某甲憶所犯罪心有疑惑我某甲於此疑罪自心守持僧伽長淨已後向解三藏苾芻處問請決疑罪我當如法悔除若說別解脫戒經苾芻在於座上憶所犯罪及已疑罪同前次第自心念守持後對清淨苾芻當如法說罪

根本說一切有部百一羯磨卷第三

音釋

柵楚格切編木為欄也　釘橛釘去聲橛其月切　枮陟林切木椹也　壓音押鎮也　踔躑踔敕教切躑直炙切踔躑跳躍也　跳他弔切越也　躡尼輒切蹈也　梯天黎切木階也

根本說一切有部百一羯磨卷第四

唐三藏法師義淨奉　制譯

褒灑陀一切僧伽有罪單白

若十五日褒灑陀時一切僧伽悉皆有犯然無一人能向餘住處對清淨苾芻如法說悔可令我等對彼苾芻如法悔除其罪一切僧伽但爲單白羯磨而作長淨後向餘住處當說其罪次作單白應如是作大德僧伽聽今僧伽十五日作褒灑陀於此住處一切僧伽悉皆有犯然無一人能向餘住處對清淨苾芻說除其罪可令僧伽對彼苾芻如法說悔若僧伽時至聽者僧伽應許僧伽今作單白羯磨爲褒灑陀後向餘住處當如法除罪白如是作斯事已方爲長淨不應廢闕若不爾者得越法罪若十五日褒灑陀時一切僧伽於罪有疑然無一人能向餘住處就解三藏苾芻請決疑罪可令我等對彼苾芻決除疑罪一切僧伽但作單白羯磨爲褒灑陀後向餘住處請除疑已當如法除罪應如是作大德僧伽聽今僧伽十五日爲褒灑陀於此住處一切僧伽於罪有疑然無一人能向餘住處就解三藏苾芻請決疑罪可令僧伽對彼苾芻決除其罪若僧伽時至聽者僧伽應許僧伽今作單白羯磨爲褒灑陀後向餘住處請決疑已當如法除罪白如是作單白已方爲長淨若不爾者得越法罪具壽鄔波離請世尊曰大德有苾芻犯罪頗得對有犯罪人說悔罪不佛言不合若如是者對何人說悔佛言對非同分者說除其罪大德云何同分罪云何非同分罪佛言波羅市迦望波羅市

迦爲同分望餘非同分僧伽伐尸沙望僧伽伐尸沙爲同分望餘非同分波逸底迦乃至突色訖里多準上應知

褒灑陀單白

若諸苾芻有犯罪者至褒灑陀時既作如上法已應説波羅底木叉戒經既説序已應作單白羯磨應如是作大德僧伽聽今僧伽黑月十四日作褒灑陀若僧伽時至聽者僧伽應許僧伽今作褒灑陀説波羅底木叉戒經白如是次應説戒上來是大僧作法若有苾芻尼作法準事應爲

褒灑陀時不來白二

若長淨時復非結界有癲狂苾芻不能與欲不堪扶輿佛言應作羯磨令衆無犯應如是作若有餘事不得來集準此應爲大德僧伽聽彼苾芻某甲癲狂病發不能與欲不堪扶輿僧伽今與作病患羯磨令衆無犯若僧伽時至聽者僧伽應許僧伽今與苾芻某甲病患羯磨白如是羯磨準白成

差分卧具人白二

如世尊説如諸苾芻至五月十六日應夏安居時諸苾芻不知云何作夏安居佛言欲至安居日預分房舍僧伽所有卧具諸坐枯等下至洗足盆並須將集悉皆均分諸苾芻等不知何人應分佛言分卧具等有十二種人具五法者應差若無五法未差不應差已差應捨云何爲五有愛恚怖癡有卧具分與不分不能辦了其十二種人若翻前五未差應差已差不應捨作前方便如是應差次應問言汝某甲能爲夏安居僧伽作分卧具苾芻不彼答言能令一苾芻作白二羯磨差大德

僧伽聽此苾芻某甲能爲夏安居僧伽作分卧具人若僧伽時至聽者僧伽應許僧伽今差某甲爲夏安居僧伽作分卧具人白如是

大德僧伽聽此苾芻某甲能爲夏安居僧伽作分卧具人僧伽今差此苾芻某甲爲夏安居僧伽作分卧具人若諸具壽聽差此苾芻某甲爲夏安居僧伽作分卧具人者默然若不許者説僧伽已聽差此苾芻某甲爲夏安居僧伽作分卧具人竟僧伽已聽許由其默然故我今如是持

差藏衣人白二

大德僧伽聽此苾芻某甲能與僧伽作掌衣物人若僧伽時至聽者僧伽應許僧伽今差此苾芻某甲作掌衣物人白如是羯磨準成

差分衣人白二

大德僧伽聽此苾芻某甲能與僧伽作分衣人若僧伽時至聽者僧伽應許僧伽今差此苾芻某甲作分衣人白如是羯磨準白成

差藏器物人白二

大德僧伽聽此苾芻某甲能與僧伽作藏器物人若僧伽時至聽者僧伽應許僧伽今差苾芻某甲作藏器物人白如是羯磨準白成

餘八羯磨準事成也至五月十五日授事苾芻所有行法我今當説授事人應掃塗房舍令清淨已應告白言諸大德明日僧伽作夏安居所有諸事咸應思念其授事人看人多少可爲辦籌其籌不得麤惡曲捩以香水洗香泥塗拭安淨槃中鮮華覆上以淨物覆之鳴揵椎集大衆籌槃安上座前次宣告僧伽安居制令如律廣明次後上座應作單白

一切僧伽夏安居日單白
大德僧伽聽今僧伽十五日欲作夏安居若
僧伽時至聽者僧伽應許僧伽今日受籌明
日安居白如是其授事苾芻擎籌槃在前收
籌者持空槃隨後大師教主先下一籌次向
上座前住上座離本座蹲踞合掌受取其籌
然後置空槃上如是至末若有求寂阿遮利
耶或鄔波馱耶代受取籌次下護寺天神籌
既總行已應數其籌白大衆言於此住處現
受籌者苾芻有爾許求寂爾許又分房舍人
乃至半月檢閲房舍受用軌儀不如法者治
罰之式如律廣明至十五日衆和集時其授
事人應爲告白諸具壽今此住處有爾許人
明日當依某甲施主依某村坊爲乞食處以
某甲爲給侍人某甲爲瞻病人應作安居諸

苾芻衆應檢行隣近村坊乞食之處既觀察
已各自念言我於此處堪作安居及同梵行
者令憂惱不生設復生時速能除滅所有歡
樂未生令生已生者勸令增進我當於此巡
行之處隣近村坊乞食不生勞苦若我病患
有供侍人給我醫藥諸有所須皆悉充濟作
是念已應向屏處蹲踞合掌作如是説具壽
存念今僧伽五月十六日作夏安居我苾芻
某甲亦於五月十六日作夏安居我苾芻某
甲於此住處界内前三月夏安居以某甲爲
施主某甲爲營事人某甲爲瞻病人於此住
處乃至若有圮裂穿壞當修補之我於今夏
在此安居第二第三亦如是説所對苾芻應
云奧箄迦説安居者答云娑度苾芻兩衆咸
對苾芻説苾芻尼三衆並對苾芻尼説

差看檢房舍人白二

時諸苾芻既至夏中於寺房廊多有諸鳥養鷇兒卵遂生喧噪以緣白佛佛言應差執竿杖苾芻巡寺檢察巢無兒卵應可除棄有者待去方除復多蜂窠佛言觀察無兒應棄必有蜂兒將線縷繫由此緣故便不增長如是應差鳴揵椎衆集已應先問言汝某甲能爲僧伽作看檢房舍人不彼答言能令一苾芻作白羯磨大德僧伽聽此苾芻某甲能爲僧伽作看檢房舍人若僧伽時至聽者僧伽應許僧伽今差此苾芻某甲作看檢房舍人白如是羯磨準白成既被差已看撿房舍苾芻應半月半月巡行房舍觀其臥具若有苾芻將踈薄垢膩破碎之物用替僧祇臥具氈席者若是老宿白大衆知奪其臥具若是少年應白二師方收臥具其授事人如我所說不依行者得越法罪此應番次差作具壽鄔波離請世尊曰大德如世尊說應作安居諸苾芻衆不知誰合安居佛言謂出家五衆何者爲五一者苾芻二者苾芻尼三者正學女四者求寂男五者求寂女此之五衆合作安居如有違者皆得惡作罪

受日出界外白二

爾時具壽鄔波離請世尊曰大德如世尊說夏安居苾芻不應界外輒爲止宿者諸苾芻衆於其界外有三寶事及別人事須出界外即便不敢出界白佛佛言必有因緣我今聽諸苾芻守持七日法出界外時諸苾芻不知是何等事佛言謂三寶事鄔波索迦事鄔波斯迦事苾芻苾芻尼事式叉摩拏求寂男求

寂女事或是親眷請喚因緣或爲外道除去惡見或於三藏請他除疑或於自行未得令得未證令證未解令解斯等皆應守持七日出界外具壽鄔波離請世尊曰大德如向所説應守持七日法出界行者於誰邊守持佛言隨時對一苾芻蹲踞合掌作如是説具壽存念我苾芻某甲於此住處或前或後三月夏安居我苾芻某甲爲某事因緣故守持七日出界外若無難緣還來此處我於今夏在此安居第二第三亦如是説所對之人應云奥箄迦守持日者答言娑度爾時憍薩羅國勝光大王與給孤獨長者久在邊隅爲有防固時此長者思念聖衆便啓王知王即令使勑留守臣曰在彼聖衆卿勿與敎方便請來與吾相見是時大臣遂懷客計令諸聖衆自詣王軍是時大臣至逝多國以繩絣絡諸苾芻衆問言賢首汝何所作答言聖者大王有勅令欲於此穿渠泄水（其事廣説如目得迦第五卷中具述）苾芻報曰仁應且住我當白王共爲商度苾芻問曰今日欲去可得還不答言不得二日三日乃至七日頗得還不答言不得時諸苾芻以緣白佛佛言有大衆事我聽苾芻守持四十夜出界外如世尊説守持四十夜出界行者許苾芻不知云何守持佛言先敷座席鳴犍稚衆既集已應可問能汝某甲能爲僧伽守持四十夜出界外行不彼應答言我能若二人多人竝如是問次一苾芻先作白方爲羯磨大德僧伽聽此苾芻某甲於此住處界內或前或後三月夏安居此苾芻某甲今欲守持齊四十夜爲僧伽事故出界外此人今

夏在此安居若僧伽時至聽者僧伽應許僧伽今與此苾芻某甲守持四十夜爲僧伽事故出界外此人今夏在此安居白如是大德僧伽聽此苾芻某甲於此住處界内或前或後三月夏安居此苾芻某甲今欲守持齊四十夜爲僧伽事故出界外此人今夏在此安居僧伽今與此苾芻某甲守持四十夜爲僧伽事故出界外此人今夏在此安居若諸具壽聽與此苾芻某甲守持四十夜爲僧伽事故出界外此人今夏在此安居者默然若不許者説僧伽已與此苾芻某甲守持四十夜爲僧伽事故出界外此人今夏在此安居竟僧伽已聽許由其默然故我今如是持具壽鄔波離請世尊曰如爲二人三人作羯磨時當云何作佛言隨名牒作律毗婆沙中作如是説得羯磨已更對一苾芻某甲於此住處或前是説具壽存念我苾芻某甲於此住處或前或後三月夏安居我苾芻某甲僧伽已許守持四十夜出界外我某甲今守持四十夜爲僧伽事故出界外我今夏在此安居第二第三亦如是説具壽鄔波離請世尊曰大德頗合守持一日夜不佛言得如是頗得守持兩夜三夜乃至四十夜不佛言得大德頗得守持過四十夜不佛言不合若如是者有何過失佛言一夏之中應多居界内少在界外大德守持一夜二夜三夜乃至七夜對誰作法佛言應對一人若過七夜已去當云何作佛言過七夜已去乃至四十夜並從僧伽而秉其法隨有事至準其多少量緣受日如世尊説若於乞食病藥所須及看病人有廢闕者

聽隨情去若有女男半擇迦爲礙緣者亦不應居若有八難事有緣出界外逢此難時不還者不名失夏以有障緣故斯等諸文安居事中廣明

差作隨意人白二

如世尊説夏安居已汝諸苾芻應於衆中以三事見聞疑而爲隨意時諸苾芻不知云何作隨意事佛言汝等苾芻去隨意日有七八日在當於隨近村坊預爲宣告或可言陳或書紙葉在棚車上高聲告語令遠近咸知仁等苾芻苾芻尼及求寂等諸施主輩若老若少悉可詣聽其寺僧伽當作隨意仁等至時於供養事咸共修營諸少年苾芻應共掃灑所居寺宇以新瞿摩可淨塗拭制底香臺並爲莊校諸舊住人應可營造諸好美膳隨時供設有解三藏苾芻及持經者至十四日夜應通宵誦經至十五日宜可知時作隨意事勿過明相大衆許已差隨意苾芻或一或二乃至衆多受隨意苾芻要具五德不愛不恚不怖不癡隨意非隨意善能了別具斯五法未差應差已差不應捨若翻前五未差不應差已差應捨如是應差作前方便衆既集已先應問能汝其甲頗能爲夏坐僧伽以三事見聞疑而爲隨意不彼答言能次一苾芻應先作白方爲羯磨大德僧伽聽此苾芻其甲今爲夏坐僧伽作隨意苾芻若僧伽時至聽者僧伽應許僧伽今差某甲當爲夏坐僧伽作隨意苾芻白如是大德僧伽聽此苾芻某甲今爲夏坐僧伽作隨意苾芻僧伽今差某甲當爲夏坐僧伽作隨意苾芻若諸具壽聽

某甲當爲夏坐僧伽作隨意苾芻者黙然若不許者說僧伽已聽某甲當爲夏坐僧伽作隨意苾芻竟僧伽已聽許由其黙然故我今如是持如世尊說作隨意苾芻所有行法我今當說受隨意苾芻應行生茅與僧伽爲座若一人爲受隨意者應從上座爲隨意乃至下座若二人者一從上座受隨意一人從半已下至終若差三人者從三處起唯義可知諸苾芻等並居茅座蹲踞而住次後上座應爲單白大德僧伽聽今僧伽十五日作隨意事若僧伽時至聽者僧伽應許僧伽今作隨意白如是其受隨意苾芻向上座前蹲踞而住上座應就茅座蹲踞合掌作如是說具壽存念今僧伽十五日作隨意我苾芻某甲亦十五日作隨意我苾芻某甲對僧伽向大德以三事見聞疑作隨意事大德僧伽攝受教示我饒益哀愍我是能愍者願哀愍故若知見罪我當如法如律而爲說悔第二第三亦如是說隨意苾芻應報彼曰奥箄迦答云娑度如是次第乃至行終若二人三人應可更互爲隨意事作法準知作法既了次喚苾芻尼衆令入衆中隨意苾芻在一邊坐尼至其所如大苾芻作隨意法次喚式叉摩拏求寂男求寂女一一對受隨意作法同前如其不能誦得文者紙抄書讀之亦成其法其受隨意苾芻向上座前立作如是言大德諸姊妹二部僧伽已作隨意竟二部僧伽並應唱言善哉已作隨意極善已作隨意唱者善如不唱者得惡作罪若至此時出家五衆或兼俗侶各以刀子針線及巾帛等共爲解夏供養現前衆其受隨意苾

芻應持小刀子或將針線或持諸雜沙門資具等在上座前立作如是言大德此等之物頗得與安居竟人作隨意施不若於此處更得諸餘利物和合僧伽應合分不舉衆同時答云合分若異此者隨意苾芻及大衆得越法罪具壽鄔波離請世尊曰大德至隨意日有病苾芻不能赴集此欲如何佛言如十五日褒灑陀時應與欲淨至隨意時準長淨法與其欲淨應如是説具壽存念今僧伽十五日作隨意我苾芻某甲亦十五日作隨意我苾芻某甲自陳遍淨無諸障法爲病患因縁故彼如法僧事我今清淨與欲隨意此所陳事當爲我説第二第三亦如是説餘如身語表業準長淨法應知如長淨時苾芻憶所犯罪或有疑罪衆中憶所犯罪或有疑罪或復

僧伽咸悉有罪乃至疑罪應作單白守持於隨意時有罪疑罪類彼應知此中別者隨意苾芻衆中憶罪或是疑罪隨時説悔

作隨意時衆中諍罪單白

若作隨意時衆因論説罪之輕重諍事紛紜僧伽應作單白共決其罪如是應作大德僧伽聽今僧伽十五日作隨意事於此衆中有諍事起論説輕重妨廢法事僧伽今欲求決其罪若僧伽時至聽者僧伽應許僧伽今共決斷其罪白如是

作隨意時衆中次定罪單白

既作白已當問三藏能決斷者依法依律決其罪事若決定已應更作白告衆令知罪已決定識其輕重不應更説如是應作大德僧伽聽今僧伽十五日作隨意事因論説罪之

輕重妨廢法事僧伽今已於罪如法決斷若僧伽時至聽者僧伽應許僧伽今共決罪訖更不得言白如是又如一人二人三人作褒灑陀隨意亦爾一人二人三人四人咸皆對首應作若滿五人即應作白為隨意事作隨意者應差許可設有病人應將入衆如有六人或復過此咸作單白為隨意事作隨意時若有病人應取欲淨不對俗人求寂半擇迦等並須清淨復須同見一處應作然我不許不為隨意時諸苾芻先因鬪諍共相論說各懷嫌恨共在一處而作隨意佛言不應怨嫌未息共為隨意先可懺摩後當作法時彼苾芻於大衆中而求懺摩鬪諍苾芻有不肯容恕佛言去隨意時有七八日在應須更互而求懺摩方為隨意是時僧伽咸相媿謝婆羅門衆及諸俗侶便生譏議但是苾芻皆有讎隙佛言有嫌恨者請求媿謝既容恕已隨年禮敬展轉懷歡方為隨意無嫌隙者無勞致謝時諸苾芻既隨意已即於此日更為長淨佛言隨意即是清淨無勞說戒

處分衣物將作羯恥那衣白二

時有衆多苾芻夏安居了隨意事竟詣逝多林禮世尊足路逢天雨三衣皆濕擎持極難至逝多林安置衣鉢洗足已禮世尊足佛言住上安樂乞食易不白言大德我等疲頓來至於此佛作是念我今云何令諸苾芻得安樂住并諸施主福利增長應聽諸苾芻隨意竟至十六日張羯恥那衣張此衣時於五月中得十饒益凡於其處所得利物取一好者作羯恥那衣至八月十四日白衆令知敷座

甞作前方便準上應爲令一苾芻作白羯磨
大德僧伽聽此衣是此處夏安居僧伽所獲
利物僧伽今共將此衣作羯恥那此衣當爲
僧伽張作羯恥那若張衣已雖出界外所有
三衣尚無離過何況餘衣若僧伽時至聽者
僧伽應許僧伽今將此衣當爲僧伽張作羯
恥那若張衣已雖出界外所有三衣尚無離
過何況餘衣白如是羯磨準白成
差張羯恥那衣人白二
時諸苾芻既作法已將此衣財作羯恥那衣
竟白佛佛言差一苾芻具五德者作張衣人
鳴揵椎作前方便衆既集已先應問言汝某
甲能爲僧伽作張羯恥那衣不彼答言能令
一苾芻作白羯磨大德僧伽聽此苾芻某甲
樂作張羯恥那衣人今爲僧伽張羯恥那衣
若僧伽時至聽者僧伽應許僧伽今差某甲
苾芻作張羯恥那人此某甲當爲僧伽張羯
恥那衣白如是大德僧伽聽此苾芻某甲樂
作張羯恥那人今爲僧伽張羯恥那衣今僧
伽差此苾芻某甲作張羯恥那人此某甲當
爲僧伽張羯恥那若諸具壽聽差某甲作張
羯恥那人此某甲當爲僧伽張羯恥那者默
然若不許者說僧伽已聽此某甲作張羯恥
那人此某甲當爲僧伽作張羯恥那人竟僧
伽已聽許由其默然故我今如是持
付張羯恥那衣白二
次作白二羯磨後持衣付張衣人如是應作
大德僧伽聽此衣當爲僧伽作羯恥那衣此
苾芻某甲僧伽已差作張衣人若僧伽時至
聽者僧伽應許僧伽今以此衣作羯恥那付

其甲苾芻白如是大德僧伽聽此衣當爲僧伽作羯恥那衣此苾芻其甲僧伽巳差作張衣人僧伽今以此衣作羯恥那付其甲苾芻若諸具壽聽將此衣爲僧伽作羯恥那僧伽今以此衣作羯恥那付其甲苾芻者默然若不許者說僧伽巳許此衣爲僧伽作羯恥那付其甲苾芻竟僧伽巳聽許由其黙然故我今如是持

出羯恥那衣單白

時此苾芻旣受衣巳應共餘苾芻作浣染縫刺等諸餘軌式如羯恥那衣事中具說時諸苾芻共受羯恥那衣至五月滿不知云何白佛佛言至正月十五日張衣之人白僧伽言諸大德明日當出羯恥那衣仁等各守持自衣旣至明日僧伽盡集作前方便巳令一苾芻作單白羯磨如是應作大德僧伽聽於此住處和合僧伽共張羯恥那衣若僧伽至時聽者僧伽應許僧伽今共出羯恥那衣白如是時諸苾芻旣出衣巳不知云何白佛佛言汝諸苾芻張衣之時得十饒益衣旣出巳此事應遮違者得罪

根本說一切有部百一羯磨卷第四

音釋

圮裂 圮符鄙切毁也裂良薛切破也 絣絡 絣必耕切絡盧各切 泄 私列切漏泄也 輣車 輣蒲庚切輣車樓車也 讎隟 讎音酬仇也隟丘逆切怨也

根本説一切有部百一羯磨卷第五

唐三藏法師義淨奉　制譯

五年同利養别説戒白二

具壽鄔波離請世尊曰大德於其聚落有一長者造一住處諸事具足捨與四方僧伽是時長者被王拘執苾芻聞已棄寺他行有三寶物及諸資具被賊偷去長者得脱知寺被賊白言聖者以何縁故棄寺他行苾芻答言我聞長者被官拘執心生惶怖且向他方長者曰我有宗親彼能供給何事忽遽諸苾芻不知云何白佛佛言問彼宗親能供給者善若不能者諸苾芻作白二羯磨應共隨近寺於五年中同一利養别爲長淨先報彼寺知已敷座席作前方便乃至令一苾芻作白羯磨大德僧伽聽今此住處造寺施主某甲今爲王拘執若僧伽時至聽者僧伽應許僧伽今此住處與某住處於五年中同一利養别長淨白如是次作羯磨大德僧伽聽今此住處造寺施主某甲爲王拘執僧伽今此住處與某住處於五年中作同一利養别長淨若諸具壽聽此住處與彼住處於五年中同一利養别長淨者默然若不許者説僧伽已聽此住處與彼住處於五年中同一利養别長淨竟僧伽已聽許由其默然故我今如是持若有餘縁隨事作法應知

告諸俗舍白二

具壽鄔波離請世尊曰大德若苾芻苾芻尼於諸俗家作諸非法令諸俗侶不生敬信廣起譏嫌不知云何佛言汝諸苾芻應差苾芻具五德者往諸俗家説彼二人所行非法如

是應差敷座席作前方便已先須問汝某甲能往諸俗家說廣額苾芻松幹苾芻尼所行非法不答言能令一苾芻作白羯磨如是應作大德僧伽聽此苾芻某甲能往俗家說廣額苾芻松幹苾芻尼所行非法若僧伽時至聽者僧伽應許僧伽今差此苾芻某甲往諸俗家說廣額苾芻松幹苾芻尼所行非法白如是次作羯磨大德僧伽聽此苾芻某甲能往俗家說廣額苾芻松幹苾芻尼所行非法僧伽今差此苾芻某甲往諸俗家說廣額苾芻松幹苾芻尼所行非法若諸具壽聽差此苾芻某甲往諸俗家說廣額苾芻松幹苾芻尼所行非法者默然若不許者說僧伽已聽差此苾芻某甲往諸俗家說廣額苾芻松幹苾芻尼所行非法竟僧伽已聽許由其默然故我今如是持

說他麤罪單白

時諸苾芻奉佛教已秉白二法差一苾芻向諸俗家說彼二人所行非法時廣額苾芻聞此事已詣諸苾芻所作如是語仁於俗家說我過失耶彼便答言我得衆法令往俗家說汝過失廣額答言我能於汝作不饒益當破汝腹取汝中腸繞逝多林斬截汝頭懸寺門上時諸苾芻聞此語已即便白佛佛言彼能欺別人不能欺衆應作單白合衆議往俗家說彼過失敷座席作前方便令一苾芻作單白羯磨大德僧伽聽彼廣額苾芻松幹苾芻尼於諸俗家作諸非法令諸俗侶不生敬信令無別人能往諸俗家說彼過失僧伽今共往諸俗家說彼二人所行非法應作是語仁

等當知彼廣額苾芻松幹苾芻尼虧損聖教自身損壞猶如焦種不復生芽於正法律中不能增長仁等當觀如來應正徧知及阿若憍陳如等諸大苾芻所有行跡若僧伽時至聽者僧伽應許僧伽今共往諸俗家說廣額苾芻松幹苾芻尼所行非法白如是既作白已隨處當說具壽鄔波離請世尊曰大德諸苾芻衆爲彼二人作單白法已告諸俗舍竟不知云何以緣白佛佛言令諸俗侶不應供給衣食湯藥一切所須悉不應與

諫破僧伽白四

具壽鄔波離請白世尊曰大德提婆達多爲名利故詣迦攝波所白言大德爲我說神通事時迦攝波不觀彼心爲說神通法時提婆達多得聞法已初夜後夜警策修習於夜後分依世俗道證初靜慮便發神通既得通已便起惡念告四伴曰汝等四人共我破彼沙門喬答摩和合僧伽并破法輪我殁代後獲善名稱流布十方作是說已即便共伴四人欲破和合僧伽并破法輪諸苾芻衆知此事已即便白佛佛言汝諸苾芻爲作別諫別諫之時堅執不捨云此眞實餘皆虛妄時諸苾芻即以此緣白佛佛言汝諸苾芻秉白四羯磨諫彼提婆達多若更有如是流類應如是諫敷座席作前方便令一苾芻作白羯磨應如是作大德僧伽聽此天授欲破和合僧伽作鬭諍事非法而住諸苾芻爲作別諫別諫之時堅執不捨云此眞實餘皆虛妄僧伽今以白四羯磨諫彼天授汝天授莫破和合僧伽作鬭諍事非法而住汝天授應與僧伽和

合歡喜無諍一心一說如水乳合大師教法令得光顯安樂而住若僧伽時至聽者僧伽應許僧伽今作白四羯磨諫彼天授破僧伽事白如是次作羯磨大德僧伽聽此天授欲破和合僧伽作鬬諍事非法而住諸苾芻爲作別諫別諫之時堅執不捨云此眞實餘皆虛妄僧伽今以白四羯磨諫彼天授汝天授莫破和合僧伽作鬬諍事非法而住汝天授應與僧伽和合歡喜無諍一心一說如水乳合大師教法令得光顯安樂而住若諸具壽聽與此天授秉白四羯磨諫破僧伽事者默然若不許者說此是初羯磨第二第三亦如是說僧伽今以白四羯磨諫彼天授破僧伽事竟僧伽已聽許由其黙然故我今如是持

諫助破僧伽白四

時諸苾芻奉佛教已即秉羯磨諫提婆達多時提婆達多得羯磨已堅執不捨復有助伴四人一孤迦里迦二褰茶達驃三羯吒謨洛迦底灑四三沒達羅達多隨順提婆達多爲破僧伽事諸苾芻即便白佛佛言汝諸苾芻應作別諫諫彼四人彼見諫時作如是語諸大德莫共天授有所論說若好若惡何以故天授是順法律語彼聞諫時堅執不捨諸苾芻以緣白佛佛言汝諸苾芻秉白四羯磨諫彼四人應如是諫敷座席作前方便次令一苾芻作白羯磨應如是作大德僧伽聽此孤迦里迦褰茶達驃羯吒謨洛迦底灑三沒達羅達多等知彼天授欲破和合僧伽作鬬諍事非法而住時此四人隨順天授破僧伽事諸苾芻爲作別諫別諫之時此孤迦里迦等

四人作如是語諸大德莫共彼天授有所論說若好若惡何以故彼天授是順法律依法律語知而說非不知說彼愛樂者我亦愛樂此孤迦里迦等四人堅執不捨云此是實餘皆虛妄僧伽今以白四羯磨諫此孤迦里迦等四人助彼天授破僧伽事汝孤迦里迦等四人莫助彼天授破和合僧伽作鬪諍事非法而住汝孤迦里迦等四人應與僧伽和合歡喜無諍一心一說如水乳合大師教法令得光顯安樂而住若僧伽時至聽者僧伽應許僧伽今以白四羯磨諫此孤迦里迦等四人助彼天授破僧伽事白如是次作羯磨準白而爲

與作學家法單白

具壽鄔波離請世尊曰大德彼師子長者先事外道因詣佛所聽受法故於其座下斷諸煩惑證預流果於三寶所意樂純善深起信心所有資財常樂惠施以至貧窮俗侶譏嫌諸苾芻不知云何佛言汝諸苾芻應爲師子長者作學家羯磨遮諸苾芻等莫往其家敷座席作前方便令一苾芻應作單白大德僧伽聽彼師子長者信心殷著意樂純善於三寶所現有資財悉皆惠施諸有求人亦無悋惜由此因緣衣食罄盡若僧伽時至聽者僧伽應許僧伽今與師子長者作學家羯磨白如是既作法已往者得越法罪

與作捨學家法單白

時諸苾芻衆爲彼長者作學家法已即不往彼家受諸飲食時此長者勤力營農未久之間倉庫盈溢倍勝於前長者既見家業隆盛

思見福田同前供養往詣佛所慇懃啓請佛便聽許敎此長者具以其事白上座知令鳴揵椎集僧伽已於上座前蹲踞合掌作如是白大德僧伽聽我師子信心殷著意樂純善於三寶所現有資財常樂惠施諸有求人亦無悋惜由此因緣衣食罄盡以至貧窮僧伽見已生哀愍心與我師子作學家法令諸聖衆不入我家我師子今時倉庫還復豐盈今從僧伽乞解學家法唯願大德僧伽與我解學家法是能愍者願哀愍故如是三說旣言白已禮衆而去是時僧伽令一人作單白羯磨大德僧伽聽彼師子長者信心殷著意樂純善於三寶所現有資財悉皆惠施諸有求人亦無悋惜由此因緣衣食罄盡僧伽爲彼長者作學家羯磨令諸苾芻不往其家受諸飲食長者今時衣食還復如故今從僧伽乞解學家羯磨若僧伽時至聽者僧伽應許僧伽今與彼長者解學家羯磨白如是時諸苾芻爲彼長者解學家羯磨已不知云何白佛佛言汝諸苾芻得往彼家受諸飲食悉皆無犯

觀行險林白二

具壽鄔波離請世尊曰大德夏安居了日有諸婆羅門居士以好飲食將獻聖衆令諸使女隨從而行旣至半途皆被賊劫時有苾芻於蘭若中欲行乞食行至中路見諸飲食遂令露形使女授食諸女羞恥時婆羅門告苾芻曰於險林處何不令人看守使我送食免被賊劫諸苾芻不知云何佛言以白二羯磨應差苾芻具五法者於險林處而爲看守作

前方便準上應知大德僧伽聽此苾芻某甲能向險林怖畏之處於其道路善能觀察若僧伽時至聽者僧伽應許僧伽今差此苾芻某甲於彼險林怖畏之處作觀察人白如是羯磨準白成

授其學法白四

具壽鄔波離請世尊曰大德今有苾芻名曰歡喜不捨學處毀於梵行作婬欲事無有一念作覆藏心如毒箭入胷心懷憂慼不知云何佛言汝諸苾芻與歡喜苾芻終身學處若更有如是流類悉皆準此鳴揵椎乃至教歡喜苾芻於上座前蹲踞合掌應如是乞大德僧伽聽我歡喜苾芻不捨學處毀於梵行作婬欲事我歡喜苾芻無有一念作覆藏心今從僧伽乞終身學處願大德僧伽與我歡喜終身學處是能愍者願哀愍故如是三説令歡喜苾芻在眼見耳不聞處住令一苾芻爲作羯磨大德僧伽聽彼歡喜苾芻不捨學處毀於梵行作婬欲事無有一念作覆藏心今從僧伽乞終身學處若僧伽時至聽者僧伽應許僧伽今與歡喜苾芻終身學處白如是大德僧伽聽彼歡喜苾芻不捨學處毀於梵行作婬欲事無有一念作覆藏心今從僧伽乞終身學處僧伽今與歡喜苾芻終身學處若諸具壽聽與歡喜苾芻終身學處者默然若不許者説第二第三亦如是説僧伽已與歡喜苾芻終身學處竟僧伽已聽許由其默然故我今如是持

與實力子衣單白

具壽鄔波離請世尊曰大德苾芻實力子和

合僧伽差令分衆卧具及知食次彼有信心意樂純善爲衆檢校不辭勞苦所有資生於三寶中悉皆惠施如是施已自己三衣並皆破壞不知云何佛言汝諸苾芻衆應和集作單白法與實力衣如是應作大德僧伽聽彼實力子有敬信心意樂賢善爲衆檢校不辭勞苦所有資具於三寶中悉皆惠施如是施已自己三衣並皆破壞今時僧伽得好白氎共將此氎與實力子作衣若僧伽時至聽者僧伽應許僧伽今將此白氎與實力子作衣白如是佛言汝諸苾芻既作單白法已應將白氎與實力子勿致疑惑

對面輕毀白四

具壽鄔波離請世尊曰大德苾芻實力子被衆差令分衆卧具及知食次時友地二苾芻積代怨讎業緣未盡此二苾芻對實力子前而爲嫌毀諸苾芻不知云何佛言汝諸苾芻應作羯磨訶責友地二苾芻對面嫌毀實力子若更有餘如是流類應如是與嗚揵椎作前方便令一苾芻作白羯磨應如是作大德僧伽聽此友地二苾芻知和合僧伽差實力子分衆卧具及知食次此友地二苾芻對實力子前而爲嫌毀若僧伽時至聽者僧伽應許僧伽今訶責友地二苾芻對面嫌毀實力子白如是大德僧伽聽此友地二苾芻知和合僧伽差實力子分衆卧具及知食次此友地二苾芻對實力子前而爲嫌毀僧伽今訶責友地二苾芻對面嫌毀實力子若許具壽聽訶責友地二苾芻對面嫌毀實力子者默然若不許者說第二第三亦如是說僧伽已

聽訶責友地二苾芻對面嫌毀實力子竟僧伽已聽許由其默然故我今如是持

假託輕毀白四

時諸苾芻奉佛教已與友地二人作訶責羯磨已後於異時彼二人對實力子前不道其名而作嫌毀諸苾芻聞是語已即便白佛佛言汝等苾芻與友地二人對實力子前假託餘事不道其名而爲嫌毀作訶責羯磨如上應作大德僧伽聽此友地二苾芻知和合僧伽差實力子分衆卧具及知食次此二苾芻對實力子前假託餘事不道其名而爲嫌毀若僧伽時至聽者僧伽應許僧伽今訶責友地二苾芻假託餘事不道其名而爲嫌毀白如是次作羯磨大德僧伽聽此友地二苾芻知和合僧伽差實力子分衆卧具及知食次此友地二苾芻對實力子前假託餘事不道其名而爲嫌毀僧伽今訶責友地二苾芻假託餘事不道其名而爲嫌毀若諸具壽聽訶責友地二苾芻假託餘事不道其名而爲嫌毀者默然若不許者說第二第三亦如是說僧伽已訶責友地二苾芻假託餘事不道其名而爲嫌毀竟僧伽已聽許由其默然故我今如是持時諸苾芻與友地二人作羯磨已此二苾芻尚猶對面及假託事毀實力子諸苾芻衆白佛佛言得羯磨已若不捨者得波逸底迦於十二種人被衆差者而作嫌毀得罪應知如十二種人雖被衆差事已停止而嫌毀者得惡作罪爾時具壽億耳從座而起合掌白佛言大德於邊方國有迦多衍那是我鄔波馱耶令我敬禮世尊雙足起居輕利

乃至佛言汝諸苾芻行止安樂不大德我親敎師謹附五事請問世尊幸願慈悲決斷其事大德於邊方國少有苾芻若受近圓十衆難滿大德若有方國地多堅鞕牛跡成鏘得著皮鞋不若數洗浴處得多洗不復有邊國用牛羊皮及鹿皮等以爲卧具頗得用不有苾芻寄衣與彼苾芻未至身亡衣便不達過十日已誰得泥薩祇耶佛言我聽邊國解毗奈耶爲第五人得受近圓地堅鞕處聽著一重皮鞋非二三重若底穿者應可補替多洗浴處隨意當洗用皮卧具處隨意應用又此苾芻寄衣與彼未達身亡無其捨罪具壽鄔波離請世尊曰如世尊說邊方之國解毗奈耶爲第五人得受近圓大德齊何爲邊國佛言東方有國名奔荼跋達那城東不遠有娑羅樹名奔荼各又此謂東邊自兹巳去名爲邊國南方有城名攝跋羅伐底城南有河名攝跋羅伐底此謂南邊自兹巳去名爲邊國西方有村名窣吐奴鄔波窣吐奴二村俱是婆羅門處此謂西邊自兹巳去名爲邊國北方有山名嗢尸羅祇利此謂北邊自兹巳去名爲邊國梗槩大數中間遠近東西兩界三百餘驛南北二邊四百餘驛雖非目擊詳而問知然東界南四十驛許到躭摩立底國寺有五六所時人殷富統屬東天此去莫訶菩提及室利那爛陀寺有六十許驛即是昇舶入海歸唐之處從斯兩月汎舶東南到羯荼國此屬佛逝舶到之時當正二月若向師子洲西南進舶傳有七百驛停此至冬汎舶南上一月許到末羅遊洲今爲佛逝多國矣亦以正二月而達停至夏半汎舶北行可一月餘便達廣府經停向當年半矣若有福力扶持所在則樂如行市如其宿因業薄到處實危若傾巢因序四邊略言還路冀通識者暫廣知聞又南海諸州咸多敬信人王國主崇福爲懷此佛逝郭下僧衆千餘學問爲懷並多行鉢所有尋讀乃與中國不殊沙門軌儀悉皆無別若其唐僧欲向西方爲聽讀者停斯一二載習其法式方進中天亦

是也。

具壽鄔波離請世尊曰：大德！如世尊說，若苾芻得俗人曾著皮鞋應受用者。大德！未審何者是俗人曾著？佛言：但令俗人著行七八步斯即名爲曾受用物。若得未曾受用皮鞋履屨及新作者，此如何用？佛言：此應持與可信俗人，報云：此是汝物。彼爲已想，遂著皮鞋行七八步，可擎鞋履至苾芻所，白言：聖者！此是我物，願見哀愍隨意受用。具壽鄔波離請世尊曰：大德！如世尊說，寒雪諸國許畜富羅，未知何者是寒雪國？佛言：有霜雪處水器成凌者是。如世尊說有四種藥應受用者，云何爲四？一時藥，二更藥，三七日藥，四盡壽藥。時諸苾芻未識其體，佛言：時藥者謂是五種珂但尼（譯爲五嚼食，即是根、莖、華、葉、果，意取咬嚼爲義），五種蒲膳尼（譯爲五噉食，即是麨、餅、麥豆餅、肉、與餅。此中意取含噉爲名。舊云奢耶尼者，遍檢梵本全無此名）。言更藥者謂八種漿，一招者漿（似酢梅，狀如皂莢），二毛者漿（即熟芭蕉子，是其果狀似酸棗），三孤落迦漿（其狀如棗），四阿說他子漿（菩提樹子是），五烏曇跋羅漿（其果狀如李子），六鉢嚕灑漿（其果狀如蘡薁子），七蔑栗墜漿（蒲萄是），八渴樹羅漿（形如小棗，澀而且甜，出波斯國中，方亦有其味稍殊，其樹獨生，狀如櫻櫚，其果多有，漿至番禺時人名爲波斯棗，其味頗與乾柹相似也）。言七日藥者謂是酥、油、糖、蜜也。言盡壽藥者（謂根、莖、葉、華、果，藥即是凡爲草木藥物不過於此，便是總攝諸藥品類斯終矣），及五種鹽。廣如餘處。此中時藥、更藥并七日藥及盡壽藥下之三藥，若與時藥相和者，時中應服，必若過時便不含食。下之二藥與更藥相和者，齊更應服。下之一藥與七日藥相雜者，齊七日應用（舊云四藥相和，從強而服者，謂時非時自有強弱，不據多少。有云：麴與薑相和，麴多時噉，薑多非時者，皆應臆斷也）。其盡壽藥若欲守持，長服者，如是應作：先淨洗手，受取其藥，對一苾

芻蹲踞合掌作如是説具壽存念我苾芻某甲有此病患此清淨藥我今守持至盡壽求自服及同梵行者第二第三亦如是説七日更藥準上守持其更藥者盡日應飲如其至夜但齊初更律敎一夜分爲三節初之一分名曰初更過斯不應飲用若唯五更當一更強半舊云非時者非正譯也凡是三藥欲守持時必在中前斯爲定制問下之三藥如守持已分局分明必不守持齊何應用答此之三藥若其中前受已過午便不合食過午受之初更得食同更藥也又此四藥既自受已自分未過彼未具者觸隨可更受而服如過自限若觸不觸並宜須棄又問如其三藥先守持已未具輒觸更得用不答本意守持爲防自取他既觸已法則便亡理可棄之無宜復用必其貧者開換施人決意與他施還受取義同新得耳

觀造小房地白二

具壽迦攝波請世尊曰大德有諸苾芻惱他施主數數乞求廣修房舍既營造已或嫌長短或嫌闊狹不知云何以事白佛佛言彼造房苾芻應從僧伽乞觀房地三處清淨者聽造云何爲三一是應法淨處二是無諍競處三有進趣處云何長短闊狹佛言長佛十二張手廣七張手此是其量彼造房苾芻鳴揵椎準上作前方便乃至蹲踞合掌作如是白大德僧伽聽我營作苾芻某甲於某處地觀察清淨無諸妨難欲造小房唯願大德僧伽聽我營作苾芻某甲於清淨處造小房是能愍者願哀愍故如是三説次令可信二三苾芻或僧伽共往觀察無諸妨難三處清淨者聽造既觀察已還至衆中如前方便作如是白大德僧伽聽彼營作苾芻某甲造小房地我其甲等親往觀察三處清淨無諸妨難願大德僧伽聽彼營作苾芻其甲造小房衆既知已次作羯磨大德僧伽聽此營作苾芻某

甲於某處地衆觀清淨無諸妨難悉皆應法令從僧伽乞造小房若僧伽時至聽者僧伽應許僧伽今聽此營作苾芻某甲於彼清淨無妨難處欲作小房白如是次作羯磨準白應爲

觀造大寺地白二

佛在憍閃毗瞿師羅園六衆苾芻廣乞財物復伐形勝大樹造大住處多損生命令諸俗侶不生敬信時諸苾芻以事白佛佛言彼造大住處苾芻應從僧伽乞觀其地三處清淨無諸妨難衆觀察已三處清淨者聽造住處餘有乞法如前小房次作羯磨大德僧伽聽此營作苾芻某甲欲爲僧伽造大住處於造住處地衆觀清淨無諸妨難悉皆應法今從僧伽乞造大住處若僧伽時至聽者僧伽應許僧伽今聽彼營作苾芻某甲於彼清淨無妨難處造大住處白如是次作羯磨準白成

與營作苾芻六年敷具白二

若營作苾芻卧具破碎於六年内欲造新者鳴揵椎衆集已其人在上座前蹲踞合掌作如是乞大德僧伽聽我苾芻某甲於六年内欲更作新敷具願大德僧伽聽我苾芻某甲於六年内更作新敷具是能愍者願哀愍故第二第三亦如是説次作羯磨大德僧伽聽此營作苾芻某甲於六年内乞作新敷具若僧伽時至聽者僧伽應許僧伽今與營作苾芻某甲於六年作新敷具白如是羯磨準白成

根本説一切有部百一羯磨卷第五

音釋

怱遽（怱倉紅切速也遽其據切急也）　褰蒃（褰去乾切蒃同都切）　驃（毗妙切）　吒（竹家切）　謨（吒謨莫胡切）　鞕（魚孟切與硬同）　鏘（七羊切）　嗢（烏骨切）　屨（音句）　蒱膳（蒱音蒲膳時扇切）　麨（尺小切）　藥蔥（藥一盈切）　蔥（於六切）　樓櫚（樓子紅切櫚力居切）

根本説一切有部百一羯磨卷第六

唐三藏法師義淨奉　制譯

悔衆教罪法

爾時具壽鄔陀夷故泄精犯僧伽伐尸沙罪半月覆藏時鄔陀夷即以此縁白諸苾芻具壽我鄔陀夷故泄精犯僧伽伐尸沙罪半月覆藏我於今者欲何所作時諸苾芻以縁白佛佛言汝諸苾芻與鄔陀夷故泄精犯僧伽伐尸沙罪半月覆藏日行遍住法若更有餘如是流類應如是與敷座席鳴揵椎作前方便準上應知令鄔陀夷苾芻偏露右肩脱革屣隨其大小致禮敬已在上座前蹲踞合掌作如是語大德僧伽聽我鄔陀夷苾芻故泄精犯僧伽伐尸沙罪半月覆藏我鄔陀夷苾芻今從僧伽乞隨覆藏日行遍住法願大德僧伽與我鄔陀夷苾芻故泄精犯僧伽伐尸沙罪半月覆藏隨覆藏日行遍住法是能愍者願哀愍故第二第三亦如是説次一苾芻應先作白方爲羯磨大德僧伽聽此鄔陀夷苾芻故泄精犯僧伽伐尸沙罪半月覆藏此鄔陀夷苾芻今從僧伽乞故泄精犯僧伽伐尸沙罪隨覆藏日行遍住法若僧伽時至聽者僧伽應許僧伽今與鄔陀夷苾芻故泄精犯僧伽伐尸沙罪隨覆藏日行遍住法白如是次作羯磨大德僧伽聽此鄔陀夷苾芻故泄精犯僧伽伐尸沙罪半月覆藏此鄔陀夷苾芻今從僧伽乞故泄精犯僧伽伐尸沙罪隨覆藏日行遍住法僧伽今與鄔陀夷故泄精犯僧伽伐尸沙罪隨覆藏日行遍住法若諸具壽與鄔陀夷苾芻故泄精犯僧伽伐尸

沙罪隨覆藏日行遍住法者默然若不許者説此是初羯磨第二第三亦如是説僧伽已與鄔陀夷苾芻故泄精犯僧伽伐尸沙罪隨覆藏日行遍住法竟僧伽已聽許由其默然故我今如是持初法了時鄔陀夷苾芻行遍住時更復重故泄精犯僧伽伐尸沙罪亦復覆藏又以此事白諸苾芻曰具壽我鄔陀夷苾芻正行遍住時更復故泄精犯僧伽伐尸沙罪亦半月覆藏我於今時欲何所作時諸苾芻以縁白佛佛言汝諸苾芻與鄔陀夷苾芻第二重故泄精犯僧伽伐尸沙罪此復覆藏隨覆藏日復本遍住若更有餘如是流類如是應與敷座席鳴揵椎作前方便已大德僧伽聽我鄔陀夷苾芻故泄精犯僧伽伐尸沙罪半月覆藏我鄔陀夷苾芻已從僧伽乞隨覆藏日行遍住法僧伽已與我隨覆藏日行遍住法我正行遍住時中間重犯是前罪類此復覆藏我鄔陀夷苾芻今從僧伽乞復本遍住願大德僧伽與我鄔陀夷苾芻第二重故泄精犯僧伽伐尸沙罪復本遍住是能愍者願哀愍故第二第三亦如是説次一苾芻先作白方爲羯磨大德僧伽聽此鄔陀夷苾芻故泄精犯僧伽伐尸沙罪半月覆藏此鄔陀夷苾芻故泄精犯僧伽伐尸沙罪隨覆藏日行遍住法行遍住時中間重犯是前罪類此復覆藏此鄔陀夷今從僧伽乞行復本遍住若僧伽時至聽者僧伽應許僧伽今與鄔陀夷苾芻隨覆藏日行復本遍住白如是次作羯磨準白應作乃至由其默然故我今如是持第二法了時鄔陀夷苾芻正行復本

遍住時復更重犯僧伽伐尸沙罪是前罪類亦復覆藏以緣白諸苾芻具壽我鄔陀夷苾芻先故泄精犯僧伽伐尸沙罪半月覆藏已從僧伽乞隨覆藏日行遍住法僧伽已與我鄔陀夷苾芻故泄精犯僧伽伐尸沙罪隨覆藏日行遍住法我鄔陀夷正行遍住時第二重犯僧伽伐尸沙罪是前罪類亦復覆藏我鄔陀夷苾芻已從僧伽乞行復本遍住僧伽已與我鄔陀夷苾芻第二重犯復本遍住我行復本遍住時第三重犯僧伽伐尸沙罪是前罪類亦復覆藏我於今者欲何所爲時諸苾芻即以此緣白佛佛言汝諸苾芻與鄔陀夷苾芻第三重犯是前罪類亦復覆藏重收根本遍住法若更有如是流類應如是與作前方便乃至蹲踞合掌作如是說準上應知

大德僧伽聽我鄔陀夷苾芻故泄精犯僧伽伐尸沙罪半月覆藏我鄔陀夷已從僧伽乞隨覆藏日遍住法僧伽已與我鄔陀夷苾芻故泄精犯僧伽伐尸沙罪隨覆藏日行遍住法我鄔陀夷正行遍住時第二重犯僧伽伐尸沙罪是前罪類亦復覆藏我鄔陀夷苾芻已從僧伽乞行復本遍住僧伽已與我鄔陀夷苾芻故泄精犯僧伽伐尸沙罪復本遍住我行復本遍住時是前罪類第三重犯亦復覆藏我鄔陀夷苾芻今從僧伽乞行重收根本遍住願大德僧伽與我鄔陀夷苾芻第三重犯是前罪類亦復覆藏重收根本遍住是能愍者願哀愍故第二第三亦如是說次一苾芻先作白已方爲羯磨大德僧伽聽此鄔陀夷苾芻故泄精犯僧伽伐尸沙罪半月覆

藏此鄔陀夷苾芻故泄精犯僧伽伐尸沙罪隨覆藏日行遍住法行遍住時復更重犯僧伽伐尸沙罪類亦復覆藏此鄔陀夷苾芻已從僧伽乞行復本遍住僧伽已與鄔陀夷苾芻復本遍住此鄔陀夷正行復本遍住時第三重犯是前罪類亦復覆藏此鄔陀夷苾芻今從僧伽乞第三重犯是前罪類亦復覆藏重收根本遍住若僧伽時至聽者僧伽應許僧伽今與鄔陀夷第三重犯是前罪類亦復覆藏重收根本遍住白如是次作羯磨廣說準前乃至由其默然故我今如是持第三法了若更重犯準事訶責時鄔陀夷苾芻復於異時故泄精犯僧伽伐尸沙罪半月覆藏隨覆藏日乞行遍住法行遍住時中間重犯是前罪類又復重行復本遍住行復本遍住時第三重犯是前罪類重收根本遍住亦善行竟白諸苾芻曰具壽我鄔陀夷苾芻故泄精犯僧伽伐尸沙罪半月覆藏已從僧伽乞隨覆藏日行遍住法僧伽已與我鄔陀夷苾芻故泄精犯僧伽伐尸沙罪隨覆藏日行遍住法我行遍住時中間重犯是前罪類已從僧伽乞行復本遍住僧伽已與我鄔陀夷苾芻故泄精犯僧伽伐尸沙罪隨覆藏日復本遍住我行復本遍住時第三重犯是前罪類亦復覆藏已從僧伽乞重收根本遍住僧伽已與我鄔陀夷苾芻第三重犯僧伽伐尸沙罪是前罪類隨日重收根本遍住我鄔陀夷苾芻故泄精犯僧伽伐尸沙罪半月覆藏隨覆藏日行遍住竟第二重犯是前罪類復本遍住亦復善行第三重犯是前罪類重收根本遍住亦善行竟

我於今時欲何所作時諸苾芻以縁白佛佛言汝諸苾芻與鄔陀夷苾芻六夜行摩那𪖐若更有餘如是流類應如是與先敷座席鳴揵椎以言告白衆既集已於界場内下至四人鄔陀夷苾芻既入衆中脫革屣隨其大小致禮敬已在上座前蹲踞合掌作如是語大德僧伽聽我鄔陀夷苾芻故泄精犯僧伽伐尸沙罪半月覆藏我鄔陀夷苾芻故泄精犯僧伽伐尸沙罪半月覆藏已從僧伽乞隨覆藏日行遍住法僧伽已與我鄔陀夷苾芻故泄精犯僧伽伐尸沙罪隨覆藏日行遍住法我鄔陀夷行遍住時第二重犯是前罪類亦復覆藏我鄔陀夷苾芻已從僧伽乞行隨覆藏復本遍住僧伽已與我鄔陀夷苾芻隨覆藏日復本遍住我行復本遍住時第三重犯是前罪類亦隨覆藏已從僧伽乞行重收根本遍住僧伽已與我鄔陀夷苾芻第三重犯隨覆藏日重收根本遍住我鄔陀夷苾芻故泄精犯僧伽伐尸沙罪半月覆藏隨覆藏日善行遍住第二重犯是前罪類隨覆藏日復根本遍住亦復善行第三重犯隨覆藏日重收根本遍住亦善行竟今從僧伽乞六夜摩那𪖐幸願大德僧伽與我鄔陀夷苾芻六夜摩那𪖐是能愍者願哀愍故第二第三亦如是說次一苾芻應先作白方爲羯磨大德僧伽聽此鄔陀夷苾芻故泄精犯僧伽伐尸沙罪半月覆藏此鄔陀夷苾芻故泄精犯僧伽伐尸沙罪已從僧伽乞隨覆藏日行遍住法僧伽已與鄔陀夷苾芻故泄精犯僧伽伐尸沙罪半月覆藏隨覆藏日行遍住正行遍住

時第二重犯是前罪類亦復覆藏此鄔陀夷苾芻於第二重犯已從僧伽乞行復本遍住僧伽已與鄔陀夷苾芻隨覆藏日復本遍住正行復本遍住時第三重犯是前罪類亦復覆藏此鄔陀夷苾芻於第三重犯已從僧伽乞行重收根本遍住僧伽已與鄔陀夷苾芻隨覆藏日重收根本遍住此鄔陀夷苾芻故泄精犯僧伽伐尸沙罪半月覆藏善行遍住第二重犯復本遍住亦復善行第三重犯是前罪類重收根本遍住亦善行竟今從僧伽乞行六夜摩那馳若僧伽時至聽者僧伽應許僧伽今與鄔陀夷苾芻六夜摩那馳白如是次作羯磨廣說乃至由其默然故我今如是持時鄔陀夷苾芻故泄精犯僧伽伐尸沙罪半月覆藏隨覆藏日善行遍住第二重犯

復本遍住亦復善行第三重犯是前罪類重收根本遍住亦復善行六夜摩那馳亦善行竟以緣白諸苾芻曰具壽我鄔陀夷苾芻故泄精犯僧伽伐尸沙罪半月覆藏已從僧伽乞行隨覆藏日遍住僧伽已與我鄔陀夷苾芻故泄精犯僧伽伐尸沙罪隨覆藏日遍住我行遍住時第二重犯亦復覆藏我鄔陀夷苾芻於前罪類已從僧伽乞隨覆藏日復本遍住僧伽已與我鄔陀夷苾芻是前罪類隨覆藏日復本遍住我行復本遍住時第三重犯亦復覆藏我鄔陀夷苾芻於前罪類已從僧伽乞隨覆藏日重收根本遍住法我鄔陀夷苾芻故泄精犯僧伽伐尸沙罪半月覆藏善行遍住第二重犯復本遍住亦復善行第三重犯是前罪類重收根本遍住亦復善行

六夜摩那埵亦善行竟我欲如何時諸苾芻以緣白佛佛言汝諸苾芻與鄔陀夷苾芻故泄精犯僧伽伐尸沙罪半月覆藏隨覆藏日善行遍住第二重犯亦復覆藏善行復本遍住第三重犯是前罪類亦復覆藏重收根本遍住亦復善行六夜摩那埵亦善行竟若更有餘如是流類如是應與敷設座席鳴揵椎言白集衆下至二十人時鄔陀夷苾芻偏露右肩脱革屣隨其大小致禮敬已在上座前蹲踞合掌作如是語大德僧伽聽我鄔陀夷苾芻故泄精犯僧伽伐尸沙罪半月覆藏我鄔陀夷苾芻隨覆藏日乞行遍住僧伽已與我鄔陀夷苾芻故泄精犯僧伽伐尸沙罪隨覆藏日遍住法我鄔陀夷苾芻於半月内行遍住時第二重犯是前罪類亦復覆藏已從

僧伽乞行復本遍住僧伽已與我鄔陀夷苾芻是前罪類復本遍住我行復本遍住僧伽已與我鄔陀夷苾芻是前罪重收根本遍住我鄔陀夷苾芻於前罪類半月覆藏隨覆藏日善行遍住法第二重犯是前罪類復本遍住亦復善行第三重犯是前罪類重收根本遍住及六夜摩那埵亦善行竟今從僧伽乞出罪願大德僧伽與我鄔陀夷苾芻出罪法是能愍者願哀愍故第二第三亦如是説次一苾芻先作白方爲訶責後爲羯磨大德僧伽聽此鄔陀夷苾芻故泄精犯僧伽伐尸沙罪半月覆藏此鄔陀夷苾芻已從僧伽乞隨覆藏日遍住法僧伽已與鄔陀夷苾芻故泄精犯僧伽伐尸沙罪隨覆藏日遍住行遍住時第二重犯是前罪類亦復覆藏已從僧伽

乞行隨覆藏日復本遍住僧伽已與鄔陀夷苾芻於前罪類隨覆藏日復本遍住行復本遍住時第三重犯是前罪類亦復覆藏已從僧伽乞行隨覆藏日重收根本遍住僧伽已與鄔陀夷苾芻於前罪類隨覆藏日重收根本遍住此鄔陀夷苾芻故泄精犯僧伽伐尸沙罪隨覆藏日善行遍住第二重犯是前罪類復本遍住亦復善行第三重犯是前罪類重收根本遍住亦復善行已從僧伽乞行六夜摩那䏻僧伽已與鄔陀夷苾芻六夜行竟今從僧伽乞出罪若僧伽時至聽者僧伽應許僧伽今與鄔陀夷苾芻出罪白如是次後應作如是訶責汝鄔陀夷苾芻應知有二種人能滅法炬掩法光明壞法燈燄云何爲二謂犯罪已不如法悔除此即名爲二小二癡二不明二不善復有二種重罪根本不肯穿掘於逆流事不勤用功於諸瀑流不欲乾竭不共魔戰不折魔旗勝妙法幢無心建立罪惡之見不爲斷除不於大師無上正教隨轉法輪復有二種苦毒所惱復有二種增長有流謂犯罪已不如法悔汝鄔陀夷如世尊説於欲瞋癡常思遠離汝今何故作斯醜事汝愚癡人云何將此兩手受他淨心所有惠施如何還將兩手作醜惡事又汝癡人寧將兩手捉醫毒等可畏毒蛇不故捉生支梵云鴦伽社多譯作生支即是根也爲醜惡事汝鄔陀夷由於犯罪不説除故退失無常想無常苦想苦無我想猒離食想於諸世間作不樂想過患想是可斷想不可愛想滅死想不淨想青瘀想膿流想破爛想脺脹想血流想狼藉想白骨想空觀

想如是事想皆不現前亦不得初靜慮二三四靜慮慈悲喜捨空處識處無所有處非想非非想處預流果一來果不還果阿羅漢果悉皆不得神境通天眼天耳通他心差別宿住死生盡諸有流皆不證會汝鄔陀夷由不說罪命終之後當於二道隨一受生是希望處謂捺洛迦傍生如世尊說二障覆業能向捺洛迦傍生趣由不信我言覆藏其罪如是慇懃作訶責已冀令改悔次作羯磨大德僧伽聽此鄔陀夷苾芻故泄精犯僧伽伐尸沙罪半月覆藏此鄔陀夷苾芻已從僧伽乞隨覆藏日行遍住法僧伽已與鄔陀夷苾芻故泄精犯僧伽伐尸沙罪隨覆藏日遍住行遍住時第二重犯是前罪類亦復覆藏已從僧伽乞行隨覆藏日復本遍住僧伽已與鄔陀夷苾芻於前罪類隨覆藏日復本遍住行復本遍住時第三重犯是前罪類亦復覆藏已從僧伽乞行隨覆藏日重收根本遍住僧伽已與鄔陀夷苾芻於前罪類隨覆藏日重收根本遍住此鄔陀夷於故泄精僧伽伐尸沙罪隨覆藏日善行遍住第二重犯是前罪類復本遍住亦復善行第三重犯是前罪類重收根本遍住亦復善行已從僧伽乞行六夜摩那卑僧伽已與鄔陀夷苾芻六夜摩那卑亦善行竟今從僧伽乞出罪僧伽今與鄔陀夷苾芻故泄精犯僧伽伐尸沙罪隨覆藏日善行遍住第二重犯是前罪類復本遍住亦復善行第三重犯是前罪類重收根本遍住亦復善行六夜摩那卑亦善行竟今從僧伽乞出罪若諸具壽聽與鄔陀夷苾芻出罪者

默然若不許者説是初羯磨第二第三亦如是説僧伽已與鄔陀夷苾芻出罪竟僧伽已聽許由其默然故我今如是持次當如是讚喻善哉鄔陀夷極善鄔陀夷有二種聰慧人有二分明人有二種善人何謂爲二一不犯罪二犯已能如法悔除有二種人能然法炬建立法幢何謂爲二一謂不犯罪二犯已能如法悔除復有二種重罪根本能爲穿掘於逆流事而勤用功於諸瀑流能使乾竭能與魔戰能折魔旗勝妙法幢能善建立罪惡之見能爲斷除能於大師無上正教隨轉法輪云何爲二一謂不犯罪二設犯罪已如法悔除復有二種非苦所惱復有二種不增有流云何爲二一不犯罪二犯已能悔汝鄔陀夷汝已説悔衆罪是應合得無常想無常苦想廣説乃至能盡有流汝於人天二道定得無疑如世尊説有二種不覆障業便能趣向人天二道能信我言不覆其罪如是應知汝鄔陀夷已出罪竟勿爲放逸於諸善品常爲修習若更有犯者應如鄔陀夷苾芻次第作法次於出罪之後應從僧伽乞悔窣吐羅底野罪如是應乞大德僧伽聽我某甲苾芻於故泄精有前方便窣吐羅底野罪我某甲今從僧伽乞説悔法願大德僧伽聽我某甲説悔窣吐羅底野罪是能愍者願哀愍故第二第三亦如是説次一苾芻先作白方爲羯磨大德僧伽聽此苾芻某甲於故泄精有前方便窣吐羅底野罪此某甲今從僧伽乞説悔窣吐羅底野罪若僧伽時至聽者僧伽應許僧伽今與某甲於故泄精有前方便窣吐羅底

野罪說悔白如是次作羯磨大德僧伽聽此苾芻某甲於故泄精有前方便窣吐羅底野罪此某甲今從僧伽乞說悔窣吐羅底野罪僧伽今與某甲於故泄精有前方便窣吐羅底野罪說悔若諸具壽聽與某甲於故泄精有前方便窣吐羅底野罪說悔者黙然若不許者說此是初羯磨第二第三亦如是說僧伽已與某甲於故泄精有前方便窣吐羅底野罪聽說悔竟僧伽已聽許由其黙然故我今如是持次後還同如是次第所有先因衆多窣色訖里多罪及以衆多不敬教波逸底迦罪對一苾芻如法除悔窣吐羅底野罪有二種一謂波羅市迦因罪二謂僧伽伐尸沙因罪於波羅市迦因復有二種一重二輕此中重者應從大衆說悔其罪（大衆者謂界內盡集）言輕者下至四人壇場中當說其罪僧伽伐尸沙因罪亦有二種一重二輕此中重者上至四人壇場應說其罪輕者應對一人如法除罪波逸底迦窣色訖里多前因之罪準前應作衆多大小覆藏之罪咸應說悔

根本說一切有部百一羯磨卷第六

音釋

瀑流（瀑蒲報切）　齧（吾結切咬也）　青瘀（瘀依據切青瘀謂血壅積而色青也）　胮脹（胮匹絳切脹知亮切）　捺洛迦（梵語也此云不可樂捺乃八切）

根本說一切有部百一羯磨卷第七

唐三藏法師義淨奉　制譯

悔衆教罪之餘

具壽鄔波離請世尊曰行遍住者見有客苾芻來不爲告白其事如何佛言若有客來應須告白時彼苾芻見有客來未解衣鉢遂便前作白言具壽我苾芻某甲故泄精犯僧伽伐尸沙罪如前廣說餘爾許日在願具壽知時客苾芻便現瞋相報言且止癡人莫對我前說行遍住彼便慚恥低頭默而起去時諸苾芻以緣白佛佛言自今以去若客苾芻新至未解衣鉢不須告白彼於異時一一告白如前被瞋佛言不應一一爲白然須衆集會時方爲告白或鳴揵椎令其俗人求寂出已至苾芻處而爲告白不應向無苾芻住處設須去者亦不應宿於日暮時須適寒温應作湯水與諸苾芻洗足及以塗油彼不欲者油應舉置次應正念作早起想方爲卧息若諸苾芻行遍住時及摩那𣸩如我所說不依行者得越法罪時有苾芻正行遍住不與其房亦不與房利佛言應與下房後應取利具壽鄔波離請世尊曰大德如行遍住及行摩那𣸩時聞有苾芻是鬬諍者是評論者或復無慚懈怠之類欲至於此其人於彼欲何所爲佛言知彼惡人欲來此者行遍住人應對苾芻捨其行法如是應捨蹲踞合掌作如是說具壽存念我某甲故泄精犯僧伽伐尸沙罪半月覆藏我某甲從僧伽乞行遍住僧伽已與我某甲隨覆藏日遍住我行遍住時聞有苾芻欲來於此是鬬諍者是評論者彼欲於

我作無利事我其甲今對具壽前捨行遍住已行爾許竟餘爾許在具壽知我是清淨苾芻如其惡大屏息去已還應就彼善淨苾芻受其行法應如是受禮敬已蹲踞合掌作如是說具壽存念我苾芻某甲先故泄精犯僧伽伐尸沙罪半月覆藏僧伽與我隨覆藏日遍住法我行遍住時聞有苾芻欲來於此是鬪諍者是評論者彼欲於我作無利事由此緣故捨其行法我某甲今對具壽受前行法已行爾許日竟餘爾許日在願具壽憶知如於遍住捨受既然復本重收及摩那馳悉應如是（上來明作衆教法竟）具壽鄔波離請世尊曰大德頗得以一白一羯磨一秉事人與二人受近圓不佛言得即此二人以誰爲大佛言無有大小大德頗得以一白一羯磨一秉事人與三人受近圓不佛言得即此三人以誰爲大亦無大小大德頗得以一白一羯磨一秉事人與四人受近圓不佛言不得此有何過佛言無有以衆秉事大德於將來世諸苾芻輩寡其念力身器復羸彼不能知世尊何處演說斯法此欲如何佛言於六大城隨憶當說或復於餘久住之處隨一稱說此並無過大德諸國王名若有忘者當欲道誰佛言應道勝光王長者應云給孤獨鄔波斯迦名毗舍佉大德佛本生處忘其城邑欲道何城佛言應道婆羅痆斯王王名梵授長者名珊陀那鄔波斯名鄔褒灑陀隨意稱說如世尊言有五種事不應書者一謂波羅底木叉二并此廣釋三諸餘毗奈耶四并此廣釋五謂諸有施主所施之物及別人已物（但非衆物皆曰別人）大德

當來之世諸苾芻輩身心昧劣至於由序尚不能憶如斯之輩欲遺如何佛言應書紙葉隨意讀持

畜杖白二

具壽鄔波離請世尊曰若苾芻老朽力薄無所堪能若無杖時便不能濟此欲如何佛言彼應從衆乞畜杖羯磨應如是乞敷座席乃至白言大德僧伽聽我苾芻某甲老病衰朽無所堪能若無杖時便不能濟我苾芻某甲今從僧伽乞畜杖法願僧伽與我苾芻某甲老病衰朽無所堪能作畜杖法是能愍者願哀愍故第二第三亦如是説次一苾芻先作白方爲羯磨大德僧伽聽此苾芻某甲老朽無力或復身病無所堪能若離杖時便不能濟此某甲爲老病故今從僧伽乞畜杖羯磨若僧伽時至聽者僧伽應許僧伽今與某甲老病無力畜杖羯磨白如是大德僧伽聽此苾芻某甲老朽無力或復身病若離杖時便不能濟此某甲爲老病故今從僧伽乞畜杖羯磨僧伽今與某甲爲老病故畜杖羯磨若諸具壽聽與某甲爲老病故畜杖羯磨者默然若不許者説僧伽已與某甲爲老病故畜杖羯磨竟僧伽已聽許由其默然故我今如是持如畜杖羯磨既爾鉢絡亦然或時杖絡兩事俱聽又如白二差分卧具苾芻如是分房及以分飯十二種人一一皆爾

與外道四月共住白四

具壽鄔波離請世尊曰若外道輩始發淨心來投正法請求出家欲何所爲佛言請一苾芻作鄔波馱耶於四月内著鄔波馱耶衣食

僧常食而爲共住諸苾芻衆不知云何欲爲共住佛言如有外道來求出家者其鄔波馱耶應問障法若遍淨者應可攝受授與三歸及五學處成鄔波索迦護（謂防身語意勿使虧失舊云律儀但是義譯耳）現在僧伽悉應盡集教彼外道致禮敬已在上座前蹲踞合掌作如是說大德僧伽聽我某甲外道從鄔波馱耶某甲求出家我某甲外道今從僧伽乞四月内著鄔波馱耶衣食僧常食而爲共住幸願大德僧伽與我某甲外道於四月内著鄔波馱耶衣食僧常食而爲共住是能愍者願哀愍故第二第三亦如是說次令外道離聞處在見處立令一苾芻應先作白方爲羯磨大德僧伽聽此某甲外道從鄔波馱耶某甲求出家此某甲外道今從僧伽乞於四月内著鄔波馱耶衣食僧常食而爲共住若僧伽時至聽者僧伽應許僧伽今與某甲外道於四月内著鄔波馱耶衣食僧常食而爲共住白如是大德僧伽聽此某甲外道從鄔波馱耶某甲求出家此某甲外道今從僧伽乞四月内著鄔波馱耶衣食僧常食而爲共住僧伽今與某甲外道於四月内著鄔波馱耶衣食僧常食而爲共住若諸具壽聽某甲外道於四月内著鄔波馱耶衣食僧常食而爲共住者默然若不許者說此是初羯磨第二第三亦如是說僧伽已與某甲外道於四月内著鄔波馱耶衣食僧常食而爲共住竟僧伽已聽許由其默然故我今如是持若此外道僧伽已與於四月内著鄔波馱耶衣食僧常食而爲共住準求寂例而作驅使具壽鄔波離請世尊曰大德

若彼外道心調伏者方與出家未知云何名心調伏佛言應對彼外道前讃嘆佛陀達摩僧伽所有盛德亦談彼外道所有事業若彼外道聞讃三寶實德之時及聞外道所有事業情有愛樂忿怒在懷形無喜色發起瞋恚此謂外道未調伏心若外道異此乃至不生瞋恚是謂已調伏心如世尊説五法成就五夏已滿得離依止遊歷人間云何爲五一識犯二識非犯三識輕四識重五於別解脱經善知通塞及能誦持大德若五法成就五夏已滿得離依止遊歷人間者大德有滿四夏善閑五法此人亦得離依止不佛言不得以五歳爲定量故大德有滿五夏未閑五法此人得離依止不佛言不得以五法成就爲定量故大德若苾芻善明三藏證會三明已除三垢纔三夏此人亦須依止師佛言不由未得已得未證已證未悟已悟得離依止然由順所制事由此要須滿五夏五法成就得離師去若到餘住處得齊幾時不須依止佛言不作歇心更求依止得停五夜如世尊説若滿十夏如上五法成就得離依止乃至得畜求寂者大德若有苾芻受近圓已生年八十滿六十夏於別解脱經未曾讀誦不了其義此欲如何佛言雖滿六十夏亦須依止大德當依何人佛言依止老者如無老者小者亦得大德若於師禮此欲如何佛言唯除禮拜餘悉應作此人名爲老小苾芻如世尊説若滿七歳能驅烏者得與出家大德有滿六歳於僧伽食廚處能作驅烏彼亦合與出家不佛言不合要滿十歳爲定量故大德有滿七

歲於僧伽食廚處不能驅烏彼亦合與出家不佛言不合要能驅烏爲定量故大德若有苾芻七德成就應教授苾芻尼者若未差應差若已差不應捨云何爲七一者持戒二者多聞三者住位者宿四者善都城語五者不曾以身汙苾芻尼六於八他勝法所有開遮能廣宣說七於八尊敬法善能開演何謂持戒於四他勝中一無虧犯何謂多聞於別解脫經皆已讀誦何謂住位者宿滿二十夏或復過此何謂善都城語謂解當處大城談說何謂不曾以身汙苾芻尼謂身不觸苾芻尼餘二如文可知既具七德如是應差敷座席鳴揵椎作言白已先問能不汝某甲苾芻能教授苾芻尼增上戒增上心增上慧不彼答言能次一苾芻應先作白方爲羯磨尼來請教授所有軌式如下應知上座量時以答其事耳

教授苾芻尼白二

大德僧伽聽此苾芻某甲能往教授苾芻尼衆增上戒增上定增上慧若僧伽時至聽者僧伽應許僧伽今差此苾芻某甲往教授苾芻尼衆增上戒增上定增上慧白如是次作羯磨大德僧伽聽此苾芻某甲能往教授苾芻尼衆增上戒增上定增上慧僧伽今差苾芻某甲爲教授苾芻尼衆增上戒增上定增上慧若諸具壽聽差此苾芻某甲爲教授苾芻尼衆增上戒增上定增上慧者默然若不許者說僧伽已差此苾芻某甲往教授苾芻尼衆增上戒增上定增上慧竟僧伽已聽許由其默然故我今如是持若此苾芻既得法已應往教授尼衆勿致疑惑佛言若無廣教

授人應爲略教授所有法式我今當說諸苾芻尼衆每至半月應就苾芻住處禮大衆巳作如是言大德僧伽聽某寺苾芻尼衆和合頂禮某寺大德僧伽足敬問大德少病少惱起居輕利氣力安不我苾芻尼衆於此半月來請教授苾芻尼人上座報曰姊妹某寺苾芻尼衆並和合不尼應答言衆並和合又問於半月中無過僁不尼答言無姊妹須知於此衆中無有苾芻於半月内能往教授苾芻尼衆汝諸姊妹當自勤修莫爲放逸尼應合掌答云娑度凡苾芻尼入苾芻寺時既到門所應白苾芻方可前進如不白者得越法罪應如是白於一苾芻致禮敬巳應作是說大德我苾芻尼某甲今欲入寺苾芻報曰非造過者應入尼答言無作是語者善如不說者得越法罪

諫苾芻尼雜住白四

爾時室羅伐城有二苾芻尼一名可愛二名隨愛雜亂而住尼白苾芻苾芻白佛佛告諸尼應可屏諫乃至白四羯磨諫彼二尼若更有如是流類同前集衆令一尼作白羯磨大德尼僧伽聽此可愛隨愛二苾芻尼雜亂而住掉舉戲笑更相打拍諸尼屏諫莫雜亂住雜亂住時令善法衰損不得增益應可別住別住之時善法增益不復衰損彼二諫時堅執不捨云此法實餘皆虛妄若苾芻尼僧伽時至聽者苾芻尼僧伽應許苾芻尼今與可愛隨愛二苾芻尼作不捨雜住不受諫羯磨白如是羯磨準白成

諫遮別住白四

諸苾芻尼既奉敎已秉白四羯磨諫彼二尼堅執不捨即不相附近各別而住時吐羅難陀尼詣彼二尼所作如是語具壽何不同居雜亂而住若雜亂住令善法增益不復衰損諸尼聞已白諸苾芻苾芻白佛佛言乃至白四羯磨諫吐羅難陀尼不捨雜住惡見若更有如是流類應合諫者準上而爲大德尼僧伽聽可愛隨愛二苾芻尼雜亂而住苾芻尼僧伽秉白四羯磨遮其雜住時彼二尼即不相附近各別而住此吐羅難陀尼詣二尼所告言具壽可共同居雜亂而住善法增長若別住者善法衰損苾芻尼僧伽已屏諫堅執不捨云此是實餘皆虛妄若苾芻尼僧伽時至聽苾芻尼僧伽應許苾芻尼僧伽今與此吐羅難陀苾芻尼作不捨雜住惡見白四羯磨白如是次作羯磨準白應爲

苾芻尼作不禮白二

若苾芻與苾芻尼作不應禮拜法應如是作敷座席鳴揵椎尼衆既集已令一苾芻尼應先作白方爲羯磨大德尼僧伽聽彼苾芻某甲和合僧伽與作捨置羯磨苾芻尼僧伽與作不禮拜羯磨若苾芻尼僧伽時至聽者苾芻尼僧伽應許苾芻尼僧伽今與苾芻某甲作不禮拜羯磨白如是大德尼僧伽聽彼苾芻某甲和合僧伽與作捨置羯磨苾芻尼僧伽與作不應禮拜羯磨苾芻尼僧伽今與苾芻某甲作不應禮拜羯磨若諸具壽聽與苾芻某甲作不應禮拜羯磨者默然若不許者說苾芻尼僧伽已與苾芻某

甲作不應禮拜羯磨竟苾芻尼僧伽已聽許由其默然故我今如是持若苾芻旣禮僧伽爲作捨置羯磨已苾芻尼衆亦復與作不禮羯磨竟諸苾芻尼不共言談不應禮拜亦纔見時即須起立由此是上衆故

諫隨遮苾芻尼白四

旣作法已雖不爲禮而復隨從更應與作捨置羯磨應如是作大德尼僧伽聽彼苾芻某甲所行非法僧伽與作捨置羯磨此苾芻尼某甲知彼所行非法亦知得捨置法而復隨從親近承事能令彼人不遵衆教若僧伽時至聽者僧伽應許僧伽今遮此苾芻尼不令親近承事彼苾芻某甲白如是羯磨準白成

共兒同室白二

時苾芻尼笈多生童子迦攝波已便不共宿孩子啼哭諸苾芻尼以事白諸苾芻苾芻白佛佛言彼笈多尼應從苾芻尼衆乞與孩子同一室宿羯磨法敷座席鳴揵椎言白已周尼衆旣集乃至合掌作如是語苾芻尼僧伽聽我笈多苾芻尼生子今從苾芻尼僧伽乞與孩兒同一室宿羯磨法願苾芻尼僧伽聽我笈多與孩兒同一室宿法是能愍者就哀愍故第二第三亦如是說次一苾芻尼應先作白方爲羯磨大德尼僧伽聽此苾芻尼笈多生男迦攝波此笈多今從苾芻尼僧伽乞與孩兒同室宿若苾芻尼僧伽時至聽者苾芻尼僧伽應許苾芻尼僧伽今與笈多與兒同宿羯磨白如是次作羯磨大德尼僧伽聽此苾芻尼笈多生男迦攝波此笈多今從苾芻尼僧伽乞與孩兒同室宿苾芻尼僧伽今

與笈多與兒同室宿若諸具壽聽笈多與兒同室宿者默然若不許者說苾芻尼僧伽已聽笈多與兒同室宿竟苾芻尼僧伽已聽許由其默然故我今如是持若苾芻尼僧伽與笈多法已應與孩兒同室宿勿起疑惑此謂是小孩權開共宿及其長大準法還遮

苾芻尼與俗親往還白二

若苾芻尼遭飢儉歲人懷苦惱乞食難得乃至親族作如是語而我不能供多人食獨一身來我當供給此即應從苾芻尼衆乞與俗親作往還羯磨應如是乞敷座席鳴揵椎言白已周尼衆既集乃至合掌作如是說大德尼僧伽聽我某甲遭飢儉歲人懷苦惱乞食難得我某甲今從苾芻尼僧伽乞與俗親作往還羯磨願苾芻尼僧伽與我某甲與諸俗親作往還羯磨是能愍者願哀愍故第二第三亦如是說次一苾芻尼應先作白方爲羯磨大德尼僧伽聽此苾芻尼某甲遭飢儉歲人懷苦惱乞食難得此某甲今從苾芻尼僧伽乞與諸俗親作往還羯磨若苾芻尼僧伽時至聽者苾芻尼僧伽應許苾芻尼僧伽今與苾芻尼某甲與諸俗親作往還羯磨白如是次作羯磨苾芻尼僧伽聽此苾芻尼某甲遭飢儉歲人懷苦惱乞食難得此某甲今從苾芻尼僧伽乞與諸俗親作往還羯磨苾芻尼僧伽今與某甲與諸俗親作往還羯磨若諸具壽聽與某甲與諸俗親作往還羯磨者默然若不許者說苾芻尼僧伽已聽某甲與諸俗親作往還羯磨竟苾芻尼僧伽已聽許由其默然故我今如是持若苾芻尼僧伽已

與作羯磨竟此苾芻尼便得獨行而去諸親族家隨意受食如至豐時即不應往若還去得越法罪具壽鄔波離請世尊曰大德有苾芻尼忽爾根轉此欲如何佛言應送向苾芻住處所有次第皆依本夏大德有苾芻根轉此復如何佛言應送向苾芻尼住處亦依本夏大德若更轉者此欲如何佛言此可依前送至餘處若第三更轉應須擯棄不堪共住大德若有求寂受近圓時其根遂轉成近圓不佛言成受近圓應送向苾芻尼住處大德受近圓時若有求寂便作是語諸具壽莫授我近圓此成近圓不佛言不成鄔波離如受近圓訖若作是言應知我是求寂（此言授其有心欲捨）當爾之時尚非近圓何況正受之際作如是語大德如正受近圓時自言我是俗人此成近圓不佛言不成鄔波離如受近圓訖若作是言我是俗人尚失近圓何況正受之際如世尊說苾芻欲捨學處者彼應住念決作捨心對一苾芻蹲踞合掌作如是說具壽存念我某甲苾芻於不淨行法不能奉持我某甲苾芻今對具壽捨其學處除出家相作俗容儀具壽從今知我是俗人如是三說應言與筭迦若對癲狂心亂之人而捨式叉不成捨學餘衆準此

令怖白四

佛在室羅伐城時半豆盧呬得迦等（譯爲黃赤色）諸苾芻輩是鬪諍者是評論者彼便數數舉衆諍事常令僧伽不安樂住能令諍競展轉增長諸苾芻以緣白佛佛言汝諸苾芻應與半豆盧呬得迦等作令怖羯磨若更有餘如

是流類應如是與有五緣作令怖羯磨是非法羯磨是非毗奈耶羯磨僧伽作時得越法罪何謂爲五一不作詰問二不爲憶念三無其實四不自臣罪五不對面作復有五緣作令怖羯磨是如法羯磨是如毗奈耶羯磨僧伽無過先作詰問令其憶念其事是實自復臣罪對面作法如是應作爲前方便準上應知次令一苾芻爲白羯磨大德僧伽聽此苾芻半豆盧呬得迦等鬬亂僧伽令起諍競彼便數數舉發諍事常令僧伽不安樂住若僧伽時至聽者僧伽應許僧伽今與半豆盧呬得迦等作令怖羯磨白如是大德僧伽聽此苾芻半豆盧呬得迦等鬬亂僧伽令起諍競彼便數數舉發諍事常令僧伽不安樂住僧伽今與半豆盧呬得迦等作令怖羯磨若諸具壽聽與半豆盧呬得迦作令怖羯磨者默然若不許者説此是初羯磨第二第三亦如是説僧伽已與半豆盧呬得迦等作令怖羯磨竟僧伽已聽許由其默然故我今如是持若苾芻僧伽與作令怖羯磨已不得與他出家不得授他近圓廣如上説時諸苾芻爲半豆盧呬得迦等作令怖羯磨既得法已極現恭勤於僧伽處不生輕慢希求拔濟恒申敬禮界内而住請乞收攝法自云我半豆盧呬得迦於此鬬諍長爲止息諸苾芻衆以緣白佛佛言汝諸苾芻先爲半豆盧呬得迦等作令怖羯磨者今爲半豆盧呬得迦等作收攝羯磨若更有餘如是流類者有其五法與作令怖羯磨苾芻若未收攝不應收攝何謂爲五一依國王二依諸官三依别人四依外道

五依僧伽如是之人不應收攝復有五法不應收攝云何爲五一承事外道二樂親近惡友三供養外道四不願與僧伽和合五不願與僧伽同住如是之人不應收攝復有五法不應收攝一罵苾芻二瞋恨三訶責四行不應行五苾芻學處而不修習若有五法應可收攝云何爲五一於僧伽處自現恭勤不生輕慢二希求拔濟三恒申敬禮四界內而住請求收攝五自云我今於此鬬諍更不復作是謂爲五若未收攝者應可收攝復有五法應可收攝云何爲五一不依國王二不依諸官三不依別人四不依外道五不依僧伽是名爲五復有五法與解令怖羯磨云何爲五一不於外道而作承事二不親近惡友三不供養外道四願與僧伽和合五願與僧伽同

住是名爲五復有五法與解令怖羯磨云何爲五一不罵苾芻二不瞋恨三不訶責四行所應行五於苾芻學處而常修習是名爲五既調伏已應與收攝羯磨爲前方便準上應知乃至半豆盧呬得迦等作如是言大德僧伽聽我苾芻半豆盧呬得迦等是鬬亂者是諍競者我便數數擧發諍事常令僧伽不安樂住由是僧伽於我等輩爲作令怖羯磨我得羯磨已於僧伽中極現恭勤不生輕慢希求拔濟恒申敬禮界內而住請求收攝我於鬬諍永爲止息願大德僧伽與我半豆盧呬得迦等解令怖羯磨是能愍者願哀愍故第二第三亦如是說次一苾芻爲白羯磨大德僧伽聽此半豆盧呬得迦諸苾芻等鬬亂僧伽令起諍競復便數數擧發諍事常令僧伽

不安樂住僧伽先與半豆盧呬得迦諸苾芻等作令怖羯磨此半豆盧呬得迦諸苾芻等得羯磨已於僧伽中極現恭勤不生輕慢令從僧伽乞解令怖羯磨若僧伽時至聽者僧伽應許僧伽今與半豆盧呬得迦諸苾芻等解令怖羯磨白如是大德僧伽聽此半豆盧呬得迦諸苾芻等鬪亂僧伽令起諍競復便數數舉發諍事常令僧伽不安樂住僧伽先與半豆盧呬得迦等作令怖羯磨此半豆盧呬得迦諸苾芻等得羯磨已於僧伽中極現恭勤不生輕慢令從僧伽乞解令怖羯磨僧伽今與半豆盧呬得迦諸苾芻等解令怖羯磨者默然若不許者說此是初羯磨第二第三亦如是說僧伽已與半豆盧呬得迦諸苾芻等解令怖羯磨竟僧伽已聽許由其默然故我今如是持

根本說一切有部百一羯磨卷第七

音釋

婆羅痆斯 梵語也此云鹿苑 痆 女黠切 珊 蘇干切 笈 極曄切

呬 虛器切

根本説一切有部百一羯磨卷第八

唐三藏法師義淨奉　制譯

折伏白四

時有勝妙苾芻數犯衆教罪諸苾芻與行遍住根本遍住乃至重收根本及摩那䭾更復重犯諸苾芻以緣白佛佛言汝諸苾芻與勝妙苾芻作折伏羯磨若更有餘如是流類悉應爲作爲前方便如上應知大德僧伽聽此勝妙苾芻數犯衆教罪諸苾芻爲作遍住乃至摩那䭾更復重犯今僧伽與作折伏法若僧伽時至聽者僧伽應許僧伽今與勝妙苾芻爲數犯罪作折伏羯磨白如是次作羯磨準白應爲乃至我今如是持佛言汝諸苾芻既與勝妙作折伏羯磨所有行法我今當説不得與他出家乃至廣説如行遍住若不依行者得越法罪如是爲作折伏法已極現恭勤於僧伽處不生輕慢乃至從衆乞收攝法自言我某甲於數犯罪永爲止息廣説因緣乃至應作收攝羯磨如令怖羯磨作法應知有差別者應云我某甲於數犯罪永爲止息餘可類知

驅擯白四

時具壽阿濕迦補捺伐素在枳吒山住處而爲汙家行罪惡事作非沙門法或教他作共諸女人同一牀坐同盤而食同觴飲酒自採華教人採華自結華或教人結安華鬘綴作珠冠眉上叉黃頰爲黠黶自舞教人舞自歌教人歌或自打鼓教人打鼓急繫其衣乍跳乍躑轉木空中接而令住或時轉臂或爲魚躍或峻泥流逹半路停身或作馬鳴或爲牛

吼或作象鬥或孔雀鳴或撫水鼓或擲水爲槊或打口鼓或吹口螺如孔雀聲似黃鸎響廣作如斯非沙門行遂令枳吒山下婆羅門衆咸生薄淡退失信心於諸苾芻各生譏嫌乃至乞食咸不施與阿難陀以緣白佛佛言汝諸苾芻往枳吒山與汙家苾芻阿濕迦補捺伐素等爲作驅擯羯磨汝諸苾芻欲至彼山可於路次一處而住差一苾芻具五德者如常集衆應先問言汝苾芻某甲能於枳吒山詰問阿濕薄迦等行汙家事不彼答言能如常集衆令一苾芻作白羯磨大德僧伽聽此苾芻某甲能往枳吒山詰問阿濕薄迦補捺伐素等苾芻行汙家事若僧伽時至聽者僧伽應許僧伽今差苾芻某甲往枳吒山詰問阿濕薄迦補捺伐素苾芻等行汙家事白如是次作羯磨大德僧伽聽此苾芻某甲能往枳吒山詰問阿濕薄迦補捺伐素苾芻等行汙家事僧伽今差此苾芻某甲往枳吒山詰問阿濕薄迦補捺伐素等苾芻行汙家事若諸具壽聽差此苾芻某甲往枳吒山詰問阿濕薄迦補捺伐素等苾芻行汙家事者默然若不許者說僧伽已聽差此苾芻某甲往枳吒山詰問阿濕薄迦補捺伐素等苾芻竟僧伽已聽許由其默然故我今如是持汝諸苾芻既至枳吒山敷座席鳴揵稚衆集已彼詰問苾芻應問阿濕薄迦等我欲有問汝容許不彼說許已問罪虛實答言所問我罪其事皆實衆應爲作驅擯羯磨爲前方便應作羯磨大德僧伽聽此阿濕薄迦補捺伐素半豆盧呬得迦等廣爲汙家行罪惡法共諸女

人同觴飲酒一槃而食採華結鬘掉舉歌舞便作如是非沙門行令諸俗侶皆失信心若僧伽時至聽者僧伽應許僧伽今與阿濕薄迦補捺伐素半豆盧呬得迦等罪惡之人作驅擯羯磨白如是次作羯磨準白應作乃至我今如是持彼二苾芻等得擯羯磨已不應與他出家廣說如上此二人等若現恭勤於僧伽處不生輕慢乃至從衆乞收攝法自言我某甲等於汙家事永爲止息廣説其緣乃至應作收攝羯磨準上應爲

求謝白四

時有勝上苾芻於某聚落中共雜色長者言相觸忤時此長者以縁白佛佛言汝諸苾芻與勝上苾芻作觸惱俗人求謝羯磨若更有餘如是流類亦應爲作求謝羯磨大德僧伽聽勝上苾芻於某聚落共雜色長者言相觸忤若僧伽時至聽者僧伽應許僧伽今與勝上苾芻共雜色長者言相觸忤作求謝羯磨白如是次作羯磨準白應爲乃至我今如是持既得法已不隨順行得越法罪若僧伽與作求謝羯磨已若現恭勤於僧伽中不生輕慢乃至從衆乞解求謝羯磨自言我於觸惱俗侶永爲止息廣說如前諸苾芻等應告彼曰汝可就彼長者而求懺摩彼容恕已方可收攝如觸忤長者時爲作求謝羯磨惱他苾芻亦應爲作求謝羯磨乃至惱苾芻尼式叉摩拏求寂男求寂女準上應知若苾芻尼觸忤俗人苾芻苾芻尼式叉摩拏求寂男求寂女亦應爲作求謝羯磨下之三衆準上應知

遮不見罪白四

時具壽闡陀苾芻既造罪已諸苾芻告曰汝見罪不答言不見時諸苾芻以緣白佛佛言汝諸苾芻與闡陀苾芻作不見罪捨置羯磨若更有餘如是流類亦應爲作準上應知大德僧伽聽此苾芻闡陀既犯罪已他若問時答言不見若僧伽時至聽者僧伽應許僧伽今與苾芻闡陀作不見罪羯磨白如是次作羯磨準白應作乃至我今如是持若與解時亦應準此其中別者應云我今見罪若闡陀造罪已不如法說悔應可與作捨置羯磨彼爲作解並悉同前其中別者應言其罪我已如法說悔

不捨惡見白四

具壽鄔波離請世尊曰大德苾芻無相自生惡見作如是語如佛所說習行婬欲是障礙法我知此法習行之時非是障礙諸苾芻不知云何白佛佛言汝諸苾芻與彼無相作別諫遮別諫之時堅執不捨云此是實餘皆虛妄諸苾芻白佛佛言汝諸苾芻作白四羯磨諫彼無相鳴揵椎作前方便令一苾芻作白羯磨應如是作大德僧伽聽此苾芻無相自生惡見作如是語如佛所說習行婬欲是障礙法我知此法習行之時非是障礙諸苾芻爲作別諫別諫之時堅執不捨云我說是實餘皆虛妄諸苾芻諫此無相言汝無相莫謗世尊謗世尊者不善世尊不作是語世尊以無量方便說行婬欲是障礙法汝無相未捨惡見已來僧伽不共言說極可猒惡如旃荼羅若僧伽時至聽者僧伽應許僧伽今與無相作不捨惡見捨置羯磨白如是羯磨準白

成時諸苾芻與彼無相作不捨惡見羯磨已時彼無相堅執不捨諸苾芻白佛佛言初作白時乃至第二羯磨了若不捨者得惡作罪第三竟時得波逸底迦罪

擯惡見求寂白四

具壽鄔波離請世尊曰大德鄔波難陀有二求寂曾與諸苾芻共言戲掉身相摩觸時此苾芻便生追悔所犯之罪皆悉悔除發勇猛心斷諸煩惑證殊勝果彼二求寂便生惡見告諸苾芻曰大德彼諸苾芻昔與我等作非法事云何於今得殊勝果我聞佛說行婬欲是障礙法習行之時非是障礙諸苾芻不知云何白佛佛言汝諸苾芻爲作別諫別諫之時堅執不捨諸苾芻白佛佛言爲作白四羯磨諫捨者善若不捨者與彼二求寂作不捨惡見驅擯羯磨作前方便置彼二人眼見耳不聞處令一苾芻作白羯磨應如是作大德僧伽聽彼利刺長大二求寂自生惡見作如是語我聞佛說婬欲是障礙法習行之時非是障礙諸苾芻已作別諫乃至白四羯磨諫彼二求寂彼二堅執惡見不肯棄捨云我說是實餘皆虛妄諸苾芻語彼二求寂言汝從今已去不應說言如來應正等覺是我大師若餘尊宿及同梵行者不應隨行如餘求寂得與大苾芻二夜同宿汝今無是事汝愚癡人可速滅去若僧伽時至聽者僧伽應許僧伽今與彼二求寂作不捨惡見驅擯羯磨白如是羯磨準白成時諸苾芻爲彼二求寂作驅擯羯磨已不知云何白佛佛言彼二求寂得羯磨已諸苾芻不應共住共宿違者得罪

如律應知

收攝白四

時薜舍離諸苾芻與髙苫縛迦諸苾芻衆得本心已詣世尊所作如是言大德我今願欲和合佛言娑度譯爲善成謂於其事善而能成舊云善哉汝諸苾芻僧伽若破重令和合能生諸福無量無數無有邊際猶如毛端析爲萬分或千億分還令相合如故斯實是難已破令和更難於彼是故我今聽諸苾芻被捨置者應乞收攝應如是乞如前乃至作如是言大德僧伽聽由我某甲等爲鬬諍初首遂令僧伽不和合住未生諍論令生已生諍論因玆增長他正諫時遂便拒諱或言有罪或言無罪或云合捨或不應捨或言我是犯人或言我實非犯緣此事故僧伽與我作捨置羯磨擯斥於我我某甲被捨置來性行恭勤不生輕慢今從僧伽乞解捨置法願大德僧伽哀愍攝受我是能愍者願哀愍故第二第三亦如是說次一苾芻爲白羯磨大德僧伽聽此苾芻某甲爲鬬諍初首遂令僧伽不和合住未生諍論令生已生諍論因玆增長他正諫時遂便拒諱或言有罪或言無罪緣此事故僧伽與作捨置羯磨此某甲既得法已改行恭勤不生輕慢今從僧伽乞解捨置羯磨若僧伽時至聽者僧伽應許僧伽今與其甲解捨置羯磨白如是次作羯磨準白應爲乃至我今如是持

僧伽和合白四

世尊告曰得解捨置羯磨苾芻所有行法我今當說此苾芻應從僧伽乞共和合如是應乞爲前方便準上應知乃至合掌作如是說

大德僧伽聽我某甲爲鬪諍初首遂令僧伽不安樂住僧伽與我某甲作捨置羯磨我某甲既被捨置改悔前非已從僧伽乞解捨置羯磨僧伽已與我解捨置羯磨我某甲今從僧伽乞爲和合願僧伽與我某甲得解捨置人共爲和合是能愍者願哀愍故三說次一苾芻爲白羯磨大德僧伽聽此某甲爲鬪諍初首遂令僧伽不安樂住僧伽已與某甲作捨置羯磨此某甲既被捨置改悔前非已從僧伽乞解捨置羯磨僧伽已與解捨置羯磨此某甲今從僧伽乞共和合若僧伽時至聽者僧伽應許僧伽今與某甲共作和合白如是羯磨準白而作乃至我今如是持僧伽和合長淨世尊告曰僧伽與彼苾芻共和合已所有行法我今當說彼苾芻應從僧伽乞和合褒灑陀應如是乞乃至作如是言大德僧伽聽由我爲首廣說如前我某甲先被捨置已從僧伽乞解捨置羯磨僧伽已與我某甲作解捨置羯磨我某甲已從僧伽乞共和合僧伽已與我某甲共住和合我某甲今從僧伽乞作和合褒灑陀願僧伽與我和合褒灑陀是能愍者願哀愍故第二第三亦如是說次一苾芻先作白方爲羯磨大德僧伽聽此某甲先被捨置已從僧伽乞解捨置法此某甲今從僧伽乞和合褒灑陀若僧伽時至聽者僧伽應許僧伽今與某甲和合褒灑陀白如是次作羯磨準白而爲乃至我今如是持若僧伽與和合長淨已彼與僧伽雖非長淨日應爲長淨然諸苾芻衆不應於非長淨日而爲長淨除吉祥長淨難時長淨和合長淨

名爲吉祥不應長淨爲長淨者得越法罪時有苾芻身嬰病苦無人瞻視諸苾芻衆不知遺誰看病佛言若有病者從僧伽上座乃至小者于時舉衆皆往佛言不應一時俱往應爲番次瞻視既至病所應借問氣力何似如其病人困不能語應問看病者何似若有違者其看病人得越法罪若此病者并瞻病人貧無醫藥佛言若病人有親弟子及依止弟子或親教軌範師等從覓藥直共爲供給若全無者可於大衆庫中取藥及藥直瞻視若不依者俱得越法罪（更有廣文如餘處說）具壽鄔波離請世尊曰大德如世尊說應於病者供給醫藥未知何物應堪養病佛言但除性罪餘皆供用令其離苦時有苾芻患瀉痢病有年少者爲看病人到病者所申其禮敬次老者來

病者起禮既爲舉動遂便委頓佛言不應禮彼有染苾芻無染苾芻亦不禮他見彼禮時皆不應受違者得越法罪大德云何名爲有染無染佛言染有二種一者不淨染二者飲食染（但是糞穢涎唾汙身及大小行來未爲洗淨身嬰垢膩泥土坌軀於晨旦時未嚼齒木正嚼齒木或除糞掃斯等皆名不淨染也若食噉時或未漱口設令漱刷尚有餘津下至飲水未洗口已來咸名食染也帶斯二染未淨其身若展轉相觸並成不淨由此言之觸器令禮者招僁何惑廣如別處也）時六衆苾芻於食噉時自恃尊大令他避起佛言不應令起下至受業或復請鹽皆不應起令他起者得越法罪然諸苾芻應須善知年夏次第及坐次第不依次食得越法罪具如大律如世尊說勝義洗淨有其三種一者洗身二者洗語三者洗心云何此中但說不淨汙身教令洗濯佛言欲令除去臭氣安樂住故又復見外道之流

懷淨潔慢令其生信爲欲令彼發深敬心入此法中改邪從正即如尊者舍利子於憍慢婆羅門處以洗淨法而攝化之遂令其人住於初果見斯利益佛言汝諸苾芻應可洗淨如舍利子法大便時至應持水餅向大便室既至室已置衣一邊持土十五塊廁外安之（或此土塊屑之爲末其一一聚如半桃許安在塼上或於板上近水流處土須槽盛預安圊所）仍復更須持土三塊并拭體物持其水餅入於廁内橫居其戶（門須一扇）旋轉既訖或以葉籌淨拭下已（廁内應安置餅土處）次應洗淨取其三土可用左手三遍淨洗即將左腋挾餅右手排扂還以右手攜去向洗手處蹲踞而坐老者安枯餅安左腿以肘壓之取其七土一一咸須别洗左手其餘七聚應可用心兩手俱洗餘有一聚用洗軍持然後向濯足處既濯足已取衣而去（既至房中淨水漱口）佛言汝諸苾芻咸須如是爲洗淨事若異斯者招越法罪（斯則金口分明制其淨事而有自出凡意輒作改張用籌用槽未成雅中雖復歸心淨檢而實難袪穢汙由身子制未被東州蓋是譯人之麤疏固非行之過也）時六衆苾芻在大小便處隨其夏次而入廁中佛言此處不應隨夏次第在前至者即須先入其洗手處及洗足處此即應須隨夏次第若異此者得越法罪亦復不應於其廁處故作停留得越法罪（廣如雜事第五卷洗淨威儀經具言）時有苾芻默入廁内先在廁者形體露現遂生慚赧佛言欲入廁時或彈指或謦欬或踏地作聲若默然入者得越法罪（由無門扇爲此須安）時有苾芻於華樹果樹下大小便佛言華果樹下勿大小便如有違者得越法罪若在棘刺林下無過時有苾芻既服酥已爲渴所逼往問醫人醫人令食菴

摩洛迦果即嶺南餘甘子也初食之時稍如苦澀及其飲水美味便生從事立號餘甘矣舊云菴摩勒果者訛佛言有五種果一呵棃得枳舊云呵棃勒訛二毗鞞得迦舊云鞞醯勒者訛也三菴摩洛迦四末栗者即胡椒也五蓽茇利即蒟醬也舊云蓽茇略也此之五果若時非時若病無病並隨意食如世尊説邊方之國聽皮卧具於中方處由鄔波難陀即便遮却然於俗舍還復開聽具壽鄔波離請世尊曰大德制於皮處唯聽其坐不許卧者齊何應坐佛言齊身坐處不許卧者齊何應卧謂容眠處時六衆苾芻用師子皮以充鞋屩著往勝軍王營遂使大象群驚以緣白佛佛言汝諸苾芻不應用上象上馬師子彪豹等皮以爲皮履得越法罪此等觔亦不合用凡爲皮履不鞕前鞕後不作長靴短靴著者得越法罪具壽鄔波離請世尊曰大德如世尊説上象皮不爲皮履者若更有餘鈍象馬皮等合爲履不佛言不合此有何緣由有鼻牙力故大德上馬皮不爲鞋履者若有餘駑馬皮合作鞋不佛言不合此有何因由有驍勇力故大德師子皮彪豹皮不作鞋履者設更有餘如斯等皮得作鞋履不佛言不合斯亦有爪牙力此等諸皮得作鞋履不佛言不合中國本無靴履爲此但有鞋名如是世尊制學處已有獵射人情生敬信遂將熊皮施與苾芻苾芻不受即便白佛佛言獵人敬信誠實難得宜應爲受安置頭邊熊皮有力能令眼明時有苾芻眼光無力往問醫者醫人答曰可用熊皮以爲鞋履以緣白佛佛言如醫人所説應用熊皮以充鞋履若其多重不可得者下至一重安餘皮上以毛向身隨意應著大德

且如象馬皮是不淨肉筋牙骨亦不淨耶佛言此皆不淨如世尊説令畜水羅者苾芻不知羅有幾種佛言羅有五種一者方羅若是常用須絹三尺或二尺一尺僧家用者或以兩幅隨時大小其作羅者皆絹須細密蟲不過者方得若是疎薄元不堪用有人用惡絹疎紗紵布之流本無護蟲意也二者法餅陰陽餅是三者軍持以絹繫口細繩繫項沉放水中擡口出半若全沉口水即不入待滿引出仍須察蟲非直軍持但是綽口餅項無問大小以絹鞔口將細繩急繫隨時取水極是省事更不須放生器爲深要也四酌水羅斯之樣式東夏元無述如餘處即小團羅子雖意況大同然非本式五衣角羅取密絹方一搩許或繫餅口汲水充用或置梡內濾時須非是袈裟角也此密而且膩寧堪濾用但爲迷方日久誰當指南然此等諸羅皆西方見用大師悲愍爲濟含生食肉尚斷大慈殺生豈當成佛假令暫出寺外即可持羅并將細繩及放生罐若不將者非直見輕佛教亦何以辨訓門徒行者思之特宜存護爲自他益也具壽鄔波離請世尊曰大德頗得五俱盧舍外無水羅向餘村城及餘寺不佛言不合如其往彼若水若羅想無鬬者設無得去大德頗得無濾水羅涉江河不佛言不得可隨時觀用大德涉河澗時一觀之後齊幾應用鄔波離順流而去得一俱盧舍有別河水來更須觀察逆流而去隨觀隨飲不流之水亦隨觀隨用大德已濾之水頗得不觀而飲用不佛言要須觀察方可飲用大德不濾之水觀得飲用不佛言觀察無蟲飲用無犯阿瑜率滿阿尼盧陀以天眼觀水遂便分明於其水內覩見中有無量衆生世尊告曰不應以天眼觀水然有五種淨水合飲一謂別人淨二謂僧伽淨三濾羅淨四井淨五泉淨復有明相淨言別人淨者謂知彼人是可委信必定不以蟲水與人言僧伽淨者謂知事人存情檢察言濾羅淨者布絹密緻不曾蟲過井泉淨者未曾憶見此井

泉有蟲雖不觀察飲時無過言明相淨者若水或濾不濾或復生疑晝日觀已夜隨飲用齊至明相悉皆無過時諸苾芻觀水時久遂生勞倦佛言齊六牛車迴轉頃可觀其水或可取其心淨已來審諦觀察若苾芻有蟲水作有蟲想而飲用者得波逸底迦有蟲水疑而飲用者亦得波逸底迦無蟲有蟲想得突色訖里多無蟲起疑者得突色訖里多有蟲作無蟲想者無犯（此說有部但是疑心同招本罪）齒木緣起由跋窶末底河側諸苾芻衆世尊因制遣嚼齒木時諸苾芻即便在顯露及往還潔淨處嚼佛言有三種事應在屏處一大便二小便三嚼齒木此皆不應在顯露處是時六衆嚼長齒木佛言齒木有三謂長中短長者十二指短齊八指二內名中時諸苾芻嚼齒木了不知刮舌仍有口氣佛言應須刮舌由是我聽作刮舌篦可用鍮石銅鐵必其無者破齒木爲兩片可更互相揩去其利刃屈而刮舌凡棄齒木及刮舌篦咸須水洗謦欬作聲或復彈指以爲警覺於屏穢處方可棄之必其少水於塵土內揩揬而棄若異此者招越法罪

根本說一切有部百一羯磨卷第八

音釋

枳（諸氏切）靨（於琰切）澾（音闥泥滑也）槊（音朔）忤（音悞逆也）居（音籊閉門具也）赧（奴板切慚赤也）鞞（步迷切）蓽茇（蓽壁吉切茇音撥）蒟（俱羽切）𩍦（於容切）鞾（兄迦切）彪（必休切）綽（昌約切寬也）鉼（音瓶）瓨（戶江切）鞔（莫官切）摘（竹客切手度物）篦（必迷切掠器）揬（七兩切）

根本說一切有部百一羯磨卷第九

唐三藏法師義淨奉制譯

違惱衆教白四

爾時具壽鄔波離請世尊曰大德具壽闡陀犯衆多罪不如法説悔諸苾芻欲令利益安樂住故告言具壽汝既犯罪應如法説悔闡陀答言仁自犯罪應如法悔何以故仁等皆是種種族種種家生由我世尊證大覺故仁等皆來共相依止而爲出家故作是語違惱衆教諸苾芻不知云何白佛佛言汝諸苾芻應作羯磨訶彼闡陀若更有餘如是流類悉皆準此作前方便已爲白羯磨大德僧伽聽此苾芻闡陀自身犯罪不如法説悔諸苾芻衆欲令利益安樂住故如法諫時違拒衆教若僧伽時至聽者僧伽應許僧伽今訶責苾芻闡陀違拒衆教白如是次作羯磨大德僧伽聽此苾芻闡陀自身犯罪不如法説悔諸苾芻衆欲令利益安樂住故如法諫時違拒衆教僧伽今訶責苾芻闡陀違拒衆教若諸具壽聽訶責苾芻闡陀違拒衆教者默然若不許者説第二第三亦如是説僧伽已訶責苾芻闡陀違拒衆教竟僧伽已聽許由其默然故我今如是持時諸苾芻作羯磨訶責已彼闡陀便生是念由我過失共彼諸人言相酬答如有頌曰

諸有智慧人　善護四種語　觀彼山林鳥
能言被籠繫

作是語已默無言説後於異時復更犯罪諸苾芻告言具壽汝既犯罪應如法説悔彼便無言默然相惱諸苾芻不知云何白佛佛言

汝諸苾芻作白四羯磨訶彼闡陀默然相惱作前方便已爲白羯磨大德僧伽聽此苾芻闡陀自身犯罪不如法説悔諸苾芻欲令利益安樂住故告言具壽汝既犯罪應如法説悔彼便無言默然相惱若僧伽時至聽者僧伽應許僧伽今訶責苾芻闡陀默然相惱白如是羯磨準白成時諸苾芻爲彼闡陀作訶責羯磨已復還造罪諸苾芻衆同前告語時彼闡陀或言或默而相惱亂諸苾芻不知云何白佛佛言此闡陀違惱衆教得波逸底迦若違別人得惡作罪

覆鉢單白

具壽鄔波離請世尊曰大德有栗姑毗善賢爲惡知識所誑惑故謗實力子犯波羅市迦諸苾芻不知云何白佛佛言爲善賢作覆鉢羯磨餘亦同爾敷座席乃至令一苾芻作單白羯磨準上應知大德僧伽聽彼善賢以無根波羅市迦法謗清淨苾芻實力子若僧伽時至聽者僧伽應許僧伽今與善賢作覆鉢羯磨白如是

仰鉢單白

時諸苾芻爲彼善賢作覆鉢羯磨已不知云何白佛佛言汝諸苾芻自今已後不往其家乃至不爲説法時此善賢聞是語已心生慙耻往詣佛所禮佛雙足白言世尊由惡友故教我作如是言苾芻實力子無有羞耻身與我妻共行非法犯波羅市迦惡友所教非我本意爾時世尊告諸苾芻善賢毁謗非自本心應與善賢作仰鉢羯磨餘準此作敷座席鳴揵椎乃至教彼善賢蹲踞合掌作如是白

大德僧伽聽我善賢由惡知識所誑惑故以不實法謗實力子由是因縁僧伽與我作覆鉢羯磨我善賢今從僧伽乞作仰鉢羯磨惟願大德僧伽與我善賢作仰鉢羯磨是能愍者願哀愍故如是三説乃至令彼在耳不聞處合掌而立令一苾芻作單白羯磨大德僧伽聽彼善賢由惡知識所誑惑故以無根波羅市迦法謗實力子由是因縁僧伽與彼善賢作覆鉢羯磨彼善賢今從僧伽乞仰鉢羯磨若僧伽時至聽者僧伽應許僧伽今與彼善賢作仰鉢羯磨白如是佛言汝諸苾芻爲彼善賢作仰鉢羯磨已得往其舍受食乃至并爲説法悉皆無犯

諌麤惡語白四

具壽鄔波離請世尊曰大德時有苾芻犯衆多罪親友苾芻欲令利益安樂而往告言具壽汝所犯罪應如法悔彼便答言有追悔者我自當知又作是語諸具壽莫向我説少許若好若惡我亦不向諸大德説若好若惡諸大德止莫勸我莫論説我諸苾芻不知云何白佛佛言爲作別諌別諌之時堅執不捨諸苾芻即便白佛佛言作白四羯磨諌鳴揵椎作前方便大德僧伽聽此苾芻某甲作衆多罪諸苾芻於佛所説戒經中如法如律正諌之時惡性不受諌語作如是説諸大德莫向我説少許若好若惡我亦不向諸大德説若好若惡諸大德止莫諌我莫論説我諸苾芻爲作別諌之時堅執不捨云我説是實餘皆虚妄若僧伽時至聽者僧伽應許僧伽今以白四羯磨諌此苾芻某甲惡性不受諌語白

如是次作羯磨大德僧伽聽此苾芻某甲作衆多罪諸苾芻於佛所説戒經中如法如律正諫之時不受諫語作如是説諸大德莫向我説少許若好若惡我亦不向諸大德説若好若惡諸大德止莫諫我莫論説我諸苾芻爲作別諫別諫之時堅執不捨云我説是實餘皆虚妄僧伽今以白四羯磨諫此苾芻某甲惡性不受諫語若諸具壽聽諫此苾芻某甲惡性不受語者默然若不許者説第二第三亦如是説結文準知時諸苾芻受佛敎已依法而諫時此苾芻如前所説堅執不捨諸苾芻以事白佛佛言此苾芻得罪如上應知

諫説欲瞋癡怖白四

苾芻闡陀衆作法諫時謗云僧伽有欲瞋癡衆應作訶止羯磨應如是作大德僧伽聽此闡陀苾芻僧伽與作如法諫時作如是語僧伽有欲瞋癡僧伽今訶止闡陀汝不應如是作非法語若僧伽時至聽者僧伽應許僧伽今訶止闡陀苾芻作非法語白如是羯磨準白成

作癲狂白二

具壽鄔波離請世尊曰大德如西羯多苾芻患癲狂病發動無恒於襃灑陀時及餘羯磨乃至隨意或來不來時諸苾芻將爲別住秉法不成以緣白佛佛言汝諸苾芻與西羯多苾芻作癲狂法若不作者便成別住若更有餘如是流類皆應準此應如是與敷座席鳴揵椎言白既周令一苾芻應先作白方爲羯磨大德僧伽聽此苾芻西羯多患癲狂病發動無恒於襃灑陀及餘羯磨乃至隨意或來

不來令諸苾芻將爲別住若僧伽時至聽者僧伽應許僧伽令與西羯多苾芻作癲狂法去住不遮不妨法事白如是大德僧伽聽此苾芻西羯多患癲狂病發動無恒於褒灑陀及餘羯磨乃至隨意或來不來令諸苾芻將爲別住僧伽令與西羯多作癲狂法去住不遮不妨法事若諸具壽聽與西羯多癲狂法去住不遮不妨法事者默然若不許者說僧伽已與西羯多作癲狂法去住不遮不妨法事竟僧伽已聽許由其默然故我今如是持若僧伽與西羯多苾芻作癲狂法竟若作褒灑陀一切羯磨乃至隨意悉皆得作勿致疑惑

與不癡白四

又西羯多苾芻癲狂亂意痛惱所纏言行多違失沙門法作不淨事口流涎唾睛轉瞼翻狀同眠睡他不見欺妄言欺我彼於異時便得本心諸苾芻衆以前惡事而詰責之諸苾芻衆即以此緣乃至世尊告曰汝諸苾芻應與西羯多苾芻作不癡毗奈耶若更有餘如前應作乃至作如是說大德僧伽聽我苾芻西羯多癲狂心亂痛惱所纏言行多違失沙門法作不淨事口流涎唾睛轉瞼翻狀同眠睡他不見欺妄言欺我我於後時便得本心諸苾芻衆以前惡事而詰於我我西羯多今從僧伽乞不癡毗奈耶是能愍者願哀愍故第二第三亦如是說次一苾芻應先作白方爲羯磨大德僧伽聽此西羯多癲狂心亂痛惱所逼但有言行並多違犯沙門軌式不能遵奉口流涎唾睛轉瞼翻他不見欺妄言欺

我此西羯多得本心已今從僧伽乞不癡毗奈耶若僧伽時至聽者僧伽應許僧伽今與西羯多苾芻不癡毗奈耶白如是次作羯磨準白應爲乃至我今如是持

與求罪性白四

具壽鄔波離請世尊曰大德如訶悉多（譯之爲手）苾芻於大德中生輕慢心既犯罪已不臣其罪諸苾芻詰亦復不臣即以此緣白佛佛言汝諸苾芻應與訶悉多苾芻求罪自性毗奈耶若更有餘如是流類應如是與作前方便準上應知次一苾芻爲白羯磨大德僧伽聽此訶悉多苾芻於大衆中生輕慢心有罪不臣諸苾芻詰復還拒諱若僧伽時至聽者僧伽應許僧伽今與訶悉多苾芻求罪自性毗奈耶白如是次作羯磨準白應作乃至我今如是持佛言汝諸苾芻與彼求罪自性竟所有行法我今當說不得與他出家不得授他近圓不得作依止不得畜求寂不應差作教授尼人設先差應捨不詰苾芻令他憶念破戒見威儀正命不爲長淨不爲隨意不爲單白白二乃至白四羯磨亦不說戒若無說戒者應說戒此與求罪苾芻如我所說不依行者得越法罪

與憶念白四

具壽實力子被善友苾芻尼將不實事謗時諸苾芻以事詰責被詰責時遂便羞媿時諸苾芻以緣白佛佛言汝諸苾芻應與實力子作憶念毗奈耶若更有餘如是流類應如是與敷座席乃至蹲踞合掌作如是說大德僧伽聽我實力子被善友苾芻尼以不實事謗

諸苾芻以事詰我我被詰時遂便羞媿我某
甲今從僧伽乞憶念毗奈耶願大德僧伽與
我憶念毗奈耶是能愍者願哀愍故第二第
三亦如是說次一苾芻應先作白方爲羯磨
大德僧伽聽此實力子被善友苾芻尼不以
實事謗情生羞耻此實力子今從僧伽乞憶
念毗奈耶若僧伽時至聽者僧伽應許僧伽
今與實力子憶念毗奈耶白如是次白羯磨
大德僧伽聽此實力子被善友苾芻尼以不
實事謗情生羞耻此實力子今從僧伽乞憶
念毗奈耶僧伽今與實力子憶念毗奈耶若
諸具壽聽與實力子憶念毗奈耶者默然若
不許者說此是初羯磨第二第三亦如是說
僧伽已與實力子憶念毗奈耶竟僧伽已聽
許由其默然故我今如是持

簡平正人白二
若斷諍時大衆不能平殄者應簡衆中有德
平正者若十二十上座某甲等爲其殄諍如
是應作大德僧伽聽今僧伽比有諍事不能
除殄僧伽今欲於此衆中簡取平正上座若
僧伽時至聽者僧伽應許僧伽今欲於此衆中簡取上座若
干人爲其殄諍望速止息若僧伽時至聽者
干人爲其殄諍望速止息白如是羯磨準白
成既作羯磨若此等人雖爲殄除尚不止息
者可於此中更重簡平正上座如是應作
重簡人白二
大德僧伽聽今僧伽有諍事起雖於衆中簡
平正人望得除殄然猶不息僧伽今於此中
更復重簡殄諍之人別向餘處爲其銷殄若
僧伽時至聽者僧伽應許僧伽今於衆中更

復重簡殄諍人别向餘處爲其銷殄白如是羯磨準白成

傳付諍人白二

若於此衆中諍猶不息者應將此諍人向餘衆内如法除殄如是應作大德僧伽聽今此衆中有諍事起多時不能殄息爲殄息故今僧伽欲將此苾芻某甲鬭諍人付彼某甲衆内令其除殄若僧伽時至聽者僧伽應許僧伽今欲將此苾芻某甲鬭諍人付彼某甲衆内令其除殄白如是羯磨準白成若諍事既久不能除滅共相朋黨者應作法籌大衆中行如是應白大德僧伽聽今此衆中有諍事起久不殄息僧伽今爲殄息故欲行法籌若僧伽時至聽者僧伽應許僧伽今行法籌白如是羯磨準白成雖作羯磨行法籌已其諍猶不止息共相朋黨者滅諍之法如大律明

結淨廚白二

佛言汝等苾芻應結淨廚時諸苾芻不知云何結淨廚復有幾種佛言總有五種淨廚云何爲五一生心作二共印持三如牛臥四故廢處五秉法作（此皆遍通結或可别結一邊）言生心作者如一營作苾芻或是俗人初造房宇定基石時生如是心今於此住處當爲僧伽作淨廚言共印持者如檢校營作苾芻創起基石將欲興功告共住諸苾芻曰諸具壽仁可共知於此住處當爲僧伽作淨廚言如牛臥者謂是房門無其定準撩亂而住言故廢處者謂空廢處（此二中方多不見用餘之三法在處恒行或總結寺坊或偏規一處皆無妨也且如那爛陀寺則總結爲廚遠問北方有局結者此乃隨樂者意咸俱聽許廣如别處矣）言衆結作者謂是大衆共許秉白二羯磨

應如是結定其處所無妨難處盡其界内并外勢分一尋將作淨廚僧伽同許者即於此處敷座席鳴揵椎乃至令一苾芻應爲羯磨

大德僧伽聽今於此住處修營總了盡其界内并外勢分一尋結作淨廚若僧伽時至聽者僧伽應許僧伽今於此住處修營總了盡其界内并外勢分一尋結作淨廚白如是

大德僧伽聽今於此住處修營總了盡其界内并外勢分一尋結作淨廚僧伽今於此住處修營總了盡其界内并外勢分一尋結作淨廚若諸具壽聽於此住處修營總了盡其界内并外勢分一尋結作淨廚者默然若不許者説僧伽已於此住處修營總了盡其界内并外勢分一尋結作淨廚竟僧伽已聽許由其默然故我今如是持若僧伽共結作淨廚已即於此住處得兩種利樂一界外貯得界内煑二界内貯得界外煑並皆無過若創造寺初絣繩時於寺四方應置塼石以爲定處當時如其有力廣爲羯磨或時大衆作如是言此寺坊處并外勢分將作淨廚我今守持第二第三亦如是説即成作淨時有師子苾芻欲食沙糖佛言時與非時若病不病並皆隨食（然而西國造沙糖時皆安米屑如造石蜜安乳及油佛許非時開其噉食爲防麤相長道資身南海諸洲煎樹汁酒而作糖團非時總食準斯道理東夏飴糖縱在非時亦應得食何者甘蔗時藥汁則非時米麴雖曰在時飴團何慶過午詳檢雖有此理行不亦各任已情稠濁杏湯定非開限蜜煎薯蕷確在遮條也）如世尊説汝等苾芻應持割截衣時有苾芻得重大毛緂遂持刀針往晝日住處欲爲割截世尊因至其所問言汝作何事耶苾芻以緣白佛佛言諸苾芻有五種衣不應割截一

髙𧜟婆毯類也二厚被帔以毛織成三麤重厚毯四雀眼疎布西國諸人不披百納五謂物少截而不足斯等五物我今聽許諸苾芻等帖葉而持於此五中除其第五更以厚褥爲第五便是五種皆不可截有以卧具爲三衣者雖曰深思誠爲臆斷律云卧具乃是眠褥如何割截用作三衣不合截於此文明顯恐懷先惑聊復註文如世尊說汝等苾芻不應於僧伽卧具不安襯替而爲受用時六衆苾芻或以垢膩疎薄破碎之類用襯僧伽卧具爾時世尊於日初分執持衣鉢入薛舍離而行乞食以具壽阿難陀爲侍者世尊便見一人脊背皆黑遂命阿難陀曰汝見比人脊背黑不阿難陀言見佛言此人往昔於迦葉波如來正教中出家遂以隨宜惡物用襯僧伽卧具由彼昔時黑業惡報墮於地獄又五百生中常招黑背由此過患是故苾芻不應以其疎薄破碎垢膩之物襯僧伽卧具若是厚物應可一重必其故薄兩重方用若不爾者得越法罪時有苾芻以雜彩物作尼師但那守持長留縷纈時婆羅門及諸俗侶便生譏笑佛言凡爲卧具應作兩重染令壞色或青極好深青律文不許隨時汙色事在開聽或泥廣律解泥謂是赤上赤石或即是泥然而不許純烏泥阜斯乃外道之衣或乾陀色梵云袈裟野譯爲赤色於第三分必須截斷縫刺爲葉四邊貼緣卧具元開本用襯替氈席恐有霑汙所以長乃過身闊如小蓆肘量之數備在廣文元意爲斯非關禮拜是非廣述備在餘文如世尊說有八種利何謂爲八一界所得利二立制所得利三依止所得利四安居所得利五僧伽所得利六苾芻所得利七對面所得利八定處所得利言界所得利者謂於一界有其定局或於二界或於多界隨其處別所獲利養各依界分

舊住者共分言立制所得利者謂諸苾芻或是隨黨或非隨黨共作制要然後安居於其處村坊街衢之内其家屬我其舍屬汝若得物時依制而受廣如大律此言隨黨者謂是隨順提婆達多所有伴屬言非隨黨者即是佛弟子此乃由其住處則令物隨處制處中既非兩處故遣兩般均分現今西方在處皆有天授種族出家之流所有軌儀多同佛法至如五道輪迴生天解脫所習三藏亦有不同無大寺舍居村樵問乞食自居多修淨行胡蘆爲鉢衣但二巾色類桑皴不食乳酪多在那爛陀寺雜聽諸典曾問之曰汝之軌式多似大師有僻邪處復同天授豈非天授之種曹乎彼便答曰我之所祖實非天授此即恐人嫌棄拒諱不臣耳此雖多似佛法若行聚集則聖制分途各自爲行別呈供養豈況諸餘外道計斷計常安孰自然虛陳得一食時雜坐流俗無分蹤舊之徒用爲通鑒更相染觸涇渭同波高尚之賓須察茲濫殊行各席深是其宜言依止所得利者謂依上男女及半宅迦而爲安居依此得利者是言安居所得利者謂於此夏安居所獲利物隨施主處分僧伽所得利者謂是決定然無分局此物施主將來決定施與僧伽就中不爲分別此與夏安居人此與現前人此物應問施主苾芻所得利者謂是決定而作分局於此房院住者便受其利對面所得利者謂是對面所獲利物定處所得利者謂是大師一代行化之處總有八所此則名爲八大制底一佛生處在劫比羅伐窣堵城嵐毗尼林二成佛處在摩揭陀法阿蘭若菩提樹下金剛座上三轉法輪處在婆羅痆斯仙人墮處施鹿林中四涅槃處在拘尸那城娑羅雙樹間五在王舍城鷲峯山竹林園内六在廣嚴城獼猴池側高閣堂中七在室羅伐城逝多林給孤獨園八從天下處在平林聚落初之四處名爲定處後之四處名不定處若有施物擬施生處其物唯於生處供養不應移轉

若無力能送三中隨一而爲供養餘之三處類此應知餘四制底與此不同
守持亡人物單白
時具壽鄔波難陀身亡之後所有資具價直三億金錢六大都城苾芻皆集咸言我亦合得此物諸苾芻衆不知云何以事白佛佛言若苾芻及五時者應與云何爲五一打揵椎時來集會者應與其分二誦三啓時來三禮制底時來四行籌時來五作白時來此皆與分應如是作敷座席鳴揵椎衆既集已令一苾芻作單白羯磨欲作白時當問看病人及同住者此人不曾負他債物或復餘人負其債不處分已作白大德僧伽聽苾芻鄔波難陀於此命過所有現及非現衣資雜物今作守持若僧伽時至聽者僧伽應許僧伽今於亡苾芻鄔波難陀所有現及非現衣資雜物共作守持白如是作單白法已現於界内所有苾芻合得其物若不作法但是世尊聲聞弟子現住贍部洲中或餘住處悉皆有分此謂分亡苾芻物法式又復應知若逢事鬧衆難集者開作初後法應將十錢五錢於上座頭及最小者與之即爲定記
舉置亡人資具單白
若在夏中有難緣者應差一苾芻作掌亡苾芻衣物人衆既集已先應問言汝某甲能爲僧伽作掌亡苾芻衣物人不彼答言能令一苾芻作單白羯磨大德僧伽聽此苾芻某甲能爲僧伽作掌亡苾芻衣物人若僧伽時至聽者僧伽應許僧伽今差苾芻某甲作掌亡苾芻衣物人白如是如世尊説不和羯磨和

合羯磨云何不和羯磨謂諸苾芻同一界內作羯磨時衆不盡集合與欲者不與欲雖皆總集應訶者訶而不止強爲羯磨如是名爲不和羯磨云何和合羯磨謂諸苾芻同一界內作羯磨時皆來共集合與欲者與欲應訶者訶訶時便止如是名爲和合羯磨具壽鄔波離請世尊曰大德有幾種人言不齒錄訶不成訶佛言有十二種人云何十二一無慚二有瑕隙三愚四癡五不分明六言不善巧七界外住八被捨棄九言無次緒十捨威儀十一失本性十二授學人廣如尼陀那目得迦中具解大德有幾種人言堪齒錄訶乃成訶佛言有四種人云何爲四一住本性二在界內三不捨威儀四言有次緒

根本說一切有部百一羯磨卷第九

音釋

栗姑毗梵語也亦云離車此云仙族王姑音帖　瞼音檢目上下皮也　殄徒典切絕也　飴盈之切餳也　著蕷署常恕切蕷羊茹切　確苦角切　緂吐感切與毯同　襵陟葉切　襯初覲切　縷繯縷力主切綠縷也細求位切纖餘也　貼緣緣羊絹切　皴七旬切　踵之勇切蹋也　涇渭涇音經渭音謂　緒音序

根本説一切有部百一羯磨卷第十

唐三藏法師義淨奉　制譯

爾時給孤獨長者於逝多林施多衣物已告諸大衆曰但是世尊弟子於戒定慧解脱解脱知見得圓滿者應合禮敬尊重供養無上福田堪銷物利者於我施物隨意受之時漏盡人咸作是説我復何能爲此衣故自顯其身是時學人復作斯念我輩有餘輕結未盡於斯施物理不合受異生之流亦爲此説我輩咸爲具縛所拘誠簡希望竟無一人受此衣物諸苾芻以緣白佛佛告諸苾芻豈非汝等作如是念爲求解脱來至我所修淨行耶唯然大德佛言我今聽許諸有發心求涅槃人來詣我所修淨行者所著衣服價直百千兩金所住房舍價直五百所噉飲食六味具足此等供養悉皆銷受汝諸苾芻須知有五種受用一者爲主受用二者父母財受用三者聽許受用四者負債受用五者盜賊受用阿羅漢者是主自用諸有學人是父母財受用淳善異生常修定誦不破戒人是聽許受用懶惰懈怠之流是負債受用諸破戒人是盜賊受用我元不許破戒苾芻合得受用一掬之食亦復不許以一足跟蹈寺中地由是我今聽諸苾芻若得施物大衆應分

具壽鄔波離請世尊曰大德如世尊説若諸苾芻作衣已竟羯恥那衣已出於三衣中隨離一衣異界而住除得衆法得泥薩衹波逸底迦罪者大德道行苾芻未知齊何是衣勢分佛言如生聞婆羅門所種七菴没羅樹一樹相去七尋華果茂盛中間總有四十九尋

是行苾芻衣勢分量大德若住苾芻衣之勢分復齊幾何佛言周圍但齊一尋若坐若立及以卧時皆至一尋大德且如苾芻在於兩界中間而卧衣齊幾何佛言乃至衣之一角未離身來名不離衣具壽鄔波離請世尊曰大德僧伽胝衣條數有幾種佛言有九何謂爲九謂九條十一條十三條十五條十七條十九條二十一條二十三條二十五條其僧伽胝衣初之三品其中壇隔兩長一短如是應持次之三品三長一短後之三品四長一短過是條外便成破納大德復有幾種僧伽胝衣佛言有三種謂上中下上者竪三肘横五肘下者竪二肘半横四肘半二內名中大德嗢呾羅僧伽胝衣條數有幾種佛言但有七條壇隔兩長一短大德七條復有幾種佛言有其三品謂上中下上者三肘下各減半肘二內名中大德安呾婆娑衣條數有幾佛言但有五條一長一短大德此有幾種佛言有三謂上中下上者三五肘中下同前僧伽胝者譯爲重複衣嗢呾羅僧伽者譯爲上衣安呾婆娑者譯爲內衣西國三衣並皆刺葉令合唯獨東夏開而不縱詳觀律檢實無開法長作條絇角垂臂外露現胷臆曽不掩肩斯則正是遮條著胱誰代當過行之日从辛諫罕從至如施絇著細被服軌儀廣如餘處佛言安呾婆娑復有二種何謂爲二一者竪二肘横五肘二者竪二横四此謂守持衣最後之量此最下衣量限蓋三輪上但蓋齊下掩雙膝若肘長者則與此相當如臂短者不及于膝宜依肘長爲準若衣方圓滿一肘者即是分別衣中極少之量如不守持分別俱犯捨墮如其寛中不滿長中過者此即不勞分別直爾持畜若苾芻或苾芻尼若衣若鉢若網絡銅盞腰絛隨是一一沙門資身之

具犯捨墮者此中長鉢應可捨與僧伽應如是捨先可差行鉢苾芻若不具五法即不應差設令差者應捨何者爲五謂愛恚怖癡行與不行不能辯了若異此者是則應差始從敷座乃至問汝某甲能與僧伽行有犯鉢不彼答言能次一苾芻應先作白方爲羯磨

大德僧伽聽此苾芻某甲能與僧伽作行有犯鉢人若僧伽時至聽者僧伽應許僧伽今差此苾芻某甲爲行有犯鉢人白如是羯磨準白成佛言行有犯鉢苾芻所有行法我今當説其行鉢苾芻衆和合時應爲告白諸大德明日我爲僧伽行有犯鉢諸具壽各各盡須持鉢來集至明日巳僧伽盡集時彼苾芻持有犯鉢上座前立讃美其鉢白上座曰此鉢光淨圓滿堪用須者應取若上座取者即持上座鉢行與第二上座如是展轉乃至行終如上座不須此鉢應與第二上座正與第二上座時其第一上座方更索者第一第二索時亦不須與三索方與僧伽上座犯惡作罪應須説悔如是乃至最下座三索方與準上座應知應須説悔如是行時至於行末所得之鉢宜應授與犯捨苾芻報言此鉢不合守持亦不應棄徐徐受用乃至破來常須護持行有犯鉢苾芻不依行者得越法罪佛告諸苾芻持有犯鉢苾芻所有行法我今當説行乞食時以有犯鉢盛好囊中其守持者置之餘袋若得精好飲食安有犯鉢麤者置守持器中其有犯鉢置在一邊其守持器常可用食若洗若曝若熏或時涉路斯有犯鉢皆好安置乃至其破若此苾芻持有犯鉢所有

行法不依行者得越法罪此中且論捨鉢之法若更有餘長衣等事應對分明知法之人捨此犯物應如是說此是我物犯泥薩祇捨與具壽應隨意用犯捨苾芻可爲間隔此言間者謂是經一明相或經二明相應持此物還彼苾芻告言具壽可隨意用次彼苾芻所有泥薩祇波逸底迦及不敬教波逸底迦諸有方便突色訖里多對一苾芻如法說罪應如是說具壽存念我苾芻某甲犯泥薩祇波逸底迦及不敬教波逸底迦諸有方便突色訖里多我今對具壽前說露其罪我不覆藏由發露說罪故得安樂不發露說罪不安樂問言汝見罪不答言見將來諸戒能善護不答言甚善護第二第三亦如是說末後應言奧箄迦答曰娑度次後苾芻應於其物或守持分別或捨施人勿起疑惑如於此物不爲間隔設得餘物咸同捨罪若苾芻及苾芻尼若鉢若衣犯泥薩祇波逸底迦此衣不捨不爲間隔不說悔得餘物時咸得捨罪由前犯物染續生故若衣已捨復爲間隔罪已說悔得所餘物悉得無犯具壽鄔波離請世尊曰大德如世尊說苾芻應畜十三資具衣者當云何畜佛言應須一一牒名守持何謂十三一僧伽胝（譯爲重複衣）二嗢呾羅僧伽（譯爲上衣）三安呾婆娑（譯爲下衣此之三服皆名支伐羅北方速利諸人多名法衣爲袈裟乃是赤色之義非律文典語中方皆云支伐羅）四尼師但娜（臥敷具也）五泥伐散娜（裙也）六副泥伐散娜（副裙）七僧脚欹迦（即是掩腋衣也古名覆膊長蓋右臂定匪眞儀向使掩右腋而交搭左臂即是全同佛制又復流泒自久漫造祇支繁費雖多未聞折中既違聖檢自可思惟雖復目擊明文仍恐未能除改改謂改其覆膊除乃除却祇支耳廣如別處）八副僧脚欹迦（副掩

旅衣九迦耶褒折娜拭身巾也十木佉褒折娜拭面巾也
十一雞舍鉢喇底揭喇呵剃髮衣謂披著剃髮十二建
豆鉢喇底車憚娜遮瘡疥衣十三鞞殺社鉢利色
加羅藥資具衣也
攝頌曰
三衣并卧具　裙二帔有兩　身面巾剃髮
遮瘡藥直衣
斯等諸衣應如三衣牒名守持應云此卧敷
具我今守持已作成衣是所受用第二第三
亦如是說餘皆準作大德此十三資具衣外
有餘長衣此欲如何佛言十三衣外自餘長
衣應於二師及餘尊類而作委寄應持其物
對餘苾芻作如是說具壽存念我某甲有此
長衣未爲分別是合分別舊云說淨者取意也我今於
具壽前而作分別以鄔波馱耶作委寄者我
今持之第二第三亦如是說此中但云於其二師而爲委寄意道彼師之衣表其離著無屬己之累然亦不須請爲施主律文但遣遙指即休不合報知其人若死餘處任情但有如此一途分別衣法更無展轉真實之事設有餘文故非斯部之教凡言委寄者欲明其人是可委付也
佛告鄔波離於障難時有其六事心念得成
一謂守持三衣二捨三衣三分別長衣四捨
別請五作長淨六作隨意具壽鄔波離請世
尊曰大德不割截衣頗得守持不佛言不合
必有他緣此亦合得大德不割截衣頗得著
用入村城不佛言不合必有他緣此便合得
大德不割截衣頗得著入外道出家人舍不
佛言不合必若其人出向外者亦得大德不
割截衣如何守持佛言如是守持應云我某
甲有此衣財我今守持是我所望當爲七條
壇隔兩長一短必無別緣我當浣染割截縫

刺是所受用第二第三亦如是說五條準此若有白絹白布擬作下二衣緣中迫促未暇爲者縱令白色衣段亦得守持若其染色緩條灼然是合又在壇場內守持衣時可就身上捉衣此亦無過文能誦得者善書紙讀之亦得又復求寂之徒縵條是服而有輒披五條深爲罪濫神州之地久肩斯風此成非法勿令披著也

下明略教法

爾時佛在拘尸那城壯士生地娑羅雙樹間臨欲涅槃告諸苾芻曰我先爲汝等廣已開闡毗奈耶教而未略說汝等今時宜聽略教梵云僧泣多毗奈耶且如有事我於先來非許非遮若於此事順不清淨違清淨者此是不淨即不應行若事順清淨違不清淨者此即是淨應可順行問何意世尊將圓寂時說斯略教答大師滅後乃至聖教未沒已來無令外道作斯譏議世尊旣是具一切智世間有事不開不遮諸弟子輩欲如何行爲遮斯難遠察未來利益故制又復欲令聲聞弟子於事無礙得安樂住是故須說如世尊說若事順不淨違淨有順淨違不淨應行不行者未審此言有何義意答若有事物佛先非許非遮今時若作俗生譏論者此是不淨即不應行何者是耶且如西方諸處時人貴賤皆噉檳榔藤葉白灰香物相雜以爲美味此若苾芻爲病因緣冀除口氣醫人所說食者非過若爲染口赤脣即成不合又如赤土染衣亦是先來非遮非許今時著用同外道服生俗謗說此即合遮理不應用東夏黃衣事同於此又如有事亦非許非遮今時受用人無譏議用之無犯即如腰絛佛說三種餘非許遮此外諸帶用繫腰時人見恥此亦無過又如佛說染物八大色

許用三種謂青泥赤色青泥如事可識赤者謂是菩提樹皮然餘染色根葉華果非許非遮今見有人將餘赤皮乾陀等類及以龍華充染色時人無譏議用之非咎皆是清淨佛准開匙元不說筯今時用者是略教開經堂上高牀跏趺坐食此乃咸非略教所許但行之既久固是難言又如佛說有三種物可用洗手一是鹹鹵土二是乾牛糞三是澡豆此是開聽如夜合樹華木串皂莢澡豆之類咸堪洗沐既非遮許無毒無蟲用之非過諸如此類思察應行其五分律於食法中有說略教舊來諸人不名爲略教亦未閑深旨然文與此殊近者親檢五分梵本與此有部一無別處但爲前代譯有參差致使其文有異冀後之學者極須諦察審觀教意不得雷同

具壽鄔波離請世尊曰大德總有幾法能攝毗奈耶佛言大略言之有其三法云何爲三謂單白白二白四若廣說者有百一羯磨大德百一羯磨中單白白二白四數各有幾佛言單白羯磨有二十二白二羯磨有四十七白四羯磨有三十二言單白二十二羯磨其事云何一謂差屏教人白二問障法白三褒灑陀白四褒灑陀時一切僧伽皆有罪白五褒灑陀時一切僧伽於罪有疑白六隨意時白七作隨意時一切僧伽皆有罪白八作隨意時一切僧伽於罪有疑白九作隨意時衆中諍罪白十作隨意時衆中決定罪白十一僧伽夏安居日白十二守持亡衣物白十三守持掌亡苾芻資具人白十四出羯恥那衣白十五說他麤罪白十六與具壽實力子衣白十七對面輕毀白十八假託輕毀白十九與作學法白二十於學家與作捨學法白二十一覆鉢白二十二仰鉢白

白二羯磨四十七者其事云何一結小界壇白二二結大界白二三結不失衣界白二四褒灑陀時不能來白二五癲狂白二六差作隨意人白二七差分卧具人白二八結淨廚白二九處分衣物將作羯恥那衣白二十張羯恥那衣人白二十一付羯恥那衣人白二（下是總差十二種人所有白二羯磨）十二差分房人白二十三分飯人白二十四分粥人白二十五分餅果人白二十六分諸有雜物人白二十七藏器物人白二十八藏衣人白二十九分衣人白二二十藏雨衣人白二二十一分雨衣人白二二十二雜驅使人白二二十三看檢房舍人白二二十四簡平正人白二二十五重簡人白二二十六傳付諍人白二二十七行法籌白二二十八觀造小房地白二二十九觀造大寺地白二三十令苾芻詰事白二三十一不離僧伽胝衣白二三十二與營作苾芻卧具白二三十三行有犯鉢白二三十四告諸俗舍白二三十五苾芻尼作不禮白二三十六教授苾芻尼白二三十七觀行險林白二三十八畜門徒白二三十九畜無限門徒白二四十畜杖白二四十一畜網絡白二四十二於五年中同利養別長淨白二四十三與式叉摩拏二年學六法隨法白二四十四作淨行本白二四十五與笈多共兒同室宿白二四十六許苾芻尼與俗親往還白二四十七受日出界外白二

白四羯磨有三十二者其事云何一受近圓白四二與外道四月共住白四三解大小界白四四僧伽先破令和合白四五僧伽和合

長淨白四六諫破僧伽白四七諫助破僧伽白四八諫欲瞋癡怖人白四九諫麤惡語白四十作令怖白四十一折伏白四十二驅擯白四十三求謝白四十四遮不見罪白四十五不悔罪捨置白四十六不捨惡見捨置白四十七與遍住白四十八復本遍住白四十九重收復本遍住白四二十意喜白四二十一出罪白四二十二與憶念調伏白四二十三與不癡調伏白四二十四與求罪性白四二十五驅擯求寂白四二十六收攝白四二十七諫隨遮苾芻尼白四二十八諫與苾芻尼雜住白四二十九諫遮別住白四三十犯波羅市迦人授其學法白四三十一違惱衆教白四三十二嘿惱衆教白四

復次鄔波離請世尊曰大德且如百一羯磨中幾有欲幾無欲佛言鄔波離咸皆有欲唯除結界大德百一羯磨中幾是四衆所作幾是五衆所作幾是十衆所作幾是二十衆所作世尊告曰限四十衆爲苾芻尼作出違八敬法二十衆謂是苾芻出罪十衆者謂受近圓五衆者謂邊方近圓及隨意事四衆者謂作所餘事大德所言羯磨者其義何也佛言所由之事謂即是因爲彼作法名爲羯磨大德仍於此言未了其義佛言如爲其事而作羯磨此是因具以言秉白爲羯磨大德言令怖羯磨者其義何也佛言此是羯磨準事立名然此苾芻好爲鬪諍與作令怖羯磨者意欲令彼怖懼更不造惡故此名爲令怖羯磨於諸羯磨準此應知大德言毗奈耶者以何爲體云何爲所緣云何爲依處云何爲因具

云何爲生起云何爲自性云何爲果報如是七要頗爲宣說佛告鄔波離文字經卷以之爲體如說修行爲所緣事身語意業以爲所依所秉羯磨以爲因具說悔罪犯名爲生起所有諸罪以爲自性生天解脫以爲果報佛告鄔波離是爲百一羯磨若秉法住世即知佛法未滅世間爾時鄔波離及諸大衆聞佛說已歡喜奉行

攝頌曰

屏問對衆問　長淨識罪疑　隨意識罪疑
諍罪及決定　安居持死衣　持亡出羯恥
說他罪與衣　及二輕毀事　仰鉢亦單白
授學法及捨　覆鉢爲單白　二十二應知

右是單白攝頌了

結壇場大界　不失衣長淨　隨意分卧具
五種結淨廚　處分羯恥那　差張衣付衣
下有十二人　皆是分物者　房飯粥餅果
雜物藏器衣　藏雨衣分衣　雜使看房舍
簡重簡傳付　行籌觀小房　大寺詰事人
不離與敷具　行鉢告諸俗　尼不禮教授
觀險畜門徒　無限畜杖絡　五年同利養
與式叉本法　開許苾芻尼　共兒同室宿
尼得往俗家　受日出界外　白二四十七
皆準白可知

右是白二攝頌了

受近圓共住　解界先破和　長淨諫破僧
并諫助伴類　諫欲瞋癡人　麤惡語令怖
折伏擯求謝　不見悔捨遮　遍住復本重
意喜并出罪　與憶念不癡　求罪擯求寂
收攝諫隨遮　雜住并別住　授學兼違教

嘿惱三十二

右是白四攝頌了

右此羯磨言百一者蓋是舉其大數於大律中檢有多少不同乃是以類相收無違妨也又復聖許爲單白成爲白二白四成據理相應通融可足比由羯磨本中與大律二百餘卷相勘爲此尋檢極費功夫後人勿致遲疑也

根本説一切有部百一羯磨卷第十

音釋

絇九遇切 絲絇　娜乃可切　檳榔檳音賓 榔音郎　鹹鹵鹹音咸 鹵音魯　串古患切 穿也

薩婆多部毗尼摩得勒伽

宋三藏法師僧伽跋摩譯

清刻龍藏佛說法變相圖

薩婆多部毘尼摩得勒伽卷第一

宋三藏法師僧伽跋摩譯

初毘尼衆事分

前頂禮世尊　法王聖種子　降伏諸惡行
善調諸弟子　毘尼爲最勝　我今說少分
如樹根爲本　枝葉依彼增　一切善法服
毘尼爲根本　大覺之所說　如堤塘防水
大駛流不壞　如是毘尼堤　防諸惡戒水
佛及諸菩薩　最爲人中尊　辟支佛清淨
牟尼諸弟子　應供阿羅漢　亦說毘尼因
以離諸有縛　今離及當離　皆住毘尼中
離是無解脫　是故精勤學　聖衆和合僧
諸佛祕密藏　在世常不滅　法燈照世間
離則不寂滅

問犯毘尼罪作無作耶答犯罪作無作色非

色耶答是色不見不可見耶答或可見或不可見云何可見謂身作云何不可見謂身無作及口作無作有對無對耶答若作是有對無作是無對有漏無漏耶答有漏有爲無爲耶答有爲世間法出世間法耶答世間法陰攝不攝耶答陰攝界攝不攝耶答界攝問罪受不受耶答不受（此受如不離根色受之受也）從受生非受生耶答從受生（此受四受之受也）四大造非四大造耶答四大造從結生非結生耶答從結生記無記耶答或記或無記云何記佛所結戒故犯云何無記佛所結戒不故犯隱沒不隱沒耶答或隱沒或不隱沒云何隱沒佛所結戒故犯云何不隱沒佛所結戒不故犯如隱沒不隱沒穢汙不穢汙亦如是染汙不染汙耶答染汙依家不依家耶答依家

問罪有諍無諍耶答有諍有緣無緣耶答無緣心非心耶答非心心數非心數耶答非心數有報無報耶答或有報或無報云何有報有記犯云何無報無記犯業非業耶答是業內入外入耶答外入過去未來現在耶答或過去或未來或現在云何過去若犯罪竟已懺悔是過去云何未來若未犯罪必當犯是未來云何現在若犯罪不發露悔過是現在問罪爲善不善無記耶答或不善無記云何不善佛所結戒故犯云何無記佛所結戒不故犯記無記前已說爲欲界色界無色界攝耶答欲界攝爲學無學非學非無學耶答非學非無學見斷修斷無斷耶答修斷爲身爲口爲意罪耶答或身或口云何身若比丘故奪衆生命偷盜作婬摩觸身故出精殺草木

自手掘地非時食飲酒等此是身罪云何口罪若比丘空無所有說過人法共女人麤惡語無淨人爲女說法等是口罪無獨心犯罪問頗有行此事犯罪即行此事不犯耶答或有犯或不犯云何犯如比丘不受迦絺那衣受畜長衣别衆食處處食不白入聚落等隨其事犯罪云何不犯若比丘受迦絺那衣隨意畜衣别衆食處處食不白入聚落隨其事不犯是故即行此事犯不犯

問頗有作此羯磨犯即作此羯磨不犯耶答有如比丘不見擯惡邪不除擯向諸比丘下意調伏隨順諸比丘界外爲出罪隨其事犯云何不犯如比丘作不見擯惡邪不除擯是比丘向諸比丘下意調伏隨順諸比丘界内爲出罪不犯是故行此羯磨犯不犯

問頗有說羯磨犯即說此羯磨不犯耶答有云何說羯磨犯如比丘不見擯惡邪不除擯是比丘向諸比丘下意調伏隨順諸比丘界外與出罪已共食共住共宿諸比丘問是比丘言長老是比丘不見擯惡邪不除擯汝等莫與是比丘共食共住共宿彼答言是長老比丘下意調伏隨順我等已界外與出罪隨其事犯云何不犯諸比丘擯不見擯惡邪不除擯比丘是比丘向諸比丘下意調伏隨順諸比丘界内與出罪已共食共住共宿諸比丘語是比丘言此長老比丘不見擯如上說諸比丘答言此長老比丘下意調伏隨順已與出罪諸比丘問言何處答言界内界内出罪不犯是故即說此羯磨犯不犯

問頗有說犯說不說亦犯耶答有云何說犯

若比丘於五篇戒一一犯已自說犯是名說犯云何說不說犯若比丘於五篇戒一一犯已或說或不說亦故犯是故說不說犯

問頗有犯自說犯他說犯耶答有云何自說犯若比丘於五篇戒中若一一犯已向他說是名自說犯云何他說犯如諸比丘信可信優婆夷語如法治比丘是名他說犯

問頗有憶犯不憶亦犯耶答有云何憶犯若比丘於五篇戒中一一犯已或都憶或少憶是名憶犯云何不憶犯若比丘於五篇戒一一犯已都不憶或少不憶是名不憶犯

問頗有現前犯不現前犯耶答有云何現前犯若現在前犯罪云何不現前犯謂現前不犯罪

問頗有犯惡邪見罪不共住即以此事種種不共住耶答有如不見擯惡邪不除擯

問頗有作此羯磨不共住即作此羯磨種種不共住耶答有如前說

問頗有說羯磨不共住即說此羯磨種種不共住耶答有如上廣說

問頗有自言不共住自言種種不共住耶答有此事應廣說

問頗有犯事僧作羯磨即以此事衆多比丘若二若一得作羯磨耶答有云何比丘犯罪僧作羯磨若比丘尼僧與比丘作不禮拜羯磨不共語羯磨不供養羯磨是名僧作羯磨衆多二一比丘亦如是

問頗有即以此事作苦切羯磨即以此事作驅出羯磨即以此事作擯羯磨折伏羯磨耶答有義說得彼三句五句如修多羅說不成

作苦切異驅出異擯異折伏異餘三作句亦
如是
問頗有犯此事波羅夷即犯此事僧伽婆尸
沙耶答有若比丘尼摩觸身波羅夷比丘摩
觸僧伽婆尸沙
問頗有犯是事波羅夷即犯此事波夜提耶
答有比丘尼覆藏麤罪波羅夷比丘覆藏麤
罪波夜提
問頗有犯是事得波羅夷即犯此事突吉羅
耶答有若比丘尼隨順擯比丘得波羅夷比
丘隨順擯比丘突吉羅
問頗有行此事犯僧伽婆尸沙即行此事犯
波夜提耶答有若比丘故出精僧伽婆尸沙
比丘尼故出精波夜提
問頗有行此事犯僧伽婆尸沙即行此事犯
突吉羅耶答有若比丘尼勸比丘尼染汙心
男子邊受衣食等僧伽婆尸沙比丘勸犯突
吉羅
問頗有行此事犯波夜提即行此事犯波羅
提提舍尼耶答有若比丘尼索美食犯波羅
提提舍尼比丘犯波夜提
問頗有行此事犯波夜提即行此事犯突吉
羅耶答若有比丘尼淨生草上大小便波夜
提比丘突吉羅
問頗有行此事染汙比丘尼不得出家不得
受具足戒即行此事汙染比丘尼得與出家
得與受具足戒耶答有非梵行汙染比丘尼
此人不得與出家不得與受具足戒身摩觸
汙染比丘尼者此人得與出家得與受具足
戒

問賊住人不得與出家受具足戒頗有行此事得與出家受具足戒耶答有若經二三布薩羯磨者此人不得與出家受具足戒若經一布薩或不經者此人應出家受具足戒

問破僧人不得與出家受具足戒頗有即行此事得與出家受具足戒耶答有非法想破僧者不得與出家受具足戒法想破僧者得與出家受具足戒

問若人殺母不得與出家受具足戒即行此事得與出家受具足戒耶答有若作母想殺者不得與出家受具足戒若作餘想殺者得與出家受具足戒如殺母殺父阿羅漢亦如是優波離問佛言世尊有善心殺母不善無記心殺母耶佛語優波離有善心殺母不善心無記心殺母云何善心殺母若母重病莫令久受苦惱故奪命是名善心殺母云何不善心殺母若爲財物若爲妻子故故奪母命是名不善心殺母云何無記心殺母或斫樹斫壁斫地而誤殺母是名無記心殺母又復問佛言善心殺母得波羅夷得逆罪耶又復善心殺母不犯波羅夷不得逆罪耶佛言有云何善心殺母得波羅夷得逆罪若母重病如前說是名善心殺母得波羅夷得逆罪云何善心殺母不得波羅夷不得逆罪若母病使母服藥時藥等因是命終不犯波羅夷不得逆罪又復問佛言不善心殺母犯波羅夷得逆罪不善心殺母不得波羅夷不得逆罪耶佛言有云何不善心殺母得波羅夷得逆罪若爲財物等故如前說云何不善心殺母不得波羅夷不得逆罪若殺他母羊母鹿母

等是不善心殺母不得波羅夷不得逆罪又復問佛言無記心殺母犯波羅夷得逆罪無記心殺母不得波羅夷不得逆罪耶佛言有云何無記心殺母得波羅夷得逆罪先作殺母方便眠後母死得波羅夷得逆罪是無記心殺母得波羅夷得逆罪云何無記心殺母不得波羅夷不得逆罪若斫樹等如前說是無記心殺母不得波羅夷不得逆罪

又復問佛言共住淨行比丘在界内不和合僧作羯磨成作羯磨不犯耶佛言有如來阿羅訶三藐三佛馱

又問頗有比丘五種說波羅提木叉一一說波羅提木叉作布薩成作布薩耶答有謂三語布薩

又問如佛所說白衣在僧中僧作布薩說波羅提木叉成說波羅提木叉不犯戒耶答有瓶沙王因緣此中應廣說

問頗有善心犯戒不善心犯戒無記心犯戒耶答有云何善心犯戒如新出家比丘未知戒相自手淨地拔生草若經行處採華髻鬘此善心犯戒云何不善心犯戒佛所結戒故犯云何無記心犯戒佛所結戒不故犯

問阿羅漢善心犯戒不善無記心犯戒耶答有若阿羅漢犯戒一切皆無記心犯云何無記心犯戒若阿羅漢眠已有人舉著高牀上或女人盜入房宿與未受具戒人二夜宿已後復盜入宿是名無記心犯戒

問若破僧一刧皆一刧壽耶若壽一刧皆悉破僧耶作四句或破僧非一刧壽或一刧壽非破僧或破僧亦一刧壽或非破僧非一刧

壽云何破僧非一刧壽若法想破僧云何一刧壽非破僧伊羅龍王善建立龍王摩那斯龍王金婆羅龍王鬱多羅龍王提梨啶龍王迦羅龍王難陀龍王漚鉢難陀龍王及梵富婆天此一刧壽非破僧云何一刧壽亦破僧謂調達云何非破僧亦非一刧壽除是句

問破僧不生一刧罪或生一刧罪非破僧耶答有云何破僧不生一刧罪法想破僧是法想破僧不生一刧罪云何壽一刧罪非破僧伊羅龍王等除梵富樓天云何破僧亦生一刧罪謂調達云何非破僧不生一刧罪除是句

問若破僧一切皆邪定耶作四句云何破僧非邪定法想破僧云何邪定非破僧謂殺母殺父阿羅漢惡心出如來血是邪定非破僧云何邪定亦破僧謂調達云何非邪定非破僧除是句

問一切破僧明無明耶作四句云何非明非無明法想破僧云何無明非明非破僧謂六師等云何破僧亦明亦無明謂調達云何非破僧非明非無明除是句

又問佛言世尊唯比丘破僧非比丘尼式叉摩那沙彌沙彌尼耶佛語優波離比丘破僧非比丘尼非式叉摩那非沙彌沙彌尼唯助破僧耳

問唯比丘尼破比丘尼僧非比丘式叉摩那等如前說

問破僧成就爲罪成就耶優波離破僧成就破僧者成就罪破僧犯何等罪謂偷羅遮破僧已懺悔何等罪謂僧伽婆尸沙

問若一切受法皆不共住耶作四句云何受法非不共住謂若受五法是受法非不共住云何不共住非受法若犯一一波羅夷罪不受五法是非受法是不共住云何受法亦不共住謂受五法犯一一波羅夷罪云何非受法亦非不共住除是句

問若一切受法皆種種不共住耶作四句答有云何種種不共住非受法謂不見擯惡邪不除擯

問頗有不共住即一切種種不共住耶作四句種種不共住非不共住如惡邪不除頗有擯羯磨即墮羯磨耶答有擯羯磨即墮羯磨

云何羯磨云何羯磨事所起罪是羯磨懺悔是羯磨事

云何迦絺那云何受迦絺那云何捨迦絺那謂衣是迦絺那發起九種心是受迦絺那八事是捨迦絺那

問頗有取三錢犯波羅夷耶答有若迦梨仙直十二錢問頗有取十錢或取五錢犯波羅夷耶答有若迦梨仙直四十錢或直二十錢

問頗有減與犯減與不犯耶答有若白減與犯波夜提黑減不犯

問頗有增盈犯增盈不犯耶答增黑犯波夜提增白不犯

問頗有等量犯等量不犯耶答有佛衣等量犯波夜提身等量不犯

問頗有不作犯作不犯耶答有得新衣不三壞色犯波夜提壞色不犯

問頗有比丘入初禪時犯偷羅遮入已犯僧伽婆尸沙耶答有若比丘語餘比丘言與我

作房作是語已入初禪入已房成犯僧伽婆尸沙入第二第三第四禪亦如是或非比丘時犯比丘時淨或比丘時犯非比丘時淨云何非比丘時犯比丘時淨若比丘尼時犯不共僧伽婆尸沙彼轉根作比丘得淨是非比丘時犯比丘時淨云何比丘時犯非比丘時淨若比丘犯不共僧伽婆尸沙彼轉根作比丘尼得淨

問頗有不知時犯知時淨知時犯不知時淨耶答有云何不知時犯知時淨若比丘眠熟有人舉著高牀上如前說彼覺已如法除滅是名不知時犯知時淨云何知時犯不知時淨若比丘犯僧伽婆尸沙阿浮呵那時聞白已睡眠眠中羯磨竟是名知時犯不知時淨

問頗有一方便中犯三波羅夷耶答有若比丘語彼人言汝知我説過人法殺其人又盜其重物是名一方便犯三波羅夷

問頗有比丘尼一方便犯四波羅夷耶答有如比丘尼共期汝見我隨順擯比丘時殺其人盜其重物汝知我得羅漢是名比丘尼一方便犯四波羅夷

問頗有比丘一坐處犯一切五篇戒耶答有若比丘學家中自手受佉陀尼蒲闍尼犯波羅提提舍尼偷剗食犯突吉羅無淨人爲女説法過五六語犯波夜提向女人説麤惡語犯僧伽婆尸沙空無所有説過人法犯波羅夷

問頗有比丘作一方便犯百千罪耶答有若比丘瞋恚若沙若豆散擲諸比丘隨所著犯波夜提

問頗有比丘盜取重物離本處不犯波羅夷耶答有若取非人重物

問頗有比丘亦未曾犯戒乃至突吉羅是非比丘耶答有謂失根者

問頗有比丘尼未曾犯戒乃至突吉羅是非比丘尼耶答有謂失根者

問頗有比丘獨在房中犯四波羅夷耶答有若比丘男根長自下部作婬先作盜方便殺人方便妄語方便我是阿羅漢

問頗有比丘在房中於彼失衣破安居耶答有若比丘結坐已未自恣衣著牀上不受七夜在空中明相出時破安居失衣

問頗有比丘殺比丘尼非母非阿羅漢犯波羅夷得逆罪耶答有若父出家受具足戒轉根作比丘尼

問頗有比丘尼殺比丘非父非阿羅漢得波羅夷得逆罪耶答有母出家受具足戒轉根作比丘

問頗有比丘作非梵行犯波羅夷作非梵行不犯波羅夷耶答有若生女人女根不壞作婬犯波羅夷若壞不犯波羅夷

問頗有盜犯波羅夷盜不犯波羅夷耶答有若取人重物犯波羅夷若取非人重物不犯波羅夷

問頗有殺人犯波羅夷殺人不犯波羅夷耶答有是人作人想殺犯波羅夷若異想殺不犯欲殺非人而殺人不犯波羅夷

問頗有比丘說過人法犯波羅夷說過人法不犯波羅夷耶答有若不異想說過人法犯波羅夷若增上慢說不犯波羅夷

問頗有犯此事得波羅夷即犯此事不犯波羅夷耶答有若比丘尼摩觸身犯波羅夷比丘摩觸不犯波羅夷比丘尼隨順擯比丘波羅夷比丘隨順不犯波羅夷比丘尼覆藏麤罪波羅夷比丘覆藏不犯波羅夷

問頗有犯此事僧伽婆尸沙即犯此事不犯僧伽婆尸沙耶答有若比丘故出精犯僧伽婆尸沙比丘尼出精不犯僧伽婆尸沙比丘摩觸身僧伽婆尸沙比丘尼不犯僧伽婆尸沙比丘尼染汙心男子邊受食等犯僧伽婆尸沙比丘不犯僧伽婆尸沙

問頗有犯此事得波夜提即犯此事不犯波夜提耶答有若比丘覆藏麤罪犯波夜提比丘尼不犯波夜提若比丘不病索美食犯波夜提比丘尼不犯波夜提若比丘尼於淨生草上大小便犯波夜提比丘不犯波夜提

問頗有犯此事犯波羅提提舍尼而犯此事不犯波羅提提舍尼耶答有若比丘尼索美食犯波羅提提舍尼比丘不犯波羅提提舍尼罪

問頗有行此事犯突吉羅即行此事不犯突吉羅耶答有比丘淨生草上大小便犯突吉羅比丘尼不犯突吉羅比丘尼齊下著衣突吉羅比丘不犯突吉羅

問頗有比丘犯戒時淨淨時犯耶答有若比丘於女人前說麤惡語轉根是名犯時淨云何淨時犯若比丘犯僧伽婆尸沙阿浮呵那時捨合掌覆頭身不齊整畫地斷草是淨時犯

問頗有捨異界得自然界耶答有捨羯磨界

得聚落界
問頗有餘人語餘人得波羅夷餘人語餘人得僧伽婆尸沙耶答有若比丘作破僧方便汙他家乃至三諫不捨得僧伽婆尸沙
問頗有餘人語餘人得波夜提耶答有若比丘惡邪見乃至三諫不止犯波夜提
問頗有餘人語餘人犯波羅提提舍尼耶答有比丘尼爲比丘索食犯波羅提提舍尼
問頗有餘人作語餘人犯突吉羅耶答有如佛所說若比丘半月半月說波羅提木叉時憶有罪不發露得突吉羅
問如佛所説無有比丘尼捨戒更得出家受具足戒頗有比丘尼捨戒更出家受具足戒耶答有若比丘尼捨戒已轉根作男子更與出家受具足戒成出家得具足戒
如佛所説犯邊罪人不得與出家不得與受具足戒頗有犯邊罪得與出家得與受具足戒成出家得具足戒耶答有若比丘尼犯不共波羅夷罪彼捨戒轉根成男子得與出家受具足戒成出家得具足戒優波離問佛言世尊有幾種羯磨佛語優波離有百一種羯磨又問幾白羯磨幾白二羯磨幾白四羯磨答二十四白羯磨四十七白二羯磨三十白四羯磨又問此百一羯磨幾有欲幾無欲答除結界羯磨餘者皆有與欲又問幾羯磨攝一切羯磨耶答三羯磨攝一切羯磨謂白羯磨白二白四羯磨又問餘人不語亦不作身方便而犯波羅夷耶答有比丘尼見比丘尼犯麤罪覆藏不發露得波羅夷
問頗有犯四篇戒不發露懺悔而得清淨耶

答有若比丘犯不共四篇戒彼轉根作比丘尼即得清淨

又問頗有比丘尼犯五篇戒不發露懺悔而得清淨耶答有若比丘尼犯不共五篇戒彼轉根作比丘即得清淨

又問頗有比丘殺人不犯波羅夷耶答有二人共一處欲殺此人而殺彼人

又問頗有餘人作婬餘人得彼羅夷耶答有若比丘尼見比丘尼作婬覆藏不發露明相出得波羅夷

問頗有比丘行時犯五篇戒耶答有若比丘到學家中自手受食犯波羅提提舍尼偏刳食犯突吉羅無淨人爲女說法過五六語犯波夜提於女人前麤惡語犯僧伽婆尸沙空無所有說過人法犯波羅夷

又問若有人非律說律者何處求戒相答二波羅提木叉中十七事毘尼事中增一中自多伽因縁中共不共毘尼中結戒中結地中空行中轉根中求

問頗有不離一切趣趣所繫不於勝法中出家復不盡漏而取無餘般涅槃耶答有謂化人殺彼得何罪答偷羅遮

毘尼衆事分竟

問四波羅夷初

佛住舍衛國祇樹給孤獨園爾時優波離問佛言世尊有比丘以呪術仙藥化作畜生已共作婬得何罪答若自知比丘想我是比丘作不可事者犯波羅夷若不自比丘想犯偷羅遮又問若比丘呪術仙藥化作畜生女已共作婬犯何罪答若自比丘想犯波羅夷若

不自比丘想偷羅遮二比丘呪術仙藥化作畜生共作婬得何罪答若自比丘想犯波羅夷不自比丘想偷羅遮非人女亦如是云何非人女邊作婬犯波羅夷謂舉身可捉畜生女亦如是若不可捉共作婬若精出犯僧伽婆尸沙不出犯偷羅遮云何口中作婬犯波羅夷答若過節犯波羅夷不過偷羅遮若中破列三瘡門不壞犯波羅夷若頭斷從咽喉處入偷羅遮若精出犯僧伽婆尸沙云何瘡門壞答若瘡門周匝壞於彼作婬偷羅遮精出僧伽婆尸沙云何大便道作婬犯波羅夷罪答爲過皮至節小便道亦如是不觸三瘡門邊入偷羅遮云何女人瘡門壞答若一切壞半壞入偷羅遮精出僧伽婆尸沙女人中截蟲不噉不燒三瘡門不壞入犯波羅夷若多蟲噉若燒入偷羅遮精出僧伽婆尸沙生女亦如是生女女根半壞入波羅夷無毛熟母豬邊作婬入偷羅遮精出僧伽婆尸沙頗有比丘獨在房中犯波羅夷耶答有男根長自口及大便道作婬若蚊蟵爲枯作婬波羅夷問頗有比丘小便中作婬不犯波羅夷耶答若有截已作婬或截女根已作婬或俱截作婬偷羅遮問頗有比丘於小便道小便道入不犯耶答入小便器中問頗有比丘俱有枯作婬不犯波羅夷耶答有鼻中作婬又以厚衣纏之或以筩盛作婬偷羅遮精出僧伽婆尸沙問頗有比丘於女人邊作婬不犯波羅夷耶答有初作者於二根邊作婬波羅夷石女邊作婬根小不入偷羅遮精出僧伽婆尸沙云何受樂受樂有何義答若身心得樂

是受樂義本犯戒人作婬得突吉羅

問初波羅夷事竟

佛住王舍城爾時尊者優波離問佛言世尊若比丘自作二四十人數取分云何如法云何非法答前者如法後者非法得何罪答若事辦物滿五錢波羅夷不滿偷羅遮自當二八十人數亦如是

問頗有比丘餘人作語移物著處處犯波羅夷耶答有謂移其子著餘處犯波羅夷若商客語比丘汝等不輸稅當度我輸稅物若比丘度稅物過稅處事滿波羅夷未過稅處偷羅遮若使諸商人餘道去彼諸商人不從稅道去過稅處偷羅遮若比丘先不知餘比丘於鍼囊中盜著稅物過囊主不犯著者事滿波羅夷不滿偷羅遮若比丘語無臘比丘言擔是物去犯偷羅遮過稅處滿波羅夷無臘比丘不問突吉羅空中度稅物從稅處度偷羅遮餘處度不犯若比丘持不可量物度稅處滿波羅夷若自度已物過稅處滿波羅夷若未受具戒時作方便未受具戒時取突吉羅未受具足時作方便受具戒時取突吉羅未受具戒時作方便受具戒已取偷羅遮九句亦如是廣說若比丘取衣架滿五錢犯波羅夷不滿偷羅遮頗有比丘偷金鬘不犯波羅夷耶答有若取天龍鬼神鬘若比丘欲取衣架合衣持去當數衣架滿波羅夷不滿偷羅遮若衣離架若滿波羅夷不滿偷羅遮若比丘使比丘爲餘人故取物彼起盜心取俱得波羅夷若比丘他不使盜而爲他盜取偷羅遮若比丘欲取刼貝衣而取芻麻衣偷羅

遮展轉取亦如是若比丘語比丘於七種衣中使取一一衣彼起盜心而自取波羅夷示彼而取偷羅遮疑心取偷羅遮如佛所説若取五錢犯波羅夷取何等五錢犯波羅夷耶答二十錢云何錢謂迦呵那一迦梨仙直四迦呵那云何滿謂相言諍問頗有比丘取物不離本處而犯波羅夷耶答有謂田宅等若比丘取樹上果滿波羅夷不滿偷羅遮若取瞿耶尼物得何罪答若用此間迦梨仙滿波羅夷不用此間迦梨仙者偷羅遮問頗有比丘偷銅錢犯波羅夷耶答有若迦梨仙直二十銅錢若有比丘破倉取穀當取穀當取初方便若滿波羅夷不滿偷羅遮若比丘取衆多物波羅夷問頗有比丘取金像不犯波羅夷耶答有若不直五錢偷羅遮金鬘亦如是

問頗有比丘取水器犯波羅夷耶答有若直五錢若比丘取金金未壞相當數直若滿波羅夷不滿偷羅遮若比丘貸物言不貸故妄語波夜提不還偷羅遮若比丘受他寄索時言不受故妄語波夜提物離本處滿波羅夷若主聽偷羅遮若比丘取迦梨仙若滿犯波羅夷不滿偷羅遮若比丘取減五錢物偷羅遮賊往偷盜犯突吉羅若經羯磨白二白四羯磨者犯本犯戒人偷盜突吉羅學戒人偷盜突吉羅本不和合人偷盜犯突吉羅云何離處若物在本處移著餘處問頗有比丘白四羯磨受具足戒四波羅夷中一一不犯而非比丘耶答生二根

問第二波羅夷事竟

問若比丘呪術仙藥呪他作畜生而殺犯波

羅夷頗有比丘殺母不犯波羅夷不得逆罪耶答有欲殺餘人而殺母犯偷羅遮欲殺母而殺他偷羅遮二人没水中欲殺此人而殺彼人犯偷羅遮欲殺凡人而殺阿羅漢偷羅遮不得逆罪欲殺阿羅漢而殺凡夫偷羅遮欲殺阿羅漢而殺阿羅漢犯波羅夷得逆罪若比丘墮胎得波羅夷問餘母人墮胎餘母人取飲後生兒餘女人養殺何等母得波羅夷得逆罪耶答墮胎者欲出家時當問何者答謂養者問頗有比丘墮畜生胎犯波羅夷耶答有謂畜生懷人胎者問若比丘墮人胎不犯波羅夷耶答有謂人懷畜生胎者若使人高處擲下入水火等當得安隱彼即自擲入水火等死者得波羅夷欲殺母而殺父偷羅遮不得逆罪欲殺父而殺母得偷羅遮

問第三波羅夷事竟

若比丘言我於四沙門果退波羅夷我已得復失不說沙門果偷羅遮若言得四沙門果而失犯波羅夷若言我是學人意在功巧偷羅遮若三沙門果中說一一果犯波羅夷若言我無所有無貪欲瞋恚犯波羅夷於今是最後生犯波羅夷如我相似餘人問言有何相似答言得聖法犯波羅夷若比丘到居士家言誰語汝我是阿羅漢不實語故偷羅遮比丘到居士家言汝得大利我出入汝家彼問言長老有何等利答自說聖法得波羅夷若比丘語施主受用汝房者是阿羅漢我非阿羅漢犯偷羅遮如是衣鉢薦席卧具等偷羅遮若比丘言某處敷種種卧具者彼比丘是須陀洹乃至阿羅漢我亦在彼波羅夷若

比丘言我不墮地獄餓鬼畜生偷羅遮若說四沙門果犯波羅夷若比丘言我已離結使煩惱波羅夷比丘言於聲聞所得我已得波羅夷我修五根波羅夷五力七覺八道亦如是我於初禪退波羅夷乃至次第逆順修禪亦如是某臥處起初禪不與覺道支相應偷羅遮欲作經語而說聖法偷羅遮我於施無所有偷羅遮我是佛偷羅遮我是天人師偷羅遮我是毘婆尸佛弟子波羅夷我得果波羅夷於聾所說過人法偷羅遮瘂人所聾瘂人所入定人所說偷羅遮先犯戒人說過人法突吉羅學戒人賊住本不和合人等說過人法亦如是我修慈悲喜捨故妄語波羅夷手印樹相偷羅遮

說第四波羅夷事竟

薩婆多部毘尼摩得勒伽卷第一

音釋

駃（爽士切疾也）絺（丑知切）擯（必刃切斥也）吒（陟駕切）佉（丘伽切）刳（苦胡切）噉（徒濫切食也）蚊（無分切）蟵（蚊蟵直誅切）枮（陟林切）筩（徒紅切竹筒也）碁（渠羈切）鍼（音針）聾瘂（聾盧紅切瘂烏下切）樹（方小切）

薩婆多部毘尼摩得勒伽卷第二

宋三藏法師僧伽跋摩譯

問十三僧伽婆尸沙初

眠中作方便眠中精出不犯覺時作方便眠中出偷羅遮作方便已捨置偷羅遮甲坐捨方便偷羅遮未受具戒時作方便受具戒竟精出偷羅遮受具戒時作方便受具戒時精出僧伽婆尸沙受具戒時作方便白衣時出偷羅遮從何處與别住從初根本所犯云何出精謂出至節云何知作心次第精出是名知或比丘時犯非比丘時淨或非比丘時犯比丘時淨或比丘時犯比丘時淨或非比丘時犯非比丘時淨云何比丘時犯非比丘時淨謂轉根是比丘時犯非比丘時淨云何非比丘時犯比丘時淨謂轉根云何比丘時犯比丘時淨若比丘犯僧伽婆尸沙如法除滅是名比丘時犯比丘時淨云何非比丘時犯非比丘時淨謂比丘尼犯僧伽婆尸沙如法除滅是非比丘時犯非比丘時淨眠中作方便覺時精出若知偷羅遮不知不犯若男根起逆水行偷羅遮若出節精偷羅遮握搦捋弄精不出偷羅遮與藥不出偷羅遮疑觸女人偷羅遮觸於齒偷羅遮觸無肉淳骨偷羅遮於餘女人染汙心觸餘女人偷羅遮觸二根人意在女想者僧伽婆尸沙意在男想偷羅遮共女人相摩觸僧伽婆尸沙共黄門摩觸偷羅遮共男子相摩觸身偷羅遮爲細滑煖等因緣故摩觸女人身偷羅遮摩觸母身愛母故不犯爲細滑等摩觸偷羅遮姊妹亦如是

爲他故麤惡語偷羅遮遣使語偷羅遮不犯二十一句亦如是自讚歎身亦如是若法非過去現在未來而顛倒此法以十利故制彼法云何答謂媒嫁持自在語至非自在所偷羅遮云何自在若於眠食戲笑自在於彼行媒嫁偷羅遮買是女作婦偷羅遮胎中媒嫁偷羅遮鬪諍中奪女人偷羅遮無子所媒嫁偷羅遮黄門所媒嫁偷羅遮自媒嫁偷羅遮如是人男非人男於彼媒嫁偷羅遮人男非人女偷羅遮俱非人偷羅遮媒嫁梵行人偷羅遮媒嫁處男子轉根成女人女人轉根成男子偷羅遮本犯戒人偷羅遮學戒人偷羅遮

乞房已不作偷羅遮問頗有比丘自作房不從僧乞不犯耶答有謂蚊㡡問頗有比丘自乞作房不犯耶答有謂他房他作爲成偷羅遮二人共作偷羅遮十人共乞作一房十人各犯僧伽婆尸沙物不現前而作房偷羅遮不捨房爲作偷羅遮遠處作房偷羅遮云何自乞房若得物若未有直作大房亦如是云何乞房衆僧和合作羯磨自物作房偷羅遮手印謗比丘偷羅遮遣使亦如是謗本犯戒人偷羅遮謗學戒人偷羅遮謗沙彌突吉羅若比丘僧中作不定語比丘作婬偷五錢殺人說過人法而不說其名偷羅遮手印相亦如是若比丘從座起而作是言我無所因而說於一切衆僧邊得突吉羅若比丘以是事謗比丘尼偷羅遮比丘尼以是事謗比丘偷羅遮何以故共戒故謗式叉摩那沙彌沙彌尼突吉羅非比丘非沙門非釋子不精進惡

沙門乃至少因緣皆犯偷羅遮即以此事比丘謗比丘偷羅遮謗式叉摩那沙彌沙彌尼突吉羅展轉如輪謗亦如是難事謗比丘突吉羅謗比丘比丘尼式叉摩那沙彌沙彌尼展轉如輪除四波羅夷以餘者謗突吉羅少片亦如是不乞聽擯比丘成擯不答不成擯諸比丘犯突吉羅

頗有比丘不乞聽而擯比丘成擯耶答有衆僧一時共擯頗有比丘不乞聽而衆僧中擯比丘成擯耶答有先已聽不白以不解人作羯磨成羯磨不答成諸比丘犯突吉羅不語彼而擯比丘成擯不答成擯諸比丘犯突言羅不使憶念亦如是不作白羯磨擯比丘成擯不答成諸比丘犯突吉羅不現前亦如是不受法比丘擯不受法比丘成擯不答成擯諸比丘犯突吉羅受法比丘擯不受法比丘不受法比丘擯受法比丘亦如是若比丘語諸比丘我是受法比丘而擯是比丘成擯不答非法自言不成擯受法比丘自言得成擯

問頗有比丘爲四人作羯磨而不犯耶答有若坐大牀小牀與五人受大戒若十五人亦如是如佛所說衆不得羯磨衆頗有得羯磨衆耶答有若坐大牀小牀如前說在空中地人作羯磨成羯磨不答不成諸比丘得呵罪人在地空中作羯磨亦如是界内界外亦如是餘四乃至惡性隨事分別云何不清淨清淨相若比丘犯波羅夷而威儀清淨是不清淨清淨相云何清淨不清淨相持戒不犯威儀不清淨云何清淨清淨相而不犯戒威儀清淨云何不清淨不清淨相若比丘犯波羅

夷僧伽婆尸沙威儀不清淨問十三婆尸沙竟

問二不定法

如世尊所說信可信優婆夷語治比丘爲信一切可信優婆夷語治比丘耶答應問可信優婆夷言姊妹此比丘在彼不答言在彼應用可信優婆夷語治是比丘可信優婆夷言我見非時食比丘言我食酥蜜應用可信優婆夷語治是比丘亦應令是比丘自言可信優婆夷言我見是比丘飲酒比丘言我飲蜜漿酥毘羅漿應用是可信優婆夷語治亦應令是比丘自言可信優婆夷言我見某甲比丘作婬比丘言我胜中作婬應用是可信優婆夷語治亦應令是比丘自言可信優婆夷言我見某甲比丘共畜生作婬比丘答言實作身外分作應用是可信優婆夷語治亦應令是比丘自言龍女天女夜叉女亦如是可信優婆夷言我見是比丘共某甲女人作婬比丘言我以餘因縁故到彼不應用是可信優婆夷語可信優婆夷言我見某甲比丘共某甲女人作婬女人立比丘坐不應用是優婆夷語治是比丘四威儀中亦如是

第二戒如摩觸身戒若比丘於是一一事中不說不應用是優婆夷語治是比丘問二不定法竟

問三十事初

問頗有比丘過十夜衣不犯尼薩耆耶答有若燒若失

問頗有比丘過十夜衣不犯尼薩耆耶答有用水衣作衣毛衣不淨衣亦如是

頗有比丘盡壽畜長衣不犯尼薩耆耶答有十夜内無常

頗有比丘二十年畜長衣不淨施不犯耶答有若狂若心散亂若苦病癡騃者

問頗有比丘過十夜即此衣一夜離宿耶答有過十夜已作衣受出界外明相出

頗有比丘即日得衣即日尼薩耆耶答有頗日得衣先尼薩耆罪未懺悔離衣宿已不受三衣過十夜尼薩耆尼師壇離宿不犯尼薩耆耶答三衣佛所說不得離宿尼師壇或得離宿或不得尼師壇非一夜離宿衣如世尊所說瞻病衣過十夜尼薩耆手巾漉水囊卧具褥受持不犯若不受持者捨已更受隨意用云何打衣若新衣未經四月受用是不得打衣云何得打衣時衣四月爲時以經四月受用是名得打衣三衣不得同意取取者惡取犯突吉羅

衆僧界外道界共一界内一門離衣宿若在門下宿不犯

頗有比丘外道處著衣僧界内宿不犯耶答有外道共同一界樹界亦如是

頗有比丘四處著衣餘處宿不犯耶答有若著卧牀坐牀上隨其事亦如是若不持三衣行應更受餘衣

如佛所說一月衣云何受一月衣謂三衣不足若三衣滿足不得畜一月衣若不滿三衣希望一月必得者應畜若不得者即應裁割受持得以不裁截受持尼薩耆波夜提如頗日得衣

問頗有比丘使非親里比丘尼浣衣不犯耶答有謂浣新衣

頗有比丘非母親非父親使比丘尼浣衣不

犯耶答有謂母也已浣更使浣突吉羅遣使展轉手印浣浣尼薩耆衣衆僧衣不淨衣使賊住浣本不和合本犯戒式叉摩那沙彌尼皆不犯尼薩耆犯突吉羅

問頗有比丘於非母親比丘尼所受衣不犯耶答有謂母賊住人邊受衣不犯尼薩耆犯突吉羅若比丘尼放地言寄大德我聽隨意用我當得功德比丘受用不犯使人取突吉羅遣使手印取衣一切皆突吉羅若比丘尼以衣著地默然去比丘同意受用不犯又言受用與我直不犯暫時借用不犯式叉摩那沙彌尼亦如是若言某聚落中有衣與大德往取犯突吉羅若默然心受後同意取用不犯若比丘言我等不得取非親里比丘尼衣彼默然著地而去後同意用不犯

頗有比丘取母衣犯尼薩耆耶答有若取異物

問頗有比丘著衣入白衣舍衣不離身即尼薩耆耶答有若泥土所汙比丘尼拂拭去若比丘使非親里比丘尼浣尼師壇尼薩耆波夜提浣褥突吉羅浣枕等突吉羅云何浣乃至三入水

問頗有比丘從非親里居士居士婦乞衣不犯耶答有若爲僧乞二根邊乞不犯

頗有比丘居士居士婦邊乞衣不犯耶答有謂父母也乞房衣雨衣不犯學戒人乞突吉羅乞不淨衣突吉羅乞劫貝頭沙突吉羅受具戒時乞受具戒時得作四句若居士轉根作女人不犯居士婦比丘轉根作比丘尼亦如是遣使乞突吉羅手印相亦如是從非人

畜生天邊乞衣不犯爲沙彌作衣比丘往乞突吉羅爲衆多比丘作衣一比丘往乞突吉羅居士時爲作衣出家已往索突吉羅受具戒時爲作衣受具戒已索得突吉羅是衣應捨若夜叉邊索天龍所一切外道所索不犯遣使手印索突吉羅

非人與直非人爲使非人爲檀越不犯人與直非人爲使非人爲檀越不犯非人與直人爲使人爲檀越不犯人與直人爲使人爲檀越不犯從龍索物不犯

頗有比丘新憍奢耶作尼師壇不犯尼薩耆耶答有若瞿那雜作突吉羅若劫貝雜作突吉羅頭鳩羅雜作突吉羅（頭鳩羅者此言紵也）若髮若毛雜作突吉羅佛衣作尼師壇突吉羅遣使手印作突吉羅

頗有比丘新憍奢耶雜作敷具不犯尼薩耆耶答有不自作純黑作者自作亦如是云何犯罪若成已敷眠

頗有比丘作敷具犯四波夜提耶答有若等修伽陁量不滿六年非親里比丘尼浣過十夜咸與白及不淨突吉羅

頗有比丘不滿六年作敷具不犯耶答有六年内罷道還復受戒狂癡亦如是

頗有比丘六年内作敷具不犯耶答有六年内轉根爲女人者

頗有比丘六年内作敷具不犯耶答有謂僧羯磨憍奢耶亦如是（亦如是者前新憍奢耶敷具僧羯磨作不犯也）爲他作突吉羅

頗有比丘取僧伽梨犯突吉羅耶答有若雜金縷作銀縷金寶縷作亦如是若著前地不

受用若受金想尼薩耆若在遠處使人取突
吉羅頗有毋邊取物尼薩耆耶答有若貿易
餘物
頗有比丘種種販賣不犯耶答有使未受具
戒人是也賣買一切亦如是若未受具戒人
賣買不犯若不如法賣買突吉羅共非人販
賣突吉羅共天龍夜叉乾闥婆一切非人賣
買突吉羅共親里賣買突吉羅狂心散亂心
苦痛心賣買突吉羅本犯戒本不和合賊住
黄門汙染比丘尼所販賣皆突吉羅學戒人
賣買突吉羅未受具戒時用銀買物未受具
戒時得突吉羅如是作七句狂心散亂心者
不犯
頗有比丘畜過十夜鉢不犯耶答有十夜内
狂若心散亂

頗有比丘終身畜長鉢不犯耶答有以僧中
捨已悔過
頗有比丘有一鉢即此一鉢尼薩耆耶答有
謂不受持
頗有比丘有鉢更乞餘鉢終身不淨施不犯
耶答有謂小鉢
問頗有乞得鉢捨時不犯尼薩耆耶答有與
欲人滿衆捨小鉢犯突吉羅此鉢不成捨使
他行小鉢突吉羅遣使手印突吉羅
頗有比丘頻日乞鉢不犯耶答有若易得十
夜内
頗有比丘減五綴鉢更乞新鉢不犯耶答有
二人乞一鉢三人乞一鉢不犯尼薩耆犯突
吉羅
頗有比丘終身畜長鉢不犯耶答有謂已僧

中捨鉢
頗有比丘自乞縷使織不犯尼薩耆波夜提耶答有乞不淨縷使織作衣犯突吉羅狂心乞縷突吉羅爲僧乞不犯手印遣使乞突吉羅若四若五乃至乞一縷遣使手印乞突吉羅爲比丘織衣比丘往不語突吉羅若語若不淨縷雜織突吉羅爲比丘作比丘不語不犯黄門織衣比丘語彼突吉羅二根亦如是
頗有比丘瞋恚心奪比丘衣不犯耶答有謂奪不淨依奪本犯戒學戒賊住本不和合沙彌突吉羅遣使手印奪突吉羅奪減量衣突吉羅若奪衣人轉根作女人突吉羅與衣者轉根亦如是
問頗有比丘過六夜離衣宿不受持餘衣不犯耶答有八難中一一難起若無餘衣三人中安居後一月得離衣宿過是離宿尼薩耆不淨衣作雨衣突吉羅劫波塗沙作雨衣突吉羅若比丘自恣已至餘住處彼處未自恣隨彼畜雨衣波夜提若比丘畜長衣不捨尼薩耆波夜提耶答有若比丘自恣已至餘住處彼處未自恣隨彼畜雨衣波夜提不從初受作雨衣尼薩耆波夜提
頗有比丘從毋邊取衣尼薩耆波夜提耶答有僧衣迴向已尼薩耆時藥七日藥亦如是
頗有比丘與僧衣迴向已不犯耶答有若界外犯突吉羅與第二第三人亦如是若僧界內不和合分衣突吉羅
頗有比丘時藥作非時藥七日藥終身藥耶答有甘蔗時藥汁作非時藥作糖七日藥燒作灰終身藥胡麻亦如是肉是時藥煎取膏

七日藥燒作灰終身藥若七日藥在不淨地不經宿不受持得七日受不答得受終身藥亦如是若淨膏漉已合油煎得七日服若比丘捨七日藥還作七日食廣說隨其事餘比丘亦得七日食隨其事不犯若灌鼻若灌耳若摩足受持不犯問三十事竟

問九十事初

居士問比丘言汝是誰耶比丘答言我是外道捨戒不答不捨戒故妄語波夜提居士問比丘言汝是誰耶答是居士捨戒不答不捨戒故妄語波夜提指餘人爲和尚捨戒不答不捨戒故妄語波夜提比丘語比丘言汝是剃師故妄語波夜提有比丘顛倒說與和尚某甲阿闍梨某甲乞彼隨語與物故妄語波夜提數數稱名乞波夜提不聞言聞波夜提聞言不聞波夜提手印相皆突吉羅手作相口不語突吉羅語人言眼瞎彼實不瞎得二波夜提故妄語毀呰語波夜提聾盲瘖瘂亦如是汝發瘡彼非發瘡故妄語波夜提一切工巧亦如是共期不去故妄語波夜提比丘言汝是婆羅門出家而作剃師耶故妄語波夜提剎利出家亦如是若比丘行時以天眼出比丘罪成出罪不答不成出罪天眼非事故坐亦如是若比丘僧中出比丘罪成出罪不答不成出罪比丘犯突吉羅不先語故毀呰賊住人突吉羅先不和合學戒汙染比丘尼亦如是毀呰式叉摩那沙彌沙彌尼皆突吉羅遣使手印突吉羅比丘語比丘汝是婆羅門種比丘尼語比丘

汝作下賤業作剃師得二波夜提故妄語毀呰語剎利種亦如是傳他毀呰語突吉羅用天耳聞兩舌突吉羅僧中乞作兩舌波夜提賊住本不和合遣使手印突吉羅比丘兩舌波夜提比丘尼式叉摩那沙彌沙彌尼邊兩舌突吉羅比丘尼比丘邊兩舌突吉羅式叉摩那沙彌沙彌尼邊兩舌突吉羅已滅賊住人罪更發起本不和合本犯戒突吉羅遣使手印發起突吉羅滅比丘尼罪已更發起突吉羅滅式叉摩那沙彌沙彌尼罪已更發起突吉羅爲眠母人說法突吉羅淨人眠說法突吉羅鬱單越人爲淨人癡人爲淨人聾人爲淨人瘂人爲淨人邊地人爲淨人說法突吉羅爲黃門說法突吉羅爲二根說法突吉羅遣使手印突吉羅若有不淨人爲淨人得爲女人說法不答不得何以故佛說言淨人故爲說呪願不犯盲人爲淨人爲女說法衆多癡人爲淨人爲女說法突吉羅五衆爲淨人說法不犯不狂爲淨人不犯無淨人得與受八支齋戒不犯授經不犯問答誦經皆不犯頗有比丘共未受具戒人並誦偈句法不犯波夜提耶答有共畜生天龍鬼神等突吉羅共沙彌沙彌尼等突吉羅遣使手印突吉羅問何以故波羅夷僧伽婆尸沙罪向未受具戒人說波夜提耶答此二戒聚攝麤惡罪以是故向他說波夜提

頗有向未受具戒人說過人法不犯波夜提耶答有若向式叉摩那沙彌沙彌尼說突吉羅手印突吉羅向見諦人說正見人說不犯向狂人散亂心人重病人說突吉羅不犯有

二十一句五衆展轉相向説突吉羅向賊住人本不和合學戒人説遣使手印説突吉羅若比丘迴僧物與比丘尼僧突吉羅手印迴向突吉羅比丘尼言何用半月半月説是雜碎戒突吉羅罪

問頗有比丘呵説雜碎戒不犯耶答無也除二十一句不犯

頗有比丘斷草不犯波夜提耶答有謂剃髮若比丘以灰土覆生草若沙及餘方便突吉羅若語人取是果我欲食突吉羅若生果未淨全咽突吉羅取木耳突吉羅本不和合學戒人取突吉羅

若比丘爲他罵突吉羅罵畜生突吉羅傳罵突吉羅

問餘事説餘事突吉羅默然惱他突吉羅問言不憶突吉羅

頗有比丘坐卧牀著露地不自舉不使人舉不犯耶答有謂寶牀

頗有比丘露地敷卧具去時不自舉不使人舉不犯耶答有若不淨物雜作突吉羅若在覆處若白衣所攝去時不舉不犯先取者應舉若賊住比丘敷卧具去時不自舉不使人舉突吉羅本不和合學戒人不舉突吉羅若比丘自卧具不自舉不使人舉突吉羅五衆亦如是

頗有比丘僧卧具不自舉不使人舉不犯耶答有若白衣舍坐不舉或人所奪不犯近經行不犯暫時坐起去不自舉不使人舉突吉羅衆僧卧具勢力者所奪隨意坐不犯除卧牀坐牀餘長木長板等隨意坐不犯若比丘

不囑卧具出行中道見比丘語言與我舉坐牀卧牀彼受囑已不舉突吉羅若比丘卧具欲内房中房閉者當云何答應著壁下墻下樹下雨所不壞處房舍内敷卧具戒亦如是

頗有比丘驅出比丘不犯波夜提耶答有若一切衆僧驅一比丘突吉羅彼何等人耶謂賊住驅本犯戒本不和合學戒人沙彌等出突吉羅遣使手印及私房驅出突吉羅若露地驅出突吉羅驅出餓鬼等突吉羅

頗有比丘知先比丘敷卧具竟後來强以卧具自敷使人敷不犯波夜提耶答有謂賊住本犯戒本不和合學戒沙彌突吉羅

頗有比丘不楔牀脚於上坐卧不犯波夜提耶答有賊住寺中本犯戒本不和合寺中比丘尼寺中除比丘寺餘四衆寺突吉羅外道寺中突吉羅

頗有比丘以有蟲水澆草土不犯波夜提耶答有若遣使手印突吉羅以乳酥酪澆草土中蟲突吉羅

頗有比丘過二三覆屋不犯波夜提耶答有若手印遣使突吉羅使黄門覆突吉羅云何大房謂私房是名大房或有主名大房云何教誡比丘尼答若説八重法是名教誡比丘尼受法比丘教誡不受法比丘尼突吉羅與上相違亦如是教誡賊住比丘尼突吉羅本犯戒本不和合學戒比丘尼突吉羅教誡比丘尼比丘餘處亦得教誡爲更作羯磨耶不作耶佛言先以作竟但應教誡不須更作若僧不差比丘教誡比丘尼不犯耶答有先以差若有一比丘處比丘尼應往求教誡不答

應往求教誡二三亦如是
頗有比丘日沒時教誡比丘尼不犯波夜提耶答有若比丘尼寺中聚落中近聚落寺中白衣家不犯聚落外犯
頗有比丘施非母親衣不犯耶答有謂母作二十一句施本犯戒比丘尼衣突吉羅賊住本不和合學戒比丘尼突吉羅
如佛所說若比丘言諸比丘爲供養利故教化比丘尼得波夜提
頗有比丘作如是語不犯波夜提耶答有非人出家作比丘尼突吉羅非人者天龍夜叉乾闥婆阿脩羅緊那羅摩睺羅伽人非人毘舍遮鳩槃荼等出家作比丘尼是也
有比丘共比丘尼期空中行突吉羅隱身共行突吉羅未受具戒時期受具戒已去突吉羅受具戒時期白衣時去突吉羅比丘空中行比丘尼地行突吉羅有比丘共天女屏覆處坐若彼可捉者突吉羅共比丘尼獨屏覆處坐亦復如是
頗有比丘比丘尼讚歎得食不犯耶答有若爲餘者讚歎餘者食不犯
有比丘先受居士請後比丘尼讚歎言請某甲某甲比丘檀越答言已請食者不犯淨施比丘尼食者不犯淨施式叉摩那沙彌沙彌尼食者不犯不知比丘尼讚歎食者不犯
頗有比丘處處受請食不犯耶答有先爲他作淨施受若病食者不犯處處受親里食不犯若比丘受請食即於坐處餘處與食作意不受食者不犯若比丘受請有人言大德更當有食我不請大德食者不犯比丘受二種

請謂佉陀尼蒲闍尼而不淨施食者不犯比丘先受請已有人言大德憶念我有食我不請大德食者不犯比丘先受請已有人言大德我有隨病食我不請大德食者不犯

頗有比丘受二處請不淨施不犯耶答有若非正食有比丘受請已有人言大德來到我舍我不請大德食者不犯坐中請彼先未受請食者不犯一坐處更有餘人請食者不犯常請食者不犯慈愍故受食者不犯長食食者不犯長食者謂白衣舍早起作食熟未食先留出家人分名爲長食食此食者亦不犯也二人食一人并取合行食者不犯不淨食手印受突吉羅或狂人來請疑故更受餘請不犯若比丘受請食淨施受法比丘食者不犯作二十一句居士語比丘言長老受我請彼比丘不淨施食者突吉羅

頗有一處受二家請食不犯耶答有謂龍宮食天祠食外道食

頗有比丘受二三鉢食不犯耶答有外道家天祠夜叉祠不犯手印相受突吉羅除餅等受餘食不犯若過取二三鉢已使餘人持去突吉羅

頗有比丘食已自恣不受殘食法更食不犯耶答有若病酥蜜亦如是食不淨食已自恣更受殘食法不名爲受食者波夜提云何不淨食謂正食也

頗有比丘食已自恣不受殘食法食不犯波夜提耶答有若賊住若學戒本不和合本犯戒突吉羅

頗有比丘別衆食不犯波夜提耶答有行過半由延不犯如佛所説別衆食除因緣不犯

爲一切因緣現在前爲一一因緣現在前耶答一一因緣現在前食不犯頗有比丘別衆食不犯耶答有若出界食空中食不犯

頗有比丘非時食佉陀尼蒲闍尼不犯耶答有若往北鬱單越用彼時食不犯

問頗有比丘一坐食犯四罪耶答有若不受食若不淨食若非時食若殘宿食隨入口口犯四波夜提

問北鬱單越宿食得食不答得食餘方亦如是三種人宿食比丘不得食何等三謂賊住本不和合學戒

頗有比丘食宿食不犯耶答有若比丘尼宿食比丘得食比丘宿食比丘尼得食若鉢口缺食餘著器極用意三洗故膩用食者不犯

與沙彌已沙彌還與比丘用食不犯宿食與他他還與食者突吉羅若自不受食者不犯若用北鬱單越法不受食食不犯餘方不得若比丘食時淨人以佉陀尼蒲闍尼著器中成受不若可却者却不可却者得食不犯者謂濁水鹹水灰水蟲水應漉

頗有自爲求美食不犯耶答有若從龍索夜叉索一切非人所索不犯

頗有比丘索美食不犯耶答有從親里索有若共黃門屏處坐突吉羅共黃門屋中坐突吉羅非自在屋中共坐突吉羅屏處坐突吉羅云何非自在屋若父母親里等家中自在於中坐不犯多有兒息未分財物名不自在屋若已分別物已取婦於中坐波夜提若寺

舍主所奪於中坐外道寺中共坐突吉羅
頗有比丘共坐不犯耶答有若處空中共坐
頗有比丘共屏處坐不犯耶答有若大衆中
彼坐無屏處
頗有比丘屏處食得波羅夷耶答有謂食欲
也
頗有比丘屏處坐波夜提耶答有强迫坐者
若屏處食酥油蜜糖食蟲水波夜提
頗有比丘用蟲水不犯耶答有大蟲於中洗
浴突吉羅遣使手印突吉羅
頗有比丘自手與外道食不犯耶答有若親
里若病若欲出家者手印與食突吉羅
頗有比丘軍發行往觀不犯波夜提耶答有
天龍夜叉阿脩羅等軍發行往觀突吉羅若
四兵圍遶若王所喚若八難中有一一難不
犯若家内若寺中一切不犯過二宿觀軍發
行亦如是
若比丘打三種人突吉羅謂賊住本不和合
本犯戒若以物擲衆多比丘隨所著隨得爾
所波夜提若不著者突吉羅
問頗有比丘一方便得百千波夜提耶答有
若比丘把沙把豆散擲諸比丘隨所著不著
如前說
若比丘舉手刀向衆多比丘得衆多波夜提
向四種人突吉羅謂賊住本不和合本犯戒
學戒
非比丘邊覆藏麤罪成覆藏耶答不成覆藏
於賊住所本不和合所本犯戒所不名覆藏
若比丘見比丘犯麤罪彼言我不犯不向人
說不名覆藏若比丘覆藏比丘麤罪波夜提

比丘覆藏比丘尼式叉摩那沙彌沙彌尼麤罪突吉羅狂癡亂心人覆藏麤罪不犯五衆展轉如輪亦如是問向狂人懺悔成懺不答不成懺僧中覆藏麤罪波夜提擯沙彌應捨不應捨答應捨若沙彌向僧懺悔布薩懺悔懺應攝取若比丘布薩時作心發露罪不名覆藏

若比丘驅比丘尼突吉羅外道家中驅比丘突吉羅驅式叉摩那沙彌沙彌尼突吉羅遣使外道家驅沙彌突吉羅驅式叉摩那沙彌沙彌尼突吉羅

若比丘酥油瓮著火中突吉羅若燒骨燒諸故衣物等突吉羅前火中薪等突吉羅

頗有比丘共未受具戒人宿過二夜不犯耶答有若籬下墻下樹下不犯

頗有比丘共未受具戒人過二夜宿已得二波夜提耶答有二夜共沙彌宿已第三夜共女人宿

若比丘於擯比丘所出罪共食得波夜提狂者所散亂心所出罪突吉羅擯比丘所出罪突吉羅

沙彌言我知佛所說欲不障道衆僧和合已彼若懺悔還者當攝受

若比丘與不受法比丘欲已呵責突吉羅與上相違亦如是爲賊住人作羯磨與欲已呵責突吉羅與學戒本不和合本犯戒式叉摩那沙彌沙彌尼羯磨已呵責突吉羅

頗有比丘著不壞色衣不犯波夜提耶答有著不淨衣謂刬波頭沙突吉羅若不淨壞色作淨衣著者突吉羅若比丘壞色衣比丘尼

得著乃至沙彌尼亦得著沙彌尼淨衣比丘得著乃至沙彌亦得著拭足衣手巾漉水囊鉢囊腰繩等皆應作淨

若比丘衣國王長者所奪後還得者更應作淨耶答不作先已淨故

頗有比丘若取寶若似寶等不犯波夜提耶答有若取天龍鬼神等寶突吉羅若遣使取某處寶突吉羅

頗有比丘取摩尼寶不犯耶答有若取水精摩尼突吉羅若作念為他取當還主不犯

頗有比丘坐臥金寶牀不犯耶答有若天龍鬼神等一切處不犯若比丘得刀應壞刀相已然後受用若比丘金銀團上坐突吉羅若比丘摩觸金銀突吉羅

薩婆多部毘尼摩得勒伽卷第二

音釋

握搦（握於角切 搦尼危切）　髀（傍禮切股也）　騃（語駭切癡也）　憍奢（憍舉喬切 奢式車切）　貿（莫候切交易也）　瞎（許鎋切目盲也）　呰（將几切口毀也）　咽（於甸切吞也）　楔（先結切）　澆（古堯切沃也）　膩（女利切肥膩也）　漉（盧谷切濾也）

薩婆多部毘尼摩得勒伽卷第三

宋三藏法師僧伽跋摩譯

頗有比丘半月內浴除因緣不犯耶答有著雨衣浴若比丘迷悶時浴不犯入水舉木因浴不犯或水中有少因緣因浴不犯若比丘度水學浮時浴不犯若經安居已一月數數浴不犯過一月已半月應浴若有閏中安居當數日滿

頗有比丘一方便得十波夜提耶答有若殺微細蟲隨殺得波夜提欲斫藤誤斫虵不犯欲斫虵而斫藤突吉羅欲殺比蟲而殺彼蟲突吉羅欲斫蟲而斫地突吉羅欲搦蟲而搦土突吉羅手印遣使殺蟲突吉羅若令賊住本犯戒本不和合學戒疑悔者突吉羅除比丘比丘尼令餘人疑悔突吉羅比丘令比丘尼疑悔波夜提比丘尼令比丘疑悔波夜提比丘尼令式叉摩那乃至沙彌尼疑悔突吉羅

頗有比丘指挃比丘身根不犯波夜提耶答有若身根壞指挃突吉羅

若比丘以一瓶水澆諸比丘隨所著得爾所波夜提不著者突吉羅若比丘坐以水渧地突吉羅若比丘尼自出乳汁波夜提若比丘水中浴戲拍水出沒波夜提浴時以酥油糖蜜灌身戲突吉羅

頗有比丘共女人宿不犯波夜提耶答有謂墻壁樹下大空屋中突吉羅共何等女人宿耶謂身可捉者若一房舍相連食堂中共一門於中共宿波夜提若不知未受具戒人入宿不犯

頗有比丘恐怖比丘不犯波夜提耶答有謂賊住本犯戒本不和合學戒式叉摩那沙彌沙彌尼突吉羅

頗有比丘藏比丘衣鉢等物不犯波夜提耶答有謂藏金銀鉢突吉羅不淨衣不淨尼師壇鉢囊等突吉羅

淨施五種人衣云何犯過十夜明相出波夜提若比丘言我見某甲共某甲女人共坐卧波夜提謗式叉摩那沙彌沙彌尼突吉羅

若比丘知是賊衆知是女人議共道行波夜提中道還突吉羅頗有比丘共賊道行不犯波夜提耶答有謂爲賊所將去若險難道若奪人精氣夜叉等共行不犯

若四月請若衆若私若衣食等應受過受波夜提數數請不犯若比丘檀越請言若所數須者但來取作是語已彼比丘罷道更受具足戒已還到本檀越舍須更請不答須更請若居士無常有餘子等須更請爲用前法耶答須更請居士先謂比丘比丘爲作覆鉢羯磨得受不答不得受受者突吉羅居士言若不受者我當生大不敬信爲得受不答不得令彼懺悔使得清淨已然後得受年不滿二十年疑與受具足戒得具足不答不得僧犯突吉羅受具戒人自知不滿二十受具戒時言滿二十共行事不犯後知此人不滿二十衆僧不得共行事初始不得戒故四種受戒隨其事四種者本不和合如分別毘尼中説更作羯磨不成就云何不自知未滿二十後知不滿二十經僧布薩羯磨作十二人是名賊住從何處數年歲從母胎數取一切閏月

若掘死地壞地離自性不犯云何生地經夏四月是名生地遣使手印掘地突吉羅作白時從座起去突吉羅作白已未作羯磨起去波夜提作非法羯磨起去突吉羅與賊住本犯戒本不和合學戒式叉摩那沙彌沙彌尼作羯磨起去突吉羅遣無臘人作使俱得突吉羅彼還反得波夜提突吉羅呪術使木人突吉羅若比丘爲他聽諍訟突吉羅

若以酒煮時藥非時藥七日藥得服不若無酒性得服若一切果餅得食不答得食

若比丘教比丘尼修多羅毘尼阿毘達磨作是言我不能學更餘比丘邊去除修多羅毘尼阿毘達磨不學餘者突吉羅

若比丘若僧事若私事入聚落三處不白不犯白衣舍阿練若處近聚落邊無比丘時不白不犯種種人共住不白入聚落不犯若自在地白空中人成白不答成白相違亦如是作要已不去突吉羅若四衢道中見比丘時應白不著發心已應去若一界內出界入餘處若無比丘應白比丘尼乃至沙彌尼亦如是受一請已復受一不淨施食已自恣不受殘食法入聚落犯二波夜提不受殘食不白入聚落

頗有比丘明相未出王未藏寶入王家不犯耶答有若大王家龍王夜叉王及一切非人王等家若有急因緣若藏寶已入不犯若說波羅提木叉時比丘言我始知此罪犯突吉羅除毘尼說餘法時作是言我始知是法半月中說突吉羅

頗有比丘作牀足過八指不犯波夜提耶答

有若以寶作牀金銀瑠璃玻瓈作突吉羅若爲他作過八指突吉羅

頗有比丘以褥縫著坐牀卧牀不犯耶答有除木綿褥餘褥縫著突吉羅爲他縫突吉羅手印遣使突吉羅縫不淨褥突吉羅尼師壇覆瘡衣隨其事應當知以不淨衣作雨衣突吉羅以不淨衣修伽陀衣量等作突吉羅

問九十事竟

問四波羅提提舍尼

若白衣舍三種人邊受食突吉羅謂賊住本不和合學戒若比丘在空中受比丘尼食突吉羅頗有比丘從非親里比丘尼邊受食不犯耶答有比丘在寺比丘尼在白衣舍頗有比丘非母親比丘尼邊受食不犯耶答有謂母於非親里比丘尼邊同意白衣舍受不犯手印不犯若比丘到白衣家乞食是中有比丘尼言與是比丘食是比丘得食犯突吉羅異家一門於中受食或爲他受突吉羅

頗有非親里比丘尼邊受食犯四篇戒耶答有若以衣裹食取衣取食女人前麤惡語摩觸内身遣使手印言與羹與餅比丘不遮犯突吉羅若門限邊受食不犯及親里邊受不犯若阿練若怖畏處不病内受食突吉羅不犯者病也應語彼居士言此中有難或王問比丘此中有賊無賊耶答言無而此中有賊受食不犯若出界外受食不犯若中道見居士送食語言莫入而彼自入不犯比丘若狂不犯

頗有比丘從學家中自手受食不犯耶答有謂先請若病

問四波羅提提舍尼竟

問七滅諍

若比丘狂犯戒後憶有罪應如法除滅若不憶不犯若欲舉諍者應先令是比丘自言然後舉先應乞聽求闥賴吒闥賴吒者於二部朋黨無有彼此若彼不同者不應舉若舉者不名闥賴吒闥賴吒應兩邊知受籌若作已復言不作得故妄語罪如不癡多覓罪現前毘尼自言毘尼憶念毘尼覓罪布草隨其義當知問七滅諍竟

問受戒事

問不作白四羯磨受具足戒爲得具足戒爲不得耶答不得若受具戒時捨和尚爲得具足戒爲不得耶答不得受具戒時作者不稱三種名謂和尚衆僧受戒者名爲得戒不得戒耶答不得戒若作白已滅作羯磨爲得戒不得戒耶答不得受具戒時不乞和尚爲得戒不得戒耶答得戒衆僧犯突吉羅受具戒時不問遮道法便與受戒爲得戒不答得戒諸比丘犯突吉羅與愚癡人受具戒爲得戒不答得戒諸比丘犯突吉羅二人共一羯磨二處受戒爲得戒不答得戒謂二界中間作羯磨

頗有比丘與四處人受戒作羯磨爲得戒不答得戒謂坐牀卧牀上坐四向作羯磨

頗有比丘與五處人受具戒作羯磨爲得戒不答得戒謂坐牀卧牀上坐爲五處人作羯磨八人十二人十五人十八人亦如是

若比丘界内不和合與人受具足戒爲得戒不答不得云何汙染比丘尼答謂非梵行是名汙染比丘尼一人以八事汙染比丘尼成

汙染不答成汙染八人各以一事汙染比丘尼是汙染比丘尼不答不成汙染比丘尼

云何賊住人答若不以白四羯磨受具足戒經白二白四羯磨布薩自恣又在十二人數是名賊住受戒人不知和尚是賊住依彼出家受具戒爲得戒不答得戒諸比丘犯突吉羅本犯戒本不和合亦如是

若白衣爲和尚與白衣受具戒爲得戒不答得戒諸比丘犯突吉羅非出家人爲和尚與人受具足爲得戒不答得戒

云何是越濟人答謂捨沙門衣服捨戒詣外道所著彼衣服樂彼所見是越濟人殺母人或得與出家受具足戒得不答或得或不得

云何得受具戒或欲殺餘母而殺自母此得與出家受具足戒若故奪母命不得與出家受具足戒殺父殺阿羅漢亦如是惡心出佛血或得與出家受具足戒或不得云何得與出家受具足戒答非故惡心出佛血此得與出家受具足戒云何不得惡心出血破僧人或得與出家受具足戒或不得若法想受籌因彼受籌僧破得與受具戒作非法想不得與受具戒與鈍性人受具戒爲得戒不答得戒諸比丘犯突吉羅不淨人亦如是與聾人受具戒爲得戒不答若聞羯磨者得戒不聞者不得聾人狂人滿衆散亂心人重病人亦如是不受法人受戒受法人滿數不得戒受法人受戒不受法人滿數不得戒不見擯比丘與不見擯人受戒爲得戒不答彼言見罪得戒惡邪不除擯亦如是衆數比丘若聞羯磨已轉根得戒受具戒人轉根得具戒耶答

得戒如佛所說比丘尼從比丘乞受戒故和尚轉根得具戒不聞羯磨已轉根得具戒受戒人在地空中作羯磨爲得戒不答不得與上相違亦如是云何得具足戒若白四羯磨是名得戒（問受戒事竟）

問布薩事

結聚落界除聚落及聚落界應結不離衣界聚落聚落界非衣界故衆在地空中結界不成結界與上相違亦如是若在阿練若處面應一拘盧舍爲界於中一布薩若面一拘盧舍内有比丘而不見云何作布薩若眼所及處共彼作布薩亦應發心

佛住舍衛國長老優波離問佛言世尊若比丘在地與欲人在空中與清淨欲成與清淨欲不答不成與若受清淨欲已出界外即失清淨欲頗有比丘二處說波羅提木叉成說不答成說謂二界中間

頗有比丘三處與清淨欲三處布薩成與清淨欲不答得成謂在界中間狂人說戒成就說戒不答成就說戒常住比丘布薩時擯比丘客比丘來得與同羯磨不答若如法作羯磨得與同云何起離衆若一比丘起大小行不捨聞處不名離衆若捨聞處是名起離衆若聾人滿衆說戒得成就戒邊地人癡鈍人等亦如是布薩時僧破諸比丘云何作布薩答各各自朋黨說戒

頗有比丘四處坐作說戒成說戒不答成說戒謂若坐牀卧牀（問布薩事竟）

問自恣法

在地共空中人自恣不成自恣與此相違亦

如是
頗有比丘二處自恣成自恣不答有謂在二界中間四處自恣亦如是如佛所說清淨同見所出罪云何清淨同見於一事同見謂波羅提木叉如佛所說除水火難有餘難起得一語自恣不答若有一一難起盡得一語自恣如佛所說除是事已餘事自恣謂除人已餘事自恣云何事云何人若彼人所犯罪即除此人也如佛所說自恣時出比丘罪或有說犯波羅提提舍尼或有說犯心悔或有說犯波夜提或有說犯突吉羅云何事謂波羅提提舍尼若舊住僧十五日自恣客僧來多十四日自恣舊比丘應出界外自恣如佛所說應出界外自恣爲一切比丘出界外爲一一出界耶答一切出界外自恣自恣已擯比丘得共住不答不得云何起離衆如前說聾人滿衆自恣癡人滿衆邊地人滿衆受法比丘滿衆數不成自恣自恣人轉根不成自恣問自恣法竟

問安居法

若比丘安居中擯比丘得共住不答三月中得共住若比丘安居中空中住明相出失安居不答失安居若聚落中衆僧安居已出界去餘比丘更結界此中檀越施衆僧衣此衣應屬誰答屬先聚落衆僧如佛所說此是界功德利若安居中僧破此施衣應屬何僧答屬多者有四依謂依夏依時依食依自恣頗有比丘得四處安居四處自恣耶答有若坐卧牀上問安居法竟

問藥法

終身藥在不淨地經宿得食不答不得得食人乳不答不得得塗餘身分若不淨膏雜鹽煮得食不答得謂病非不病肉亦如是火在不淨地人在淨地作淨得食不答得食火在不淨地肉近火邊無人爲作淨成淨不得食不答成淨得食如佛所説不得噉蟲膏得餘用不答不得食得塗用火在不淨地淨人在淨地淨蘇油得食不答得食除八種漿餘物作漿得飲不答若澄清得飲問藥法竟

問衣法

安居中擯比丘不得夏房衣頗有比丘非親里居士居士婦邊乞衣不犯耶答有若乞房衣若爲僧乞若學戒人乞遣使乞衣突吉羅云何得衣若在膝上手中若在肩上是名得衣若從非親里居士居士婦乞衣不得突吉羅若比丘四處取衣不犯耶答有若坐卧牀上問衣法竟

問受迦絺那衣法

餘處自恣已至餘處得受迦絺那衣不答得受不得住處利減量衣作迦絺那衣受成受不答不成受

如佛所説受迦絺那衣比丘所聽行事爲捨戒爲開通耶答開通非捨戒若比丘安居中放牛處結爲内界自恣已捨彼中檀越施衣爲屬誰答屬先安居者如佛所説此安居利頗有比丘一衣受作迦絺那衣即此不成受耶答有謂依閏不依閏彼安居依閏自恣九日得衣即受作迦絺那衣不依閏成受迦絺那衣依閏者不成受王作閏月數安居日滿自恣已受迦絺那衣成受布薩時捨迦絺那

若安居中僧破如法者應受迦絺那衣若俱受迦絺那衣如法者得住處利受迦絺那衣時云何隨喜若現前隨喜云何聞捨迦絺那衣若出界外從他聞捨迦絺那衣云何失衣謂失所作衣云何成衣若所作衣成如是廣說若性住比丘受迦絺那衣誰應隨喜謂性住比丘及擯比丘若擯比丘隨喜亦成受迦絺那衣問受迦絺那衣法竟

問俱舍彌事

若擯比丘作羯磨所擯者睡眠成擯不答若聞白已成擯若滿衆比丘睡眠成擯不若聞白已成擯若與擯比丘作羯磨時衆多比丘兩人聞成擯不答乃至一人聞得成擯若俱舍彌比丘各成二部爲是破僧非破僧耶答非破僧何以故非作破僧想羯磨故毘舍離比丘起十事諸上座比丘不助此不助彼名闥賴吒比丘問俱舍彌事竟

問羯磨事

聾人滿數作羯磨成作羯磨不答若聞成作羯磨癡鈍人邊地人亦如是受法比丘羯磨不受法比丘滿數不成羯磨人在地空中作羯磨不成作相違亦如是

頗有二處作羯磨成作不答成作謂界中間

頗有四處與四人作羯磨成作不答成作謂若坐牀卧牀如爲比丘作苦切羯磨驅出羯磨折伏羯磨如是爲沙彌作者不成作沙彌在地空中爲作羯磨不成羯磨相違亦如是

頗有一羯磨擯四沙彌成擯不答有謂在界中間

頗有四處擯四沙彌成擯不答有謂坐牀

問羯磨事竟

問覆藏僧殘事

頗有比丘犯十三事終身不發露不犯耶答有謂若晝日有比丘處夜在無比丘處不成覆藏於聾人所發露成發露犯突吉羅愚癡人所邊地人所亦如是受法人不受法人所發露不受法人受法人所發露皆成發露誰邊覆藏成覆藏耶答若性住比丘邊不發露從是名覆藏聾人所覆藏不名覆藏癡人所邊地人所覆藏不名覆藏人在地空中覆藏不名覆藏與上相違亦如是

頗有比丘二處發露成發露耶答有謂二界中間受法比丘於不受法比丘邊覆藏不成覆藏與上相違亦如是於擯比丘所覆藏別住所別住竟所摩那埵摩那埵竟所狂所散亂所病苦所白衣所覆藏皆不名覆藏

頗有比丘得四處四比丘得作阿浮呵那耶答有謂坐臥牀上從何處與別住謂界內有比丘處

頗有比丘終身覆藏僧殘不發露不犯耶答有謂本犯波羅夷也 問覆藏僧殘事竟

問遮布薩事

如佛所說遮比丘布薩何時遮耶謂布薩時非不布薩時用天眼遮布薩不成遮犯突吉羅用天耳聞已遮布薩聾人遮布薩不成遮癡人邊地人受法人不受法人在地在空一切皆不成遮犯突吉羅

頗有比丘二處說戒成說戒不答成說戒謂二界中間

頗有比丘四處四比丘四處得一語一布薩

耶答有若坐牀卧牀上遮自恣亦如是廣説
問遮布薩事竟
問卧具事
若二比丘乞卧具上座應先受用用竟與第二比丘地敷褥得共未受具戒人坐不答得共坐如佛所説客來比丘當應如法行事應禮上座比丘若彼有别住人應禮不答不得禮客來比丘不應禮二種人謂别住人及下座 問卧具事竟
問滅諍事
若比丘諍事比丘尼不得滅比丘諍事比丘滅比丘尼諍事乃至沙彌尼諍事比丘滅如别住别住竟者行摩那埵行摩那埵竟者應在比丘下坐卧具亦應與下者不答不然應次第與先應與無臘人卧具已然後與非法者被擯人若有長卧具應與云何滅諍若僧如法受籌滅諍若不現前受籌滅不名滅諍
問滅諍事竟
問破僧事
如佛所説以二因縁故破僧謂聞及受籌無有第三因縁破僧擯人爲第九九人不名破僧賊住人二根人亦如是 問破僧事竟
問覆鉢事
居士二法成就應作覆鉢羯磨云何二謂罵比丘及無根波羅夷謗清淨比丘
頗有比丘二處爲居士覆鉢成覆鉢耶答有謂二界中間受法比丘於不受法比丘檀越家覆鉢不成覆鉢擯比丘於性住比丘檀越家作覆鉢不成覆鉢賊住人亦如是
頗有比丘四處爲四居士作覆鉢成覆鉢耶

答戒謂坐牀卧牀於本犯戒人所懺悔犯突吉羅於賊住人本不和合人學戒人沙彌等所懺悔犯突吉羅於擯比丘所亦如是

問覆鉢事竟

毘尼摩得勒伽雜事

佛住毘耶離獼猴池堂爲迦蘭陀子須提那制戒爾時須提那愁憂疑悔便作是念佛言除前犯戒者無罪我未制戒時作衆多婬不知何者先作不犯諸比丘向佛廣說佛語諸比丘汝等當知我未制戒時須提那犯罪一切時不犯跋耆子比丘不捨戒戒羸不出便變服作婬作婬已作是語我當問諸比丘我若更得出家者我當出家不得出家者便住向諸比丘廣說上事諸比丘向佛廣說佛語諸比丘若比丘捨戒出戒羸已變服作婬此人更得出家受具足戒從今是戒應如是說若有比丘不捨戒戒羸不出作婬法是比丘得波羅夷不共住

有一比丘在阿練若處住去彼不遠母象生一女象子母象出行食女象子來近比丘比丘與草食與水飲象女蹲食女根開現比丘見已生貪著心便共作婬即生慚愧疑悔我犯波羅夷向諸比丘廣說諸比丘向佛廣說佛言彼不觸邊故不犯波羅夷犯偷羅遮彼女象漸漸長大根復開現此比丘復生貪著心以手擘象女根欲作婬女象以脚蹹比丘彼即生慚愧怖畏心生疑悔我犯波羅夷以是事故向諸比丘廣說諸比丘向佛廣說佛語諸比丘有怖畏慚愧心不犯波羅夷犯偷羅遮

如佛所說狂者不犯云何爲狂答有五因緣名爲狂謂失親失財四大不調爲非人所惱宿業報是名五種狂耶若彼作犯戒事自知是比丘者隨事犯不知者不犯

如佛所說散亂心者不犯云何散亂心耶答散亂心有五因緣謂見非人怖散亂心非人打非人奪精氣四大不調宿業報是名五因緣散亂心也犯戒如前說

如佛所說苦痛人不犯云何苦痛耶答有五因緣名爲苦痛謂風發冷發熱發和合發時發是名五因緣苦痛也犯事如前說

又復比丘道非道想作婬即生疑悔我犯波羅夷向諸比丘廣說諸比丘向佛廣說佛言道作道想犯波羅夷道作非道想波羅夷非道道想偷羅遮三道謂大便道小便道口道

若比丘大便道過皮波羅夷小便道過節波羅夷口道過齒波羅夷獼猴師子玃孔雀雞自根長廣說如毘尼皆悉犯波羅夷難提比丘學戒如毘尼中廣說

若比丘在空中裸身浴四比丘爲揩摩身彼身相摩觸起染汙心取比丘男根著口中即還吐出尋生疑悔我犯波羅夷耶向佛廣說佛言不犯波羅夷不得露地浴受揩摩身坐卧亦如是若比丘婬欲熾盛往語所愛比丘言我婬欲熾盛彼答言作婬去彼即往作婬彼比丘即生疑悔我使比丘作婬我得波羅夷耶佛言不犯波羅夷犯偷羅遮

尊者優波離問佛言世尊云何懺悔偷羅遮罪佛語優波離有四偷羅遮謂波羅夷邊重偷羅遮波羅夷邊輕偷羅遮僧伽婆尸沙邊

重偷羅遮僧伽婆尸沙邊輕偷羅遮波羅夷邊重者界内一切大衆中懺悔輕者出界外四人懺悔僧伽婆尸沙邊重偷羅遮出界外四人懺悔輕者一人懺悔

有比丘欠時不遮口有一比丘婬欲熾盛以男根刺口中彼尋吐出即生疑悔我得波羅夷乃至佛言不犯波羅夷從今巳去欠時當遮口不遮者犯突吉羅有比丘男根常起作是念入女根不犯便著女根中即生疑悔我犯波羅夷乃至佛言入即犯波羅夷

有一比丘於母所起染汙心語母言我欲得作婬母語子言汝所出處隨汝意作便欲作婬欲至女根時即生慚愧彼生悔心我犯波羅夷乃至佛言慚愧時不起婬心不犯波羅夷犯偷羅遮

有比丘於曠野中觀死屍彼見女屍衣服嚴好生染汙心手捉女根欲入内裹生滿中蟲即生疑悔我犯波羅夷乃至佛言有二種壞謂内壞外壞不犯波羅夷犯偷羅遮有優婆夷名善光日欲没時命終彼親族即莊嚴巳棄曠野中有比丘在彼觀死屍見巳生染汙心捉女根欲入屍即起坐比丘生怖畏疑悔心我犯波羅夷乃至佛言畏時無貪不犯波羅夷犯偷羅遮

有優婆夷名善生有一比丘出入其家語彼優婆夷言我婬欲所纒彼答言下作方便上出上作方便下出我輩於中不受樂耶比丘即呵責罵詈汝歷鹿妄語作是語巳便共行事乃至佛言入即犯波羅夷

有一居士婦比丘出入其家語彼婦言我婬

欲所纏婦答言作方便如前說乃至佛言入即波羅夷
孫陀羅難陀比丘因緣如毘尼中廣說彼獨住阿練若處去婆羅門田不遠彼婆羅門數至田看見此比丘生歡喜心彼即請食比丘受請婆羅門辦諸飲食已遣裸形小女往至比丘所喚比丘比丘見彼女根生染汙心便共作婬女根破裂即生疑悔乃至佛言若受樂犯波羅夷若不受樂偷羅遮
有比丘男根常不起便作是念起者作婬犯波羅夷不起者作不犯彼即作婬乃至佛言不犯波羅夷犯偷羅遮
有比丘眠女人來就作婬便生疑悔乃至佛言若手捉手若脚蹹脚若髀觸髀波羅夷不觸偷羅遮如眠狂癡亦如是女人四句於男非男亦如是有比丘眠中女人就作婬彼比丘生疑悔乃至佛言語比丘汝知不答言不知我覺動覺動不犯波羅夷犯偷羅遮
比丘眠中女人就作婬即生疑悔乃至佛言比丘汝知不受樂不答言不受樂不受樂不犯有比丘眠中女人就作婬即生疑悔乃至佛言汝知不受樂不答言不知不受樂而覺動佛言犯偷羅遮如比丘比丘尼式叉摩那沙彌沙彌尼亦如是
有惡沙彌語女人言入一切道中不犯彼即用一切道作已即生疑悔乃至佛言入即波羅夷如女人男子亦如是有比丘眠中女人就作婬彼生疑悔乃至佛言汝知不答言不知不知不犯如女人男子非男子亦如是
惡比丘語式叉摩那言汝未受具足戒共我

作婬不犯彼即許許已生悔比丘强捉作婬彼生疑悔我非式叉摩那耶乃至佛言失式叉摩那更應與受犯突吉羅
惡阿練若比丘語沙彌言汝未受具足戒共我作婬無罪廣說如前沙彌犯突吉羅沙彌尼亦如是惡阿練若比丘語新受戒比丘汝始受戒共我作婬無罪彼尋聽許許已生悔彼强捉作婬即生疑悔我犯波羅夷乃至佛言不受樂不犯波羅夷犯偷羅遮
有比丘眠中比丘來共作婬若初中後不知不犯作婬者滅擯廣說如毘尼中有比丘見木女像端正可愛生貪著心即捉彼女根欲作婬女根即開尋生怖畏疑悔乃至佛言若舉身受樂犯波羅夷若女根不開犯偷羅遮如木女金銀七寶石女膠漆布女乃至泥土女亦如是

龍女至比丘所語比丘言共我作婬來比丘即許欲作婬見形長大生恐怖心尋生疑悔乃至佛言若恐怖心不犯波羅夷犯偷羅遮
夜叉女亦應如是廣說彼即忽然不現乃至佛言不現犯偷羅遮天女揵闥婆女亦如是阿脩羅女來至比丘所語比丘言共我作婬來比丘即許彼女根廣大比丘以脚內女根中乃至佛言不犯波羅夷犯偷羅遮天女亦如是
有比丘獨在阿練若處有非人來至比丘所語比丘言共我作婬來彼比丘精進淨行答言我不作婬也彼非人言若不作者當與汝作大罪比丘故不肯作比丘眠已彼非人合衣擲著王夫人背後王見已語比丘言汝何以來此比丘答言我獨在阿練若處如

前說王言汝何以獨在阿練若處住即出是比丘去乃至佛言不犯如是阿練若處不應住毘舍闍女因緣亦如是

佛住舍衛國爾時華色比丘尼晨朝著衣持鉢入城乞食食已洗足入房坐禪不閉戶熱時眠熟惡人見其眠熟即就作婬已去彼覺已即生疑悔乃至佛言不犯眠時應閉戶若不閉戶眠犯突吉羅

有比丘入舍衛城乞食入長者家彼家中繫一母猪母猪展轉挽繩欲去比丘見已悲愍心故即便解放居士見之比丘自念言我偷我是惡沙門便解他猪放我住共此母猪作婬去即共作婬作已便作是念我當問諸比丘若得出家者當更出家不得者便住以是事向諸比丘廣說諸比丘向佛廣說佛言初不犯後犯雞亦如是

薩婆多部毘尼摩得勒伽卷第三

音釋

指桎（指諸氏切桎竹栗切）褥（儒欲切裀褥也）闥（他達切）膏（古勞切脂也）蹲（徂尊切踞也）擘（博陌切分擘也）玃（居縛切獸名）裸（郎果切赤體也）揩（口皆切摩也）髀（部禮切股也）膠漆（膠古肴切漆親吉切）挽（無遠切牽也）

薩婆多部毘尼摩得勒伽卷第四

宋三藏法師僧伽跋摩譯

有居士擔肉行爲鳥所奪比丘乞食彼肉墮比丘鉢中居士見鉢中有肉語比丘言汝是惡比丘惡沙門我肉鳥所奪今在汝鉢中比丘自念我是惡比丘惡沙門我當往作婬去彼即作婬作已生悔乃至佛言前不犯後犯有比丘母狗前小便彼母狗即來含比丘男根比丘尋急拔出即生疑悔乃至佛言不犯波羅夷不得母狗前小便若欲小便應驅令去若不驅者當更餘處去有比丘經行野干女來親近比丘比丘知是母野干意起染汙心即以衣裹取母野干以口嚙之即生恐怖疑悔心乃至佛言不犯波羅夷犯偷羅遮

有比丘獨住阿練若處緊那羅女來捉比丘擲著深山中已便去比丘心悶失想還得甦已離是處去彼生疑悔乃至佛言如是恐怖處比丘不應住

比丘裸形度水魚含男根即便拔出尋生疑悔乃至佛言比丘不得裸形度水

有女人裸形障内小便比丘視見女根起染汙心即以男根刺離障内與女根相近即生疑悔乃至佛言不犯波羅夷犯偷羅遮

佛生舍衛國有一比丘食已房前經行彼經行已敷尼師壇一處結跏趺坐坐禪天時大熱睡眠眠中涅槃僧脱去男根起有女人取薪展轉至比丘所見比丘如是眠見已生染汙心即就作婬作婬已去比丘覺已彼女人語比丘言阿闍梨當知我家在某處若更欲

得者來至我家比丘即生疑悔乃至佛言汝比丘受樂不答言不受樂自今以去不得獨在空處眠眠者突吉羅

佛住婆耆陀國波羅給林樹爾時有一比丘在阿練若處住如前說女人取草因緣如前說有五因緣男根起一謂婬二謂風三謂大便四謂小便五謂蟲螫凡夫及未離欲具五離欲具四

佛住王舍城有一比丘患婬病彼聞耆婆所說使女人口含男根便得瘥即作是念佛言聽病服藥比丘即使女人口含男根病即得瘥尋生疑悔乃至佛言入則波羅夷

婆樓國婬女家有一賊常惱亂人衆王民語王某處婬女家藏賊王即喚婬女問汝家實有賊無賊耶答言無賊王言若汝家得賊者與汝大罪司者於婬女家即捉得賊王即瞋婬女王語使者捉是婬女拔脚跟筋拔已棄著曠野中使人如王教作乃至著曠野中比丘往至彼處見是女人即起染汙心欲共作婬彼即起坐語比丘言與我水飲比丘即取水與女人飲水已作是言此是不淨身何足爲貪過此夜已女親屬等來看此女比丘見諸人來起立一面彼女向諸親等說我不死者由是比丘力故諸人即語是比丘言有所須者來取比丘尋生疑悔乃至佛言不犯波羅夷犯偷羅遮

有比丘行牛羣中有大惡牛來觝比丘倒女人上尋生疑悔乃至佛言不犯行時當目防護

有比丘墮井女人先落井中女人抱比丘頸

井上人以繩牽比丘出見女人抱比丘頸諸人問言此女人何處來比丘答言先落井中抱我頸出即生疑悔乃至佛言不犯當好作意已看井

比丘行乞食入小巷中比丘入女人出根處相觸即生疑悔乃至佛言不犯先應作意入聚落乞食

有比丘共女人乘船渡水船便飜沒女人抱比丘頸渡水至岸尋生疑悔乃至佛言不犯先當思量然後當渡

有一男子作女人威儀詣比丘尼所阿梨耶度我出家諸比丘尼不觀察籌量便與出家此男子夜時摩觸諸比丘尼諸比丘尼即生疑悔乃至佛言不犯當好觀察思量然後度人偷羅難陀棄胎因緣此中應廣說乃至佛言比丘尼不得棄胎棄胎者犯偷羅遮跋陀羅比丘尼此中應廣說乃至佛言汝跋陀羅受樂不答言世尊不受樂如熾然利劒乃至佛言汝宿業果報得是身根少分强捉者不犯修闍多比丘尼爲弊惡人所捉掩覆其口將入曠野中汙已捨去此比丘尼還所住處諸比丘尼驅出不容彼答言我不受樂諸人問言云何不受樂弊惡人將汝至曠野中汙汝已便去以是因緣諸比丘尼向諸比丘說諸比丘向佛廣說佛問汝受樂不答言不受樂展轉身掉手掉臂不能得脫佛言諸比丘當知此是宿業報得女身身根少分展轉者力捉掉臂者力捉力捉者不犯

檀尼比丘尼入舍衛城乞食如前說乃至佛言汝受樂不答言不受樂我以啼哭大喚復

言莫捉我乃至佛言力捉者不犯
羅吒比丘尼入舍衛城乞食廣說如前諸比
丘語是比丘尼汝受樂不答言不受樂汝往
問阿梨難陀去尊者難陀廣問是事此尼敬
彼故不說難陀呵責此比丘尼是比丘尼自
念何用如是受生我當以瓶繫頸沒水取死
即便作繩繫瓶連頸沒深水中繩不堅斷出
沒水中弊惡人見入水挽出倒懸去水還得
甦息即共作婬諸比丘尼求覓到彼見彼作
婬諸比丘尼語此尼言汝本不受樂今復不
受樂耶乃至佛言汝受樂不答言不受樂我
展轉如前說乃至力捉者不犯一竟
盜事
佛住王舍城爾時達膩迦陶家子憂愁疑悔
作是念未制戒時初作罪不犯我盜取衆多
木不知何者爲初佛語諸比丘我未制戒時
達膩迦作罪一切不犯有比丘阿練若處他
所攝物不攝想取便生疑悔乃至佛言他攝
他攝想取犯波羅夷疑取波羅夷他所攝不
攝想取偷羅遮若不攝不攝想取不犯
有比丘乞餅取餘物乃至佛言不犯波羅夷
犯偷羅遮如乞餅乞麨乞鳩樓摩乞魚乞肉
乞佉陀尼取餘物一切皆犯偷羅遮
有比丘先不請受食即生疑悔乃至佛言不
犯波羅夷犯突吉羅
俱薩羅國衆僧分食共住比丘入聚落彼有
二共行弟子弟子各爲師請食得食已出自
相謂言汝亦取我亦取不知誰是不與取我
等犯波羅夷耶佛言不犯請食時應相語
俱薩羅國衆僧分食比丘入聚落彼所愛伴

爲其取食彼還已語言我爲汝取食彼答言我不使汝請食尋生疑悔乃至佛言他不語不應爲取食

俱薩羅國衆僧分食有比丘病看病比丘爲病比丘請食得食已比丘命終此食當云何佛言若先命終後取食者應還本處若先取已後命終者如餘財物

有比丘語比丘言長老共作偷去來即便共至道中自生慚愧我作不可耶於正法中出家而作此事即便退還彼生疑悔乃至佛言不犯波羅夷犯突吉羅

有比丘語比丘長老共作偷去來即便共去半道悔還乃至佛言不犯波羅夷犯突吉羅

有比丘語比丘言作偷去來乃至生悔便作是念我若不去者當奪我命我當共去不偷不受彼即共往不偷不受乃至佛言不犯

有比丘語比丘共汝作偷去來即便共去半守道半作事守道者便作是念我等不取不犯耶以是因緣向諸比丘說諸比丘聞已向佛廣說佛言若滿事波羅夷不滿者偷羅遮

有比丘語比丘言共作偷去來即便共去得便自取彼或有得者或不得者若不得者即生疑悔乃至佛言不犯波羅夷犯偷羅遮

有諸賊施比丘衣比丘疑故不敢取乃至佛言作施主意取

有比丘共行弟子賊所被捉彼盜將來便生疑悔乃至佛言若屬彼已將來事滿波羅夷不滿偷羅遮界内亦如是

有比丘爲賊所捉而自逃走便生疑悔乃至佛言自逃走不犯

比丘有物欲度關稅處便作是念我若度稅物者當犯波羅夷我此物施與母施與父施與兄弟姊妹等施與和尚阿闍梨施與支提施與衆僧度稅處者犯偷羅遮空中度不犯

有比丘借坐牀後發心不欲還便生疑悔乃至佛言不犯波羅夷犯偷羅遮

有比丘借經廣說如前有比丘偷衣開發衣時衣中有無價物即生疑悔乃至佛言當數衣價犯

有賊偷酒持至阿練若處中有已飲者未飲者藏著阿練若處已去有比丘到彼坐禪見是酒已語餘人言持是酒去著寺中用作苦酒即持著寺中諸賊渴乏還覓酒不得問諸比丘言汝等不取我酒耶比丘答言取諸賊語比丘言汝等是賊中之賊也偷我等酒比丘尋生疑悔乃至佛言不犯當好觀察已取希望心淨故不犯肉亦如是諸賊破城邑已逃走恐怖入寺舍中是諸賊等以衣施諸比丘諸居士等圍遶寺舍即便入內見諸比丘捉衣居士言此是我等衣比丘答言此衣賊施與我尋生疑悔乃至佛言不犯賊邊受衣時當好觀察若鬪戰時得衣施者應受當以刀割截壞色已受持若以割截壞色索亦應與染衣人染衣已忘不舉入聚落比丘至彼求覓糞掃衣至彼見衣持去彼已還見語比丘言此是我衣莫取比丘答言我糞掃中得即生疑悔乃至佛言不犯以不攝受想故當善觀察已取

居士以衣著廁外入廁中大小便比丘覓糞掃衣到彼處見已持去居士出見語言此是

我衣乃至佛言不犯當好觀察已取

比丘去祇洹不遠有田夫作田脱衣著地已作比丘覓糞掃衣至彼見已持去田夫見比丘取衣語言此是我衣莫持去比丘不聞為持去田夫急追奪取語比丘言汝不與取比丘答言我糞掃衣取便生疑悔乃至佛言不犯當好觀察已取

有居士聞諸沙門釋子衣墮地者便取去是長者以八迦梨仙著衣中裹埋糞掃中出少許令現已去比丘求糞掃衣至彼處見已便取長者語比丘言大德莫取我衣比丘言我糞掃中得長者答比丘言我聞釋子衣墮地者便取以是故我著彼處取即生疑悔乃至佛言不犯當善觀察已取

有諸童子脱衣著地已共戲戲已忘不取衣各各還家比丘求糞掃衣至彼見此衣已便取去有一女來覓此衣見比丘持去語比丘言大德莫取是衣去比丘答言我糞掃中得女人答言此是我兒衣兒出外戲忘不持去比丘答言若是汝衣者便持去尋生疑悔乃至佛言當善觀察已取

有比丘藏糞掃衣已入舍衛城乞食有一比丘求糞掃衣至彼處見已便取持去就水浣之彼比丘乞食已出至本衣處見比丘浣已糞掃衣即語言長老汝犯波羅夷即答言何因犯波羅夷耶此比丘言汝偷我糞掃衣彼比丘言我不作攝受想取乃至佛言善觀察已取

有比丘畜不淨糞掃衣諸天呵責及金剛力士亦呵責佛語比丘不得畜不淨所汙糞掃

衣畜者犯突吉羅若得糞掃衣當好浣治令淨好縫好染已受持

有比丘取守墓中糞掃衣爲旃陀羅呵責我等欲取此衣彼已持去乃至佛言有守墓中衣不得取取者犯偷羅遮去塚間不遠有天祠祠中有守祠人衣風飄墮落塚間比丘求糞掃衣至彼見已持去祠中人出見已語比丘言此是我等衣莫持去我等衣風飄來墮此處比丘言是汝衣者取去乃至佛言當善觀察已取

有居士請佛及僧於舍食比丘僧往佛住請食分爾時給孤獨長者子祇洹中戲賊來入寺捉兒將去有比丘聞已便作是念我當以呪術力化作四種兵衆追逐彼賊放置兒去諸比丘聞已語是比丘言汝犯波羅夷即生悔念乃至佛言汝云何救是小兒比丘答言我試呪術佛言不犯

俱睒羅國衆僧分衣是中有比丘入聚落此比丘有二近住弟子俱取衣分取已出外自相謂言汝與和尚取分耶答言取二俱不知誰是分誰是非分誰犯波羅夷誰不犯波羅夷乃至佛言不犯取時應當相語

俱薩羅國衆僧分衣中有比丘入聚落彼有同伴爲取衣分行比丘還已語言我爲汝取衣分行比丘言我不使汝取衣分即生疑悔乃至佛言不犯波羅夷若不語不應取分取者突吉羅

俱薩羅國衆僧分衣中有比丘病看病比丘爲取衣分病比丘命終不知當云何乃至佛言若先命終後取者還與本處若先取後命

歿者如餘衣物
有居士犁比丘田比丘往到彼語居士言與我分若不與我分者莫犁居士逆比丘意犁不止比丘自身擲犁上居士放犁已呵責毀呰云何沙門釋子而作是事尋生疑悔乃至佛言不犯比丘不應如是自苦身
有比丘語比丘言長老共偷支提物去來當不得罪乃至佛言若有護支提者數直滿波羅夷
舊住比丘爲衆僧故使人犁田比畔有居士田比丘亦使人犁此田居士見比丘犁此田語比丘言莫犁此田此非衆僧田比丘言誰證知居士答言非人證知當使非人自言此居士祠祀鬼神已自誓地中自然證出比丘尋棄犁具居士便即還去比丘即證埋藏已更犁居士還見比丘犁語比丘何以故犁汝得波羅夷罪即生疑悔乃至佛言若滿直波羅夷
有比丘不與取居士果木乃至佛言滿波羅夷果亦如是
有比丘經行處生樹烏鵲樹上作巢比丘取用作薪烏作聲精舍鬧亂乃至佛問阿難阿難廣說上事乃至佛言不應取烏鵲巢取者突吉羅若取用煑染因緣亦如是
佛住舍衛國一居士有蘿菔園比丘往彼索與我蘿菔根居士答言與我直比丘言無直云何與居士言若不與我直者我當云何活比丘言不與少許耶答言不與比丘即以呪術枯殺蘿菔尋即生悔乃至佛言不犯波羅夷犯偷羅遮

如蘿菔園香園葉園華園果園亦如是馬噉草比丘手把草在馬前行馬便隨逐去比丘動身欲盜心尋即生悔乃至佛言不犯波羅夷犯偷羅遮

有比丘共商客來至俱娑羅國至險難處商客乘馬比丘步行商客語比丘此險難處當乘馬速出此難比丘即騎馬騎馬已發心欲盜便即生悔乃至佛言不犯波羅夷犯偷羅遮

有比丘乘船度水船中有金發心欲盜尋即生悔乃至佛言不犯波羅夷犯偷羅遮

有商客船中載金度水船即覆沒金篋逐水流去諸比丘下流洗浴見是篋流來便取是篋諸商人言莫取此篋是我等物比丘答言我水中得商客言我等乘船度水船即覆沒篋隨流去比丘尋即生悔乃至佛言不犯

共住比丘盜心取四方僧物度與餘寺尋便生悔乃至佛言不犯波羅夷犯突吉羅

諸賊偷牛入阿練若處繫置便去諸比丘往至彼處見已即解放便即生悔乃至佛言不犯波羅夷犯突吉羅

舍衛國諸居士從天祠乞願願即稱意以白氎施與彼祠迦羅難陀因往到彼即取此衣諸比丘言汝是偷答言云何偷汝不與取便即生悔乃至佛言不犯波羅夷犯偷羅遮毗耶離祀祠亦如前說彼以金鬘繫天額已去迦羅難陀取因緣如前說

有衆多女人度水衣服瓔珞著此岸上度物至彼還來取物或有水中浴者獼猴見已下樹取此瓔珞去諸女人還不見瓔珞獼猴樹

上便擲放地諸比丘去是不遠經行見是瓔珞便取持來還諸女人諸女人言我等瓔珞汝等所取諸比丘答言我等不取獼猴因緣如前說乃至佛言不犯

有衆多比丘在一寺中住有鼠從穴出取諸食果藏著穴中諸比丘見是鼠從穴出便作是念此鼠取我等食著穴中比丘即破此穴取諸食等示諸比丘此鼠偷我等食置此穴中諸比丘語是比丘汝得波羅夷乃至佛言不犯比丘不應取鼠穴中食等

有鼠取諸飲食著比丘牀下比丘晨朝嚼楊枝已取此食噉諸比丘語是比丘汝亦不乞食何處得是食噉比丘答言鼠取食因緣如前說諸比丘言汝不與取犯波羅夷乃至佛言此鼠是比丘父愛子故取食與子不犯

獵者逐鹿鹿走入寺獵者言還我鹿來比丘答言已入寺中那得還汝彼即捨去諸比丘即生疑悔乃至佛言不犯獵者射鹿因緣如前說復有獵者以毒箭射鹿鹿走入寺獵者言此鹿已中毒箭當更射殺汝等避箭諸比丘不避箭彼等呵責已去後鹿命終諸比丘不知當云何乃至佛言應還獵主

諸比丘壞諸獵網犯偷羅遮悲愍心壞突吉羅鳥網亦如是壞獄亦如是

有比丘取狂人衣彼見已語言莫擔去比丘答言後當還汝尋生疑悔乃至佛言不犯波羅夷犯偷羅遮

有比丘多貸店肆物後主索發心不欲還尋即生悔乃至佛言不犯波羅夷犯偷羅遮

有病比丘欲飲漿亦欲施僧語弟子言辦漿

施僧及自飲病比丘與諸弟子直諸人言我等不用漿但獨與病者飲物者當分便即行事尋即生悔乃至佛言不犯波羅夷犯偷羅遮蘇毘羅漿亦如是

有比丘病多有不淨物語諸弟子我命終後僧當分我物語諸弟子言與我餅食彼荒㦬合餅與食食已身重尋便命終衆僧殯送已語是弟子言擔是物來衆僧當分弟子求覓不得衆僧索物不得已便各起去無常比丘後野干破腹食之不淨物出現有比丘至彼處觀屍見不淨物擔來與僧尋即生悔乃至佛言不犯

又復病比丘多有田宅語諸弟子喚諸比丘來當以此物布施衆僧及支提人別布施彼看病比丘便作是念當施僧支提人別施者我等不得便不喚僧及諸比丘病比丘即便命終尋生悔心乃至佛言不犯看病人不應違病人意如病人使應當隨意或有病人亦隨看病人意復有比丘病諸弟子喚諸比丘亦如前説

舍衛國商客乘船入海海龍捉船於中或有稱天者稱樹神等者中有優婆塞語諸人等當稱目揵連目揵連念我等者安隱得度彼即憶念目揵連目揵連即入禪定化作金翅鳥王在船頭立龍見已怖畏放去商人安隱得至舍衛國在諸比丘前讚歎目揵連我等安隱至此皆是目揵連力諸比丘問言何因力耶商人廣説前事諸比丘語目揵連汝犯波羅夷目揵連言以何事犯波羅夷諸比丘言汝奪龍船尋之疑悔乃至佛問汝以何心

救答言神足力神足力故不犯
舍衛國商客步道至他國到險難處賊所圍
遶中有稱天等者中有優婆塞是目揵連檀
越即稱目揵連名目揵連入禪定化作四種
兵在前諸賊恐怖捨去諸商客安隱至舍衛
國因緣如前說龍因緣廣說亦如是
驅鉢難陀釋子自恣已遊行諸寺諸比丘何
處自恣僧得幾許物諸比丘見來即迎接彼
以輭語問訊諸比丘已坐問諸比丘言僧得
物布施不答言得擔來放前諸比丘即持來
著前著前已分上座得分捉立彼語上座未
可去驅鉢難陀能種種說法即為上座隨宜
說法上座即以衣施第二第三上座亦如是
彼得衆多衣已擔入祇洹中語諸比丘我今
多得衣施諸比丘問何處得因緣如前說諸
比丘言此是未曾起因緣乃至佛言若比丘
餘處安居餘處取衣分突吉羅
長老阿難有一共行弟子精進持行有一檀
越有二子居士病阿難弟子往彼問訊阿難
弟子取居士戶鑰與一子第二者無所得不
得者往語尊者阿難阿難即瞋弟子阿難弟
子使五百弟子懺悔和尚諸弟子言云何懺
悔答言汝等將諸童子童女往至和尚所和
尚當與汝等說法說法已置諸童子便去童
子必當啼喚和尚必當言將諸童子去汝等
當答若聽弟子某甲懺悔者我當將去彼即
如教敕便為說法說法已置諸童子去
阿難言將諸童子去即答言若聽弟子懺悔
者我當將去阿難即受懺悔教弟子作突吉
羅懺悔

有比丘有大威德商客所請若有所須者來取彼比丘有弟子作是念商客數數來請和尚我當往試之爲實爲虛即往彼言和尚須酥即出酥與商客復作是語須㬰者來取答言善比丘即持酥去以少許著㬰中與和尚食或著豆中如是種種用後商客至比丘所白言大德先遣信來取酥今何以不更來取耶師問弟子言汝從商客取酥不彼答言取師言汝犯波羅夷弟子言商客請和尚我以試彼故往取還與和尚食即生疑悔乃至佛言應白和尚已取二竟

佛住跋耆國婆羅雙樹間婆求河邊諸比丘作念言佛未結戒先作罪不犯我等殺衆多人不知何者爲先乃至佛言婆求河邊未結戒時一切不犯

有比丘人作非人想殺尋生疑悔乃至佛言人非人想殺波羅夷疑波羅夷非人人想殺偷羅遮非人非人想殺偷羅遮疑殺偷羅遮

有比丘長病何用是生活即往至同行比丘所語言借我刀來彼問言用作何等答言但與我來即便與之即持入房内閉户上牀坐即自截頭手捉刀而死二三日不見出借刀比丘開户看見自截頭捉刀而死尋即生悔此比丘命終由我與刀若不與刀便即不死乃至佛言不犯不得不思量與病人刀

有比丘往至檀越家主人婦語比丘言共我作婬來比丘答言汝夫妒惡婦答言我能使不妒惡即便藥殺後比丘復往其家婦言共我作婬來比丘言姊妹莫作是語共作婬耶我等修梵行人彼答言方作是語我修梵行

耶我已殺夫比丘言我教汝殺耶母人言我聞汝言汝夫妒惡我便已殺尋即生悔乃至佛言不犯

有比丘殺意打他命終波羅夷不死偷羅遮若骨折若腰曲偷羅遮

有比丘母人懷妊作方便欲殺母母死波羅夷兒死偷羅遮俱欲殺俱死俱波羅夷俱不死俱偷羅遮有比丘墮胎方便胎死波羅夷母死偷羅遮俱死俱不死如前說

人死已呪術力更生殺偷羅遮有比丘爲衆僧作蘇毘羅漿衆多比丘飲已命終尋即生悔乃至佛言不犯二比丘共作伴一人得病語伴言與我作蘇毘羅漿飲已當差廣說如毘尼

有婆羅門疸病往至比丘所言大德我得蘇毘羅漿飲已當差比丘答言汝婆羅門邪見人云何飲蘇毘羅漿彼答言我先病得蘇毘羅漿飲已得差比丘尋與蘇毘羅漿飲已命終尋即生悔乃至佛言不犯

有比丘到曠野中觀死屍見一人以木從下道入竪著地彼語比丘言大德與我蘇毘羅漿飲當得差比丘即與蘇毘羅漿飲飲已命終尋即生悔乃至佛言不犯比丘尼與五百賊蘇毘羅漿飲諸賊飲已命終廣說如毘尼

有比丘曠野中作僧坊比丘手中塼落打比丘命終尋即生悔乃至佛言不犯當好用意捉塼

有曠野中衆僧作房壘壁上斫塼如前說

有曠野中作浴室如前說作階道亦如是

曠野中作浴室諸比丘各以囊襆擔土落比

丘上命終尋即生悔乃至佛言不犯當好用意

佛住王舍城比丘山下坐禪山上有比丘推石墮比丘上便即命終尋生疑悔乃至佛言不犯當好用意

有比丘牛羣中行有一特牛逐比丘比丘走倒小兒上小兒即死尋生疑悔乃至佛言不犯當好用意牛羣中行

有比丘長病患腰脊曲猒生投坑自殺下有野干食死屍比丘墮上野干即死比丘腰脊得直尋即生悔乃至佛言不犯比丘不應作是

有比丘坐牀上弟子言起彼答言長老莫使我起强使令起起便命終尋即生悔乃至佛言不犯波羅夷犯偷羅遮

有比丘欲捨狂人命故打死者波羅夷不死偷羅遮

有比丘長病看病人猒語病比丘我不復看汝作是念不看當速死不看故命終尋即生悔乃至佛言不犯波羅夷犯偷羅遮

有比丘多有財物得重病看病人作是念我不看者當速死此物衆僧共分比丘不看故即便命終尋生疑悔乃至佛言不犯波羅夷犯偷羅遮

有比丘食不消腹脹倦眠看病者言舒身病比丘言莫舒我身舒身當死强使舒身即便命終尋即生悔乃至佛言不犯波羅夷犯偷羅遮癰未熟便破即命終犯偷羅遮破熟癰不犯比丘尼亦如是

有比丘病應須隨病食看病人不與隨病食

食便命終犯偷羅遮與隨病食命終不犯有比丘看病不與隨病藥如前說有比丘病語看病人出我著房外洗浴我已還内我即如其教出便命終一切不犯有比丘牀上坐睡有比丘見已觸彼彼即命終乃至佛言不犯有一時刀風起禪鎮水澆廣說如毘尼

有一居士新熟物先施僧已然後自食有一阿練若比丘到彼居士舍居士作是言我不復與僧當與是阿練若比丘有比丘語諸比丘彼居士常先施僧新熟自食今不來施者與是阿練若去衆僧言喚彼阿練若比丘來即便喚來諸比丘語言某居士常先施僧新熟已自食汝何以斷截耶答言大德我不斷截諸比丘語諸比丘將阿練若比丘著坑中彼即命終乃至佛言不犯波羅夷犯偷羅遮

有居士欲布施比丘自恣衣有阿練若比丘入出其舍如前說乃至諸比丘言以木押踝便即命終乃至佛言犯偷羅遮

有比丘乞食在門限上立邊有一木倚著壁比丘衣觸倒地押小兒小兒即死乃至佛言不犯當好作意乞食

有一婆羅門晨朝祀祠中庭坐比丘入乞食婆羅門瞋然燈已走去即倒地命終比丘作念此命終由我故刀至佛言不犯比丘使比丘至險難處至彼命終乃至佛言犯波羅夷不死犯偷羅遮

佛住毘耶離諸比丘大林中坐禪爾時有比丘殺獼猴諸比丘言汝犯波羅夷比丘言何因緣故答言汝殺似人尋即生悔乃至佛言犯波夜提

舍衛國有一居士生兒已漸得長大出家學道有少因緣故入聚落有一居士母抱兒入屋比丘亦入彼母人作念此比丘弄我以杖打比丘比丘避杖墮小兒上小兒即死尋即生悔乃至佛言不犯比丘不應如是行當應一心行

有一良師出家有一比丘病往師比丘所欲破額出血拔刀向彼病人病人見刀即怖死尋便生悔乃至佛言不犯比丘不應習破額

有比丘長病便作是念何用如是生活我當自殺語看病者言與我繩來彼即與繩便自絞死乃至佛言不應與病人繩有比丘有小因緣故入聚落將始病瘥比丘爲伴中道畏賊語病比丘使行病比丘言不能不病者言若不使行爲賊所劫病者强力使行至聚落即死不病者言病比丘死由我故我若不將來不死尋即生悔乃至佛言不犯不應將病比丘作伴行第三竟

第四

佛住跋耆國竹林聚落婆求河邊諸比丘作是念未制戒前不犯不知何者爲前乃至佛言我未制戒前一切不犯

有比丘於人所非人想說過人法尋即生悔乃至佛言於人人想波羅夷人非人想波羅夷疑波羅夷非人非人想偷羅遮非人人想偷羅遮疑偷羅遮

有比丘於居士所說過人法居士不憶念居士問言大德何所道比丘答言欲食尋即生悔乃至佛言犯偷羅遮有居士語比丘若阿羅漢者受四事供養默然受犯偷羅遮復有

居士語比丘言若是婆羅門離惡法者受我供養若默然受偷羅遮居士語比丘若是阿羅漢者受我食默然受偷羅遮

有比丘晨朝著衣持鉢入白衣舍居士言大德若是阿羅漢入舍若默然入偷羅遮又復若阿羅漢者坐受水受食受佉陀尼等若非者出去若默然受者偷羅遮

有比丘著衣持鉢入居士舍居士言大德若是阿羅漢者入坐受食等如前說比丘答言我非阿羅漢與我者當受諸居士語比丘言諸根寂靜善護調伏默然受者偷羅遮習學調伏語者不犯

薩婆多部毘尼摩得勒伽卷第四

音釋

嚙五巧切齧也　螫施隻切蟲行毒也　瘥楚解切病瘳也　跟古痕切足踵也　筋舉欣切骨絡也　掉徒弔切搖也　麨尺沼切乾糗也　蘿菔蘿魯何切菔扶福切　篋苦協切椷藏也　鏂烏侯切　疸音旦黃病也　襆普木切帊也　脹知亮切　癰於容切癰也　踝胡瓦切腿內外曰踝　絞古巧切縊也

薩婆多部毗尼摩得勒伽卷第五

宋三藏法師僧伽跋摩譯

佛住舍衛國祇樹給孤獨園爾時優陀夷作是念前作者不犯未制戒時衆多出精不知何者爲前乃至佛言未制戒前優陀夷出精一切不犯有比丘出莖中精偷羅遮空中動搦押作方便已捨不出偷羅遮有比丘行時精出尋即生悔乃至佛言犯偷羅遮有女人禮比丘足比丘精出尋生疑悔乃至佛言不犯如毗舍佉鹿子母一一頭面禮比丘足捉長老難陀足難陀即失不淨墮鹿子母頭上鹿子母起已兩手摩頭而說偈言

我今得大利　如是同梵行　煩惱極熾盛
於世尊法中　忍修涅槃道

爾時難陀尋生疑悔乃至佛言不犯應著小衣有比丘搔男根不淨出乃至佛言不犯有比丘浴時指摩身不淨出乃至佛言不犯有比丘從一處至一處不淨出乃至佛言犯偷羅遮惡念思惟亦如是

有比丘母抱捉姊妹本二共食不淨出尋生疑悔乃至佛言不犯

有比丘火難中水難中坑塹難中及師子虎狼非人等難中出女人不淨出尋生疑悔乃至佛言不犯

有比丘女人捉足蹲膝髀指時不淨出尋生疑悔乃至佛言不犯

有比丘於青瘀胮脹爛壞血塗骨散骨白骨等所出不淨一切僧伽婆尸沙

有比丘爬搔時風時洗足時不淨出乃至佛言不犯

有比丘治身時不淨出乃至佛言犯偷羅遮

有比丘乞食有貧女語比丘言共作婬來比丘即以脚指刺女根中乃至佛言犯偷羅遮

有比丘急流水中洗浴男根逆水住不淨出乃至佛言犯偷羅遮

有比丘頭上耳中出不淨犯僧伽婆尸沙

有比丘脅脊胷腋下臂肘髀中兩脚中兩蹲中手中等出不淨僧伽婆尸沙不出偷羅遮若有比丘於繩牀坐卧牀氈褥枕瓶篋石像土像木像戸限等所出不淨犯偷羅遮

優陀夷便作是念佛言前作者不犯未制戒時共衆多女人摩觸身何者爲前乃至佛言未制戒前一切不犯

有比丘人女非人女想摩觸尋生疑悔乃至佛言人女人女想摩觸僧伽婆尸沙人女非人女想摩觸僧伽婆尸沙疑摩觸僧伽婆尸沙非人女三句亦如是

有比丘觸女人脚突吉羅女人觸比丘脚不犯觸女人肩突吉羅女人觸比丘肩不犯比丘抱母尋即生悔乃至佛言不犯女人捉比丘指尋即生悔乃至佛言不犯比丘火中出女人水中坑中刀中塹中非人等中出女人尋即生悔乃至佛言不犯有女人捉比丘兩臂兩膝兩手等尋生悔乃至佛言不犯若比丘摩觸青瘀胮脹爛壞蟲噉血塗離散白骨等皆犯偷羅遮女人倒地比丘扶起突吉羅比丘倒地女人扶起不犯

有比丘欲行與女别女坐膝上尋生疑悔乃至佛言不犯有比丘夜闇中出小便比丘尼迸來比丘尼倒比丘上尋生疑悔乃至佛言

不犯有比丘入聚落乞食一女人蹲脚坐語比丘言共作婬來比丘取石取土取木著女根中悉犯偷羅遮
有比丘爲女人說法彼女人脚觸比丘膝髀脅脊臂肩頸等皆犯突吉羅
優陀夷復作是念佛言前作者不犯未制戒時我於女人所衆多麤惡語不知何者爲前向諸比丘說諸比丘向佛廣說佛言我未制戒時作一切不犯若有比丘於人女作非人女想麤惡語尋生疑悔乃至佛言若人女人女想僧伽婆尸沙人女非人女想僧伽婆尸沙疑僧伽婆尸沙使化人作麤惡語偷羅遮自語僧伽婆尸沙比丘語女人言姊妹所有者與我女問言阿闍梨何所有與比丘答言汝自知女人解意即答言已辦尋生疑悔乃至佛言犯偷羅遮
有比丘入聚落乞食見女人蹲脚而坐語比丘言阿闍梨共作婬來比丘答言汝根如是好可作如是如是事尋生疑悔乃至佛言犯偷羅遮
有比丘性麤惡語於女人所作麤惡語尋生疑悔乃至佛言犯偷羅遮
有比丘尼晨朝洗浴已著服安禪那摩頭著新衣入舍衛城乞食比丘亦入城乞食語彼比丘尼言姊妹何以如是行乞男子那尋生疑悔乃至佛言犯偷羅遮
有比丘欲俯與女別彼是惡行女比丘語女言莫作惡行女問言我當作何等行比丘言莫作如是如是事尋即生悔乃至佛言犯偷羅遮

有比丘晨朝著衣到居士舍語居士母言與我彼問言何所與答言與我是彼即解意答比丘言已辦乃至佛言犯偷羅遮

有比丘語女人言我所見者與我女問言何所見比丘言我所見者與我女即解意語比丘言已辦乃至佛言犯偷羅遮

有比丘語女人言姊妹前者與我女問言何者比丘答言是汝前女即解意答言大德已辦乃至佛言犯偷羅遮

有比丘晨朝著衣到居士舍語居士母言樂喜者與我女人問言何者大德所喜答言我所喜者與我乃至大德已辦乃至佛言犯偷羅遮

有比丘入居士家語居士婦言所愛者與我乃至大德已辦乃至佛言犯偷羅遮

有比丘晨朝著衣到居士舍語居士婦言姊妹與我水飲彼答言且止當爲取比丘言汝即是水女人言已辦乃至佛言犯偷羅遮

有比丘語女人言與我佉陀尼女人言且止當爲作之比丘言汝即是佉陀尼答言已辦乃至佛言犯偷羅遮

有比丘語女人言與我粥噉女人言且止當爲作比丘言汝即是粥彼言已辦乃至佛言犯偷羅遮

有比丘晨朝著衣到居士舍語居士婦言與我蒲闍尼彼答言且止當爲作比丘言汝即是蒲闍尼女人言已辦乃至佛言犯偷羅遮

有比丘於女人所麤惡語女人不憶念問比丘何言所道比丘止不語乃至佛言犯偷羅遮四竟

佛住舍衛國祇樹給孤獨園爾時鹿子比丘便作是念佛言前作不犯戒衆多作媒嫁不知何者爲前以是因緣故向諸比丘說諸比丘向佛廣說佛言未制戒前一切不犯

有比丘到居士舍居士言大德能爲我到某甲女人所作如是語不答言能我當往不還報居士言我當云何知比丘言我當使比丘至某處比丘即往到彼家已出見一比丘語比丘言且止彼比丘念言當爲何事即便往居士出見是比丘言善哉善哉我事已辦比丘問言何事辦居士言共期尋生疑悔乃至佛言不犯

有比丘到居士舍居士言大德能到某甲女人邊如是語不答言能比丘到女人所道居士意女言我不用尋生疑悔乃至佛言犯偷羅遮

有比丘到居士舍居士共婦鬪諍居士鞭婦驅出比丘和合和合已尋生疑悔乃至佛言意已斷驅出宜令言非我婦於彼媒嫁犯偷羅遮

有比丘到居士舍居士語比丘言能爲我至婬女所作如是語不答言能比丘即往到婬女所作如是語婬女言已辦還報居士他已了居士眠未覺乃至佛言犯偷羅遮

有比丘到居士舍居士言汝能喚某甲婬女來不答言能即到彼喚婬女婬女中道他將去乃至佛言犯偷羅遮

有比丘到居士舍居士言能至某甲女人所喚來不答言能即往到彼女人眠未覺如前說乃至佛言犯偷羅遮

有比丘到居士舍居士語比丘言能喚某甲女人來不答言能即往喚女人女人莊嚴時夫主還彼事不成乃至佛言犯偷羅遮

有二居士爲知識各作是言汝若取婦時生男我生女與汝兒作婦我生男汝生女者與我兒作婦後一居士生男第二者生女生男者居士無常彼居士不復與女居士子聞已語比丘言能爲我到某甲居士所索女不能語彼女言我等未生時已以汝與我我父亡後財物喪失汝當莫捨我比丘答言能即往語彼女人如上廣說彼女聞已即捨父母走至彼男子所尋生疑悔乃至佛言犯偷羅遮

有居士語女人言與我時節女人答言我無閑時居士言我何時當知汝閑女人答言有比丘數來至我所我當使往到汝所以拳打汝背當知有閑後比丘到女人舍女人語比丘言汝能往到某甲居士所以拳打背上不答言能即往以拳打居士背居士言善哉大德我事已辦比丘言何事居士言共期乃至佛言犯突吉羅

有比丘到居士家女人語比丘能往喚某甲居士來不答言能若爲衆僧作食者我當去女人即送食與衆僧比丘供養僧已即往喚彼男子男子逐比丘來即共作婬乃至佛言犯偷羅遮

復有居士新迎婦端正色好有一男子欲得彼婦即數數遣信至彼婦人所婦人不肯此婦夫命終此婦於先欲得男子所有小過即收繫縛母語女言以何方便離此難處女答母言有一方便此居士先數數遣信來至我

所我不從彼母言汝當從此此是惡人令彼得樂女言今當遣誰往時有比丘到彼中即語比丘言汝能往到某居士所語居士言某甲居士婦喚汝當作如是如是事比丘言能即往喚居士居士來共作婬尋生疑悔乃至佛言犯偷羅遮

有居士母爲衆僧作精舍四事供給居士母命終後無人料理廢四事供養諸比丘到居士舍語居士言作如是精舍居士母在時四事供給居士答言此母是福德人復語比丘言汝能往某甲居士婦所言與我送食比丘答言能即往到彼語言汝能爲某甲居士送食不答言不能我家多事比丘復言汝當往爲我等精舍故婦言爲精舍故當往往便即共作婬比丘尋生疑悔乃至佛言不犯居士即復以四事供給衆僧料理精舍

有比丘到居士舍居士語比丘言能往語彼某甲女人來不答言能即往語女人女人病居士亦得病二人俱病事不得成乃至佛言犯偷羅遮

有比丘到居士舍女人語比丘能往喚某甲居士來不答言能即往語居士居士病女人亦病乃至佛言犯偷羅遮

有比丘晨朝著衣持鉢到居士舍居士語比丘言能到某甲居士所言與我女姊妹等不比丘答言能即往語彼此居士兒命終若女命終若狂若癡若先與他處犯突吉羅

復有比丘到居士舍如前説兒病女病俱病俱狂癡若與餘處犯偷羅遮

受具戒應與受具戒不應與受具戒得具戒

不得具戒羯磨羯磨事羯磨處非羯磨處擯
羯磨捨羯磨苦切羯磨出罪羯磨事非奢摩
他事奢摩他事所作事學捨戒非捨戒捨戒
羸戒非羸捨戒諍攝諍事諍不滅事諍已滅
事說不說受爲狂人羯磨爲非狂人羯磨墮
信施不現前羯磨羯磨懺罪白羯磨白二羯
磨白四羯磨苦切羯磨驅出羯磨折伏羯磨
不見擯羯磨捨擯羯磨惡邪不除擯羯磨别
住羯磨本日羯磨摩那埵羯磨阿浮呵那羯
磨别住有何利何以故本日治摩那埵有何
利何因緣故作阿浮呵那覓罪相羯磨犯罪
不犯罪輕罪重罪有餘無餘邊罪麤罪罪聚
出罪憶罪鬪諍止鬪諍求出罪遮說波羅提
木叉遮自恣內宿內熟自熟捉食受食惡捉
受不受不捨水食捨受迦絺那不受迦絺那
捨迦絺那不捨迦絺那重物輕物可分物不
可分物人物非人物攝物不攝物不從他受
得取死人物成衣糞掃灌鼻灌下部刀剃毛
剃髮噉淨食作衣果食非人食五百集毗尼
七百集滅毗尼因緣摩訶優波提舍迦盧優
波提舍等因時雜園林中淨山林中淨堂淨
邊方淨方淨國土淨衣淨酢漿淨自恣與自
恣取自恣說自恣布薩與欲受欲說欲清淨
與清淨受清淨說清淨欲清淨與欲清淨受
欲清淨說欲清淨偷婆偷婆物偷婆舍偷婆
無盡功德盡供養偷婆莊嚴偷婆偷婆香華
瓔珞有食粥佉陀尼舍消蒲闍尼鉢衣尼師
壇鍼鍼筒依止受依止與依止捨依止和尚
弟子法供養和尚阿闍梨近住弟子和尚阿
闍梨共行弟子近住弟子沙彌籌量卧具營

知事次第禮拜蘇毗羅漿屑藥漿皮革屣揩脚物杖絡囊蒜剃刀剃刀房户鑰户鎖扇柄傘乘扇拂鏡歌舞香華瓔珞眠安禪那著安禪那物眠坐卧經行禪帶細腰繩彈反抄著衣地樹地物林樹諍諍壞恭敬下意種種不共住闍頼咤實覓罪波羅夷學法僧上座山林樹堂房卧具户居曠野空房鉢衣尼師壇鍼鍼房粥瓶澡灌瓶蓋水飲器食蒲闍尼食時食受食乞食請食阿練若阿練若上座聚落聚落中上座客比丘客比丘上座行行上座洗足洗足上座集集上座説法説法上座非時非時僧非時僧集上座唄不唄求安居安居安居上座安居竟衆入衆安居中安居中上座布薩説戒説戒者上中下座浴室洗浴浴上座和尚共行弟子闍梨近住沙彌方便後行比丘到家入家入家坐家上座先語消息空中迦絺那經行漉囊下風入厠厠邊厠跂厠上座洗大便巳洗手處洗處跂小便處小便跂小便上座籌草處唾器楊枝擿齒刮舌挑耳威儀不威儀三聚云何受戒受戒者受羯磨共羯磨住故故名受具戒彼有十種受具戒一無師得謂如來阿羅訶三藐三佛駄二見諦得謂五比丘三問答得須陀夷四三歸得五自誓得謂摩訶迦葉及三説六邊地律師等五衆得七中國十衆得八八重得謂摩訶波闍波提等九遣使得謂法與十二部僧得若制白四羯磨巳三語三歸受具足戒者不得具足戒若未制白四羯磨三語三歸受戒善得具足戒善來者若前若後受戒善得具足戒何故善來比丘我與受具戒

者是最後身比丘終不作學人無常是故善得具足戒

比丘尼受具足戒有三種受一八敬法二遣使三二部僧現前白四羯磨受具足戒受八敬法者摩訶波闍波提比丘尼等是事應廣說遣使受戒者達摩提那或有相似者若有難不得出爾時爲彼作羯磨得羯磨者持去向彼說已語言姊妹善得具足戒從是後二部僧現在前白四羯磨受具足戒得具足戒八敬遣使受者不得是名受具足戒

問何以故名受具足戒答至誠受羯磨得觸證是名具足戒與上相違名非具足戒

云何應與受具足戒人男人女離障礙事云何不應與受具足戒謂殺母殺父殺阿羅漢破僧出佛身血無和尚無衣鉢行別住未竟外道越濟非男汙染比丘尼賊住未滿二十自言非比丘已滅擯可滅擯一切非人等是名不應與受具足戒若與受具足戒僧悉有罪彼人名汙衆人與人受具足戒時稱其名如法衆僧和合問遮罪已如法白四羯磨不動不轉受具足戒是名得具足戒人與上相違非具足戒人云何不得具足戒人不得不觸不證是名不得具足戒人十三人一向不得具足戒一切五逆越濟非男汙染比丘尼賊住不共住本不和合人不滿二十人自言非比丘化人等一向不得具足戒

云何羯磨謂白羯磨白二羯磨白四羯磨何以故名羯磨有二因緣折伏羯磨懺罪羯磨又復能得清白法故名爲羯磨云何折伏羯磨懺罪羯磨謂折伏驅出擯懺罪別住本日

治與摩那埵本日治作是事已名折伏懺罪羯磨云何清白羯磨謂受具足戒布薩自恣阿浮呵那等及餘如法羯磨是名清白羯磨

云何羯磨事謂所因事緣作羯磨故故名羯磨事

云何羯磨處白羯磨成就聞成就如法衆僧和合作羯磨不可轉動故名處羯磨云何非處羯磨白羯磨不成就聞不成就非法僧不和合可轉動是名非處羯磨云何擯羯磨謂比丘有罪擯比丘不得共作羯磨布薩不得共住共食是名擯羯磨

云何捨羯磨謂如法懺悔共僧同住同食是名捨羯磨

云何苦切羯磨若比丘鬬諍相言衆僧與作苦切羯磨已勑言後更作者當更苦治汝是名苦切羯磨

云何出罪羯磨事若見若聞若疑犯罪彼必眞實不虛時非不時義饒益非不饒益耎語非麤言慈心非瞋恚是名出罪羯磨事

云何非奢摩他事謂苦切羯磨驅出羯磨折伏羯磨擯羯磨不見擯惡邪不除擯別住本日摩那埵是名不止羯磨

云何止羯磨有罪懺悔發露下意調伏是名止羯磨

云何所作事因是因緣故作事

云何學學有三種增上戒學增上心學增上慧學復有三種學威儀學毗尼學波羅提木叉學

云何非捨戒若狂屏處自說沙彌所外道所白衣所不於性住比丘所說不名捨戒云何

捨戒作如是語出家辛苦作沙門甚難不樂作比丘憶父母等送我至父母所送我至白衣家與我衣作具復作如是語我捨佛等乃至不與長老等共法以清淨心説我不樂作比丘慚愧比丘事猒離比丘事口作是説是名捨戒

云何戒羸若比丘憶念家中不樂作比丘如前説是名戒羸

云何戒羸非捨戒以前事向衆説何以故名戒羸不樂所作比丘事是名戒羸云何諍諍有四種相言諍鬬諍犯罪諍常所行諍何故名諍因是生諍故故名諍云何攝諍謂七滅現前毗尼等廣説何以故名攝諍彼四諍以七滅滅調伏寂靜是名滅諍

云何諍事不滅若五法成就諍不得滅何等五一不白僧二非佛教三不白二衆四犯罪比丘未受語五衆犯罪未懺悔具此五事諍不得滅

云何諍滅事有五種成就諍得滅何等五一已白僧順佛教白二衆如法自見罪諸比丘罪已懺悔此五事成就諍得滅是名諍已滅事

云何説説有五種謂戒序四波羅夷十三僧殘二不定廣説是名説

云何不説若衆説戒時説戒者不利利者應次第説復不利者更使利者次第説乃至不盡應次第説各説少分故名不説

云何受若比丘獨住至布薩時應掃偷婆房舍堂前布薩處次第敷坐若有比丘來未布薩者共布薩若不來者應在高處望若見比

丘來者應作是言疾疾來今日作布薩若無來者至冥還來坐處次第坐心念口言今日作布薩我今亦作布薩若得和合僧廣作布薩是名受

云何爲狂人羯磨若比丘狂心散亂當爲彼作白二羯磨廣說如長老婆伽陀因緣云何非狂羯磨除狂羯磨諸不狂羯磨

云何墮信施施與持戒人迴施不持戒人與正見人迴施邪見人墮信施如所食如所取若乃至長取一摶墮信施是名墮信施

云何不現前羯磨十種不現前作羯磨謂覆鉢羯磨捨覆鉢羯磨學家羯磨捨學家羯磨作房羯磨沙彌羯磨狂羯磨不禮拜羯磨不共語羯磨不供養羯磨是名不現前羯磨

云何羯磨若減四人作羯磨不成作羯磨五人羯磨應五人作十人羯磨應十人作二十人羯磨應二十人作四十人羯磨應四十人作

云何懺罪五法五非法云何五法非別住所非不共住所非未受具戒人所衆中盡發露是名五如法與上相違名非法

云何白謂白不作羯磨僧爲狂人作白是名白云何白羯磨羯磨白僧謂布薩自恣阿浮呵那捨小鉢布草如是一切名白羯磨云何白二羯磨作白已復作一羯磨

云何白四羯磨作白已三羯磨白羯磨不作白作羯磨不成白白二作羯磨不作白不成白二白四羯磨不作白作羯磨不成白四衆多羯磨不作白不成衆多作白二羯磨不作白不成作多作羯磨不犯減作不成作白時

衆中有少因緣起去不捨聞處憶白若捨聞處不憶白還應語僧更作白白未竟復有起去若捨聞處更應作白

云何苦切羯磨若比丘鬭諍僧與作白四羯磨是名苦切羯磨

云何驅出羯磨汙染他家與作驅出白四羯磨云何折伏羯磨若比丘毀呰檀越使懺悔彼故白四羯磨

云何不見擯羯磨若比丘犯罪已問言不見罪與作不見擯白四羯磨

云何捨擯羯磨比丘犯罪如法懺悔作白四羯磨解擯

云何惡邪不除擯若比丘起惡邪見不肯捨爲作不捨白四羯磨

云何別住若有外道欲於正法中出家受具足戒爾時應四月在和尚所住與作白四羯磨又復別住十三事中犯一一事已覆藏隨覆藏與別住作白四羯磨是名別住

云何本日治若比丘別住中復犯僧殘與本日治作白四羯磨

云何摩那埵若比丘已別住竟與摩那埵作白四羯磨不動轉於一切比丘所下意故名摩那埵

云何阿浮呵那於不善處舉著善處是名阿浮呵那覆藏罪別住有何利何以故本日治摩那埵有何利何以故作阿浮呵那答覆藏者與別住摩那埵是別住功德利本日治調伏故阿浮呵那是摩那埵功德利阿浮呵那清淨故何以故摩那埵是別住功德利耶比丘別住下意調伏是故摩那埵別住功德利

何以故本日治調伏調伏者使諸比丘知是長老如是熾盛煩惱犯罪慚愧更不作故是名本日治調伏何以故阿浮呵那是摩那埵功德利已調伏求清淨自求出罪諸比丘言是比丘求清淨求出罪是賢善比丘我等當與作阿浮呵那是故阿浮呵那是摩那埵功德利何以故阿浮呵那是清淨已起得清淨無罪如世尊所說二種比丘得清淨一謂不犯罪二謂犯罪如法懺悔是故阿浮呵那是清淨云何覓罪若比丘犯戒犯戒已自說後不說與覓罪白四羯磨是名覓罪

云何戒聚戒身即戒聚云何犯聚犯波羅夷僧殘波夜提波羅提提舍尼突吉羅犯是名犯聚云何不犯聚不作若犯如法懺悔通是不犯聚

云何輕罪謂可懺悔云何重罪謂不可懺悔

云何有餘罪後四篇謂僧殘波夜提波羅提提舍尼突吉羅

云何無餘罪謂初篇云何邊罪謂四波羅夷

云何麤罪四波羅夷僧伽婆尸沙云何罪聚謂一切罪不善所攝

云何出罪汝長老犯如是如是罪當發露懺悔莫覆藏是名出罪

云何憶罪長老汝犯如是如是罪當憶念

云何鬬諍若見聞疑罪不共語是名鬬諍

云何止鬬諍以五因緣何等五我語汝我說汝我出汝罪我令汝憶汝聽我是名止鬬諍

云何求出罪如前說是名求出罪

云何遮布薩十種遮布薩廣說如毗尼

云何遮自恣有四非法四如法非法者無根

戒不淨人惡威儀人邪命人與上相違名如法遮自恣

云何內宿食若界內不結淨地食在界內比丘不得食是名內宿若結淨地食在淨地得食云何內熟若比丘界內不結淨地界內熟食比丘不得食是名內熟

云何自熟爾時毗耶離飢儉諸居士欲與諸比丘作食便作是言我等若使人作者當多有人食此食及親里等來索見諸比丘道業不就語諸比丘言此米使淨人作食竟食諸比丘不好看檢諸客比丘來者當相分與諸比丘食少身體羸瘦乃至佛言聽諸比丘界內結淨地已作食諸比丘結已使淨人作食淨人沙彌自食已少與諸比丘諸比丘食少故身體羸瘦乃至佛言如是飢儉時聽諸比丘自作食捨二處內宿內熟乃至儉時未過自作食

云何捉食比丘無慚愧故捉食云何受食若比丘從男女黃門二根等受

云何惡捉自手捉食已復從他受

云何受諸比丘食已自恣受殘食法而食

云何不受食已未自恣聽諸比丘持食出如飢儉時食已不自恣不受殘食法得食不受殘食法聽食果謂胡桃等

云何不捨毗耶離飢儉時聽

云何水食長老舍利弗血病良師言食藕者得瘥爾時尊者大目揵連曼陀羅池中取藕來與尊者舍利弗舍利弗食少許已與諸比丘諸比丘不食我等已自恣竟諸比丘向佛廣說乃至佛言飢儉時食已自恣不受殘食

法聽食藕
云何捨飢儉已過世尊從毗耶離遊行諸國漸至舍衛國爾時世尊問阿難我毗耶離聽諸比丘八事者内熟乃至藕等諸比丘故行是事耶阿難白佛言世尊或有行者有不行者爾時世尊集諸比丘僧集僧已語諸比丘我先毗耶離聽八事爾時飢儉故聽非豐時自今已去八聽食者得罪是名捨
云何受迦絺那若此住處受迦絺那界内一切衆僧應集同戒同見清淨故又復餘處比丘聞某處受迦絺那衣發隨喜受
云何不受迦絺那衣與上相違名不受
云何迦絺那有八種廣説如毗尼
云何不捨迦絺那衣與上相違名不捨
云何重物謂木牀乃至阿珊提等木竹及餘物作者薦席氈褥瓦器等物是名重物
云何輕物謂金銀銅鐵牀等金銀銅鐵器鉢衣物等是名輕物
云何可分物謂死比丘三衣持與看病人除重物餘一切輕物可分謂鐵器鉢絡囊銅器户鉤刀鉞鑷剪抓刀香爐香匙香器斧鑿等如是物可分不可分者重物重物不可分謂木牀乃至瓦器等不得分持作四方僧物若染汁四方僧來者共染衣除五大妙色金牀轉易物已共分銅牀亦如是木牀等四方僧共用又復五事比丘不得賣不得與人不得分彼何者是謂園林寺舍卧具園寺舍地
云何人物世尊聽諸比丘爲僧故受園林非爲一人
云何非人物謂象馬駱駝犛牛水牛世尊爲

塔爲僧故聽受
云何攝物若他所攝若聚落阿練若處男女非人所攝是名攝物
云何不攝物若聚落阿練若處他不攝若男女非男二根不攝是不攝物
云何比丘不從他受而得受用除一切可食物除水楊枝是不從他受
云何死比丘衣死比丘衣五衆得分受用
云何成衣若作五年大會得衣
云何糞掃衣有五種比丘得取火燒牛嚼鼠嚙水衣產衣
云何灌鼻佛聽病比丘灌鼻如尊者畢陵伽婆蹉是事應廣說
云何灌下部比丘不得灌下部灌者偷羅遮不犯者灌便病瘥
云何刀比丘不得用刀治病若治者偷羅遮不犯者餘藥不治刀治得瘥
云何剃毛除鬚髮剃餘身分毛突吉羅
云何剃髮比丘應次第剃髮下座剃髮已下刀上座不得使起起者突吉羅
云何噉謂五種子云何淨謂五種淨云何食五種淨已食及八種漿清淨不濁
云何作衣十種衣三種壞色用
云何果食毗耶離中衆多果諸比丘私取食乃至佛言不得私取食當等分分果時一人受二人三人分高聲大聲乃至佛言不得分若有淨人作五沙門淨已從彼受食
云何非人食聽諸比丘天上金銀瑠璃地階道行坐卧聽器中食是名非人食
云何五百集毗尼佛般涅槃不久五百比丘

集王舍城已撰集一切修多羅毗尼阿毗曇云何七百集滅佛般涅槃後一百一十年毗耶離諸比丘十惡事起非法非毗尼非佛教離佛法與毗尼阿毗曇法相相違以是爲淨何等爲十謂鹽淨二指淨聚落淨鑽酪淨如是淨隨喜淨生酒淨習淨縷尼師壇淨受金銀淨云何鹽淨以自盡壽受持鹽雜食得食佛言食者犯突吉羅

佛在舍衞國藥法中制是罪二指淨者食自恣已得二指挑食佛言食者犯波夜提

佛在毗耶離食法中制是罪聚落淨者一聚落請食已自恣復得至餘聚落食佛言食者波夜提

佛在毗耶離食法中制是罪鑽酪淨者食自恣竟復得鑽酪已得飲佛言飲者波夜提

佛在毗耶離食法中制是罪如是淨者界外成衆羯磨界内隨喜佛言犯突吉羅瞻婆國羯磨事中制是罪隨喜淨者界外先不語作羯磨作已來語隨喜佛言犯突吉羅亦瞻婆制是罪生糟淨者穀作酒未熟得飲佛言飲者波夜提枝提國因娑伽陀比丘制此戒修習淨者修習殺生不修習殺生殺生無罪佛言隨事犯縷尼師壇淨者尼師壇頭不接縷佛言不接縷者犯波夜提迦留陀因縁制此罪金銀淨者毗耶離諸比丘自手受金銀佛言受者波夜提王舍城制此罪毗耶離諸比丘行是十事七百比丘集滅是罪

云何毗尼因縁謂二波羅提木叉毗崩伽十七毗尼事七法八法善誦增一散毗尼共戒不共戒

薩婆多部毗尼摩得勒伽卷第五

音釋

搔蘇遭切手爬也　壍七豔切坑也　蹲市兖切腓腸也　瘀依據切　脅虛業切腋下也　脊資昔切背呂也　踔楚教切舉一足也　鞭卑連切　居徒點切尸牀也　唄蒲拜切梵唄也　抓側巧切　⿰牜秦匠鄰切牛名也

薩婆多部毘尼摩得勒伽卷第六

宋三藏法師僧伽跋摩譯

云何摩訶漚波提舍有四摩訶漚波提舍若有一比丘來所說言是修多羅毘尼阿毘曇我從佛口受是法諸比丘當取是語不得是非當修多羅毘尼阿毘曇中覓若與彼相應者當稱歎其人善哉長老善受持若不相應者當語彼言此非佛語非修多羅毘尼阿毘曇汝不善解二人三人大衆來所說亦如是何以故名摩訶漚波提舍答大清白說聖人聖人所說依法故不違法相故弟子無畏故斷伏非法故攝受正法故名摩訶漚波提舍與上相違名迦盧漚波提舍何以故說迦盧漚波提舍爲諸弟子答解無畏故持正法故爲後世末法中諸惡比丘增故此是佛語彼非佛語故故名迦盧漚波提舍云何等因謂藥若根莖葉華果藥等與病因相應故名等因云何時雜即日受時藥即日受非時藥七日藥終身藥時雜應時服時藥攝故

云何園林中淨若比丘園林中有金銀作是念有主者來取

云何山林中淨山者樹也樹者枝葉相接華果相接面一拘盧舍三衣隨處著過明相出

云何堂淨若僧伽藍中上座次第坐

云何國土淨若在鬱單越用閻浮提時食若閻浮提時鬱單越中夜一切餘方亦用閻浮提時食

云何邊方淨俱秪國不知受食諸神通比丘到彼所更令彼人取食著地不肯授與諸比丘不知云何乃至白佛佛言聽諸比丘五種

受法謂手從手受器從器受衣從衣受餘身分從餘身分受放地受是名邊方淨
云何方淨雪寒處聽諸比丘著鞾著複羅餘國不聽亦聽諸比丘著複衣餘處不聽阿槃提國聽諸比丘用皮常洗浴餘方不聽亦聽律師等五人受具足戒餘處不聽
云何衣淨世尊聽諸比丘十種衣謂羊毛衣紵麻芻摩頭鳩羅劫貝俱絺炎波兜那劎俱耽波劎俱脂羅劎阿婆羅哆劎此十種衣三壞色已受持
云何酢漿淨諸比丘病問諸醫師醫師言飲漿可得瘥乃至佛言應作酢漿作法者取米汁�水和之放一處酢已須者受用若漿清澄無濁以囊漉清淨如水從他手受已至日沒得飲非初夜初夜受初夜飲乃至後夜受後夜飲
云何自恣若比丘自恣日集在一處僧中三處自恣謂見聞疑何以故佛令諸比丘自恣欲使諸比丘不孤獨故使各各憶罪故憶罪已發露悔過故以苦言調伏故而得清淨無病安隱故自意喜悅故我清淨無罪故
云何與自恣欲若比丘病不到自恣處若不病不去犯突吉羅若有恐怖若命難梵行難若八難九難一一難起不得往自恣處應與自恣欲如何難起亦當與自恣欲
云何取自恣欲若以人到比丘所取自恣欲應如是取界內非界外取欲已若界內有大怖難命難梵行難等八因緣中一一難起爾時出界外不失欲
云何說自恣欲到衆中爲彼比丘說自恣欲

若說善不說者犯突吉羅

云何布薩半月半月諸比丘各各自觀身從前半月至今半月中間不犯戒耶若憶犯者於同意比丘所發露懺悔若不得同意作念若得同意當發露懺悔除是罪餘清淨共僧同作布薩是名布薩何以故名布薩捨諸惡不善法捨煩惱有愛證得清白法究竟梵行事故名布薩

云何布薩與欲謂病比丘布薩時不能到僧中應與欲若不病與欲犯突吉羅

云何受欲廣如前說欲亦如前何以故名欲欲者所作事樂隨喜共同如法僧事

云何與欲病比丘不能到僧中應與欲若不病與欲犯突吉羅若有十難因緣應與欲如何難起亦應與欲與欲者與欲成與欲比丘與欲若言爾成與欲與成說欲成與欲當與汝欲成與欲身動成與欲口動成與欲若身口不動將到僧中若不堪動一切僧應就不應別作僧事若別作僧事者隨事犯受欲說欲如前自恣說

云何清淨清淨者無罪云何與欲清淨廣說如前與欲受清淨說清淨亦如自恣說

云何欲清淨若僧布薩羯磨時欲及清淨

云何與欲清淨布薩時比丘病不能到僧中當與欲清淨若不病與欲清淨犯突吉羅若命難梵行難及八因緣難起當與欲清淨如何難起亦應與欲清淨與欲清淨者與欲清淨比丘與欲清淨答言爾與我說欲清淨當與汝欲清淨身動口動彼一一成與欲清淨若身口不動應將到僧中若不堪動一切僧

應就不應別作布薩羯磨
云何受欲清淨若比丘從比丘邊受欲清淨
受欲清淨者應如是取界內非界外若命難
梵行難乃至八難中一一難起持至界外不
失欲清淨
云何說欲清淨受欲清淨比丘到僧中爲彼
比丘故說欲清淨若說者善不說者犯突吉
羅不恭敬和合故
云何偷婆佛聽髮爪作偷婆如給孤獨長者
因緣毘尼中廣說是名偷婆云何偷婆物謂
偷婆田宅彼處建立偷婆
云何偷婆舍謂殿舍樓閣若木鍮石白鑞鉛
錫等
云何偷婆無盡功德毘耶離諸商客爲世尊
起偷婆起偷婆已復爲偷婆故多施諸物諸
比丘不受是無盡物即以白佛佛聽受使優
婆塞淨人知若彼得利用治偷婆或作偷婆
云何供養偷婆土摶白灰珠砂
云何莊嚴偷婆莊嚴偷婆者繒綵安牧迦頭
鳩羅俱給耶俱脂翎旛幢金銀瑠璃珂石珊
瑚琥珀碼碯眞珠摩尼赤珠玫瑰沈水栴檀
末香塗香燈華如是等及諸妙物莊嚴
云何供養偷婆伎樂香華末香塗香燒香禮
拜爲塔故比丘得結髮
云何有食若比丘住寺中得食
云何粥世尊聽諸比丘噉粥不得啜粥作聲
云何佉陀尼佛聽諸比丘噉九種佉陀尼葉
佉陀尼華佉陀尼果佉陀尼胡麻佉陀尼油
佉陀尼麵佉陀尼餔佉陀尼根佉陀尼石蜜
佉陀尼食此九種佉陀尼時不得栢栢作聲

云何含消含消有五種世尊聽諸比丘服謂酥油蜜糖醍醐服含消藥時治病想服藥想糞屎想髓腦想

云何蒲闍尼有五種世尊聽諸比丘噉烏陀那貴摩沙曼陀若魚肉等是名蒲闍尼食蒲闍尼時治病想服藥想糞屎想

云何鉢世尊聽諸比丘畜二種鉢鐵鉢瓦鉢八種鉢鉢不聽畜

云何衣世尊聽諸比丘畜七種衣不聽淨施謂僧伽梨鬱多羅僧伽安旦婆娑雨衣覆瘡衣尼師壇養命衣是名衣

云何尼師壇世尊聽諸比丘畜諸比丘畜尼師壇護僧卧具故無尼師壇不得坐僧卧具

云何針世尊聽諸比丘畜二種針鐵針銅針是名針

云何針筒世尊聽諸比丘畜針筒爲舉針故不應與無慚愧人不得與沙彌

云何依止世尊所說客來比丘不應先洗足消息先當求依止爾時有一客比丘來聞佛制戒客來比丘不得先洗足消息先求依止此比丘體力疲極求覓依止迷悶倒地即便命終諸比丘向佛廣說佛言聽諸比丘脱衣鉢拭足塵洗足已二三日然後求依止爾時諸比丘趣得便依止彼於善法退轉佛言不得趣爾依止當好籌量能增長善法者然後依止依止時當問餘比丘此比丘何似有戒德不能教戒不眷屬復何似無有諍訟不能相教戒不如是問已從求依止與依止者亦如是

云何受依止當偏袒右肩兩手捉兩足已當

如是語我某甲從大德求依止大德與我依止我依止大德住第二第三亦如是說彼應答言好善哉

云何與依止不滿十臘不得與依止假使滿十臘愚無所知不得與依止若五法成就得與依止何等五知犯不犯知輕知重廣誦波羅提木叉已與人說廣說如毘尼

云何捨依止有五因緣失依止還依止去捨戒從衆至衆見本和尚

云何和尚諸比丘無和尚出家受具足戒心意不調伏威儀不齊整病痛無人看諸比丘向佛說佛言自今聽依和尚出家和尚教誡弟子心得調伏病時相看後諸比丘弟子病時不看佛言應看不看者犯突吉羅

云何弟子諸比丘依和尚出家受具足戒不來親近和尚諸比丘向佛說佛言應親近和尚承事問訊隨逐行作事時應白和尚和尚所作事應代作除四種謂大小行嚼楊枝界內禮支提

云何供養和尚應承事供養問訊禮拜和尚所應作事應疾疾作之不應懈怠慚愧和尚恭敬和尚下喜求善法不求過和尚有過應諫和尚病應看自事不應廢

云何阿闍梨諸比丘無阿闍梨出家心不調伏威儀不齊整病無人看諸比丘白佛佛言聽諸比丘作阿闍梨當教誡看病諸比丘不肯與受具足戒佛言應與受具足戒

云何近住弟子近住弟子不親近阿闍梨諸比丘向佛廣說佛言近住當親近阿闍梨問訊隨逐所作事白阿闍梨除大小行如前所

說云何和尚阿闍梨共行弟子近住弟子共行弟子近住弟子於和尚阿闍梨所如父母想和尚阿闍梨於弟子所如兒子想

云何沙彌世尊聽畜沙彌不大小小者七歲若作罪者當使懺悔若裸形與著衣

云何籌量若始作住處起寺舍時先當籌量行處成就不永成就不經行處成就不非妨處難處不少鬧亂聲不如是觀察已起立寺舍若不籌量營事得罪

云何卧具世尊聽諸比丘畜氈褥毹㲪若僧有若自有

云何營知事世尊住阿荼毘寺舍房舍崩壞見已問阿難言此房舍何以崩壞阿難白言世尊六羣比丘知事不修治故佛語阿難更使餘人知事若小小治乃至掃地便止不修治者不聽知事好修治者使終身知事煙熏雨漏房舍與知事人住佛言不得終身知事不得與煙熏雨漏房舍住與十二年房故名新若知事新作房舍新作卧具者十二年中僧不使或十一年或十年九年八年七年六年五年四年三年二年一年不使泥不使治

云何次第禮拜佛聽諸比丘次第上中下禮拜問訊起迎合掌

云何蘇毘羅漿佛聽病比丘飲蘇毘羅漿如尊者舍利弗病因緣是中應廣説取根莖華果葉藥著一器中漬酢已清澄無濁朝受乃至初夜飲後夜亦如前説

云何屑佛聽諸病比丘畜豆屑赤豆屑摩修羅屑等不得雜香不以色好故畜若病得合餘香

云何藥謂根莖葉華果時藥七日藥終身藥
世尊聽諸病比丘畜服若衆若自
云何漿謂世尊聽諸病比丘飲八種漿淨漉
水淨已飲
云何皮比丘不得畜皮不得受不得用坐卧
除革屣若至白衣舍得坐不得卧
云何革屣世尊聽諸比丘畜二種革屣謂一
重皮革屣芒屣不得雜色作
云何揩脚物比丘不得畜浮石
云何杖王舍城屍陀林中多有毒蟲諸比丘
爲毒蟲所害佛言白羯磨已聽畜杖
云何杖絡囊世尊聽病比丘從僧乞白二羯
磨已畜
云何蒜世尊聽病比丘服蒜如長老舍利弗
不病不得食若病食者當如法行

云何剃刀世尊聽諸比丘畜剃刀爲剃髮故
是名剃刀
云何剃刀房世尊聽諸比丘畜剃刀房爲舉
剃刀故
云何户鑰世尊聽諸比丘畜户鑰爲護卧具
故若衆若自爲安隱僧故
云何户鎖如户鑰
云何扇柄摩尼扇柄比丘不得畜若得者取
當供養佛支提聲聞支提
云何傘世尊聽諸比丘畜傘防雨熱故
云何乘世尊聽老病比丘乘乘廣説如毘尼
云何扇世尊聽諸比丘畜扇若衆若自
云何拂世尊聽諸比丘畜拂
云何鏡世尊不聽諸比丘照鏡乃至水中除
面眼有病

云何歌舞倡妓比丘不得自作亦不得教人作
云何香華瓔珞佛言比丘不得著香華瓔珞若得者取當供養佛支提聲聞支提
云何眼安禪那世尊聽病比丘畜安禪那不得爲好故著眼藥爲病故聽著
云何著安禪那物二種著安禪那物謂銅鐵
云何卧比丘不病不得晝日卧不得燈中卧若疲極者應起去不得惱第二人
云何眠世尊聽比丘晝日經行坐除睡蓋初夜過四摞鬱多羅僧敷卷摞僧伽梨爲枕右脇卧脚脚相累不得散手脚不得散亂心不得散亂衣作明相正念起想思惟然後眠至後夜疾疾起經行坐除去睡蓋
云何禪帶世尊聽病比丘畜禪帶謂腰背痛

如尊者舍利弗因緣此中應廣說
云何紐佛聽諸比丘安衣紐爲風故爲攝衣故
云何腰繩世尊聽諸比丘畜三種腰繩謂編繩圓織繩線繩
云何彈世尊聽諸比丘畜彈怖賊故無有因緣得打
云何反抄著衣比丘不得反抄著衣除高處作
云何地地有二種經行地精舍地
云何樹耆闍崛山道邊無樹佛言聽諸比丘種樹爲蔭故爲華故應次第種爲精舍故
云何地物謂田地聽諸比丘取田地爲園故
云何林樹比丘應次第取

云何諍相言鬪諍行兩舌各各相鬪不和合不如一水乳各自分住非時不作無義無作非法不作無朋黨不作自惱惱他不作俱惱不作如是諍不應作

云何諍壞僧作二衆僧壞輪壞云何僧壞若行十四壞僧事取一一壞事如法如律非法非律乃至界內各作布薩是名僧壞非輪壞云何輪壞非僧壞八聖道名輪捨八聖道說餘道是名輪壞非僧壞及輪壞前僧壞俱名壞

云何恭敬恭敬和尚阿闍梨上中下座如是一切善恭敬

云何下意被擯比丘應行事不得度人不得與人受具戒不得與人依止不得畜沙彌不得教戒比丘尼若僧差作不應受不得犯餘戒不得違衆僧羯磨不得遮衆僧布薩自恣不得出清淨比丘罪不得遮羯磨十不得教戒性住比丘不得道說性住比丘不得使性住比丘憶念罪不得共性住比丘共坐常當下意恭敬當示擯想衆僧一切羯磨不得受廣說十二人十七

云何種種不共住有二種法及食所行事如擯比丘差別者一切衆僧羯磨不得受衆僧差作亦不得受廣說十二人若於同梵行所有過罪者僧應如是語汝莫不止僧當治汝繫汝罰汝二犯罪此僧中懺悔不得出界外惟此僧能捨汝罪非界外如是治不止者更加其罪如調惡馬以鞦制之

云何闥賴吒二十二法成就名闥賴吒比丘

云何二十二法精進根本成就慚愧威儀具

足樂持戒善解毘尼聞持多聞通利阿含善解諍事善解諍本解諍相善解滅諍善解滅諍已更不起善解事辯才無恐畏身口善能使能受能行受羯磨不隨愛不隨瞋不隨怖不助二邊受法食財食是名闍賴咤二十二法

云何實覓罪先犯罪已發露後覆藏當與實覓罪作白四羯磨所行事如前說

云何波羅夷學戒若作婬已乃至刹那不覆藏諸比丘當與學戒作白四羯磨廣說如難提學戒當行學戒法在比丘下坐授食與比丘自從淨人受食得共比丘二夜宿自共未受具戒不得過二夜宿若無能作羯磨人覓不可得者聽學戒人作二種羯磨謂布薩自恣羯磨不得滿衆作布薩自恣僧羯磨等

云何衆僧上座上座入界內當教戒年少比丘慰勞說經授經坐禪使善法增長恒使有食有分食時等分使衆得利作方便求索當勸化比丘使利益衆應看病比丘當爲病者乞藥當差人看病當與病人說法不得捨病者如是等界內一切事上座皆悉應知

云何林上座林名僧伽藍上座法若食佉陀尼蒲闍尼打揵椎時上座應前行前坐當看諸年少比丘威儀誰正誰不正若有不正當作相使知若作相不知語比座令語知若比座不語者上座起往語齊整威儀行食時上座言一切平等與使唱僧跋若白衣來當使與食若無食若彼自不食上座當爲說法我等正有此食

云何樹界枝葉華果相接乃至一拘盧舍隨

意著衣得至明相出
云何堂前僧伽藍有衆多比丘應次第分若自惱惱他若兩惱應避去若堂前破壞應治
云何房若住房中當以灑淨掃瞿摩耶塗地拂拭牀卧具有垢者應浣
云何卧具若比丘露地敷卧具已出寺門外五十尋過不得去若去突吉羅若有二比丘一人取牀一人取卧具
云何户居比丘不得閉户作聲開户時先當撓户當徐徐入使脚跡不作聲户若有兩扇者不得相撐作聲
云何户居若上下居者當俱下已去使房舍堅牢故防自身故防卧具故
云何空房若空房無比丘者當水灑掃地瞿摩耶塗地若有器者當淨洗揩拭若有淨人當使淨草若有白衣來者當爲說法
云何鉢鉢不得著石上土墡上不得近坑邊食時口中嚼物吐出滓不得著鉢中不得鉢中洗手面不得著不淨地不得用合沙物洗不得濕盛不得極燥徐徐受用令得久用因壞更乞難
云何衣襯衣如自皮不得著僧伽梨擔草木瞿摩耶土水灑地掃地分糞瞿摩耶塗地不得坐僧伽梨上不得覆身僧伽梨當作僧伽梨用鬱多羅僧作鬱多羅僧用安陀會僧作安陀會僧用不得以衣著不淨處著衣不得擔擔僧伽梨應割截成鬱多羅僧安旦婆僧不必割截若比丘無新衣有故衣者若有長衣應唱令若五條七條九條十一條十三條十五條不得妙色染若妙色染當壞以乾大

皮樹皮染染已受持
云何尼師壇世尊聽諸比丘畜尼師壇不得用少片物作尼師壇受持不得離宿
云何針有二種針世尊聽畜謂銅鐵好舉不得因生壞更求難
云何針房爲護針故
云何粥世尊聽諸比丘飲粥飲粥有五種功德斷飢斷渴斷風消宿食未熟令熟飲粥不得作聲
云何水瓶佛聽諸比丘畜水瓶令清淨不得用盛食器用作水瓶
云何澡罐世尊聽諸比丘畜澡罐使令清淨
云何瓶蓋世尊聽諸比丘以物覆瓶口
云何水比丘使令水清淨好用意漉水好看水物有蟲淨洗手著淨衣漉水不得不淨衣手漉水
云何飲水器世尊聽諸比丘畜飲水器令淨潔
云何蒲闍尼有五種若食一一蒲闍尼時當觀食此食從何處來從倉中出倉復何因倉從地出地復何因以糞屎和合種子得生令復還養糞身舉摶時作糞想正念在前不以散亂心噉食當作逆食想從地得想病想因緣得想然後食當復觀不別衆食復應觀自恣不自恣
云何食時若食五正食時打揵椎時當齊整衣服威儀嚴正入衆時不得作語聲
云何食不長取與他除與父母兄弟客來至寺病者懷胎毋人正念已當與食應與畜生一摶欲出家者於衆有益者與

云何受食當一心受食不得散亂心正念受食如所食如所取
云何乞食廣說如毘尼云何請食比丘請食不得雜好覆勿以不淨汙當知時
云何阿練若比丘阿練若比丘常當美語含笑在前不皺眉畜淨水瓶盛滿水畜火珠月珠
云何阿練若上座阿練若上座當教戒年少比丘說法以阿練若法教戒使阿練若法增長
云何聚落聚落中比丘如前說白衣來當爲說法隨力所能云何聚落中上座聚落中上座如前說
云何客比丘若客比丘來當在現處默然立齊整威儀如前說

云何客上座客上座當親伴比丘遣使白舊比丘求房卧具
云何行明日欲行當白和尚阿闍梨我向某方某國去若聽去者去不聽者不得去所住房當灑掃塗治卧具當拂拭已去
云何行上座行上座比丘當觀年少比丘使年少比丘先去上座後去於中勿有所亡教戒年少比丘勿令掉戲當求覓商伴當觀方國當觀住處當觀卧具當觀比丘伴爲同不同草中道病痛相棄不觀察而去隨事犯罪
云何洗足若比丘洗足已水器空當著水
云何洗足上座若年少比丘先洗已與水上座不得使起已灌脚故
云何集若八日十四日十五日不病應集一處說法

云何集上座若打揵椎上座前行前坐須臾默然已當自說法若自不能當使餘比丘說若白衣來當爲說法若外道來爲說法攝取至心說不以自大自高

云何說法若比丘說法者當敬衆愛衆下意至誠爲說義味具足不心意散亂慈悲愍念歡喜爲說不爲飲食次第爲說當敬法爲法說法不爲財利

云何說法上座當觀說法人爲說法說非法說非法者當諫誤者爲正若說法當稱譽讚歎

云何非時若欲行時當白和尚阿闍梨我欲行至某處某聚落白已便去

云何非時僧集除八日十四日十五日諸餘集時僧所作事若有所分打揵椎時速集速坐

云何非時集上座打揵椎時上座在前行在前坐當如法如毘尼如佛教行

云何唄王舍城諸外道八日十四日十五日集一處唄誦多得利養眷屬增長爾時瓶沙王信佛法僧往詣佛所白佛言世尊諸外道八日十四日十五日集一處唄誦多得利益眷屬增長願世尊聽諸比丘八日十四日十五日集一處說法唄誦當得利養眷屬增長諸檀越得福若諸比丘辯揵攝佛法故正法久住故佛言聽諸比丘八日十四日十五日集一處唄誦說法諸比丘以凡聲唄誦不適衆意衆言佛聽諸比丘好聲唄誦者好乃至佛言聽諸比丘好聲唄誦諸比丘復以下聲唄誦諸衆不聞衆言佛聽立唄誦者好乃至

佛言聽諸比丘立唄諸比丘長誦修多羅竟衆言佛聽諸比丘略誦要者好乃至佛言聽諸比丘略誦要義諸比丘略誦心生疑悔我等莫退失修多羅去乃至佛言當於中取要義者說餘修多羅持莫忘失諸比丘半唄佛言不得半唄半唄者突吉羅諸比丘兩人共唄惱衆佛言不得兩人共唄共唄者突吉羅諸比丘各將衆去佛言不得將衆去將去隨事犯不犯者自去不爲法故去又復諸比丘說法中自活佛言不得說法中自活若衆中無能誦唄當次第差若都無者各誦一偈

云何不唄於中有能者請說請而不說犯偷羅遮

云何求安居欲安居時當好籌量已安居此住處得同意不安樂住不共語共坐不復有隨病飲食易得不病時醫藥可得不有看病人不有持修多羅毘尼摩得勒伽阿毘曇不比丘無有鬪諍相言不衆僧不破不如是籌量已安居

云何安居安居中無事不得出界一宿若有事當受七日法或爲偷婆或爲和尚阿闍梨病或爲如是等因緣聽出

云何安居上座安居上座當知僧坊禪窟破壞者當使修治勸化料理

云何過安居竟過安居竟有三業謂衣器迦絺那衣安居中得不得用作迦絺那衣

云何衆比丘當觀衆誰善威儀誰惡威儀有惡威儀者當折伏剎利衆乃至居士衆

云何入衆如是入剎利衆如是入婆羅門衆如是入沙門衆如是入居士衆如是行如是

住如是坐如是語如是默然
云何安居中安居中比丘不得種種世間語論謂國事大臣鬪戰勝負畜生餓鬼男女婬欲飲食等事
云何安居中上座安居中上座當觀衆安樂不安樂者默然不安樂者隨順說法
云何布薩布薩有五種說不說與清淨自恣布薩事廣說如布薩
云何說戒說戒有五種廣說如前
云何說戒者說戒比丘當使利次第說莫使文句脫失當自觀身從前十五日未犯戒不犯戒者得同意即懺悔不得同意心念得同意當悔如波羅提木叉修行
云何說戒上座若打揵椎時自觀身不犯戒耶若犯戒如前說

云何上座上座比丘當觀年少比丘年少比丘在大小行處當看莫令作犯戒事若打揵椎時在衆上座
云何中座中座比丘隨上座入聚落若上座大小行未竟小遠當待若不出而遠去者待來
云何下座下座比丘食時應出食若行水時觀早晚待上座應掃地瞿摩耶塗敷卧具與水食食已鉢那時復行水應請食應浴室中然火取水應取樵著浴室中取油瞿摩耶土屑水受揩身爲揩身當棄除糞一切重事悉應作
云何浴室下聲入浴室整威儀
云何洗浴世尊聽比丘洗浴洗浴有五種功德如契經說復有五種功德謂除風除冷除

熱除垢起厭患浴時白和尚阿闍梨浴時在上座後坐不得在前向火令水調適若冷熱應語他不白和尚阿闍梨不得爲他揩身亦不得受揩若和尚阿闍梨相嫌處不得親近浴室中坐物瓮器應舉置本處廣說如毘尼

云何浴室上座浴室上座下座比丘先浴已汗出不得使起

云何和尚和尚當教誡弟子誦經教義攝教令坐禪教離惡知識使親近善知識復與衣鉢卧具醫藥攝取犯戒教使悔過

云何弟子弟子應慚愧和尚應承事看視所作應白應在和尚前現相處立行時隨逐當爲和尚求衣鉢等如前爲弟子說若善法不增長者應語和尚與我某甲比丘和尚應觀是比丘此比丘行云何眷屬云何能教誡不如是籌量已使去若彼復不增長復應去

云何阿闍梨廣說如前

云何近住弟子廣說如共行弟子

云何沙彌亦如共行弟子差別者沙彌應淨華果楊枝草已使令作淨

云何治罪若比丘犯罪當作方便問令彼自說若不自說者不得即出罪先當覔伴若王若王子若王臣有大力者得伴已然後出彼罪

云何後行比丘後行比丘不得在前行不得前坐不白上座不得語問時當語上座語時中間不得作亂語上座說非法時當諫說法者隨喜得如法利養當取

云何入家比丘入白衣家不得調戲不得舉眼視

云何入白衣舍比丘失念入白衣舍有五種失不白入坐食家中坐屛覆處坐别衆食無淨人爲女説法正念者無此過

云何入家坐入家坐比丘不得説畜生國土飲食等當爲説法令入正見行布施調伏諸根修梵行布薩受戒三歸

云何白衣家上座白衣家上座當教誡年少比丘勿使調戲

云何共語舊住比丘客比丘來先意問訊善來善來軟語愛語含笑現前不皺眉見客比丘來當歡喜問道路不疲耶飲食不失時耶不大疲極耶當問幾臘若是上座起作禮取衣鉢敷座爲洗足取水隨力所能供養與好卧具

云何消息若客比丘至寺不應便求房舍卧具且坐一處默然齊整威儀

云何空中空中一切羯磨不得作比丘不得空中行除明相出安居中除受七夜

云何迦絺那若比丘受迦絺那有七利隨意畜衣不著僧伽梨入聚落别衆食數數食不白入聚落迦絺那功德利著縵衣入聚落

云何經行比丘經行時有上座在前者當白不得摇身行不得大叩不得大低頭縮攝諸根心不外縁當正直行行不能直者安繩

云何漉水囊無漉水囊不得遠行除江水淨除涌泉淨除半由延内若半由延内寺當接不持漉水囊不犯

云何下風下風出時不得作聲

云何厠比丘入厠時先彈指作相使内人覺知當正念入好攝衣好正當中安身欲出者

令出不肯出者勿强出

云何廁邊比丘不得廁邊浣衣割截衣縫染衣不得校經不得誦經不得作白不得經行一切事不得作除廁相連

云何廁跂比丘當徐徐蹹上不得汙跂

云何廁上座年少比丘先入不得使出

云何洗若比丘不洗大小便不得禮拜受禮不得坐卧僧卧具上除無水處若爲非人所瞋水神瞋或服藥

云何大行已洗手處洗手處邊不得浣衣等如前說

云何洗處洗處跂徐徐洗不得汙濕跂

云何小便比丘不得處處小便應在一處作坑

云何小便處近小便處不得浣衣等如前說

云何小便跂比丘徐徐小便不得汙濕跂

云何小便上座下座比丘已小便不得使起

云何籌草不得利刮不得用草拭用細軟滑物若用石木

云何唾唾不得作聲不得在上座前唾不得唾淨地不得在食前唾若不可忍起避去莫令餘人得惱

云何器世尊聽諸比丘畜二種器熏鉢器唾器當好守護勿令破壞妨廢更求難

云何齒木齒木不得太大太小不得太長太短上者十二指下者六指不得上座前嚼齒木有三事應屏處謂大小便嚼齒木不得在淨處樹下墻邊嚼齒木

云何擿齒不得太利不得疾疾刺齒間應徐徐挑勿使傷肉

云何刮舌不得用利物刮不得疾疾刮當徐徐勿使傷舌

云何挑耳不得用利物挑不得疾疾挑勿令傷肉

云何威儀一切沙門所生功德是威儀與上相違名不威儀

云何三聚謂受戒聚相應聚威儀聚

佛說摩得勒伽雜事竟

薩婆多部毘尼摩得勒伽卷第六

音釋

鞾許戈切 複方六切重也 鉛與專切黑錫也 啜昌悅切茹也嘗也 嚼在爵切咀嚼也 毾㲪毾他盍切㲪都能切毛席也 漬酢漬疾二切浸也酢倉故切 蒜蘇貫切葷菜也 鑰以灼切下牡也闕 鞁兵媚切馬轡也 撓而沼切 摚丑庚切觸也 滓側氏切柤也 縮所六切斂也 跂

渠羈切 刮古滑切 擿他歷切挑也

薩婆多部毗尼摩得勒伽卷第七

宋三藏法師僧伽跋摩譯

如佛所説邊地律師五人受具戒若有十人律師五人受戒得戒不佛言得具戒諸比丘得訶罪如佛所説過十夜衣尼薩耆云何得長衣謂若入手若在膝上肩上作想此是我衣比丘得眠上座卧不佛言應敷卧具已坐卧故者不犯如世尊所説不得捉牛尾度得捉餘尾度不佛言除虎尾象馬師子尾捉餘尾度不犯

糖漿得七日受不答得飲幾時飲乃至未捨自性以不淨藥合煑得噉不答不得得塗身塗瘡灌鼻以不淨脂合鹽煑得噉不答不得若當猪脂用不犯

若比丘五種種子自手作淨若刀若爪成淨不答成淨得食不得食除火淨若火淨殺草得波夜提樹在不淨地果落淨地得食不不經宿得食樹在淨地果落不淨地得食不答不得淨人在不淨地不淨地作淨成淨不答成淨得食不得食除火淨淨人在不淨地淨地作淨成淨不成淨得食不得食得食鱔肉不不得得飲人乳不不得得著眼中蘇毗羅漿非時得飲不病者得飲一切不淨肉不得食得食人肉不不得食食者得何罪犯偷羅遮除人肉餘不淨肉得食不不得食

云何不淨肉謂鱔蛇蝦蟇烏鵲白鷺如是等肉不得食食者突吉羅即日受時藥七日藥終身藥各各相雜得服不不得服時藥時服乃至終身藥終身服時藥得作非時七日終身藥耶廣説如前若藥不手受不説受不病

得服不不得服時藥非時藥七日藥終身藥不手受不說受經宿得服不不得服已手受說受内宿得服不不得服手受說受病者得服

云何養病除性罪餘者養病世尊聽飲八種漿幾時飲乃至未捨自性得飲

狂人邊得取衣不或得或不得云何得不知父母所在兄弟姊妹自持物施比丘得取

云何不可取父母等可知不自手與不可取

狂人邊說受持衣成受不捨自性成受

若比丘獨住有人施現前僧可分衣無餘比丘此衣當云何彼比丘得衣時心念口言我此住處得是衣現前僧應分此中無僧此衣屬我入我我當受是衣當割截縫染我當受持如是作羯磨已若有比丘來不應與若未作羯磨時來者應與不與者犯突吉羅

若有比丘得衣與衆僧界外自取突吉羅若盜心取隨事犯二人衆多亦如是長者兒被驅布施得取不不得取

有衣與自恣僧自恣僧應分若施現前僧現前僧應分安居中爲僧故出界外者得物應分破安居人得衣分不或得或不得若前後安居已破者應得前後不安居者不得若看病人出界去後病者死應與衣不有應與不應與爲病者去應與爲自去者不應與白衣看病應與不應與應與少許比丘尼式叉摩尼沙彌沙彌尼亦如是餘處安居餘處看病病者死應與衣不應與沙彌看病應盡與爲少與應盡與或等與若無看病人僧盡應看若不看犯突吉羅若差看不看犯突吉羅病人

不用看病人語突吉羅看病人不用病人語突吉羅若人施不淨物作是言我等不得用不淨物作是念已施某甲淨人得淨者當受有比丘四處安居成安居不若以牀木四界安居何處應得安居衣分共與一分減量作雨衣受持突吉羅覆瘡衣亦如是畜三種外道衣謂皮衣毛衣髮衣偷羅遮除此三種畜外道餘衣突吉羅

如世尊所說故衣不得受作迦絺那衣云何故衣謂先已受非迦絺那衣

世尊所說新衣受作迦絺那衣云何新衣初受作迦絺那衣名新衣

如世尊所說發三心受作迦絺那衣云何三心謂乃至最後發三心謂浣時截時染時不發此三心成受迦絺那衣不成受犯突吉羅成已復應發二心此衣當爲僧受作迦絺那衣我已受是迦絺那衣不發二心成受不成受犯突吉羅

如佛所說經宿衣受迦絺那衣不成受云何經宿謂過十夜或經一夜

如世尊所說不淨衣受迦絺那不成受云何不淨衣謂頻日得衣

如世尊所說故衣受作迦絺那衣不成受云何故比丘受用三衣

如世尊所說被打衣成受迦絺那衣云何打衣謂新衣

如所說打淨衣成受迦絺那云何打淨謂壞色衣未受迦絺那時僧壞爲二衆一衆受一衆不受二衆成受不受者成受不受者不成受已受迦絺那衣僧壞爲二部一衆捨一衆

不捨成受不捨者成捨不捨者不成捨若僧破時誰應受謂如法者應受未成衣受作迦絺那衣不成受成者受成受

受迦絺那住處有十利廣説如毗尼不著僧伽梨入聚落有五功德雨衣亦如是

如世尊所説住處利云何住處利謂得衣利名住處利

如世尊所説急施衣得受作迦絺那衣云何急施衣謂十日未至自恣得衣是急施衣用是作迦絺那衣受成受

如世尊所説三月得衣得受作迦絺那衣云何三月衣舊僧十五日自恣客比丘來多同見同住彼十四日自恣若舊僧隨客比丘自恣此日得衣名三月得衣用是衣作迦絺那衣受成受

如佛所説時衣得受作迦絺那衣云何時衣自恣竟後一月得衣是名時衣

如佛所説不淨衣不得受作迦絺那衣云何不淨衣謂死比丘衣五種人受迦絺那衣不名受云何五謂無臘人破安居人後安居人餘處安居人擯人八種捨迦絺那衣幾共幾不共除後二種餘者不共問有即日受迦絺那衣即日捨不作白羯磨耶舊比丘十六日受迦絺那客比丘來多相向説捨

云何破僧得無間墮阿鼻地獄非法非法想破僧或破僧一切受法耶或受法一切破僧耶答或破僧非受法作四句云何破僧非受法若破僧不受十四事云何受法非破僧謂受十四事俱者亦受十四事亦破僧非受十四法非破僧除是句僧壞時捨界成捨不法

語者捨戒捨僧壞時比丘尼得作布薩不得作布薩僧破時闥賴吒比丘當云何當在如法衆不得遣信至第二衆僧壞時教誡比丘尼不如法語者應教誡無法語者不應教闥賴吒應出界外教誡若比丘隨順擯比丘犯突吉羅被擯人爲獨爲有伴耶獨無伴侶被擯人不得共食若不知被擯共食共住不犯受法比丘共不受法比丘共食不犯不受法比丘共受法比丘共食犯突吉羅四人隨順破僧是名破僧

如佛所說如是比丘不得擯云何如是比丘若比丘有大威德持修多羅毗尼摩得勒伽多聞多知識多眷屬擯如是人犯偷羅遮有信樂比丘應出罪云何信樂若聞若信語使懺悔若不懺悔犯突吉羅若僧壞誰應捨迦絺那衣法語者應捨被擯人下意隨順調伏應捨羯磨不應捨羯磨同意比丘應與卧具云何同意寂靜不相惱名同意毗耶離俱舍彌比丘集一處闥賴吒當云何闥賴吒應出界外作布薩俱舍彌毗耶離比丘共布薩成布薩不不成布薩若闥賴吒比丘共毗耶離比丘共布薩成布薩不成布薩

若比丘應與比丘尼求教誡欲云何與教誡欲語言姊妹等和合作布薩若作布薩僧破建立爲二部應與比丘尼教誡不應與應何處教誡應出界外教誡

如佛所說非法不和合非法和合如法不和合如法和合云何非法不和合應與苦切羯磨與擯羯磨僧復不和合云何非法和合應與苦切而與擯羯磨衆僧和合云何如法和

合先作白後作羯磨僧和合與上相違名法不和合一比丘擯一人衆多擯四人犯突吉羅四人擯四人犯偷羅遮擯比丘時眠成擯不若聞白已眠成擯先眠後白不成擯應餘羯磨出比丘罪餘羯磨擯比丘犯偷羅遮若擯比丘時不來者應取欲云何到羯磨四比丘清淨共住乃至二十人亦如是若沙彌欲與受具戒時莫與我受戒爲得戒不得戒式叉摩那沙彌尼亦如是受具足戒時別住時本日時摩那埵時阿浮呵那時十二人時亦如是僧擯眠人成擯不若聞白成擯不聞不成擯入滅盡定人亦如是僧破各各相擯不成擯若非法羯磨一切不和合羯磨耶若不和合羯磨一切非法羯磨耶

云何和合非法羯磨謂不現前擯比丘不出已罪不使自言不在界内而一切集不來者與欲是和合非法羯磨

云何如法羯磨非和合人現前如前說衆不和合是如法羯磨非和合或僧中三唱憶有罪不發露一切犯罪耶若三唱憶有罪不發露一切犯罪若有僧中三問自言非比丘是自言非比丘波羅夷亦如是別住人擯比丘成擯不成擯唯除受戒羯磨餘羯磨盡得作先白衆僧擯比丘成擯不成擯若一若僧不知而擯比丘犯偷羅遮彼罰比丘下意調伏得戒一語與四人受戒得戒不不得戒受欲滿四人擯比丘成擯不不成擯賊住滿衆亦如是應作苦切羯磨而作驅出羯磨成作不成作捨苦切羯磨即捨驅出羯磨苦切羯磨擯比丘成擯不成擯驅出羯磨有何義謂比

丘常犯戒不止不與依止苦切羯磨有何義若比丘鬪諍不止衆僧語言若不止者更加汝重罪擯羯磨有何義若比丘汙他家不得住發喜懺罪有何義若比丘失檀越意衆僧語言若不懺檀越更加汝罪

有一事攝一切毗尼謂律儀有一事不攝一切毗尼謂非律儀有一事攝一切犯戒罪謂非律儀有一事不攝一切犯戒罪謂律儀有犯一事得大罪謂破僧復有一事得大罪謂惡心出佛身血復有一事得大罪謂誹謗賢聖復有一事得大罪謂隨順破僧復有一事得大罪謂誹謗如來賢聖衆有一非法遮說戒得大罪謂無根有一殺生得大罪謂殺辟支佛復有一事得大罪謂盜僧物復有一事得大罪謂婬阿羅漢比丘尼又復妄語得大罪謂空無說過人法有二犯罪謂不善無記復有二犯罪謂有餘無餘復有二種口犯罪謂不善無記又復二種犯罪謂身不善無記復有二犯有餘罪謂不善無記復有二種犯無餘罪謂不善無記復有二種犯罪謂隱沒無記不隱沒無記復有二種犯罪謂障礙不障礙復有二種犯罪謂共不共復有二種犯罪謂比丘共比丘尼比丘尼共比丘復有二種犯罪謂比丘共式叉摩那式叉摩那共比丘沙彌沙彌尼亦如是復有二種犯罪謂比丘共優婆塞優婆塞共比丘優婆夷亦如是有二一切時犯罪謂佛在世滅度後有二犯罪謂國土攝方攝有二犯罪謂輕重有二犯罪謂應出不應出有二犯罪謂出家入家有二犯罪謂可懺不可懺有二犯罪謂制開有

二犯罪起不起有二犯罪謂終身暫時有二犯罪謂壞不壞有二犯罪謂輕重有二犯罪輕有餘無餘有二犯罪重有餘無餘有二犯罪謂偷羅遮悔白衣有二犯罪懺悔心悔有二犯罪謂有報無報有二犯罪謂入衆一人有二犯罪謂巧方便不犯罪不巧方便犯罪有二慚愧謂所望無所望有二僧斷事謂作羯磨不作羯磨有二斷事謂僧差不差有二僧斷事謂輭語麤語有二斷事謂說者聽者有二斷事謂時時說非時非時說有二僧斷事分明不分明如是決斷不決斷有二斷事有恩無恩有二斷事謂有惠無惠有二斷事謂羯羊惡口非羯羊惡口有二斷事謂多聞不多聞有二斷事謂利阿含不利阿含有二斷事謂善解不善解有二斷事謂知法不知法如是時非時知量不知量有二誹謗如來謂非法說法法說非法有二犯罪謂作無作有二調伏謂擯毀呰有二誹謗如來謂有信惡解無信瞋恚相違則白法有二罪謂惡戒惡見有二苦切謂衆罰私罰有二驅出謂罰僧和合有二別住謂犯戒別住外道別住有二本日謂罰令戒具滿

有二摩那埵謂罰調伏有二掃地謂罰善心有二清淨謂作清淨無作清淨有二諍比丘比丘尼諍比丘乃至沙彌尼亦如是有三犯罪謂貪生瞋生癡生有三身犯罪謂貪生瞋生癡生有三口犯罪謂貪生瞋生癡生有三非毗尼謂貪生瞋生癡生有三毗尼謂貪毗尼瞋毗尼癡毗尼有三法攝一切罪謂因緣制分別有三羯磨攝一切羯磨謂白羯磨白

二羯磨白四羯磨有三羯磨謂僧羯磨闥賴
吒羯磨布薩羯磨有三學謂增上戒增上定
增上慧
復有三學謂威儀毗尼波羅提木叉有三犯
罪謂身口意有三諍謂善不善無記有三業
謂法非法似法有三因緣僧破謂聞取籌建
立二部有三應滅謂犯犯罪自言自言犯罪
有三供養謂如來阿羅訶三藐三佛馱上座
同梵行有三受供養謂如來上座同梵行有
三應起迎謂如來上座同梵行
有三人應禮不禮犯罪謂和尚阿闍梨衆別
住法語者不禮三人無罪謂不共住人別住
人下座有三使謂僧使私使波羅提木叉使
復有三使謂僧使五部使王使復有三使謂
和尚使阿闍梨使優婆塞使又復三使謂和
尚使阿闍梨使上座使
有三自恣謂請自恣數數自恣常自恣又復
三自恣謂與欲自恣清淨自恣心自恣有三
自恣謂衣自恣食自恣藥自恣有三制謂因
緣起制罪教誡制罪攝受制罪有三羯磨謂
僧羯磨施主羯磨財物羯磨有三建立財利
建立人建立界建立
有四知謂知犯知不犯知清淨知不清淨復
有四種清淨見清淨懺悔清淨教誡清淨出
罪清淨復有四不止貪不止恚不止癡不止
貪恚癡不止復有四止貪止恚止癡止貪恚
癡止復有四衆謂除鬚髮衆穢濁衆智慧衆
鬬諍衆復有四因緣故世尊聽諸比丘服藥
緣事故隨國土故時故人故復有四種藥謂
不淨淨用淨不淨用不淨不淨用淨淨用復

有四事如來制伏弟子言莫作制伏求罪為法久住故復有如來四境界謂智境界法境界人境界神足境界此四境界中如來制戒謂知法人神足境界如是制毗尼制波羅提木叉修多羅阿毗曇呪術究竟毗尼集毗尼發露罪憶念罪譏嫌罪國土罪清淨與清淨受清淨說清淨自恣自恣人自恣羯磨與自恣受自恣說自恣遮自恣苦切羯磨驅出羯磨擯羯磨懺悔羯磨與受具足不與受具足得具足不得具足依止與依止說依止受依止依止清淨非法羯磨如法羯磨似法羯磨毗尼羯磨非毗尼羯磨和合羯磨不和合羯磨可轉羯磨不可轉羯磨和尚阿闍梨弟子禮拜同意忍辱懺悔使懺悔正順捨一切羯磨如是等亦在是四境界時謂知法人神足境界時有五因緣受羯磨謂自作羯磨餘作羯磨現前隨喜與欲出罪復有五苦切事謂我當此僧中說汝罪餘僧中說汝罪我當說汝其甲罪我當牽汝至僧中我當必定舉汝罪如是種種訶責已去

復有五種成就舉罪謂眞實不虛時非不時慈心非瞋恚輭語非麤言利益非不利益復有五種謂苦切驅出牽懺悔不見擯復有五種成就比丘不生優婆塞敬信謂毀呰佛法僧無威儀不學比丘戒餘亦如是復有五事持律比丘受諍者先當內觀五法善思量已然後受諍何等五我精進不我不犯戒不清淨不多聞不善解毗尼不不與惡徒衆相染不得伴不如毗尼如佛所說不如是思量已應受諍

復有五持律比丘不應僧中滅諍謂恐怖惱他語久重語語不可衆意與是相違應受諍復有五事持律比丘不應僧中滅諍謂受惡比丘語受誤語不三問惡比丘與是相違應受諍復有五事持律比丘不應僧中滅諍謂不解自語不解他語不樂他語不樂自語不多聞與是相違應受諍

復有五事持律比丘不應受諍謂不求請專執不善解諍事不知諍不知諍滅與是相違應受諍復有五事持律比丘不應受諍謂不求請上座癡無解不多聞不知毗尼無眷屬不恭敬僧上中下座及闥賴咤

復有五事持律者能滅諍謂上座或是中下座待請不恭敬比丘能驅出能齊整僧衆復有五事成就闥賴咤比丘應擯驅出毀呰令生憂惱制伏何等五謂若闥賴咤比丘持惡戒犯戒邪見不多聞不知毗尼無慚愧無知衆爲眷屬助惡比丘衆

復有五事比丘應斷事敬衆慈心輭語知坐處能坐斷事時知自坐處當自爲說法若自不說當請能者爲說善說者應讚

復有五事比丘當行謂心如掃篲僧中心平等不憍慢不僧中說國土及諸惡語

復次如法僧中隨順有罪應悔無罪默然莫與僧作異衆

復有五種大賊謂百人衆圍遶第一大賊用四方僧物持與他第二大賊自言我是阿羅漢第三大賊如來所說甚深空義而言我說第四大賊比丘犯戒不精進行惡法膿血內流空形螺聲非沙門自言沙門非梵行自言

梵行若將百衆二百乃至五百人圍遶遊行城邑聚落受諸供養是第五大賊
復有五種劫謂强奪取輭語取苦切取受寄取施已還取復有五種不應開通無慚愧不輭語不多聞欲舉他罪不求清淨
復有五種不應施於中作福想謂施女人施鬬牛施酒施畫男女像施伎樂
復有五因緣不得至布薩前謂王難賊難火難水難腹行蟲難復有比丘到白衣舍五種失念謂不白入聚落不看坐處坐共女人屏處坐無淨人爲說法過五六語不手案而坐
復有五種過謂見女人見已共語共語已親近親近已起惡念起惡念已於重戒中隨犯不知犯前後戒不樂修梵行
復有五法成就使弟子懺悔和尚謂不親近和尚無慚愧不念和尚共和尚諍不恭敬不以法攝和尚財攝和尚若懺悔者善不悔者隨事犯與上相違應受悔若不受隨事犯阿闍梨近住弟子亦如是
復有五種差別佛差別法僧差別羯磨差別道差別相違不差別復有五種差別佛差別和尚差別阿闍梨差別羯磨差別法差別復有五因緣摩觸身犯僧伽婆尸沙謂人女有婬心修習衣内摩觸
有六諍本如增一中說
有六種使命謂僧使諸部使和尚阿闍梨使上座使王使
復有六事優婆塞不應作謂壓油㺜㺜血染沽酒賣肉賣刀仗
復有六種自恣諸比丘等自恣比丘尼等自

恣二部僧自恣食自恣清淨自恣自恣第六

復有六種壞謂自壞他壞戒壞見壞威儀壞命壞與上相違名六成

復有六愛敬謂身業慈口業慈意業慈賢聖共戒賢聖同見如法所得衣鉢之餘施同梵行復有六種劫五種如前說劫法第六

復有六法現前名得具戒謂佛現前法僧現前和尚阿闍梨現前受戒人現前

復有六種法於法中難滿足謂多欲難滿難養不知足不孝順多疑不求究竟與上相違名易滿足有七財謂信財戒財施財聞財慧財慚財愧財復有七力謂信力戒力施力慧力慚力愧力

復有七法謂色苦如實知色習如實知色滅如實知色道如實知色愛如實知色過如實知色離如實知受想行識亦如是

復有七方便謂不淨觀安般念四念處煖法頂法忍法世間第一法

復有七寶謂金輪寶象寶馬寶女寶摩尼寶主藏寶主兵寶

復有七覺寶謂念覺寶擇法覺寶精進覺寶喜覺寶猗覺寶定覺寶捨覺寶

復有七滅諍法謂現前毗尼憶念毗尼不癡毗尼自言毗尼覓罪毗尼多覓毗尼布草毗尼

復有七種衣謂氈衣麻衣紵衣俱脂衣俱舍耶衣劫貝衣芻麻衣

復有七種退法謂不敬佛法僧戒放逸不敬禪定復有七種增進法謂敬佛敬法敬僧敬戒不放逸敬禪定

復有七種制伏謂某處不應往莫親近某人莫依某處莫至某聚落莫行某道中莫至某家莫共某甲人語

復有七種不信如契經說復有持律比丘有七種功德謂比丘所敬比丘尼所敬不隨順使隨順持佛密藏稱揚佛法善解法相善能教誡以持律故一切沙門婆羅門頂戴供養

復有七種持律謂毗婆尸式棄毗濕婆迦羅鳩孫陀迦那迦牟尼迦葉釋迦牟尼有八種功德謂界功德事功德依止功德僧制功德僧施功德安居功德施四方僧功德第八指示功德

復有八種捨迦絺那如毗尼說

復有八種屐不得著謂草屐芒屐迦尼迦屐綫屐木屐竹屐葉屐藤屐

復有三十八法如修多羅說問云何破僧破僧有十四事謂法非法廣說如毗尼非一比丘破僧或乃至八人九人破僧有二因緣僧破謂說同受籌

復有八法無根波羅夷法謗僧伽婆尸沙謂瞋忿恨不樂欲使成非比丘欲滅已沙門法自不清淨疑彼虛事當觀彼人如法舉是罪必生鬬諍相言成異衆別離非解脫因與上相違應作

復有八法滅貪瞋癡謂八聖道如修多羅廣說

復有八垢謂內垢衣垢財垢食垢淨垢不淨垢攝受垢不攝受垢

復有八法無根遮說戒謂犯無根波羅夷廣說如毗尼

有九依謂依佛依法依僧依和尚阿闍梨依種族依住處依人依具戒

復有九法滅瞋恚如修多羅說無學漏盡阿羅漢比丘所作已辦梵行已立者不犯事謂不隨欲不隨瞋不隨怖不隨癡不故奪命不偷盜不婬不故妄語

殺生有十過如修多羅說十不善業道如修多羅說善業迹道亦如是

復有十攝受謂衣攝食攝卧具攝藥攝修多羅攝阿毘曇攝毘尼攝犯罪攝清淨攝出罪攝相違則非攝持律比丘有十利即此前功德

復有十種障受具足謂非人不乞不作白滅作羯磨年不滿二十害母害父故殺阿羅漢破僧惡心出佛血與是相違則非障

復有十種障受具足謂本犯戒賊住非男二根越濟本不和合殺父母阿羅漢破僧出佛血

復有十種謂王難賊難水難火難腹行蟲難人難非人難命難梵行難

復有十種毘尼謂比丘毘尼比丘尼毘尼具毘尼少分處毘尼一切處毘尼滅貪瞋癡毘尼滅罪毘尼滅諍毘尼

復有十種具足出他罪得多功德謂實不虛時非不時軟語非麤言慈心非瞋恚饒益非不饒益精進多聞持戒正念智慧

復有十法成就多得功德謂意歡喜尊重修敬供養讚歎無學戒成就定慧解脫解脫知見成就

復有十法具足多生功德謂無學正見乃至

解脱解脱知見
復有具足十法應與出家廣説如增一
復有十種利謂衣利法利僧利和尚利阿闍
梨利戒定慧解脱解脱知見利
復有十種一味謂學戒身定慧解脱解脱知
見無學戒定慧解脱解脱知見
若有擅越爲僧作房後迴與一人是非法施
故法受非法用廣説如增一
復有十利世尊制戒謂攝僧故極攝故制伏
髙心人故已調伏者攝受故不信者生信故
已信者增進故爲法久住故廣顯梵行故遮
今世惱漏故後世漏不生故
復有律師利謂知有罪無罪應修不修知作
不作知淨不淨心意常明了四衆所供養不
從他受教誡所以然者以持律故護最勝祕
密藏故内外一切沙門婆羅門頂供養故利
益多衆生故種無量衆生善根法故得久住
故
復有十法如來制波羅提木叉如前説
一切毘尼幾處所攝略説三處攝謂白羯磨
白二羯磨白四羯磨
問百一羯磨幾白羯磨幾白二羯磨幾白四
羯磨答二十四白羯磨四十七白二羯磨三
十白四羯磨
云何二十四白羯磨謂威儀阿闍梨白羯磨
問遮道法白羯磨布薩時白羯磨布薩時一
切僧犯罪白羯磨布薩時一切僧疑罪白羯
磨欲自恣時白羯磨自恣僧犯罪白羯磨自
恣一切僧疑罪白羯磨自恣時僧中犯罪白
羯磨鬪諍時白羯磨自恣時罪相未定白羯

磨安居時白羯磨獨受死比丘衣白羯磨分
死比丘物白羯磨捨迦絺那白羯磨
說麤罪白羯磨尊者陀驃比丘分衣白羯磨
現前毀呰白羯磨默然惱他白羯磨羯磨學
家白羯磨捨學家白羯磨覆鉢白羯磨仰鉢
白羯磨是爲二十四白羯磨
云何四十七白二羯磨現前布薩白二羯磨
結大界白二羯磨結衣界白二羯磨結小界
白二羯磨狂癡白二羯磨羯磨自恣人白二
羯磨分卧具白二羯磨結淨地白二羯磨迦
絺那衣白二羯磨受迦絺那白二羯磨守迦
絺那白二羯磨懺悔白衣白二羯磨略說十
二種人白二羯磨闥賴吒白二羯磨毘由荼
白二羯磨滅諍白二羯磨行法舍羅白二羯
磨乞房白二羯磨大房白二羯磨舉罪比丘
白二羯磨上座白二羯磨捨鉢白二羯磨令
白衣不生信白二羯磨教誡比丘尼人白二
羯磨新波梨畢白二羯磨不禮拜白二羯磨
不共語白二羯磨毀衆白二羯磨畜杖白二
羯磨畜絡囊白二羯磨五年得利白二羯磨
遮布薩白二羯磨式叉摩那二歲學六法白
二羯磨本事白二羯磨比丘尼生子共房宿
白二羯磨連房白二羯磨二十九夜白二羯
磨是名四十七白二羯磨
或有說者一切所作羯磨盡應用白二羯磨
復有說言除受具足及阿浮訶那餘一切盡
應白二羯磨
云何三十白四羯磨謂受具戒白四羯磨與
外道四月別住白四羯磨捨三種界白四羯
磨衆僧和合布薩白四羯磨苦切白四羯磨

依止白四羯磨驅出白四羯磨不見擯白四羯磨惡邪不除擯白四羯磨別住白四羯磨服日白四羯磨摩那埵白四羯磨服日白四羯磨阿浮訶那白四羯磨憶念毘尼白四羯磨不癡白四羯磨實覓白四羯磨破僧白四羯磨助破僧白四羯磨遊行白四羯磨隨愛隨瞋隨怖隨癡白四羯磨惡口白四羯磨惡邪白四羯磨滅沙彌白四羯磨比丘尼隨順擯比丘白四羯磨比丘尼染汙住白四羯磨與學戒白四羯磨是名三十白四羯磨或有說一切羯磨皆應白四

此百一羯磨幾與欲除結界餘盡與

此百一羯磨幾四人作幾五人作幾十人作幾二十人作幾四十人作謂除自恣五人受具戒十人阿浮訶那二十人比丘尼阿浮訶那二部僧四十人餘一切四人作

羯磨有何義謂依事所作故名羯磨此說何義所因事名事隨說名羯磨

苦切有何義謂比丘鬬諍作苦切羯磨

依止有何義若比丘常犯戒使依止作羯磨

驅出有何義若比丘汙他家作驅出羯磨

餘羯磨隨其義應當知

薩婆多部毘尼摩得勒伽卷第七

音釋

鱔（常演切魚名）篲（徐醉切掃帚也）螺（落戈切螺貝也）狌（師庚切獸名）

驃（毘召切）驅（豈俱切逐也）

薩婆多部毗尼摩得勒伽卷第八

宋三藏法師僧伽跋摩譯

優波離問四波羅夷

優波離問佛言若比丘自呪術力藥力自變作人女共畜生作婬得何罪佛言若自知我是比丘作不可事犯波羅夷不自知比丘想偷羅遮

又問比丘自呪術力藥力作畜生男共人女作婬得何罪佛言若自知比丘想作不可事波羅夷不自知比丘想偷羅遮

又復二比丘呪術力藥力作畜生身共作婬得何罪亦如前說共何等女人作婬得波羅夷若一切身可捉共作婬犯波羅夷不可捉偷羅遮

問云何口中作婬波羅夷答節過齒波羅夷

問云何穀道作婬波羅夷答過皮節入波羅夷

問云何女根中作婬波羅夷答過皮節入波羅夷

問女身中破壞還合共作婬得何罪答若入大小便波羅夷口中作婬偷羅遮

問女人頭斷共作婬得何罪答大小便處作婬波羅夷口中偷羅遮穿身分作孔作婬偷羅遮爛身作婬偷羅遮三瘡門爛壞作婬偷羅遮

問如佛所說三瘡門一一處作婬波羅夷頗有一一處作婬不犯波羅夷耶答有兩邊壞入偷羅遮屈入偷羅遮

問如佛所說共活女瘡門不壞作婬波羅夷云何活女瘡門不壞答若兩邊等不壞是名

不壞云何活女瘡門壞若瘡門兩邊或爛墮
如生女死女亦如是如人女非人女亦如是
共男子黃門作婬亦如是共畜生女男黃門
作婬亦如是有比丘共熟猪母作婬偷羅遮
問頗有比丘獨在一房作婬得波羅夷耶答
有謂根長
問有比丘女身中破合已作婬得何罪耶答
若合處際現偷羅遮合處不現波羅夷
問頗有比丘男根截已作婬得何罪答得偷
羅遮男根觸女根突吉羅
問如佛所說有間有間作婬波羅夷頗有比
丘有間有間作婬不犯耶答有多以衣裹皮
囊竹筩作婬偷羅遮
問頗有比丘共女人作婬不犯波羅夷耶答
有本犯戒本不和合賊住汙染比丘尼犯突
吉羅
問若比丘眠中共作婬犯何罪若知比丘想
波羅夷若不知比丘想偷羅遮
問若比丘二人八十人中取分得何罪答偷
羅遮彼作妄語波夜提若分物已滿波羅夷
不滿偷羅遮
問如佛所說取重物離本處波羅夷頗有比
丘取重物離本處不犯耶答有謂輕物
問若商客語比丘言大德汝等出家人不輸
稅爲我度稅物得何罪答若許未度偷羅遮
若作方便突吉羅若商客未至稅處示餘道
隨語去偷羅遮商客未至稅處語比丘言與
我度稅物若許未度稅處突吉羅度稅處滿
偷羅遮商客未至稅處語比丘言與我度稅
物與汝半稅直比丘爲度滿偷羅遮商客語

比丘與我度稅物稅直都與汝比丘爲度滿
偷羅遮商客到稅處語言與我度稅物比丘
爲度物直五錢波羅夷商客到稅界語比丘
言與我度物稅直半與汝比丘爲度滿波羅
夷商客語比丘爲我度稅物稅直盡與汝比
丘爲度滿波羅夷

問如佛所說取重物離本處波羅夷頗有取
重物離本處不犯波羅夷耶答有商客以稅
物盜著比丘鉢囊中若衣囊針囊中比丘不
知度稅處突吉羅若比丘口中度稅物滿偷
羅遮若比丘度不可稱量物波羅夷度可稱
量物偷羅遮不可稱量物謂物少價直不可
量若餘處度偷羅遮

問如佛所說五種劫謂偷取輭語取苦切取
寄取偷法此五種偷何者犯波羅夷耶答除
偷法餘犯波羅夷取佛舍利有主若爲自活
偷滿波羅夷不滿偷羅遮若僧惡取彼我俱
無偷羅遮若爲供養故佛是我師我應供養
滿五錢突吉羅

問若比丘偷經物得何罪答滿波羅夷不滿
偷羅遮若爲書經故取不犯若偷經滿波羅
夷不滿偷羅遮若讀誦書寫不犯

問若人廟中物支提物若白衣若白衣家中
莊嚴具若比丘偷心取得何罪耶答若有主
守護滿波羅夷不滿偷羅遮若取非人物廟
等亦如是滿偷羅遮不滿突吉羅

問若比丘至白衣家語居士婦言居士與我
某甲物得已犯何罪耶答若物滿偷羅遮不
滿突吉羅至居士所亦如是

問若闇夜中有衣四比丘共偷取得何罪答

物未分偷羅遮分已各滿波羅夷不滿偷羅遮

問若人物著衣架上比丘偷心取得何罪答選擇時偷罪遮選擇已滿波羅夷不滿偷羅遮合架取偷羅遮物離架滿波羅夷不滿偷羅遮衣囊亦如是餘物隨其義應當知

問爲他偷得何罪答偷羅遮

問如佛所說比丘取五錢波羅夷頗有比丘取五錢不犯波羅夷耶答有若迦梨仙賊

問頗有比丘偷衣不犯耶答有衣減五錢

問如佛所說比丘取重物移著處處犯波羅夷頗有比丘移重物著處處不犯波羅夷耶答有若共行弟子近住弟子作偷意取和尚阿闍梨物轉上著下轉下著上偷羅遮

問比丘疑物彼人物非彼人物實是彼人物取得何罪答偷羅遮非彼人物亦偷羅遮

問如佛所說若取五錢波羅夷云何五錢答四迦阿那一迦梨仙迦梨仙直二十錢取五錢波羅夷

未受具戒時作方便未受具戒時得突吉羅未受具戒時作方便受具戒已得偷羅遮受具戒時作方便受具戒時突吉羅受具戒時作方便受具戒已離處偷羅遮受具戒時作方便受具戒時得偷羅遮

問若比丘盜寺舍地幾事犯波羅夷答二事鬪諍相言鬪諍取偷羅遮得勝波羅夷相言偷羅遮若勝滿波羅夷如寺舍地田宅店肆亦如是偷樹果破倉若一方便滿波羅夷不滿偷羅遮若多方便一一方便滿偷羅遮弗于逮方便取偷羅遮滿波羅夷用此迦梨仙

者不滿偷羅遮俱耶尼亦如是鬱單越不犯無攝受故
問或有比丘偷銅錢犯波羅夷耶答當計直滿犯波羅夷
問如佛所說若比丘取五錢波羅夷頗有比丘取減五錢犯波羅夷耶答有若迦梨仙貴
問如佛所說若比丘取五錢波羅夷頗有取五錢不犯波羅夷耶答有若迦梨仙賤
問若比丘先作偷心欲取衣取時已有想得何罪答偷羅遮後不犯或前已有想後作偷想取架上衣前不犯後波羅夷
問如佛所說若取五錢波羅夷頗有比丘取衆多錢不犯耶答有若取大衆共物偷羅遮或多人共取偷羅遮
問如佛所說偷木器滿波羅夷頗有比丘偷木器滿五錢不犯波羅夷耶答有若爲他取
問如佛所說若比丘偷金鬘滿波羅夷頗有偷金鬘滿不犯波羅夷耶答有若取非人金鬘偷羅遮
問若有比丘偷水得何罪答當量水滿波羅夷不滿偷羅遮
問若有比丘偷陂塘水得何罪答計初水滿波羅夷不滿偷羅遮
問如佛所說取五錢波羅夷頗有比丘取百千迦梨仙不犯耶答有自已想取同意取暫時取語他取無主想取無盜心取
問如佛所說若比丘取五錢波羅夷頗有比丘取百千迦梨仙不犯耶答有取四錢數數取一一偷羅遮若比丘偷心取自已想舉前偷羅遮後不犯若自想取偷心與前不犯後

心若滿五錢波羅夷不滿偷羅遮
問若人藏寶若以寶著地中比丘取棄犯何罪答偷羅遮
問若地寶湧出比丘作已物取得何罪答偷羅遮若他物想取滿波羅夷不滿偷羅遮若手印取滿波羅夷不滿偷羅遮
問取不用迦梨仙得何罪答量價滿波羅夷不滿偷羅遮
問如佛所說比丘移重物著處處波羅夷頗有比丘移重物著處處不犯耶答有一比丘擔著遠處第二比丘移著處處偷羅遮
問若比丘居士衣同意取得何罪答偷羅遮若居士言我此衣與大德若比丘施意想受用偷羅遮若線若華果亦如是
問若比丘變金作銅度稅處得何罪答偷羅遮罪
問若比丘取寶取金銀壞色已取犯何罪答量價滿波羅夷不滿偷羅遮
問若比丘受寄已不還取得何罪答滿波羅夷不滿偷羅遮若比丘取迦梨仙鑛偷羅遮
問若比丘舉他物後不還偷羅遮事竟滿波羅夷不滿偷羅遮若比丘前決定不還後離本處無盜心偷羅遮若先離本處後決定不還滿波羅夷不滿偷羅遮
問若取似迦梨仙犯何罪答量價若比丘偷陶器得何罪答量其價若減取五錢犯何罪犯偷羅遮未受具戒作方便未受具戒時得突吉羅未受具戒時作方便受具戒時得突吉羅未受具戒時作方便受具戒已得偷羅遮受具戒時作方便受具戒已得偷羅遮受

具戒已作方便受具戒已得滿波羅夷
問若比丘取象馬駱駝牛羊犯何罪答若自
爲滿波羅夷不滿偷羅遮若憎嫉彼故偷羅
遮殺取肉亦如是若解放使彼生惱偷羅遮
問若比丘時作方便轉根作比丘尼時離本
處得何罪答滿波羅夷不滿偷羅遮比丘尼
時作方便轉根作比丘時離本處滿波羅夷
不滿偷羅遮
問如佛所説比丘偷盜波羅夷頗有偷盜不
犯波羅夷耶答有若本犯戒本不和合賊住
汙染比丘尼犯突吉羅
問頗有未受具戒人偷犯波羅夷耶答有謂
學戒人
問頗有比丘變人作畜生殺得何罪自變作
畜生殺人得何罪答若自知我是比丘波羅
夷不自知比丘偷羅遮
問如佛所説殺母犯波羅夷得逆罪頗有比
丘殺母不得波羅夷不得逆罪耶答有若比
丘殺愛慢母若比丘欲殺餘人而殺母偷羅
遮若比丘欲斫樹而斫母死不犯如母父阿
羅漢亦如是二人共坐欲殺彼人而殺此人
偷羅遮欲殺阿羅漢而殺非阿羅漢偷羅遮
不得逆罪欲殺非阿羅漢而殺阿羅漢偷羅
遮作阿羅漢想殺而非阿羅漢偷羅遮若一
女生子一女取養後殺何者得波羅夷得逆
罪耶答殺生母得波羅夷幷得逆罪出家時
問何者問養母畜生人想斷命偷羅遮人作
畜生想殺突吉羅
問如佛所説若比丘墮胎波羅夷頗有比丘
墮胎不犯耶答有墮人懷畜生胎偷羅遮墮

畜生懷人胎波羅夷

問若比丘高處推母著下處母死波羅夷得逆罪頗有比丘高處推母著下處母死不犯耶答有若已先墮死後母死偷羅遮不得逆罪如殺母父阿羅漢亦如是若先作殺母方便已而自殺母先死波羅夷得逆罪自先死後母死偷羅遮殺父阿羅漢亦如是若比丘疑人非人而殺人偷羅遮若比丘疑母非母耶而殺母偷羅遮不得逆罪如母父阿羅漢亦如是

問若比丘疑此人是此人非而是此人殺得何罪答偷羅遮

問若比丘見將賊殺去賊於彼手中走出諸人逐賊問比丘言大德見賊去不答言見便作是念此是惡人有殺心示語處所是人因是事死波羅夷不死偷羅遮無心說彼人死突吉羅不死亦突吉羅衆多賊亦如是

問頗有比丘殺父母不得波羅夷不得逆罪耶答有若父母得重病扶起扶行因是死不得波羅夷不得逆罪

問若比丘母非母想殺犯偷羅遮非母母想殺偷羅遮非人想殺偷羅遮

問若比丘人人想殺犯波羅夷頗有比丘人人想殺不犯波羅夷耶答有自殺偷羅遮欲殺他而自殺偷羅遮

問若比丘戲笑打父因是死犯何罪答突吉羅未受具戒時作方便未受具戒時死突吉羅未受具戒時作方便受具戒時死突吉羅受具戒時作方便受具戒已死偷羅遮受具戒已作方便受具戒已死波羅夷

問如佛所說若比丘人人想殺波羅夷頗有比丘人人想殺不犯波羅夷耶答有謂本犯戒人賊住人本不和合人汙染比丘尼人犯突吉羅
問頗有未受具戒人殺人波羅夷耶答有謂學戒人
問若比丘如是語我於四沙門果退犯何罪答偷羅遮
問若比丘言我得四沙門果得何罪答得波羅夷
問我失阿羅漢果阿那含果斯陀含果得何罪耶答不犯退有二種得退未得退今言實失者意在未得退是故不犯不得退言得退波羅夷實者不犯
問若比丘言我是學人得何罪耶答言若言我學波羅提木叉偷羅遮若空無所有言學聖法波羅夷學修多羅毗尼阿毗曇亦如是
若比丘言我是最後生犯何罪耶答若說過去法已滅偷羅遮若說實生盡波羅夷
問若比丘作如是語我當說汝是須陀洹斯陀含阿那含阿羅漢而自說我須陀洹斯陀含阿那含阿羅漢得何罪答偷羅遮
問若有比丘語白衣言誰語汝我是須陀洹非斯陀含非阿那含非阿羅漢復作是語我非須陀洹乃至阿羅漢波羅夷
問若比丘欲說須陀洹果而說斯陀含阿那含阿羅漢果犯何罪答偷羅遮
問若比丘言我耆梨山中得須陀洹果七葉山中得斯陀含竹林精舍得阿那含耆闍崛山得阿羅漢犯何罪答若在彼處誦修多羅我不作懈怠偷羅遮若故妄語波羅夷

問若有比丘人問得果不答言得而示手中果華葉犯何罪耶答若意在華葉偷羅遮故說沙門果波羅夷

問若比丘言某甲家乞食比丘須陀洹斯陀舍阿那舍阿羅漢我非須陀洹乃至阿羅漢得何罪耶答偷羅遮

問有比丘言受用某甲居士衣食卧具醫藥者是須陀洹乃至阿羅漢我亦受用我非阿羅漢犯何罪答偷羅遮

問若比丘言某甲居士請衆多比丘數種種衆多礙皆是須陀洹乃至是阿羅漢無凡夫我亦受請亦爲我敷座得何罪耶答偷羅遮

問若人問比丘大德何處得衣食乃至湯藥比丘答言某甲居士請衆多比丘語比丘言若是須陀洹乃至阿羅漢者受我四事供養隨意取我亦於中取而我非須陀洹乃至阿羅漢得何罪答偷羅遮

若比丘言我不畏不活畏不畏大衆畏死畏惡道畏犯何罪答若因此身說此身過去變壞偷羅遮若故妄語說聖法波羅夷乃至惡道畏亦如是

問若比丘言我於一切結使繫縛煩惱解脱得何罪耶答言於過去煩惱滅偷羅遮若故說結使繫縛解脱波羅夷

問若比丘言諸賢聖所知我亦得得何罪若言我得修多羅者偷羅遮若故說聖法波羅夷

問若比丘言我修諸根力覺道得何罪耶答若誦得修多羅偷羅遮若故妄語修根力覺道波羅夷

問若比丘言我當説須陀洹果而我非須陀洹得何罪耶答偷羅遮乃至阿羅漢亦如是

問若比丘言我入世俗禪不得世俗智得何罪耶答偷羅遮

問若比丘言我是世尊得何罪耶答若意在説法教戒偷羅遮若故妄語世尊波羅夷

問若比丘言我是佛得何罪耶答若言我覺惡不善法偷羅遮若故妄語波羅夷

問若比丘言我是毗婆尸佛弟子得何罪耶答歸依釋迦牟尼便歸依七佛若説宿命通波羅夷

問若比丘言得須陀洹果不得我非須陀洹得何罪耶答偷羅遮

問若有比丘言我得果問言得何果示菴婆羅果閻浮果波那婆果得何罪耶答偷羅遮若故妄語説沙門果波羅夷

問若比丘自作書某甲比丘得須陀洹果得何罪耶答偷羅遮乃至阿羅漢亦如是

問若比丘説過人法不犯波羅夷耶答有本犯戒本不和合賊住汙染比丘尼人突吉羅

問頗有非受具戒人説過人法犯波羅夷耶答有謂學戒人

問若比丘獨入房得四波羅夷耶答有先作偷盜方便殺生方便知我入房時阿羅漢自粮長

問四波羅夷竟

問十三僧伽婆尸沙

問若比丘行時精出得何罪答不犯覺時方便眠時精出偷羅遮覺時方便覺時出於中起想僧伽婆尸沙不異偷羅遮方便受樂出

偷羅遮頓出不犯若握搦不出偷羅遮未受具戒時作方便未受具戒時出突吉羅若未受具戒時作方便受具戒時出偷羅遮受具戒時作方便受具戒時出偷羅遮如是應作九句

問若比丘犯僧殘罪已不知時日何處與別住耶答從初受戒日

問若比丘按摩受樂偷羅遮若比丘以手摩捉偷羅遮自出中受樂偷羅遮男根觸受樂偷羅遮出節中精偷羅遮空中動出偷羅遮行中動出偷羅遮

問如佛所説出節中精偷羅遮云何節中精答精離本處在節作方便出偷羅遮

問頗有比丘時犯非比丘時淨非比丘時犯比丘時淨比丘時犯比丘時淨非比丘時犯非比丘時淨耶答有云何比丘時犯非比丘時淨若比丘犯不共僧伽婆尸沙轉根作比丘尼得淨云何非比丘時犯比丘時淨若比丘尼犯不共僧伽婆尸沙轉根作比丘即得淨云何比丘時犯比丘時淨比丘犯戒如法懺悔云何非比丘時犯非比丘時淨若比丘尼犯戒如法懺悔

問頗有比丘眠時犯覺時淨覺時犯眠時淨耶答有云何眠時犯覺時淨若比丘眠時舉著高牀上女人入宿覺已知如法懺悔云何覺時犯眠時淨若比丘犯僧伽婆尸沙阿浮呵那時聞白已眠即眠中羯磨竟

問如世尊所説若比丘故出精除夢中僧伽婆尸沙頗有比丘故出精不犯耶答有前者又問頗非前者故出精不犯耶答有出他精

偷羅遮
又問頗有比丘故出精不犯耶答有爲他作境界
又問頗有比丘故出精不犯耶答有本犯戒本不和合賊住汙染比丘尼突吉羅
問頗有未受具戒人故出精犯僧伽婆尸沙耶答有謂學戒
問如世尊所說比丘摩觸女人僧伽婆尸沙頗有比丘摩觸不犯耶答有若女人身根壞偷羅遮若病癬疥痒摩觸偷羅遮比丘身根壞等亦如是俱身根壞等突吉羅若比丘疑爲是女人非女人摩觸偷羅遮若染著餘女人摩觸餘女人偷羅遮若摩觸齒爪毛偷羅遮摩觸骨偷羅遮女人來摩觸比丘齒爪毛突吉羅摩觸離身齒爪毛髮骨突吉羅爪齒毛髮骨爪齒毛髮骨摩觸突吉羅比丘比丘相摩觸偷羅遮比丘摩觸女黄門偷羅遮女黄門摩觸比丘突吉羅比丘摩觸男子偷羅遮若比丘摩觸女身時比丘轉根作比丘尼偷羅遮比丘摩觸男子男子轉根作女人僧伽婆尸沙若比丘摩觸男子時比丘轉根作比丘尼波羅夷若比丘摩觸男子俱轉根偷羅遮若比丘尼摩觸男子男子轉根作女人偷羅遮比丘尼摩觸男子比丘尼轉根作比丘偷羅遮比丘尼摩觸女人俱轉根偷羅遮比丘尼摩觸比丘轉根作比丘偷羅遮比丘摩觸比丘尼轉根作比丘尼偷羅遮爲煴煖細輭故不犯比丘摩觸黄門二根不男偷羅遮摩觸入滅盡定比丘尼偷羅遮無汙染心摩觸女人突吉羅毋想姊妹想女想不犯本

二不染汙心摩觸突吉羅若火中水中師子虎狼非人及餘諸難中捉出不犯

問若比丘於女人所麤語僧伽婆尸沙頗有麤語不犯耶答有爲他麤語偷羅遮遣書疏汝根斷汝根惡汝與我分共我眠皆犯偷羅遮黃門二根邊麤惡語偷羅遮入滅盡定比丘尼所麤惡語偷羅遮讚歎已身亦如是

問若法有非過去非未來非現在耶答有謂媒嫁受語去偷羅遮還報懺悔何罪謂僧伽婆尸沙人男人女先以期比丘言姊妹合耶突吉羅自在不自在亦如是云何自在多有財有息國王長者所信云何不自在無有財息國王長者所不信持不自在語至自在所偷羅遮若比丘言買女人突吉羅買某甲女人偷羅遮於買女人所媒嫁偷羅遮一女懷男一女懷女於中媒嫁偷羅遮若空媒嫁偷羅遮若比丘持去持來僧伽婆尸沙後去來偷羅遮媒嫁黃門二根偷羅遮若比丘狂人邊受語至狂人所偷羅遮狂人邊受語至非狂人所偷羅遮非狂人邊受語至非狂人所說已還報僧伽婆尸沙散亂人邊受語至散亂人所偷羅遮散亂人所受語至非散亂人所偷羅遮不散亂所受語至非散亂人所說已還報僧伽婆尸沙居士語比丘僧大德能爲我至某甲居士所言我有女姊妹與汝兒汝有女姊妹與我兒衆僧受語語彼還報一切僧得僧伽婆尸沙若衆僧同意遣一比丘往語彼還報一切僧得僧伽婆尸沙若比丘自以己意僧不使語彼還報自得僧伽婆尸沙衆僧不犯媒嫁童女偷羅遮比丘受使已

轉根偷羅遮還報轉根偷羅遮受語時轉根作比丘尼還報偷羅遮未受具戒時受使未受具戒時還報突吉羅未受具戒時受使受具戒已還報偷羅遮受具戒時受使受具戒已報偷羅遮受具戒已受使未受具戒時報偷羅遮受具戒已受使受具戒時報偷羅遮

問如佛所說比丘媒嫁僧伽婆尸沙頗有比丘媒嫁不犯耶答有本犯戒本不和合賊住汙染比丘尼突吉羅

問頗有非受具戒人媒嫁犯僧伽婆尸沙耶答有謂學戒媒嫁人男非人女偷羅遮人女非人男偷羅遮俱非人偷羅遮男女先已期問比丘言見某甲女人不答言見在某處所偷羅遮

問頗有比丘行別住即行別住竟耶行摩那埵即行摩那埵竟耶答有若比丘犯僧伽婆尸沙不覆藏往詣僧所乞行摩那埵僧與摩那埵彼行摩那埵竟復犯二僧伽婆尸沙一夜覆藏二夜覆藏僧與別住一夜覆藏別住竟二夜者未竟第三夜與摩那埵行摩那埵竟

若比丘自乞作房不從僧乞僧伽婆尸沙乞物作房不作偷羅遮從僧乞已不作偷羅遮已作不成偷羅遮成他房自住偷羅遮未覆爲覆偷羅遮作未成自殺若自言我沙彌黃門二根廣說如捨戒皆犯偷羅遮大房亦如是

問如佛所說無根波羅夷謗僧伽婆尸沙頗有比丘無根波羅夷謗不犯耶答有若手印遣使從他聞謗皆偷羅遮

問若比丘自書言某甲比丘犯波羅夷得何罪答偷羅遮若謗狂癡散亂心苦痛心聾盲瘖瘂眠入正受皆犯偷羅遮何以故不住自性心故謗黃門偷羅遮

問頗有比丘無根波羅夷謗不犯耶答有本犯戒本不和合賊住突吉羅頗有比丘非具戒人謗犯僧伽婆尸沙耶答有謂學戒人

問若比丘自言我作非梵行以無根教人謗比丘犯何罪答僧伽婆尸沙展轉如輪

如佛所說若比丘無根波羅夷謗比丘僧伽婆尸沙若比丘無根波羅夷謗比丘尼犯何罪答僧伽婆尸沙手印遣信謗皆偷羅遮

問若比丘尼無根波羅夷謗比丘尼僧伽婆尸沙八事覆藏麤罪隨順擯比丘摩觸身謗僧伽婆尸沙若比丘謗式叉摩那偷羅遮謗沙彌沙彌尼偷羅遮比丘尼謗比丘僧伽婆尸沙比丘尼謗式叉摩那沙彌沙彌尼偷羅遮式叉摩那謗比丘比丘尼突吉羅

如世尊所說比丘無根波羅夷謗比丘僧伽婆尸沙無根逆罪謗比丘得何罪答僧伽婆尸沙又說犯僧伽婆尸沙突吉羅云何僧伽婆尸沙謂以殺母父阿羅漢謗僧伽婆尸沙破僧出佛身血謗突吉羅如是說者一切犯僧伽婆尸沙何以故一切無間罪非比丘故除無間罪以餘法謗偷羅遮突吉羅遣使手印展轉無根五逆謗偷羅遮比丘自作書某甲比丘殺母父阿羅漢破僧惡心出佛身血偷羅遮

問頗有比丘無根謗不犯耶答有謂狂散亂重病聾盲瘖瘂眠入定謗皆偷羅遮何以故

心不住自性故

問頗有比丘無根波羅夷謗不犯耶答有本犯戒本不和合賊住汙染比丘尼突吉羅比丘自言我殺母殺父謗僧伽婆尸沙乃至出佛身血謗僧伽婆尸沙展轉亦如是比丘尼亦如是比丘尼謗比丘亦如是比丘謗式叉摩那乃至沙彌尼突吉羅比丘尼亦如是式叉摩那謗比丘比丘尼突吉羅

薩婆多部毗尼摩得勒伽卷第八

音釋

陂（波爲切澤障曰陂）駱駝（駱盧各切駝徒河切）疥癢（疥古隘切癢余兩切）

薩婆多部毗尼摩得勒伽卷第九

宋三藏法師僧伽跋摩譯

問若可信優婆夷語諸比丘我見某甲比丘犯四波羅夷得用是語治比丘不答得治問若可信優婆夷語諸比丘我見某甲比丘身分中作婬用是語治不答言不得問可信優婆夷語諸比丘某甲比丘共剎利女作婬用是語治比丘不答不得何以故不用是語治耶答比丘不自言故若二人共見者當問二人若二人語同比丘自言可用是語治汝剎利女婆羅門女毗舍女首陀羅女亦如是若可信優婆夷語諸比丘我見某甲去時小便道作婬當用是語治不答若有二人當問同者應治口中亦如是大便道作婬亦如是若可信優婆夷言我見某甲比丘非時食怛鉢那應問是比丘比丘言我食糖當用是語治糖漿蜜酒亦如是若有比丘非時食糖可信優婆夷言我見非時食肉亦應令是比丘自言已用是語治噉蘇噉食亦如是比丘齒外出不淨可信優婆夷見已語諸比丘我見某甲比丘口中作婬亦應令是比丘自言用是語治髀中出精亦如是大小便處亦如是二可信優婆夷共道行見二比丘共道行一優婆夷見一比丘出精一優婆夷見一比丘摩觸身亦應令是比丘自言應用是語治二人見衆多亦如是坐臥亦如是優婆夷了了見罪已可用是語治可信優婆夷語諸比丘我見某甲比丘犯後四篇罪亦應令是比丘自言用是語治又復優婆夷見比丘犯十三僧伽婆尸沙亦應令是比丘自言用

是語治後三篇亦如是問十三僧伽婆尸沙竟

問三十事

問若有比丘得少片衣不受持應捨不答不應捨應受持不答不應受持若比丘失尼薩者衣云何懺悔答尼薩耆悔

問如佛所說過十夜衣尼薩耆波夜提頗有有畜過十夜衣不犯耶答有若比丘不淨物雜作衣謂駱駝毛牛毛突吉羅若比丘得衣已五日中狂至何時犯耶答得本心時如佛所說過十夜衣尼薩耆波夜提頗有終身畜不犯耶答有十夜內命終或以不淨物雜如前說過十夜衣一夜離宿耶答有若比丘離衣宿或頻日得衣

問得用衆僧衣受作三衣不答得受若受持已離宿應捨不答不得捨唯作波夜提悔

問若比丘界內著衣出界外界外著衣入界內明相出離衣宿不答離衣宿衣著地空中明相出空中著衣在地明相出亦如是竒界不離衣宿無界處住去衣遠近名離衣宿耶答隨衆僧籬墻大小或坑塹比丘於是內著衣隨意明相出學戒人三衣比丘尼五衣學戒尼五衣亦如是

問如佛所說畜一月衣頗有畜過一月衣不犯尼薩耆波夜提耶答有不淨衣如前說過一月畜突吉羅畜減量衣過一月突吉羅

問如佛所說畜一月衣何等衣答謂淨衣云何淨衣佛所不遮衣

問如佛所說若使非親里比丘尼浣故衣染打尼薩耆波夜提頗有比丘使非親里比丘尼浣染打不犯尼薩耆波夜提耶答有已浣

更使浣突吉羅手印遣信展轉使浣皆突吉羅使浣未應浣衣使浣衆僧衣尼薩耆衣淨施衣頻日衣皆突吉羅染打亦如是

問頗有比丘著淨衣入聚落衣不離身尼薩耆波夜提耶答有若比丘入白衣舍著衣大小行泥土汗非親里比丘尼爲除去尼薩耆波夜提使浣不淨衣突吉羅使比丘尼浣衣時比丘尼轉根突吉羅染打亦如是自轉根亦如是使本犯戒比丘尼浣染打突吉羅使賊住不共住本不和合汙染比丘尼人浣皆突吉羅

如佛所說若比丘非親里居士居士婦邊乞衣尼薩耆波夜提頗有從非親里居士居士婦乞衣不犯耶答有身動索得衣突吉羅從黄門乞衣突吉羅俱黄門突吉羅俱二根突吉羅本犯戒突吉羅本不和合賊住別住汙染比丘尼亦如是非親里親里想乞突吉羅疑乞突吉羅親里非親里想乞突吉羅疑乞突吉羅遣使手印展轉乞皆突吉羅未受具戒時乞未受具戒時得突吉羅未受具戒時乞受具戒時得突吉羅未受具戒時乞受具戒已得突吉羅餘句亦如是乞時比丘轉根作比丘尼突吉羅比丘尼乞時轉根作比丘突吉羅若爲他作徃索得突吉羅爲比丘尼式叉摩那沙彌沙彌尼作比丘徃索得突吉羅爲衆多比丘作一人索得突吉羅爲二人作索得突吉羅爲比丘作比丘尼式叉摩那沙彌沙彌尼索得突吉羅未受具戒時爲作衣未受具戒時得突吉羅如是應廣說黄門等亦如前說爲非人作衣索得突吉羅爲天

龍夜叉乾闥婆緊那羅餓鬼鳩槃荼毗舍遮富單那作衣往索得皆突吉羅本犯戒人亦如是比丘尼等亦如是

問如佛所説四語五語六語默然索不得尼薩耆波夜提頗有過五六語索得不犯耶答有從非人索突吉羅或人與衣直著沙門婆羅門所過五六語索突吉羅非人衣直著沙門婆羅門所亦如是沙門婆羅門衣直著非人所亦如是本犯戒人乃至汙染比丘尼人亦如是頗有未受具戒人過五六語索犯尼薩耆波夜提耶答有學戒人

問如佛所説新俱舍耶作敷具尼薩耆波夜提頗有比丘新俱舍耶作敷具不犯尼薩耆波夜提耶答有爲他作突吉羅他作未成爲成突吉羅若不淨物雜作突吉羅修伽陀衣等量作突吉羅

問如佛所説若比丘純淨黒羺羊毛作敷具尼薩耆波夜提頗有比丘純作不犯耶答有如前説未受具戒時作未受具戒時成突吉羅未受具戒時作受具戒時成突吉羅如是應作七句本犯戒本不和合賊住汙染比丘尼人作皆突吉羅頗有未受具戒人作犯尼薩耆波夜提耶答有謂學戒人

問如佛所説若比丘減六年更作新敷具不犯尼薩耆波夜提耶答有謂狂癡不犯爲他作他作未成爲成不淨雜淨淨雜淨皆突吉羅作方便已罷道更出家已成突吉羅作時轉根作女人復轉根作男子成突吉羅本犯戒人乃至汙染比丘尼人突吉羅

問頗有未受具戒人作犯尼薩耆波夜提耶

答有謂學戒未受具戒人作方便未受具戒時成突吉羅如是應作七句
空中持羊毛去突吉羅與化人持去突吉羅
本犯戒人乃至汙染比丘尼人皆突吉羅頗有非具戒人持去犯尼薩耆波夜提耶答有謂學戒人
問如佛所說使非親里比丘尼擘羺羊毛犯尼薩耆波夜提頗有比丘使非親里比丘尼擘羺羊毛不犯耶答有已浣擘更使浣擘突吉羅遣使手印展轉使浣皆突吉羅使他浣突吉羅使浣僧物突吉羅使浣尼薩耆物突吉羅駱駝毛雜突吉羅牛毛鹿毛羖羊毛雜者使浣突吉羅染擘亦如是本犯戒乃至汙染比丘尼人亦如是
問頗未受具戒人浣染擘犯尼薩耆波夜提耶答有謂學戒人
問如佛所說若比丘自手取金銀若使人取若教人取尼薩耆波夜提頗有比丘自取使人取教人取不犯尼薩耆波夜提耶答有謂不中用碎者大園突吉羅斷壞突吉羅似金銀突吉羅國土所識突吉羅未壞相突吉羅國土不識不犯本犯戒乃至汙染比丘尼皆突吉羅
問頗有非具戒人取金銀尼薩耆波夜提耶答有謂學戒人
問如佛所說比丘以種種銀買物尼薩耆波夜提頗有比丘以種種銀買物不犯尼薩耆波夜提耶答有謂用似銀買物突吉羅非人天龍夜叉乾闥婆緊那羅摩睺羅伽餓鬼毗舍遮

鳩槃茶富單那買物突吉羅共親里狂散亂苦痛乃至汙染比丘尼人買皆突吉羅學戒人買尼薩耆波夜提比丘買銀時轉根作比丘尼突吉羅比丘尼以銀買物轉根作比丘亦如是未受具戒時買銀未受具戒時得突吉羅如是應作七句種種販賣戒亦如是

問如佛所說畜長鉢過十夜尼薩耆波夜提頗有過十夜不犯尼薩耆波夜提耶答有本犯戒本不和合賊住汙染比丘尼突吉羅學戒人畜長鉢過十夜尼薩耆波夜提畜坏鉢突吉羅畜未熏鉢突吉羅

問頗有比丘終身畜長鉢不犯尼薩耆波夜提耶答有得鉢已十夜內命終若比丘狂心散亂心過十夜不犯

問頗有比丘久畜長鉢不犯耶答有若比丘寄鉢未至或為他畜

問頗有比丘一夜畜鉢犯尼薩耆波夜提耶答有比丘轉根作比丘尼

問如佛所說比丘尼一夜畜長鉢尼薩耆波夜提頗有十夜畜不犯耶答有謂轉根作比丘十夜畜不犯

問如佛所說若比丘有鉢更乞尼薩耆波夜提是鉢應衆中捨若有比丘乞得衆多鉢盡應僧中捨不答不盡捨應捨一餘者應與同意一切鉢應行耶答不應應行一何者應行意所貪樂者二人共得一鉢突吉羅遣使手印乞突吉羅各相為乞突吉羅自物貿鉢突吉羅知足物貿鉢突吉羅從外道乞鉢突吉羅從沙門婆羅門乞突吉羅本犯戒乃至汙

比丘尼人乞皆突吉羅學戒人乞尼薩耆波夜提未受具戒時乞未受具戒時得突吉羅如是應作七句
問如佛所說若比丘與比丘衣已還奪尼薩耆波夜提頗有比丘還奪衣不犯耶答有謂受法比丘與不受法比丘衣已還奪突吉羅奪本犯戒人本不和合賊住汙染比丘尼人突吉羅奪減量衣突吉羅施已轉根作比丘尼奪衣突吉羅受者轉根作比丘尼奪衣突吉羅比丘尼與衣已轉根作比丘奪衣突吉羅受者轉根作比丘奪衣突吉羅
問若阿練若比丘怖畏處三衣中一一衣著白衣家內有因緣出界外作意當還還時諸難起不得至衣所離衣宿不答不離宿衣
問頗有比丘離六夜宿衣不犯尼薩耆耶答有謂不淨衣突吉羅如是應作十句若僧伽梨作羯磨已離宿不犯
問如佛所說餘一月在乞雨衣半月中應作雨衣畜頗有比丘減一月乞過半月畜不犯尼薩耆耶答有謂不淨衣突吉羅乞減量雨衣突吉羅未至一月二人共乞雨衣突吉羅
問自恣已王作閏得急施衣當云何答隨數安居月過十日尼薩耆波夜提急施衣不得作非時衣
問如佛所說急施衣過十日尼薩耆波夜提頗有過十日不犯耶答有若不淨衣突吉羅畜不淨縷織衣突吉羅畜減量衣突吉羅本犯戒畜急施衣過十夜突吉羅乃至汙染比丘尼人過十夜突吉羅學戒人畜過十夜尼薩耆波夜提

如佛所說施僧衣已自迴向已尼薩耆波夜提頗有比丘迴向已不犯耶答有謂父母衣施僧已迴向已突吉羅未至界内迴向已突吉羅施三人二人迴向已亦如是

問若比丘非時受甘蔗非時壓非時漉非時煮非時受得食不答不得八種漿五種脂亦如是乳油肉等亦如是

問時藥非時藥七日藥終身藥不手受不說受得服不答不得手受不說受得服不答不經宿病者得服不病不得服即此藥共諸藥雜得服不不得服時藥乃至共終身藥非時得服不答不得服時藥力故七日藥七日服過七日不得服終身藥雜七日藥七日服時藥時服非非時服時藥時藥服七日藥七日藥服終身藥終身藥服施合施應分別三十事竟

問波夜提

問若比丘作外道服成捨戒不答不捨戒犯偷羅遮若人問汝是誰答是外道故妄語波夜提

問若比丘作居士形捨戒不答不捨戒犯突吉羅若人問汝是誰答是居士故妄語波夜提餘事隨其義說比丘語比丘言汝剎利種出家乃至首陀羅出家汝是剃師故妄語波夜提

若比丘天眼舉他罪突吉羅天耳亦如是若比丘唱言僧中有犯戒人故妄語波夜提汝是缺戒人漏戒人羸戒人汙戒人故妄語波夜提教誡語不犯語婆羅門出家比丘言汝是剃師突吉羅問言汝是誰答言我是比丘尼故妄語波夜提

問比丘言汝是誰耶答我是沙彌捨戒不答不捨戒故妄語波夜提我是沙彌尼白衣外道外道出家夜叉乾闥婆緊那羅摩睺羅伽鳩槃茶等亦如是更以餘事隨其義應當知問如佛所說比丘毀呰語波夜提頗有毀呰語不犯耶答有謂本犯戒乃至汙染比丘尼毀呰語突吉羅非人出家毀呰語突吉羅天龍夜叉乾闥婆緊那羅摩睺羅伽毗舍闍鳩槃茶等出家毀呰語突吉羅毀呰如是等出家人突吉羅毀呰狂人散亂心苦病人聾人瘂人中國人毀呰邊地人不解故突吉羅邊地人毀呰中國人不解突吉羅手印遣使突吉羅比丘毀呰性住比丘波夜提比丘毀呰比丘尼突吉羅比丘毀呰式叉摩那沙彌沙彌尼突吉羅比丘尼毀呰比丘尼波夜提比丘尼毀呰比丘突吉羅比丘尼毀呰式叉摩那沙彌沙彌尼突吉羅式叉摩那毀呰比丘比丘尼突吉羅沙彌毀呰比丘比丘尼式叉摩那沙彌沙彌尼突吉羅沙彌尼亦如是比丘於性住比丘所行兩舌波夜提比丘尼於比丘所行兩舌式叉摩那沙彌沙彌尼所行兩舌皆突吉羅比丘於比丘尼所行兩舌式叉摩那沙彌沙彌尼所行兩舌皆突吉羅五衆如輪亦如是本犯戒乃至汙染比丘尼人聾盲瘖瘂所行兩舌皆突吉羅本犯戒人行兩舌突吉羅本犯戒比丘尼乃至汙染比丘比丘尼行兩舌突吉羅聾盲瘖瘂人行兩舌突吉羅天龍夜叉乃至富單那出家作比丘行兩舌突吉羅如是所行兩舌突吉羅在地向空中人行兩舌波夜提在空中向地人行

兩舌波夜提在界内向界外人兩舌波夜提在界外向界内行兩舌波夜提中國人向邊地人行兩舌不解突吉羅邊地人向中國人行兩舌不解突吉羅學戒人向性住比丘行兩舌波夜提遣使手印兩舌突吉羅

問如佛所説僧如法和合滅諍已更發起波夜提頗有比丘發起不犯耶答有謂本犯戒本不和合乃至汙染比丘尼人更發起突吉羅發起學戒諍波夜提本犯戒人等發起諍突吉羅比丘發起狂心散亂心苦病心諍突吉羅發起聾盲瘖瘂諍突吉羅發起非人出家諍罪突吉羅云何非人天龍夜叉乃至富單那中國人發起邊地人罪不解故突吉羅邊地人發起亦如是手印遣使展轉發突吉羅比丘語學戒人言汝非學戒人突吉羅比丘發起比丘尼諍突吉羅發起式叉摩那沙彌沙彌尼諍突吉羅比丘尼發起比丘諍突吉羅發起式叉摩那乃至沙彌尼諍突吉羅式叉摩那發起沙彌沙彌尼乃至比丘尼展轉如輪亦如是

問如佛所説無淨人爲女人説法云何非淨人若謂癡狂邊地人眠醉放逸入定人不解不聞故非淨人以此等爲淨人説法突吉羅手印遣使突吉羅女人淨淨人不淨爲説法突吉羅女人不淨淨人淨爲説法突吉羅無淨人爲黄門説法突吉羅聾盲瘖瘂狂散亂心重病天龍夜叉乃至富單那等爲淨人爲女説法突吉羅本犯戒乃至汙染比丘尼人爲女説法突吉羅學戒人無淨人爲女説法波羅提

問如佛所説若比丘共未受具戒人誦經波夜提頗有共未受具戒人誦不犯波夜提耶答有共畜生誦突吉羅狂心散亂心重病人天龍夜叉乃至富單那等比丘誦突吉羅本犯戒乃至汙染比丘尼人共誦突吉羅學戒人共誦波夜提共聾盲瘖瘂人誦突吉羅比丘誦突吉羅比丘共比丘尼乃至共沙彌尼誦突吉羅比丘尼亦如是式叉摩那沙彌沙彌尼亦如是

問如佛所説比丘未受具戒人前説麤惡語波夜提頗有麤惡語不犯耶答有受具戒人前自説已麤惡語突吉羅比丘尼前説突吉羅式叉摩那乃至沙彌尼前説麤惡語突吉羅比丘未受具戒人前説比丘尼麤惡語突吉羅比丘尼乃至沙彌尼作句亦如是天龍等出家作比丘説已麤惡語突吉羅天龍等出家説比丘罪亦如是説本犯戒乃至汙染比丘尼人罪突吉羅彼人等出家説比丘麤罪突吉羅説學戒人罪突吉羅在地向未受具戒人説空中比丘麤罪波夜提在空中説地人罪亦如是界内界外亦如是中國人向邊地人邊地人向中國人説不解突吉羅遣使手印突吉羅

問如佛所説向未受具戒人説實過人法波夜提頗有比丘向未受具戒人説不犯耶答有謂向天龍乃至富單那等説突吉羅向狂心散亂心重病人聾盲瘖瘂乃至汙染比丘尼説實過人法突吉羅中國人向邊地人説邊地人向中國人説不解突吉羅手印遣使皆突吉羅比丘漏盡未受具戒人問漏盡不

手中捉果核彼言得是不犯如是隨其義說問如佛所說若比丘僧施他物迴與餘人波夜提頗有比丘迴向不犯耶答有比丘尼僧物迴向與他突吉羅非人出家物比丘迴向與他突吉羅非人迴向比丘乃至沙彌尼物突吉羅非人者天龍乃至富單那等狂心散亂心重病人等物迴向他突吉羅本犯戒乃至汙染比丘尼人物迴向他突吉羅彼亦如是非學戒人迴向他物波夜提中國人迴向邊地人物邊地人迴向中國人物亦如是若比丘以沙土覆生草突吉羅若比丘打熟果落突吉羅打生果落波夜提手印遣使斫樹突吉羅比丘折樹枝波夜提學戒人打熟果落突吉羅生果落波夜提比丘以神力折樹枝突吉羅手作相使折突吉羅比丘言汝某甲來折如是如是突吉羅若比丘以煖湯澆草草死波夜提不死突吉羅若比丘殺五種種五波夜提以風吹日曝五種子五突吉羅火炙五種種不死五突吉羅死五波夜提本犯戒乃至汙染比丘尼人殺突吉羅水漬火燒舂擣皆突吉羅學戒人殺草木波夜提斷鬚突吉羅擲物殺草木突吉羅

問如佛所說嫌罵波夜提頗有比丘嫌罵不犯耶答有謂非人出家嫌罵性住比丘突吉羅性住比丘嫌罵非人出家突吉羅非人者天龍乃至富單那等

頗有比丘罵人比丘不犯波夜提耶答有謂本犯戒乃至汙染比丘尼人突吉羅本犯戒乃至汙染比丘尼人罵他突吉羅比丘罵聾盲瘖瘂狂癡散亂心重病人突吉羅聾聾盲等

罵性住比丘突吉羅學戒人嫌罵波夜提中國人罵邊地人邊地人罵中國人不解突吉羅獨非獨想非獨獨獨想獨獨想罵突吉羅罵性住比丘不聞突吉羅

問如佛所說比丘惱他波夜提頗有惱他不犯耶答有除罪事以餘事惱比丘突吉羅狂心散亂心重病聾盲瘖瘂等惱他皆突吉羅非人出家惱他突吉羅非人者乃至富單那本犯戒乃至汙染比丘尼惱他突吉羅惱如是人突吉羅學戒惱他波夜提中國人惱邊地人邊地人惱中國人突吉羅除比丘惱餘人突吉羅遣使手印惱他突吉羅

問如佛所說比丘用僧卧具露地自敷使人敷不自舉不使舉波夜提頗有比丘不自舉不使人舉不犯波夜提耶答有不淨者不自舉不使舉突吉羅駱駝毛牛毛羖羊毛鹿毛雜作不自舉不使舉突吉羅卧具量乃至長八指若過坐卧已不自舉不使舉突吉羅本犯戒乃至汙染比丘尼寺舍中比丘敷卧具不自舉不使舉突吉羅本犯戒乃至汙染比丘尼等至比丘寺中亦如是比丘敷白衣卧具不舉突吉羅敷自卧具不舉突吉羅比丘比丘尼寺中敷卧具去時不舉突吉羅如是異沙門婆羅門寺中敷卧具不舉突吉羅

薩婆多部毘尼摩得勒伽卷第九

音釋

羺奴鉤切胡羊也 坏芳杯切未燒陶器也 貿莫候切易也 縷力主切織縷 壓烏甲切笮也 漉盧谷切滲也 羸力追切 核下革切果中實也 斫之若切斬也 曝步木切日乾也 舂書容切 擣都皓切

薩婆多部毗尼摩得勒伽卷第十

宋三藏法師僧伽跋摩譯

問如佛所説若比丘比丘房舍中敷草若樹葉去時不自舉不使舉波夜提頗有不自舉不使舉不犯耶答有本犯戒乃至汙染比丘尼房中敷不自舉不使舉突吉羅本犯戒乃至汙染比丘尼至比丘房中亦如是比丘尼寺房中亦如是外道房中亦如是

問如佛所説若比丘知僧寺中先有比丘往到彼逼坐令惱波夜提頗有比丘逼坐不犯耶答有逼本犯戒乃至汙染比丘尼突吉羅本犯戒等惱性住比丘突吉羅非人出家逼惱性住比丘突吉羅性住比丘逼惱非人等出家突吉羅比丘比丘尼寺中逼惱比丘比丘尼突吉羅除如來弟子僧房舍内餘寺内逼惱突吉羅私房逼惱突吉羅

問如佛所説比丘瞋恚寺内自挽出使人挽出波夜提頗有自挽出使人挽出不犯耶答有謂挽出非人作比丘乃至汙染比丘尼突吉羅乃至汙染比丘尼比丘挽出性住比丘突吉羅狂心散亂心聾盲瘖瘂挽出比丘突吉羅性住比丘挽出彼人波夜提挽出惡比丘衣鉢突吉羅比丘尼僧中挽出比丘比丘尼突吉羅除如來弟子寺舍餘寺舍中挽出突吉羅

比丘有蟲水澆草土瞿摩耶波夜提土草中有蟲亦如是

問如佛所説比丘僧重閣上不尖脚牀上坐卧波夜提頗有比丘坐不尖脚牀不犯耶答有謂非人出家乃至汙染比丘尼人坐卧突

吉羅學戒人坐卧波夜提聾盲瘖瘂突吉羅
頗有比丘坐卧不尖脚牀不犯答有癡狂散
亂心重病不犯自重閣上坐不尖脚牀突吉
羅閣下坐不尖脚牀不犯除如來寺舍餘寺
舍坐不尖脚牀突吉羅
問頗有比丘過二三覆不犯耶答有謂用草
覆板覆不犯
問如佛所説僧不差教誡比丘尼波夜提頗
有不差教誡不犯耶答有本犯戒乃至汙染
比丘尼不差教誡突吉羅不差教誡本犯戒
比丘尼乃至汙染比丘人突吉羅學戒人僧
不差教誡波夜提聾盲瘖瘂教誡突吉羅僧
不差教誡聾盲瘖瘂比丘尼突吉羅教誡狂
癡乃至重病比丘尼突吉羅非人出家比丘
教誡比丘尼突吉羅教誡非人出家比丘尼
突吉羅非人者如前説
若比丘尼邊地人比丘中國人教誡不解突
吉羅比丘邊地人比丘尼中國人教誡不解
突吉羅遣使手印教誡突吉羅日没教誡廣
説亦如是有五德成就應差教誡
問如佛所説若比丘言諸比丘爲利養故教
誡比丘尼波夜提頗有比丘作是語不犯耶
答有謂語非人出家作比丘語性住比丘突
吉羅語本犯戒乃至汙染比丘尼人突吉羅
彼語性住比丘亦突吉羅語聾盲瘖瘂突吉
羅彼語性住比丘亦如是語癡狂乃至重病
突吉羅彼語性住比丘不犯學戒語波夜提
中國人語邊地人邊地人語中國人不解突
吉羅遣使手印突吉羅受法語不受法突吉
羅

問如佛所説若比丘與非親里比丘尼作衣波夜提頗有爲作不犯耶答有謂本犯戒乃至汙染比丘尼爲作衣突吉羅爲本犯戒乃至汙染比丘人作衣突吉羅比丘聾瘂比丘尼聾瘂亦如是狂癡乃至重病爲作衣不犯學戒人爲作衣波夜提非人出家爲非親里比丘尼作衣突吉羅爲非人出家比丘尼作衣突吉羅非人者如前説受法比丘爲不受法比丘尼作衣突吉羅相違亦如是與衣戒亦如是廣説

問如佛所説若有比丘共比丘尼道行除因緣波夜提頗有比丘共道行不犯耶答有非人出家作比丘共道行突吉羅共非人比丘尼亦如是非人者如前説本犯戒乃至汙染比丘尼人共道行突吉羅共本犯戒比丘尼乃至汙染比丘尼人共道行突吉羅共狂癡乃至重病比丘尼共道行突吉羅比丘狂癡乃至重病共行不犯比丘聾盲瘖瘂共道行突吉羅比丘尼聾盲亦如是受法比丘共不受法比丘尼共道行突吉羅相違亦如是學戒人共道行波夜提共黄門比丘尼道行突吉羅乘船戒亦如是應廣説

問如佛所説若比丘共女人屏處坐犯波夜提頗有共坐不犯波夜提耶答有謂本犯戒乃至汙染比丘尼突吉羅比丘狂癡乃至重病共屏處坐不犯聾盲瘖瘂及非人等出家共屏處坐突吉羅非人者如前説共天女坐突吉羅乃至富單那女坐亦如是共黄門二根童女屏處坐突吉羅比丘共聾盲瘖瘂乃至狂癡重病屏處坐皆突吉羅學戒共女人

屏處坐波夜提共比丘尼屏處坐戒亦如是除童女

問如佛所説若比丘比丘尼讚歎得食波夜提頗有比丘得讚歎食不犯耶答有謂本犯戒乃至汙染比丘尼人得食食突吉羅比丘狂癡乃至重病得食食不犯聾盲人得食食突吉羅學戒人得食食波夜提非人出家得食食突吉羅非人出家作比丘尼比丘於彼得食食突吉羅知爲他作得食食突吉羅不知不犯本犯戒乃至汙染比丘尼人所讚得食食突吉羅受法不受法展轉亦突吉羅遣使手印亦如是

問如佛所説比丘處處食除因緣波夜提頗有比丘二處受請不犯波夜提耶答有若比丘先受無衣請食後受有衣請食不犯二處有衣食受請食不犯一得衣一覓衣受請食不犯語比丘言就此食當爲汝覓衣食食不犯語比丘此間食餘處隨意食食不犯除五種食隨意食餘食不犯

問頗有比丘二處受無衣食不犯耶答有謂本犯戒乃至汙染比丘尼人受二請突吉羅聾盲瘖瘂乃至非人出家受二請突吉羅狂癡乃至重病不犯

問如佛所説一宿處無病比丘聽一食過一食波夜提頗有比丘過一食不犯耶答有謂非人宿處無病再食不犯非人者如前説比丘作宿處過一食不犯餘沙門婆羅門食處過一食突吉羅親里食處再食不犯黄門二根乃至聾盲瘖瘂食處再食突吉羅癡狂乃至重病再食不犯學戒再食波夜提

問如佛所說若比丘入白衣舍乞食謂諸婆羅門居士自恣與衆多餅食比丘應取二三鉢過取波夜提頗有過取不犯耶答有謂天龍夜叉外道家過取突吉羅在彼坐食不犯取二三鉢已更乞突吉羅受法比丘到不受法比丘檀越家取過二三鉢突吉羅相違亦如是乃至非人出家亦如是本犯戒四人等亦如是聾盲等亦如是學戒人過取波夜提

問如佛所說若比丘食已自恣不受殘食法更食波夜提頗有比丘更食不犯耶答有謂病食不足酥蜜亦如是食不淨食已自恣受殘食法不成受食者波夜提不淨食者謂五正食

問頗有比丘食已自恣更受殘食法食中數數自恣不犯波夜提耶答有謂本犯戒乃至汙染比丘尼突吉羅學戒人食中數數自恣食波夜提

問如佛所說若比丘別衆食波夜提頗有比丘別衆食不犯波夜提耶答有謂六種因緣一一因緣食者不犯除五正食食餘食不犯

問如佛所說若比丘非時食波夜提頗有比丘非時食不犯耶答有二方用閻浮時食不犯問弗于逮俱耶尼宿食得食不答不得食鬱單越宿食得食不答得食

問幾種宿食比丘不得食答三種謂僧比丘學戒四種宿食得食謂比丘尼式叉摩那學戒比丘尼沙彌沙彌尼比丘尼亦如是

問若鉢極膩用瞿摩耶土屑極用意三洗膩故不去得食不答得食何以故非食膩故

問若比丘捉酥油瓶應棄不得食不答或得

或不得二種人有慚無慚無慚者捉得食有慚者誤捉得食若比丘取食欲與沙彌沙彌與比丘得食不答得食沙彌不與得索不答不得索比丘擧沙彌食與沙彌沙彌與比丘得食不答得食鹹水應受不答更著鹽應受不著不須受濁水見面不須受不見面應受受法學戒人與不受法比丘食得食不答不得食不受法學戒得與受法比丘食不答不得食不受法比丘與受法比丘食得食不答不得相違亦如是

問如佛所說若比丘無病索美食波夜提頗有比丘索美食不犯耶答有從親里索不犯若比丘飲蟲水隨飲殺蟲隨得爾所波夜提

問頗有比丘食家中坐食犯邊罪耶答有罪欲食犯波羅夷

頗有比丘知食家中强坐不犯波夜提耶答有天龍家坐突吉羅乃至富單那等家中亦如是童女黃門二根壞根皆突吉羅三種人不犯聾盲等五種人及非人出家亦如是立亦如是除請食不犯

如佛所說若比丘裸形外道女自手與食波夜提頗有自手與食不犯耶答有與宿食犯突吉羅使他與突吉羅欲教化與不犯與親里突吉羅放地與突吉羅作分已著地語言隨意食突吉羅

問如佛所說若比丘往看軍波夜提頗有比丘觀軍不犯耶答有若捉得多賊比丘爲猒故往看不犯看天龍乃至富單那軍突吉羅過再宿或看鬪戰戒亦如是

問如佛所說若比丘瞋恚打比丘波夜提頗

有比丘打不犯耶答有打本犯戒等四種人聾盲等突吉羅彼打性住比丘亦如是打天龍亦如是天龍等出家打比丘亦如是性住比丘打彼比丘亦如是頗有比丘打比丘得百千罪耶答有若比丘大衆中瞋恚手把沙荳等擲諸比丘隨所著隨得爾所波夜提不著者突吉羅

問如佛所説若比丘知麤罪覆藏波夜提頗有覆藏不犯耶答有覆藏本犯戒乃至汙染比丘尼人麤罪突吉羅彼五種人覆藏比丘麤罪亦如是學戒人覆藏麤罪波夜提覆藏非人出家麤罪聾盲等麤罪突吉羅彼覆藏比丘麤罪亦如是

問如佛所説語比丘汝來當與汝多美食後作是言汝去是事應廣説頗有比丘作是語不犯波夜提耶答有遣本犯戒等五種人非人出家等遣還突吉羅彼等遣還亦如是聾盲等亦如是中國人遣邊地人邊地人遣中國人亦如是遣使手印亦如是及餘沙門婆羅門亦如是

問如佛所説若比丘無病露地然火波夜提頗有比丘露地然火不犯耶答有本犯戒人乃至汙染比丘尼突吉羅非人等出家然火突吉羅三種人等然火不犯聾盲等然火突吉羅中國人爲邊地人邊地人爲中國人然火突吉羅遣使手印然火突吉羅燒酥油石蜜等突吉羅諸賊天龍乃至富單那等使然火不犯爲衆僧爲性住比丘然火不犯

問如佛所説比丘共未受具戒人過二夜宿波夜提頗有比丘過二夜宿不犯耶答有共

黄門二根過二夜宿突吉羅共化人過二夜宿突吉羅本犯戒乃至汙染比丘尼人共未受具戒人宿過二夜突吉羅比丘聾盲瘖瘂共未受具戒人宿過二夜突吉羅非人出家作比丘性住比丘共宿過二夜突吉羅相違亦如是非人如前說學戒人共未受具戒人宿過二夜突吉羅

問如佛所說若比丘如法僧事與欲竟後言不與波夜提頗有與已後言不與不犯耶答有受法比丘與不受法比丘欲已後言不與突吉羅相違亦如是本犯戒乃至汙染比丘尼聾盲瘖瘂及非人出家等作比丘與欲已後言不與皆突吉羅學戒人與欲已後言不與波夜提

若比丘於擯比丘邊出罪共法食波夜提於狂癡乃至重病比丘所出罪突吉羅若有沙彌作是語我知如來法是事應廣說諸比丘與作滅羯磨後沙彌懺悔已應捨不答應捨

問如佛所說若比丘得新衣應三種壞色不壞色波夜提頗有比丘不壞色不犯耶答有謂不淨衣

問如佛所說若比丘自取寶波夜提頗有比丘自取寶犯僧伽婆尸沙耶答有謂取女寶似女寶犯僧伽婆尸沙盜心取波羅夷取輪寶摩尼寶突吉羅捉象寶馬寶不犯非人金銀坐卧具得坐卧器得用食

問如佛所說半月應浴半月內浴波夜提有比丘減半月內浴不犯耶答有若被雨所漬因緣等不犯

問如佛所說若比丘故奪畜生命波夜提頗

有故奪畜生命不犯耶答有狂癡乃至重病不犯本犯戒人乃至非人出家故奪畜生命突吉羅學戒人故奪命波夜提沙彌故奪命突吉羅

問如佛所說若比丘故令他比丘疑悔波夜提頗有比丘故令他疑悔不犯耶答有除受具足戒以餘事令疑悔突吉羅本犯戒人令性住比丘疑悔突吉羅乃至遣使手印突吉羅中國人令邊地人邊地人令中國人疑悔突吉羅

問如佛所說若比丘指挃波夜提頗有比丘指挃不犯耶答有若比丘身根壞挃突吉羅以水滴身根突吉羅俱身根壞挃突吉羅挃未受具戒人突吉羅本犯戒等挃比丘突吉羅相違亦如是

問如佛所說若比丘水中戲波夜提頗有比丘水中戲不犯耶答有本犯戒人乃至非人等出家水中戲突吉羅除水餘事戲突吉羅學戒人戲波夜提戲有五種戲笑樂掉没

問如佛所說若比丘共女人宿波夜提云何女人答身可捉者共天女宿突吉羅龍女畜生女等共宿突吉羅若比丘草林樹林竹林樹孔中共女人宿突吉羅學戒人共女人宿波夜提本犯戒人共女人宿突吉羅天女緊那羅女鬼女等共宿亦如是

問如佛所說若比丘恐怖比丘波夜提頗有比丘恐怖比丘不犯耶答有恐怖非人出家比丘突吉羅非人出家恐怖比丘突吉羅中國人怖邊地人邊地人怖中國人突吉羅遣使手印怖突吉羅

問如佛所説若比丘藏比丘衣鉢等波夜提頗有比丘藏衣鉢等物不犯耶答有藏非人出家衣鉢等物突吉羅相違亦如是遣使手印藏亦如是藏尼薩耆衣鉢突吉羅藏癡狂乃至重病人衣鉢等物突吉羅受法比丘藏不受法比丘衣鉢等物突吉羅諸餘沙門婆羅門衣物等突吉羅受法比丘與不受法比丘衣已不語輙用突吉羅相違亦如是本犯戒乃至汙染比丘尼非人乃至富單那等出家與衣已不語輙用突吉羅學戒與比丘衣已輙用波夜提性住比丘與彼衣已不語輙用突吉羅

問幾種人受持衣答五種人淨施七種人

問如佛所説若比丘以無根僧殘罪謗比丘波夜提頗有謗不犯耶答有謗非人出家非人出家謗比丘皆突吉羅學戒人謗波夜提謗學戒人突吉羅謗癡狂乃至中國人中國人謗邊地人邊地人謗中國人皆突吉羅

問如佛所説若比丘無男子共女人道行波夜提頗有比丘共女人道行不犯耶答有共化女道行突吉羅天女乃至富單那女共道行突吉羅非人等出家共女人道行突吉羅非人者如前説本犯戒乃至聾盲瘖瘂等共女人道行突吉羅共童女黄門二根道行突吉羅

問如佛所説若比丘共賊道行波夜提頗有共賊道行不犯耶答有本犯戒乃至汙染比丘尼聾盲瘖瘂乃至非人等共賊道行突吉羅非人中家共賊道行亦如是

問如佛所説若比丘不滿二十年人與受具

戒波夜提頗有與不滿二十年人受具戒不犯耶答有不滿二十年作滿想與受具足戒共食共住不犯共彼人幾時住答乃至未決定時決定知已應不令在比丘地應更與受具戒若不與受具戒經三布薩若白四羯磨是名賊住應滅擯

問如佛所說若比丘自手掘地使人掘波夜提掘何等地若不燒不壞地掘燒壞地突吉羅

問如佛所說若比丘過四月受請波夜提頗有過四月受不犯耶答有受四月請四事中一一請已於中索餘突吉羅過四月已餘事請索餘事波夜提安居中請食更索食突吉羅病索不犯

問如佛所說若比丘是中應學應廣說頗有比丘作是語不犯耶答有若使學非法不學不犯受法比丘使不受法比丘學五法不學不犯不受法比丘語受法比丘學是法我不學突吉羅語非人出家乃至中國語邊地邊地語中國突吉羅學戒人語波夜提

問如佛所說若比丘諸比丘鬪諍默然屏處聽波夜提頗有比丘屏處聽不犯耶答有聽比丘鬪諍突吉羅乃至聽沙彌尼鬪諍亦如是比丘尼亦如是本犯戒乃至汙染比丘尼聽鬪諍突吉羅學戒聽波夜提

問如佛所說若比丘僧斷事時默然起去波夜提頗有默然起去不犯耶答有若比丘未作白起至大小行處還語已去不犯去時不捨聞處不犯

問如佛所說若比丘不恭敬上座波夜提頗

有比丘語上座不犯波夜提耶答有若上座斷事時中間說非法事年少比丘說法於中語不犯相違亦如是

問米苦酒澄清無贓非時得飲不答不得飲

問根漿華莖果漿非時得飲不答得得幾時飲乃至未捨自性得飲過時不得飲

問幾處不白入聚落不犯耶答三處謂阿練若處聚落中神足空中行不白入不犯伴不解性住比丘語不白入聚落不犯在地白空中入不犯相違亦如是界內界外白入不犯有比丘不白入波夜提不白非人出家入不犯乃至汙染比丘尼及餘沙門婆羅門等不白入不犯

問頗有比丘受請已食前後不白去至二三家不犯耶答有若有衣食請去不犯非五種食不犯

問若比丘夜未曉未藏寶至城門突吉羅至四天王夜叉等城門突吉羅

若比丘說戒時作是言我始知是戒不犯耶答有謂不共戒共戒者波夜提比丘尼亦如是若比丘以角牙齒骨作鍼房波夜提頗有作不犯耶爲他作突吉羅他作與不犯

問頗有過修伽陀八指作牀脚不犯波夜提耶答有若用牙摩尼作突吉羅

問如佛所說若衆僧坐牀卧牀自以兜羅絮縫著牀解去波夜提頗有不解去不犯耶答有若以餘物作突吉羅雨衣戒覆瘡衣戒尼師壇戒佛衣等量戒不淨亦如是

問波夜提竟

問波羅提提舍尼事

白衣舍從三種人邊受食突吉羅謂賊住人本犯戒人本不和合人比丘在空中受食比丘在界內從界外比丘尼邊受食不犯從親里受食不犯非親里同意受不犯遣使手印受不犯

若比丘入白衣家乞食比丘尼語居士言與是比丘食比丘受食突吉羅爲他受食突吉羅遣使手印受突吉羅親里不犯若怖畏阿練若處不病內受食突吉羅如佛所說比丘語居士言此中有怖畏居士問比丘言此中有賊不有者我當語王比丘應言無界外受不犯若道中食不犯比丘遮居士言莫入自入不犯比丘若狂不犯

問頗有比丘學家中受食不犯耶答有若先請若病不犯 問波羅提提舍尼事竟

毗尼摩得勒伽略說七千偈一偈有三十二字七千偈便有二十二萬四千言十卷成

薩婆多部毘尼摩得勒伽卷第十

音釋

屑 先結切　鹹 胡讒切鹽味也　輒 陟葉切即也　挃 職日切

根本說一切有部尼陀那
唐三藏法師義淨奉　制譯

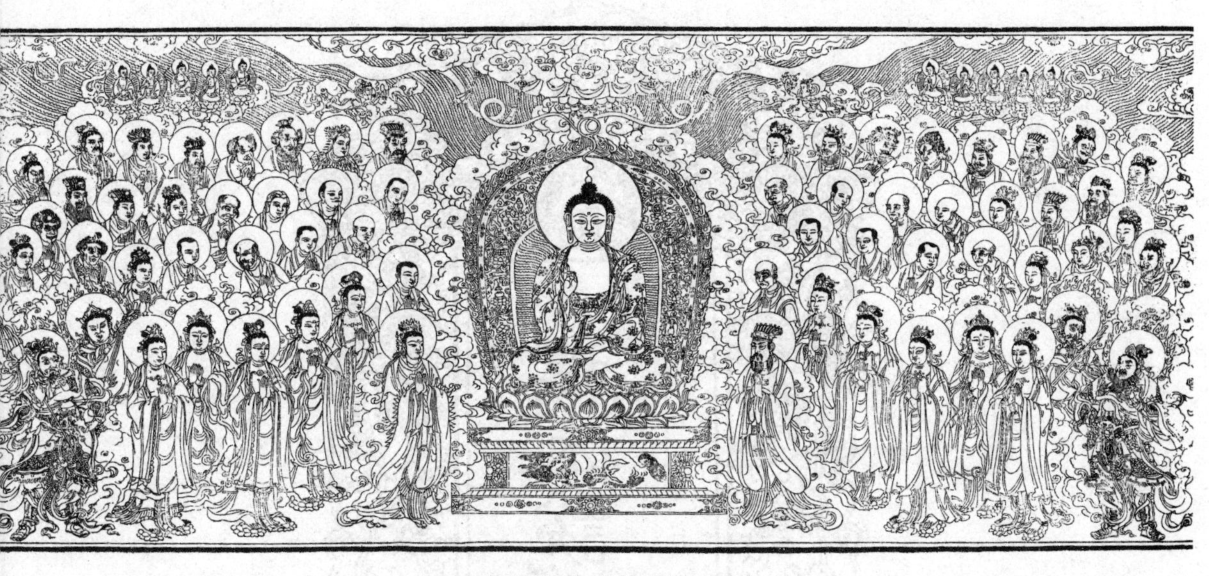

清刻龍藏佛說法變相圖

根本說一切有部尼陀那卷第一

唐三藏法師義淨奉　制譯

大門總攝頌曰

初明受近圓　次分亡人物　圓壇并戶鉤

菩薩像五門

別門初總攝頌曰

近圓知日數　界別不入地　界邊五衆居

不截皮生肉

第一子攝頌曰

近圓男女狀　非近圓爲師　難等十無師

莫授我七歲

爾時薄伽梵在室羅伐城逝多林給孤獨園

具壽鄔波離來詣佛所禮雙足已在一面坐

合掌恭敬白佛言世尊若苾芻與他受近圓

時彼若根轉得名善受不佛言是受近圓應

可移向苾芻尼處

復次世尊若苾芻與他男子受近圓時而此男子作女人音聲女人意樂及形狀法式此人得名爲受近圓不佛言鄔波離是受近圓諸苾芻得越法罪

若苾芻尼與他女人受近圓時而此女人作男子音聲男子意樂及形狀法式此人得名受近圓不佛言是受近圓諸苾芻尼得越法罪

若以不受近圓人爲親教師此人得名受近圓不佛言是受近圓諸苾芻得越法罪

若人身有難事自言我有諸苾芻爲受近圓此人得名受近圓不佛言不名受近圓諸苾芻得越法罪

若人身無難事自言我有諸苾芻爲受近圓此人得名受近圓不佛言是受近圓諸苾芻得越法罪

若人實有難事自言我無諸難苾芻爲受近圓此人得名受近圓不佛言不名受近圓諸苾芻無犯

若人實無難事復自言無諸苾芻爲受近圓此人得名受近圓不佛言此名善受

若苾芻與出家者未受十戒而受近圓此人得名受近圓不佛言是受諸苾芻得越法罪

若人受近圓時親教師不現前諸苾芻爲受近圓此人得名受近圓不佛言是受近圓諸苾芻得越法罪

若人受近圓時作如是語莫授我近圓諸苾芻爲受此人得名受近圓不佛言非受近圓諸苾芻得越法罪

如世尊說若人年滿七歲能驅烏烏應與出家者大德若有童子年始六歲於僧食厨能驅烏烏此人應與出家不佛言許滿七歲此不應與若滿七歲不能驅烏與出家不佛言不應許不能驅烏故

第二子攝頌曰

日數每應知　告白夜須滅　六日十八日

說戒不應頻

爾時佛在室羅伐城有婆羅門居士等至苾芻所問言阿離耶今是何日答言不知諸人告曰聖者外道之類於諸日數及以星曆悉皆善識仁等亦應知日數星曆云何不解而爲出家遂默不答諸苾芻以緣白佛佛言我今聽諸苾芻知日數星曆時諸苾芻悉皆學數星曆及以筭法便生擾亂廢修善業佛言應令一人學數雖聞佛教不知誰當合數佛言應令衆首上座數之是時上座忘失其數使知事人亦不能憶佛言可作泥珠或作竹籌滿十五枚每日移一如此作時被風吹亂佛言應取十五枚竹片可長四五指一頭穿孔以繩貫之掛壁要處每日移一時彼舉衆皆共移籌佛言上座及知事者應移時有婆羅門居士至苾芻所問言聖者今是何日彼便報曰仁今可問上座及知事人諸人告曰仁等亦有計番當直知日人耶時諸苾芻默然無答以緣白佛佛言應可作白普告衆人時諸苾芻隨處作白佛言不應隨處作白然於衆集在上座前而爲秉白大衆應知今是月一日諸俗聞說復云仁等豈可不說半月黑白分耶答言不作苾芻白佛佛言當稱黑

白月分應如是說若於晡後大衆集時令一苾芻於上座前合掌而立一心恭敬作如是白大德僧伽聽今是黑月一日仁等應爲造寺施主及護寺天神幷舊住天神各誦經中清淨妙頌時諸苾芻雖復日日告白不稱造寺施主名字佛言當稱造寺施主名字亦應稱說明日設食施主名字令彼施主所願隨意福善彌增若更有餘施主皆同此說及餘天衆八部之類師僧父母皆悉稱名普及一切衆生皆令福利增長時諸苾芻聞是語已即皆各說清淨伽陀曰

所爲布施者　必獲其義利　若爲樂故施
後必得安樂　菩薩之福報　無盡若虛空
施獲如是果　增長無休息

時有施主請諸苾芻當設供養苾芻知已不爲宣告施主名及以住處佛言應預宣告施主名字云施主某甲明日當爲大衆設食住在某處復有婆羅門居士至苾芻處問言聖者今是何日答言是十五日彼復問曰時人皆云十四日如何仁等言十五耶豈可苾芻不爲滅夜答言不作時諸苾芻以緣白佛佛言應爲滅夜時諸苾芻頻於半月而爲滅夜俗人問言聖者今是何日答是十四彼言聖者時人皆云十五日如何仁等頻於半月而爲滅夜時諸苾芻以緣白佛佛言汝等不應頻於半月而滅其夜然須計時過月半已應爲滅夜（謂從正月十六日至二月十五日爲一月從二月十六日至月盡即是月半令滅一夜爲其小月餘皆倣此爲東西不同故）如是一歲總有六日是十四日有六日是十五日爲長淨事時有婆羅門居士來問苾芻曰聖者今是何月

答言今是室羅末拏月（當五月十六日已去至六月十五日）彼復問言聖者諸人咸云阿沙荼月（從四月十六日至五月十五日）仁等乃云室羅末拏月豈可仁等不爲閏月耶答言不爲人皆共笑時諸苾芻以緣白佛佛言應爲閏月時諸苾芻於每年中恒爲閏月俗人來問聖者今是何月答言是阿沙荼月彼復問言聖者諸人咸云今是室羅末拏月仁等乃云是阿沙荼月豈可仁等於每年中爲閏月耶答言如是同前譏笑苾芻以緣白佛佛言不應於年年中而作閏月應至六歲方爲閏月（即是五六當三十日此謂古法與今不同）時有國王至二年半便爲一閏苾芻不隨人共嫌耻佛言苾芻應隨王法爲其閏月若星道行參差者亦應隨其星道而數用之是故汝等應可識知日月星分與俗同行令諸外道來求過者不得其便大德頗有苾芻住處令授學人得説戒不佛言不得

第三子攝頌曰

界別不告淨　亦不爲羯磨　乘空不持欲
解前方結後

爾時佛在室羅伐城具壽鄔波離請世尊曰住界内人得向界外者告清淨不佛言不得住界外人得向界内者告清淨不佛言不得住界内人得爲界外者作羯磨不佛言不得住界外人得爲界内者作羯磨不佛言不得若有乘空持欲去時成持欲不佛言不成應更取欲若不解前界得結後界不佛言不得應以白四解前然後方結

第四子攝頌曰

不入界捨界　樹界有世尊　不越及可越

羯磨者身死
具壽鄔波離請世尊曰頗得以界入餘界不
佛言不得有幾種界不相涉入佛言謂小壇
場及現停水處并苾芻苾芻尼界此皆不入
若先結界有幾種捨法佛言有五一謂大衆
悉皆歸俗二謂大衆同時轉根三謂大衆決
心捨去四謂大衆俱時命過五謂秉白四羯
磨解得以一樹爲二界標不佛言各取一邊
得爲三界標或爲四界標量知分齊皆得成
就爾時世尊在迦尸國人間遊行遇到一處
遂便微笑世尊常法若微笑時即於口中出
五種色青黄赤白及以紅光或時下照或復
上昇其光下者至等活地獄黒繩地獄衆合
地獄號叫地獄大號叫地獄燒然地獄大燒
然地獄無間地獄疱形地獄連疱地獄阿吒
吒地獄阿呵呵地獄阿呼呼地獄青蓮花地
獄紅蓮花地獄大紅蓮花地獄如是等處若
受炎熱皆得清涼居處寒氷便獲温暖彼諸
有情各得安樂皆作是語我與汝等爲從此
死生餘處耶
爾時世尊令彼有情生信心故復現餘相彼
見相已咸作是語我等不於此死而生餘處
然我必由希有大人威神力故令我身心現
處安樂既生敬信能滅地獄所有諸苦於人
天處受勝妙身當爲法器得見眞理其光上
昇者從四大王衆天至三十三天夜摩天覩
史多天樂變化天他化自在天梵衆天梵輔
天大梵天少光天無量光天極光淨天少淨
天無量淨天徧淨天無雲天福生天廣果天
無煩天無熱天善現天善見天乃至色究竟

天於此光中演説苦空無常無我等法并説
二伽陀曰
汝當求出離　於佛教勤修　降伏生死軍
如象摧草舍　於此法律中　常爲不放逸
能竭煩惱海　當盡苦邊際
時彼光明徧照三千大千世界已還至佛所
若佛世尊説過去事光從背入若説未來事
光從胷入若説地獄事光從足下入若説傍
生事光從足跟入若説餓鬼事光從足指入
若説人事光從膝入若説力輪王事光從左
手掌入若説轉輪王事光從右手掌入若説
天事光從臍入若説聲聞事光從口入若説
獨覺事光從眉間入若説阿耨多羅三藐三
菩提事光從頂入是時光明繞佛三帀從頂
而入時具壽阿難陀合掌恭敬而白佛言世
尊如來應正等覺熈怡微笑非無因縁即説
伽陀而請佛曰
口出種種妙光明　流滿大千非一相
周徧十方諸剎土　如日光照盡虚空
佛是衆生最勝因　能除憍慢及憂慼
無縁不啓於金口　微笑當必演希奇
安詳審諦牟尼尊　樂欲聞者能爲説
如師子王發大吼　願爲我等決疑心
如大海内妙山王　若無因縁不摇動
自在慈悲現微笑　爲渴仰者説因縁
爾時世尊告阿難陀曰如是如是阿難陀非
無因縁如來應正等覺輙現微笑阿難陀此
地方所乃是過去迦攝波佛爲聲聞衆説法
之處時阿難陀聞是語已疾疾取七條衣疊
爲四重白佛言世尊我已敷座願佛知時可

於斯座異令此地有二正覺受用之處謂迦攝波佛及今世尊佛告阿難陀曰善哉善哉我雖不說汝自知時爾時世尊即便就座復告阿難陀曰此地方所是迦攝波佛所住之寺此是經行處此是廊宇門屋洗足之處此是淨廚地此是浴室處汝等應知是時鄔波離白佛言世尊如佛所說淨不淨地者不知齊何名淨不淨佛言乃至正法住世有淨不淨正法若滅悉皆不淨世尊齊何名正法住世云何名滅佛告鄔波離乃至有秉羯磨有如說行者是則名爲正法住世若不秉羯磨無如說行是則名爲正法滅壞復白佛言若無上大師在於界外苾芻得秉羯磨不佛言不得若大師在於界內餘人得秉羯磨不佛言得又得以世尊足僧數不佛言不得佛寶僧寶體差別故於不可越界得越過不佛言不得大德不知有幾不可越界佛言有其五種謂苾芻界苾芻尼界小壇場現停水處二界中間大德若有深塹及以河澗不可越界頗得越不佛言若常有橋梁越之非咎如其橋梁破壞得齊幾時名不失界佛言得齊七夜此據有心修理無心修理隨破即失若有苾芻正結界時秉羯磨者忽然命過得成結不佛言若知標相所作羯磨已秉多分此雖命過得成結界若未知標相所秉羯磨未過多分此時命終不成結界若苾芻尼結界成不准此應知

第五子攝頌曰

地牆等秉事　結界無與欲　但於一處坐

得爲四羯磨

緣在室羅伐城具壽鄔波離請世尊曰在地居人共地居者遥秉羯磨得成秉不佛言不成與欲得成大德在地之人與牆頭者共秉羯磨得成秉不佛言不成大德在地之人與樹上者共秉羯磨得成秉不佛言不成大德在地之人與居空者共秉羯磨得成秉不佛言不成應知以樹牆空爲頭各有四句亦如是知世尊説有百一羯磨幾合與欲幾不合與欲佛言唯除結界餘並與欲大德若以神變幻術而作標相得爲標不佛言不得神力幻術非實有故或以日月星宿爲標相者得成標不佛言不得日月星宿非定住故若以水波浪得成標不佛言不得由其波浪疾移轉故若苾芻爲他持欲淨乘空而去此得名爲持欲淨不佛言不成應更取欲若有苾芻秉一羯磨於四住處並得成不佛言得如其四界各有四人事現前者各於其處别置三人時秉法者或席或牀或版或薦壓四界上而秉羯磨以秉法者添彼四數咸成作法如是若於四界有别事起作七羯磨等謂驅擯羯磨令怖羯磨折伏羯磨求謝羯磨不見罪羯磨不如法悔羯磨不捨惡見羯磨若作此等羯磨之時其秉法人在彼四界角相近處若以席版牀薦總壓而坐秉法皆成

第六子攝頌曰

大界兩驛半　下水上山巓　異見明相過

五衆受七日

具壽鄔波離請世尊曰如世尊説應結大界者齊幾許來是大界量佛言大界者齊兩踰膳那半應可結之言踰膳那者當三十里是此一驛言由旬者訛也欲

令易了故有言驛之處若過兩踰膳那半亦是界不佛言若過非界向下齊何名爲大界佛言齊至水來名爲大界兩踰膳那半外方至水者此之剩處得名界不佛言不是向上齊何名爲大界佛言上至樹杪或齊牆頭名爲界分大德兩踰膳那半外方至杪頭斯之剩處得名界不佛言不是若上山巔齊何名界佛言齊其水處兩驛半外方至其水亦名界不佛言不是世尊若於夏中僧伽破壞時有苾芻故從法黨向非法黨爲是破夏爲非破耶佛言此之苾芻樂其異見至惡黨處經明相時便即破夏若不樂異見至惡黨處雖過明相不名破夏如世尊説若在夏中有緣須出應受七日去者不知何人應受佛言所謂五衆苾芻苾芻尼正學女求寂求寂女此於何處應受佛言可於界内隨意可向一苾芻前合掌而住作如是語具壽存念我苾芻某甲於此住處或前或後三月夏安居我苾芻某甲爲僧伽事故守持七日出界外若無難縁還來此處我於今夏在此安居如是三説或有六日事來乃至一日准七日應受具如餘處

第七子攝頌曰

五衆坐安居　䚋等請日去　於經有疑問求解者應行

具壽鄔波離請世尊曰如世尊説應夏安居者未知誰合安居佛言五衆合作所謂苾芻苾芻尼正學女求寂求寂女在於屏處對一苾芻當前蹲踞作如是説具壽存念今僧伽五月十六日作夏安居我苾芻某甲亦於五月十六日作夏安居我苾芻某甲於此住處

界内前三月夏安居以某甲爲施主某甲爲營事人某甲爲瞻病人於此住處乃至若有圮裂穿壞當修補之我於今夏在此安居第二第三亦如是説或前或後隨意應作應知尼亦對尼准苾芻作其求寂應對苾芻正學女及求寂女對尼應作如世尊説苾芻坐夏之時若有鄔波索迦等請喚之事守持七日去者若有外道及親族等請喚亦得去不佛言此亦應去若於三藏有疑須欲諮問亦得去不佛言得去若苾芻未得求得未解求解未證求證及有疑心須往開決爲斯等事亦得守持七日去不佛言皆得若受一日二日等准此應作

根本説一切有部尼陀那卷第一

大唐景龍四年
歲次庚戌四月壬午朔十五日景申三藏法
師大德沙門義淨宣釋梵本并綴文正字
翻經沙門吐火羅大德達磨秣磨證梵義
翻經沙門中天竺國大德拔努證梵義
翻經沙門罽賓國大德達磨難陀證梵文
翻經沙門淄州大雲寺大德慧沼證義
翻經沙門洛州崇光寺大德律師道琳證義
翻經沙門福壽寺主大德利明證義
翻經沙門渭州太平寺大德律師道恪證義
翻經沙門大薦福寺大德勝莊證義
翻經沙門相州禪河寺大德玄傘證義筆受
翻經沙門大薦福寺大德智積證義正字
翻經沙門德州大雲寺主慧傘證義
翻經沙門西涼州白塔寺大德慧積讀梵本

翻經婆羅門右驍衛翊府中郎將員外置宿
衛臣李釋迦讀梵本
翻經婆羅門東天竺國左屯衛翊府中郎將
員外置同正員臣瞿金剛證義
翻經婆羅門東天竺國大首領臣伊金羅證
梵本
翻經婆羅門左領軍衛中郎將迦濕彌羅國
王子臣何順證義
翻經婆羅門東天竺國左領軍右執戟直中
書省臣頗具讀梵本
翻經婆羅門龍播國大達官准五品臣李輸
羅證譯
金紫光禄大夫守尚書左僕射同中書門下
三品上柱國史舒國公臣韋臣源監譯
尚書右僕射同中書門下三品上柱國許國
公臣蘇環監譯
特進行太子少師同中書門下三品上柱國
宋國公臣唐休璟監譯
特進太子少保兼楊州大都督同中書門下
三品監修國史上柱國彭國公臣韋溫監譯
特進同中書門下三品修文舘大學士監修
國史上柱國趙國公臣李嶠筆受兼潤色
特進侍中監修國史上柱國公韋安石監譯
侍中監修國史上柱國越國公臣紀處訥監
譯
光禄大夫行中書令修文舘大學士監國史
上柱國郢國公臣宗楚客監譯
中書令監修國史上柱國酇國公臣蕭至忠
監譯
翻經學士銀青光禄大夫守兵部尚書門下

三品修文館大學士上柱國逍遥公臣韋嗣立
翻經學士中散大夫守中書侍郎同中書門下三品著紫佩金魚修文館學士上柱國臣趙彦昭
翻經學士太中大夫守祕書監員外置同正員修國史修文館學士上柱國臣劉憲
翻經學士銀青光禄大夫行中書侍郎修文館學士兼修國史上柱國朝陽縣開國子臣岑義
翻經學士通議大夫守吏部侍郎修文館學士兼修國史上柱國臣崔湜
翻經學士朝議大夫守兵部侍郎兼修文館學士修國史上柱國臣張説
翻經學士太中大夫檢校兵部侍郎騎尉修文館學士安平縣開國子臣崔日用
翻經學士朝請大夫守中書舍人兼檢校吏部侍郎修文館學士輕車都尉臣盧藏用
翻經學士銀青光禄大夫行禮部侍郎修文館學士修國史上柱國慈源縣開國子臣徐堅貞
翻經學士正議大夫行國子司業修文館學士上柱國臣郭山惲
翻經學士禮部郎中修文館直學士輕車都尉河東縣開國男臣薛稷
翻經學士正議大夫前蒲州刺史修文館學士上柱國高平縣開國子臣徐彦伯
翻經學士中大夫行中書舍人修文館學士上柱國臣李乂
翻經學士中書舍人修文館學士上柱國金

鄉縣開國男韋元亘
翻經學士中大夫行中書舍人修文館學士
上柱國臣馬懷素
翻經學士朝請大夫守給事中修文館學士
上柱國臣李適
翻經學士中書舍人修文館學士上柱國臣
蘇頲
翻經學士朝散大夫守著作郎修文館學士
兼修國史臣鄭愔
翻經學士朝散大夫行起居郎修文館直學
士上護軍臣沈佺期
翻經學士朝請大夫行考功員外郎修文館
直學士上輕車都尉臣武平
翻經學士著作佐郎修文館直學士臣閻朝
隱
翻經學士修文館直學士臣符鳳
書手祕書省楷書令史臣趙希令寫
孔目官文林郎少府監掌治署丞臣殷庭龜
判官朝散大夫行著作佐郎臣劉令植
使金紫光祿大夫行祕書監檢校殿中監兼
知內外閑廄隴右三使上柱國嗣號臣王邕

音釋

拏奴加切　分齊分扶問切齊才詣切分齊限量也　疱匹貌切氣疱也
跟古痕切足踵也　膝息七切[illegible]　臍徂奚切肚臍也　壍七艷切坑壍也　踰膳那梵語也亦云由旬此云限量如此方一驛地或四十里六十里八十里也膳侍戰切　剩實證切餘也　杪彌沼切木末也　屏處屏補永切屏處謂屏蔽處所也　蹲踞蹲徂尊切踞居御切蹲踞謂蹲足跽手如獸之直前足而坐也　圮裂圮皮美切毀也裂良糵切裂破也

根本說一切有部尼陀那卷第二

唐三藏法師義淨奉 制譯

第八子攝頌曰

假令不截衣　有緣皆得著　衣可隨身量
若短作篇衣

具壽鄔波離請世尊曰不割截衣得守持不佛言不得若有難緣者得著不割截衣得入聚落不得往俗舍不得入外道住處不佛言並皆不得必有難緣著亦無犯著不割截衣得於外道舍坐不佛言不得若外道不在舍時坐亦無犯如世尊說稱肘量衣方合持者若人身大肘短亦依肘量而作衣耶佛言此人應取身量為衣設取身量仍不周徧佛言若不徧者應縫作厥蘇洛迦衣而守持之此譯為篇長四肘闊二肘縫之使合入中牽上以絛繫之述如餘處昔云祇修羅者人皆不識其事此則形如小篇是尼五衣之數也應譯為裙

第九子攝頌曰

不畜五種皮　由有過失故　開許得用處
齊坐卧容身

具壽鄔波離白佛言世尊如世尊說象王之皮不作鞋用者餘之象皮得為鞋不佛言此亦不得所以者何此象亦有鼻牙力故如世尊說智馬之皮不應將作鞋者餘馬之皮得為鞋不佛言不得此亦能走有大力故如世尊說師子虎豹之皮不應用為鞋者雖非此獸是此類皮得用作不佛言不得斯等亦有爪牙力故如世尊說若此諸獸皮皆不應坐餘合坐者齊大小來而得畜用佛言齊容坐處應畜如世尊說皮合卧者齊大小皮應卧佛言纔可容身畜之無犯

第十子攝頌曰

生肉及諸醋　有五種不用　痔病爪不傷

迴施知希望

爾時薄伽梵在室羅伐城具壽鄔波離請世尊曰如大德説開西羯多苾芻爲病因緣得食生肉者不知於何處當取佛言於五屠人處取云何爲五謂是殺羊雞猪捕鳥獵獸者大德誰當合取佛言令敬信者取令誰授與佛言還遣信人於此城中時有苾芻身遭疾苦詣醫人所問曰我有痟渴病賢首願爲處方醫人答言宜可服酥必當平復苾芻報曰佛未聽許爲病服酥醫人答曰世尊大悲爲病所須亦應開服時諸苾芻以緣白佛佛言苾芻爲病醫遣服酥者應可服之時病苾芻雖已服酥仍患渴逼醫人問曰尊者服酥氣力何似苾芻答曰猶被渴逼醫人報曰酥不差者酸漿諸醋何不飲之苾芻答曰世尊不許非時而飲云何得服醫人報曰世尊慈悲爲病所須亦應聽服時諸苾芻以緣白佛佛言我今開許應飲醋漿時諸苾芻不知何者醋漿如何當飲復往白佛佛言醋漿有六皆可服用一大醋二麥醋三藥醋四小醋五酪漿六鑽酪漿此等醋漿若欲飲時應以少水滴之作淨仍用絹疊羅濾澄清如竹荻色若時與非時有病無病飲皆無犯勿致疑惑言大醋者謂以砂糖和水置諸雜果或以蒲萄木蜜餘甘子等久釀成醋麥醋者謂磨麵麥等雜物令碎釀以成醋藥醋者謂以根莖等藥酸棗等果釀之成醋小醋者謂於飯中投熱鑽汁及以飯漿續取續添長用不壞酪漿

者謂酪中漿水鑽酪漿者謂鑽酪取酥餘漿水是於此城中時有苾芻身患痔病其頭下出便以爪甲截去極受苦痛遍切身心不能堪忍便生是念我遭此苦極爲難忍世尊大慈寧不哀愍爾時世尊由大悲力之所引故至苾芻所問言苾芻汝何所苦時病苾芻即便合掌瞻仰世尊憂情内感流淚哽噎具以病苦而白世尊佛告苾芻豈我先時不遮汝等患痔病者不應截去白言世尊佛已不許若爾何故汝今作如是事白言世尊爲苦所逼佛言爲苦逼故汝無有犯今告汝等雖患苦逼不以爪甲等而截其痔然治痔病有其二種或時以藥或復禁呪若有苾芻雖遭苦痛其痔不應自截亦不使他截如違教者得越法罪爾時世尊告諸苾芻曰此痔病經我於餘處已曾宣説今爲汝等更復説之若誦持者必得除差若有誦者乃至盡形終無痔病共相逼惱亦得宿命智能憶過去世時七生之事即説呪曰

怛姪他 阿魯泥去 末魯泥 鼻泥 俱麗婆鞞世沙婆鞞 三婆鞞 莎訶

汝等苾芻若誦呪時復作是説於此北方有大雪山王中有大樹名薜地多樹有三花一名相續二名柔軟三名乾枯如彼枯花至乾燥時即便墮落我之痔病或是風痔熱痔癊痔血痔糞痔及餘諸痔亦皆墮落乾燥勿復血出膿流致生苦痛即令乾燥莎訶

又復呪曰

怛姪他 苦謎 苦末泥去 莎訶

時諸苾芻聞佛説已歡喜奉行

爾時世尊於釋迦住處在那雉商人聚落是時彼村有一長者素有信心情懷喜捨造一住處奉施尊者羅怙羅爾時尊者住未多時執鉢持衣人間遊行長者聞去作是思惟尊者遊行未知來不便將此寺奉施僧伽羅怙羅隨情遊訖執持衣鉢還詣那雉商人處問知施僧即往佛所頂禮雙足而白佛言有一長者素有信心情生敬重造一住處獨施於我住少多時我有緣出去後不久將施餘僧我欲如何願佛爲決世尊告曰汝可詣彼長者之處作如是言仁不於我若身語意曾生片許猒惡心耶羅怙羅奉佛教已詣長者處告曰仁非於我若身語意曾生片許猒惡心耶長者答曰我於尊處曾無此意羅怙羅還詣佛所具陳長者無猒捨心

爾時佛告阿難陀曰汝往詣彼那雉村中現住苾芻總令集在供侍堂處時阿難陀奉佛勑已便詣彼村至住處已告苾芻曰應可並集供侍堂中時阿難陀既言告已還詣佛所頂禮雙足而白佛言我已往彼那雉村中謹宣聖旨現住苾芻咸皆已集爾時世尊將諸苾芻及羅怙羅至彼寺已就座而坐告諸苾芻曰汝等應知若有施主以所施物施一別人後時復迴此物施一別人此則施者非法受者亦非法名不淨受用如是若更迴與二人或與三人或與僧伽斯等皆名施不如法受不如法不淨受用汝等苾芻若有施主以所施物施二別人後時復迴此物施一別人此別施者受者俱名非法所有受用皆是不淨如是若更迴與二人三人或與僧伽施者

受者俱名非法所有受用皆是不淨汝等苾芻若有施主以所施物施三別人後時復迴此物施一二三人或與僧伽施者受者俱名非法所有受用皆是不淨汝等苾芻若有施主以所施物施與僧伽後時復迴此物施與一二三人或與餘僧伽施者受者俱名非法所有受用皆是不淨若先施苾芻僧伽後迴與尼僧伽或復翻此皆名不淨汝等苾芻若其僧伽破爲二部先施此部復將此物迴與彼部乃至皆是不淨受用汝等苾芻若施一人不迴與一人施者受者皆名如法所有受用皆名清淨如是若施二人三人僧伽此尼此部更不迴與餘者乃至受用皆名清淨如上廣說汝等苾芻前是施後非施汝等苾芻地屬於王物屬於主房舍臥具施主爲主衣鉢資具苾芻爲主所有施寺等物若有破落施主應自修補不應持此迴施餘人先施是施後非施也汝等苾芻應與羅怙羅先所住處若苾芻施彼與此除有難緣得越法罪諸苾芻既奉佛教即便授與羅怙羅先時住處如世尊說應作五年及六年頂髮大會時有敬信婆羅門及諸長者皆以種種餅果飲食奉施僧伽時諸苾芻食皆不盡便將所餘持與求寂時諸求寂既至明旦還將餅果重與苾芻苾芻問曰汝於何處得此餅來答言是仁所惠苾芻疑念此之餅果是我食餘今更重喰准法有罪以緣白佛佛言若有希望心食與時惡作食便墮罪若無希望心與有希望心食與時無犯食便墮罪若有希望心與無希望心食與時得惡作食時無犯若無希

望心與無希望還得其食二俱無犯
尼陀那別門第二總攝頌曰
分亡及唱導　張衣授學人　重作收攝驅
求寂同牆上
第一子攝頌曰
分亡者衣物　互無應互取　見鬪應須諫
隨頭向處分
爾時佛在室羅伐城有一長者唯有一子年
既長大愛樂出家於正法中而受圓具忽遇
疾苦因即命終時諸苾芻衣鉢及屍悉皆同
棄諸俗人見來白苾芻我輩流俗現有兒孫
所求易得死人之物尚不輕棄尊者既是出
家復無男女所有資財苦求方得於死人物
何故不收諸苾芻答曰世尊未許收死人衣
苾芻以緣白佛佛言苾芻身亡所有衣鉢不
應棄擲復有苾芻遇病而死收取其衣露屍
而送俗人見嫌佛言不應露身而棄應以裙
帔蓋身而送時諸苾芻以好衣蓋佛言勿用
好衣時諸苾芻以破碎衣蓋佛言應以非好
非惡處中衣蓋時諸苾芻白佛所餘衣鉢如
何處分佛言有貧苾芻應可與之時六衆類
常多貧乏佛言勿與六衆應從上座次第行
與少年苾芻竟不曾得佛言衆應同集先以
言白衆既和許可賣共分
緣處同前有一苾芻忽然身死所有衣鉢並
寄苾芻尼邊殯送事了時諸苾芻知其身死
於尼處索尼聞索時問曰彼於何處死答言
尼寺尼言在僧寺死物可屬仁在尼寺死者
彼則是我同法兄弟所有衣鉢我合得之尼
既不還苾芻白佛佛言不合與尼苾芻應分

緣處同前有一苾芻尼遇病身死所有衣鉢在苾芻邊諸苾芻尼詣苾芻所白言尊者尼名某甲今已身亡所寄之衣願尊見與苾芻聞死便作是言彼死之尼即我同法姊妹彼有衣鉢我合得之以緣白佛佛言應可還尼

緣處同前有一苾芻遊歷人間到一聚落在俗人舍忽然遇病因即命終是時長者殯送既訖爲掌衣鉢時有諸苾芻尼遊行至此長者見已白言聖者先有苾芻於我家死彼之衣鉢咸在我邊應可持去時諸尼衆答長者言亡苾芻衣尼不合得諸苾芻尼白苾芻知苾芻以緣白佛佛言若處無苾芻者尼即應受

緣處同前有一苾芻尼執持衣鉢遊行人間至一村内在俗人家遇病身死爾時家主送往屍林爲舉衣鉢有諸苾芻行至於此長者見已白言聖者先有一尼於我家死彼之衣鉢咸在我邊仁應將去苾芻答曰亡尼之物我不合得時諸苾芻以緣白佛佛言若於其處無尼衆者苾芻應取此亦無犯具壽鄔波離請世尊曰大德若諸苾芻在俗人家而命過者所有衣鉢誰當合得佛言最初到者應得若二人俱到誰當合得佛言先索者得若二俱索誰當合得佛言二俱合得或隨俗人情樂與者當取

緣處同前有二苾芻共相鬭諍諸餘苾芻看鬭而住俗人見已作如是言聖者我是俗流見他鬭時尚爲揮解如何尊者看鬭而住苾芻報曰此皆儜人好爲鬭諍誰能爲解諸苾芻以緣白佛佛言應可止諫不應看住時諸

苾芻雖設言諫仍不止息佛言若諫不止者應可與作捨置羯磨有二苾芻共爲論議研覈是非因生瞋忿懷諍而住時諸苾芻與作捨置時彼二人作如是説我等論議研尋道理仁輩何因輒作羯磨苾芻報曰鬬諍之人佛令捨置由此因縁與汝羯磨以縁白佛佛言不應如是爲作羯磨若現有二師者應爲諫誨若滿十夏離依止者諸苾芻應諫若不止者衆應與作捨置羯磨具壽鄔波離請世尊曰若有苾芻於兩界中而命過者此之衣鉢誰當合得佛言隨頭向處合得若頭在兩界此欲如何佛言二處俱得

第二子攝頌曰

唱導乘車轝　得衣應舉掌　僧伽獲衣利　凡聖可同分

爾時佛在室羅伐城時此城中先多外道於此而住由佛來至令諸外道無復威光利養寡少時諸俗流信外道者皆悉乞求爲與供養給孤獨長者每於晨朝往詣佛所路逢外道從長者乞欲爲外道而興供養長者見已作如是念外道邪徒修習惡法尚能告乞供養已師如佛世尊於諸經中作如是説若不信者勸令生信使其調伏住正法中如其大師見聽許者我告衆人於此福田而興供養作是念已入逝多林頂禮世尊在一面立即以上事具白世尊唯願聽我隨情告乞供養佛僧世尊告曰隨意應作長者即便巡行告乞時諸居士及婆羅門咸白長者曰若諸聖衆共來乞者我等福利倍更增多是時長者以縁白佛佛告苾芻應與長者共相借助時

諸苾芻既奉教已便與長者相隨告乞諸人告曰若布施時稱我名字普告知者斯曰善哉世尊告曰若有施主奉物之時當唱其名爲作呪願然後當受便遣俗人唱其名字諸人報曰若令聖衆唱我名者其福增多佛言應令苾芻唱其名字時有施主將其財物就寺而施佛言若來寺中者亦爲稱名呪願方受時彼苾芻周徧宣告唱導之時衆人雲集共相排逼不暇近前佛言其唱導者應可乘車或昇高轝若時暑熱或遭風雨佛言應爲幰蓋徧覆其身一面開門人多閴𠷈佛言應開四門令四人唱導時給孤獨長者巡告之時多獲上氎百千萬雙及餘資物其數巨億便作是念我今來乞多獲珍財我今宜應設大施會佛及聖衆普皆供養當持此物安在衆前一時奉施作是念已於逝多林所以種種繒綵周帀莊嚴三衣資具架上盈滿各令諸人而爲守護便禮佛足白言世尊我欲明日廣設大會奉佛及僧是時世尊默然而受給孤長者即於其夜備辦種種上妙飲食明旦寺中敷設座褥往白時至佛與大衆咸皆就坐飲食竟收鉢已嚼齒木澡漱訖長者以諸衣物置上座前即便前禮佛足白言世尊於此人間幾是福田佛言有二謂學及無學學人差別有十八種無學之人有其九種是謂福田堪銷物利云何十八種有學人謂預流向預流果一來向一來果不還向不還果阿羅漢向隨信行隨法行信解見至家家一間中生有行無行上流是名十八何等名爲九種無學謂退法思法護法住法堪達法不

動法不退法慧解脱俱解脱是名爲九爾時世尊作是語已復説頌曰

於此世間學無學　是可恭敬應供養
質直身語心清淨　施此福田招大果

時給孤獨長者在上座前立請宣唱人唯願聖者作如是白若是世尊聲聞弟子是合恭敬是應禮拜無上福田堪受世間所有物利者此之衣物隨意當受其宣唱者在上座前立作如是白大德僧伽聽若是世尊聲聞弟子是合恭敬是應禮拜無上福田堪受世間所有利物者此之衣物隨意當受是時大衆聞告白已諸有遠離貪瞋癡者作如是念給孤長者作是宣告若是世尊聲聞弟子是合恭敬是應禮拜無上福田堪受世間所有利物者此之衣物隨意當受諸阿羅漢作如是念我是僧中獲無上果於此物利應合受用如世尊言汝等苾芻自有勝善當須内祕現麤惡相我今如何爲此衣利自揚已德而云我是無上離欲之人作是念已皆默然住諸有餘惑尚未盡者亦作斯念此物擬施無上福田我惑未盡是不應得彼亦默住諸有具縛異生亦作是念此施無上福田我今具縛灼然無分是時衆中竟無一人取其利物爾時長者便作是念我今豈與諸聖凡衆覆鉢事耶須臾之頃形容燋悴面色痿黄詣世尊所禮佛足已在一面坐即以上事具白世尊爾時世尊知而故問具壽阿難陀曰給孤長者以多衣物奉施大衆何意衆中無人爲受阿難陀曰給孤長者作如是白於此衆中若是世尊聲聞弟子是合恭敬是應禮拜無上

福田堪受世間所有利物者此之衣物隨意當受時諸大衆聞此白已聖凡皆黙由此因緣無人爲受爾時世尊告阿難陀曰汝今宜去告諸苾芻現住室羅伐城及以餘處皆令總集供侍堂中時具壽阿難陀奉佛教已便往告衆令集堂中還至佛所禮足白言大衆總集願佛知時于時善逝便往堂中就座而坐告諸苾芻曰給孤長者多施衣服何故汝等而無受者時諸苾芻黙然無對于時大師知而故問阿難陀曰何故苾芻我問之時黙爾無答時阿難陀即以前事具白世尊佛告諸苾芻豈非汝等先以信心來投於我出家離俗求涅槃耶諸苾芻曰如是世尊佛言汝等若以信心投我出家情求涅槃修淨行者此諸苾芻所著衣服直一億金錢所住房舍直金錢五百所噉飲食具足百味如是等事我皆聽受汝並堪銷若有苾芻破重戒者於僧住處乃至不銷一口之食僧伽藍地不容一足何以故汝等應知破戒之人有十種過失自知我是破戒惡人他亦知是破戒之者所有天神不來親附同梵行者知法善人咸生輕賤罪惡音響四遠共知未證悟者不復能證已證法者悉皆退失曾所聽聞咸皆忘念命欲終時心生懊悔捨命之後生地獄中又諸苾芻應知受用有其五種一者爲主受用二者父母受用三者聽許受用四者負債受用五者盜賊受用云何爲主受用謂阿羅漢永除三毒云何父母受用謂諸學人尚有餘惑云何聽許受用謂淳善異生於戒清淨勤修禪誦無懈怠心云何負債受用謂雖防

禁戒而不勤修覺品善法云何盜賊受用謂
於四重禁中隨犯其一是故汝等知是事已
應當修學然此長者所施衣物及獲餘利大
衆應可平等共分

根本說一切有部尼陀那卷第二

音釋

篅衣篅市緣切正作圖篅衣謂圖覆衣也　痔池爾切後病也　痟思燋切渴病也　鑽酪鑽祖官切鑽搖也酪盧各切乳漿也　濾良倨切漉去滓也　⿰麥廣古猛切麥也　饙汁饙府文切蒸之曰饙汁謂炊湯也　哽噎哽古杏切噎一結切哽噎悲塞也　差楚界切病瘳也　儜女耕切正作獰惡也　覈下革切考也實也　幰虛偃切車上張繒曰幰也　闐徒年切滿也　氎徒協切細毛布也　痿黃痿於爲切痺濕病也痿黃謂遺痺濕之病而顏色萎黃也

根本説一切有部尼陀那卷第三

唐三藏法師義淨奉　制譯

第三子攝頌曰

有張有不張　有出有不出　若在於界外
聞生隨喜心

爾時佛在室羅伐城具壽鄔波離請世尊曰頗有苾芻僧伽共張羯耻那衣在於衆中而非張衣耶佛言有若苾芻共張衣時不與他欲而便昏睡或時入定此人雖復處在衆中不得名爲共張衣也然而大衆名善張衣頗有苾芻僧伽共張羯耻那時而不領受成張衣不佛言若有苾芻僧伽共張衣時與他欲已或時入定或復睡眠雖不覺知亦成張衣頗有苾芻僧伽共出羯耻那時雖在衆中不名出衣耶佛言有若苾芻僧伽出衣之時不與他欲而便入定或復睡眠此人不名出衣然而僧伽得名出衣頗有苾芻僧伽共出衣時身在衆中心不領受名出衣耶佛言若有苾芻僧伽出衣與他欲已或入定睡眠然而僧伽成共出衣若有苾芻出於界外聞衆已出羯耻那衣生隨喜心亦名出衣

第四子攝頌曰

授學等不秉　作法不成訶　十二人成訶
不淨犯根本

縁處同前具壽鄔波離請世尊曰授學之人得秉一切羯磨法不佛言不得若半宅迦等諸有難人得不佛言不得其授學之人合行籌不佛言不得犯四重人得行籌不佛言不得如世尊説如爲彼人作如法羯磨彼人訶不成訶者若爲彼人作非法羯磨其人訶成

訶不佛言此即成訶若十二種人衆差遣時作如是語不須差我此等諸人訶成訶不佛言此得成訶然此等人據其兩事我密意說訶不成訶謂不清淨人大德如世尊說不清淨人訶不成訶者云何名不清淨佛言四他勝中隨犯一事斯即名爲不清淨人言據兩事者一爲作如法羯磨二是不清淨人

第五子攝頌曰

更應重作法　勿使求寂行　守護善用心
見處離聞處

緣處同前具壽鄔波離請世尊曰如授學人爲他作法秉羯磨已作法成不佛言不成應須更作犯四重人亦皆如是時有求寂欲受近圓彼親教師爲辦衣鉢二師及證皆爲喚來爲有他緣使令出界彼之親族聞欲近圓來覓求寂見便將去妨廢勝業障礙近圓時諸苾芻以緣白佛佛言如轉輪王最大長子已受灌頂將登位時晝夜令人防護看守此之求寂亦復如是將近圓時極須防護凡有求寂欲受近圓汝等不應使令出外置在見處離於聞處向衆虔誠合掌而住

第六子攝頌曰

收攝於界內　於衆心降伏　截杜及門框
尼等同驅擯

緣處同前鄔波離請世尊曰如世尊說若爲其人已作令怖羯磨後於衆中求乞收攝爲觸羯磨具足幾法應收攝耶佛言具其五法方爲收攝一者心有踊悅二者於衆順伏三者於罪請除四者表申禮敬五者於其鬬緣皆悉捨棄大德在何處所爲作解法佛言可

於界内如世尊説鬪諍苾芻應可爲作令怖羯磨正秉法時現不伏相者此欲如何佛言爲擎衣鉢驅令出界不肯出去抱門柱者所抱門柱咸可截却若抱門框亦須斬截所損柱門誰合料理佛言大衆或可教化共俗修營若苾芻尼爲合鬪者此欲如何佛言作法驅擯一准苾芻二衆求寂及正學女若衆爲作驅擯羯磨不肯去者並可同前大德若苾芻若苾芻尼行汙家時亦應爲作驅擯法耶佛言應作二衆求寂及正學女皆同如是

第七子攝頌曰

破戒應驅逐　伏處亦皆除　惱俗應收謝
餘衆咸同此

緣處同前鄔波離請世尊曰如世尊説破戒苾芻應驅擯者誰當作擯佛言僧伽若不伏時爲持衣物驅之令出抱柱門框並悉同前大德如世尊説若有苾芻與諸居士共相輕毀應可爲作求謝羯磨若與苾芻共相輕毀亦應與作求謝法不佛言應作大德若於尼處及下三衆爲輕毀者亦應與作求謝法不佛言亦作尼及下衆若更互相惱亦皆如是爲作羯磨及驅擯法

第八子攝頌曰

與求寂令怖　爲受成近圓　五法成就時
五夏離依去

具壽鄔波離請世尊曰若大衆爲求寂作令怖法後時大衆授彼近圓得成受不佛言成受近圓授者得罪應先爲其人作解羯磨如世尊説五法成就年滿五夏得離依止隨處遊行乃至十夏所到之處仍須依止者如其

四夏五法成就得離依止隨處遊不佛言不得令滿五夏故已滿五夏五法仍虧得離依止不佛言不得五法虧故年至三夏善通三藏具證三明除盡三垢此人亦須依止師不佛言此亦須依制教定故若滿五夏五法成就許往人間隨情遊履如其到處得齊幾日無依止師佛言得至五夜此據有心若無心求一夜不得於僧受用飲食之類皆不合受

第九子攝頌曰

同分非同分　有齊限及無　有覆無覆殊名一種便異

具壽鄔波離請世尊曰如大德説有同分罪非同分罪何者是耶佛言同分罪者謂波羅市迦望波羅市迦名爲同分若望餘部名非同分下之四部同分亦然如世尊説有齊限罪無齊限罪何者是耶佛言若有苾芻不能記憶罪及夜數名無齊限若有能憶知罪及夜名有齊限如佛所説有覆藏罪無覆藏罪何者是耶佛言覆有二種一者覆夜二者覆心若有苾芻雖覆其夜不名爲覆若覆其心便名爲覆世尊於諸罪處説有名種何者是名何者是種佛言波羅市迦謂之爲名此所作事謂之爲種下之四部名種亦然

第十子攝頌曰

不牆上行法　非於一二三　不對破戒人不取授學欲

緣處同前如世尊説若有苾芻欲行波利婆娑及摩那馳者應可與法時六衆苾芻棄彼界處於垣牆上而行其法諸苾芻問六衆言仁何所爲六衆答曰我行波利婆娑諸苾芻

曰斯乃覆藏何成行法時諸苾芻以緣白佛佛言汝等不應於垣牆上而行其法亦復不應於一苾芻及二三苾芻處而行其法宜於四苾芻中或時過此行治罰法時六衆苾芻行其復本波利婆沙於四授學人處取法而行佛言不應於彼授學人處行復本法亦不應於四波利婆娑人處作其行法不應於四波羅市迦人令其秉法受其行法非三犯重人加一清淨人亦非加二加三如爲一人作行覆藏法時諸大衆並悉清淨復須同見乃至六夜出罪咸須清淨鄔波離白佛言授學之人得與其欲不佛言不得得受此人欲不佛言得由是苾芻故

別門第三總攝頌曰

圓壇求寂墮　一衣煙藥器　鐵柱髮及門　不應隨鐵作

第一子攝頌曰

圓壇及天廟　兩驛半依止　無鉢不度人　鉢等不書字

爾時佛在室羅伐城時諸苾芻隨處洗鉢及以濯足遂令其地多諸蠅蟻時婆羅門及諸居士問苾芻曰此是聖者便利處耶苾芻答言非是便利是我洗鉢濯足之所居士聞已遂生譏嫌作如是語但諸苾芻咸不淨潔洗鉢濯足不擇處所時諸苾芻以緣白佛佛言不應隨處洗鉢濯足汝等當知若洗鉢處應可塗拭作小水壇時諸苾芻作圓曼荼羅居士見已咸作是言諸釋迦子供養於日世尊告曰不應圓作時諸苾芻作曼荼羅形如半月居士復言苾芻事月佛言壇有二種一如

稍刃二如甕形或可隨彼水流勢作若作日月形曼荼羅者得惡作罪若爲三寶隨何形勢悉皆無犯

爾時世尊爲摩竭陀國大臣婆羅門名曰行雨略宣法要説伽陀曰

若正信丈夫　供養諸天衆　能順大師教　諸佛所稱揚

時六衆苾芻即便供養羯吒布呾那摩登伽瞿利迦天時婆羅門及諸居士咸作是言聖者旣於善説法律之中而爲出家寧容反更敬事天神時諸苾芻以緣白佛佛言我爲俗人密意而説非是汝等苾芻所爲是故汝等於諸天神勿爲敬事時有苾芻於天神處便生輕賤彼天神曰我等於仁有何過失而見欺凌時諸苾芻以緣白佛佛言汝等從今於天神處不應供養亦勿欺凌時有苾芻後於餘處見羯吒布呾那及摩登伽瞿利迦像即便打破時諸居士作如是言此天神像無有心識聖者何故輙毁破耶時諸苾芻以緣白佛佛言汝等苾芻於天神像不應毁壞有諸苾芻隨處遊行時彼路便右繞天廟佛言苾芻不應右繞天廟遂即避路便爲棘刺之所傷損佛言應取舊路若因道便而右繞者誦聖伽陀謦欬彈指令其警覺具壽鄔波離白佛言世尊如説大界極兩驛半令諸弟子於親教師軌範師處每日三時請教白事是佛親制彼諸弟子去親教師及軌範師有兩驛半路遥時促未審如何佛言應半月就禮若去師五俱盧舍應七八日一去禮拜若一俱盧舍每日一去若更相近乃至同處應每日

三時而爲禮敬若異此者得越法罪時鄔波難陀無鉢度人時諸苾芻各洗鉢已安置龕中請白二師旋繞制底鄔波難陀所度弟子有緣須鉢便往尊者憍陳如鉢邊欲取其鉢尊者告曰此是我鉢汝不須觸時彼復往餘人鉢處同前欲取還復見遮時諸苾芻問曰誰是汝師彼便答言鄔波難陀時諸苾芻以緣白佛佛言不應無鉢度他出家及與近圓得惡作罪汝諸苾芻凡欲度人出家爲求寂者應與鉢及小鉢并以銅椀無令廢闕時阿尼盧馱有一弟子爲師掌鉢師與弟子鉢形相似彼不能識遂生疑曰爲是師鉢爲我鉢耶時彼即便於其鉢底各書名字有一長者奉請世尊及苾芻衆就家受食長者先與婬女有私通事遂遣使人報婬女曰我於今日請佛及僧明日就家譴設供養汝可來此手自奉食是時婬女遇有他緣不及親往佛及僧伽至時赴請飯食已訖說施伽陀從座而去時彼長者是阿尼盧馱弟子知識佛僧去已唯彼弟子未出其舍是時長者白言大德願以此鉢暫時相借以所餘食欲寄與人苾芻即以師鉢與之長者以鉢盛滿香饌寄與婬女并附言曰賢首我請三寶奉獻斯食佛及僧伽並已食竟汝可隨喜是時婬女旣得鉢食置餘器中便於鉢底見尊者字知是聖者阿尼盧馱所用之鉢便作是念阿遮利耶乃是人天之所供養我今有幸得見彼鉢若我空然而送還者失大福利事不應爾即取其鉢周徧揩拭復用香湯再三淨洗塗以香泥置妙座上右膝著地持妙花鬘虔誠供養

燒香普熏發願而住時有婆羅門亦於婬女先有相知來至其所見女供養問言賢首汝何所爲答曰此鉢乃是尊者阿尼盧馱所受用器即是人天所共尊重我於此鉢略申供養婆羅門曰汝以婬染總攝諸人沙門釋子亦不見放時諸苾芻聞是事已以緣白佛佛言凡諸苾芻於己物上書名字者有如是過是故不應書己名字時諸苾芻不知何物是不應書佛言有五種物皆不應書謂別解脱戒經別解脱廣釋及諸事等與律教相應之義并私己物於己物上不應書字可作私記憶持具壽鄔波離白佛言世尊若律教等皆不合書者於當來世諸苾芻等心無持力咸多忘念於諸緣起尚不能憶如斯等事當復云何佛言若如是者應書紙葉而受持之

第二子攝頌曰

求寂墮鉢破　開餘存念者　作二種熏籠

并隨所須物

爾時佛在室羅伐城有一苾芻畜一求寂常令持鉢後於異時手脱損鉢令師廢闕時諸苾芻以緣白佛佛言不應令彼求寂洗鉢時舍利子有一求寂名曰准陀常令持鉢來請師曰鄔波馱耶願見與鉢我當洗之舍利子言佛爲損鉢已制學處彼便白言我豈當作如斯過耶時諸苾芻以緣白佛佛言若知求寂能存護者聽其洗鉢時有苾芻守持鐵鉢垢生損壞多有孔隙以緣白佛佛言凡畜鐵鉢應可熟燒時諸苾芻多積柴薪而燒其鉢即便損破佛言不應如是火燒其鉢可於籠内安置燒之彼便不知云何作籠佛言籠有

二種一者匠作二者自爲言匠作者諸是陶師言自作者或時以甕或可用坻截破用之彼安在地打著便碎佛言盛灰令滿使人擎持然後以釘徐徐踈孔鑿爲兩段時彼於外不以泥塗佛言應以草㲲作泥徧塗彼不以物塗拭於內佛言應以麻滓作泥塗拭待乾然所燒鉢猶未受色佛言內安稻㲲以籠合之口邊泥塗彼便以鉢置地而熏佛言應用物支於上重安事亦同此彼物薄小鉢便相著佛言應可高支勿令相近仍不受色佛言應數數洗然後更燒籠內煙出佛言應灰擁口彼以牛糞積爲大聚燒便損鉢佛言應壘牛糞從上放火不知欲遣何人看火佛言苾芻應自看守若有他緣囑餘苾芻看然後應去地上燒鉢多損諸蟲佛言應淨灑掃是故我今聽諸苾芻畜熏鉢籠及隨此籠所須之物用皆無犯

第三子攝頌曰

一衣不互作　澡浴可遮人　於褥不剃頭　病人隨服食

爾時佛在室羅伐城時有施主造立浴室奉施僧伽六衆苾芻各著一裙互指身體俗人入見作如是語此等諸人是何外道時敬信者答云是釋迦子居士聞已便起譏嫌彼之大師常有慚愧云何此等無羞恥耶時諸苾芻聞以緣白佛佛言不應一裙互相揩洗若有犯者得惡作罪時諸苾芻在浴室內令俗人入見苾芻等以手揩足復更摩頭俗人譏曰沙門釋子作斯鄙法是不淨潔旣揩足已復用摩頭時諸苾芻以緣白佛佛言入浴室

時無信敬人不應令入亦勿令作若交作者得惡作罪時諸苾芻在浴室內無人守護有諸居士來入其室見苾芻等以手揩足復將洗面便譏嫌曰沙門釋子實爲鄙惡以手揩足復將洗面佛言若洗浴時無令俗人入浴室內應差苾芻爲守護者時給孤獨長者與一無敬信婆羅門往逝多林苾芻見已報長者曰勿使此人入浴室內婆羅門曰我有何過而見遮止時諸苾芻以緣白佛佛言若知彼人有淨信者應許入室時有婆羅門入既被遮見餘不障婆羅門曰彼諸俗人皆許入室何故於我而獨見遮苾芻報曰此已歸依受諸學處彼便答曰我亦歸依受其學處願聽我入報言可爾便與受戒即許其入彼既入已見諸苾芻揩身下分復用摩頭遂起譏曰沙門釋子實爲鄙穢苾芻白佛佛言若知其人久懷信者許入若初信者勿聽

緣處同前時有長者請佛及僧入室洗浴是時世尊將諸苾芻詣彼長者洗浴之處見有苾芻與一苾芻揩摩身體世尊告曰汝等見此苾芻與彼苾芻揩摩身不白言已見佛告苾芻其爲揩者是阿羅漢諸漏已盡彼受揩者是破戒人行罪惡法汝等當知不應師子與彼野干而爲給事

緣處同前有一長者娶妻未久誕生一息年既長大於善說法律而爲出家常求勝已尋義他方博學多聞還來至此室羅伐城父聞子至便詣其所共相問訊是時苾芻即爲其父略宣法要勸歸三寶受五學處後於異時復爲其父說七有事福業功德父聞子說深

生敬信作如是言尊者當知我今亦願作七有事福業功德彼便答言可隨意作父便問言先作何事答曰當爲僧伽營理浴室聞已還家營理事畢來報子曰尊者當稱我名請佛及僧就舍澡洗其子聞已即詣佛所稱父名字而爲請佛時彼長者發深信心自爲苾芻香油塗身以米屑揩去澡浴事畢報其子曰我極疲勞爲我塗背其子答曰世尊於此已制學處父便問曰所制學處其事云何答曰勿以師子供侍野干故我不應而爲執事父問子曰誰是師子誰是野干子答父言我是師子父是野干父曰斯爲妙事以我野干能生師子時諸苾芻以緣白佛佛言凡是父母於其子處能爲難事荷負衆苦假令父母是極破戒其子亦應爲作供侍是故我聽於其五處縱極破戒應爲供給所謂父母親教師軌範師及諸病人爾時佛在室羅伐城有一長者於阿蘭若處造立其舍令諸苾芻隨緣乞食依此而住時乞食者鬚髮既長詣長者處長者見已問言聖者何故鬚髮如是太長答言賢首無淨髮人長者告曰我遣人來可令除髮其剃髮人詣苾芻所於卧褥上令彼剃髮時彼長者作是思惟應觀尊者除髮以不即往蘭若苾芻住處到已即於卧褥上坐髮著其衣長者還舍其妻遂見衣上有髮白言因何過彼剃髮人舍令此衣上有其髮汙長者思惟將非聖者於彼褥上而剃髮耶即重往觀見其褥上有剃髮處白言大德可於餘處剃髮勿令汙褥時諸苾芻聞已白佛佛言不應褥上而剃鬚髮便於淨地剃除鬚

髮佛言凡是僧伽灑掃淨地不應剃髮若有犯者得惡作罪時有老病苾芻不能出外剃髮復遭風雨佛言若無力者隨處剃除然應掃除塗拭令淨若不爾者得惡作罪又諸苾芻剪手足甲隨處棄擲佛言僧伽淨地若棄爪甲得惡作罪

緣處同前時有苾芻身嬰重病爲苦所逼便往醫處報言賢首以所宜藥爲我處方彼醫答言以水和麨非時可食答言賢首世尊已制不許我等非時噉食醫人答曰聖者大師慈悲必緣此事開諸病人以緣白佛佛言有無齒牛食噉糠麥後時便出其粒仍全用此爲麨非時應服時病苾芻雖服不差醫人問曰聖者先時所苦得瘳損不答曰賢首令猶未除醫人曰豈非聖者未服水麨令病不差苾芻答曰我已服竟醫曰當如何服時病苾芻具以事告醫言聖者此非是藥應用生麥麨以緣白佛佛言多將水攪以物濾之然後應服病猶不差復以此事告彼醫人醫人答言勿濾而服以緣白佛佛言醫人處方令服麨飲若稠若團隨意應服

緣處同前時有苾芻身嬰重病往醫人處問言賢首以所宜藥爲我處方彼醫答言以大肉團非時煑飲答曰賢首世尊已制醫人答曰聖者大師慈悲必緣此事開諸病者苾芻以緣白佛佛言有獸名豺腹中腸直噉肉便出體猶未變應取彼肉煑而飲服雖服不差醫人問曰聖者所苦得除損不答曰未損醫曰豈可聖者未服肉汁令斯疾病而無損耶苾芻具答其事醫言聖者此是故物不堪爲

藥應取新肉煑而飲汁白佛佛言先以物濾然後飲之病猶不差彼以此事告彼醫人醫人答言勿濾而服以緣白佛佛言醫人處方隨意應服若乾若濕令有氣味皆應服食勿生疑慮佛告諸苾芻凡所有事我於病人非時開者於病差後咸不應作若有作者得越法罪

根本說一切有部尼陀那卷第三

音釋

框去王切門框也　⿰畢也畢切也　曼荼羅梵語也此云壇　稍所角切矛屬長丈八者曰稍　⿱雍毛烏貢切氍也　羯吒布呾那梵語也亦云迦吒富單那此云奇臭餓鬼羯居謁切吒陟駕切呾當達切　謦欬謦去挺切欬苦蓋切謦欬逆氣聲也小曰謦大曰欬　俱盧舍梵語也此云五百弓　隙綺戟切隙也　鏬瓨戶江切長頸罌　鑿疾各切穿也　⿹弋麥與力切麥⿹弋麥也　滓壯士切殿也　壘力軌切猶疊也　麨尺沼切乾粮也　犲牀皆切狼屬

根本説一切有部尼陀那卷第四

唐三藏法師義淨奉制譯

第四子攝頌曰

煙筒壞色衣　鼻筒飲水器　針筒非寶物

眼藥合并椎

爾時佛在室羅伐城具壽鄔波離白世尊言如世尊説開諸苾芻畜歙煙筒不知何物是所應作佛言唯除寶物餘皆得畜如世尊説開諸苾芻著壞色衣者不知何物是佛言以七種縷作者隨喜應畜又開諸苾芻畜灌鼻筒不知以何物作佛言除寶又開諸苾芻畜飲水器不知以何物作佛言除寶又開諸苾芻畜盛針筒者不知以何物作佛言除寶又許畜眼藥椎及小藥合不知以何物作佛言除寶餘皆應畜

第五子攝頌曰

藥器及氍毹　承足枯瀉藥　苾芻不應畜

當擇死人衣

縁處同前具壽鄔波離白世尊言如世尊説開諸苾芻畜貯藥器當用何物佛言除諸寶物又開諸苾芻畜用氍毹不知何者是所應畜佛言七種縷作應可畜持又開諸苾芻爲洗足故畜承足枯不知何物佛言除寶

縁處同前時有長者身嬰重病往醫人處問言賢首以所宜藥爲我處方醫人答言先食膩物令其動病然後應可服於瀉藥長者聞已遂服酥油時有苾芻是彼長者常所供養來過其舍慰問病人氣力安不答言聖者我仍帶病醫人處方先服酥油後服瀉藥時彼苾芻報長者曰我善醫方爾有藥直擬酬醫

者宜將與我我有瀉藥可持與汝長者聞已答言甚善苾芻持藥與彼令服是時長者藥利過度令一使人疾往醫所問言賢首我之家主藥利不停彼醫問言何人授藥使者報曰有一苾芻醫人聞已情生瞋忿汝應往彼問是何藥及其覆往苾芻處問時彼長者便已命終時諸苾芻以緣白佛佛言汝諸苾芻不應賣藥若苾芻善醫方者起慈愍心應病與藥然諸苾芻不應與他瀉藥捨之而去應自觀察勿令過度設有他行囑人看守然後應去仍報彼言利若過度應以某藥爲解若有苾芻受他價直然後與藥及以受顧爲客作者得惡作罪

緣處同前時有一人負長者債因被拘留經七八日共立要契某日當還時負債人便作是念期日既逼無可還彼我應藏避復更思惟捨家逃竄此事爲難我當殺彼是時長者近逝多林爲負債人之所殺害身有衣服六衆見已共相謂言今得豐足糞掃之衣作是語已即便共取是時長者親族來見惡言罵曰聖者著大仙衣作斯非法極爲鄙賤六衆報曰此非我殺別有怨家來斷其命我等今者取糞掃衣此有何過時諸苾芻以緣白佛佛言汝諸苾芻不應輒取此糞掃衣若其大衆共知棄物是衣應取若不爾者得惡作罪

第六子攝頌曰

鐵鍋并杵杓　自身不負擔　以食供父母

毛緂不充衣

爾時佛在室羅伐城具壽鄔波離白世尊言如佛所說爲溫水故開諸苾芻畜大鐵鍋令

安鎻者以何物作佛言除寶聽諸苾芻爲煎
藥故畜杓器者以何物作佛言除寶
緣處同前時六衆苾芻身自負擔或於肩上
擎持大幞時婆羅門居士見已譏曰聖者我
等俗人爲於父母妻子眷屬求覓衣食以身
荷負仁等爲誰自爲勞事時諸苾芻以緣白
佛佛言汝諸苾芻不應頭背肩腰而爲擔負
擎持大幞若有犯者得惡作罪
緣處同前時有居士娶妻未久便誕一息顏
貌端正人所樂觀父便爲子設初生會付諸
乳母令其養育子漸長大於佛法出家日初
分時著衣持鉢入室羅伐城而行乞食忽遇
其父問曰汝已出家答言出家其父告曰汝
之此身由我生育今得成長於苦樂事須相
憂念汝棄出家誰當濟我苾芻報曰我豈能
爲俗家之事時諸苾芻以緣白佛佛言父母
於子能爲難事荷負衆苦假令出家於父母
處應須供給時彼不知何物應與佛言應除
衣鉢餘物供給若無餘物可從施主隨時乞
求若乞求難得應以僧常所得利物共相供
給若無利物應以僧常所食之分減取其半
而爲供濟若常乞食隨他活者以己所須滿
腹食内應取其半濟於父母
緣處同前時有施主於聚落中造立住處供
養衆僧有老苾芻依此而住時老苾芻爲禮
制底往逝多林六衆苾芻爲貪利故共作制
法每爲番次常遣一人在門外立鄔波難陀
次當其直即於門外經行而住遂遥見彼老
苾芻來便作是念此何上座我應就彼申其
禮敬到已問言善來善來彼便答曰我今敬

禮阿遮利耶鄔波難陀即作是念此乃是其出家老叟非但不識根本二師亦復未曾知其敬法便調之曰善來老父因即引入逝多林中爲作解勞令其暫息時老苾芻白言大德鄔波難陀我今須出彼時問曰欲何所之答曰我禮制底事了還來鄔波難陀復勸令住彼言大德我先不作在外住意遂於本處留著三衣故我不應久爲停息鄔波難陀曰此有三衣勿爲憂慮我當相與應守持之即便授與大被毛緂小褥氍毹持作三衣并充下服於日晡後鳴揵椎時禮制底人悉皆共集老苾芻曰鄔波難陀我暫出房旋禮制底答言老叟汝無三衣云何禮敬即取小褥充其下衣又以麤繩繞腰纏束復持毛緂以毛向外作嗢呾羅僧伽重大毛緂亦毛向外作僧伽胝既作是已報言莫訶羅今可隨意而爲禮敬時老苾芻既著衣已即出房外諸苾芻見咸作是言莫訶羅何處著此戲弄衣來答言我此三衣皆以守持如佛所制何名戲耶苾芻問曰何人爲汝持此三衣答言大德鄔波難陀諸人聞已咸作是言除此人輩誰復能爲如此惡事以緣白佛佛言長毛衣服有如是過汝諸苾芻但是一切長毛之物咸悉不應持作三衣若有犯者得惡作罪如世尊説制諸苾芻咸不應畜長毛三衣時有淨信婆羅門及諸居士以上毛緂及餘厚帔施諸苾芻苾芻生疑便不敢受彼諸居士報言聖者若佛世尊未出於世我等便以外道爲勝今者世尊降臨生界我以仁等爲上福田施此微物不當納受豈令我等捨善資粮從

此世間趣於後世時諸苾芻以緣白佛佛言應爲受取作彼物想守持而用若是毛短體輕薄者此物應作長衣持之凡是厚大長毛等物咸應作彼施主物心而爲畜用

第七子攝頌曰

髮爪窣堵波　任作鮮白色　隨意安燈處

一畔出高簷

爾時佛在室羅伐城給孤獨長者往世尊處請世尊曰我今願以世尊髮爪造窣堵波唯願世尊慈哀聽許世尊告曰當隨意作復言世尊唯願許我於彼髮爪窣堵波上以鮮白物而爲塗拭復於其處行列然燈而爲供養佛言皆隨意作長者以燈安在級上油下汙塔佛言可於級下行列然燈有犬食油墜損油器長者白佛請造燈樹佛言隨作牛來觸破長者白佛請爲燈架佛言應作四面安燈便非顯望長者白佛請作高簷佛言隨意

第八子攝頌曰

門戶并簷屋　及以塔下基　赤石紫礦塗

此等皆隨作

爾時給孤獨長者白世尊言唯願許我於髮爪窣堵波中間空者爲作門戶復安簷屋并造塔基復以赤石塗拭其柱於塔壁上紫礦圖畫佛言隨意

第九子攝頌曰

不應以橛釘　及昇窣堵波　開許金銀花

塔上以舍蓋

爾時佛在室羅伐城諸苾芻衆於供養時欲以花鬘掛於塔上即便登躡以釘釘塔掛諸花鬘時婆羅門居士咸作是言仁等大師久

除釘剌何故今者以釘釘之時諸苾芻以縁白佛佛言不應於窣堵波上尖剌釘之若有犯者得惡作罪然於剏始造塔之時應出傍橛作象牙杙時諸苾芻至供養時遂便登上窣堵波頂而安燈盞佛言不應於香臺頂上而設燈明若有犯者得惡作罪時諸苾芻上窣堵波安置旛蓋供養之物時婆羅門居士咸共譏嫌不淨登躡佛言應使俗人若無俗人應使求寂若無求寂諸苾芻等應先濯足淨以香湯或塗香泥作如是念我今爲欲供養大師然後昇塔若異此者得惡作罪若窣堵波形高大者應可以繩繫相輪下攀縁而上有婆羅門居士咸來詣髮爪窣堵波處各持花鬘奉獻供養所有乾花而不屏除不能淨潔佛言屏除時給孤獨長者請世尊曰我今願以金銀花鬘供養髮爪窣堵波佛言隨作塔上鳥棲不淨穢汙欲於其上造立覆舍佛言應作復爲無門室闇損壞佛言隨意開門

第十子攝頌曰

鐵作窣堵波　及以金銀等　許旛旗供養　并可用香油

爾時佛在室羅伐城給孤獨長者請世尊曰願許我造鐵窣堵波佛言隨作復言欲以金銀瑠璃水精銅等造作佛言應作雖作塔上未善莊嚴欲以旛旗并雜繒綵而爲供養佛言應作時彼不解造旗法式佛言有四種旗謂師子旗牛旗金翅鳥旗及龍旗等於旗旛上畫作四形復白佛言我今先欲香油塗拭次以紫礦鬱金栴檀等作妙香水洗髮爪窣

堵波唯願聽許佛言皆隨意作第三門了

別門第四總攝頌曰

戸鏁隨處用　霑衣大小便　染衣揁認衣

賖衣果無淨

第一子攝頌曰

戸鏁倚帶綱　取米爲衆食　寺内作私房

居人應受用

爾時佛在室羅伐城具壽鄔波離白佛言如世尊説於戸扇上應安鏁細苾芻不知當用何物佛言除寶餘物應作如世尊説苾芻應作倚帶不知當用何物佛言七種縷中隨一應爲如世尊説聽畜網者應用何物佛言茅蒯麻芒皆悉應作世尊復説許安窻網當用何物佛言除寶餘並應用

縁處同前於此城中有一長者於三寶中深生敬信意樂賢善遂於露形外道娶女爲妻長者告曰賢首無上慈父是我大師常所供養及諸僧伽勝上福田衣服飲食爾應供養時諸苾芻常依僧次日日之中恒至此家而受其食時彼長者遇有他縁詣餘村邑告其妻曰我今有事須向彼村如我在時於佛僧處常爲供養勿令闕乏答言聖子我依教作時彼長者往苾芻處白言聖者我今有事須至餘村唯願僧伽恒依僧次就我家食答言可爾時諸苾芻共相議曰彼長者婦先無信心依僧次者及時早赴時長者妻見苾芻至恚而告曰我未辦食座復未敷何故仁等平旦來至時諸苾芻自相謂曰彼長者妻久知無信我等早至今已見瞋明日臨中應可就宅時長者婦明朝凌旦辦食敷座而待苾芻

是時僧伽臨中方至女人報曰聖者我無餘事業唯作此耶我於晨朝早已辦食并敷牀座何故仁等臨午方來時諸苾芻互相謂曰我等早來已見瞋責臨中而至還復被訶我等苾芻乞食常事宜可巡家以自供濟更不往彼俗家而食時彼長者事了還家問其妻曰賢首我諸聖者常來食不答曰唯初兩日就斯受食後更不來長者思惟應是我婦現慳悋相令諸聖者不來受食時諸苾芻巡家乞食入長者門長者見已問言聖者仁等何不常來受食報言長者我等先是乞食之人但持鉢行足得充濟答言聖者秖是我婦生慳悋心然我田中歲禾新熟隨意持去以充午食苾芻報曰佛未聽許以緣白佛佛言作彼物想意爲僧伽持者無犯復有長者於逝多林爲諸苾芻造一别房於其房内多置牀褥及諸利養時諸苾芻番次守護將别房物置衆物中以緣白佛佛言其别房物隨處受用又將利養和雜衆物佛言不應和雜住别房者應可受用

第二子攝頌曰

隨處當用物　營作人所須　器具食燈油
隨施主應用

爾時佛在室羅伐城時有長者於舊寺内别造一房於彼房中多施牀褥及以利養並皆豐足時諸苾芻便將别物入衆物中佛言應隨任人而爲受用所有利養亦不應和隨本施用時諸苾芻分衆利物不肯分與别房住人佛言雖受别房亦與衆利時諸苾芻差授事人以見别房遂不差遣佛言依次應差於

此城中有一乞食苾芻勸彼施主歸依三寶受五學處復於一時爲彼施主說七有事福業讚其勝利施主答曰我亦能作當作何事答言應爲僧伽造立住處施主報曰我有財物欲營福業未有人助苾芻曰爾可將來我能助作時彼施主持物授與即請爲造苾芻領物安已房中不爲修造施主念曰我暫往觀新造住處營作了未施主既至不曾見有營作之處白言聖者何故多時不爲營作苾芻答曰營作之具是我所須此物並無著爲興建施主報曰我所施物何不充用苾芻報曰此物已屬四方僧伽誰能損用時諸苾芻以緣白佛佛言施主聽者應取此物作其器具時此苾芻因行乞食到施主家長者遙見作如是言聖者仁既日日巡家乞食我所造寺誰當檢校苾芻報曰我豈忍飢爲人造寺長者答言我所施物何不取食報言此物已屬四方僧伽佛未聽許以緣白佛佛言施主聽者應用便作上妙美好飲食隨情食用佛言不應如是應食麤食食麤食時無力檢校佛言如僧常類苾芻食時藏其器具內闇室中復須燈油巡家而乞時彼施主復見乞油問言聖者欲何所作以事而答長者報言何不用物具答如前佛言施主聽者用時無犯彼便通夜不滅燈明佛言不應經夜留燈若收物竟便可滅除如是應知塗足等物所緣營事准上應用

第三子攝頌曰

令雨霑僧物　夜半共分牀　小座並依年
敷席咸同此

爾時佛在室羅伐城六衆苾芻披僧伽帔既出各分置於露處令雨爛壞時諸苾芻以緣白佛佛言大衆臥具不應經夏令雨損壞不收舉者得惡作罪時諸苾芻著僧伽衣浣染造鉢令衣損壞佛言若著衆衣浣衣造鉢得惡作罪六衆苾芻人間遊行遇到一村於彼村中有僧住處夜過初更方始入寺至親友處各爲解勞六衆告曰汝諸具壽大師正法現住於世仁等如何而不依教勿令於後生悔恨心爾可隨年授我臥具時舊住人便於夜半總集僧祇所有小座牀褥一處共分六衆苾芻便取臥具隨處眠息供給纔了遂至天明是時六衆告諸苾芻爾等收取臥具吾欲進途主人告曰上座但求一夜自取身安遂令大衆得黃熱病時諸苾芻以緣白佛佛言不應於夜分僧臥具應隨親友一夜而住若更停留可隨年與若異此者得惡作罪時六衆苾芻遊歷人間至一聚落於彼村中有一住處既入寺已見舊牀席是時六衆便於大牀并諸弟子各隨眠息然此六衆並是耆年曾無有人輒能移動自餘耆宿便於地上隨處而臥至天明已詣逝多林時諸苾芻見已告言善來善來所有遊履得安樂不答曰寧有安樂在地上卧竟夜不安報言具壽爾於昨夜何處房眠即以上事具告諸人時諸苾芻以緣白佛佛言若大牀座及餘敷褥應從上座隨次行與

第四子攝頌曰

大小便利處　經行不惱他　洗足及拭鞋

釜篦不奪用

緣處同前時六衆苾芻常於大小便室來往經行并共談語教授讀誦種種調戲見他苾芻將欲入時遂相遮止告言汝且莫入我是耆年故作稽留令他生惱時諸苾芻起嫌賤心以緣白佛佛言大小便處不應經行久住相惱若有犯者得越法罪時六衆苾芻於洗足處貯水甕邊驅他令起自言我是耆年應合先用佛言於洗足處若先洗時事未了者不應强喚令起得越法罪時有苾芻前入小便六衆後至告言我老佛言於先到者即可前入此處不應隨其年次復有苾芻洗足欲半六衆後來告言我大汝應相避佛言不應如是凡爲上座須識時宜雖合在先看事未周不應令起若令起者得越法罪時有苾芻以物拭鞋可欲將半六衆見奪報言我老佛言不應依年待先用竟未了奪者得越法罪復有苾芻釜中煎藥尚未煎半六衆便奪答言我老此應先用瀉之於地自將其釜佛言不合依年待先事畢然後方用若不依者得越法罪僧祇鐵鏊苾芻先用攪藥未了六衆復奪佛言不應若有犯者得越法罪

第五子攝頌曰

染釜及水瓶　僧鉢并飲器　刀石爪鼻物
支牀不問年

緣處同前有諸苾芻用僧伽染器瓶釜等物以煑染汁事欲將半六衆報曰我應先用時諸苾芻以緣白佛佛言不應依年待先用竟若强奪者得越法罪時有苾芻先用衆鉢食猶未了六衆告曰我是耆年應與我用以緣白佛佛言待彼食了不應强取若故奪者得

越法罪飲水器物准上應知時有苾芻剃髮將半六衆來至遂奪其刀佛言若剃未了不應取用其磨刀石准上應知剪甲小刀用割纔半淨鼻鉗子現用未了及支牀物彼卧時奪以緣白佛佛言此等諸物並不依年待彼事終方可就取若不依者得越法罪

第六子攝頌曰

羯恥那衣損　絣線正縫時　染汁雜物等
用時不應奪

緣處同前是時大衆有羯恥那衣損有一苾芻用此衣損張僧伽胝等作衣纔半六衆來見即便强奪我是耆宿理應先用時諸苾芻以緣白佛佛言他用未了不應輒奪待彼事畢方可取之如其奪者得越法罪如是應知絣線縫刺纔半用時六衆便奪佛言待了方取不竟取者得越法罪若用染汁刀子及針剃髮衣坐砧皆不應奪准前應知

根本說一切有部尼陀那卷第四

音釋

畜勅六切積聚也　歙呼及切正作吸引也呼吸也　氍毹氍強魚切毹山芻切毹織毛蓐也　枯知林切承足木枯也　竄七亂切匿也　鍋古禾切鏕鍋也　緂吐敢切帛青黄色也　幞扶足切帕也　晡博孤切申時也　嗢烏沒切　窣堵波梵語也此云高顯窣蘇骨切堵董五切　礦古猛切石也　橛其月切杙也段衣也　躡尼輒切蹈也亦登也　鐶戶頑切金鐶也　損丑人切申也引也　蒯苦怪切菅蒯也　釜奉甫切鍋屬　篦邊迷切竹器也　絣博萌切以線直之曰絣

根本說一切有部尼陀那卷第五

唐三藏法師義淨奉制譯

第七子攝頌曰

外道覆認衣　作記死時施　有五種親友
得法獨應行

爾時佛在王舍城住竹林園時摩竭陀主影勝大王聞說妙法得見諦已遂與八萬諸天子衆并摩竭陀國長者居士婆羅門等過百千數於大衆中制立嚴教擊鼓宣令普告國人不得有人輙爲竊盜若有犯者驅令出國所有家資庫藏財物悉皆給與被賊之人是時世尊爲憍薩羅國勝光大王說少年經得調伏已亦於國界作其嚴制於我國中不得有人輙行竊盜如有犯者斷其命根所有家資庫藏財物悉皆給與被賊之人爾時羣賊咸悉逃竄二國中間屯營而住摩竭陀國有諸商人相隨而往憍薩羅國到彼界已時諸商主告其伴曰我今平安仁可歸去從者去已賊便遥見知無護者便共劫奪時諸商人咸悉走向憍薩羅國投勝光王旣到王所前白王曰大王當知於此國界先多交易今由群賊商侶不來時勝光王勑大將軍名毗盧宅迦卿可急往捕捉群賊并所盜財將來見朕是時大將部領四兵勇力軍衆象馬車步往賊營處曠野林中彼諸群賊總集險林放捨兵戈分所得物爾時將軍旣遥見賊便於四面周徧列軍戰鼓纔鳴群賊驚懾或有奔逃或遭殘害或時被殺或復生擒收所盜財并諸賊黨還至王所啓大王曰此是彼賊并所盜財時勝光王告諸人曰汝之本物各任

將去商估賈客既認物已諸外道輩亦取自財及赤石染服并將苾芻所有衣鉢時諸苾芻後至王所王曰仁等亦應認取衣鉢苾芻報曰此貨物中無我衣鉢王曰仁等豈非先被賊劫答曰我亦被賊王曰若無者宜應喚彼外道并將所認衣物隨來時彼外道既聞王喚持衣即來苾芻見衣作如是語此是我僧伽胝此是僧脚欹王告外道曰彼是小賊汝是大賊强認他衣彼默無對王言聖者仁於衣物有記驗不令我得知此屬外道此屬苾芻苾芻報曰我衣無記以緣白佛佛言苾芻衣物應爲記驗不知云何佛言應爲細結或墨點淨及餘記驗方乃持之

佛在室羅伐城有一長者娶妻未久誕生一息其妻身死更娶後妻未久之間復生一子其第二子爲毋所苦於善法律情希出家既出家已遊歷人間其父後時遇遭重病定知將死命長子曰我所有財應作三分子承父命遂即分三便報子言此是汝分用充家業一分屬吾以供葬事餘之一分與出家子便自歎曰

積聚皆消散　崇高必墮落　會合終別離
有命咸歸死

説是語已遂即命終其出家子聞父身亡即到兄所孔懷相見兩共哀號問訊既終兄乃告曰父亡之日先有遺言留一分財可宜收取苾芻念曰如世尊説死後當與此非法財時諸苾芻以緣白佛佛言凡在家者命欲終時有攀緣心如是施財並宜收取父分與財勿生疑慮既受財已於三寶中而與供養其

出家者臨終之日無顧戀心若言我死後與者如是之財即不應取
緣處同前有二苾芻共爲親友言談得意同處而居時一苾芻人間遊行隨緣施化於本房中及經行等處忘遺衣物并齒木土屑時彼親友爲收舉已遂起疑心即往白佛佛言收取無犯然而親友有其五種云何爲五一者相愛二者心喜三者師長四者得意五者彼聞用物情生悅樂如斯五種聽許收用
緣處同前時有長者娶妻未久誕生一女年既長大便捨俗累於佛法中而爲出家時屬飢儉乞求難得巡門乞食漸至父家父見女來即前問曰聖女爾於今者云何濟命便報父曰乞食巡門實誠難得雖經辛苦亦不充虛飢火所燒甚難堪忍父聞斯語慘然不悅便告女曰爾若在家不出家者設無憐愛終須供給從今已往每日可來家中受食既受請已便於他日復將一伴來詣父舍受其請食父報女言我今無力能濟二人宜可獨來而取於食女報父言世尊不許一女獨行佛若許者不遭斯苦時苾芻尼具以上事白諸苾芻苾芻以緣白佛佛言若時飢儉乞求難得不充濟者聽苾芻尼從衆乞法於父母舍而作往還應如是乞敷座席鳴揵椎言白既周尼衆集已時乞法尼先從上座次第禮僧於衆首前合掌恭敬蹲踞而住應如是乞大德尼僧伽聽我苾芻尼某甲今逢儉歲飲食難得若無飲食不能存濟我某甲今從尼僧伽乞於親族邊作往還住止羯磨願尼僧伽與我某甲於親族邊作往還住止羯磨是能

愍者顧哀愍故第二第三亦如是説羯磨白二唯此應作如百一中説

若苾芻尼大衆爲作與諸俗親往還羯磨竟此苾芻尼得獨行無犯往親族家隨意而食復至豐時即不應往如獨往者得越法罪

第八子攝頌曰

賖取他衣去　及爲他和市　不高下買衣
應二三酬價

緣處同前時有苾芻於俗人處賖買他衣將至寺内遂即身亡時彼衣主既聞消息急詣寺中告諸人曰某甲苾芻今何所在苾芻答曰彼已身死衣主告曰彼於我處賖取衣來今可還直苾芻報曰仁今可去詣彼屍林隨索衣直衣主報曰所有衣鉢仁等共分遣向林中從屍索債如何釋子欺誑於人時諸苾芻以緣白佛佛言苾芻身死所有衣鉢應還衣價復有苾芻於俗人處賖取貴衣乃至苾芻身亡之後是時衣主來至寺中問言其甲苾芻今何所在答曰彼已身亡衣主告曰其人我處賖取衣來時諸苾芻還將本衣却付衣主報言彼所將物是貴價衣今此相還全無所直時諸苾芻不知云何以緣白佛佛言應隨現前所有之物可充衣價應告彼言其人已死現有斯物今已相還宜生歡喜時有二居士共爲交易一人問曰此衣幾價衣主答曰二十迦利波沙拏買衣人曰我今酬汝十迦利波沙拏時鄔波難陀來至其所彼之二人作如是念諸大苾芻出言決定我等宜應請斷其價二人共問鄔波難陀大德此之衣物價直幾多是時鄔波難陀私問一人汝

欲買衣爲當賣衣答言我買鄔波難陀報曰此衣價直二十迦利波沙拏又問第二汝欲賣衣報言我賣鄔波難陀報曰此衣可直四十迦利波沙拏二人交易賣索四十買酬二十因致紛諍買衣人曰我於和市人邊聞直二十衣主復云我於和市人邊聞直四十互相謂曰我等二人共於一處聽其斷價兩種不同定是彼人故爲鬬亂諸苾芻聞已白佛佛言凡諸苾芻不應爲他俗人斷價亦復不應於交易處輙論貴賤如和市法若有犯者得惡作罪時諸苾芻欲買衣服高下酬價俗人報曰我是小興生人仁等乃是大興生人時諸苾芻以緣白佛佛言苾芻不應酬價高下若諸苾芻欲買衣者應令俗人酬其買價若無俗人應可二三得自酬價過此酬者得惡作罪

第九子攝頌曰

果樹差修理　四種不應分　果熟現前分觀時莫諠戲

爾時佛在王舍城時頻毗娑羅王以一千根菴没羅樹施與僧伽時諸苾芻雖取果食不令看守遂致摧折而便荒穢頻毗娑羅王見樹摧折問左右曰此菴没羅林是誰園樹大臣答曰此是大王先以千株菴没羅樹施與苾芻僧伽僧伽食已而不看守因即摧殘致斯荒穢然諸聖者曾不修理時諸苾芻以緣白佛佛言於寺基業不應棄捨大衆應差守園之人令其修理時守園人遂安籬柵計諸果樹分布與人於樹根下而嚼齒木或時漱口或洗手面濯足浣衣是時林樹被溉灌已

枝葉滋榮果實豐熟有衆多客苾芻來告舊人曰美果新熟仁應惠我舊人答曰我等已分仁何得食報言此是軌範師分此是親教師分此同親教師分此同軌範師分時諸苾芻以縁白佛佛言有四種物皆不應分云何爲四一者四方僧物二者窣堵波物三者衆家病藥四者寺資産物若有違者得惡作罪此等諸果應行與僧時有賊來偷果世尊告曰大衆應差守護園人既受差已專爲守護因斯闕食佛言更別差人應早食已替彼令食如世尊説菴没羅果分與衆僧時守園人平等分與其果有蟲佛言應審觀察蟲者簡却先作淨已然後行之諸苾芻等淨果之時高聲諠戲口出涎唾潰汙其果佛言不得諠雜應聖默然而爲觀察若諠閙者得惡作罪

第十子攝頌曰

無淨人自行　自取不應食　不選開其病

結界證耕人

如世尊説菴没羅果應行與僧不知誰應合行佛言令淨人行若無淨人應使求寂求寂無者先作淨已苾芻受取應可自行如世尊説差守園人令其守護淨人求寂纔去之後衆鳥咸來啄損其果佛言應以樹葉蓋覆淨人求寂事畢還來宜應指示時六衆苾芻次差守園簡取美好菴没羅果持至住處受已而食時諸苾芻互相謂曰美好之果久不見行報曰無可將來咸被六衆簡取好者持至住處令他授與皆自噉食時諸苾芻以縁白佛佛言不應自取而食若有食者得惡作罪時六衆苾芻自選好者令授而食與此與彼

遂便鬧亂佛言不應自選而食若有食者得惡作罪無犯者若火力微應取熟者火力强盛應可食生

緣處同前時諸苾芻人間遊行遇至一村於中有寺既入寺已不見一人舊住苾芻先向晝日遊處寺内皆空時客苾芻自相謂曰此之空寺既無苾芻我等豈於無界之處而爲居住當共結界先結小界時舊苾芻遂即來至客便告曰善來善來具壽仁可來此我爲解勞主人報曰具壽何爲却與我等解勞我是主人暫向晝日閑靜之處客便告曰我欲結界已於此處先結小界主人報曰我於此處先已結界彼此懷疑爲取先界爲取後耶以緣白佛佛言應取先界後結不成凡客苾芻至他住處應可住經七八日已無人來者應共結界若異此者得惡作罪

緣處同前有一苾芻住阿蘭若處有二耕人共爲鬪諍遂以身手互相捶打時此二人便以苾芻爲證見者時彼二人相牽俱至王所各申道理言有證人令喚苾芻苾芻既至王自問曰此事如何苾芻白言大王若能自立要契如轉輪王者我能白王王然其契苾芻答曰此二鬪人更互相瞋俱行拳棒王既聞已二皆與罪苾芻告曰大王何故行罰向者立要如轉輪王行化於世王曰輪王如何行化答曰夫輪王者止其無益令行有益王曰若如是者二俱有犯各與輕罰兩皆釋放是時二人各生嫌恨時諸苾芻以緣白佛佛言有鬪打者苾芻不應在傍看住若見諍者急捨而去如不去者得惡作罪

別門第五總攝頌曰

菩薩像供養　吉祥大衆食　大會草稕居
集僧鳴大鼓

第一子攝頌曰

聽爲菩薩像　復許五種旗　爲座置尊儀
鐵竿隨意作

緣處同前若佛世尊自居衆首爲上座者便有威肅衆皆嚴整世尊不在即無上事是時給孤獨長者來至佛所禮雙足已退坐一面而白佛言我今欲作贍部影像唯願聽許佛言應作欲安旛蓋佛言隨意時彼長者不知欲造何旛佛言有五種旗旛謂師子旛莫羯羅旛龍旛揭路茶旛牛王旛長者復請爲贍部影像作座佛言可作又作鐵竿而懸旗旛佛言應作

第二子攝頌曰

供養菩薩像　幷作諸瓔珞　塗香及車轝
作傘蓋旗旛

緣處同前給孤獨長者白佛言豈非佛爲菩薩時廣作供養佛言如是我今欲爲贍部影像隨意供養佛言應作世尊爲菩薩時著諸瓔珞佛言如是我今欲爲贍部影像作諸瓔珞佛言隨意唯除腳釧耳璫餘皆任作我今欲作磨香塗香拭佛手足佛言應作佛爲菩薩時乘轝出入或乘御車我今欲作輦轝佛言應作復言爲菩薩時常持傘蓋隨從旛旗我今欲爲影像作其傘蓋幷造諸旛佛言應作菩薩在家常著花鬘瓔珞以爲嚴飾我今亦作用莊嚴像佛言如是種種莊飾之具我皆聽作

第三子攝頌曰

吉祥并供養　花鬘及香合　諸人大集時

晝開門夜閉

爾時給孤獨長者請世尊曰佛爲菩薩時一切大衆以吉祥事恭敬供養佛若聽者我於贍部像前爲吉祥事并設供養佛言隨意應作我今復欲作頂上鬘及諸香合供贍部像佛言應作長者言我因贍部像莊嚴寺宇時諸苾芻彩畫其寺以諸香泥花鬘燒香粖香奏諸鼓樂廣設供養時衆人等見此希奇生未曾有共相謂曰此之住處極妙莊嚴時諸苾芻見人閙亂晝日閉門俗人見已便起譏嫌云障生善以緣白佛佛言若有鼓樂爲供養時晝日開門至夜宜閉

第四子攝頌曰

大衆集會食　薜舍佉月生　香臺五六年

並應爲大會

爾時給孤獨長者設供養時衆多苾芻等七衆俱集長者見已生大歡喜作如是念如世尊説苾芻有五種時施云何爲五一者於客來人及將行者而爲給施二者於病人及贍病者而行給施三者於飢儉年及在險路而行給施四者若得新穀新果及新節歲先於持戒有德爲供給已後當自食五者若遇風雨寒雪之時應持餅粥麨及諸漿往施衆僧勿令聖者冒涉艱辛受我飲食安樂而住我今見此苾芻苾芻尼鄔波索迦鄔波斯迦遠來至此疲於道路若佛聽者我當爲此而設大會即往佛所禮雙足已在一面坐白佛言世尊如佛所説有五種時施廣如上説由觀

菩薩大會供養四方人衆悉皆雲集行路辛苦若佛聽者我當設供佛言隨意應作長者遂設無遮大會爾時長者白佛言我今更設大會佛言應作長者白佛菩薩生時是何月日佛告長者薛舍佉月日月圓時是我生日我今欲作生日大會佛言應作我今欲爲贍部影像而作香臺佛言應作世尊爲菩薩時經於幾歲而除頂髻佛言五歲我今欲作五歲大會佛言應作世尊菩薩於幾歲時重立頂髻佛言六歲餘如前說世尊我欲爲作贍部影像作佛陀大會佛言應作

第五子攝頌曰

大會爲草稕　不應雜亂坐　應打揵椎鼓

告時令普知

給孤獨長者設大會時六大都城並皆雲集時諸苾芻亦復來至由斯席薦並皆闕少佛言長者應結草稕隨時坐食苾芻食已不收而去以緣白佛佛言苾芻食了應收草稕舉置一邊方隨意去若作佛陀會已應須棄之時諸苾芻不依大小越其次第相雜而坐令行食者久延時節或時食竟更有人來失其時候佛言應告時至雖告時至衆鬧不聞世尊告曰應打揵椎猶尚不聞佛言應可吹螺并復擊鼓然未普聞佛言打大鍾鼓佛令打鼓打三下已即便長打諸有病者及授事人致有闕乏佛言應待病人請得食已并授事人食竟然後長打若不爾者得越法罪

第六子攝頌曰

集僧鳴大鼓　供了去幢旛　若多獲珍財

隨應悉分與

如世尊說應打揵椎及吹雙螺者雖如是作猶不普聞佛言應打大鼓令響普聞爲大會時遠近咸集設會雖竟人猶不散世尊告曰應除供養所設幢旛時衆見已自然散去作此會時苾芻僧衆多獲珍財不知云何佛言據合得者先從上座乃至行末隨其大小准法平分時諸苾芻猶自紛擾佛言衆若多者應可千人與其一分各自分之或復百人或三十人乃至十人而爲一分令自分取鄔波離白佛言十人分中若一身死亡人之分誰合得耶佛言若十人内已分衣竟亡人之分應入僧伽如其未分九人合得多亦准斯尼陀那了

根本說一切有部尼陀那卷第五

音釋

懾之涉切怖也　迦利波沙拏梵語也亦云迦利沙鉢拏八十枚貝珠爲一鉢拏十六鉢拏爲迦利沙鉢拏　籬柵籬呂支切藩籬也柵楚革切編木爲欄曰柵　涎唾涎夕連切唾湯卧切涎口液也　灒汙灒子旦切洒也汙烏路切染也　搥打搥主藥切打音頂搥打以杖擊也　釧璫釧充絹切鐶也璫都郎切充耳珠也　稕之閏切束稈也

根本說一切有部目得迦
唐三藏法師義淨奉 制譯

清刻龍藏佛說法變相圖

根本說一切有部目得迦卷第六

唐三藏法師義淨奉　制譯

大門總攝頌曰

最初爲懺謝　第二定屬物　第三資具衣

目得迦總頌

別門初總攝頌曰

懺謝草田中　合免王影勝　狗肉盞甘蔗

糖酥根等聽

第一子攝頌曰

懺謝非近圓　觀求寂相貌　苾芻與尼法

互秉法皆成

爾時佛在室羅伐城時諸苾芻分作兩朋決擇義理便生鬪諍其小苾芻訶責大者時大苾芻退入房中情生忿恨如何卑小凌突於我既爲瞋火所燒惱故因兹命斷生毒蛇中

時小苾芻心生追悔我爲不善豈合瞋責上座苾芻我今應往從乞懺摩作是念已與諸苾芻俱往其處見彼門閉便以物開到苾芻所欲申頂禮白言大德願見容恕遂見齧毒大蛇舍瞋而住是時世尊以大悲力來至其所告苾芻曰汝今應可禮彼雙足從乞懺摩白言世尊云何令我禮此蛇足世尊告曰應作昔時苾芻身想而爲禮敬時彼苾芻向蛇作禮世尊告曰賢首汝應容恕即爲毒蛇説三句法報言賢首汝於我所已修淨行應生天上但由瞋火所燒害故生毒蛇中賢首應知諸行皆無常諸法悉無我寂靜涅槃樂汝宜於我起淨信心由此功德捨傍生趣生善道中時彼毒蛇便作是念我今不應親於世尊聞三句法而更噉食養無益身諸傍生類飢火最强以不食故即便命終由於世尊心生淨信於此命過得生天上凡初生天若男若女皆悉法爾起三種念我於何處死今於何處生由何業緣而得來此即自觀見捨彼蛇身生此天上由於佛所起淨信心爾時天子便作是念今我不應不至佛所禮拜供養應往佛所報恩奉事時彼天子即著上妙七寶瓔珞耳璫臂釧而自莊嚴光明赫奕以天妙花嗢鉢羅花鉢頭摩花分陀利花持是等花過中夜已來至佛所即以天花散布佛前禮雙足已在一面坐由是天子威光力故令逝多林光明普照爾時世尊觀彼天子意樂隨眠根性差别而爲説法時彼天子既聞法已即於座上獲預流果既得果已白世尊曰我今所證非父母等能作斯事廣説如餘由

依世尊慈善力故從三惡道拔出於我置天人處生死流轉得其邊際血淚大海皆令枯竭身骨大山今已超過無始時來積聚二十有身見山以智金剛杵而摧碎之證預流果世尊我於今日歸依三寶證知我是鄔波索迦始從今日乃至盡形於三寶所心極淨信時彼天子禮佛雙足右繞三帀忽然不現還本天宫時諸苾芻於初後夜警覺勤修澄心靜慮見逝多林光明赫奕咸作是念爲是梵釋諸天及四天王或是大力天子等詣世尊所而爲禮覲作是念已行詣佛所頂禮雙足即以上事具白世尊世尊告曰非梵天主乃至亦非大力天子來詣我所而爲奉覲汝等頗憶有大毒蛇我爲彼説三句法不白佛言見世尊告曰彼既命終得生天上來詣我所我爲説法便得見諦還向天宫以是因緣光明普照世尊告曰以不容忍有如是過是故苾芻若有瞋諍宜速懺謝共相容忍勿令後時招斯過失時有苾芻新被訶責即便就後請其容恕遂增瞋恚而報之曰看此與我極爲嬈惱佛言不應新被瞋責便就懺摩待彼停息可求容恕於此城中有二苾芻共論法義遂生瞋忿少年苾芻訶責老者時老苾芻入房而住起極瞋恚因即命過生毒蛇中爾時世尊命具壽阿難陀曰汝可詣彼𧎸毒蛇所稱我言教唱言無病報言賢首汝已於我正法律中而爲出家於四沙門果隨一應證汝由前生重瞋恚故生毒蛇中故汝宜應容恕於彼時具壽阿難陀承佛教已詣毒蛇所報言賢首佛於仁者問言無病復作是語汝

已於我正法律中而爲出家於四沙門果隨一應證汝由前生重瞋恚故生毒蛇中是故汝應容恕於彼是時毒蛇在此房内詬詬作聲不忍而住世尊復命具壽大目連汝可詣彼醫毒蛇處傳我言告廣説如前目連至已時彼毒蛇於户扇孔暫出其頭復還却入世尊復命具壽舍利子汝可詣彼醫毒蛇處傳我言告亦如前説舍利子至已時彼毒蛇於户扇間露出半身還縮房内是時世尊自詣房中告其蛇曰賢首汝已於我正法律中而爲出家於四沙門果隨一應證未得其一汝由前生瞋恚重故生醫毒中是故汝應容恕於彼蛇遂出房向世尊前盤身而住是時世尊告彼苾芻曰汝應求謝此醫毒蛇白言世尊我欲如何行懺謝法佛言應禮雙足白言

世尊豈非落在傍生趣中我今云何禮敬其足世尊告曰汝心緣彼苾芻前身想在目前方禮其足時此苾芻作是想已便禮其足蛇即以頭覆苾芻頂如懺謝法世尊告曰汝諸苾芻由瞋恚故生此過失是故苾芻若相瞋恨應速懺摩晡後相瞋旦應求謝彼懺摩時轉增瞋恚佛言應先致問後乞容恕彼仍不受佛言應受至相近處不爲禮敬佛言至勢分處即應致禮彼應答言無病若不爾者二俱得罪復有二苾芻平章法義情生忿恨是時少年訶責老者其少苾芻自知非理禮老者足求請懺摩是老苾芻默然而住少者念曰此既極瞋不容忍我待其瞋息後當就謝時老苾芻往舊房内懷瞋而住時少年者至彼房中執足頂禮告言大德幸見容忍彼發

大瞋告餘人曰大德請觀此人故來惱我少年便念由佛世尊遣我懺謝應以慈心利益心而自安住然此苾芻既見我來情無善樂我復何須求彼容恕便不復申來就禮敬後於異時其老苾芻與餘苾芻來往經行共爲言話時少年者向彼行處欲禮餘人餘人見已告老者曰尊者此人戒淨何不懺摩老者答曰此有惡心但來禮汝時老苾芻語傍人曰汝今目擊但禮於汝不禮於我親驗此人定懷惡念時彼傍人報少者曰此人戒淨何爲不禮時少苾芻廣説前事時諸苾芻以緣白佛佛言凡爲諍者至相近處應爲禮敬彼應答言無病不依行者俱得惡作罪應但合掌而爲敬禮爾時具壽鄔波離白世尊曰正受戒時其受戒者作如是語具壽不應與我進受近圓時諸苾芻强爲其受不知此人成近圓不佛言鄔波離不成受已發言尚名捨戒況正受時得名善受如世尊説求寂年滿二十應受近圓而此求寂不知年幾時諸苾芻亦起疑念不受近圓是時彼人防心而住時諸苾芻以緣白佛佛言應察彼相時諸苾芻露彼形體觀其隱處及以腋下彼生羞愧世尊告曰可於高象牙杙上及笐竿等挂瓶鉢袋或餘衣物而告彼言汝今可取彼衣鉢來當舉手時應觀腋下毛相長短復白佛言如諸求寂正受戒時諸苾芻衆遂便爲秉苾芻尼羯磨而受近圓得名受不佛言成受近圓諸苾芻得越法罪

第二子攝頌曰

草田村略説　生心褒灑陀　賊縛不同懲

六開僧教罪

爾時佛在室羅伐城時諸苾芻與諸商旅共伴而行至褒灑陀日見有空閑輭草之地共相謂曰諸大德好輭草地我等於此爲褒灑陀即便共坐爲長淨事乃至事了勇健商人悉皆過盡時諸苾芻隨後而去咸被賊刼來入寺中時舊苾芻見此客來便即問曰善來大德安樂行不答言何有安樂我被賊刼僅存餘命時諸苾芻以緣白佛佛言不應貪其輭草平處而爲長淨須逐行伴至村邑已方爲長淨如世尊說近村邑處方爲長淨時諸苾芻半已入村半在村外便作是念我今別住爲作長淨爲不作耶時諸苾芻以緣白佛佛言其入村者應集一處而爲長淨在村外者離村勢分共集一處爲長淨事苾芻未集不應長淨若不集者得越法罪又諸苾芻共諸商旅在道而行至長淨日諸苾芻等告商人曰賢首暫住我今欲爲長淨之事商人告曰此有賊怖仁可急來我不違住時諸苾芻隨伴而行作如是語可於此住可於此住遂至天明諸苾芻等以緣白佛佛言不應至日而不長淨應隨道行共爲長淨彼在路行共爲長淨時諸商旅皆起譏嫌白言聖者我等畏賊咸悉默然仁等何因故高聲也時諸苾芻以緣白佛佛言不應廣說應略長淨然彼商人尚懷譏論世尊告曰應可心念而爲守持有六種事心念守持三衣捨三衣分別長衣捨別請作長淨及隨意事應如是說今十四日僧伽長淨我苾芻某甲於十四日亦爲長淨我苾芻某甲於諸障法自陳徧淨我今

且爲守持長淨若於後時遇和合衆我當共和合衆而爲長淨滿諸戒聚故如是三說若至此日應爲長淨而不作者得惡作罪時諸苾芻人間遊行被賊所執賊相告曰君等今可淨諸苾芻時諸苾芻知彼賊意欲行殺害告彼賊曰何意仁等欲害於我賊曰汝等苾芻與王大臣長者商客並悉相知彼於仁處情深信敬仁當告彼彼於我等爲無利益爲此須淨是時衆內有一苾芻犯故妄語便自念曰我今被殺帶罪身亡當生惡趣喚餘苾芻就於屏處說所犯罪時賊見已告曰仁者欲往何處苾芻報言我作少許苾芻法事時賊復云汝欲逃竄耶但可住此不應餘去是二苾芻即對賊前說所犯罪大德存念我苾芻其甲犯如是罪此所犯罪我今於大德前從清淨來並皆發露說罪我不覆藏由發露說罪故得安樂不發露說罪不安樂第二第三亦如是說是時群賊見說罪已問言仁等不作故妄語耶答言不作若如是者隨意當去慎勿告人云此相遇時彼苾芻心生追悔我對俗人說所犯罪以緣白佛佛言汝等苾芻凡諸賊者是險處貴人汝對說罪此名善說緣處同前時有苾芻人間遊行爲賊所執賊相告曰仁等今可淨諸苾芻時諸苾芻即知其賊當欲害已告諸賊曰何意仁等見害於我賊同前告乃至爲此須淨苾芻報曰但能放我終不說汝是時其賊作如是語爲要契已然後相放仁等每於月十五日大衆咸集有所宣說其所說法應爲我等而廣說之我當放汝時彼衆內有苾芻誦戒通利即爲

廣説波羅底木叉竟賊主告曰尊者應去隨所至處愼勿説我時諸苾芻既得免已後生疑念我等對賊説別解脱經以縁白佛佛言凡是賊者林野貴人汝對説者此爲善説

縁處同前時諸苾芻在跋蹉國遊行人間爲賊所執賊相告曰仁等今可淨諸苾芻是時賊中有一先是苾芻相近住人告諸伴曰何勞殺此應以連根茅草可急縛之令其飢渴自餓而死時彼群賊即以茅草縛諸苾芻棄之而去時跋蹉國王名烏陀延爲獵所出遇到其所告從臣曰此是鹿熊耶走騎觀察乃見苾芻問言仁是何類苾芻答曰是出家者於何類中是釋迦子何爲此住答我被賊縛以何物縛答曰生草王曰何不拔起報曰世尊爲我制其學處若復苾芻壞生草木者得波逸底迦王即下乘自手解放各施三衣捨之而去時諸苾芻遂生疑念我等對王説其罪相以縁白佛佛言汝諸苾芻必有如是刹帝利種灌頂王者爲説罪相此爲善説復白佛言對有犯人得説露不佛言不應對有犯人説露其罪必有難縁對説無犯然於同犯罪人不應對其説悔

縁處同前有一苾芻情多愧耻堅持禁戒愛樂學處忽於一時犯初衆教便生懊悔情懷羞耻形色羸黄積漸成病有餘苾芻來慰問曰大德何故身體萎黄有何病苦彼默不答後有得意苾芻來問彼即具陳報言具壽若實爾者我今爲汝白諸苾芻答言汝若告者我當自殺寧向他國方陳其罪時彼二人相隨而去彼於半路便即命終時伴苾芻作如

是念所爲之人今已命過我於今者不應住此即還本處諸苾芻見告言善來大德所有遊履安樂行不昔日共伴今何所在即便啼哭告曰其人已死發言而歎雖知諸法皆悉無常然彼苾芻帶罪而死墮捺落迦幾時當出由斯我憶非常惻怛時諸苾芻以緣白佛佛言彼釋迦子是從罪出告諸苾芻凡是罪者我説由心能從罪起不由治罰是故我聽必有如是稟性羞愧應對一人而説其罪時諸苾芻有解經者解律者解論者犯衆教罪彼向衆中陳説其事有餘人見便作是言此等大德是妙階道彼由造罪到如是處餘苾芻等當復如何以緣白佛佛言應詣他處陳説其罪此諸苾芻同前命過佛言應對一人而爲説露復有大福德人或是衆首上座亦應對彼一人説悔

第三子攝頌曰

合免者應放　穿渠遣衆行　一日至四旬
皮肉皆不淨

爾時佛在室羅伐城具壽阿難陀次當番直時憍薩羅國勝光大王來詣其處禮雙足已在一面坐時阿難陀於聖教中略爲説法王言大德我無他事爲我廣説時阿難陀更爲略説王復白言聖者我無他事願爲廣説如是至三阿難陀答言大王王雖無事我有他緣王言大德有何作務報言大王我當寺直應須檢校王便念曰此是我事即便敬禮奉辭而去往詣佛所頂禮佛足白世尊言我是刹帝利灌頂大王但是我所作事我即應作若是皇后應作若是太子及以大臣并諸將

帥群寮人庶所合作事各依職位而悉應作世尊乃是無上法王唯願世尊應合免者放免其事慈愍故世尊是時默然許可時勝光王從座而去爾時世尊告諸苾芻汝等當知我今聽許應合免者不應差作知僧事人時諸苾芻不知誰是合免之人世尊告曰解經解律解論者此等應免時六衆苾芻纔讀誦得兩三品經遂便自説我是持經者我亦合免知僧事人以緣白佛佛言徧持經部方免知事復有但持一兩波羅市迦遂便自説我是持律者亦應免我世尊告曰徧持律部方免知事復有唯讀一二小論遂便自説我是持論者亦應放我世尊告曰總持論部方免衆使

緣處同前時憍薩羅國勝光王邊隅反叛王令一將持兵討伐遂被他敗振旅而歸如是至三被降歸國時執政大臣遂白王曰賊兵强盛軍將無功自非大王親臨討伐無由降伏時勝光王擊鼓宣令徧告諸人但於國内解執刀者咸可從征時王親自嚴整四兵伐彼不臣固守而住其城恃險卒難降伏是時大臣復白王曰給孤獨長者有大福德天神擁護彼若來者此或歸降時王遣使告長者曰我有少緣要欲相見長者承命即詣王軍時彼賊徒尚未降伏既歷多時王問長者仁不有心念居家不即白王曰我實無心緣彼家室但有私心願見僧衆時勝光王勑留守曰在彼聖衆不應與教方便遣來我欲相見留守大臣見王教已便作是念我今云何不與其教令阿離耶得詣王家時有老臣便相

謂白我爲方計令諸聖衆自詣王軍而非我等與其教令去斯不遠有古王梵授故舊苑園並悉摧毀詐言重修決渠穿寺以此方便彼當自往留守大臣將諸部從入逝多林便於寺内以繩絣絡決渠通水諸苾芻等問言賢首汝何所作報言聖者天子有勑欲令我等於王舊苑令重修治逝多林内通渠洩水苾芻告曰云何仁等壞佛髮爪窣覩波耶答曰此乃王教令欲如何我無二頭誰能拒勑衆便告曰幸可暫停我自詣王共爲商度苾芻問曰今欲往彼當日還不大臣答言不得乃至七日亦未能迴以緣白佛佛言若諸苾芻有大衆事者我今聽彼齊四十夜守持應去諸苾芻衆不知云何守持世尊告曰先敷座席次鳴揵椎以可爲事先白衆知衆既集

已應可勸獎情樂苾芻汝能爲僧伽守持四十夜出界行不彼應答言我能次一苾芻先爲白已次作羯磨守持而去時具壽鄔波離白世尊言頗得守持一夜出界行不佛言得復白言守持二夜三夜乃至十夜或二十夜或三十夜或四十夜出界行不佛言得復白世尊頗得守持過四十夜出界行不佛言不得應須過半住於界内如世尊說守持一夜對誰應作佛言應對一人乃至七夜咸對一人若過此者對僧伽受如世尊說皮非淨者其肉淨不佛言皮非淨者肉亦非淨乃至筋骨並皆不淨

第四子攝頌曰

影勝王牀施　王母物入僧　烏鵄鸛鷲鵰

苾芻不應食

爾時王舍城摩揭陀國未生怨王鞞提呬子由提婆達多極惡知識所破壞故其父影勝如法聖王枉斷其命時未生怨王情懷追悔見父牀座涕淚交流大臣報言昔日先王深信聖衆應以牀座奉施僧伽即遣使者送其父牀施僧住處時諸苾芻受彼牀已於門屋下而敷置之王於一時詣僧住處見其父牀在門屋下復增悲泣是時大臣白言聖者大王本意不欲見牀爲斯事故持以奉施仁等云何敷在門下令王重見悲涕轉增時諸苾芻以緣白佛佛言不應以王臥具安在門下彼敷廊下起過如前佛言不應敷在廊下彼便以牀置於房内諸不信人便起譏謗先王之牀苾芻已責而爲飲食世尊告曰於月八日或十五日於廊簷下而爲敷設諸不信人見復謗曰此非先王所卧之牀王所卧牀苾芻已責共爲飲食以緣白佛佛言宜於牀上明書其字此是頻毗娑羅王所施之牀此牀既爾其勝光王爲母施物廣説同此

緣處同前於夜分時忽然降雹大傷禽獸是諸人等悉皆夜出所有堪食禽獸之類咸悉持歸時六衆苾芻爲性好樂多食久眠晨朝起已瞻視四方若於人家有火煙起或於田野見鳥群翔即往其處而求飲食時見鷲鳥從空飛下因即相報俱往其處收諸自死鳥鵄白鷺鵂鶹鵰鷲擔負而歸時婆羅門居士見而告曰阿遮利耶何用此物答言我將欲食彼復問言不應食物何故食之答曰所應食者求之既無豈於此物而不得食因被譏嫌以緣白佛佛言苾芻不應食諸鳥鵄白鶴

鵰鷲之類如其食者得越法罪

根本説一切有部目得迦卷第六

音釋

詬呼漏切詬詬怒聲也　腋羊益切左右肘脅之間曰腋　杙與職切橜也　笐下浪切竹竿也　褒灑陀梵語也褒補刀切灑所蟹切　熊胡弓切猛獸也　萎於爲切蕪也　叛薄半切背叛也　洩先結切㶖洩也　商度度達各切商度謂商畧計度也　鷀墻之切鸕鷀水鳥也　鸖曷各切與鶴同　鷲疾僦切大鵰也　鵰丁聊切鷙鳥也　鞞提呬梵語也亦云韋提希此云思惟鞞駢迷切呬虛器切　雹蒲角切雨水也　鵂鶹鵂許尤切鶹力求切鵂鶹角鴟也

根本説一切有部目得迦卷第七

唐三藏法師義淨奉　制譯

第五子攝頌曰

狗肉不應噉　并食死鳥獸　及以銅蹄畜

亦不食猕猴

爾時佛在室羅伐城時屬儉年諸俗人等多食狗肉時六衆苾芻於日初分著衣持鉢入城乞食隨所至處人皆告曰聖者可去實無一物堪以奉施其家釜内有營食處六衆見已便問彼言汝舍釜中是何飲食答云狗肉問言仁等食狗肉耶答言我食六衆報言我依仁等而爲出家汝所食物宜應與我彼便授與六衆苾芻受肉而去是時羣狗即聞肉氣共來圍繞嗥吠隨行時諸居士見而告曰聖者何故被羣狗逐答言我所持者是其狗肉問言仁者食狗肉耶答言我食因被譏嫌以縁白佛佛言凡諸苾芻不應食狗及以鵄鵶并諸鳥獸食死屍者咸不應食若有食者得惡作罪

縁處同前時有盜賊偷憍薩羅國勝光大王廐中上馬將入闇林遂斷其命棄其頭尾持肉而去六衆苾芻性多饕餮晨朝徧望觀察四方遥見闇林有諸鷲鳥從空飛下因即相報共往其處見彼所棄馬尾頭蹄因相謂曰鄔波難陀我今豐足糞掃之物遂共收取時掌馬人尋蹤而至問六衆曰仁所著者是大仙服如何更作斯惡行耶問言我作何事答言王廐上馬仁等偷殺報言此非我殺是賊偷來殺而取肉頭蹄及尾棄地而去我等將作糞掃物取馬主譏曰此實可愛糞掃之物

以緣白佛佛言汝等苾芻諸有銅蹄之畜及狐狢等類並不應食若有食者得惡作罪時有獮猴攀條遠躑忽然墮地因即命終六衆見已持還住處置於釜內自煑時有女人失其兒子尋逐蹤緒入逝多林察見六衆於大釜內煑彼獮猴女人見已椎胷叫曰嗚呼我兒於此被煑是時六衆挑獮猴手以示女人女人叫曰禍哉此是兒手次挑其脚女人告言禍哉是我兒脚次舉其頭女人復言禍哉是我兒頭復舉其尾告女人曰你之兒子亦有尾耶女人告曰豈復仁等食獮猴肉答云不是汝兒我食何過諸人聞已便起譏嫌以緣白佛佛言汝諸苾芻獮猴之貌有類人形是故苾芻亦不應食若有食者得惡作罪

第六子攝頌曰

小盞及衣角　皮葉等有過　除其鐵一種
餘物任情爲

佛在室羅伐城時有苾芻身嬰重病爲苦所逼便往醫處報言賢首以所宜藥爲我處方醫人答曰有下灌藥宜可用之病速瘳愈告言賢首世尊未許答曰仁之大師慈悲爲本必緣此事開許無疑時諸苾芻以緣白佛佛言醫人處方用下灌藥當隨意作彼以小盞而爲下灌便棄其藥佛言不應以盞而爲下灌彼以衣角藥如前棄佛言不應衣角又以皮灌復還棄藥佛言不應用皮彼將葉裹佛言不應宜可作筒彼將鐵作熱而且鞕佛言除鐵一種瑠璃銅等咸隨意作

第七子攝頌曰

甘蔗酪肉麻　藥有四種別　大麻蔓菁粥

根等粥應食
爾時具壽鄔波離白世尊言其七日藥亦得用爲盡壽藥不佛言得即如甘蔗體是時藥汁爲更藥糖爲七日灰得盡形鄔波離酪是時攝漿是更收酥爲七日燒酪成灰便爲盡壽鄔波離肉是時攝脂成七日燒害成灰便爲盡壽隨事應服時有苾芻身嬰病苦往醫人處問言賢首我今帶病願爲處方醫人答曰聖者應食大麻粥苾芻告曰世尊未許我云何食醫荅同前以緣白佛佛言醫人處方聽食麻粥或是蔓菁根莖花葉及其子實並除風疾咸應作粥而噉食之
第八子攝頌曰
開許沙糖飲　得爲七日藥　生心爲五事
益彼應共分
爾時世尊人間遊行至一聚落時有長者宿世因緣應受如來之所化度爾時世尊知彼長者受化時至詣其住處是時長者即爲世尊於彼寬廣敷設牀座爾時世尊就座而坐時彼長者禮雙足已在一面坐是時世尊觀彼長者意樂隨眠根性差別而爲說法示教利喜令彼長者以智金剛杵破二十種薩迦耶見山獲預流果既得果已白世尊曰我今所證非先祖父母所作非國王作非諸天作亦非沙門婆羅門等作亦非親友及宗族作由依世尊大師力故如是廣說乃至受三歸依心生淨信爾時世尊爲彼長者宣說法要日時遂過佛及大衆悉皆絶食長者白佛言我今欲作非時漿佛言隨意應作即去營辦沙糖等漿奉佛及僧諸苾芻等以其過甜不

能多飲以緣白佛佛言蒲萄石榴及橘柚等捼使破碎以物淨濾勿令稠濁和攪而飲時具壽鄔波離白佛言其沙糖飲頗得守持經七日不佛言得齊何應飲乃至澄清未醋已來體未變者隨意當飲爾時佛在室羅伐城時有長者請具壽阿難陀就舍而食時給孤獨長者身嬰重病世尊聞已與侍者阿難陀詣長者處問其疾苦是時長者爲佛敷座世尊就座即爲長者說法要已從座欲去時彼長者請世尊曰唯願哀愍今受我食爾時世尊默然許之時阿難陀白佛言先有長者已請我食佛告阿難陀應捨先請與餘苾芻有五種事心念皆成謂分別衣守持衣褒灑陀隨意事及受人請

緣處同前時屬儉年諸苾芻衆乞食難得有敬信婆羅門及諸居士請耆宿苾芻就舍而食時諸苾芻但受一請餘皆不受世尊告曰若於儉年飲食難得隨有請喚皆應受之身自食已於餘苾芻咸應共食不被請人亦詣彼舍施主告曰仁不是我所請之人便不與食世尊告曰其受請者應可先受食兩三口爲表相已作如是言居士此諸苾芻乞食難得我將此食迴以施之汝可隨喜如是二三隨所得食皆應迴授其最後者應自飽食

第九子攝頌曰

醫教應服酥　油及餘殘觸　并開眼藥合

除十爲淨廚

緣處同前有一苾芻身嬰重病問彼醫人醫人報曰應可服酥病當除差以緣白佛佛言醫人處方隨意應服時病苾芻於其夜分將

欲食酥無人爲授佛言應自取服若酥難得應可服油油更難得遂便廢闕時餘苾芻有殘觸酥油彼作是言我有酥油然是殘觸佛若開者汝當取服以緣白佛佛言病者貧無設是殘觸服之無犯具壽鄔波離白佛言如世尊說汝諸苾芻應持眼藥合者其事如何佛言除四寶已餘皆得畜爾時世尊在薛舍離告諸苾芻有十種地不應結作淨廚所謂露地門屋下房簷前温煖堂洗浴室官人宅制底邊外道家俗人舍尼寺中若煮食時皆得惡作鄔波離白佛言若結一室共作淨廚既作法已上下傍邊皆成淨不佛告鄔波離若大衆共許結此一處作淨廚時上下四邊勢分之内悉皆成淨

第十子攝頌曰

根莖葉花果　皆應淡酒浸　水攪而飲用
并許其異食

爾時世尊既度釋子出家其人皆慣飲酒由斷酒故身色萎黃以緣白佛佛言但有造酒之物所謂根莖葉花果等並屑爲粖以白布裹可於無力不醉淡酒中而爲浸漬勿令器滿而封蓋之後以清水投中攪飲或以麴及樹皮并諸香藥擣簁爲粖布帛裹之用杖横繫懸於新熟酒甕内勿令霑酒經一二宿以水攪用斯之二種時與非時隨飲無犯如是能令酒渴止息汝諸苾芻以我爲師者不應飲酒不與不取乃至不以茅端滴酒而著口中如世尊說莎底苾芻應與異食者當云何與佛言初生犢子糞尿并崛路陀樹灰一菩提樹灰二劫畢他三阿說他四鄔曇跋羅樹

灰五溺崛路及入地四指下土相和一處攪而隨用不知何人應取佛言令信敬者取還令信敬者授

目得迦別門第二總攝頌曰

定物有主處　須問憍薩羅　從像預先差大滅會尼衆

第一子攝頌曰

定物不應移　莫拾賊遺物　屍林亦復爾隨許並應收

爾時佛在室羅伐城有一長者多饒財寶造一住處施與僧伽及諸卧褥供身雜物咸持奉施有少苾芻在此而住共相謂曰諸具壽卧褥資具既甚豐盈若舉置時恐多損壞隨足受用所有餘物應可分與苾芻僧伽即如其議所有餘物悉皆分與隨近僧伽時有乞食苾芻遊行至此時舊住者便爲解勞彼客苾芻問言具壽頗有餘長閑卧具不答曰此無閑物諸客苾芻於破牀上苦卧通宵至於晨朝執持户鑰向俗人本寺主處既至彼已就座而坐即爲長者宣説法要讚歎七種有事福業長者答曰此之福業我今已作苾芻答曰仁之住處猶乏卧具我於昨夜眠一破牀極受辛苦其寺本主報言我以衆多卧褥資具奉施大衆豈非苾芻將我施物向餘處耶苾芻問曰識鎖鑰不答言我識即與長者共往觀察時彼長者到住處已問舊苾芻我以衆多卧褥資具奉施大衆今並何在時諸苾芻即以上事具答施主長者告曰應可取來我本要心施此住處以緣白佛佛言不應持此處物與餘住處應隨定處而受用之若

私與者應全酬直若不還者得重越法罪緣處同前六衆苾芻共諸商旅人間遊行時諸商旅咸被賊劫然彼賊徒將物不盡棄之而去時六衆苾芻隨賊後行見其遺物遂相告曰難陀鄔波難陀奇哉豐足糞掃之衣可共持去即取衣物物主來至見六衆持衣便共譏曰我所有物賊不奪者仁復重偷尊者著大仙衣造斯惡行問言我作何事答言汝偷我衣苾芻曰賊奪汝衣棄之而去作糞掃想我等取之以緣白佛佛言賊奪商旅所遺棄物不應收取若取物者得惡作罪復有商主被賊所偷持物不盡所有殘餘諸居士等告曰仁者隨樂收取苾芻不取世尊告曰若隨聽者應取爾時佛在王舍城時六衆苾芻往寒林中停屍之處遂便共見衣裳傘蓋及以柴薪而相謂言難陀鄔波難陀多糞掃物可共持去其守屍林旃荼羅等後來至此便作是念誰劫奪此深摩舍那是時六衆經七八日共相謂曰難陀鄔波難陀深摩舍那計應豐有糞掃之衣可共往彼收斂其物既至彼已時旃荼羅遂即執捉告曰阿遮利耶所有王家課役之事皆悉出在深摩舍那云何仁等他所掌物而竊取之以緣白佛佛言汝諸苾芻深摩舍那他所掌物衣蓋柴薪並不應取若有取者得重越法罪復有餘處掌屍林人既懷信敬告苾芻曰隨意取衣彼不敢取以緣白佛佛言若彼聽者隨意應取

第二子攝頌曰

有主天廟物　苾芻不應取　看病人不應
勸他捨法服

爾時佛在室羅伐城逝多林給孤獨園六衆苾芻與車商旅涉路而行忽於中途其車軸折時彼商主棄斯折軸別將餘軸替之而去六衆苾芻即取折軸於四衢道中埋令竪立自相謂曰此應名作車軸天尊既建立已捨之而去時有長者以食祭祠復有餘人於斯乞願若能令我稱所求者當爲天尊造立堂舍并婆羅門衆一百八人於日日中常來設會作斯祈願得稱所求即於其所造立堂廟時諸商旅往來至此咸以衣物劫貝毛等奉施天尊六衆重來見彼天廟商估雜踼車馬駢闐多有貲財非常豐贍共相謂曰車軸天尊奇豐衣物我等今者應可取之時守廟人見其取物白言聖者我於此處恒作修治云何仁等有主神堂衣毛劫貝而便輙取六衆報曰汝久寒賤何處得有如此天廟本由我等創斯建立以折車軸將作天尊不體來由漫生悋護時鄔波難陀拳打車軸以手拔出諸人告曰設尊者造或可餘人而我依此以爲活命如何見奪所有衣貲時諸居士咸起譏嫌苾芻以緣白佛佛言不應輙取有主天廟所有衣貲劫貝毛等若有取者得重越法罪有餘天廟隨意令取時諸苾芻並不敢取以緣白佛佛言若他聽者是即應取緣處同前時有苾芻身嬰病苦如世尊說令病苾芻於僧伽中宜修福業時瞻病者告病人曰可於僧田少當行施病人答曰我無一物今應持我三衣施之時瞻病者持衣奉施僧伽受已賣而共分苾芻病差遂闕三衣以緣白佛佛言不應勸病苾芻施人三衣勸他捨者得

越法罪然僧伽不合受此三衣假令受者不應分散見闕當還若有分者得惡作罪

第三子攝頌曰

物須問施主　衆利可平分　二大合均分

餘衆應加減

爾時佛在室羅伐城時有長者施僧尼二衆食復以財物奉施二衆諸苾芻等不知云何應分其物以緣白佛佛言應問施主隨語而分緣處同前時有六十苾芻人間遊行詣一村所彼有長者久懷正信請諸苾芻就舍而食是時居士作如是念彼諸苾芻各以一衣而爲奉施彼食未竟復有六十苾芻尼衆而行乞食諸人告曰某長者家有諸苾芻正受供養仁等可往尼便就彼亦受其食長者念曰我今云何以衣徧施應從老者行與時彼長者以六十張氎置上座前苾芻不知云何共分以緣白佛佛言此是二衆利物應共平分

緣處同前有一長者設二衆食并施財物時苾芻等與諸求寂平等分之時近圓者因生嫌恨我等所要三支伐羅彼諸求寂上被縵條下著一裙二衣便足如何使我共彼平分以緣白佛佛言苾芻苾芻尼應平等分若求寂男求寂女三分與一式叉摩拏二分與一欲受戒人亦二分與一如是應知

第四子攝頌曰

憍薩羅白氎　佛子因飡麨　室利笈多緣

廣論營造事

爾時世尊與千二百五十苾芻於憍薩羅國人間遊行遇至一村時有長者請佛及僧并

常隨徒衆就舍而食時有六十苾芻尼人間遊行亦到此村巡家乞食至長者宅亦請受食時彼長者供佛僧已便以白氎千二百五十張安上座前諸苾芻等不知云何分其施物時六十尼作如是語我等前已得半施物今者亦應持半與我以縁白佛佛言苾芻與尼計人分施不應中半復有長者請佛及僧就舍而食諸苾芻等時至赴食唯獨世尊不赴其請令使請食寺内而住佛有五因縁不往赴請廣説如常今欲爲諸弟子制其學處時彼長者敬重耆宿行與上蘇并蘇煑餅中年行油煑餅至於下行與油麻滓并麻滓煑菜時具壽羅怙羅親爲世尊取其鉢食持至佛所禮雙足已於一面坐諸佛常法於取食者歎言慰問彼苾芻等得美好食不羅怙羅白佛言諸僧伽等得好美食極是豐足世尊告曰汝今何故身形羸瘦時羅怙羅説伽陀曰

食油能有力　蘇乃足光輝　麻滓及菜蔬
何能有色力

佛告羅怙羅問汝身瘦因何便以食事答我羅怙羅具以上事而白世尊佛言誰爲僧伽上座答言是我鄔波馱耶佛告羅怙羅汝師舍利子此是惡食不名善食何不觀察中下座食佛告諸苾芻僧伽上座所有行法我今制之爲上座者初見行食人來應先教長跪合掌唱三鉢羅佉多上座即應告言可平等行時彼見行美菜餅等事來時咸作是語便成廢闕世尊告曰創始行鹽即須報言可平等行無煩一一若違所制得惡作罪時具

壽舍利子聞世尊說不名善食遂便以指抉吐其食具壽鄔波離白世尊言舍利子所受之食彼便吐出世尊告曰汝諸苾芻非但今日我鄙其食彼便嘔出於過去世我鄙其食當時已吐汝今應聽昔有婆羅門常自唱讀共一婆羅門童子遊行人間至一聚落彼便置此童子於聚落外息在池邊語言汝今於此可暫時住我入村中乞求麨食童子遂住時有旃荼羅種來至池邊就水食麨時彼童子見而告曰丈夫仁可惠我少多麨食便報童子曰可縫葉器即便縫葉時旃荼羅以麨授之是時童子見麨潤膩即報彼曰此麨何故潤膩答曰膩器盛麨因斯帶潤是時童子尋食其麨彼婆羅門從村來至告童子曰汝今亦可入此村中乞取麨餠童子告曰我已

食麨彼便問曰何處得耶答曰於旃荼羅處得婆羅門曰此是不淨惡人汝何取麨時婆羅門遂生嫌賤時彼童子即便吐麨佛告諸苾芻汝等勿生異念彼時唱讀婆羅門者即我身是彼童子者即舍利子是往時由我吐其麨食復於今日爲我訶責還吐出食

爾時佛在王舍城羯蘭鐸迦池竹林園住時彼城中有一長者名室利笈多元是露形外道門徒即是聚底色迦妹夫也其聚底色迦深信三寶作如是念我今宜可勸室利笈多知佛僧伽是上福田即便告曰佛及衆僧汝能設食親供養者獲福無量彼便告曰今我供養佛及僧者汝亦爲我請晡𡃈拏及彼弟子設食供養時聚底色迦便作是念我今若其不見許者遂令彼人於勝福田有大損

失普施一切此復何違即許爲請時室利笈多復生是念我若先請沙門喬答摩就舍食者彼聚底色迦後不肯請哺爛拏及諸弟子而設其食遂報彼曰爾可先請哺爛拏等就舍而食我於次後請佛僧伽而伸供養即便許之尋往哺爛拏處廣申言論情歡喜已遂便告曰仁者哺爛拏及諸弟子願至明日就我舍食時哺爛拏便生是念豈非此人於沙門喬答摩處見有過失情不信樂今於我所起慇重心我於今日獲大利益又此先祖是我施主今復歸向正是其宜即便受請時聚底色迦即於其夜營辦飲食敷設座席安置水盆晨朝遣使往哺爛拏處白言時至飲食已辦唯願知時時室利笈多告哺爛拏曰聖者知不然沙門喬答摩但有俗舍來請命時

創到彼門先以右脚蹈其門閫便現微笑侍者阿難陀即偏袒右肩右膝著地合掌請曰大德大聖如來及如來弟子非無因緣輒現微笑大德此等有何因緣彼便答曰如是阿難陀非無因緣輒便微笑然佛所至之處皆爲授記能令大衆發敬信心仁等今往聚底色迦處入彼舍時應如是作亦復能令大衆生敬信心即然其事時哺爛拏及諸弟子圍繞而去詣聚底色迦住處既至彼已到其門閫遂開口大笑時露形弟子頂禮其足合掌問曰大德非無因緣如是勝人輒開口大笑彼便告曰其實如是非無因緣我以天眼觀見無醉池側有雄獮猴逐雌獮猴隨後而走是時脚跌從樹顛墮因即命終今我念曰如此之畜無識有情爲鄙欲故受大憂苦時聚

底色迦聞此語已遂作是念此婬女兒向針行裏更欲責針我今折挫令其改肅即爲哺嚫拏及諸弟子敷設妙座以上妙飲食滿盛銅鉢置飯於下上安雜味奉露形衆於哺嚫拏器下安諸雜味上以飯覆而授與之彼便念曰我是教主合受好食如何長者而不見與長者請曰何不食耶彼便告曰此但有飯更無雜味宜可將來是時聚底色迦（舊云樹提伽者訛也）長者即於其前說伽陀曰

應合見者不能見　不合見者詐言明

尚覩池側獼猴死　如何不見椀中羹

是時長者於鉢飯下示其雜味時彼羞愧即自念言我被挫折待少食訖我爲呪願令現在未來所設福業空無果利彼既食罷即爲呪願說伽陀曰

若人少行惠施時　及以供養設食時

此非言難詰責時　令其善福皆無報

時聚底色迦長者有守門人既聞事已便作是念斯無智人受我舍食妄陳呪願令無果報此婬女兒我今料理令其落節彼遂當門傾穢水坑復拽門關令其半出時哺嚫拏尋並出門俱被泥澾遂便倒地頭觸門闌打破流血時守門人說伽陀曰

正是門關抽出時　及以穢坑傾水時

打破其頭血流時　此時善福還無報

時哺嚫拏持其流血詣室利笈多處時彼見已問言大德何意頭破流血若斯答曰被聚底色迦長者蹭蹬於我即便告曰仁大有幸存命出來我今作計令彼喬答摩及僧伽衆入我宅中不活而出時室利笈多遂生是念

我今宜往喬答摩處請其受食彼若定是一切智人必不受請如非一切智即便見許時室利笈多即往佛所共相問訊在一面坐復從座起請世尊曰佛及僧伽頗能明日就我舍内受一食耶

根本說一切有部目得迦卷第七

音釋

嗥吠 嗥胡刀切吠房廢切嗥吠並犬鳴也 鴟鴞 鴟充尸切鴞于嬌切鴟鴞鶹鵂也 饕餮 饕吐刀切餮他結切貪財曰饕貪食曰餮 狐貉 狐戶吳切貍狐也貉下各切貛貉也 躑 直炙切跳也 鞕 魚孟切堅牢也 蔓菁 蔓毋官切菁子盈切蔓菁菜名也 挼 奴禾切摧也又兩手相切靡也 漬 疾智切漚也亦浸也 麴 溪菊切酒媒也 擣簁 擣都皓切舂也簁霏弟切竹器也以此除麤取細也 鑰 以灼切關牡也 雜蹋 蹋徒合切雜蹋謂雜糅踐蹋也 駢 蒲眠切駢聯也 抉 於決切挑也 嘔 烏后切吐也 羯囒鐸迦 梵語也羯居謁切囒落干切鐸達各切 跌 徒結切失躡也蹉也 折挫 折之列切斷也挫祖卧切摧也 拽 羊列切引也 澾 他達切泥滑也 躓頓 躓職利切跲也頓都困切仆也

根本說一切有部目得迦卷第八

唐三藏法師義淨奉制譯

第四子攝頌室利笈多之餘

爾時世尊便生是念此室利笈多由於我處當見諦理又彼意亂造諸惡行若不受請與彼聖諦而爲障礙我宜受請爾時世尊黙然而受室利笈多即生是念此喬答摩非一切智此是怨家我當返報彼即還家便於夜半在門屋中掘作大坑於其坑中燒炎炭聚既絕煙焰將物棧之覆以青草復於其上更布薄土便於食內置諸毒藥時聚底色迦妹是笈多妻見而問曰仁今欲何所作答曰擬殺怨家即問彼言誰爲怨家沙門喬答摩即其人也妻曰若佛大師是怨家者誰當得作爾親友乎時彼笈多便作是念此是彼親生來一處於沙門喬答摩情深敬重將無發露我密事耶便令入一小室反鎖其門即命哺爛拏及無衣衆仁等可集看害怨家我欲殺彼喬答摩衆已設火坑食內安毒時諸外道昇閣而坐共相告曰我於此處觀喬答摩被火燒害復看食毒悶絕之時顛蹶于地令我門徒悉皆快意時室利笈多晨朝起已敷設座席安置水甕楊枝澡豆已命使者曰汝可往詣喬答摩處傳我言曰喬答摩來食已辦訖宜可知時是時使者既承教已詣世尊所禮雙足已請世尊曰長者室利笈多作如是語飲食已辦具陳白佛爾時世尊命具壽阿難陀曰汝應徧告諸苾芻等不得一人輙爾在前入室利笈多舍待佛先入餘隨後行時具壽阿難陀唯然受教即往諸苾芻所具傳佛

教爾時世尊於日初分著衣持鉢與諸苾芻將欲詣彼長者住宅是時竹林園内舊住天神禮佛足已請世尊曰願佛莫入室利笈多舍何以故彼有惡意欲害如來造逆害事作諸罪業佛告天神諸無利事我已斷除彼復何能作其逆害天曰彼有惡意門掘大坑滿中積火欲害如來佛告天神一切欲火瞋火癡火我以智水令皆沃滅於世間火何能爲害時彼天神復白佛言彼以毒藥置在食中欲害如來佛告天神於諸欲毒瞋毒癡毒我以智阿揭陀藥已變吐棄出諸餘凡毒何所能爲爾時世尊次入王舍城彼城天神禮世尊足伏願如來莫入室利笈多舍乃至廣説問答如上爾時世尊詣室利笈多宅既至門所時彼宅中舊住天神禮佛足已而白佛言唯願如來莫入此宅乃至廣説如上時長者妻在幽室中作斯念曰唯計今時佛到第一門又計今時至第二門以其雙足俱蹈火坑又計今時世尊大師身陷火坑禍哉如來今被煙熏咳嗽流淚猛焰纏身衣隨火化時彼女人多説苦辭迷悶而住是時世尊既至中門方欲舉足鉢頭摩花從坑涌出時正徧知安詳舉足蹈彼蓮花入笈多宅内是時笈多見是事已生希有心即便告彼哺𠺕拏曰請觀世尊神通變現彼告長者曰汝今隨順喬答摩所爲幻術長者曰縱令幻術仁等若具一切智者亦可試作如是幻耶時彼露形外道懷羞帶怖俯面視地曲躬而出是時長者深懷愧赧不能見佛便詣妻處告言賢首今可出來禮世尊足彼便答言何有世尊汝與

惡人已殺如來時彼長者答言賢首誰有能得害如來者然我羞愧不能見佛其妻遂出即將長者詣世尊所俱禮佛足是時長者縱身伏地不能重起云我何面敢覩尊顔妻乃合掌低頭白世尊言願佛慈悲容恕長者無間地獄極重之愆世尊告曰汝今可起我已容恕彼便歎言如來應正等覺實無違順長者即從地起歡喜踊躍如死重甦而白佛言唯願大悲少爲停住我當辦食佛言長者豈非遣使已白時至作如是語喬答摩來食已辦訖宜可知時答曰實有斯語大德我於世尊作無利事佛言我已悉斷諸無利事汝復何能作無利益白言世尊我將毒藥已置食中欲害如來及諸聖衆佛告長者貪欲瞋癡諸毒中火我已除棄餘何在言食名熟者應

持供養爾時世尊就座而坐所有供食置上座前佛告具壽阿難陀曰汝可徧語諸苾芻等若未唱三鉢羅佉多已來不應一人輙先受食時具壽阿難陀如佛所勑告諸苾芻次遣一人於上座前唱三鉢羅佉多由是力故於飲食内諸毒皆除是時長者便自行食初從上座終至下行周徧觀察作如是念奈何今日從老至少被毒所中悶絶于地唯有世尊少動容色然此衆中竟無一人爲毒害者既見此已深起信心夫婦二人見食事了澡漱復訖即取卑座在佛前坐爲欲聽法爾時世尊觀彼二人隨其根性爲説法要既聞法已以智金剛杵破二十有身見山證預流果既獲果已白言世尊今此所證非我父母等之所能作乃至受三歸生淨信廣説如上白

言世尊我從今已往於諸外道若男若女永閉其門於佛僧衆及鄔波索迦鄔波斯迦等長開其戸世尊令彼得見諦已即便起去還本住處安詳而坐告諸苾芻僧伽上座所有行法我今制之凡於衆首爲上座者所有供食置在衆前先令一人執持飲食或先行鹽在上座前曲身恭敬唱三鉢羅佉多未唱已來不得受食當知此言有大威力輙違受食得惡作罪三鉢羅佉多譯爲正至或爲時至或是密語神呪能除毒故昔云僧跋者訛也佛教遣唱食前今乃後稱食偏非直失於本意上座未免其愆訛替多時智者詳用佛在室羅伐城時有長者造一住處修營纔半便即命終長者之子次紹家業諸苾芻等就長者宅告其子言賢首汝父造寺功已將半不幸命終所有殘功汝可修造彼便告曰阿遮利耶寺極宏壯我無力造若佛見聽減小作者我當營造時諸苾芻以縁白佛佛言不能大造聽其小作復有俗人造一住處未了而終子繼父業時諸苾芻同前告子子言我愛宏壯若聽大者我當爲作佛言隨情大作復有長者造小窣堵波造半命終子知家業時諸苾芻往詣宅所告其子言賢首汝父先造窣堵波功已半訖遂便命終所有殘功汝宜修造彼便告曰聖者我愛壯麗此塔形小若佛見聽增大作者我當修造以縁白佛佛言如樂大者隨意大作復有長者造大窣堵波其功已半忽然命過同前告子子言我今貧乏不能大作若聽小者我當作之佛言隨情小作然造窣堵波小者得增大大者不應減小若有俗人能大作者善如不能辦苾芻應可勸化助造若塔相輪久故破壞佛

言應可修營時有先下故輪更造新者時久不成佛言不應先下造新者訖方下故輪若佛形像泥㙗虧壞苾芻生疑不敢瑩飾佛言或增令大或可相似隨意而作諸彩畫壁不分明者苾芻生疑不敢重畫佛言應可拂除更爲新畫諸餘葉紙佛經磨滅苾芻生疑不敢揩拭佛言應拭故者更可新書

第五子攝頌曰

從像入城中　受吉祥施物　旗鼓隨情設　苾芻皆不應

爾時佛在室羅伐城是時給孤獨長者請世尊曰我欲奉請贍部影像來入城中廣興供養佛言長者今正是時彼諸苾芻不知誰當從其像入佛言少年苾芻皆可從入于時衆少不甚嚴麗佛言應令五衆苾芻苾芻尼正學女求寂男求寂女侍從圍繞時有淨信婆羅門及諸居士等以上妙瓶持吉祥水注苾芻手并授施物曾無一人輒敢受者世尊告曰長宿耆年諸苾芻輩應展右手受吉祥水并受施物時諸苾芻無有鼓樂引像入城佛言應鳴鼓樂鄔波離白佛言如世尊説應鳴鼓樂者不知誰當作之佛言令俗人作復白佛言苾芻頗得鳴鼓樂不佛言不合唯除設會供養佛時告樂人曰仁者汝今應可供養大師不應無故擊鼓作樂作者得惡作罪

第六子攝頌曰

豫先爲唱令　五衆從行城　應差掌物人　尼無別輪法

爾時薄伽梵在室羅伐城世尊既許形像於節會日行入城中時諸婆羅門居士等共告

苾芻曰阿遮利耶形像雖入我等不知聖者豫先爲告令者我等隨力各辦上妙香花吉祥供養修治道路嚴飾城隍瞻仰尊儀式修景福時諸苾芻以緣白佛佛言去行城時七八日在應可唱令普相告知至某日某時將設法會仁等至時各隨力已具辦香花於某伽藍咸申供養于時雖在街衢而爲告令時諸人衆尚有不聞以緣白佛佛言當於紙素白氎明書令詞可於象馬車轝之上街衢要路宣令告知至行城日無多侍從佛言應令五衆圍繞隨從而行時有淨信婆羅門居士等以諸雜物施與苾芻苾芻不知此物誰應合受如世尊説長宿耆年諸苾芻等應可受之彼既受已復自持行財物既多遂致疲極世尊告曰應令少壯苾芻而擎其物既持至寺積成大聚遂被賊偷佛言應可差人守護其物應如是差大衆集已先問彼苾芻云汝某甲能爲僧伽作掌衣物人不答言我能次令一苾芻應爲白二羯磨

大德僧伽聽此某甲苾芻樂與大衆作掌衣物人若僧伽時至聽者僧伽應許僧伽今差苾芻某甲當與大衆作掌衣物人白如是次作羯磨准白應知

是時苾芻多獲施物苾芻尼衆作如是言大德令獲施物應分與我若不與者我等尼衆別作朋行苾芻聞已遮不許作尼於異時遂別爲朋旅隨意而行時諸俗人問苾芻曰阿遮利耶今此行道爲同爲異答言不同俗人告曰大師現在遂破僧輪不相承禀別爲聚會時苾芻尼亦獲財利苾芻以緣白佛佛言

苾芻尼衆不應別作輪行若有作者是破僧方便得窣吐羅罪佛言諸苾芻衆所得利物亦應分與苾芻尼衆不與者得越法罪

第七子攝頌曰

應差分物人　上座宜准價　不得輙酬直

索價返還衣

爾時大會事了多獲財物諸苾芻衆不知云何處分其物佛言應差分物人當如是差大衆集已先可問言汝某甲能爲僧作分衣人不彼答言能次一苾芻應爲白二羯磨

大德僧伽聽此苾芻某甲樂與僧伽作分財物人若僧伽時至聽者僧伽應許僧伽令差苾芻某甲當與衆作分財物人白如是羯磨

准白應作

時分衣人敷座席鳴楗椎爲言白已後集僧伽賣所得衣苾芻不知誰應賣衣佛言僧伽上座應准衣價是時上座遂貴准衣更無人買佛言初准衣時應可處中勿令太貴太賤初准即與佛言不應待其價極方可與之時六衆苾芻見他准價故增衣價及至與時便作是言我不須衣欲爲大衆多增衣價佛言若衆賣衣其不買者不應故增其價若故增者得惡作罪是時六衆增價得衣便即披著見索價直即還本衣佛言未還價足不應著衣若未還價而著衣者得惡作罪

第八子攝頌曰

寺大減其層　將衣者應用　恐怖若止息

准式用僧祇

如世尊說苾芻造寺應爲五層香臺應可七層門樓亦作七層苾芻尼造寺應爲三層香

臺門屋並各五層者由其重大遂便頹毀苾芻以緣白佛佛言應除上層由尚頹毀如是漸次應留以堪爲限從佛世尊現大神通已後敬信之人乃至邊方亦皆造寺苾芻住已遂被驚怖時諸苾芻並皆逃竄時有賊來盡收衣鉢令諸苾芻並闕衣服以緣白佛佛言僧伽卧具不應令失如要須去應可持行時一苾芻見怖緣至持僧祇帔與諸苾芻相隨而去既至日暮有耆宿苾芻告言具壽有僧祇帔我既年大准次合得汝應與我即便持與彼取而卧至天明已告言具壽可取帔去下座答言若須披著即准耆年有怖持行不論年幾此僧祇帔可自持去以緣白佛佛言將去者應用後時怖息苾芻告曰此是僧物因何獨用答言佛教令我受用佛言我據怖時暫聽受用僧祇卧具恐怖既除應如常式

第九子攝頌曰

若有大聚會　鳴鼓集衆僧　衆大别爲行
檢校人先食

爾時佛在室羅伐城給孤獨長者請世尊曰我欲於逝多林設大法會願見聽許佛言今正是時於設會日六大都城諸苾芻等咸悉來集人衆既多遂失時候佛言應打揵椎雖打揵椎衆鬧不聞佛言應擊大鼓聞鼓聲時應集食處時諸苾芻可隨大小依次而坐行飲食時未至行末日遂過午時諸苾芻多有絶食佛言人衆若多應須量准别作行頭各於上座安置飲食可一時行然諸俗人行餅果時不能平等佛言應差苾芻看行餅果彼既差已受取而行存意觀察令其周徧然此

苾芻待衆食已時過絶食佛言若檢校人應於齋食先取自分食之無過

第十子攝頌曰

凡於尼衆首　應安一空座　爲待餘苾芻孤苦勿增價

爾時佛在室羅伐城時有衆多苾芻尼人間遊行遇至一村時彼村中有一長者情懷敬信請諸尼衆就舍而食時窣吐羅難陀苾芻尼親爲上座是時有一乞食苾芻共諸商旅遊歷人間至斯聚落巡門乞食時有村人告言聖者有諸尼衆在長者家受其供養仁今可往就彼受食聞已詣彼時苾芻尼白言尊者大衆食竟能爲呪願及以説法應居上座若不能者可在一邊食罷而去時彼苾芻赧然思曰我待食了説法方行者時既延遲恐失商旅遂於一邊食了而去漸至室羅伐城時諸苾芻見而告曰善來善來具壽所有遊歷安樂行不答曰寧有安樂被苾芻尼深見凌辱問言何意即便具告諸苾芻以縁白佛佛言若一苾芻一苾芻尼然此苾芻宜居上首應先受水及受其食或二或三乃至衆多苾芻尼處若一苾芻亦爲衆首應先受水及以受食凡苾芻尼所食之處於上座首留一坐處假令求寂在後來至就座而食是上衆故若不爾者諸苾芻尼得越法罪

時給孤獨長者於逝多林設大會已妻亥男女悉捨與僧時諸苾芻不知云何以縁白佛佛言應問長者彼既問已長者答言應可准價賣之苾芻共准是時六衆爭共上價有一孤苦女人見增其價遂生愁怖白長者言我

是孤苦匆見遺棄時諸苾芻以緣白佛佛言孤苦女人性多愁怖汝諸苾芻不應增價而買若增價者得惡作罪應隨施主敬信淨心所論酬直當爲受取

目得迦第三別門總攝頌曰

資具衣愚癡　若差不用俗　正作長者施
剃刀窣堵波　餅酪葉承水　及洗鉢等事
此之十二頌　總攝要應知

第一子攝頌曰

十三資具物　疊名而守持　自餘諸長衣
委寄應分別

爾時佛在室羅伐城時諸苾芻人間遊行時有苾芻忽然遇病旣乏醫藥遂即命終時諸苾芻以緣白佛佛言從今已往制諸苾芻畜藥直衣若遇病時賣以充藥如世尊說制諸苾芻畜藥直衣者時諸苾芻得已浣染守持而畜後時買藥全不得價以緣白佛佛言其藥直衣不應浣染應持新氎并留其縷（西國白氎一雙此方當絹一疋也）時具壽鄔波離白佛言如世尊說諸苾芻等守持三衣世尊復開畜藥直衣者不知云何佛言我今開許諸苾芻等得畜十三資具衣苾芻不知何者是十三資具衣佛言一僧伽胝二嗢呾羅僧伽三安呾婆娑四尼師但那五裙六副裙七僧脚欹八副僧脚欹九拭面巾十拭身巾十一覆瘡衣十二剃髮衣十三藥直衣是名十三資具衣時具壽鄔波離白佛言如世尊說苾芻應畜十三資具衣者云何守持佛言隨一一衣各別疊名而爲守持應如是說對一苾芻具壽存念此僧伽胝衣我今守持已作成衣是所受用

三說餘衣守持准此應作其藥直衣應加爲病因縁是所受用復白佛言此十三衣外更有餘衣不知云何佛言應於軌範師及親教師而作委寄分別持之應如是分別對一苾芻作如是說具壽存念我苾芻某甲有此長衣未爲分別是合分別我今於具壽前而爲分別以鄔波馱耶作委寄者我今持之三說

第二子攝頌曰

癡不了三藏　此等十二人　失性復本時
訶言應採録

具壽鄔波離請世尊曰有幾種人不應訶言不採録佛言有十二種人云何十二一者愚二者癡三不分明四不善巧五者無慚六有瑕隙七界外住八被捨棄九言無次緒十捨威儀十一失本性十二授學人復問世尊有幾種人應訶佛言有其三種一者住本性二言有次緒三不捨威儀云何是愚佛言愚者謂思其惡思說其惡說作其惡作說難捨事云何爲癡佛言謂不持蘇怛羅不持毗柰耶不持摩室里迦不分明者謂不明三藏教文言不善巧者不善三藏教理言無慚者謂於四他勝中隨犯一戒言有瑕隙者謂新作鬪諍或舊有怨嫌言界外者謂界外住人言捨棄者謂是僧伽以白四法而爲捨棄言無次緒者謂作妄語離間麤獷雜亂語言捨威儀者謂捨本座言失其本性者謂作不應行事於諸學處不知修習言授學者謂是犯重不覆藏人衆作白四授與令學復白佛言失本性人訶羯磨時不須採録訶不成訶者如其此人還住本性得成訶不佛言成訶

第三子攝頌曰

若差十二人　斯語成訶法　受時言我俗
此不成近圓

具壽鄔波離白佛言如世尊説若爲其人正羯磨時此人許成訶者大衆差遣十二種人作如是語諸大德不應差我此所出言應採録不佛言並須採録言不成訶者我據行治罰時作如是説世尊如正近圓時其人自言我是俗人此人得成受近圓不佛言設近圓已自言是俗尚失近圓何況受時此等皆據有心捨戒

根本説一切有部目得迦卷第八

音釋

棧仕限切閣木爲路也　蹶居月切僵也　咳口溉切嗽蘇奏切咳嗽氣逆喘也　赧奴板切面慚而赤也　甦素姑切死而更生曰甦　繵求位切繊餘也　獷古猛切麤惡貌

根本說一切有部目得迦卷第九

唐三藏法師義淨奉　制譯

第四子攝頌曰

不用五種脂　隨應爲說戒　因億耳開粥

王田衆應受

爾時佛在室羅伐城如世尊說有五種不淨皮履不應持者時六衆苾芻用五種不淨脂膏以塗皮履時勝光王象聞脂氣驚怖逃奔是時六衆作如是語君等何不捉持此象答曰我不能持苾芻報曰我能爲持仁等若能爲我持者我今當酬餠果之直是時六衆遂向下風其象即住諸人報曰聖者仁等解明呪耶群象驚走我等不禁仁等如何遂令象住六衆報曰我實不解誦持明呪我等但以上象脂用塗皮履聖者王之好象若傷損者豈非仁等作無利事共生嫌賤時諸苾芻以緣白佛佛言汝諸苾芻不應以上象脂膏用塗皮履若有塗者得惡作罪上象既然上馬師子及以虎豹悉皆不合

爾時佛在王舍城頻毗娑羅王詣具壽阿難陀處頂禮雙足白言大德阿難陀今者豈非聽法之日復是褒灑陀時我得聽不答言大王當知褒灑陀者但是苾芻共所作業非俗合聽王即起去然佛世尊知而故問阿難陀何故王來而不聽法即便起去彼即具答他言汝有大失向者令王得聞此波羅底木叉者王必倍生深信恭敬旣生淨信能爲信首是故我今聽諸王等及以大臣有淨信心意樂聞者應可爲說佛言若復有人雖是尊貴而無敬信如此之人亦應爲說若有貧人亦

應爲説若是貧窮兼不敬信樂欲聞戒不應爲説

爾時佛在王舍城具壽説籠拏二十億苾芻從小以粥長養由出家後遂不得粥身體羸瘦萎黃無力是時世尊知而故問阿難陀曰何故説籠拏二十億身極萎黃羸瘦無力時阿難陀以緣白佛佛言從今聽許説籠拏二十億苾芻隨意食粥時阿難陀即傳佛教告彼苾芻曰世尊開爾隨意食粥彼便報曰爲是總開大衆爲我一人答曰唯爾一人説籠拏二十億曰由此因緣諸同梵行譏誚於我汝説籠拏二十億今者出家大有所獲昔在占波巨富無匹捨七象王而爲出家乃於今時唯求薄粥世尊若許因我開聽大衆食粥我亦隨食時諸苾芻以緣白佛佛言我今因説籠拏二十億爲先首故聽諸大衆咸悉食粥是時淨信婆羅門居士等多持好粥施苾芻等時影勝王聞佛聽諸苾芻隨意食粥王以千畝良田奉施大衆諸苾芻不敢受田以緣白佛佛言爲僧伽故應可受田所收果實衆應受用

第五子攝頌曰

俗人求寂等　並不合同坐　兩學有難緣

同處非成過

爾時佛在室羅伐城具壽鄔波離請世尊曰凡諸苾芻合與俗人同褥坐不佛言不合必有難緣同坐無犯復白佛言得與求寂同座坐不佛言不合若與小者及半擇迦汙苾芻尼并犯五逆外道趣外道者賊住别住不共住人等亦不合同坐必有難緣同坐無犯又

問得與授學人同褥坐不佛言不應必有難緣隨意同坐得與俗人同枯牀一處坐不佛言不應必有難緣隨意同坐如是乃至不共住人咸悉不合必有難緣同坐無犯若同牀坐廣說如前若屈氈席以爲障者坐亦無犯

第六子攝頌曰

正作不令起　隨年坐淤盆　應共護僧園　勿燒營作木

爾時佛在室羅伐城時諸苾芻坐小牀座作浣淤縫衣治鉢等事是時六衆苾芻推起自坐令他廢闕時諸苾芻以緣白佛佛言浣淤等時苾芻正作不應令起遣他起者得惡作罪六衆苾芻凡所至處自恃上座排他令起時彼苾芻不肯爲起以緣白佛佛言應隨年次依位而坐如世尊說隨年坐者六衆苾芻見他食時自在後至遂令他起時諸苾芻以緣白佛佛言若彼苾芻正食之時上座後來不令小起令他起者得惡作罪可隨處坐食具壽鄔波離白佛言如世尊說正食苾芻不應令起不知齊何名食時佛言下至受鹽或受食葉皆不合起如世尊說苾芻受食不應起者六衆苾芻向上座處故先受食時諸苾芻以緣白佛佛言不應先往上座頭坐故爲受食作者得惡作罪凡諸苾芻應善知坐次僧伽所有貯染汁瓨及諸盆器有一苾芻先取染衣六衆苾芻作如是言具壽我年長大先合用之瀉却淤汁强奪將用令彼苾芻事便廢闕以緣白佛佛言但是僧伽煮淤之器及以淤盆他正用時不應强奪事訖方取未了取者咸得惡作如世尊說淤器汙時不應

取者是時六衆纔染片衣故令汁汙意留染器妨彼受用佛言若緫以衣內染色中方名染汙不應少物故作留礙如是犯者咸得惡作緣處同前時給孤獨長者作其木柵圍逝多林時諸俗人毀破木柵盜將草木苾芻以緣白佛佛言令人遮護既令遮護棄木逃去無人採拾咸悉爛壞時諸苾芻以緣白佛佛言壞無用者可入僧廚以充薪用餘堪用者取付作人時六衆苾芻隨其營作所堪用木並破燒壞以充煑染時諸苾芻以緣白佛佛言苾芻不應燒營作人要須雜木如有犯者得惡作罪

第七子攝頌曰

長者所施物　問已應留舉　隨處莫發他

洗身方入寺

爾時佛在室羅伐城時給孤獨長者請世尊曰佛聽許者我今更欲以逝多林重施僧伽佛告長者隨意應作時彼長者於逝多林內所有樹木是男聲者則爲男子衣服而嚴飾之女聲樹者作女人服而爲嚴飾乃至寺中庭經行處門屋下浴室內衆食堂供病堂常食堂悉皆如是爲嚴飾已捨與僧伽時諸苾芻得此衣服不知云何以緣白佛佛言應問長者既往問已長者荅曰隨所施處物應屬彼佛言是男女聲樹乃至徧寺所有衣服隨其處所各以箱篋藏舉若於後時逝多林內人作大會還隨其處准前嚴飾在牆壁者應將畫壁若在温暖堂應買薪以充然用在浴室者供洗浴事在貯水堂者以充大衆時非時漿用若在供病堂應與作美膳供養或時

近院或復樓閣簷前經行處或近門邊現前僧應分若寺中庭内者屬四方僧用時諸苾芻作斷惑禪堂靜慮之處修諸善品是時六衆來至此堂喚他令起云我者年時諸苾芻以緣白佛佛言不應於此而作隨年令他苾芻輙爲起動若令起者咸得越法罪時諸苾芻從座而起暫去經行六衆遂來坐其座處令他廢事佛言他先坐處不應輙坐汝等苾芻欲經行時先以倚帶或僧脚欹留安坐處然後經行復有苾芻於廊庭柱打拍皮鞋有餘苾芻見而嫌耻以緣白佛佛言道行軌式我今當制凡諸苾芻道路行時欲須入寺隨有水處安置衣鉢抖擻衣已次浴身體下至手足洗濯塵垢添淨水瓶方以破布拂拭皮鞋然後披衣容儀詳審徐行入寺

第八子攝頌曰

剃刀并鑷子　用竟不應留　便利若了時

無宜室中住

如世尊說剃刀鑷子應隨畜者六衆苾芻自取僧伽剃刀鑷子剃髮既竟他取不還報云後時我更須用時諸苾芻以緣白佛佛言汝等苾芻用衆刀訖不應更留用刀既然名鑷刀子及承足物應知亦爾六衆苾芻入小便室事既了已仍住室中餘人欲入而故遮止告言莫入我當在後更擬小便故惱於他令生嫌耻以緣白佛佛言小便若了不應久住更停住者得惡作罪於大便處故惱他人得罪亦爾

第九子攝頌曰

窣堵波圍繞　廣陳諸聖迹　濁水隨應飲

若鹹分別知
爾時給孤獨長者請世尊曰我於如來髮爪窣堵波處欲爲莊嚴若佛聽者我當營造佛告長者隨意應作長者不知云何而作佛言始從覩史多天下生贍部化導有情乃至涅槃本生聖跡隨意應作時諸苾芻隨路而去見有水渾生疑不飲佛言水中見面應可飲用若不見面須人授飲如極渾者應取羯得迦果蒲萄果投中待清或可以麨而內水中諸苾芻便投散麨佛言宜應以水作團投之時有鹹水生疑不飲佛言若堪作鹽用受而方飲若不堪者自取而飲勿致疑惑

第十子攝頌曰

飯酪等非汙　亦可內瓶中　洗足五種坑
齊何名曰淨　葉手承注口　多疑流鉢中
舉粮持渡河　縱觸非成過　洗鉢應用心
他觸問方便　換食持粮等　無難並還遮

爾時佛在室羅伐城時有婆羅門及諸居士於逝多林相去不遠芳園之內共爲宴會有諸殘食棄在井中時諸苾芻欲取水用以羅濾漉於水羅中見有飯粒苾芻生疑不用并貯水瓨亦生疑念以縁白佛佛言不由彼縁便成不淨濾即成淨不應棄水又諸苾芻池中取水遂見有人洗酥油瓨及以酪瓶復有苾芻手執膩鉢亦於此洗膩浮水上漂汎而住酪瓶餘滓片片下沉時彼苾芻疑不敢用以縁白佛佛言非彼能令水成不淨濾即是淨用之無犯時諸苾芻隨路行時水極難得至汲水輪所欲取其水心疑不淨因此闕事極生疲苦方入寺中時諸苾芻以縁白佛佛

言可取其水先應觀察澡漱口已隨意而飲或在非時亦不敢飲佛言非時亦飲不貯瓶中佛言應貯時諸苾芻於道行時無水可得崩崖泉水疑不敢飲以緣白佛佛言應觀而飲或於非時疑不敢飲佛言非時應飲不敢添瓶佛言應添時諸苾芻見黃潦水疑不敢飲佛言縱令水濁觀之隨飲或在非時亦不敢飲佛言時與非時飲用無犯添貯瓶中亦皆無犯於行路時見皮囊貯水有其酪片疑不敢飲時諸苾芻以緣白佛佛言時與非時隨意飲用汝等苾芻於急難時我所開者若無難時並應遮止若更用者咸得惡作罪時有衆多苾芻遊行人間至牛營處求水不得彼以酪漿用充洗足生疑不用時諸苾芻以緣白佛佛言無水之處若與酪漿應持洗足

時彼復往牧牛人處從借瓶器欲將取水苾芻借得酥油之瓶疑不敢用事有闕之佛言汝等苾芻應知有五種坻器一者大便器二者小便器三者酒器四者油坻五者酥坻前之三器不應貯物設令貯者遠可棄之後之二坻應以火燒或以鹵土或用牛糞淨洗坻則成淨可用貯水時與非時隨意飲用時有苾芻飲非時漿喉中膩氣遂即變出生惡作心世尊告曰先淨洗手次漱脣口既漱口已方可飲漿如世尊說淨漱口者時諸苾芻便用鹵土以揩脣吻因即皴裂佛言應用牛糞淨洗脣口鄔波離白佛言如世尊說應淨口者齊何名淨佛言有涂之口此亦何能令成無染應以乾淨牛糞揲之令碎或以澡豆和水揩脣除食膩氣復以兩三掬水再三漱口

即名爲淨凡諸苾芻若飲若噉時與非時並應如是然後方飲如不爾者隨飲隨咽咸惡作罪復有苾芻於非時中以手捉瓶向口注水蟻先入瓶出便被螫時諸苾芻以緣白佛佛言不應以瓶注口飲水先淨洗手及淨漱口方注瓶水手承而飲又復苾芻應作盛君持籠時彼不知以何物作佛言應用版木或以甎石安置水瓶不令蟲入如世尊説先淨洗手方飲水者道路行時有少許水佛言可於葉中飲見是青葉無人摘授佛言枯黄落葉自取飲水或時落葉求亦不得就枝以葉承水飲用或連條葉轉更難求佛言應就屏處淨漱口已以瓶注口隨意而飲其開遮事廣説如前時具壽頡離跋底隨在何處生疑惑心是故時人遂共號爲多疑頡離跋底見彼瓶水流注下時生如是念他人瀉水連注鉢中豈非惡觸遂便不受時諸苾芻以緣白佛佛言凡諸流物皆悉向下不能向上此應受用勿生疑惑並皆無犯如是乳酪漿等准此應知乃至佛言勿生疑惑時有苾芻共諸商旅隨路而行令諸求寂持其路粮在後而來暫停欲去告苾芻曰爲我擎舉時諸苾芻不敢擎舉以緣白佛佛言應爲擎舉彼復告言爲我擎下苾芻生疑不與擎下佛言應與擎下後時求寂持其道粮隨路而去負重疲困復白苾芻暫爲持去我當歇息苾芻不肯佛言可以繩繫令求寂執繩可爲擎持令其暫息後遂生疑我自手解遂不敢食佛言食皆無犯時諸苾芻與諸商旅同路而去忽被强賊劫奪商人求寂持粮棄之而走時諸苾

芻不取路粮亦棄而去彼於後時告求寂曰汝今可去取彼路粮求寂答曰今欲令賊殺我耶我不能去仁可自取苾芻生疑亦不往取路粮既乏遂闕行途以緣白佛佛言宜應自取既自持來生疑不食諸苾芻以緣白佛佛言應食無犯時有苾芻令求寂持路粮欲渡河水不知云何佛言應問求寂汝能為我持粮并自渡不答言我但自渡無力持粮苾芻應助擎持渡河求寂若言無力自渡豈暇持粮苾芻若能擎彼求寂并持路粮者善若不爾者先渡其粮後擎求寂時諸苾芻生疑不食以緣白佛佛言應食無犯如世尊言苾芻於鉢中食有一苾芻洗鉢時見有破處恐有所犯佛言應可用心再三淨洗設有破處此亦無犯復有苾芻洗鉢時於彼隙中見有

飯粒疑不用食以緣白佛佛言應以草莛擿去將水三灌隨情受用復有苾芻用舊熏鉢盛熱汁時遂便膩出浮上凝住生疑不食以緣白佛佛言應去上膩宜可食之復有苾芻既洗鉢已置於一處至第三日而更洗用遂即破壞彼便生疑鉢燒未熟以緣白佛佛言洗而應食復有苾芻乞食歸來置鉢而出更有苾芻亦乞食來即便以鉢置彼鉢上時苾芻見已生疑以緣白佛佛言若有授食人受而方食必若無人掠去上食食便非犯復有苾芻乞食既還置鉢而出有俗人來遂便觸著應可問言爾於此食有希望耶若言我見有蠅或見草葉拂令去者應受而食若言有希望心為斯觸者應可分與受而方食時有苾芻乞食來已安鉢一處復有求寂乞食後

至便持鉢飯置苾芻鉢中苾芻生疑遂便斷食佛言鉢著飯處應可多除隨意而食如世尊說凡諸苾芻若道行時應持粮者既無俗人又無求寂佛言應勸施主施主亦無應自持去後見俗人共換而食換處亦無分爲兩分告俗人曰汝取一分彼既入手應告彼曰汝取我食我取汝分換易而食此復難求以緣白佛佛言於第一日應須絶食若至明日如有授人受取而食若無授者自取一彪拳許而食至第三日還無授者食二彪拳至第四日復無授人隨情自取飽食無犯於後路粮罄盡見有熟果墮地佛言應取作淨受已而食若淨人難得者設不作淨受已應食授者亦無佛言應可自取作北洲想持心而食樹上果熟未落地者佛言應自上樹搖振令墮自取而食汝諸苾芻如上開者並爲難緣若無難時皆悉制斷若有違者咸得惡作罪

別門第四總攝頌曰

與田分不應　赤體定物施　僧衣字還往
甘蔗果容裙

第一子攝頌曰

與田分相助　車船沸自取　爲揹蠅無慚
制底信少欲

爾時佛在王舍城竹林園中時影勝大王以千畝田施與僧伽時諸苾芻雖常食噉捨而不問遂使良田並生茅荻時影勝王因自出遊見而問曰此是誰田並生茅荻大臣答曰此是大王以千畝田奉施聖衆彼收田實不爲修理由此荒廢王曰豈可僧伽不與他分答曰不與諸苾芻聞以緣白佛佛言應與俗

人作其分數時諸苾芻所有田穀並與耕人不自取分佛言應准王法取分即便取分然諸作人既得巳分棄穀而去佛言應運稻穀令入寺中時諸作人先持自分後持寺分佛言先持寺分巳分方持雖後運來賊還偷竊佛言應須掌護勿令賊盜般運入時唯載僧分車欲傾覆喚諸苾芻願見相助時諸苾芻見是僧車便不敢觸佛言此應相助有病苾芻隨路而去御車之人告苾芻曰聖者可乘此車苾芻生疑而不敢乘佛言但避車軾乘去無犯又復以船運載其物船既突淺船師告曰聖者願見相助共我推船時諸苾芻以是僧船不敢相助佛言應可助推時諸苾芻陸路而去極生疲困是時船主告苾芻言可共乘船時諸苾芻疑不敢上佛言除其梔處隨意乘船或時以擔而擔其分欲暫停息告苾芻曰我欲歇息暫來下擔苾芻生疑不敢爲下佛言應可爲下復有擔人中途疲困欲求止息告苾芻曰爲我擎擔暫解疲勞彼諸苾芻疑不爲舉以緣白佛佛言以繩繫擔令持繩巳方爲舉擔或時半路棄擔而逃時有賊來收擔將去佛言應可持行苾芻不知遣誰將去佛言應遣俗人此若無者可令求寂此亦無者苾芻收取諸苾芻等疑不敢食由自手觸以緣白佛佛言應食無犯僧祇釜鑊然火既多於中酥酪沸騰出外淨人若無恐虛損棄佛言此時淨人不應令去必有要緣須出外者苾芻即應抽却薪火沸仍不止應以杓攪若煑藥時藥沸騰上類此應知汝諸苾芻我爲難緣所開許者於無難時並應制

斷若有行者咸得惡作

根本說一切有部目得迦卷第九

音釋

半擇迦梵語也此云變謂今生變作也 箱篋箱息良切竹器也篋去劫切箱屬 抖擻抖當口切擻蘇后切抖擻舉振之貌 皴裂皴七倫切皮細起也裂力桀切破也 撚乃殄切以手撚物也 蜇之列切螫也 頡離跋底梵語也頡胡結切跋蒲末切 莛特丁切草莖也 摘陟格切手取也 掠力灼切奪取也 彪悲幽切小虎也 罄苦定切空也 軾商職切車軾也人所凭者日軾 摙力展切負擔也

根本說一切有部目得迦卷第十

唐三藏法師義淨奉　制譯

第一子攝頌之餘

爾時佛在室羅伐城多有商人請佛及僧就園林中設大齋會商人持食列在衆前商客行中忽然火起彼既見已棄食奔馳時復臨中無人授食苾芻念曰不知云何時諸苾芻以緣白佛佛言彼諸施主生捨心已成作北洲想自取而食不應生疑時有鳥來厨邊啄食時諸苾芻疑不敢食以緣白佛佛言却觜四邊食之無過苾芻未食鳥復來啄此又生疑便不敢食以緣白佛佛言棄觜四邊食亦無犯時具壽頡離跋底入厠室中見有諸蠅唼其不淨復向厨內而汙飲食白苾芻言我於厠內纔見此蠅還復飛來汙其飯食苾芻聞已咸皆不食佛告苾芻凡是飛蠅行處非處亦不成穢宜應食之苾芻染衣見有衆家酥油瓶器謂是染坑以手舉觸觀察知已遂便棄擲佛言若擎上閣猶未半道應須倒下置於地上若過半者宜應擎上平處安之由不詳審坑轉傾油佛言應以物支莫令傾側時彼苾芻以先觸故生疑不食佛言是淨應食凡諸苾芻有其二種無曾觸過一者無慚愧人所觸二者有慚之人非故心觸比慚愧人由妄念故俱淨無犯有衆多苾芻遊歷四方巡禮制底時婆羅門及居士等以諸塗香燒香末香花鬘氎布寄彼苾芻將奉制底苾芻遇緣不遂所望便生疑念此物如何時諸苾芻以緣白佛佛言四大制底是其定處一者初生處二者成正覺處三者轉法輪處四者

入涅槃處若施主無心奉餘制底與此四處亦不相違若與此四有礙緣者此四自得相通不應餘處具壽鄔波離請世尊曰有二苾芻共生瑕隙種種異言互相謗讟於此二人誰是可信誰不應信佛言信持戒者二俱持戒應信多聞二並多聞信少欲者二俱少欲信極少欲者二皆極少欲此當信誰佛言若有二俱極少欲而生瑕隙種種異言互相謗讟者無有是處

第二子攝頌曰

不應令賊住　及以黃門等　乃至授學人　行籌破僧衆

時具壽鄔波離請世尊曰若以賊住人作行籌者成破僧不佛言不成若以五種黃門乃至別住人作行籌者成破僧不佛言不成若以犯四重人作行籌者成破僧不佛言不成若以授學人作行籌者成破僧不佛言不成

第三子攝頌曰

不赤體披衣　冒雨向厨内　便利宜縫補　和泥福久增

時六衆苾芻於僧祇卧帔赤體而眠舒張手足蹴蹋令碎時諸苾芻以緣白佛佛言僧祇卧具不應赤體而眠赤體眠者得惡作罪凡是僧祇所有卧帔應以物儭或將五條用意觀察徐徐受用時六衆苾芻披僧卧帔露處經行被雨霑漬遂便損壞以緣白佛佛言不應披僧衣帔於空露處冒雨經行若有用者得惡作罪又六衆苾芻披僧卧具來至厨内煙熏損壞時諸苾芻以緣白佛佛言不應披僧卧具來向厨内若有用者得惡作罪時有

苾芻著向大小便處苾芻以緣白佛佛言不應披僧卧具入大小便室披去者得惡作罪時諸苾芻見有破壞僧祇卧具被帔遂共除棄以緣白佛佛言不應除棄若衣欲破應以長綖而縫絡之若見有孔應可補帖若在内爛兩重幅疊如總爛壞不堪料理者應作燈炷或可斬碎和牛糞作泥用塞柱孔或泥牆壁如是用時能令施主所捨福田任運增長若三衣破爛事亦同此

第四子攝頌曰

定物施此中　不應餘處食　若有將去者
並須依價還

佛在室羅伐城時有長者造一住處所施資緣悉皆充足時彼長者請餘苾芻於此寺中爲檢校者然此苾芻多有弟子在餘寺住彼爲禮覲來至寺中于時師主告弟子曰造寺長者請我於此寺中爲檢校者汝等且待食竟方去弟子白師鄔波馱耶必有食者與我持去至彼共食報言隨意彼即持餅或將燈油或持皮屩或有擎衣持蓋或有持樵有持根莖葉花果藥並皆將去未久之間所有資具輂運欲盡時此寺中諸餘苾芻咸詣造寺施主家作如是語長者知不仁之寺内所有資生現今闕乏是時長者報曰無多苾芻住於寺内僧祇資具未久之間遂言都盡時諸苾芻即以上緣具告施主長者曰我豈與彼外寺苾芻耶長者嫌恨以緣白佛佛言苾芻不應於別處住將此寺食而向餘處亦復不應將此寺物以供餘處餅及燈油乃至花果若施主本意唯供此處住寺之人不通餘人

者若有來食並須計物酬其價直

第五子攝頌曰

僧衣題施主　別人施私記　氍毹許別人
尼夏應修理

爾時佛在室羅伐城時有兄弟二俱出家有
撿校苾芻著僧祇帔便以衆帔寄兄苾芻遂
往餘處其弟苾芻自披巳帔來至兄邊即以
巳帔與主人衣相近而置於後去時誤持衆
帔謂是巳衣遂著而去其撿校人後時來至
見有別衣告言具壽今者僧伽多獲利物答
言不得問曰此是誰衣答是汝僧衣報言我
帔寬大此衣陿小應有餘人來至於此持我
衣去若有人來我今往問既到彼巳遂見僧
衣問其所以答曰我無故意而將帔來若是
僧衣仁可持去苾芻有疑以緣白佛佛言大
衆之衣應爲記驗苾芻不知云何作記世尊
告曰若是衆物宜應書字此是其甲施主之
衣若別人衣應爲私記時有織綵氍毹及小
班褥持施僧伽佛言我聽大衆亦許別人又
有多人以鏇脚大牀持施僧伽世尊告曰僧
伽聽畜別人不應如世尊説夏坐苾芻尼有
縁聽往人間遊行彼於住處不爲修理皆共
捨去遂便毀壞時諸苾芻以縁白佛佛言諸
苾芻尼安居之處應須修理若不爾者咸得
惡作罪

第六子攝頌曰

若還往衣物　送來應爲受　爲衆取他財
將衆物還價

時有俗人親屬亡殁爲送屍骸往屍林處所
有旛疊還將歸舍迴施僧伽苾芻不受以緣

白佛佛言是送屍衣應須爲受時有貧人更復來借佛言若貧人來借應暫與去彼有疑心却持還與時諸苾芻不肯爲受佛言却送來時應爲受取時有檢校苾芻爲僧伽事於俗人邊多貸財物未久命終時彼俗人聞苾芻死急來徵問某甲苾芻今何所在答言已死彼於我處多貸財物苾芻報曰汝向屍林可從彼索俗人報曰彼爲衆事不爲私緣仁等宜應還我債直苾芻白佛佛言若知苾芻爲僧伽事者應將衆物以酬前價我今爲諸營作苾芻制其行法凡諸營作檢校苾芻先報寺中所有耆宿方可貸人或爲券記保證分明營作苾芻不依制法咸得惡作罪

第七子攝頌曰

甘蔗等平分　不應分口腹　四事無分法
卧具夜不行

佛在室羅伐城時諸僧伽多獲甘蔗如世尊說諸求寂等三分應與一者時諸苾芻分張甘蔗三分與一是時長行屈頭而坐乃至行來到世尊前時具壽羅怙羅最在行末而食甘蔗瞻仰尊容世尊見已告曰羅怙羅汝食甘蔗耶答言已食佛言汝今更有希望不答言有佛言汝得幾許答曰得第三分世尊告曰我據衣利而作斯語不依飲食是故我今制諸苾芻若有食利乃至小葉咸悉平分若不平分者得惡作罪是故多得甘蔗如世尊說莫分食利苾芻生疑現得根果甘蔗並不敢分佛言應分乃至廣說

緣處同前時有俗人造一住處有諸苾芻住此寺者咸是施主供其飲食時諸苾芻共相

議曰諸具壽我等不以飲食爲難然支伐羅現今闕乏此有食直宜共貨之以充衣服各自乞食以濟飢虛作是議已無一苾芻往施主家而受其食諸苾芻等因乞食時施主見問聖者我爲仁等每日供食何意勞苦而行乞耶具以上緣而告施主長者報曰仁等豈合口腹之分大衆共分遂生嫌恥時諸苾芻以緣白佛佛言有四種物不應分云何爲四一者四方僧物二者窣堵波物三者衆家供病之藥四者口腹之物若有分者咸得惡作

是時六衆遊歷人間日沒星出方入寺中時諸苾芻隨其親友而爲解勞時彼六衆告諸人曰具壽豈復仁等安然忍可世尊教法而令滅耶若有慚愧心者可隨年次應行卧具時諸苾芻即依大小次第分給卧具彼既受已各自眠卧未至行末遂即天明六衆報曰具壽收取卧具吾欲進途諸人告曰何意仁等但求一夜而取身安令我大衆極生勞苦以緣白佛佛言凡諸苾芻日暮至寺不應令他夜分卧具强令分者得惡作罪

第八子攝頌曰

果由藥叉施　淨之方受食　餘者爲漿飲
不燒地燈臺

爾時世尊在勝軍國人間遊行至赤色村於此村中在大力藥叉神廟而住是時藥叉來至佛所禮雙足已而白佛言唯願世尊及苾芻僧受我微請於此廟中經宿而住是時世尊默然而許藥叉既見世尊許已遂便化作五百口房牀褥卧枕帔緂方褥悉皆備足五百火爐炎炭滿中並絶煙焰時藥叉神先以

上房奉世尊已復以餘房別別分與一一苾芻時藥叉神來至佛所而作是言復願世尊及苾芻僧明日於此廟中受我微供是時世尊默然而許藥叉神於羯濕彌羅國有大藥叉名曰達底迦是舊親友即令使者報親友曰我今請佛及僧明日家中設其供養北方果木口味尤多幸願隨喜助成功德時彼藥叉既承信已即送蒲萄石榴甘橘甘蔗胡桃渴樹羅等盛滿筐籠命餘藥叉送彼庭中令持供養諸苾芻見而白佛言此北方果不知如何佛言以火作淨然後應食時諸苾芻一一別淨佛言應爲一聚但三四處以火淨之食皆無犯行與衆已仍有餘長佛言應可擣碎作非時漿隨意而飲復更有餘佛言煑已瓶盛餘日當飲苾芻寒月於塼地上隨處然火令塼壞損佛言不應在塼地上輙便然火應以瓦承尚有煙損佛言應作火爐於房中作由被煙壞佛言於門外作其煙散入尚熏其目佛言待煙盡已以水微灑方持入房是時僧伽得一重燈樹佛言聽畜別人亦許復得二重多重燈樹佛言咸悉聽畜別人畜亦無犯

第九子攝頌曰

客舊宜詳審　授受分明付　五開應總閉　肘短可隨身

時有衆多客苾芻來入寺中舊住苾芻爲解勞已遂便偷竊而去時諸苾芻以緣白佛佛言舊相識者應爲解息先未曾識勿爲除勞如世尊說未相識者勿爲除勞時有相識苾芻既令解息次隨其後有一苾芻先未相識

忽然而至時彼苾芻遇緣暫出在後來者盜將衣鉢時舊苾芻作如是念應是彼伴遂不遮止賊持遠去苾芻來至見無衣鉢告主人曰我之衣鉢誰將去耶答曰汝伴將去報曰我無同伴主人謂曰遂汝來者豈非伴耶彼便告曰汝失我衣急須還我彼既失已遂令廢闕時諸苾芻以緣白佛佛言凡是主人見客來至先應問彼是汝伴不若索衣鉢與不若言莫與而將與者應酬彼價若言與者失不須酬次復更有客苾芻來時彼主人爲解勞已續次更有相識苾芻亦復來至時此主人暫出外嚼齒木彼後來人盜收衣鉢新客苾芻作如是念此必應是房内主人曾不遮止遂被盜去時彼舊人須臾來入見無衣鉢而問客曰我之衣鉢誰將去耶答曰房内舊

人持物將去報曰何處得有房内舊人汝失我衣急須還價彼既失已遂交廢闕時諸苾芻以緣白佛佛言凡客苾芻至他房内應問主人若有人來索衣鉢者可與不若言莫與而與者計直酬價若言與者失不須酬時客苾芻於舊苾芻處寄衣遇緣欲去告主人曰有小苾芻來者當與此衣於後未久小苾芻來至與所寄衣因即偷去以緣白佛佛言若客苾芻囑與者設令偷去亦不應陪然須明作記驗方與遂作顯露囑授之言傍人既聞詐來索物因此失財佛言宜應屏處爲説記驗分明顯示寄物之狀然後與衣時有苾芻隨路而行既至河津乘船欲去語其伴曰過衣袋來彼便授與授受不牢衣便墮水苾芻告曰還我衣袋來彼便不伏時諸苾芻以緣

白佛佛言乃至未受不應輙放未受而放即應酬價有持鉢袋過與餘人墮彼手中遂便落水既失鉢袋從彼索陪以緣白佛佛言乃至未受不應輙放若故放者應須陪直守寺之人被賊偷物大衆共議令守寺人陪所失物時諸苾芻以緣白佛佛言汝等應知凡授事人閉寺門時有其五别謂上下轉鳴鎖并副鎖門關及店不閉賊偷准事酬直若闕一者應還一分乃至若總不著應可全償若掌寺人存心守護五並不闕者設令損失並不應陪時鄔波離白佛言如世尊説凡諸苾芻應取肘量作衣服者有人肘短身長亦依肘量而作衣不佛言應依身量不應依肘

第十子攝頌曰

裙及僧脚欹　香泥汙衣洗　取食除多分

須知十種塵

時諸苾芻裙被油汙遂令氣臭時諸苾芻以緣白佛佛言應畜副裙乃至僧脚欹汙亦流徹濕汙大衣佛言應畜副僧脚欹時諸苾芻設大供養被諸香泥末香及油霑壞衣服以緣白佛佛言若末香損者應須抖擻然後方披香泥汙者洗已應披若被油汙應以澡豆灰等洗去油膩然後應披時諸苾芻正受食時未及受得遂便墮地應更受食授者若無應自取已除去多分方可食之於其羮汁别汁墮中佛言應多瀉却餘者應食時諸苾芻入行乞食風雨卒至塵墮鉢中生疑不食又正食時塵入鉢内佛言汝諸苾芻有五種塵云何為五一觸塵二非觸塵三淨塵四不淨塵五微塵此中觸塵若墮衣者應可洗除若

墮鉢中除巳方食復有五塵一食塵二飲塵
三衣塵四花塵五果塵此等諸塵眼可見者
受巳而食不可見者隨意應食

根本說一切有部目得迦卷第十

音釋

啄竹角切鳥食也 唼子答切蠅聚而沛之也 讟徒谷切痛怨也謗也 蹴七六切亦蹋也 帔披義切帬屬 襯初覲切正作襯近身衣也 綖蘇向切與線同 屩居約切屩也 陿胡夾切隘也 鏇辭戀切旋轉也 貸他代切施也借也 券去顧切契也 扂徒點切户牡也

薩婆多毗尼毗婆沙
失譯人名今附三秦録

清刻龍藏佛說法變相圖

薩婆多毗尼毗婆沙卷第一

失譯人名今附三秦録

佛䭾者秦言覺覺了一切法相故復次一切衆生長眠三界佛道眼既開自覺覺彼故名爲覺佛於一切法能一切知能得一切說問曰佛云何一切說爲應時適會隨宜說耶爲部黨相從而說法耶答曰佛隨物適時說一切法後諸集法藏弟子以類撰之佛或時爲諸弟子制戒輕重有殘無殘撰爲律藏或時說因果相生諸結諸使及以業相集爲阿毗曇藏爲諸天世人隨時說法集爲增一是勸化人所習爲利根衆生說諸深義名中阿含是學問者所習說種種禪法是雜阿含是坐禪人所習破諸外道是長阿含問曰佛若一切說者有經云佛坐一樹下捉一枝葉問弟

子曰此枝葉多樹上葉多白佛言樹上葉多佛言我所知法如樹上葉我所説法如手中葉云何言佛一切説耶答曰有別相一切總相一切今言別相一切有言佛能一切説但衆生不能一切盡受佛非不能説有言應云一切知直云説也不得言一切説問曰若佛知而能説聲聞辟支佛亦知而能説何不稱佛耶答曰不爾佛知説俱盡聲聞辟支佛知説於法有所不盡復次佛解一切法盡能作名二乘不能復次佛得無邊法能無邊説二乘不能復次有共不共聲聞辟支佛所得共佛所得不共小乘所得三乘同知中乘所得二乘共知唯佛所得二乘不知獨佛自知復次函大蓋亦大法相無邊佛以無邊智知彼無邊法二乘智有邊故不稱知法相復次有根有義根者慧根義者慧所緣法佛根義俱滿慧所緣法無所不盡二乘根義二俱不滿復次佛得如實智名於一切法相如實了故二乘知法不盡源底兼有所不周是以不得稱如實知以是種種義故二乘不得稱佛陀婆佉婆者不可以音轉可以義解義云世尊以能知一切對治法故復次世法言音不同世人自不相解佛悉知之故云世尊復次勒比丘亦云凡二乘凡夫自説得法或樂靜默或入禪定或以餘緣或祕惜不説佛所得法以慈悲力故樂爲他故復次云已破三毒故得稱世尊問曰二乘亦破三毒何不名世尊耶答曰不爾二乘有退佛不退故退有三種果退不果退所用退果退者小乘三果退下果不退中乘二種若百劫習行成辟支佛不

退若本是小乘三果作辟支佛則果有退佛果不退不果退者若向三乘人未得而退若比丘修三業懈墮不進凡所修習退而不勤名不果退也所用退者凡有所得法不現前用如佛十力小乘十智用一餘則不用如誦十萬言經若不誦時盡名所用退也小乘不果退中乘亦有不果退佛無不果退於一切行中無不勤故二乘有所用退也佛則不定又云佛十力中用一不用九故名退也又云無不用退如誦二十萬言經凡人力劣故或一日二日誦訖佛能即時誦訖十力亦爾用能即用無障礙故無不用退又云佛無不用退如著泥洹僧時不直爾著如凡人法皆爲利衆生故凡所用法有益則用無益則不用非不能用故無不用退也退雖各有所解而云不可定也佛意不可思議問曰小乘何故三果退下果不退答曰三果以曾得故退下果未曾得故不退如人飢得美食久則不忘此義亦爾又云下果忍作無礙道智作解脫道三果智作無礙道智作解脫道故退又云見諦道無退思惟道有退淨不淨想斷結故思惟道有逼迫見諦道無逼迫見諦結見理思惟生故逼迫不退也有云見諦智力强如大梁鎮物思惟智弱故退也有云見諦欲界忍智二心能斷九品上界忍智二心斷七十二品結盡無色界故不退也以是義故獨名世尊也復次佛習氣盡二乘習氣不盡如牛呞比丘常作牛呞以世世牛中來故如一比丘雖得漏盡而常以鏡自照以世世從婬女中來故如一比丘常跳棚𨈬閣以世世獼猴

中來故不得名世尊凡言如是我聞者佛在世時言我聞爲是滅後答曰佛自説法何由言聞是滅後也撰法藏者言我聞佛二十年中説法阿難不聞何得言我聞答曰云諸天語阿難有云佛入世俗心令阿難知有云從諸比丘邊聞有云阿難從佛請願願佛莫與我故衣莫令人請我食我爲求法恭敬佛故侍佛所須不爲衣食諸比丘晨暮二時得見世尊莫令我爾令我欲見便見有佛二十年中所説法盡爲我説問曰二十年中所説多何由可説答曰善巧方便能於一句法中演無量法能以無量法爲一句佛粗示其端緒阿難盡得以智速利强持力故八萬法藏者又云如樹根鬚枝葉多名爲一樹佛爲一衆生始終説法名爲一藏如是八萬有云佛一坐説法名爲一藏如是八萬有云十六字爲半偈三十二字爲一偈如是八萬有長短偈四十二字爲一偈如是八萬有云如半月説戒爲一藏如是八萬有云佛自説六萬六千偈爲一藏如是八萬有云佛説塵勞有八萬法藥亦有八萬名八萬法藏問曰契經阿毗曇不以佛在初獨律誦以佛在初答曰以勝故秘故佛獨制故如契經中諸弟子説法有時如釋提桓因自説布施爲第一何以故我以施故得爲大王所願如意佛言如是有時化作化佛化佛説法律則不爾一切佛説是故以佛在初有如契經隨處隨決律則不爾若屋中有事不得即結必當出外若白衣邊有事必在衆結若聚落中有事亦在衆結若於五衆邊有事必當比丘比丘尼邊結是以

佛在初毗耶離者或有國以王爲名或以地爲稱或以城爲號此國以龍名目迦蘭陀聚落者以鳥名之有云聚落主名須提那者父毋求請神祇得故名曰求得富貴者富有二種一衆生類二非衆生類非衆生類者多有金銀七寶倉庫財帛田疇舍宅衆生類者奴婢僕使象馬牛羊村落封邑故名富貴者或爲村主或有德美人所宗重故言貴也多財種種成就自歸三寶受三歸法問曰三歸以何爲性有論者言三歸是教無教性受三歸時胡跪合掌口說三歸是名身口教若淳重心有身口無教是謂教無教也有云三歸是三業性身口意業有云三歸是善五陰以衆生善五陰爲三歸以三寶爲所歸所歸以救護爲義譬如有人有罪於王投向異國以求救護異國王言汝求無畏者莫出我境界莫違我教必相救護衆生亦爾繫屬於魔有生死過罪歸向三寶以求救護若誠心三寶更無異向不違佛教於魔邪惡無如之何如昔有一鴿爲鷹所追入舍利弗影戰懼不安移入佛影泰然不怖大海可移此鴿不動所以爾者佛有大慈大悲舍利弗無大慈大悲佛習氣盡舍利弗習氣未盡佛三阿僧祇劫修菩薩行舍利弗六十劫中修習苦行以是因緣鴿入舍利弗影中猶有怖畏入佛影中而無怖畏問曰若歸向三寶能除罪過息怖畏者提婆達多亦歸依三寶以信出家受具足戒而犯三逆墮阿鼻獄答曰凡救護者救可救者提婆達多罪惡深大兼是定業是故叵救問曰若有大罪佛不能救若無罪者不須

佛救云何三寶能有救護答曰提婆達多雖歸三寶心不真實三歸不滿常求利養名聞自號一切智人與佛共競以是因緣三寶雖有大力不能救也如阿闍世王雖有逆罪應入阿鼻獄以誠心向佛故滅阿鼻罪入黑繩地獄如人中七日重罪即盡是謂三寶救護力也問曰若調達罪不可救者又經云若人歸依佛者不墮三惡道是義云何答曰調達以歸三寶故雖入阿鼻獄受苦輕微亦時得暫息有如人在山林曠野怖畏之處若念佛功德怖畏即滅是故歸依三寶救護不虛也三寶於四諦中何諦所攝於二十二根中何根所攝於十八界中何界所攝十二入中何入所攝於五陰中何陰所攝三寶於四諦中二諦所攝根中三根所攝未知根已知根無知根十八界中三界所攝意界意識界法界十二入中意入法入所攝五陰中無漏五陰所攝佛寶於四諦中道諦少入法寶於四諦中盡諦所攝僧寶於四諦中道諦少入佛寶於二十二根中無知根所攝法寶是盡諦無爲故非根所攝僧寶二十二根中三無漏根所攝佛寶於十八界中意界意識界法界少入十二入中意入法入少入五陰中無漏五陰少入法寶於十八界中法界少入十二入中法入少入法寶非五陰所攝也陰是有爲法寶是無爲故僧寶於十八界中意識界法界少入十二入中意入法入少入五陰中無漏五陰少入

問曰歸依佛者爲歸依釋迦文佛爲歸依三世佛耶答曰歸依三世佛以法身同故若歸

依一佛則是歸依三世諸佛以佛無異故又云若歸依三世諸佛者有諸天自說我是迦葉佛弟子我拘留孫佛弟子如是七佛中各稱我是其佛弟子以是因緣正應歸依一佛不應三世佛也又云不應爾也何以故如毗沙門經說毗沙門王歸依三寶歸依過去未來現在佛以是義故應歸依三世諸佛問曰若爾者如諸天各稱某甲佛弟子此義云何答曰諸天所說何足以定實義有諸天各稱一佛爲師亦歸依三世諸佛直以一佛爲證耳問曰何所歸依名爲歸佛答曰歸依語迴轉一切智無學功德問曰爲歸依色身歸依法身耶答曰歸依法身不歸依色身不以色身爲佛故也問曰若色身非佛者何以出佛身血而得逆罪答曰以色身是法身器故法身所依故若害色身則得逆罪不以色身是佛故得逆罪也歸依法者何所歸依名歸依法答曰歸依語迴轉斷欲無欲盡諦涅槃是名歸依法也問曰爲歸依自身盡處他身盡處答曰歸依自身盡處亦他身盡處是歸依法問曰若歸依僧者何所歸依答曰歸依語迴轉良祐福田聲聞學無學功德是名歸依僧問曰爲歸依俗諦僧爲歸依第一義諦僧若歸依第一義諦僧者佛與提謂波利受三自歸不應言未來有僧汝應歸依第一義諦僧常在世間故答曰以俗諦僧是第一義諦僧所依故言未來有僧汝應歸依有欲尊重俗諦僧故如是說佛自說一切諸衆中佛衆爲第一譬如從乳出酪從酪出酥從酥出醍醐醍醐於中最勝最妙最爲第一佛弟子衆

亦復如是若有衆僧集會是中必有四向四得無上福田於一切九十六種中最尊最上無能及者是故言未來有僧汝應歸依不傷正義也問曰佛亦是法法亦是佛僧亦是法正是一法有何差别答曰雖是一法以義而言有種種差别以三寶而言無師大智及無學地一切功德是謂佛寶盡諦無爲是謂法寶聲聞學無學功德智慧是謂僧寶以法而言無師無學法是謂佛寶盡諦無爲非學非無學法是名法寶聲聞學無學法是名僧寶以根而言佛是無知根法寶非根法也僧是三無漏根以諦而言佛是道諦少入法寶是滅諦僧是道諦少入以沙門果而言佛是沙門法寶是沙門果僧是沙門法寶是沙門果以婆羅門而言佛是婆羅門法寶是婆羅門果僧是婆羅門法寶是婆羅門果以梵行而言佛是梵行法寶是梵行果僧是梵行法寶是梵行果以因果而言佛是因法寶是果僧是因法寶是果以道果而言佛是道法寶是道果僧是道法寶是道果佛以法爲師佛從法生法是佛母佛依法生問曰佛若以法爲師者於三寶中何不以法爲初答曰法雖是佛師而法非佛不弘所謂道弘由人也是以佛在初問曰若受三歸或時先稱法寶後稱佛者成三歸不答曰若無所曉知說不次第者自不得罪得成三歸若有所解故倒說者得突吉羅亦不成三歸問曰若稱佛及法不稱僧者成三歸不若稱法僧不稱佛寶成三歸不若稱佛僧不稱法寶成三歸不答曰不成三歸問曰若不受三歸得五戒不若不受

三歸得八齋不若不受三歸得十戒不若不白四羯磨得具戒不答曰一切不得若欲受五戒先受三歸受三歸竟爾時已得五戒所以說五戒名者欲使前人識五戒名字故白四羯磨竟已得具戒所以說四依四墮十三僧殘者但爲知故說也有言受三歸竟說不殺一戒爾時得戒所以說一戒得五戒者爲能持一戒五戒盡能持故有以五戒勢分相著故兼本意誓受五戒故有言受五戒竟然後得戒於諸說中受三歸已得五戒者此是定義如白四羯磨法若受八戒若受十戒如五戒說若五戒十戒八戒但受三歸便得戒若受具戒要白四羯磨而得具戒不以三歸也凡具戒者功德深重不以多緣多力無由致得是故三師十僧白四羯磨而後得也五戒八戒十戒功德力少是故若受三歸即便得戒不須多緣多力受具戒也何以故但說四波羅夷十三僧殘不說餘篇耶此二篇戒最是重者一篇戒若犯互不起二篇雖起難起若波利婆沙摩那埵二十衆中而後出罪若難持而能持者餘易持戒不須說也是故但說二篇不說餘篇問曰是波羅提木叉戒是無漏戒是禪戒不答曰非無漏戒亦非禪戒此波羅提木叉戒若佛在世則有此戒佛不在世則無此戒禪無漏戒若佛在世若不在世一切時有波羅提木叉戒從教而得禪無漏戒不從教得波羅提木叉從他而得禪無漏戒不從他得又波羅提木叉戒不問眠與不眠善惡無記心一切時有禪無漏戒必無漏心中禪心中有戒餘一切心中無也波

羅提木叉戒但人中有禪無漏戒人天俱有波羅提木叉戒但欲界中有禪戒無漏戒欲色界俱有無色界成就無漏戒波羅提木叉戒但佛弟子有禪戒外道俱有問曰優婆塞五戒幾是實罪幾是遮罪答曰四是實罪飲酒一戒是遮罪飲酒所以得與四罪同類結爲戒者以飲酒是放逸之本能犯四戒如迦葉佛時有優婆塞以飲酒故邪婬他婦盜他雞殺他人問言何以故爾答言不作以酒亂故一時能破四戒又以飲酒故能犯四逆惟不能破僧耳雖非宿業有狂亂報以飲酒故迷惑倒亂猶若狂人以飲酒故廢失正業坐禪誦經佐助衆事雖非實罪以是因緣與實罪同列問曰優婆塞戒但於衆生上得戒非衆生上亦得戒不但於可殺可盜可婬可妄語衆生上得戒耶若於不可殺不可婬不可盜不可欺誑衆生亦得戒耶答曰於衆生上得四戒於非衆生上得不飲酒戒若衆生可殺不可殺可盜不可盜可婬不可婬可妄語不可妄語一切得戒下至阿鼻地獄上至非想處及三千世界乃至如來一切有命之類盡得此四戒以初受戒時一切不殺一切不盜一切不婬一切不妄語無所限齊以是故一切衆生上無不得戒凡受戒法先與說法引導開解令於一切衆生上起慈愍心既得增上心便得增上戒夫得戒法於一切衆生上各得四戒四戒差別有十二戒於一切衆生上不殺不盜不婬不妄語凡起四惡有三因緣一以貪故起二以瞋故起三以癡故起於一切衆生上有十二惡以返惡故得十二

善戒色也一切無邊衆生上亦復如是後有百萬千萬阿羅漢入於涅槃先於此阿羅漢上所得戒始終成就不以羅漢泥洹故此戒亦失也得不飲酒戒時此一身始終三千世界内一切所有酒上咽咽得戒色以受戒時一切酒盡不飲故設酒滅盡戒常成就而不失也先受戒時於一切女人上三瘡門中得不婬戒而後取婦犯此戒不答曰不犯所以爾者本於女上得不邪婬戒今是自婦以非邪婬故不犯此戒以此語推一切同爾以八戒十戒衆生非衆生類得戒亦如是二百五十戒一切衆生上各得七戒以義分别有二十一戒如一衆生上起身口七惡凡起此惡有三因縁一以貪故起二以瞋故起三以癡故起以三因縁起此七惡三七二十一惡反惡心得戒一衆生上得二十一戒色一切衆生上亦復如是有五種子如一種子中破一粒麥一粒粟斷一根果摘一枝葉隨所破所斷各得一罪隨所得罪處反罪得戒得爾所戒本受戒時不殺一切草木一切草木上盡得戒色如不掘地戒一微塵上得一戒色三千世界下至金剛地際一一微塵上得一戒色亦復如是二百五十戒中若衆生非衆生類上得戒多少以義而推可以類解得戒時一時一一戒上得無量戒如一不殺戒一衆生上各得三戒凡殺法以三因縁故殺一以貪故二以瞋故三以癡故殺以反殺得三戒色若以貪故殺一人者於一人上三不殺戒中但犯一不殺戒二不殺戒不犯一切衆生上一切不犯而犯此一戒得波羅夷以罪重

故譬如穿器不受道水不能得沙門四果故名非沙門初犯一戒已毁破受道器名波羅夷後更殺人得突吉羅實罪雖重無波羅夷名以更無道器可破故而此比丘故名破戒比丘不名非比丘也以此義推可一時得無量戒不可一時盡犯也而得一時捨戒也凡破戒法若破重戒更無勝進後還捨戒後更受者更不得戒也如破八戒中重戒更受八戒若受五戒若受十戒若受具戒兼禪無漏戒一切不得若破五戒中重戒若更受八戒十戒具戒并禪無漏戒一切不得若破五戒中重戒已欲捨五戒更受戒者無有是處若捨戒已更受五戒若受八戒十戒具戒并禪無漏戒一切不得也若破十戒具戒中重戒者若欲勝進若欲捨戒還受戒者如五戒中

説問曰禪戒無漏戒波羅提木叉戒於三戒中何戒爲勝答曰禪戒無漏戒爲勝有云波羅提木叉戒勝所以爾者若佛出世得有此戒禪戒無漏戒一切時有於一切衆生非衆生類得波羅提木叉戒禪戒無漏戒但於衆生上得於一切衆生上慈心得波羅提木叉戒禪戒無漏戒不以慈心得也夫能維持佛法有七衆在世間三乘道果相續不斷盡以波羅提木叉爲根本禪無漏戒不爾是故於三戒中最爲殊勝初受戒時白四羯磨已成就色戒始一念戒色名業亦名業道第二念已後所生戒色但是業非業道所以爾者初一念戒色思願滿足以思通故名思業道以前戒色爲因故後戒色任運自生是故但名業非業道初一念戒有教有無教後次第生

戒但有無教無有教也初一念戒亦名爲戒亦名善行亦名律儀後次續生戒亦有此三義問曰三世中何世得戒答曰現在一念得戒過去未來是法非衆生故不得戒現在一念是衆生故得戒亦有此三義問曰爲善心中得戒爲不善心中爲無記心中爲無心中得戒耶答曰一切盡得先以善心禮僧足已受衣鉢求和尚問清淨已受戒胡跪合掌白四羯磨已相續善心戒色成就是謂善心中得戒若先次第法中常生善心起諸教業白四羯磨時或起貪欲瞋恚等諸不善念於此心中成就戒色是名不善心得戒也以本善心善教力故而得此戒非不善心力也先以善心起於教業白四羯磨時或睡或眠或於眠心而得戒色是名無記心中而得戒也先以善心起於教業白四羯磨時入滅盡定即於爾時成就戒色是名無心中而得戒也問曰若白衣不受五戒直受十戒得戒不答曰一時得二種戒得優婆塞戒得沙彌戒若不受五戒十戒直受具戒一時得三種戒問曰若受具戒一時得三種戒者何須次第先受五戒次受十戒後受具戒耶答曰雖一時得三種戒染習佛法必須次第先受五戒以自調伏信樂漸增次受十戒既受十戒善心轉深次受具戒如是次第得佛法味好樂堅固難可退敗如遊大海漸漸深入入佛法海亦復如是若一時受具戒者既失次第又破威儀復次或有衆生應受五戒而得道果或有衆生因受十戒而得道果以是種種因縁是故如來説此次第若先受五戒次受十戒受

十戒時亦成就二戒五戒十戒已次受具戒受具戒時成就三種戒五戒十戒具戒七種受戒中唯白四羯磨戒次第三時得餘六種受戒但一時得無三時次第得也若一時得三種戒若欲捨時若言我是沙彌非比丘即失具戒二種戒在五戒十戒若言我是優婆塞非沙彌即失十戒五戒在若言在家出家一切盡捨我是三歸優婆塞三種一時盡失不失三歸若次第得三種戒捨法次第如一時得戒中說若先受優婆塞五戒後出家受十戒捨五戒不答曰不捨但失名失次第不失戒也失優婆塞名得沙彌名失白衣次第得出家次第若沙彌受具足戒時失十戒五戒不答曰不失但失名失次第不失戒也失沙彌名得比丘名失沙彌次第得比丘次第

始終常是一戒而隨時受名譬如樹葉春夏則青秋時則黃冬時則白隨時異故樹葉則異而始終故是一葉戒亦如是常是一戒隨時有異有如乳酪酥醍醐四時差別雖隨時有異而故是一乳也戒亦如是雖三時有異戒無異也問曰凡受優婆塞戒設不能具受五戒若受一戒乃至四戒受得戒不答曰不得若不得者有經說有少分優婆塞多分優婆塞滿分優婆塞此義云何答曰所以作是說者欲明持戒功德多少不言有如是受戒法也問曰若受一日二日乃至十日五戒得如是受不答曰不得佛本制戒各有限齊若受五戒必盡形受若受八戒必一日一夜是故不得異也夫白四羯磨戒有上中下五戒是下品戒十戒是中品戒具戒是上品戒又

五戒中亦有三品若微品心受戒得微品戒若中品心受戒得中品戒若上品心受戒得上品戒十戒具戒亦各有三品如五戒說若微品心受戒得五戒巳後以中上品心受十戒者先得五戒更無增無勝於五戒外乃至不非時食等殘餘五戒得增上五戒先得五戒仍本微品也即先微品五戒更無增無勝仍本五戒自五戒外一切諸戒以受具戒時心增上故得增上戒以是義推波羅提木叉戒無有重得以次第而言五戒是微品十戒是中品具戒是上品以義而推亦可以上品心得五戒是上品戒中品心得十戒是中品戒下品心得具戒是下品戒以是義故隨心有上中下得戒不同無有定限也若先請和尚受十戒時和尚不現前亦得十戒若受十戒時和尚死者若聞知死受戒不得若不聞死受戒得戒若白四羯磨受具足戒和尚不現在前不得受戒以僧數不滿故若僧數滿設無和尚亦得受戒問曰五戒優婆塞得販賣不答曰得聽販賣但不得作五業一不販賣畜生以此爲業若自有畜生直賣者聽但不得賣與屠兒二者不得販賣弓箭刀杖以此爲業若自有者直聽賣三者不得沽酒爲業若自有者亦聽直賣四者不得壓油爲業以油多殺蟲故天竺法爾自罽賓巳來麻中一切無蟲若無蟲處壓油無過也五者不得作五大色染爲業以多殺蟲故洛沙等外國染法多殺諸蟲是故不聽謂秦地染青法亦多殺蟲墮五大染數問曰夫以齋法過中不食乃有九法何故八事得名答曰齋法以過

中不食爲體以八事助成齋體共相支持名八支齋法是故言八齋不云九也若受八戒人於七衆中爲在何衆雖不受終身戒以有一日一夜戒故應名優婆塞有云若名優婆塞無終身戒若非優婆塞有一日一夜戒但名中間人問曰若七衆外有波羅提木叉戒不答曰有八齋是以是義推若受八戒不在七衆也受八齋法應言一日一夜不殺生令言語決絶莫使與終身戒相亂問曰受八戒法得二日三日乃至十日一時受不答曰佛本制一日一夜不得過限若有力能受一日過已次第更受如是隨力多少不計日數也夫受齋法必從他受於何人邊受五衆邊已受八戒若鞭打衆生齋不清淨雖即日不鞭打衆生若待明日鞭打衆生亦不清淨以要而言若身口作不威儀事雖不破齋齋不清淨設身口清淨若心起貪覺欲覺瞋恚覺惱害覺亦名齋不清淨雖身口意三業清淨若不修六念亦名齋不清淨受八戒已精修六念是名齋清淨有經説若作閻浮提王於閻浮提中一切人民金銀財寶於中自在雖有如是功德以八齋功德分作十六分閻浮提王功德於十六分中不及一分所謂最後清淨八齋也若人欲受八齋先恣情女色或作音樂或貪飲噉種種戲笑如是等放逸事盡心作已而後受齋不問中前中後盡不得齋若本無心受齋而作種種放逸事後遇善知識即受齋者不問中前中後一切得齋若欲受齋而以事難自礙不得自在事難解已而受齋者不問中前中後一切得齋問曰若欲

限受晝日齋法不受夜齋得八齋不若欲受夜齋不受晝齋得八齋不答曰不得所以爾者佛本聽一日一夜齋法以有定限不可違也問曰若不得者如皮革中說億耳在曠野見諸餓鬼種種受罪或晝則受福夜則受罪或夜則受福晝則受罪所以爾者以本人中晝受齋法夜作惡行或夜受齋法晝作惡行是以不同此義云何答曰凡是本生因緣不可依也此中說者非是修多羅非是毗尼不可以定義也有云此是迦旃延欲度億耳故作變化感悟其心非是實事若受齋已欲捨齋者必要從五衆而捨齋也若欲食時趣語一人齋即捨凡得波羅提木叉戒者以五道而言唯人道得戒餘四道不得如天道以著樂深重不能得戒如昔一時大目揵連以弟子有病上忉利天以問耆婆正值諸天入歡喜園爾時目連在路側立一切諸天無顧看者耆婆後至顧見目連向舉一手乘車直過目連自念此本人間是我弟子而今受天福以著天樂都失本心即以神力制車令住耆婆下車禮目連足目連種種因緣責其不可耆婆答目連曰以我人中爲大德弟子是故舉手問訊頗見諸天有爾者不生天以著樂染心不得自在是使爾耳目連問耆婆曰弟子有病當云何治耆婆答曰唯以斷食爲本有時目連勸釋提桓因佛世難值何不數數相近諮受正法帝釋欲解目連意故遣使勑一天子令來反覆三喚猶故不來此一天子唯有一婦有一妓樂以染欲情深雖復天王命重不能自割後不獲已而來帝釋問曰何

故爾耶即以實而對帝釋白目連曰此天子唯有一天女一妓樂以自娛樂不能自割況作天王種種宮觀無數天女天須陀食自然百味百千妓樂以自娛樂視東忘西雖知佛世難遇正法難聞而以染樂纏縛不得自在知可如何凡受戒法以勇猛心自誓決斷然後得戒諸天著樂心多善心力弱何由得戒餓鬼以飢渴苦身心焦然地獄無量苦惱種種楚毒心意著痛無緣得戒畜生中以業障故無所曉知無受戒法雖處處經中說龍受齋法以善心故而受八齋一日一夜得善心功德不得齋也以業障故以四天下而言惟三天下閻浮提瞿耶尼弗婆提及三天下中間海洲上人一切得戒如瞿耶尼弗婆提賓頭盧往彼大作佛事有四部衆東方亦有比丘在彼而作佛事有四部衆唯鬱單越無有佛法亦不得戒以福報障故并愚癡故不受聖法有四種人一男二女三黃門四二根四種人中唯男女得戒二種人不得戒黃門二根如是男女中若殺父母殺阿羅漢出佛身血破僧輪汙比丘尼賊住越濟人斷善根如是等人盡不得戒大而觀之受佛法者蓋不足言若天若龍若鬼神若鬱單越若不男二根種種罪人盡得受三歸也問曰三世諸佛得戒等不答曰不等凡得戒者於衆生非衆生類上得戒而一佛出世度無量阿僧祇衆生入無餘涅槃而後佛出世於此衆生盡不得戒如是諸佛先後得戒各各不等如迦葉佛度無數阿僧祇衆生入無餘涅槃而迦葉佛於此衆生盡皆得戒釋迦文佛於此衆生

盡不得戒一切諸佛有三事等一者行等二者法身等三度衆生等一切諸佛盡三阿僧祇劫修菩薩行盡具五分法身十力四無所畏十八不共法盡度無數阿僧祇衆生入於泥洹問曰經云一佛出世度九十那由他衆生入於泥洹何以言無數阿僧祇衆生耶答曰此經說一佛出世度九十那由他衆生者但云從佛得度者有爾所衆生而衆生或自從佛得度或從佛弟子或遺法中而得度者言九十那由他衆生直佛邊得度者統而言之無數阿僧祇衆生入無餘泥洹三世諸佛三事盡等而得戒不等問曰惡律儀戒衆生類非衆生類上得耶能以不能盡得戒不答曰但於衆生上得惡律儀戒非衆生類上不得惡律儀戒有云但於能殺衆生上得惡戒不可殺衆生上不得惡戒有云可殺不可殺衆生上盡得惡戒如屠兒殺羊常懷殺心作意殺羊無所齊限設在人天中今者不殺而受生展轉有墮羊中理是故於一切衆生盡得惡戒十二惡律儀亦如是十二惡律儀者一者屠羊二者魁膾三者養豬四者養雞五者捕魚六者獵師七者網鳥八者捕蟒九者呪龍十者獄吏十一者作賊十二者王家常差捕賊人是爲十二惡律儀養活皆不離惡律儀也惡律儀戒有三時捨死時欲愛盡時受律儀戒時如受三歸時始初一說即捨惡戒第二第三說時即得善戒問曰善戒人作惡戒人時何時捨善戒得惡戒答曰一說言我即屠兒即捨善戒第二第三說我作屠兒即得惡戒又云隨何時捨善戒即得惡戒若

善戒人未自誓作屠兒但以貪利養共屠兒作殺害事爾時名犯善戒未捨善戒未得惡戒必自誓作屠兒而得惡戒若受惡戒自誓便得不從他受若欲受一日二日乃至十日一年二年惡律儀戒隨誓心久近隨意即得所以爾者以是惡法順生死流無勝進義是故隨心即得不同善律儀也

薩婆多毗尼毗婆沙卷第一

音釋

逼迫（逼筆力切迫愽陌切逼迫窘急也）跳棚（跳他弔切棚步萌切）躑（直炙切）呞（超之切食已復出嚼也）咽（因蓮切嗌也）限齊（齊才詣切限齊謂限量分齊也）罽賓（梵語也此云賤種罽居例切）蟒（母朗切大蛇也）

薩婆多毗尼毗婆沙卷第二

失譯人名今附三秦録

七種得戒法

問曰佛在世幾年便聽白四羯磨受戒答曰有言佛初得道一年後聽白四羯磨受具足戒有言四年後有言八年後以義而推八年者是正義也佛以二月八日沸星現時初成等正覺亦以二月八日沸星出時生以八月八日沸星出時轉法輪以八月八日沸星出時取般涅槃佛初得道於七七日中遊諸法門及觀衆生初七日入喜法門第二七日入樂法門第三七日入諸解脫第四七日遊入大捨第五七日入逆順觀十二因緣第六七日重復遊歷前諸法門第七七日觀諸衆生應受化者問曰佛三阿僧祇劫習菩薩行爲成佛道度諸衆生何故四十九日遊諸法門而不度耶答曰佛先自安身而後度彼是故遊諸法門以自娯樂令身心調適後度衆生又爲憍陳如五人根未熟故又爲佛法尊重故詳而後說又爲滿梵天王本願故梵天王本願成佛道時要先請佛轉於法輪是故待梵天王請而後說法過七七日佛即生念令梵天王知爾時梵王如屈伸臂頃於色界沒來至佛所請轉法輪佛受彼請已然後觀諸衆生誰應度者譬如大龍從大海出令密雲彌布欲霔大雨觀閻浮提何處國土應可雨者佛亦如是從無量大法海出布慈悲雲無所不徧欲雨法雨觀諸衆生誰可度者先念阿蘭迦蘭待接有禮及鬱頭藍弗等異道諸師諸人已先命終佛即言曰彼爲長衰甘露

當聞汝何不聞生死往來何緣得息問曰若彼諸人必應入道不應命終而得聞法若不應聞不入道者佛何故生念欲度彼人答曰佛欲令衆生不忘恩德此諸人等先有小恩佛憶欲度而況大恩而可忘者又此異道諸師時人所宗咸謂得道欲滅一切邪憶想故明九十六種無出要法故痛彼長衰生死不息唯先五人應食甘露是故詣彼鹿園欲度五人佛與五人安居一時或三人乞食二人聽法或二人乞食三人聽法問曰何以故二人三人各異等侶去住不同耶答曰三人是佛父親而愛多二人是佛母親而見多是故二人三人各爲等侶所以二人三人去住不同者若二人乞食三人聽法若三人乞食二人聽法即得食還佛及五人共食此食食既得辦聽法不空是故五人去住不俱爾時五人雖未得戒而剃髮著袈裟與佛相似六年樹下給侍菩薩時儀式已爾不適今日安居九十日常爲説法施戒生天及陰界入種種異法以調伏之爾時佛與五人前三月安居過安居已至八月八日得入見諦成須陀洹爾時始名轉於法輪授於前人佛及五人始有六聖人在世間次度寶稱等五人皆是善來次度五十人亦是善來如是次第度人轉多佛勅諸比丘令遊行世間欲令法處處流布爾時世人棄俗入道詣諸比丘或三語受戒或三歸受戒以衆生宿業力故若應三語得戒者三語則止若應三歸得戒者三歸便止以業力故自然使爾牛呞比丘先將七萬人詣諸比丘諸比丘各盡與三語受戒次大

迦葉來詣佛所言佛是我師我是弟子世尊修伽陀是我師我是弟子是名自誓受戒次後優樓頻螺迦葉兄弟門徒千人舍利弗目連等門徒二百五十人合千二百五十人盡是善來所以常偏稱千二百五十人者以是諸人同是婆羅門中出家故又以門徒師衆大故又俱是善來故又以皆是阿羅漢故佛遣阿難與大愛道八法受戒十四年後聽白四羯磨受戒凡七種受戒一者見諦受戒二者善來得戒三者三語得戒四者三歸受戒五者自誓受戒六者八法受戒七者白四羯磨受戒於七種中見諦得戒惟五人得餘更無得者善來得戒三語三歸佛在世得滅後不得自誓惟大迦葉一人得更無得者八法受戒惟大愛道一人得更無得者白四羯磨戒佛在世得滅後亦得問曰佛與辟支佛云何得戒答曰無師得戒問曰從教得戒不從教得耶答曰不從教得有言從教得如佛在樹下結跏趺坐言我要不解此坐而得漏盡即身教成就口教成就後得漏盡戒亦俱得是謂身教得戒辟支佛亦爾若有百劫積行辟支佛無佛法時於中出世正得有一不得有二譬如犀有一角無第二角離俗出家獨處閑靜而自說偈遠離惡法當得善法善惡俱滅然後得道爾時亦身口教二俱成就後得漏盡戒二俱得是名從教得戒若須陀洹斯陀含阿那含此三道人佛法滅後若得漏盡是鈍根辟支佛佛法滅後此鈍根辟支佛出不限多少或一或二乃至衆多佛與百劫積行辟支佛一坐漏盡無有階差見諦得戒

或言從教得戒或言不從教得言從教得者安居一時乞食聽法身口二教亦俱成就然後見諦戒亦俱得是名從教得戒佛與辟支佛及見諦得戒是三種戒有同有異佛與辟支佛見諦得戒同是具戒同障身口七惡同無漏心中得是名爲同云何爲異佛與辟支佛此二戒是無師得見諦戒是從佛得又此二戒大盡智現在前得見諦戒道未知智現在前得又此二戒無學人得見諦戒是學人得是名爲異問曰此三戒十智中何智現前得答曰佛與辟支佛戒大盡智現在前得問曰無漏心中云何得有漏戒答曰法應爾以業力故無漏心中得有漏無漏二種戒見諦戒道未知智現在前得無漏心中得有漏無漏二種戒亦如前說見諦得戒五人中憍陳如爲上座以先見諦故善來中實稱爲上座以先來故如是善來比丘次第爲上座三語三歸亦以先至爲上座見諦得戒善來比丘自誓得戒此三種得戒必從佛得問得稱佛作和尚阿闍梨不答曰於弟子有和尚阿耆利義佛不爲人作和尚阿耆利是故不得稱也從諸比丘三語三歸受戒得稱和尚阿耆利不答曰不稱和尚得稱阿耆利大愛道八法受戒亦得稱阿難作阿耆利不得作和尚也問曰佛何以不爲人作和尚阿耆利答曰爲平等故佛等心一切令盡事亦無偏不與彼作和尚不與此作和尚又止鬭諍故若作和尚阿耆利則有親有踈既有親踈則有鬭諍又爲止誹謗故若作和尚外道當言沙門瞿曇自言慈等一切與一作和尚不與一作

和尚與凡人無異又爲成三歸故若佛作和尚則墮僧數如受具戒三師七僧十衆受戒若作和尚則入十衆若入十衆即墮僧數無有佛寶若無佛寶不成三歸又爲成四不壞淨故若作和尚則無佛不壞淨又爲成六念故若作和尚則無念佛復次若作和尚弟子有病應當看視飲食醫藥種種所須豈是自在法王所應爲耶復次若作和尚弟子有病及諸苦難則應營理供給所乏則滅前人所有功德如昔一時有一比丘應得羅漢而有轉輪王業障不得漏盡佛欲除其障故即爲比丘一正富羅轉輪王福一時滅盡即得無著以是因緣故若作和尚有損無益復次佛法流布有近有遠若作和尚設有弟子若欲受戒不問近遠一切盡來則令衆生多受苦惱若不作和尚阿耆利則令諸弟子無有如是諸苦難也復次若作和尚佛在世時理則可爾若佛滅後誰作和尚以是種種因緣佛不爲弟子作和尚阿耆利也問曰七種受戒幾從佛得幾不從佛得答曰大而言之七種受戒盡從佛得以佛出世有是戒故以義而推三種戒從佛而得一者見諦得戒二者善來得戒三者自誓得戒是從佛得餘四種受戒從弟子得一者三語二者三歸三者八法受戒四者白四羯磨此四種戒從弟子得七種受戒幾從他得幾從自得答曰六從他得一須分別見諦得戒以根本而言以佛說法故得證聖諦名從他得以義而推自以忍智明照眞諦而得具戒則名自得問曰七種戒幾白得幾不白得答曰六種戒不由白得正

有白四羯磨戒由白而得問曰七種受戒幾是業幾非是業耶答曰七種戒盡是業也問曰七種戒幾是比丘不共比丘尼答曰五是比丘不共比丘尼一者見諦戒二者善來三者三語四者三歸五者自誓問曰七種受戒幾是比丘尼不共比丘答曰一是比丘尼不共比丘所謂八法受戒問曰七種受戒幾是比丘比丘尼共答曰一是比丘比丘尼共所謂白四羯磨戒也問曰七種戒幾通三天下幾不通三天下答曰一種戒通三天下所謂白四羯磨戒也餘六種戒但在閻浮提不通三天下問曰七種戒幾戒羸幾戒不羸幾戒捨幾戒不捨幾根變幾根不變幾斷善根幾不斷善根答曰一戒羸六戒不羸一捨戒六戒不捨一根變六根不變一斷善根六不斷善根一戒者所謂白四羯磨戒也以衆生福德淺薄感得此戒致使不能牢固有諸災患也六種戒者所謂見諦戒乃至八法受戒以衆生福德深厚致得此戒始終堅固無災患也問曰七種戒幾是增上尊重幾不尊重答曰大而言之七種戒盡是尊重以義分別則有差別也六種得戒衆生功德力重致得此戒則名爲勝然不能大維持正法是以不勝如見諦得戒自誓得戒八法得戒此三種戒正有一得無有重得如善來得戒極至須跋後更無得也三語得戒三歸得戒佛成道已八年中得八年後更無得者白四羯磨戒若佛在世若佛滅後一切時得佛法始終以白四羯磨戒爲宗本能繼續三寶作無邊利益莫上於白四羯磨戒是故於七種戒中最勝

最妙最爲尊重問曰於七衆中幾從佛得受幾不從佛得受耶答曰大而言之七衆盡從佛得受以佛出世故有此七衆以事而言七衆中比丘優婆塞優婆夷三衆從佛得受沙彌中正有二沙彌從佛得受一者難提二者耶奢餘三衆比丘尼式叉摩尼沙彌尼佛不受也爲止誹謗故佛若自受三衆外道當言瞿曇沙門本在王宮在婇女中今雖出家自度女人以自娛樂以是因緣佛不度也復次佛爲法王與一切衆生作大導師導引衆生背俗入道先令衆生信向無疑然後道教得化流天人是故如來捨近取遠自不度也

結婬戒因緣第一

除却鬚髮著袈裟問曰不除鬚髮得戒不答曰得戒但非威儀若無衣鉢得戒不答言得戒問曰若無衣鉢必得受戒者何故必須衣鉢答曰一爲威儀故二爲生前人信敬篤心故如獵師著袈裟鹿以著法服故則無怖心三以表異相故内德既異外相亦異生信心者信三寶生人天中信邪墮三惡道信知苦斷集證滅修道不信者不信善惡四諦信家非家家者父母兄弟妻子眷屬非家者無常變壞不可久保故多增貪欲瞋恚鬭訟諍亂種種惡法故非是功德善法之家遠離鄉土者夫出家者爲滅垢累家者是煩惱因緣是故宜應極遠離也施食者得五功德一者得色二者端正三者得力四者得辯五者得壽次第乞食者一日到一家得食則食不足即止次第到七家得食則食不得亦止又云次第從家至家食足則止不限多少後日乞食

還從先次從家至家是名次第乞食法何故受乞食法凡在家者多諸惱害以衆法因緣故二以鞭打僧祇人民共相瞋惱多諸非法因緣食不清淨三以觀他意色心不安泰四以少欲知足修聖種故若受檀越請者亦有過失以請因緣故若食先麤更令精細若少勑作令多受惡味教增衆饌又既受請心有悕望則非少欲聖種之法五稱壇上四依之教又若受請者常懷彼我得失之心若乞食者肅然無繫意無增減六以衆食有盡乞食無窮但天下有人要必有食是以乞食無盡佛教弟子修無盡法佛法難成者如人入海採寶多没少還入佛法海多壞少成如以利刀自割身體能不自傷甚爲難也受佛禁戒修淨法身内懷煩惱惡法利刀不毀法身甚是難有未結此者惟説一切惡莫作而未結五篇罪相輕重故言未結戒也行婬者一久習煩惱故二以須父母交會有福德子應受生故三以餘報婬不盡如人從生至長不行婬欲便得漏盡有人要經婬欲而得漏盡以宿世婬欲因緣有盡不盡故四爲結戒因緣故若不爾者無由結戒如是再三者爲懷妊故其母三反三問得子便止續種者凡世立字各有因緣一以宿命名字即以爲名二以星宿立字三因緣立字如須提那以無子因緣故字爲續種四因德立字如律師因以知律名爲律師如阿毗曇師如三藏師是因德五字欲想者身口不動但心想女人欲覺者心既瞢醉身體瞢瞢欲熱者二身交會集僧者佛現不自專輒二佛不集衆共籌量輕重

而後結戒但共衆和合令罪者心伏三以如國王持國雖得自在凡有國事與諸忠臣議之國得久住佛法王亦爾雖於法自在爲持佛法故凡有法事集衆共知法得久住四以爲肅現在將來弟子凡是僧事不問有力無力要問衆詳宜不得專獨五諸佛法爾不獨一佛僧者凡有五種一者群羊僧二者無慙愧僧三者別衆僧四者清淨僧五者第一義諦僧群羊僧者不知布薩行籌說戒自恣羯磨一切僧事盡皆不知猶如群羊故名群羊僧無慙愧僧者舉衆共行非法如行婬飲酒過中食凡是犯戒非法一切同住名無慙愧僧別衆僧者如羯磨死比丘物以貪穢心設客比丘來不同羯磨凡是隨心別衆羯磨名爲別衆僧清淨僧者一切凡夫僧持戒清淨衆無非法名清淨僧第一義諦僧者四得四向名第一義諦僧問曰集僧者五種僧中集何等僧答曰集二種僧有言三種僧雖皆非法俱是佛弟子云何獨集二種僧義應盡集五種僧知而故問者一以諸佛常法二以佛無事不知欲令前人伏罪順自言治法三以爲安衆生故佛無事不知無事不見若不問前人自以知見說其罪過則衆生常懷怖懼不能自安非是集衆安衆生法四以若逆察人心非大人聖主儀體知時問者要在比丘衆中問沙彌白衣前不問一以令是結戒時故問有益問者須提那常懷憂悔令佛既問知先作無罪得除憂悔二以因之結戒滅將來非法三以佛既結戒知罪輕重有殘無殘可懺不可懺決將來疑網四以有十利功

德故有因緣問者以結戒因緣故是愚癡人者佛大慈大悲兼無惡口云何言愚癡人答曰佛是稱實之語非是惡口此具縛煩惱衆生具足愚癡故二慈悲心故訶責折伏如今和尚阿耆利教誡弟子故稱言癡人非是惡口開諸漏門者須提那於劫初來未有男女作婬欲事而此人於彼最初行婬作惡法根本今佛法清淨未有非法而須提那最初爲惡作將來非法罪過之始故言開諸漏門寧以身分内毒蛇口中蛇有三事害人有見而害人有觸而害人有吞噉害人女人亦爾有三種賊害人善法若見女人心發欲想滅人善法若觸女身犯僧殘罪滅人善法若共交會犯波羅夷滅人善法若爲毒蛇所害害此一身若爲女人所害害無數身二者毒蛇所害害報得無記身女人所害害善法身三者毒蛇所害害五識身女人所害害六識身四者毒蛇所害故得與衆行籌說戒得在十四人數一切羯磨女人所害不與僧同此衆事五者毒蛇所害故得生天上人中值遇賢聖女人所害入三惡道六者毒蛇所害故得沙門四果女人所害正使八正道水滿於世間猶如大海於此無益七者毒蛇所害人則慈念而救護之女人所害衆共棄捨無心喜樂天龍善神一切遠離諸賢聖人之所訶責以如是因緣故云寧以身分内毒蛇口中終不以此觸彼女人以十利故者若結此戒順此十利功德得此十利功德若持一戒將來得一戒果報兼得十利功德果報如是一切戒當分各爾非一切通得十利功德也不共住

者不共作一切羯磨同於僧事所以不共住者爲生四部天龍鬼神信敬心故若行惡之人與共同事則無由信敬以現佛法無私無愛無憎若清淨者共住不清淨者不共住三者爲止誹謗故若與惡人同事外道邪見及以世人咸生誹謗當言佛法有何可貴不問善惡一切共事四者以持戒者得安樂住增上善根故破戒者生慚愧心折伏惡心故有一比丘獨坐林中者以在衆多事多惱妨修善法故二以智慧偏多以在衆多聞多見多語多論雖生智慧少於禪定宜在靜處以修其心若定多者則宜在衆廣求知見佛雖先結婬戒不得與女人行婬未制畜生佛必因事漸制是以因此比丘與畜生共作惡法隨事更制畜生於六道最是邊鄙是故乃至畜生旣下至畜生凡可婬處一切盡結凡犯罪有三種一犯業道罪二犯惡行罪三犯戒罪須提那於三罪中得犯惡行罪婬是惡法故無業道罪自己妻故無犯戒罪佛未結戒故林中比丘得二罪得惡行罪婬是惡法故得業道罪雌獼猴屬雄獼猴故不得犯戒罪佛未結戒故此二比丘俱名先作是故無犯戒罪若比丘者一切七種得戒比丘盡皆在中學者三學學戒增學心增學慧增問曰學多何以正齊三學答曰三學攝一切學如是五篇戒防身口惡淨修身口無法不盡學心增者息於心垢無法不周學慧增者明見法相根本除惡學戒增者學律藏學心增者學契經學慧增者學阿毗曇又云學戒增者學五篇戒學心增者得初禪五支二禪四支乃至

四禪名學心增學慧增者明見四諦復次滅惡律儀戒及一切非威儀五篇戒清淨名學戒增以戒清淨故得心清淨名學心增更思尋深理增長善法名學慧增復次經中有三修戒修心修慧故知三學攝一切學又云八正道中正語正業正命是學戒增正定是學心增正見是學慧增復次得五篇戒名學戒增得禪戒名學心增得無漏戒名學慧增復有三學學威儀增學毗尼增學波羅提木叉增威儀增者一切威儀戒毗尼增者滅一切惡法波羅提木叉增者五篇戒問曰何以重分別學戒增答曰外道亦云學戒增是以重分別也明外道無學戒增外道斷結至三空而不能斷非想處結佛法斷結根本都盡是以得學戒增復次外道斷結一切假上地斷

下地而佛法不爾亦以上地斷下地亦能以下地斷上地又云外道亦制四重一不婬師婦二不盜金三不殺婆羅門四不飲白酒佛法不爾一一切不婬二一切不盜三一切不殺四一切不妄語同入學法者如初受具足戒比丘所學百歲比丘亦如是學問曰若百歲比丘同初受戒比丘所學者初受戒比丘掃地塗地取水種種役使百歲比丘亦應同不答曰百歲比丘亦從少至長初受戒比丘亦當從少至長是故如初受戒比丘所學百歲比丘亦如是學是名同入比丘學法此中言學者學二百五十戒一切威儀法也我捨佛者此中凡有二十一事捨戒從捨佛乃至不復與汝共作同學二十一事中但得一事皆名捨戒事問曰捨佛者是根本棄背三寶

更得出家不答曰有論者言更不得出家以是根本惡故又云故得出家以不墮百一遮故以根本捨戒清淨無所違故先雖捨佛今還歸依佛經云無有一法疾於心者凡夫心輕躁或善或惡不可以暫惡便永棄也雖爾若根本捨佛後還得出家然捨佛已現世則無吉祥善事所作無吉無利災禍歸身欲捨戒無過者若捨具戒當言我捨具戒我是沙彌若捨出家戒者當言我捨出家戒是優婆塞若捨五戒者當言歸依優婆塞如是則成捨戒亦無過咎又言若以著白衣被服有人問言汝何故爾答曰我罷道我作白衣亦名捨戒若捨戒時都無出家人若得白衣不問佛弟子非佛弟子但使言音相聞解人情去就亦得捨戒捨戒一說便捨不須三說問曰

受戒時須三師七僧捨戒何故一人便捨答曰求增上法故則須多緣多力捨戒如從高墜下故不須多也又云不欲生前人惱惡心故若須多緣者前人當言佛多緣多惱受戒時可須多人捨戒復何須多也又云受戒如得財寶捨戒如失財寶如入海採寶無數方便然後得之及其失時盜賊水火須臾散滅捨戒亦爾也捨三寶所以成捨戒者以受戒時歸向三寶得戒故捨和尚阿耆利成捨戒者以因和尚阿耆利得戒故捨比丘乃至優婆夷乃至不復與汝共作同學成捨戒者以本同歸向一味一道今若捨之則佛法義斷以是背佛法故戒則去也和尚者四種和尚一有法無衣食二有衣食無法三有法有衣食四無法無衣食今捨和尚者一切捨之阿

者利者有五種一受戒二威儀三依止四受經五出家捨者一切捨之行婬法者或有行婬身不相觸如比丘身弱口中行婬有一比丘男根長自後道中作婬是名犯婬身不相觸或有身相觸不犯婬戒如婬壞根女人是謂身相觸不犯婬戒或有身相觸亦犯婬戒如婬不壞根女人是名身相觸亦犯婬戒有非身相觸不犯婬如於死女人非處行婬是名非身相觸不犯婬犯婬身相觸得波羅夷身不相觸不犯婬偷蘭遮輕重去何身相觸亦犯婬波羅夷不犯婬身相觸偷蘭遮輕重云何波羅夷者名墮不如意處如二人共鬪一勝一負比丘受戒欲出生死與四魔共鬪若犯此戒則墮負處問曰犯五篇戒皆墮負處何以獨此戒得名答曰餘四篇戒當犯時

亦墮負處但尋悔滅非永墮負處不得名也如怨家以刀割人命根不斷雖云得勝非是永勝若斷命根名決定勝犯四篇戒如命根不斷犯此四重如命根斷名墮不如如伐他國若得臣下雖小得勝未名大勝若得國主名根本勝若犯餘戒惡法四魔未名得勝若犯此戒畢竟永棄退墮負處復次如好田苗若被霜雹摧折墮落不得果實犯此戒亦爾燒滅道苗不得沙門四果復次如焦穀種雖種良田糞治漑灌不生苗實犯此戒亦爾雖復懃加精進終不能生道果苗實如斷多羅樹不生不廣犯此戒亦爾不得增廣四沙門果復次如斷樹根樹則枯朽若犯此戒道樹枯損名墮不如若犯此戒衆所棄離天龍善神所不親近賢聖訶責名墮不如若犯此戒

不消檀越衣服飲食卧具醫藥種種利養名墮負處復次猶如死屍在人衆中無所能爲無所增益若犯此戒雖在出家清淨衆中不能成就四沙門果名墮負處復次如弊壞垢汙衣服人所棄捨若犯此戒佛法所棄不得與衆説戒羯磨布薩自恣不人十四人數名墮不如乃至畜生者與女人交會受欲具足與畜生女交會染欲情薄是故言下至畜生三惡是五道之邊下故言下至畜生若犯四重初犯一時得波羅夷第二犯時乃至衆多盡突吉羅如犯婬戒初波羅夷第二犯時乃至衆多盡突吉羅後三戒當體各爾如婬戒分別無異當體各爾女人三處得波羅夷方便偷蘭遮有輕有重重偷蘭遮大衆中懺應胡跪合掌三從衆乞乞已衆應一白一白已懺悔亦應三説輕偷蘭遮界外四人懺法亦同直輕重有異輕偷蘭者欲作重婬若起還坐輕偷蘭發足趣女未捉已還及捉已失精乃至共相嗚抱輕偷蘭男形垂入女形已來未失精亦犯輕偷蘭若失精得重偷蘭若男形觸女形及半珠已還不問失精不失精盡得重偷蘭死女三處行婬非人女三處行婬俱得波羅夷生女死女三處行婬若壞墮蟲食於中行婬俱得重偷蘭生女死女非處行婬腋下股間行婬得重偷蘭刺身作瘡於中行婬俱得重偷蘭發足向死女非人女畜生女二根欲作重婬乃至男形入三瘡門半珠已還得偷蘭遮輕重如生女中説若發足向人男非人男畜生男黄門欲作重婬於中得偷蘭遮輕重亦如前説若先正爲女人上出

精而已除三瘡門一切身分處精出僧殘若先爲摩捉嗚抱而已若摩若捉盡僧殘若欲女人身上出精手已摩捉精未出便止四人偷蘭遮若犯五篇戒一一得三罪如犯波羅夷以犯戒體波羅夷違佛教波夜提犯威儀突吉羅乃至衆多學法犯三罪犯戒體突吉羅違佛語波逸提犯威儀突吉羅各有三罪若懺時但懺戒體餘二罪同滅以戒體是根本故

結盜戒因緣第二之一

佛在王舍城者有論師言此國於十六大國最勝故名王舍城復次此國本有惡龍作種種災害破人民舍宅唯王宫舍不壞故名王舍城復次本此人民飢饉食狗肉蛇肉人肉種種雜肉以是故有諸羅刹惡鬼入國作諸變異王問何故有此答曰云人民飢饉食噉種種不清淨肉有此災異王尋立制不聽食此諸不淨肉兼立種種禮儀法服王法勝故名王舍城復次此國山中有五百辟支佛五百仙人一切人民常供給所須以仙聖多故名王舍城復次十六大國中二國最勝一優塡王國二摩竭國優塡王國衣冠王服爲勝摩竭國法禮義爲勝十六國中設有禮義摩竭國王或用不用此國法式十六國中一切用之是故名王舍城復次佛在此國於道樹下坐師子座成阿耨多羅三藐三菩提故此國地神有大力勢常護此國主故令此國强盛興國歸向是國故名王舍城衆多比丘一處安居者佛一切時前安居惟毗羅然國後安居以因緣故問曰佛從他安居自安居答

曰有言從他安居有云自安居何以故佛自得一切十力四無所畏故不從他安居又云佛自結此法自制此法是故自安居問曰佛三語安居一語安居答曰佛一念安居不以口言以不忘故問曰佛布薩自恣羯磨僧事盡同衆不答曰佛盡不同衆僧布薩自恣一切僧事皆悉不同亦不與欲清淨以佛無非法不入僧數故佛十二年中常在衆說戒十二年後有惡法出佛止不說令弟子說上座說隨制先後爲次第後集法家次輕重爲五問曰佛無邊智慧無邊辯力何故十二年中常說一偈答曰佛雖重說而所受衆生各異不同佛若語若默皆有所化度是故雖有無窮之辯爲衆生故更不異說更不多說爾時佛與阿難者佛凡制戒必因外事既有因緣然後結戒佛將欲結此盜戒欲令從他得事作結戒因緣是故佛與阿難按行諸房佛勅阿難破之者若餘人破者則生諍訟阿難破之其心則伏佛在世時三人第一多力一者阿難二者拘夷三者有一釋種子以三人力大無能過者阿難能轉四十里石是故破之畏故心伏又云餘人若破瓦舍堅牢餘人卒不能破阿難力大須臾破之漏結因緣者有二種一煩惱根本如須提那林中比丘是其事也二比丘自作房舍資產之業多事多惱妨廢坐禪讀經比丘正業故名漏結因緣達尼吒默然者佛是法王或以非法故破之若以我不可故破之是故不言佛何故必破此房欲永斷將來漏因緣故見以驚怖者問曰此怖畏爲在欲界色無色界爲心相應爲不

相應答曰欲界與心相應問曰色界三災所及三禪諸天盡從下至上此非怖耶答曰此是猒捨故去非是怖也色界有猒無怖也唯欲界有怖問曰誰成就此怖答曰欲界凡夫四道果人乃至辟支佛成就此怖唯佛無怖即往白王何故以此大材持與比丘者問曰既爲臣下何敢以此直言逆忤於王答曰一以義正理直故二以卑言輭語故王初登位時者問此比丘先取材時作是念耶臨急語耶答曰是垂急之語問曰此比丘誰邊得罪爲是城内人民邊爲是主材人邊爲是王邊答曰王邊事在王故王自在故語諸比丘者以是小事因緣故不敢白佛二以事是可恥不敢白佛佛語阿難者問餘三戒何以不問獨問此戒耶答曰此戒依王法三戒不爾是以不問此戒要依國法盜物多少得斷命罪則依而結戒婬殺二戒事成則罪成不問多少妄語國無此法是以三戒不問佛佛知一切法相何須問耶答曰爲止誹謗故佛得自在隨意自制若問而後結佛隨國成法而後結戒則衆生心伏若信者不信者何故爾耶答曰若直問信者恐爲比丘故言盜多錢得重若問不信者或憎妬故言盜少得重罪是以徧問怨親中人盜至幾錢王與大罪盜至五錢得重罪者或言金錢或言銀錢或言銅錢或言鐵錢無有定也盜至五錢得波羅夷者謂閻浮提現有佛法處及弗婆提拘耶尼二天下唯王舍國法以五錢爲限又言五錢成重罪者佛依王舍國法結戒故限至五錢得波羅夷如是各隨國法依而制罪觀律師

意欲以後義爲定而難不欲廣汝盜比丘如是不與取者或不與取非是賊如取有主物謂是無主或是賊非不與取如衆僧中行三番餅盜心取四又如無主物作有主心取是謂賊非不與取一以人與故二以無主故或是賊亦不與取如盜心取有主物或非賊非不與取如無盜心取無主物罪者總五篇罪名一切是罪五篇戒外亦有種種罪今佛結戒亦罪輕重故云此是波羅夷罪此是僧殘此是波逸提此是波羅提提舍尼此是突吉羅受王職者問曰女人五礙何由爲王答曰不得作轉輪王身小王無所礙也有主物者一切有主物縱使空地有物地中伏藏若是王地盡屬於王無主物若疑心取偷蘭遮若塔中得物若塔外得物若有鳥死在塔中地

現是佛物盡供塔用若物在僧地亦爾若房中得物亦供房用若知是物是死比丘物衆僧應分若山野中或山崩樹折熱風寒風有鳥獸死無食噉處得取無罪一切鳥獸食殘取突吉羅師子殘無罪若盜佛像爲供養故無罪若爲得錢轉賣得錢偷蘭遮盜經不問供養不供養計錢得罪若盜舍利偷蘭遮物離本處有二種一舉離本處二舉離本處還著本處即持去者得二種罪一得業道罪以盜他故二波羅夷罪以佛結戒故還著本處者得一罪先離本處無業道罪不損他物故得波羅夷五寶者一者金二者銀三者真珠四者珊瑚五者毗瑠璃五似寶者一銅二錢三水銀四白鑞鉛錫五合作種種莊嚴具若捉五寶得突吉羅若離地得波逸提若捉錢

離地不離地盡突吉羅若比丘有通以通力飛過諸國若所發處若所至處應輸稅不與得重其間所經諸國無過若販賣者而隨王使王使認名比丘無罪若不認名計錢得重

薩婆多毗尼毗婆沙卷第二

音釋

霔朱戍切霖霔也　妊如鴆切懷孕也　薹瞢薹都鄧切瞢母亘切　齧倪結切與醫同　燋兹消切火所傷也　漑灌漑居代切灌注也灌古玩切澆也　吒陟嫁切　忤五故切違逆也　輭乳兖切柔順也　鑯力盍切　鉛余專切

薩婆多毗尼毗婆沙卷第三

失譯人名今附三秦録

盗戒因縁第二之二

國中以王舍城優填王國於十六大國最爲第一於閻浮提内國中邊方一切統攝而優填王國用王舍國法以此義推於閻浮提一切國法禮義以王舍城爲正阿闍世王於人王第一佛爲法王衆聖中尊故佛在王舍城依人王制戒王舍國法五錢已上入重罪中佛依此法盗至五錢得波羅夷如是閻浮提内現有佛法處限五錢得罪若國不用錢准五錢成罪律師云言更有一義祕不欲廣若自盗他物欲取五錢已上從始發足步步輕偷蘭遮乃至選擇取三錢已還得輕偷蘭四錢成重偷蘭若取一錢乃至四錢亦從始發足乃至取三錢亦輕偷蘭得四錢重偷蘭若遣使取他物當教時得輕偷蘭若取物五錢已上離本處時此比丘得波羅夷隨教取物故若受使比丘在彼取物時狂心亂心病壞心取物比丘不得罪遣使比丘得罪若教取金乃取銀此比丘不得波羅夷以異教故得偷蘭以先方便故若受使人不隨教從此至彼受使人若是比丘步步輕偷蘭教他比丘無罪若盗僧物五錢已上得重偷蘭四錢以下得輕偷蘭而報罪甚深若曳不離借地得輕偷蘭若入比丘所拔房得重偷蘭若舍屬一主物不異主若不離地未出家界步步輕偷蘭若入女姊妹奴婢房中得波羅夷若入兄弟兒房中得輕偷蘭若出主地相亦波羅夷若比丘冬夏拔房房即屬此比丘隨房所

得地遠近即爲房界若僧房中住而不拔此房則是異主異房若物在地物是一主地屬異主若地無異相隨物周圓邊際爲相若出邊際則離本處若在蓐上蓐有異色物在一色移在異色即離本處無主水中有主鳥若沉令水覆背上名離本處若舉離水名離本處若移鳥令離周圓邊際名離本處若流水中捉鳥住令後水過前頭亦名離本處有主水中有主鳥若舉離水名離本處若水是一主岸上地是異主若曳上岸名離本處若地與水同是一主縱令上岸不名異處若未入王界有一比丘語此比丘彼國稅重閘重便還若稅實重二俱無過若稅實輕妄説言重教他比丘得重偷蘭受教比丘無罪若入王界語言稅重閘重即還若稅實重二俱無咎若稅實輕妄説言重教他比丘得波羅夷受教比丘無罪若瓶中有寶欲盜此寶合瓶持去若近若遠得輕偷蘭若取寶舉出離瓶底得波羅夷取非人五錢已上重偷蘭若四錢以下輕偷蘭天與畜生盡名非人云何名無主物若二國界中間各自封相其間空地地若有物名無主物又如一王征破異國所破國王若死若走後王未統攝此國爾時地若有物名無主物若無主物有主心取輕偷蘭若有主物無主心取突吉羅若物有人守護無我所心盜取於物主邊得波羅夷田地相言得勝波羅夷不如得輕偷蘭若牛馬珍寶相言得勝未離本處得輕偷蘭相言得物離本處波羅夷若相言勝負未定先牽牛馬去得輕偷蘭後相言得勝得波羅夷以先離本

處故若比丘白衣時有田地先出家時一切盡捨不屬比丘也若先不捨者故屬比丘若國罰負比丘若先失物作心未捨還取此物若已物外更取他物計錢成罪若先心已捨正使已物亦不得取取亦計錢若國禁物若持出王界者入死罪中若比丘持出律師初言得重後更問之似不入重然違犯王教突吉羅盜王民有死罪有重罰負若盜心持去離本處得波羅夷若王人正使出家出國既無死罪亦無罰負王直不聽若無盜心將出國違王教突吉羅拘耶尼用牛馬市買賣牛得錢錢滿得罪弗婆提用衣市買其法亦爾三天下同有比丘盜罪凡是三寶物他寄物自爲衣服醫藥父母除販賣一切無過

殺戒因緣第三

有魔天神者魔王在第六天一切欲界衆生皆屬於魔有內眷屬外眷屬內眷屬受魔教外眷屬不受魔教此天神受魔教即生惡邪見者或言見盜或言戒盜問曰阿難者言佛一切智何故教諸比丘令得如是衰惱若不知者不名一切智答曰佛一切等教爾時不但六十人受不淨觀佛法教無有偏但受得利有多有少故無咎也佛深知衆生根業始終必以此法因緣後得大利云六十比丘迦葉佛所受不淨觀法不能專修多犯惡行命終入地獄中今佛出世罪畢得生人間墮下賤家出家入道以本緣故應受此法既命終已得生天上於天來下從佛聽法得獲道迹以是因緣佛無偏也得大果大利者一現漏盡結二不墮惡道三生天人中四善法增長

五不墮下賤家阿那波那者出息入息始習此法繫心鼻頭若觀六界繫意頂上若不習不淨注心眉間所以習不淨觀先在面上者修此觀法爲除貪欲心欲心生要從面起故先觀於面結跏趺坐者所以結跏趺坐爲正身故所以正身爲正心故是正於心必先正身又云九十六種外道皆不結跏趺坐欲異外道故爲此坐法又云欲止睡眠故又云欲生前人信敬心故如一時有異國來罰罽賓入其界内見諸比丘在山林樹下結跏趺坐正身正意即生信敬尋歸本國又云佛坐道樹時結跏趺坐利根辟支佛亦結跏趺坐以是諸緣故結跏趺坐得波羅夷罪者問曰何以但害人得波羅夷答曰人中有三歸五戒波羅提木叉戒故又沙門四果多在人中得佛與辟支佛必在人中得漏盡故也是以害人波羅夷餘道不得波羅夷若爲殺人作刀杖弓箭突吉羅若執刀欲殺人發足步步輕偷蘭乃至未傷人已還盡輕偷蘭若刀著人不問深淺命未斷以還重偷蘭若死波羅夷若爲殺人故作坑未成時突吉羅作竟輕偷蘭若人墮中勇健便急即能出坑得重偷蘭若墮坑中不死亦重偷蘭作㯰作撥亦爾若遣使殺人當教時得輕偷蘭使若殺時此比丘得波羅夷遣使殺人亦三心中得波羅夷若遣使殺人遣使殺人比丘若誦經禮佛使殺彼時遣使比丘得波羅夷是善心中得罪不善心中無記心中義推可知若遣使殺人教彼人若來者殺而受使者彼人去時殺者比丘得輕偷蘭若教刀殺而用杖殺若殺此

而殺彼凡不如本教更異方便盡輕偷蘭若教一人殺彼人而受使者更使異人如是展轉乃至十人最後人殺時盡得波羅夷若比丘善知星曆陰陽龜易解國興衰軍馬形勢若以比丘語故征統異國有所殺害兼得財寶皆得殺盜二波羅夷若優婆塞以王故同心共征異國若破他國有所傷殺兼得財寶雖手不作以同心故亦犯殺盜二戒若二人相刺一時死無犯戒罪以受戒誓畢一形故若以刀杖欲殺人故或杖打刀刺不尋手死十日應死後更異人打即尋杖死打死比丘得波羅夷先打比丘得重偷蘭若遣使殺人使若往殺下刀不問深淺前人不死遣使比丘受使比丘俱重偷蘭若墮胎殺者在母腹中諸根成就已來墮以種種因緣而得殺者名墮胎殺案腹殺者若在腹中諸根未成如薄酪生酥若案腹令散若彼死者名案腹殺乃至腹中初得二根者始處緣時父母精合識處其中得身根命根爾時作因緣殺者得波羅夷此是窮下之說也有四人不可殺入滅盡定無想定佛使入慈三昧

妄語第四

若爲利養名聞故言我得不淨觀阿那波那乃至世間第一法得向四沙門果四禪四無量心四無色定五神通盡波羅夷乃至自言持戒清淨婬欲不起若不實者偷蘭遮若自言諸天龍乃至羅刹鬼來至我所彼問我我答彼是事不實者波羅夷所以得罪者自現內有勝法能感諸天龍神又自顯斷恐怖故龍神來至我所我無恐懼可名過人法不名

過天佛在人中結戒故人中有波羅提木叉戒故又人中多入聖道多修善法勝於天故但勝人已勝於天又言但勝人得波羅夷天故無所論若不誦四阿含自言誦四阿含非阿毗曇師自言阿毗曇師非律師自言律師實非坐禪作阿練若自言我是阿練若盡偷蘭遮大而言之無所習誦而言我有所誦習悉偷蘭遮

十三事初

與諸比丘結戒者問曰一切善法不言結何以但言結戒答曰戒是萬善之本但結戒即一切結也佛所以制此故出精戒爲令法久住故又欲止誹謗故若作此事世人外道當言沙門釋子作不淨行與俗人無異又欲生天龍善神信敬心故若作此事雖復私屛天龍善神一切見之又佛平等不問親疎有事則制無事則止又諸佛法爾婬是惡行法應制之僧伽婆尸沙者秦言僧殘是罪屬僧僧中有殘因衆除滅又云四事無殘此雖犯有殘因僧滅罪故曰僧殘問曰四篇皆是有殘何以獨此戒言有殘答曰四篇雖是有殘不一切盡因僧滅如三十事中三事因僧滅餘則不因九十事中七事因僧餘則不因十三事一切因僧又犯此戒行波利婆沙亦在僧中摩那埵亦在僧中出罪亦在僧中餘戒不爾故名僧殘又此戒不共如比丘犯得僧殘比丘尼犯得波逸提問曰何以不同答曰爲令二衆有差別故又云女人煩惱深重難拘難制若與制重則罪惱衆生又云女人要在私屛多緣多力苦乃出精男子不爾隨事能

出故不同也若比丘作方便出精精未出變爲尼然後出無罪以尼無出精方便故若比丘故出精一出即變爲尼即清淨住若比丘作六夜摩那埵未竟即變爲尼亦清淨住若行波利婆沙未竟即變爲尼亦清淨住若比丘尼變爲比丘亦如是不共戒如是共戒云何若比丘先作僧殘未成變爲尼然後成事先比丘得偷蘭遮尼得僧殘以罪同故若比丘尼變爲比丘亦爾若比丘犯僧殘一念變爲尼乃至十年五年覆藏然後變爲尼一種十五日除罪若比丘尼犯僧殘一念不覆藏乃至發露行十五日法中一日二日若變爲比丘但作六夜摩那埵然後出罪若先犯罪有覆藏日即變爲比丘隨本覆日行波利婆沙夢中出精者有三事能發煩惱一因緣二方便三境界衆生先善業故生富貴處但以婬欲爲先若生天上亦復如是人天富樂是婬欲因緣也二方便者若見聞女色後方便思惟然後起欲是名方便三境界者若見上妙女色即生欲心是名境界是比丘先富貴家子雖得出家以先欲因緣重故夢中失精復以是事因緣故遊諸聚落或見好色或方便思惟以是因緣故夢中失精一面立者阿難恭敬佛故不坐問曰舍利弗目連深恭敬佛何以坐耶答曰此二人恭敬法故阿難兼以俗親故是以不同又云阿難受他使故不坐又云諸佛法爾凡侍比丘法不應坐讃戒讃持戒者爲折伏破戒故令持戒者增善根故如佛讃多聞智慧勤精進若破戒者若愚癡者若懈怠者知佛語無二必有深利作如

是說不持戒者勤加持戒愚癡衆生勤求智慧懈怠衆生勤加精進是故讚持戒也

第二摩捉戒

迦留陁夷持戶鉤在門間立此人婬欲偏多伺見女人共語笑抱捉解釋欲心問曰若欲心多者何不作大事破戒答曰此人根熟應得漏盡故又應度此舍衞城中具足千家正少一人是故不作大事諸女人何以來看一以世間多事多諸怱務出家人所住處寂靜安樂故二親近善知識故聞法故三衆僧房中種種嚴飾彩畫房舍牀榻卧具觸目可樂是故來看何故正食後來又言無有定義若食前來復當言何以不食後來進退有疑耳又云俗人食前多事多緣或作飲食分處奴婢夫壻兒子各隨緣已然後共相依隨登山遊澤或詣僧坊又云所以至僧坊者爲欲親近善人樂聞法故若食前來諸比丘各乞食隨緣不在僧坊是故食後來諸女人何以隨比丘入房舍中答曰謂出家之人斷欲清淨信敬故隨入無疑有善者默然問曰何故有默有不默者有云欲心多者默然欲心少者不默然有云若知識者默然非知識者不默然不相錯故有云人性不同有樂覆罪過者默然有不樂藏過者不默有云無有父母兄弟夫壻兒女無所畏難故默然有父母兄弟夫壻兒女者有畏難故不默然諸比丘爲諸女人說法者爲說佛法衆僧是良祐福田可信可敬莫以小緣故自破善根又云讚歎迦留陁夷種種功德智慧當得漏盡度千家作大利益莫見小因緣故自失敬信也佛所以

結此摩捉女人戒一以出家之人飄然無所依止今結此戒與之作伴令有所依怙二欲止鬬諍故此是諍競根本若捉女人則生諍亂三息嫌疑故若比丘設捉女人人見不謂直捉而已謂作大惡是故止之四爲斷大惡之源欲是衆禍之先若摩捉女人則開衆惡門禁微防著五爲護正念故若親近女人則失正念六爲增上法故比丘出家跡絶欲穢棲心事外爲世楷軌若摩捉女人與惡人無别則喪世人宗敬之心此是不共戒比丘犯僧殘比丘尼犯摩捉波羅夷若比丘欲摩捉女人根變作尼變竟後捉無罪以尼無方便心故即清淨住若比丘已犯摩捉僧殘根變作尼即清淨住若尼犯摩捉波羅夷根變作比丘即清淨住若比丘捉女人未著女人即變爲男子手著時非女人不得僧殘得先方便偷蘭遮捉已變得僧殘若尼欲捉男子手未捉根變爲女變爲女竟捉不得波羅夷得先方便偷蘭遮未變捉捉竟變得重

第三惡語戒

此是不共戒比丘惡語得僧殘比丘尼惡語偷蘭遮式叉摩尼沙彌沙彌尼突吉羅此五篇戒各有種類十三事中初五戒三十事中三戒從非親里尼取衣浣故衣染羊毛九十事中十五戒與女人過五六語教尼至日没時次第後十戒食家中前二戒與女人同室宿議共道行四悔過中第四戒衆學法中不眄視不高視戒是婬戒種類十三事二房舍三十事中七戒畜寶戒種種用寶戒販賣戒自乞縷使織師織還奪他比丘衣知物向僧

自迴向已九十事中三戒藏針筩等戒與五衆衣輒還用與賊衆議共道行四悔過中第三戒衆多學戒中以飯覆羹淨草淨水如是等戒是盜戒種類十三事中汙他家三十事中憍奢耶敷具九十事中知水有蟲自澆草土若使人澆知水有蟲取用二戒打他比丘搏他比丘二戒故奪畜生命四悔過中初戒衆學中大摶飯淨草淨水如是等戒殺戒種類十三事中謗戒破僧相助二戒戾語戒三十事中三戒二居士作衣若王大臣遣使戒九十事中初十戒四悔過中第二戒衆多學一切說法戒如是等戒妄語戒種類二百五十戒以類而言有四種類以罪而言罪有五差偷蘭遮十三事初房舍佛在阿羅毗國此是鬼神名此國是阿羅毗所住處故因之爲名諸比丘者有二種一世諦比丘二第一義諦比丘住波羅提木叉戒是世諦比丘住無漏戒是第一義諦比丘大迦葉者迦葉名多故以大辯之一大富貴長者所生故二能捨大富貴豪族出家故三能行頭陀少欲知足大法故四國王帝主天龍鬼神多知多識所供養故五捨世間大利養少欲知足行乞食故如大舍利弗成就大智慧故如大目連成就大神通故以成就大功德故兼行少欲知足頭陀法故名大迦葉與少不足名爲多欲得一求一名不知足又復得內供養無猒名爲多欲得外利養無猒名不知足與諸比丘結戒一以爲法久住故二爲止誹謗故三不惱害衆生令信敬增長故四爲少欲知足行善法故此名不共戒比丘犯僧殘比丘尼犯

偷蘭下三衆犯突吉羅是舍私作無檀越主自乞自作以多緣多事惱亂在家人故制令應量長十二搩手內廣七搩手者佛一搩手凡人一肘半示處者僧應示作處集僧已能盡往示處者益善若不者僧應差四人示處教應量已印封作相若僧不教應量不示難處妨處者突吉羅難處者蛇窟乃至鼠穴是名難處齊幾名無難處但使齊房四角已還無難得作又云但使出入道徑無難名無難處妨者是舍四邊一尋內有塔地若王地以王來入僧房內王或欲止息眠戲不欲在僧房內別結此地屬王故名王地居士者以居士作僧房檀越數來往僧中止息戲笑不欲在僧房中故別結此地屬居士外道地者居士有親里外道出家來往僧中故別結此地屬外道比丘尼地者居士親里女出家作尼來往僧房中故別結此地屬尼大石者若近在房行來進止作諸惱害或破器物故名妨處流水者若近流水或水長漂沒房舍或水流食岸毀壞不少池水者池水浸潤不得久固大樹者飛鳥所集有諸音聲多所惱亂兼屎尿不淨并枝折落有所傷破深坑者頹損崩壞令房不得久固不問處過量難處妨處四事不如法若平地時封地作相時以得偷蘭遮從二摶泥未竟已還盡輕偷蘭餘一摶泥在未竟重偷蘭竟僧殘若三事不如法一事如法二事不如法二事如法一事不如法三事如法從平地封地作相乃至一摶泥未竟已還盡輕偷蘭作房竟得重偷蘭作房比丘先自看作房處然後集僧集僧已從僧三

乞僧應先示處次封作相竟然後羯磨若封相風吹雨水壞滅者應更作相已羯磨時相壞亦成羯磨半已相壞亦成羯磨若羯磨已相壞亦成羯磨若印封作相已不得餘處作房若異比丘不得此處作房正應此比丘作作房已不得嫌小更大作房不如法隨作時得偷蘭若房主比丘死若遠行者去絶不還隨意處分若與三寶若隨親與若與白衣若自賣作錢自在隨心若賣房不得賣地若衆僧不聽衆僧得罪若房主比丘不自分處者屬四方僧衆僧次第應住若此房上更異比丘欲作房不須白僧但房主比丘聽作自在得作不聽不得作此房亦隨主自在分處若不分處即屬四方僧如先比丘法若比丘作房不如法若四方僧地不得作塔不得作別

波演若作得罪亦不得四方僧地中爲佛法自爲種植若僧和合聽四方僧地中作塔得作若不和合不聽不得作若僧地中有種種華應淨人取作次第與僧隨意供養不得私取自供養三寶若華多衆僧取不能盡若僧和合聽隨意取之若荒餓後三寶園田無有分別先舊比丘及以白衣一切盡無問定無處若衆僧和合隨意分處非僧地地應屬王若比丘作房者應以白王然後作房不白不得作若僧坊中内不得起塔作像以近人臭穢不清淨若重閣舍若經像在下重不得在上住若塔地華不得供養僧法正應供養佛此華亦得賣取錢以供養塔用若屬塔水以供塔用設用有殘若致功力是塔人者應賣此水以殘屬塔不得餘用用則計錢若塔無

人致水功力一由僧人殘水多少善好籌量若學問坐禪比丘各有定業若學不根本如學問法者取學問臘則不清淨若禪不根本心如禪法者取坐禪臘則不清淨後房舍佛在俱睒彌國長老闡那者是佛異母弟優塡王妹兒生大豪族出家爲道多住此國性悷自用作種種過惡多在此國與諸比丘結戒者所以因緣如上說此是不共戒若比丘犯僧殘若比丘尼犯偷蘭下三衆罪犯突吉羅有主者有檀越主人爲比丘出錢作僧房以僧房故不問量若檀越欲作大房語主人意小作者則應少欲法若檀越意爲福德故欲令容受多人故欲作大房欲多重作房不應違施者意若違損他福德若主人意欲如耆闍崛山祇桓精舍廣大嚴淨者應好示語檀越意令開解然後小作房律師云後房舍有檀越主與比丘物爲衆僧作房但以衆房不限量數自餘作法如前房說若不問僧作處難處妨處三事不如法從平地印封作相二團泥未竟已還盡輕偷蘭一團泥未竟重偷蘭作房舍竟僧殘若二事不如法一事如法若一事不如法二事如法從平地印封作相一團泥未竟已還輕偷蘭作房竟重偷蘭若自物與僧作房亦如是若僧祇物一人作僧房不問作處難處妨處而作房處無難無妨作房竟突吉羅若有難處妨處平地印封作相乃至二團泥未竟以還輕偷蘭一團泥未竟以還重偷蘭作竟僧殘若自物施主物自物作房如初房舍法若初房舍若後房舍倩他作作不如法二俱得罪若僧房自房作法

白僧三乞次第如初房說優婆塞者秦言離惡修善亦名親近

第八無根謗戒

佛在王舍城者迦維羅長養色身摩竭提國長養法身是故佛多在王舍城陀驃力士子成就五法故僧羯磨作知卧具人問曰五法成就者多何以正差陀驃答曰以陀驃舊住王舍城瞻待客比丘故又云爲滿本願過去迦葉佛時亦爲衆僧作知卧具人稱可僧意爾時作願願我將來亦爲衆僧作知卧具人及在彼世時亦知卧具稱悅時人是以今佛還知卧具佛所以令德行具足者使知卧具現無悋法故外道法凡有所知見盡不與弟子恐弟子德行與已齊等無師相承故佛法不爾一切無惜隨弟子優劣隨事稱差又欲現長幼智德階差知卧具者其德如是況受用者又欲莊嚴將來彌勒佛法故如今舍利弗智慧第一目連神足第一迦旃延解契經第一富樓那四辯第一阿難總持第一五百弟子各爲第一陀驃知卧具第一時人見佛弟子各稱第一皆發勝願自誓立行願我於當來佛法中亦得第一如是佛出世莊嚴未來五百佛法隨所應與阿練若阿練若共持律持律共說法說法共讀修姤路讀修姤路共問曰若如是隨同者共不有所偏私耶答曰不爾衆僧先已自唱隨同業者共以業同故不相擾亂得安樂住問曰是四人其業各異何以常不相離答曰阿練若禪法有所疑滯諮問有處兼欲數聞說法增修是以相近持律者凡欲知戒相輕重決了罪過斷解僧

法是以相近法師者義論說法稱揚三寶能增長善根契經者誦諸大經多知廣見隨事能答故相親近若僧坊中房鮮少若有四房先唱與阿練若次第唱與若别波演有四房亦次第唱與若舍有四重亦次第唱與若無四房隨宜分處不須燈燭若凡光明神力要入定心若分卧具必出定心云何不定心中而有光明答曰諸佛不可思議禪定不可思議龍不可思議業報不可思議又云此人利根禪定亦利當分卧具時或入定心或出定心其間駛速謂但是散心如擊鼓人手自擊鼓口並叫喚擊鼓心非緣叫喚心二心各異但以其駛疾故謂是一心又如浮人手捉浮瓠脚並蹹水捉浮瓠心脚蹹水心二心各異亦復如是又云先入定心手出光明出光明已然後出定以入定勢力故雖在不定心中光明不滅猶如陶師轉輪作器以一轉力故十帀五帀勢故不盡此亦復爾一定力故光明久住如過去然燈佛出現於世爲衆生說法時世衆生樂著世樂懈怠慢恣不受佛法定光如來以神通力化作一城莊嚴清淨其中人民富樂充溢五欲自恣如是經由十二年中定光如來亦十二年常在禪定過是已後大水忽至漂沒此城城中人民一切散滅時世人民樂著富樂者或悟無常我不久亦當如是定光如來即從定起踊在虛空作種種神變從虛來下爲衆說法時會衆生或得須陀洹乃至阿羅漢或種辟支佛道因緣或發阿耨多羅三藐三菩提心者無量衆生大得法利以神通力尚得停住十二年中以定

力故光明暫住何足為難問曰佛法罪當發露功德覆藏陀驃何故常放光明自顯功德答曰自顯功德凡有二種一為利養名聞二為佛法衆生故若為佛法衆生隨時自在無所障礙陀驃所以放光明者正為止誹謗故如佛為婆羅門女所謗故作師子吼自說我有十力四無所畏十八不共法以表清淨如舍利弗目連為瞿迦離所謗作師子吼我有七覺意寶如長者家其庫藏中有種種衣服種種器仗自在取用我有七覺意寶亦隨意取用之以表清淨目連亦作師子吼自說我生已盡不復當生所作已辦梵行已成以表清淨阿那律為人所謗自說我入智慧樓觀自在遊戲以表清淨如莎伽陀為人所謗言其飲酒自言我禪定能令從阿鼻地獄上至阿迦尼吒天滿其中火以表清淨如輸毗陀為人所謗自說一念能知五百劫事以表清淨陀驃為慈地所謗故常放光明以表清淨復次除輕毀心故如學問比丘輕毀坐禪勸佐衆事比丘坐禪比丘亦輕毀二業比丘勸佐衆事比丘亦輕毀坐禪學問比丘是故陀驃以坐禪力常現光明兼知卧具勸佐衆事滅相輕毀勝負心故三為折伏山林樹下比丘高慢心故常謂城傍比丘在散亂心中多言多事行道修業無所能成自謂靜處無能過者是故陀驃雖在事亂得大神力手放光明以分卧具伏彼高心四為現精進果報以精進力得此神通以擊勵懈怠諸慢恣者五為檀越施主增長善根六為現不退法陀驃先德行純備後為慈地所謗時人疑謂其退

故放光明明實不退七欲現衆僧大威德故分卧具比丘神德猶爾況餘大德名聞者高遠者入爲愛惜正業不令虛缺常在定心兼分卧具令僧事得辦而不廢禪業以是因緣故常放光明衆僧羯磨作差會人作差會人故爲慈地所謗然後作知卧具人以被謗故手出光明令諸衆生滅諸惡法以知卧具事亦勝故移令在前差會在後慈地比丘所以常得麤惡食者先業力故又此人日夜無清淨心天龍鬼神與作因緣令其所作事不如意世尊知我者以實清淨故不得言爾以本業力故不得言不佛何故不說陀驃清淨一以佛平等心無親無愛故不即言一是一非二以陀驃本業果熟故過去迦葉佛時作知食人時有一家間比丘是阿羅漢儀容端正在路而行有一女人見生染愛隨觀不捨時主食人見其如是謂先與交通尋作是言是比丘必與此女人共作惡法以謗賢聖故墮在地獄罪畢得出以本善業值佛得道殘業力故受此惡報是彌多羅比丘尼自說作罪故應與滅羯磨自言罪者比丘比丘尼式叉摩尼沙彌沙彌尼自言作罪若不改悔應與滅羯磨若不與滅羯磨但直爾驅出若改悔者得偷蘭遮若不改悔者突吉羅若比丘犯戒內爛舉衆共知不須自言直爾遣出若與羯磨使四遠同聞折伏罪惡得作無過凡五衆自言作重罪若一人前自說若多人前說盡應遣出比丘比丘尼應現前三衆不現前陀驃比丘與憶念毗尼如七滅諍中滅羯磨法者不得衆共作一切僧事百一羯磨皆不

得同衆衆僧自恣臘面門臘皆不得與若死衆僧不得羯磨取物應與所親白衣自不得從他受法亦不得教前人法不得受他禮拜供養說戒及一切羯磨不得與欲清淨有三種人必墮地獄罪因誹謗故兼說二人墮地獄罪佛不欲面稱人惡衆中有此惡者是故佛因事說過令諸罪人摧伏惡心深心慚愧夫人生世間斧在口中生此中佛自說本緣過去不可計劫有佛出世名阿梨羅彼佛法中有兄弟二人出家作比丘兄坐禪故得阿羅漢三明六通弟學通三藏闡揚佛法時世四輩宗奉二人但兄以聖道故利養偏勝時檀越持一端氎與兄不與弟凡飲食衣服病瘦醫藥皆偏不同其弟比丘生惱嫉心欲毀害誹謗時檀越遣一女至三藏比丘所比丘語女言汝與我謗彼比丘女言此是聖人云何謗之此比丘以種種方便誘惑其心女人即可之比丘言我當索取彼氎持以與汝以證其罪但言與我行婬即索與之女即還歸家問其意故何以經久即言彼處比丘留我戲弄是故經久復言與我此氎於時世人咸生疑惑羅漢比丘見此二人作大罪惡即避異方佛言時弟比丘者則我身是女人者孫陀利是以我前世謗漏盡無學人故今漏盡在無學地還被誹謗與諸比丘結戒者爲法久住故爲止謗毀令梵行安樂住不妨讀經行道故此是共戒比丘犯得僧殘比丘尼犯亦得僧殘下三衆犯得突吉羅無根波羅夷者無根謗有四種一以無根波羅夷法謗得僧殘二以無根僧殘謗得波逸提三以無根

出佛身血破僧謗得偷蘭四以無根波逸提謗得突吉羅說他麤罪有三種一說他波羅夷僧殘得波逸提說他出佛身血破僧偷蘭說波逸提突吉羅覆他麤罪有三種一覆藏他波羅夷僧殘波逸提二覆藏他出佛身血破僧偷蘭遮覆波逸提突吉羅輕呵戒唯有一種輕訶五篇戒盡波逸提乃至輕訶最後一篇亦波逸提無根謗說他麤罪輕訶戒是三事諍亂法故覆藏他麤罪匿藏罪惡染汙佛法故復次無根謗說他麤罪妨廢讀經行道故輕訶戒破佛法身故覆麤罪令佛法不清淨長養惡法故無根者有三種根本一見二聞三疑依此三種名爲有根不見不聞不疑是名無根云疑不成根眼根者必使清淨無病見事審諦可依可信唯聽肉眼不聽天眼以有天眼者不說人惡復次若聽天眼說過者人誰無過但有大小天眼無徃不見若聽說過者則妨亂事多耳根者必使清淨無謬審諦可信亦不可聽天耳事同天眼疑不可依若說罪過爲說定相疑者非是決定或謂犯罪或謂不犯或不可依故不得爲

第十破僧戒

破僧輪破羯磨僧有何差別答曰有種種差別破僧輪破羯磨僧俱偷蘭遮而破僧輪犯逆罪偷蘭遮不可懺破羯磨僧犯非逆罪可懺偷蘭遮復次破僧輪入阿鼻獄受罪一劫破羯磨僧不墮阿鼻獄復次破僧輪下至九人破羯磨僧下至八人復次破僧輪一人自稱作佛破羯磨僧不自稱作佛復次破僧輪作佛界內界外一切盡破破羯磨僧要在界

内别作羯磨復次破僧輪必男子破羯磨僧男子女人二俱能破復次破僧輪破俗諦僧破羯磨僧俗諦僧第一義諦僧二俱能破復次破僧輪但破閻浮提破羯磨僧通三天下調達以五法誘諸年少比丘令生異見破僧之要以五法爲根本問曰此五法佛常自讃歎何故名爲非法答曰佛所以讃歎者云四聖種能得八聖道成沙門四果今調達倒説云八聖道趣向泥洹反更遲難修行五法以求解脱其道甚速是故説爲非法非法説法者五法非法説是法法説非法者八聖道是法説言非法非律説律者五法非律説言是律律説非律者八聖道是律説言非律非犯説犯者佛不制心戒而説心起三毒即是犯戒犯説非犯者不制剃髮翦爪佛説犯戒而言爪髮有命有剃翦不犯輕説重如優鉢羅龍以摘樹葉故罪不可懺因此便言殺草木者一切是重重説輕者見須提那達尼吒等以先作故不得重罪便言婬欲盜是輕有殘説無殘者下四篇戒犯則有殘而説言無殘無殘説有殘者四重犯則無殘而説有殘常所説法説非常所説法者八聖道是常所用法而説非是常所用法非常所用法説是常所用法者五法是非常所用法而説是常所用法四禁受輕餘篇言重此是非教而説是教四禁是重餘篇是輕此是正教而説非教

薩婆多毗尼毗婆沙卷第三

音釋

蕁如欲切 檻其晃切施罟於道也 楷軌楷丘駭切模也軌居洧切法也 搩陟格切手度物 睒失冉切 悷郎計切很戾也 驃毗召切 駛爽士切疾也 瓠洪孤切壺盧也 蹋達合切踐也 氎達協切毛布也

薩婆多毗尼毗婆沙卷第四

失譯人名今附三秦録

第十二汙他家

馬宿滿宿此二人二宿出時生因宿作名是豪族家深著世樂不能捨心是故犯戒放逸作諸惡行汙他家者作種種惡業破亂他人信敬善心是名汙他家作惡行者作此不清淨業穢汙垢濁故又得惡果故名爲惡行又汙他家者若比丘凡有所請求若爲三寶若自爲請求如是一切若以種種信物與國王大臣長者居士一切在家人若出家人皆名汙他家何以故凡出家人無爲無欲清淨自守以修道爲心若與俗人信使往來廢亂正業非出家所宜又復若以信物贈遺白衣則破前人平等好心於得物者歡喜愛敬不得物者縱使賢聖無愛敬心失他前人深厚福利又復倒亂佛法凡在家人應飲食衣服供養出家人而出家人反供養白衣仰失聖心又亂正法凡在家人常於三寶求清淨福田割損血肉以種善根以出家人信物贈遺因緣故反於出家人生悕望心破他前人於三寶中清淨信敬又失一切出家人種種利養若以少物贈遺白衣縱使起七寶塔種種莊嚴不如靜坐清淨持戒即是供養如來真實法身若以少物贈遺白衣正使得立精舍猶如祇桓不如靜坐清淨持戒即是清淨供養三寶若以少物贈遺白衣縱令四事供滿閻浮提一切聖衆不如靜坐清淨持戒即清淨供養一切聖衆若有强力欲破塔壞像若以贈遺得全濟者當賣塔地華果若塔有錢若

餘緣得物隨宜消息若有强力欲於僧祇作破亂折減若僧祇地中隨有何物賣以作錢隨緣消息若僧常臘若面門臘若有强力欲作折減隨此地中所可出物以消息之父母是福田則聽供養若僧祇人以爲僧祇役故此則應與若施主欲與衆僧作食欲知法則此應與一切孤窮乞匃憐愍心故應與一切外道常於佛法作大怨敵伺求長短是應與若爲身命衣鉢隨緣乞求而以與之以免禍難共女人一牀坐者比丘不得與女人同牀坐若坐突吉羅不得同牀同褥皆突吉羅長牀相接但異牀異褥異氈令中間空絕氈褥各異得坐女人者一切女人母女姊妹不問親疎一切不聽以壞威儀故以香塗身者香熏衣四衆得突吉羅比丘尼得波逸提以女人染著深故五衆盡不得以香水灑地除爲三寶自貫華鬘亦使人貫者所以不聽者以此中所作惡行或是先作或以制戒妨廢行道故正爲三寶亦不得作又云若以華香瓔珞莊嚴之具不得著佛身上但散地供養若比丘以華供養衆僧不得以散身上若以華著㯶飲上亦不聽飲若令象鬪乃至雞鬪五衆盡不聽若比丘比丘尼作殺心令鬪死者波逸提不死者突吉羅三衆令鬪突吉羅五衆盡不聽走除有急難因緣五衆盡不聽啼哭乃至父母喪亡一切不聽四衆得突吉羅比丘尼得波逸提以愛戀心深故一切五衆不聽大喚以壞威儀故除急難因緣一切五衆不得嘯謬語以壞威儀爾時阿難者問曰阿難是佛侍者何以離佛遊行答曰阿難隨

有緣衆生應受化故問曰阿難何時得離佛遊行答曰佛若入禪得離遊行又佛至他方阿難力不能去爾時得離又承佛使命得離遊行阿難持空鉢入還空鉢出問曰阿難是佛侍者有大功德兼是所生土地皆是親里何故乞食空出答曰馬宿滿宿於中作大非法侵陵汙辱種種惡行得免惱害以是大幸何況得食又阿難少小出家歲月旣久故不識呵難也

第十三戾語戒

若如是者諸如來衆得增長利益以共語相教共出罪故問曰經中說但自觀身行諦視善不善而云展轉相教不相違耶答曰佛因時制教言乖趣合不相違背也佛以前人心有愛憎發言有損是以云但自觀身行若爲慈心有利益者是故應共語相教也若鈍根無智言說無利是故說言但自觀身若聰智利根發言有益是則應展轉相教若少聞少見出言無補是故云但自觀身行若廣聞博見有所弘益則展轉相教又云若爲利養名聞有所言說是故云但自觀身行若爲利安衆生闡揚佛法則應展轉相教又云爲現法樂是故言但自觀身行若欲以法化益衆生使天下同已則應展轉相教又爲新出家愛戀父母兄弟妻子是故言但自觀身行若久染佛法力能兼人則應展轉相教

二不定法初

時毗舍佉即到掘多舍問曰毗舍佉聰明利根大德重人知比丘與女人屛處坐何故往答曰是人已入道跡深樂佛法佛常自說聽

法有五事利一得聞未曾聞法二已曾聞清淨堅固三除邪見四得正見五解甚深法是以毗舍佉樂法情深不以嫌疑自礙佛說種種法者在家人未入道亦多爲說布施功德出家人已入道迹者多爲說持戒功德與諸比丘結戒者一爲止誹謗故二爲除鬪諍故三爲增上法故比丘出家迹絕俗穢爲人天所宗以道化物而與女人屏處私曲鄙碎上違聖意下失人天宗向信敬四爲斷惡業次第法故初既屏處漸染纏綿無所不至是以防之於如是人終不爲身若爲他人若爲財利故者此是成就無漏信人終不故作妄語正使凡夫深樂佛法乃至失命因緣不作妄語而況聖人若人語言汝若妄語不害汝命若不妄語當害汝命即自思惟我不妄語害此肉身滅此一身若妄語者滅無量身兼害法身誓不妄語人復語言汝若妄語活汝父母兄弟姊妹一切親族若不妄語一切所親盡皆殺之尋復思惟我不妄語害此一世生死親族我若妄語流轉三惡永失人天累世親族眷屬又失賢聖出世眷屬是名不爲他而作妄語又復語言汝若妄語與汝珍寶種種財利若不妄語則不與汝即便思惟我不妄語失此俗財我若妄語失聖法財是名不爲財利而作妄語不定者佛坐道場時已決定五篇戒輕重通塞無法不定此所以言不定者直以可信人不識罪相輕重亦不識罪名字設見共女人一處坐不知爲作何事爲共行婬爲作摩觸爲作惡語爲過五六語故言不定此與女人屏處坐戒或已結戒未結

作實覓毗尼者若比丘或初言爾後言不爾或言我不往不作是罪應隨可信人語與實覓毗尼所以爾者欲令罪人折伏惡心又令苦惱不覆藏罪又令梵行者得安樂住又肅將來令惡法不起實覓毗尼者與人受具戒作依止畜新舊沙彌皆成但得突吉羅從不教毗尼乃至不應相言事皆不成亦得突吉羅若作羯磨已若說先罪應解羯磨隨事輕重治若不說盡形壽不解羯磨第二不定法正以處二法爲異一切盡同與實覓毗尼亦同二不定竟

三十事初結長衣戒因緣

六群比丘者一難途二跋難陀三迦留陀夷四闡那五馬宿六滿宿云二得漏盡入無餘涅槃一迦留陀夷二闡那二人生天上又云二人犯重戒又云不犯若犯重者不得生天也一難途二跋難陀二墮惡道生龍中一馬宿二滿宿二人善解算數陰陽變運一難途二跋難陀二人深通射道一迦留陀夷二闡那二人善於音樂種種戲笑一馬宿二滿宿二人善於說法論議一難途二跋難陀二人深解阿毗曇一迦留陀夷二闡那二人事事皆能亦巧說法論議亦解阿毗曇一馬宿二滿宿又云此六人無法不通達三藏十二部經內爲法之梁棟外爲佛法大護二人多欲一難途二跋難陀二人多瞋一馬宿二滿宿二人多癡一迦留陀夷二闡那又云三人多欲一難途二跋難陀三迦留陀夷二人多瞋一馬宿二滿宿一人多癡闡那是也五人是釋種子王種難途跋難陀馬宿滿宿闡那一

是婆羅門種迦留陀夷六人俱是豪族共相影響相與爲友宣通佛教著異衣者畜積既多故隨時異所著各異又云直著一衣但隨時處異又云一日之中隨所著衣過後夜已次日更不重著日日不同畜積如是種種餘衣問曰何由得如是種種衣服答曰既是貴姓又多知識多人樂與兼復多欲是故衣多問曰何以作如是畜積多衣答曰本是豪族先在家時愛著瓔珞種種服飾雖樂法出家以本習故樂好衣鉢又世世已來常多欲是以今故聚積無猒問曰此淨施者是眞實施爲是假名施答曰一切淨施九十六種無淨施法佛大慈大悲方便力故教令淨施是方便施非是眞施也令諸弟子得畜長財而不犯戒問曰佛何以不直令弟子得畜長財而

强與結戒設此方便答曰佛法以少欲爲本是故結戒不畜長財而衆生根性不同或有衆生多預畜積而後行道得證聖法是故如來先爲結戒而後方便於佛法無礙衆生得益如昔一時有比丘來白佛言與我淸淨房舍旛幢華蓋繒綵被褥以香塗地絲竹音樂種種莊嚴佛勑阿難處處求索即與具足比丘在中心安行道佛隨其所應而爲說法即於是處斷結漏盡成阿羅漢三明六通具足聖法以是因緣佛法通塞衆生根性唯佛知之不應致難此比丘從第六天上來生人間隨本所習因而度之是故既作淨施得畜長財而不犯戒問曰淨主比丘不犯長財戒耶答曰無犯此方便施是他物故

三十事初佛與諸比丘結戒者一以爲俗利

則道利不成又失檀越信敬淨心比丘無猒與俗無別有違佛教四聖種法此是共戒比丘比丘尼俱得捨墮式叉摩尼沙彌沙彌尼突吉羅長物凡有五種一重寶二錢及似寶三若衣若衣財應量已上四一切不應量若衣若衣財五一切穀米等一切錢寶比丘不得畜若僧中次第付者比丘應即向比丘説淨重寶應捨與同意淨人如畜寶戒中說應僧中作波逸提悔過若錢及似寶除百一物數一切亦應捨與同心淨人如畜寶戒中説作突吉羅懺錢寶説淨有二種若白衣持錢寶來與比丘比丘但言此不淨物我不應畜若淨當受即是淨法若白衣言與比丘寶比丘言我不應畜淨人言易淨物畜即是作淨若白衣不言易淨物畜比丘自不説淨直置地去若有比丘應從説淨隨久近畜若無比丘不得取取得捨墮若得應量衣不應量衣若即説淨益善若不説淨乃至十日無咎至十日時應與人若作淨若受持若不與人不作淨不受持至十一日地了時應量衣應捨對手作波逸提懺不應量衣應捨作突吉羅懺若比丘得穀米等即日應作淨若無白衣四衆邊作淨若不作淨至地了時穀應捨作突吉羅懺沙彌應畜上下衣一常著衣當安陀會二當鬱多羅僧令清淨入衆僧及行來時著得畜泥洹僧一竭支一富羅隨身所著物各聽畜一自外一切盡是長財沙彌若得錢寶亦即時説淨若不即説錢寶應捨作突吉羅懺若得應量不應量衣亦至十日過十日長物捨作突吉羅懺一切穀米等亦不得

過一宿同比丘法五種衣中三種衣過十日捨墮一牛嚼衣二鼠嚙衣三火燒衣此三糞掃衣長過十日得捨墮二種衣不得捨墮一男女初交會汙衣二女人產汙衣過十日得突吉羅十日者佛知法相不緩不急不增不損正制十日初日得衣即不見擯不作擯惡邪不除擯若狂心亂心病壞心若不解擯不得本心乃至命盡不犯此戒後若解擯若得本心還計日成罪若初日得衣上入天宮比至欝單越住彼若至命盡不犯此戒後歸本處計日成罪若初日得衣至五日若不見擯惡邪不除擯若狂心亂心病壞心上入天宮比至欝單越後還解擯若得本心若還本處有言從解擯日次第十日成罪有言取前五日數後五日然後成罪律師言後是定義西

拘耶尼東弗婆提盡有比丘戒法亦同龍宮物皆有主是故三處不同天上䌙物自然欝單越物皆無主二處兼無比丘戒法淨施法者如錢一切寶物應先求一知法白衣淨人語意令解我比丘之法不畜錢寶今以檀越爲淨主後得錢寶盡施檀越得淨主已後得錢寶盡比丘邊說淨不須說淨主名說淨已隨久近畜若淨主死遠出異國應更求淨主除錢及寶一切長財盡五衆邊作淨應求持戒多聞有德者而作施主後設得物於一比丘邊說淨主名而說淨法若淨主死遠至異國更求淨主除不見擯惡邪不除擯六罪人一出佛身血二破僧輪并犯四重於六中但犯一事亦不得作淨主得戒沙彌聾瘂盲瞎狂心亂心病壞心波利婆沙摩那埵五法人

凡淨施者欲令清淨作證明故不生鬪諍如是等人則不如法若説淨錢寳後貿一切衣財作三衣鉢器入百一物數不須説淨自百一物外一切説淨若捨隨錢寳易得一切衣財作百一物先畜錢邊突吉羅對手懺先畜寳邊得捨墮罪應僧中懺已貿衣財作百一物不須復捨已入淨故若百一物外作衣不作衣一切説淨若説淨錢寳及以衣財若人貸去後時寳更還寳錢更還錢衣則不須説淨若貸異物後還不相似物更須説淨以物異故若説淨一切衣財作百一物數更不須説淨若作淨餘長應量不應量衣若長器物盡更説淨若先應量捨墮物即作應量不應量衣此衣盡捨作波逸提懺若先不應量捨墮物即作應量不應量衣此衣盡捨作突吉羅懺若先應量捨墮物更買得衣財即作應量不應量衣此衣不捨懺先波逸提罪若先不應量捨墮物更買得衣財作應量不應量衣此衣不捨已入淨故懺先突吉羅僧伽梨鬱多羅僧安陀會所以作三名差别者欲現未曾有法故一切九十六種盡無此三名以異外道故作此差别又僧伽梨下者九條中者十一條上者十三條中僧伽梨下者十五條中者十七條上者十九條上僧伽梨下者二十一條中者二十三條上者二十五條下僧伽梨二長一短中僧伽梨三長一短上僧伽梨四長一短若下僧伽梨三長一短得受持得著行來得突吉羅中僧伽梨四長一短二長一短得受持著行來得突吉羅上僧伽梨二長一短三長一短得受持著行來得突

吉羅正衣量三五肘若極長六肘廣三肘半若極下長四肘廣二肘半若如法應量三五肘受持應言此衣則成受持無過若言如是衣則不成受持得突吉羅壞威儀故若過三五肘受時應言如是衣則成受持無過若言此衣不成受持得突吉羅壞威儀故又缺衣故過十日無長衣罪若減三五肘受時應言此衣則成受持無過若言如是衣不成受持得突吉羅壞威儀故又缺衣故過十日無長衣罪三五肘若長如法受則成受持若比丘死三衣應與看病人三五肘外長隨多少應白僧令知僧和合與者好凡受衣法若長應說淨若不說淨入長財中凡百一物中三衣鉢必應受持自外若受則可不受無過若比丘不受三衣過十日無長衣罪無離衣宿罪

有壞威儀罪有缺衣罪若新僧伽梨極上三重一重新二重故名新衣若純新作衣二重新作僧伽梨尼師壇亦如是若新衣作鬱多僧安陀會俱得一重若故衣極多四重僧伽梨二重鬱多羅僧二重安陀會四重尼師壇三衣若破不問孔大小但使緣不斷絕故成受持若衣久故失色故不失受持後更上色亦不失受持更不異物補衣若但直縫不得成衣若過十日則墮長財除先說淨若反鉤刺則合成衣應著三點不須更受若是衣財先雖說淨後若作衣受持則失淨法此衣後捨應更說淨若不說淨則墮長衣若比丘重縫三衣設有因緣擿分持行到於異處名不離衣宿比丘若死又言本界內羯磨此衣又云應與看病人以本是一衣同受持故律師

云後是定義若有因緣一端氎得爲三衣令色如法若受一衣若受爲二衣隨得受持若十五肘外有長氎應説淨若不説淨則隨長財受三衣法應三説不得言第二第三亦如是是中犯者若初日得衣二日捨如是乃至九日得衣十日捨十日得衣此衣十日若不捨不受持不作淨至十日地了時捨墮捨墮者前九日衣盡捨作淨但十日時所得一衣以前次續因緣故得捨墮罪凡此中言捨者盡是作淨以此義推自後諸句以類可解若初日得衣初日捨二日得衣以相續故此二日衣次第更得十日若初日得衣二日捨二日更不得衣三日得衣此三日次第得至十日以不相續故此中十日衣以日次第相續若初日得衣二日捨二日得衣與初日相續同日中一捨一受故若初日得衣初日捨二日得衣與初日衣不相續以異日捨異日受故此二日衣更次第十日自後諸句以類推之義可知耳若比丘有應捨衣已捨罪已悔過次續未斷若更得衣是後衣於前衣邊得捨墮此言得次續者非是日次續以心多求次續不絶是名次續衣已捨罪已悔過次續心斷即日若先所求衣來若意外衣來不墮次續以心斷故若即日捨衣即日悔過求衣心不斷乃至一月若所求衣來若意外來盡是次續此衣故於先衣邊得捨墮即得衣日得罪不須經日若今日捨衣罪已悔過即日心斷後日更生求衣因緣衣不墮次續以中間心斷故地了時捨衣罪已悔過次續心斷向暮更求得衣衣捨突吉羅懺若衣已捨次

續已斷罪未悔過正使多日得衣衣捨突吉羅悔

第二結離衣宿因緣

外國明相有種種名婆羅門名曰諸富貴人名易諸山胡名却沙種作人名種作時捕魚人名顯如是諸相盡非明相但於明相上作是諸名以少因緣者大迦葉凡經營五大精舍一者耆闍崛山精舍二者竹林精舍餘有三精舍時治理竹園精舍來詣竹園如舍利弗經營祇桓精舍目連經理五百精舍問曰諸弟子漏結已盡所作已辦何故方復屢有所經營作諸福業答曰一爲報佛恩故二爲長養佛法故三爲滅凡劣衆生作小福業自貢高故四爲將來弟子折伏憍豪心故五爲發起將來衆生福業故問曰大迦葉有大神力何故不以神力去而以天雨爲礙答曰迦葉自治僧坊自手執作泥塗垣壁自手平治地自手平治地已天則大雨以天雨故便入禪定自期雨止便起天雨竟夜曉則而止即便出定明相已舉又云爾時佛爲諸比丘說枯樹經或有比丘服俗還家或有憂惱不能自安爾時迦葉爲諸比丘隨宜說法竟夜不息說法已竟天時已曉以是因緣不用神力離僧伽梨宿今當云何問曰大迦葉是大智人有深大事猶能了達此是小事何是問人答曰欲令將來衆生不以小智小辯自信自用常懷不及以諮於他爲物軌範示此迹爾讚戒讚持戒者所以讚戒者以心善故又大迦葉佛從始已來未曾訶責如舍利弗佛亦訶言汝何以食不淨食如大目連佛亦訶言

汝何以授未滿二十年人具戒如難陀佛亦訶之汝何以教尼乃至日没時如優陀夷佛亦訶言汝癡人乃與舍利弗論議諍勝如阿難佛亦訶言癡人汝何以觸惱上座而大迦葉未曾爲佛所訶責以其德行深厚無有過咎又欲令於佛滅後維持大法縱使若有小缺不以致責欲令後世衆生深心尊重故復次迦葉常樂行道時入禪定天曉乃起舍利弗者母名舍利弗者秦言身子舍利所生故名舍利子又母懷妊時夢見一人容儀端正身著鉀冑手執大棒入其身内相師占云當生智人聰辯絶世必能摧伏一切論師又云母懷妊時神智過常自求論師與共諍勝時人咸怪謂失本心諸婆羅門言此非已力以懷智人故使爾耳既知審爾如常侍衛以防護之月滿便生舍利弗病者佛弟子中多病無過舍利弗常患風冷又病熱血有醫言風病應服大麥漿又言血病應取大麥汁服之又言應燒石令熱著乳汁中服之又言應乳汁中煮蒜食之又言應取樹葉挨取汁以塗身上又言著禪帶舍利弗有大功德智慧何以有如是病耶又言舍利弗前世業緣故以過去世惱亂父母及以師僧是故有病又云舍利弗智慧利根深染法味常修智慧及論議法又樂禪定勸作衆事精勤三業無時暫懈卧起不時故有此病又云此是後邊身先世罪業一切受盡然後泥洹故多病也欲一月遊行者問曰舍利弗病何以欲遊行耶答曰有緣衆生應受化故如佛一日六時觀衆生隨應度者不失時宜舍利弗第二轉法輪

師亦一日六時常觀察衆生知應度者隨宜度之又舍利弗捉持佛法欲遊諸國隨可應爲隨宜消息是故應行又以風冷病故遊行自苦病則損折故又求行道所宜處故又諸國土應降伏者欲令降伏故已降伏者令發信悟故問曰何以止一月遊行答曰有緣衆生一月則盡是故一月又云應降伏者一月則訖又云求索所須衣服卧具一月則足又云應求病所須一月則辦僧伽梨重者問曰舍利弗有四如意足能以三千世界手中迴轉何以乃言僧伽梨重答曰舍利弗所以遊行欲化衆生而所應度者不以神通得悟是以不現神力正應步行而僧伽梨重又云欲往降伏未降伏者而諸論師可以理屈若現神力則長彼憍心是故不現神通若欲步行而僧伽梨重又云現大慈悲相故爲將來老病比丘無諸惱故欲令如來作開通因緣與老病比丘作一月不離衣宿羯磨老者七十已上名爲老問曰佛何以結一月不離衣法答曰爲度衆生因緣故又爲行道因緣故不持重衣得離苦惱隨時修業無所妨故又爲求隨身所須故爲求病瘦所宜故爲營精舍塔寺故爲降伏未降伏故已降伏者生信悟故曰得捨衣突吉羅懺

次不離衣宿

此戒比丘比丘尼共式叉摩尼沙彌沙彌尼不共無離衣宿戒尼結大界極大一拘屢舍結一月衣戒同也僧結衣界尼則不同尼結衣界僧則不同凡結大界所以通聚落者僧結大界以界威力故惡不得便又在界内善

神所護是以爲檀越故通聚落結也若結大界僧應晝集不得與欲著上下衣遊行諸國著上衣鬱多羅僧下衣安陀會一夜者又云但以色陰晝夜以明曉爲晝黑冥爲夜又云以五陰爲晝夜日没者若日過閻浮提界名日没明相者有種種異名有三種色若日照閻浮提樹則有黑色若照樹葉則有青色若過樹照閻浮提界則有白色於三色中白色爲正離衣宿至明相出尼薩耆波逸提或有捨衣不得罪如比丘出界至他處宿借衣受持過地了時捨衣還他是謂捨衣無罪或有得罪不捨衣如比丘出界至他處宿借衣受持過地了時即還他衣不說捨法還自受衣以不捨衣更受自衣壞威儀故突吉羅是謂得罪不捨衣或有亦捨衣亦得罪如比丘自有衣出界外宿地了時捨墮是謂亦捨衣亦得罪或非捨衣不得罪如比丘自受捨衣不離宿是謂不捨衣不得罪除僧羯磨者僧先結大界後結衣界大界者極大縱廣十俱盧舍必使此中羯磨布薩時不生疑心設有河水大道亦得合結但度岸取相而後結之降此已還隨遠近大小無過若結衣界作羯磨應言除聚落及聚落界所以除聚落者聚落散亂不定衣界是定又爲除誹謗故又爲除鬪諍故又爲護梵行故又爲除嫌疑故又言若有聚落應言除聚落若無聚落不須言除又言羯磨法爾若有若無一切時除所以然者若結衣界時無聚落結衣界已後聚落來入界中不須更結已先結故若本有聚落結衣界已移出界去即此空處名不離衣界若

聚落先本小後轉大隨聚落所及處盡非衣界若聚落先大結衣界已聚落轉小隨有空地盡是衣界又如王來入界内施帳幕住近左右作飲食處大小行來處盡非衣界有作幻人呪術人作樂人來入界内所住止處亦如王法盡非衣界復次除僧羯磨者如舍利弗僧伽梨重爲老病比丘結一月不離衣法與羯磨竟病差於此月内即先羯磨遊行若羯磨竟病重不行病差已復不行更得病即先羯磨同一月内故得遊行若化衆生未盡一月已盡若求衣服醫藥所須若爲三寶有所營作所求未辦而一月已盡以事難故至緣訖無罪若比丘死此衣應與看病人以衣屬死比丘故若失衣更求得衣不問輕重應更作羯磨若施三寶更求得衣亦應更作羯磨乃至九月亦如是以因緣故結一月以一月因緣故結九月問曰何以不多不少正齊九月答曰比丘結三月一處安居以修所業是故九月問曰爲一羯磨爲九羯磨答曰一羯磨如僧伽梨欝多羅僧安陀會亦如是以因緣故聽僧伽梨因僧伽梨聽欝多羅僧安陀會問曰正聽離一衣更聽離二衣答曰不聽二衣所以制三衣以除寒故一衣不能却寒以除慚愧故一衣不能除慚愧又爲入聚落故制三衣一衣不中入聚落又爲生前人歡喜心故制三衣一衣不生人善心爲威儀清淨故制三衣一衣威儀不清淨若比丘尼欲留二衣亦不得所以制五衣者爲威儀故三衣不成威儀餘如前説若著欝多羅僧安陀會一切時得入王宫聚落無過若作一月

羯磨有老比丘僧伽梨重若實不老不病僧伽梨重爲作羯磨則成羯磨僧得突吉羅前人以不知法故無罪若前人知法亦得突吉羅若實不老不病僧伽梨不重而言老病重得波逸提得成羯磨或聚落界非家界如二聚落各有一家是謂聚落界非家界或有家界非聚落界如一大聚落更無異聚落有衆多家是謂家界非聚落界或有亦聚落界亦是家界如二聚落各有多家謂聚落界亦是家界或有非聚落界非家界如阿練若處是謂非聚落界非是家界聚落有一界亦有別界相接聚落是名一界不相接聚落是名別界家亦有一界亦有別界若房舍住處是名一界若作食處若取水處若門處若大小便處是名別界自後諸句類可解也不相接聚落者雞飛所及處箭射所及處分別男女處慙愧人大小行處若聚落正有一家置衣在一家中在箭射所及處卧至明相舉不失衣設衣在箭射所及處比丘在家中卧至明相舉亦不失衣若聚落有衆多家若衣在家中在箭射所及處卧則失衣以家界別故若置衣在家界外在箭射所及處卧不失衣相接聚落界者四邊有聚落以十二桄梯四向到牆上得登出入身在梯根下卧置衣在四邊聚落則不離衣以梯四向相接故若聚落正有一家衣在家内不失衣若聚落有多家衣在家内則失衣若衣在家界外不失衣若有梯衣在四聚落不失衣若無梯衣四聚落則失衣以不相接故復有相接聚落界如兩邊有聚落中間有道容車行來若車軸兩頭到

聚落以衣著一頭人在一頭設在車上俱不失衣以車連接故設聚落正有一家以衣在一家內在車上卧亦不失衣若無車者不成相接必使有車則不失衣若無車者則失衣也若聚落有牆籬圍繞四邊容作事處是聚落界以有牆障故勢不及遠若聚落有塹圍繞四邊擲糞掃所及處是名聚落界以牆籬圍繞及塹圍繞此二界異前不相接聚落界相接聚落界族有一界有別界若父母兄弟兒子共一食一業未作別異是名爲家若父母兄弟兒子異食異業盡皆別離同居一處事各不同是名爲族族有一界亦有別界各有所住處是名一界若作食處若門處若取水處若大小行處是名別界若衣在一族人在異族則失衣也若人在一處衣在取水處若在作食處則失衣也自後車行聚落外道舍場舍園舍若異主異見則失衣若一主同見不失衣義推可知重閣舍者若衣在上重人在下重舍屬一主不失衣若舍是異主衣在上重人在下重衣在下重人在上重則失衣若衣在下重人在中重若衣在中重人在下重若衣在上重人在中重若衣在中重人在上重則不失衣以中間相接相通故若比丘與師持衣前後四十九尋律師云亦得縱廣四十九尋若比丘二界上卧身入二界內衣在二界俱不失衣若二聚落中隔一牆在牆上卧衣在二聚落俱不失衣若比丘在二界中間死隨面向何處應取衣又云隨所先見則取此衣

第三非時優波斯那因緣

我欲四月燕坐問曰佛三阿僧祇劫立四弘誓欲濟無邊衆生今既成道云何寂然自守答曰佛無時不度衆生或以寂默而作佛事或以說法而作佛事行住坐卧無非佛事凡靜默者或離身亂或離心亂或身心俱離佛四月燕坐或遊諸禪定或至他方度脱衆生或入十力四無所畏十八不共法佛所以燕坐者以衆生常見佛故寛縱懈怠欲令衆生生渴仰心故又不欲令外道異見長譏謗故以常見佛馳騁諸國謂直棲棲内無實法是故燕默示其不空又欲令將來弟子作軌則故佛功德智慧一切具足猶禪默不廢而況凡夫而生懈怠又佛以法爲師靜默入定遊入種種無量法門即是法供養師四月燕坐者佛在世時凡三燕坐一初得道已十五日燕坐亦制諸比丘不得見佛中間二月燕坐亦復立制問曰佛何以初十五日中二月後四月答曰初得道時始度衆生以化衆生因緣多故正十五日中燕坐時所化衆生以無量外緣漸少是故二月後泥洹時到所化衆生轉以向盡是故四月又佛初成道時衆生爲惡者少但十五日則見過罪又至中間衆生作惡漸增二月燕坐亦見過罪至其後時多作非法四月燕坐乃見過罪往者隨意問曰諸比丘何以不語優波斯那僧衆之制答曰優波斯那既是大德捉持佛法以畏難故不敢向說除一送食比丘及布薩食供養佛色身布薩供養法身是故聽之此是共戒比丘比丘尼俱捨墮三衆突吉羅非時衣者從四月十六日至八月十五日名爲衣時若有

功德衣至臘月十五日名爲衣時從臘月十六日至四月十五日名爲非時此四月中若人自恣與衣是名非時衣若四月内得父母兄弟姊妹兒女本二所施衣若五歲會若入舍會不名非時衣此各有常定故若自求乞衣不名非時三衣具足不聽乞故若得不具足衣停是衣欲令具得至一月過是停捨墮此戒體得不具足衣欲使具足故得至一月必使一月勤求成衣令想念不斷得至一月若或時斷想不至一月若初日得衣即作是念我此十日所望必不能得是衣不得過十日若過十日若是衣乃至四肘無縫緣作若直留此過十日者捨墮若不應量衣者突吉羅此衣應捨乃至十日作是念我此一日所望恐必不能得此衣一日内不與人不作

衣不作淨至十一日亦如前説若初日得即停衣日不得所望非望而得是二種衣十日内若不作衣不作淨不與人不受持至十一日是二衣下至四肘者捨墮若不應量此衣捨作突吉羅懺雖得所望非望所得應成衣故若比丘得不具足衣停更望得衣故乃至九日不得所望非望而得是衣至十一日亦如前説若初日得不具足衣停更望得衣故至十日不得所望非望而得是衣一日内若不作衣不與人不作淨不受持至十一日亦如前説

薩婆多毗尼毗婆沙卷第四

音釋

褥（如欲切裀褥也）氈（諸延切撚毛席也）嚼（疾雀切噬也）擯（必刃切斥逐也）長衣（長直亮切餘剩也）擿（他歷切挑也）鉀（古洽切鎧也）冑（直又切兜鍪也）捩（力結切紾也）桄（音光梯桄橫木也）

薩婆多毗尼毗婆沙卷第五

失譯人名今附三秦錄

第四結從非親里尼取衣因緣

華色比丘尼者容貌端正色作優鉢羅華色此人前世久遠劫時作一婆羅門女父母家人入海採寶是女在後不能自活便與諸婬女共在一處賣色自供此女色貌不豐無人往來常自咎責何以獨爾時世有辟支佛一切敬仰有人語言汝能供養辟支佛者隨心所欲世世如願時彼女人即隨其語辦美飲食以優鉢羅華覆上奉辟支佛即發願言令我世世常作女人端正無雙爲人所敬無能過此又願得如沙門所得功德令我得之是故今世得作女人顏貌第一以本願故今得漏盡安陀林者名晝闇林是林廣大繁茂林下日所不照又林主長者名曰安陀故因此爲名以貴價氎裹一臠肉懸著樹上問設有人取此氎肉誰邊得罪爲賊邊得爲尼邊得答曰尼邊得罪何以衣服弊壞者問曰華色有大功德名聞多人所識何故衣服不充答曰世有二人無猒無足一得已積聚二得已施人華色凡有所得求者皆與是以供身所須常有所乏盈長衣中者此是佛入靜室四月燕默多有比丘捨居士衣著糞掃衣是彼衣也

次從親里尼取衣

此是不共戒比丘尼無犯沙彌突吉羅與諸比丘結戒者王以男子女人不宜交往共相染習則致種種非法因緣是以斷之若是親里不致嫌疑亦無非法是故則聽取衣者是

應量衣若是白衣若非法色衣亦不得取以染應法故取則捨墮若多比丘取一衣多人犯一比丘多尼邊取一衣計尼犯五種衣三種不得取火燒牛嚼鼠齧取則捨墮二種衣取突吉羅取應量鉢捨墮若取一切不應量衣服鍵鎡器物突吉羅若從式叉摩尼沙彌尼取衣與比丘尼同犯除貿易者令行道者得安樂故又使弟子無若惱故若比丘得比丘尼所宜衣比丘尼得比丘所宜衣不貿易者以衣因緣故種種馳求妨廢行道得諸惱害是故聽之

第五使非親里尼浣故衣

此是不共戒沙彌使非親里尼浣故衣突吉羅是中犯者若自持衣與非親里尼若浣若染若打三事中趣作一事尼薩耆波逸提若一時作三事亦得一捨墮若浣不好淨染不成色打不能熟盡突吉羅若使書信印信突吉羅若使浣捨墮衣突吉羅若二人共一衣乃至多人共衣使打染盡突吉羅使浣染打不淨衣駝毛牛毛羖羊毛雜織衣突吉羅與學沙彌浣染打捨墮破戒賊住如是第無犯者使式叉摩尼沙彌尼浣染打故衣與比丘尼同犯若比丘使比丘浣故衣突吉羅此戒應量不應量衣一切犯

第六從非親里居士乞衣

跋難陀說種種法者或云初說布施中說持戒後說生天福報或云前後說法但說布施福報爲諸比丘結戒者一以佛法增上故二爲止諍訟故三爲滅前人不善心故四爲衆生於正法中生信樂故此是共戒比丘比丘

尼俱捨墮式叉摩尼沙彌沙彌尼突吉羅是中犯者比丘從非親里乞衣得衣者尼薩耆波逸提若使書信印信突吉羅若二人共乞一衣突吉羅若爲他索突吉羅若得應量衣捨墮若得不應量衣突吉羅不犯者從親里索若親里多財饒寶從乞無犯若親里貧匱從索突吉羅若親里與少更索多突吉羅若爲他索突吉羅若爲法令親里自與無過若先請者若非親里先請與衣從索無犯雖先請與衣後若貧窮從索突吉羅若與少更索多亦突吉羅若爲他索亦突吉羅若非親里不索自與無犯

第七戒

爾時波羅比丘者此是土地名此比丘因地爲名昔儒童菩薩於然燈佛所以髮布地令佛蹈過以此因故得髮紺色即於爾時剃髮出家時無數人得菩薩髮尊重供養以是因緣衆多衆生值過去佛皆得漏盡入無餘泥洹餘四十人於今佛得度此波羅比丘四十人中是一人數最後度者裸形而行者問曰遠行難險有賊難毒蟲難水難火難飢寒等難佛何以令諸比丘遠遊行耶答曰衆生根性好樂不同是故大聖因而制教或有衆生因動亂遊行而生善根是故如來讚歎遊行隨時一移無所繫戀若有衆生但因靜默而增善根是故如來讚歎閑居靜默自守隨有益故則無咎也所以裸形者一以佛結戒故不敢乞衣二爲將來比丘多有如是諸苦難事欲令佛作開通因緣故奪比丘衣者此六群比丘有深智慧善爲方便先語波羅汝衣

滿足長者與我波羅許可是故無罪與諸比丘結戒者此是共戒比丘比丘尼俱捨墮三衆突吉羅若比丘失一衣是比丘僧伽梨可摘作衣者不應乞若乞得者捨墮若乞不得突吉羅若有餘財中作衣者不應乞若乞同僧伽梨得罪若失二衣有僧伽梨可摘作一衣者應乞一衣若乞得二衣者捨墮若不得突吉羅此中衣者限應量衣餘不應量衣若少若無應乞若長乞盡突吉羅

第八戒

此是共戒比丘比丘尼俱尼薩耆波逸提三衆突吉羅爾時有一居士爲跋難陀釋子辦衣直此居士常與跋難陀客主來往跋難陀智慧福德多財饒貨常以財寶與此居士出入息利時此居士欲辦一衣與跋難陀以求意氣欲令息利之中不計多少跋難陀知其意故便到其所勸令好作此戒體非親里居士居士婦先爲辦衣直便到其所教令加錢好作若貴價好色大量如語得者捨墮不得者突吉羅若遣使書信印信突吉羅若不爲貴價好色大量求隨其所宜等價等色等量減價減量減色勸令作如是衣者無犯是中衣者應量衣下至四肘上至八肘得應量衣捨墮得不應量衣突吉羅不犯者從親里索若親里豐財多貨從索無過若貧者突吉羅若先請者非親里先請有所須者索若先請檀越豐有財物勸令好作無過若貧乏者突吉羅若非親里自與無犯

第九戒

此是共戒比丘比丘尼俱捨墮三衆突吉羅

此亦是應量衣若勸得不應量衣突吉羅前戒一居士爲比丘先辦衣直勸令於價色量中加直好作此戒體二居士各辦衣直各作一衣與比丘勸令合作使於價色量中增加好作義同前戒正以二居士爲異不犯者從親里索若先請若不索自與盡如前說若遣使書信印信盡突吉羅

第十戒

跋難陀前在家時善於射道兼知兵法摩竭提國大臣將帥遣五百人從其受法得通射道有違兵法即還本國摩竭大臣尋遣使命多持寶貨來報其恩時跋難陀以染法服出家在舍衞國時摩竭使到迦維羅衞已云出家展轉求覓至舍衞城到市肆上得共相見即以寶付之還歸本國此是共戒比丘比丘尼俱捨墮六法尼沙彌沙彌尼突吉羅此戒體若檀越遣使送寶與比丘比丘應言我法不應受寶物若須衣時得清淨衣者速作衣持使若問比丘有淨人不應示所在使以財直付淨人教令作淨衣與比丘使語比丘須衣時往取衣比丘應到淨人所索衣作是言我須衣如是三反索得衣者善不得者四反五反六反淨人前默然立若乃至六反默然立得衣者善若不得衣過六反得衣捨墮戒體正在三索三默無過若七反得衣成罪不得突吉羅

十誦律第二誦初三十事中第十一事

佛在俱舍毗國此是土地名也憍奢耶者是綿名也此國養蠶如秦地人法蠶熟得綿名憍奢耶此國以綿作衣凡有二種一擘綿布

貯如作氈法二以綿作縷織以成衣作此二衣名作敷具敷具者衣名也與諸比丘結戒者止誹謗故長信敬故行道安樂故不害衆生故此是不共戒比丘尼式叉摩尼沙彌沙彌尼突吉羅是中犯者乞繭乞綿乞縷作二種衣衣成者尼薩耆波逸提此二種衣得作三衣中受持若乞繭自作綿不得罪若乞繭賣故有生蟲者突吉羅若無蟲者無罪若乞得成綿貯衣無罪若乞得繭綃已成者無罪若憍奢耶蠶壞作敷具無罪若合駝毛羊毛牛毛突吉羅若合蒭摩衣麻衣劫貝衣褐衣欽婆羅衣作敷具者突吉羅作衣下至四肘捨墮若使他作亦捨墮以憍奢耶貴故

第十二事

此國以黑羊毛貴故不聽也黑羊毛作衣法亦二種一以黑羊毛擇治布貯作細氈二作縷織成作衣此二種衣盡名敷具敷具者衣名也此羊毛衣得作三衣盡中受持此是不共戒四衆突吉羅是中犯者羊毛有四種生黑藍染黑泥染黑木皮染黑四種黑羊毛中隨取一種擘治布貯作敷具成已捨墮若得朽壞黑羊毛作敷具無犯若得以成者若爲塔若爲僧若以駝毛羖羊毛牛毛合作突吉羅若蒭麻衣劫貝衣褐衣欽婆羅衣合作突吉羅作衣下至四肘捨墮若使人作亦捨墮以黑羊毛貴故

第十三事

此戒正以雜羊毛作敷具爲異此是不共戒四衆突吉羅黑羊毛如前說白羊毛背毛脅毛頸毛下者頭毛腹毛脚毛作敷具應用二

十鉢羅黒毛十鉢羅白毛十鉢羅下毛一鉢羅四兩若作敷具用黒毛二十鉢羅中乃至過一兩捨墮若取白羊毛十鉢羅中過一兩突吉羅若取下羊毛十鉢羅中乃至少一兩捨墮若作六十鉢羅敷具用三十鉢羅黒羊毛十五鉢羅白羊毛十五鉢羅下羊毛若作百鉢羅敷具用五十鉢羅黒羊毛二十五鉢羅白羊毛二十五鉢羅下羊毛若自索羊毛自作成衣亦捨墮雖聽雜作以功力多故有所妨廢是故得罪若倩人如法作無罪亦下至四肘尼薩耆波逸提

第十四事

此戒體若作三衣已六年内不得從檀越乞羊毛縷種種衣具作應量衣則隨織成已捨墮除僧羯磨僧羯磨已得從檀越乞衣具作衣此戒體斷多貪多畜此不共戒四衆突吉羅自此與不犯自有衣財作不犯若買得衣財作不犯

第十五結新作尼師壇因縁

默然受請問佛受請何以默然答曰佛貪結已盡於食無貪無染是故默然聲聞辟支佛貪結雖盡習垢猶在是故受請故有許可又云爲斷譏謗故若佛於食發言許可外道異見當言瞿曇沙門自言超過三界而故於食有貪又云佛現大人相故食是小事不以致言譬如國王終不以小事頓移設有大事詳而後動佛亦然也又云佛凡有五時入空三昧一受請時二受食時三説法時四有利樂時五譏謗時若受請時觀請我者誰受請請者誰若受食時施食者誰受食者誰如是乃

至譏謗我者誰受謗者誰以入空三昧故是以默然有經說佛亦有時受請以言許可問曰佛何以有時許可有時默然答曰此不可思議經云佛不可思議龍不可思議世界業報不可思議此是佛不可思議佛欲令衆生知佛心者乃至下流鈍根衆生佛欲令見即得見之若欲令不見正使聲聞辟支佛有通眼者不能得見又佛放大光明下至阿鼻獄上至有頂有應度者令得見之不應度者對眼不見是故佛有時許可有時默然不可測也頭面禮佛足者右繞而去若外道異見但繞而去若有信者禮足繞已而去佛身清淨喻如明鏡天神龍宫山林河海一切器像於身中現見者信敬心生是故頭面禮足右繞者順佛法故所以右繞又密迹力士若有左

繞者即以金剛杵碎之又佛世世已來常順三寶父母師長一切教誡無違無逆令得果報無有逆者又佛身淨衆生於中各見所事或天或神莫不見者是以畏敬右繞而去問曰外道邪見何以不禮佛足答曰世世習憍慢故又常懷惡邪無善心故又云各有所事故何以正繞三帀一以不惱亂佛不自亂故二以生將來解脱因緣故還歸竟夜具諸淨潔多美飲食問曰何以正夜作食答曰晝日多熱飲食臭穢是故夜作又云夜作食晨得新食若先作食者則食宿食是以夜作白佛時到問曰先已請佛何以重請答曰欲生增上功德故先日以請今更重請功德轉增又欲成三堅法故又佛時到自行何由得知一居士在靜處燒香遥供養請佛香來繞佛三

帀又云密迹力士白言時到又云阿難時至則白又云佛自知時不須外緣佛自房住者佛以行無益故不行又佛所以住者有五因緣一以入靜室二爲諸天說法三爲病比丘四爲結戒故五爲看諸房舍卧具故從房至房者爲欲令諸比丘生畏敬故比丘行後佛自觀諸房舍後諸比丘必自肅慎不敢令諸房舍中有諸非法又欲斷諸比丘非法談論佛自入房舍終不敢有非法言者又欲斷諸賊盜人故佛自行房設有惡人不起賊心上座說法者所以食竟與檀越說法者一爲消信施故二爲報恩故三爲說法令歡喜清淨善根成就故四在家人應行財施出家人應行法施故爾時有居士請佛及僧明日舍食佛在世時飲食衣服及餘供養常受一人分佛滅度後三寶分中但取一分問曰佛在世時何以但取一人分滅度後取三寶一分答曰佛在世時供養色身是故但取一人分佛滅度後供養法身以佛法身功德勝於僧寶是以於三分中取一分也佛若在世時若施主言供養佛則色身受用若言供養佛寶則色身不得受用應著爪塔髮塔中施心供養法身法身長在故凡爲施法應令心定口定施福既深又易分別若施佛者定言與佛若施法者應好分別若施法寶口必令定若施經書口亦令定若施說法讀誦經人口亦使定若施衆僧亦有三種若僧祇臘若自恣臘若面門臘於此三種應好分別又施衆僧復有二種一施僧寶二但施僧若施僧寶凡夫僧聖人僧不得取分以施僧寶故若施衆僧

者聖僧凡夫僧俱得取分以言無當故若言施三寶應分作三分一分與佛寶一分與法寶應懸著塔中不得作經不得與說法誦經人一分與僧寶衆僧不得取此物應還付施主若無施主應著塔中供養第一義諦僧若直言施法分作二分一分與經一分與讀誦經人不與法寶律師言不與法寶如秦地寄物來與法豐僧祇若自恣若面門隨語分處若直言與法豐僧應分作三分一分與僧祇一分與自恣臘至自恣時分一分與面門隨取秦食若法豐無僧乃至有一沙彌沙彌應分作三分僧祇面門自恣自恣臘時待自恣時取面門臘隨取食若取自恣臘時食面門臘時應打揵椎若有比丘共食共分無者自食自取如法清淨若無沙彌應入近住僧若無近住僧應入尼僧尼僧應好思量若法豐僧始終有還理應舉置一處還則與僧若必無還期應分作三分如前法一分入僧祇一分入面門一分入自恣待自恣時分若遠方送物與尼僧次第如法如前僧法更無異也若送物與波演分作三分一分入波演以無僧祇故一分入面門一分入自恣待自恣時分若遠處以罽賓佛教熾盛送物供養者此物正應與佛與僧以僧順佛教故若與佛與僧即是與法以法不離佛僧故應分作二分一分入佛一分入僧若送物供養罽賓僧罽賓有二種僧一薩婆多二曇無德隨意供養無過若送物與五法僧若無五法人即入五法尼僧若無尼僧若始終永無五法人者此五法物應分作三分僧祇自恣面門二種得

入僧祇用不得分也面用還置本處不得取也若比丘作尼師壇應用故敷具周帀修伽陀一搩手壞色故尼師壇者長佛四磔手廣佛二搩手故敷具者僧祇藏中有種種故棄衣服卧具盡名敷具若作新尼師壇應取故敷具最長者廣中取一搩手長裂隨廣狹分作緣周帀緣尼師壇若故敷具中無大長者隨有處長者用若無長者短者亦用若一切都無不用無罪若四方僧雖有故衣服非是棄物不得取用若有處不用捨墮

第十六事

諸比丘持毛從後來心生嫉妬者諸賈客欲販羊毛不欲令羊毛多入國故二見諸沙門擔負羊毛非出家人法是故訶之此是不共戒比丘尼式叉摩尼沙彌沙彌尼突吉羅由

旬者四十里一由旬若得羊毛一比丘擔去得至三由旬若二比丘至六由旬如是不計人多少是中犯者若比丘自持羊毛過三由旬尼薩耆波逸提問曰此是暫捨爲根本捨答曰以罪言之是根本捨以法言之是則暫捨若使五衆持去過三由旬突吉羅不得車載馱負若使淨人持去過三由旬突吉羅不犯者三由旬內若著耳上若著耳中若著咽下若作氈若著針筒中持去不犯若與人持去三由旬不犯以非比丘法故亦自傷損

第十七事

頭面禮足一面立問曰瞿曇彌比丘尼衆何以不坐答曰女人敬難情多是故不坐又云佛少爲尼衆說法設爲說法不廣爲說又尼衆一切時佛所不坐爲止誹謗故若坐聽法

外道當言瞿曇沙門在王宮時與諸婇女共在一處而今出家與本無異欲滅如是諸譏毀故是以不坐又女人鄙陋多致譏疑是故不坐與諸比丘結戒者爲增上法故若諸尼衆執作浣染廢息正業則無威德破增上法又爲止惡法次第因緣又爲二部衆各有清淨故此是不共戒四衆突吉羅是中犯者若比丘往語非親里比丘尼爲我浣染擘羊毛若比丘尼爲浣爲染爲擘隨作一事各得捨墮若比丘尼更轉使他浣染擘突吉羅若使式叉摩尼沙彌尼浣染擘捨墮若遣使書信印信浣染擘突吉羅若捨墮羊毛未作淨使浣染擘突吉羅若淨施羊毛使浣染擘淨施主得突吉羅不犯者親里尼式叉摩尼沙彌尼不犯

第十八事

與諸比丘結戒者爲止誹謗故爲滅鬬諍故爲成聖種故此是共戒比丘比丘尼俱尼薩耆波逸提式叉摩尼沙彌沙彌尼不得畜畜得突吉羅捉則無罪是戒體正以畜寶制戒如戒本說若比丘自手取寶若使人取此二種取盡取自畜取有五種以手捉手取若以衣從他衣取若以器從他器取若言著是中若言與是淨人皆爲畜故以此五事當取時捨墮莫自手捉如法說淨者不犯寶者重寶金銀摩尼真珠珊瑚硨磲瑪瑙此諸寶若作若不作若相若不相作者以寶作諸器物不作者但是寶不作器物相者不作器寶或作字相或作印相不相者不作器寶不作字相不作印相若受畜如是寶捨墮若比丘自手

取鐵錢銅錢白鑞錢鉛錫錢樹膠錢皮錢木錢此諸錢亦以五種取以手捉手取若以衣從他衣取若以器從他器取若言著是中若言與是淨人爲畜故當五種取時突吉羅莫自手捉當取時如法說淨者不犯若比丘捨墮寶若必應棄若多設得同心淨人應語言我以不淨故不取汝應取淨人取已語比丘言此物與比丘比丘言此是不淨物若淨當受即是說淨說淨已然後入衆悔過不爲畜故若捉他寶若捉自說淨寶但捉故得波逸提一切錢若銅錢乃至木錢若他錢若說淨錢但捉突吉羅非是此戒體是九十事捉寶戒若種種錢似寶玻瓈琥珀水精種種僞珠鍮石銅鐵白鑞鉛錫如是等名似寶錢及似寶若畜得突吉羅錢寶應捨與同心白衣淨人不入四方僧若重寶不得同心淨人入四方僧若似寶作器入百一物數不須作淨若不入百一物數一切器與非器皆應說淨百一物各得畜一百一之外皆是長物

第十九事

爾時六群比丘先捨墮寶作種種用者此寶六群比丘如法說淨已種種轉易此是共戒比丘比丘尼俱捨墮式叉摩尼沙彌沙彌尼突吉羅此戒體以重寶與人求息利當與時得捨墮若爲利故以重寶相貿得彼寶時捨墮以重寶爲利故更買賣餘物得物時捨墮以寶相貿者如以作貿作以作貿不作以作貿作不作不作亦有三句若以相貿相若以相貿不相若以相貿相不相不相亦有三句是謂以寶貿寶用有五種一者取二者持來

三者持去四者賣五者買取取者若言取此物從此中取取爾所從此人取持來持去亦如是四種賣與買亦如是四種若比丘用鐵錢乃至木錢與人求息利突吉羅若爲利故以錢買物突吉羅若餘以寶若穀綃布如是比若出息若以買物爲利故盡突吉羅此戒體正應言種種用寶不得言賣買此戒直一往成罪不同販賣戒販賣戒爲利故買已還賣成罪捨墮錢寶若少應棄若多設得同心淨人如前說種種用寶及後販賣戒物要得白衣同心淨人捨不聽沙彌沙彌亦捨畜寶戒亦爾若種種用錢及以似寶捨與同心淨人不入四方僧作突吉羅懺立木榜治者板上畫其罪過以示同見也

第二十事

爾時有梵志是外道六師門徒六師者一師十五種教以授弟子爲教各異弟子受行各成異見如是一師出十五種異見師別有法與弟子不同師與弟子通爲十六種如是六師有九十六種師所用法及其將終必授一弟子如是師師相傳常有六師與諸比丘結戒者爲佛法增上故爲止鬬諍故爲成聖種故爲長信敬故此是共戒比丘比丘尼俱尼薩耆波逸提三衆突吉羅此販賣罪於一切波逸提中最是重者寧作屠兒不爲販賣何以故屠兒正害畜生販賣一切欺害不問道俗賢愚持戒毀戒無往不欺又常懷惡心設若居穀心恒悕望使天下荒餓霜雹災疫若居鹽貯積餘物意常企望四遠返亂王路隔塞夫販賣者有如是惡此販賣物設與衆僧

作食衆僧不應食若作四方僧房不得住中若作塔作像不應向禮又云但佛作意禮凡作持戒比丘不應受用此物若此比丘死此物衆僧應羯磨分問曰不死時不受用此物何以死便羯磨答曰此販賣業罪過深重若生在時衆僧食用此物若雖復犯戒有罪僧福田中故與受用以受用故續作不斷是僧福田中不聽受用令世無福後得重罪以此因緣不敢更作比丘既死更無販賣因故是故聽羯磨取物或有方便有罪果頭無罪如爲利故糴穀居鹽後得好心即施僧作福是名方便得突吉羅果頭無罪或方便無罪果頭有罪如爲富故糴米不賣後見利故便賣以自入是謂方便無罪果頭有罪得突吉羅罪凡如此比可以類解是中犯者若比丘爲利故買以不賣突吉羅若爲利故賣已不買亦突吉羅若爲利故買已還賣尼薩耆波逸提若販賣物作食噉口口波逸提若作衣著著波夜提若作蓐敷卧上轉轉波逸提凡市買法不得下價索他物得突吉羅衆僧衣未三唱得益價三唱已不應益衆僧亦不應與衣已屬他故比丘三唱得衣不應悔設悔衆僧莫還是販賣物若無同心淨人應作四方僧卧具爲止誹謗若作入佛外道當言瞿曇沙門多貪利故令弟子捨物持用自入又除佛福田無過四方僧福田不問受法不受法持戒毀戒法語非法語一切無遮若持戒比丘若他比丘販賣物衣食不應食用

第二十一事

與諸比丘結戒者爲成聖種爲增正業故此

是不共戒比丘過十日捨墮比丘尼過一宿捨墮式叉摩尼沙彌沙彌尼突吉羅若畜長白鐵鉢瓦鉢未燒一切不應量鉢突吉羅問曰若白衣若不如法色衣過十一日捨墮以染作如法色故若白鐵鉢若瓦鉢未燒過十日何以不得捨墮答曰衣鉢不同染則如意成色更無增損鉢若燒若熏或損或壞是故不同鐵鉢瓦鉢若未熏未油得用食不成受持鉢者三種上中下上者受三鉢他飯一鉢他羹餘可食物半羹羹是名上鉢下者受一鉢他飯半鉢他羹餘可食物半羹羹是名下鉢上下兩間是名中鉢若大於大鉢小於小鉢不名爲鉢鉢他者律師云諸論師有種種異說然以一義爲正謂一鉢他受十五兩飯秦稱三十兩飯是天竺秔米釜飯時人咸共議計謂上鉢受三鉢他飯一鉢他羹餘可食者半羹三鉢他飯可秦升二升一鉢他羹餘可食物半羹羹是一鉢他半也復是秦升一升上鉢受秦升三升律師云無餘可食物直言上鉢受三鉢他飯一鉢他羹留食上空處令指不觸食中下鉢亦除餘可食物但食上留空處令指不觸食下鉢者受一鉢他飯半鉢他羹餘可食物半羹羹是秦升一升一升餘可食物半羹可一升半下鉢受秦一升二升半問曰衣若長若減得成受持鉢若長若減不成受持答曰衣設長可減可續鉢若大若小不可增損是故有異是中犯者若比丘一日得鉢即是日狂心亂心病壞心若不見擯惡邪不除擯如是乃至命終無罪後若得心若解擯即次第數日得罪若得鉢經五日若狂心亂

心病壞心若不見擯惡邪不除擯隨幾時無罪後若得心若解擯數前五日後取五日成罪若得鉢日至天上欝單越隨幾時無罪後若還至本處次第如前說

第二十二事

見一肆上有好瓦鉢圓正可愛律師云佛初出世衆僧無鉢佛勑釋提桓因令天巧工作十萬鉢在於世間肆上鉢者是彼天鉢非是人造此是共戒比丘比丘尼更乞新鉢俱尼薩耆波逸提三衆突吉羅若乞白鐵鉢未燒瓦鉢若與他乞若遣使書信印信若二人共乞一鉢若買得若自與皆突吉羅一切不應量鉢亦突吉羅若乞得白鐵鉢未燒瓦鉢自燒熏已尼薩耆波逸提若比丘所受鉢四綴以還未可五綴更乞新鉢捨墮若鉢可應五綴若綴未綴乞鉢無犯鉢若四綴五綴以還食已應解綴却好蕩令淨手拭令乾舉著淨處後日食前更以新繩綴已用食若鉢未滿五綴更乞新鉢此如律文應僧中次第行若都不取者還與此比丘終身令畜前所受持鉢如法受持後鉢不受直令常畜此二鉢若食時當持二鉢終身如是以示多欲罪過斷後惡法因緣此鉢常好愛護如律文說若不護故使令破得罪

第二十三事

爲諸比丘結戒者爲除惡法故爲止誹謗故爲成聖種故此是共戒比丘比丘尼俱尼薩耆波逸提式叉摩尼沙彌沙彌尼突吉羅是中犯者若比丘自乞縷突吉羅若使非親里織師織尼薩耆波逸提若遣使書信印信皆

尼薩耆波逸提以憑貴重勢力故織師畏難事必得果是故成罪此戒得衣已得罪從親里乞縷無罪若自織令比丘比丘尼式叉摩尼織織皆突吉羅若爲無衣故從非親里乞縷欲作衣亦突吉羅若少衣正應乞衣不應乞縷作衣須縷縫衣作帶無罪若不憑貴人勢力自理求之織師與織者無罪凡一切自以意求人織絹織布無罪此戒不問應量不應量衣盡得罪不犯者使親里織若非親里令織一肘衣乃至禪帶無犯

第二十四事

此是共戒比丘比丘尼俱尼薩耆波逸提三衆突吉羅是戒體若非親里居士居士婦使織師爲比丘織作衣比丘自往勸令如意好廣緻淨潔織許與食食具食直得好衣捨墮不得好衣突吉羅此衣亦不問應量不應量盡得罪若爲織師説法令好織不與食具食直得好衣突吉羅若遣使書信印信許與食具食直得好衣捨墮不犯者自有縷令織師織無罪

第二十五事

此是共戒若比丘尼犯俱尼薩耆波逸提三衆突吉羅若比丘奪比丘衣捨墮若奪比丘尼式叉摩尼沙彌沙彌尼衣突吉羅若奪得戒沙彌行波利婆沙摩那埵盲瞎聾瘂不見擯惡邪不除擯盡尼薩耆波逸提若奪狂心亂心病壞心犯四重出佛身血壞僧輪五法人盡突吉羅若比丘尼奪比丘尼衣捨墮奪比丘衣突吉羅若奪得戒沙彌尼衣行波利婆沙盲瞎聾瘂比丘尼衣捨墮不見擯惡邪

不除擯亦捨墮餘如前說此戒體比丘先根本與他衣後爲惱故暫還奪取捨墮衣捨還他波逸提懺若先根本以與他衣後根本奪應計錢成罪若先暫與他衣後便奪取無罪若和尚爲折伏弟子令離惡法故暫奪衣取無罪若奪衣已二人俱出界不失衣若奪衣比丘持衣出界若失衣比丘自出界宿是則失衣尼薩耆波逸提者是衣直捨還也不須僧中律師云胡本無僧中捨法波逸提罪對手悔過律師云比丘尼從佛出世至今無得戒沙彌尼況有犯罪一念不覆藏者亦與學法又云佛在世時有一人與學法佛滅度後罽賓有一得戒沙彌凡有二人俱得漏盡又云得戒沙彌衆不作惡更起異見入外道法中亦不樂俗返戒還家無有不見聖諦而取命終比丘本不與他衣以忿恚故欲令彼惱强以力勢暫奪彼衣突吉羅

第二十六事

此是不共戒餘四衆盡無此戒爾時長老毗訶秦言斷也已斷一切生死煩惱故曰斷也雖一切羅漢皆得漏盡而本立名各有因緣故不同毗訶比丘有好僧伽梨直十萬錢時有群賊欲劫其衣到比丘房前以手指戶即問何人賊答比丘我等欲得汝僧伽梨比丘以僧伽梨著向中入四禪力持令不得諸賊種種方便不能得衣即便相謂今旣叵得當共伺求乞食不在必可如意即如其計後來不在即持衣去以是因緣失僧伽梨夏三月過有閏未滿八月者前安居已過有閏者律師云不應言有閏也未滿八月者云後安居

始過七月十五日未滿八月從七月十六日次第六夜聽阿練若安居比丘處離衣宿所以聽者云外國賊盜有時此六夜中間是賊發時是故聽也此衣應寄衆僧界內若白衣舍無賊難處至第六夜應還取衣若往衣所若受餘衣若不取來若不至衣所不受餘衣至第七日地了時尼薩耆波逸提阿練若處者去聚落五百弓名阿練若處胡步四百步一百弓胡步者以一磔爲一步如是四百步一百弓四百弓一拘屢舍四拘屢一由旬云一拘屢舍者四百弓摩竭國一拘屢舍於北方半拘屢舍中國地平是故近也北方山陵高下是故遠耳又云中國多風遠則不聞鼓聲近則聞之是故近耳北方少風遠則鼓聲是故遠也所以南北有遠近者以聞鼓聲有遠近故云拘屢舍者是聲名也凡言鼓聲所及處是一拘屢舍律師云此是定義

第二十七事

此是共戒比丘比丘尼俱尼薩耆波逸提式叉摩尼沙彌沙彌尼突吉羅十日未至自恣者自恣餘有十日在得急施衣者若王施若夫人施若王子施大官鬭將施衆僧有信樂心以物施僧以諸貴人善心難得又難可數見或有餘急因緣是故名急施衣若不受者前人功德不成衆僧失衣是故聽受若女欲嫁時以至壻家不自在故今得自在以物施僧若病人施以善心故以物施僧今存亡有益如是等比盡名急施衣衆僧得衣即隨次分之乃至衣時應畜者從七月十六日至八月十五日若無功德衣齊是名衣時此一月

所以名衣時以夏安居竟檀越多致飯食衣服供養衆僧兼諸比丘種種執作浣染衣服以是因緣此一月内有所放捨故名爲衣時若有功德衣從八月十六日至臘月十五日名衣時是中犯者若無功德衣至八月十五日是衣應捨若作淨若受持若不捨不作淨不受持至八月十六日地了時尼薩耆波逸提若有功德衣至臘月十五日是衣應捨若作淨若受持若不捨不作淨不受持至臘月十六日地了時捨墮除十日急施衣一切安居衣必待自恣時分若安居中分突吉羅

薩婆多毗尼毗婆沙卷第五

音釋

鍵鎡 鍵音虔鎡音咨鍵鎡鉢中之小鉢今呼爲鐼子鐼音訓　羖 音古牡羊
匱 求位切乏也　裸 郎果切赤體也　擘 博陌切分擘也　貯 展呂切盛也
繭 吉典切蠶衣也　揵椎 梵語也此云鐘又云磬隨有瓦木銅鐵鳴者皆曰揵椎揵巨寒切推音追

薩婆多毗尼毗婆沙卷第六

失譯人名今附三秦録

第二十八事

此是不共戒比丘得畜雨衣比丘尼得畜浴衣不得畜雨浴衣以尼弱劣擔持爲難是故不聽畜雨浴衣畜雨浴衣凡有二事天雨時以障四邊於中澡浴若天熱時亦以自障於中澡浴二以夏月多雨常裹三衣擔持行來沙彌沙彌尼式叉摩尼不聽畜春殘一月應求雨衣半月應畜者從三月十六日至四月十五日是春殘一月從三月十六日至三月盡應求應作若得成衣從四月一日至十五日應畜畜法者得用浴擔持行來若不成衣乃至至四月十五日聽求聽作設三月十六日求衣至十八日十九日成衣者律師云亦得畜用察其制意此一月内得求得畜而大制半月應求半月應畜若前安居至四月十六日應如法受持到七月十五日應著一處不應用若畜用者突吉羅亦不須捨至來年安居時如前畜用不須更受若後安居從四月一日至五月十五日四月十五日畜至七月十五日應舉一處不應畜用次第如前安居法若閏三月比丘不應前三月求作雨衣應後三月十六日應求作雨衣若比丘先不知有閏前三月十六日求作雨浴衣已竟於其中間長一月内不得畜用應舉一處此是百一物中一事不須與人不須作淨若閏四月前四月十六日安居即日應受持雨衣至七月十五日於其中間百二十日常得畜以夏有閏多雨熱故過半月畜捨墮者律師云

諸論師謂閏三月於前三月十六日求作雨衣至三月盡作衣已竟至後三月便受用至後三月盡從受來尼薩耆波逸提求來作來突吉羅是名過半月畜是衣應捨波逸提罪懺悔悔過已從四月一日便畜用至四月十五日無過四月十六日受持次第如前法過半月衣從求作衣來突吉羅於閏一月中畜一尼薩耆波逸提設未捨衣未悔過從四月一日至七月十五日中間更不得罪若無閏處比丘求雨浴衣往有閏處安居是人從求衣來作衣來皆突吉羅受持衣來捨墮有閏者閏三月無閏處比丘從三月十六日求雨浴衣於有閏處是前三月比丘於無閏處得雨浴衣已至有閏處始入後三月於其中間長一月未至求衣時以非求衣時故從求作求突吉羅過半月畜故從畜用來尼薩耆波逸提以先有心故比丘不畜雨浴衣無罪雨衣至四月十六日能受亦可不受無過

第二十九事

此是共戒比丘比丘尼俱尼薩耆波逸提三衆突吉羅此戒體若物向僧與前人說法令物自入捨墮物則還僧向三二一比丘突吉羅若比丘知是物向比丘尼僧自求向已捨墮向三二一突吉羅若比丘知檀越以物施此塔迴向彼塔物即入彼塔不須還取以福同故比丘作突吉羅懺若比丘知檀越以物施此僧祇迴向餘僧祇物此入餘僧祇不須還取以僧祇同故比丘作突吉羅懺若比丘知檀越以自恣臘與此衆僧迴向餘僧自恣物應還與此僧以自恣物所屬異故比丘作

突吉羅懺若不還此僧計錢成罪面門臘亦如是若比丘知物向一人迴向餘人應還取此物已歸此物主作突吉羅懺若不還彼物計錢成罪

第三十事

此是共戒比丘比丘尼俱尼薩耆波逸提畢陵迦婆蹉弟子有殘不淨酥油蜜石蜜殘宿而食惡捉不受內宿佛先但制五正食似食未制七日藥凡不受內宿尋盡是先作也此戒體若病比丘須七日藥自無淨人求倩難得應自從淨人手受從比丘口受已隨著一處七日內自取而食若病重口不受亦得服設看病比丘手受口受亦成受法設受已淨人若觸更受若即日受若以不受藥噉中應還更受若受藥已經二日三日有藥入中應還更受更從一日作始次第七日若藥衆多不知何者是受何者不受應更手受口受然後服之若六日七日異病比丘不得復受藥更經七日此藥至七日此藥應作淨若與人若服若不作淨不與人不服至八日地了時尼薩耆波逸提若不病人七日藥得於淨人邊作淨已得共一處隨時受食若自受已經宿取食犯殘宿食戒作波逸提懺此三種藥日中後一切時食無過若以時藥終身藥助成七日藥作七日藥服無過以七日藥勢力多故又助成七日藥故如以酥煮肉此酥肉汁得作七日藥服如石蜜或時藥或以終身藥已成石蜜得作七日藥服如是或以時藥或七日藥以成終身藥作終身藥服無過或以終身藥或以七日藥以成時藥作時藥服

隨勢力多故相助成故若分數勢力等者隨名取定如石蜜丸唯勢力等以名定爲七日藥服如五石散隨石作名作終身藥服如是若勢力多者隨力作名若力等者隨名定藥

三十事竟

九十事初戒

此是共戒比丘比丘尼俱波逸提三衆突吉羅或有妄語入波羅夷實無過人法說有過人法故或有妄語入僧伽婆尸沙以無根法謗他比丘故或有妄語入偷蘭遮如說過人法不滿以無根法謗他不滿或有妄語入波逸提如無根僧殘謗他故如此九十事中種種妄語是謂妄語入波逸提或有妄語入突吉羅如二衆妄語或有妄語無罪如先作如在家無師僧本破戒還作比丘或有七事以成妄語一先作妄語意二發口妄語三妄語已說是妄語四異見五異欲六異忍七異知復有四事以成妄語一異見後三事如前或有三事以成妄語一先作妄語意二設言妄語三妄語已說是妄語若比丘不見事言見波逸提若見言不見若見謂不見語他言見若不見謂見語他言不見若見已疑爲見不見語他言不見若不見疑爲見不見語他言見以違心想故皆波逸提聞覺知亦如是一切隨心想說無犯見聞覺知以眼爲見以耳爲聞鼻舌身爲覺意根爲知以三根性利力用偏多各分爲名三根性鈍力用處少總名爲覺復次三根能遠取境界各爲名分三根近取境界故合爲名若使妄語若書信妄語盡突吉羅若先無心妄語誤亂失口妄語盡

突吉羅若說法義論若傳人語若凡說一切是非莫自攝爲是常令推寄有本則無過也若狂心亂心病壞心無犯或有妄語不兩舌者如旋風土鬼來至我所自言持戒清淨婬欲不起如自稱過人法前人不聞不受重偷蘭若欲以無根法謗他先向同意說某甲比丘犯如是罪與我相助重偷蘭如破僧相助僧殘未滿者偷蘭

九十事第二

此是共戒比丘比丘尼俱波逸提三衆突吉羅說本生因緣者一以證輕毁過罪故二息誹謗故若不說本生外道當言瞿曇沙門無宿命通三以成十二部經故此是本生也佛用願智以知過去問曰願智宿命智有何差別答曰宿命智知過去願智知三世宿命智知有漏願智二俱兼知宿命智知自身過去願智自他兼知宿命智一身二身次第得知願智一念超知百劫古時畜生所以能語今時畜生所以不語謂劫初時先有人天未有三惡初有三惡盡從人天中來以宿習近故是以能語今時畜生多從三惡道中來是以不語是中犯者有八種謂一種姓二技三作四犯五病六相七煩惱八罵以此八種輕比丘者若以種技作三事輕毁刹利婆羅門估客子三種人者突吉羅以此三事輕毁餘人者盡波逸提以餘五事輕毁刹利乃至旃陀羅波逸提若以八事現前輕毁波逸提屏處輕毁突吉羅若以八事輕毁比丘尼突吉羅以此八事輕毁三衆突吉羅以此八事輕毁狂心亂心病壞心在家無師僧越濟人一切

在家人聾人盡突吉羅六罪人亦突吉羅若前人有此八事輕毀者波逸提若無八事但爲惱故輕毀突吉羅若遣使書信突吉羅若以八事輕毀言汝有此八事皆不應出家法如是語故波逸提若直以八事輕毀突吉羅除此八事以餘輕毀者設言汝多食多眠多談語用出家受戒爲突吉羅此戒體若聞者波逸提不聞者突吉羅凡設有先出家而後癩病者一切僧事故得共作若食時莫令坐衆中

九十事第三

此是共戒比丘比丘尼俱波逸提三衆突吉羅是中犯者有八種一種二技三作四犯五病六相七煩惱八罵是八事皆用五事如是名如是姓如是種如是作如是相此八事中三事種技作傳向刹利婆羅門估客子比丘突吉羅以此三事傳向餘比丘波逸提若以五事傳向一比丘波逸提若以八事傳向四衆突吉羅傳向在家無師僧若遣使書信狂心亂心病壞心聾越濟人六罪人一切在家人盡突吉羅以五事者若比丘傳此比丘語向彼比丘說乃至言彼說汝是惡罵人用出家受戒爲即問彼是誰耶答言某姓某姓是誰答言某種某種是誰答言某作某作是誰答言某相若彼聞者波逸提不聞突吉羅所以次第五種者以同名同姓等多故宜次第定之或有兩舌非妄語非惡口如一比丘傳此比丘語向彼說當實說故非妄語輭語說故非惡口以分離心故名兩舌或有兩舌是妄語非惡口如一比丘傳此比丘語向彼比

丘說以別離心故是兩舌以妄說故是妄語以輭語說故非惡口或兩舌是惡口非妄語如一比丘傳此比丘語向彼比丘說以別離心故是兩舌以麤語說故是惡口當實說故非妄語或有兩舌是妄語是惡口如一比丘傳此比丘語向彼比丘說以別離心故是兩舌以妄說故是妄語以惡聲說故是惡口妄語惡口作四句亦如是解已更說波逸提突吉羅解者應言聞已更說若聞者波逸提不聞突吉羅三種罵突吉羅在家人罵者說俗中種種不清淨出家人罵者直說出家中不如法事除此八事更以餘事者云汝是多眠多食人戲笑人用出家受戒爲突吉羅若言汝欺誑人多情詐人如是傳向比丘者聞則突吉羅不聞亦突吉羅若不傳彼此語但二邊說令離散者突吉羅

九十事第四

此是共戒比丘比丘尼俱波逸提三衆突吉羅是人有五種一者舊人二是客人三受欲人四者說羯磨人五者見羯磨人是中犯者若舊比丘於相言諍中相言諍想如法滅已如法滅想還更發起波逸提相言諍中相助諍想如法滅已如法滅想還更發起波逸提相言諍中犯罪諍想常所行諍想亦如是如相言諍有四句相助諍犯罪諍常所行諍亦各有四句凡十六句此諸句中各得波逸提如舊比丘於四諍中作十六句客人受欲人說羯磨人見羯磨人亦於四諍中各有十六句凡五人八十句一一句中各得波逸提若舊比丘於相言諍中如法滅已如法滅想還

更發起波逸提如法滅中不如法滅想還更發起波逸提如法滅中生疑還更發起波逸提如相言諍有三句句句中得波逸提相助諍犯罪諍常所行諍亦各有三句有十二句如舊比丘客比丘受欲比丘說羯磨比丘見羯磨比丘亦各十二句凡六十句一一句中波逸提若舊比丘於相言諍法不如法滅想還更發起突吉羅如法滅諍中生疑還更發起突吉羅如相言諍有二句餘三諍亦各有二句凡八句餘四人亦有八句凡四十句一一句中突吉羅若舊比丘於相言諍法不如滅中不如法滅想還更發起不犯如相言諍作一句餘三諍亦各有一句如舊比丘於四諍中各作四句餘四比丘亦各有四句凡二十句一一句中不犯此戒體不問羯磨不羯磨但僧和合如法作已後還發起不問衆中屏處盡波逸提若是僧制不入佛法還更發起突吉羅若非佛法非僧法人和合作已作非法心還更發起無罪除五種人外來與欲比丘盡同

九十事第五

此是不共戒比丘尼與男子說法過五六語突吉羅二男子不犯式叉摩尼沙彌尼亦突吉羅沙彌與女人說法過五六語亦突吉羅女者能受婬欲者若石女若小女未堪任作婬欲者突吉羅五六語者五種語名色陰無常受想行識無常此五語無犯若過五語波逸提六語名眼無常耳鼻身意無常是名五六語若過五六語波逸提有智男子者謂解人情語言意趣向可作證明者要是相解語

言若方類不同者一切不聽男子必是白衣一切出家人亦不得以事同故正使衆僧集會若有女人若多若少無有智男子不得爲說得爲尼說法一切尼衆以教誡法故無過若比丘以爲女人說法過五六語波逸提即先坐處無有智男子更有異女人來復爲說法先女人亦在中坐二俱聞法設說法已從坐起去道中更爲異女人說法先女人亦俱聞法若爲女人說法過五六語已入餘處更爲女人說法先女亦在屏立聽若在餘屏處聽二俱聞法此三處說法皆於先女人邊得罪先女人已過五六語後爲餘女人說法亦同聞法以先因緣故若初語時語語波逸提若不知前女人在中者不犯若經說事事波逸提若偈說偈偈波逸提偈者三十二字或三十字或二十字若轉經者亦事事波逸提不犯者若說布施福報呪願若問而答若受五戒八齋若唄若說世間常事突吉羅

九十事第六

此是共戒比丘比丘尼俱波逸提三衆突吉羅爲諸比丘結戒者爲異外道故爲師與弟子差別故爲分別言語令分了故爲依實義不貴音聲故未受具戒人者除比丘比丘尼餘一切人是此戒體以句法教未受具戒人得罪句法有二種一足句二不足句足句者律師云同句若師誦長句弟子亦誦長句是名同句是中犯者若師隨聲高下誦長句授弟子弟子與師齊聲誦長句者得波逸提若誦短句齊聲同誦波逸提若師誦長句弟子誦短句若齊聲者突吉羅若師誦短句弟子

誦長句齊聲誦者突吉羅不犯者若師誦已弟子後誦不令聲合不問同與不同句一切不犯義正在同句齊聲得波逸提若句不同齊聲者突吉羅但令聲有前後一切無犯若二人俱經利並誦無犯不得合唄若比丘無處受誦乃至得從沙彌尼受法但求好持戒重德人作伴證明耳亦得從白衣受法但不得稱阿闍梨如是展轉皆得受法但消息令不失威儀足味不足味足字不足字亦如是若以同句教具戒人突吉羅若師誦長句弟子誤受短句突吉羅

九十事第七

此是共戒比丘比丘尼俱波逸提三衆突吉羅若爲利養故向具戒人說者亦波逸提與比丘結戒者爲大人法故若稱德行覆藏過罪是小人法爲平等法故若自稱聖德則賢愚各異前人於衆僧無平等心頗有向未受具戒人說過人法無犯耶答曰有若向知識同心無外不爲名利而爲說者無犯若遇賊難畏失夭命故語言汝若殺我得大重罪若爲病故無人看視得語前人若看我者得大福德如是等因緣說則無罪以人身難得故是故無過未受大戒人者除比丘比丘尼餘一切人是實有者實有過人法若比丘實得四向四果向未受具戒人說者波逸提若實得四禪四無量心四無色定五神通不淨觀阿那波那向他人說波逸提問曰不淨觀阿那波那是近小法何以名過人法答曰此是入甘露初門一切賢聖莫不由之是故名過人法乃至爲名利故言我清淨持戒突吉羅

若說天龍鬼神來至我所爲名利故波逸提若言旋風土鬼來至我所爲名利故突吉羅若實誦三藏爲名利故向人說者突吉羅隨所誦經隨所解義隨能問答爲名利故向人說者突吉羅

九十事第八

此是共戒比丘比丘尼俱波逸提三衆不犯與諸比丘結戒者爲大護佛法故若向白衣說比丘罪惡則前人於佛法中無信敬心寧破塔壞像不向未受具戒人說比丘過惡若說過罪則破法身故除僧羯磨者凡羯磨者二種如律文說若向未受具戒人說比丘麤罪者波羅夷僧殘向未受具戒人說二篇罪名波逸提說罪事突吉羅若說下三篇罪名突吉羅說罪事亦突吉羅不問前比丘有罪無罪向未受具戒人說其麤罪盡波逸提若說四衆罪突吉羅若遣使書信印信亦突吉羅若說出佛身血壞僧輪對手偷蘭若說四事邊十三事邊一切偷蘭遮突吉羅若說四衆麤罪突吉羅若比丘見餘比丘犯波羅夷者見比丘與女人說過人法謂爲波羅夷云何波羅夷謂僧殘邪見比丘與女人說過人法謂與女人作惡語是名於波羅夷謂僧殘云何謂波逸提見比丘與女人說過人法謂與女人過五六語云何謂波羅提提舍尼見比丘與女人說過人法謂從女人精舍内受餘食云何謂突吉羅見比丘與女人說過人法謂語女人汝盲汝瞎若比丘見餘比丘與女人惡口語是名僧殘云何於僧殘謂波逸提見比丘與女人惡口語謂過五六語是謂

於僧殘謂波逸提云何謂波羅提提舍尼見比丘與女人惡口語謂從女人精舍內受飲食云何謂突吉羅見比丘與女人惡口語謂語女人汝盲汝瞎云何謂波羅夷見比丘與女人惡口語謂説過人法若比丘見比丘與女人過五六語是謂波逸提云何波羅提提舍尼若見比丘與女人過五六語謂從女人精舍內受飲食云何謂突吉羅若比丘與女人過五六語謂語女人此黑此白云何謂波羅夷若與女人過五六語謂説過人法云何謂僧殘若見比丘與女人過五六語謂與女人惡口語若見比丘從女人精舍內受飲食是名波羅提提舍尼云何謂突吉羅見比丘從女人精舍內受飲食謂語女人此盲此瞎云何謂波羅夷見比丘從女人精舍內受飲食謂説過人法云何謂僧殘見比丘從女人精舍內受飲食謂與女人作惡語云何謂波逸提見比丘從女人精舍內受飲食謂與女人過五六語若見比丘語女人此白此黑是謂突吉羅云何謂波羅夷見比丘語女人此盲此瞎謂説過人法云何謂僧殘見比丘語女人此盲此瞎謂與女人作惡語云何謂波逸提見比丘語女人此盲此瞎謂與女人過五六語云何謂波羅提提舍尼見比丘語女人此盲此瞎謂從女人精舍內受飲食若比丘見餘比丘犯波羅夷生疑爲波羅夷爲非波羅夷如見比丘共女人作婬謂爲故出精謂爲石女後便斷疑於波羅夷中定生波羅夷想問曰何由斷疑答曰遇善知識故斷疑遇善知識能斷不善法能滅邪法能斷不定

法若見比丘犯僧殘生疑見與女人赤體相抱疑爲赤體爲合衣爲石女爲非石女若比丘犯與女人過五六語疑爲過五六語爲不過爲石女爲非石女若比丘見比丘學家中取食疑爲作羯磨若未作羯磨若比丘見餘比丘語女人此盲此瞎生疑爲言此盲此瞎爲說餘事

九十事第九

與諸比丘結戒者爲滅鬭諍故爲滅苦惱故爲得安樂行道故此是共戒比丘尼俱波逸提三衆突吉羅此戒體若僧和合作羯磨不作羯磨與知事執勞苦人若僧衹物若自恣物和合與已後便訶言隨親厚與波逸提凡衆僧中若爲僧執勞苦人若大德及貧匱者若僧和合與盡得與之若與欲和合後訶者波逸提若在外來訶者突吉羅此戒不必言隨親厚與但言不應與盡犯

九十事第十

此是共戒三衆不犯闡那者是佛異母弟優塡王妹兒俱舍毗國是闡那所生處白淨王安處宮室也拘舍彌國安一宮室也闡那母常在此中有一妹亦適此國以是因緣闡那多住此國又以此中利益衆生多故多住此國與諸比丘結戒者爲尊重波羅提木叉故爲長養戒故爲滅惡法故闡那以十二年前佛常說一偈令說五篇名爲雜碎是中犯者若說四波羅夷訶者若說一戒訶言何用說是婬戒爲得一波逸提若訶事者四波逸提若四通訶者一波逸提若說戒序時訶者得一波逸提問曰戒序非戒何以得罪耶答曰

戒序說二百五十戒義若訶戒序即是訶一切戒是故得罪如是次第十三事二不定三十事九十事四悔過衆學法有百八事若一一訶百八波逸提若通訶一波逸提七滅諍亦爾若說隨律經訶者亦波逸提若凡經中有隨律經時說訶者盡波逸提除隨律經說餘經時隨多隨少訶者盡突吉羅問曰何以說訶戒隨律經等罪重餘經罪輕答曰戒是佛法之平地萬善由之生又戒一切佛弟子皆依而住若無戒者則無所依一切衆生由戒而有又戒入佛法之初門若無戒者則無由入泥洹城也又戒是佛法之瓔珞莊嚴佛法是故罪重

九十事第十一

此戒二緣合結一戒初緣拔寺中草第二緣破大卑跋羅樹破鬼神村是樹神後夜時往詣佛所頭面禮佛足一面立問曰鬼神何以夜至佛所答曰佛在世時夜時多爲天龍鬼神說法晝多爲人說法所以爾者人若見諸鬼神則生怖畏是以晝夜各異一面立者諸神於佛愛敬心重故有所請求故有爲諸神多樂清淨地不淨故以是種種因緣所以不坐冬八夜時寒風破竹天竺冬末八夜春初八夜是盛冬時所以爾者寒勢浮盡必先盛後衰又云以日下近地故熱勢微少是故寒甚所以獨言破竹者以竹最堅尚破況餘木耶又云竹性法熱冬夏常青寒甚故破何況餘木與諸比丘結戒者爲不惱衆生故爲止誹謗故爲大護佛法故凡有三戒大利益佛法在餘誦一不得擔二不殺草木三不掘地

若不制三戒一切國王當使比丘種種作役有此三戒帝主國王一切息心此是共戒比丘比丘尼俱波逸提三衆是淨人故不犯有五種子根種子莖種子節種子自落種子實種子根種子者謂故蘿蔔蕪菁根如是等根生者莖種子者謂安石榴蒲萄楊柳如是等莖生者節種子者甘蔗麤竹細竹如是等節生者自落種子者謂蓼藍羅勒胡荽橘梨如是等自落生者實種子者稻麻麥大豆小豆粟床等此皆是實種子若比丘五種子中自斷教斷自破教破自燒教燒皆波逸提教他者教比丘比丘尼得波逸提若教三衆突吉羅若一時燒五種子者一波逸提若一一燒隨所多少一一波逸提若摘樹葉若一一摘一一波逸提若一下斷樹一波逸提如是等比以類可解凡淨生果生菜若合子食是五種子者一切火淨若不合子食設果菜非五種子但刀爪淨一切得食律師云一切果若合子食應火淨若不合子食一切時得食不須刀爪淨而食佛自說生果菜不問有種子無種子要須淨而食不淨果若合子呑咽突吉羅若齒破波逸提

九十事第十二

此是共戒比丘比丘尼俱波逸提三衆突吉羅此戒體僧先差十四人瞋譏是人者波逸提凡差十四人若羯磨若不羯磨二俱無過若十四人未捨羯磨瞋譏是人者波逸提若捨羯磨瞋譏是人突吉羅乃至別房乃同事差作知食人瞋譏是人突吉羅遥瞋譏十四人若聞者波逸提不聞者突吉羅遥瞋譏者

不在面前言音足相聞了若遣使書信突吉羅

九十事第十三

此是共戒此戒有二憶識羯磨不隨問答惱他作憶識羯磨作憶識羯磨已不隨問答惱他波逸提未作羯磨不隨問答惱他突吉羅二默然惱他故作憶識羯磨作憶識羯磨已默然惱他波逸提未作羯磨默然惱他突吉羅五篇戒中有三戒二結已合作一戒如四事中婬戒一以共人行婬結戒二以共畜生行婬結戒此九十事中有二戒二結合作一戒如前瞋譏戒初以瞋譏陀驃差會故是一結也後不現前瞋譏便遥瞋譏復更結戒是二結也雖前後二結故是一瞋譏戒此不隨問答戒亦二結也初以不隨問答因以結戒是一也二以默然惱他是二結也雖是二結故是一不隨問答惱他戒也憶識法者一切五衆盡與憶識問曰此憶識者是現前不現前答曰比丘比丘尼現前三衆不現前要在界内如學家羯磨亦在界内覆鉢羯磨不現前三衆亦爾不現前作羯磨已若捨戒沙彌即先羯磨若返戒還俗後作比丘即本羯磨若根變作尼即本羯磨若尼根變亦如是亦得作布薩自恣百一羯磨一切盡得作僧祇自恣面門臘一切盡同得授他經法亦得從他受經法盡無礙也不得作和尚依止畜沙彌不捨羯磨得受具戒不隨問答戒體必是比丘共説波羅提木叉爲惱故不隨問答波逸提若尼三衆問戒中事不隨問答突吉羅若問餘經法事不隨問答突吉羅若出所犯

罪得解羯磨六法尼根變作沙彌沙彌尼根變作沙彌

九十事第十四

此是共戒比丘比丘尼俱波逸提三衆突吉羅與諸比丘結戒爲行道安樂故爲長養信敬爲令檀越善根成就故僧卧具者麤細繩牀木牀種種被褥枕露地者無覆藏障處是中犯者凡有二時一地了時二日没時若比丘初夜初分露地敷僧卧具在中若坐若卧去時不自舉不教人舉至地了時波夜提乃至地了時敷僧卧具不自舉不教他舉至地了竟波逸提地了時若露地敷僧卧具在中若坐若卧去入室休息至日没時波逸提若日没時露地敷僧卧具入室休息至日没竟波逸提若露地敷僧卧具已出寺過四十九步地了波逸提若露地敷僧卧具已不囑人遊行諸房突吉羅若自卧具者不隨時舉突吉羅若敷露地所以時舉者一畏雨濕二畏日暴三畏風吹以守護故應舉覆處若露地敷僧卧具不問出寺不出寺至地了時波逸提若雖有覆障而日雨所及皆波逸提若敷僧卧具出寺外不問遠近至地未了日未没突吉羅

九十事第十五

此是共戒比丘比丘尼俱波逸提三衆突吉羅是中犯者若客比丘房中敷僧卧具出界去波逸提若舊比丘房中敷僧卧具出界去作是念即當還有急因緣不得即還出界至地了時突吉羅卧具者麤細繩牀木牀被褥枕敷若房内敷僧卧具出寺若近若遠皆

應付囑若不付囑應自卷疊舉之付囑次第法盡在律文好持戒大沙彌亦得付囑之若客比丘房内敷卧具出界期還至地了時突吉羅若不期還出界至地了時波逸提若舊比丘敷卧具竟出界不期還至地了時波逸提

九十事第十六

此是共戒三衆突吉羅與諸比丘結戒者爲不苦惱衆生故爲滅鬪諍故是中犯者若比丘瞋不喜手自牽出從牀上至地波逸提乃至從土埵上至地亦波逸提要必力能牽者波逸提力不能者突吉羅若使他牽者比丘比丘尼式叉摩尼沙彌沙彌尼乃至白衣牽比丘者波逸提若使比丘能牽者二俱波逸提不能者二俱突吉羅教餘能牽者波逸提若不能突吉羅若牽比丘尼三衆突吉羅若牽聾盲瘖瘂得戒沙彌波利婆沙摩那埵波逸提在家無師僧本破戒比丘還出家受戒越濟人六罪人五法人突吉羅白衣無罪除因緣者若房壞諸難房中牽出或犯波羅夷先作殺心强牽出死者波羅夷不死者偷蘭遮若牽比丘尼婬亂心牽摩捉者僧殘若有恨心牽比丘尼能者波逸提不能突吉羅若尼牽比丘波逸提若比丘在僧祇房中若在尼房中牽尼突吉羅若尼在僧祇房中牽比丘者波逸提若尼房中牽比丘突吉羅

九十事第十七

此是共戒比丘比丘尼俱波逸提三衆突吉羅是中犯者若比丘知比丘房中先敷卧具竟後來於坐牀前若卧牀前若房内房外行

處高處土塲前如是一一處若自敷若使人敷能敷者波逸提不能敷者突吉羅此戒體正戒不得强違前人意有所爲作若爲惱他故閉戸開戸閉向開向然火滅火然燈滅燈若唄呪願讀經説法問難隨他所不樂事作一一波逸提必以惱他心故成罪

九十事第十八

此是共戒比丘比丘尼俱波逸提三衆突吉羅是中犯者若卧牀若坐禪牀若一脚尖三脚不尖若二脚尖二脚不尖若三脚尖一脚不尖若四脚尖在重閣上隨用力坐卧一一波逸提若用一切輭物支牀脚不犯若用甎石瓦等物能傷人者用以支牀脚波逸提若重閣上安牀處牢厚不穿漏者不犯若牀脚不尖者不犯設尖不用力坐卧不犯此戒體必是重閣尖脚坐牀安牀處底薄用力坐卧波逸提凡比丘坐卧法一切審詳不審詳必有所傷兼壞威儀突吉羅

九十事第十九

此是共戒比丘比丘尼俱波逸提三衆突吉羅凡殺生有三種有貪毛角皮肉而殺衆生有怨憎恚害而殺衆生有無所貪利有無瞋害而殺衆生是名愚癡而殺衆生如闡那用有蟲水是謂癡殺衆生此殺生戒凡有四戒於四戒中此戒最是先結既結不得用有蟲水澆草土和泥便取有蟲水飲既不得用一切有蟲水便故奪畜生命既制不得奪畜生命便奪人命凡奪物命有四結戒以事異故盡名先作是中犯者若比丘取有蟲水澆草土和泥隨用水多少用用波逸提若欲作住

止處法先應看水用上細氎一肘作漉水囊令持戒審悉者漉水竟著器中向日諦看若故有蟲者應三重作漉水囊若三重作漉水囊故有蟲者此處不應住

薩婆多毗尼毗婆沙卷第六

音釋

瞎許轄切目盲也　蕪菁青咨盈切蕪菁菜名　蘿蔔蔔鼻墨切蘿蔔菜名　蓼朗鳥切　荽音雖胡荽香菜也　床美爲切與縻同穄之別名　唄蒲拜切梵誦也　尖將廉切　甎朱遄切覽也

薩婆多毗尼毗婆沙卷第七

失譯人名今附三秦録

九十事第二十

此是不共戒尼突吉羅三衆突吉羅闡那作房即日成即崩倒作此大房用三十萬錢功用甚大諸比丘爲檀越説法房雖崩倒功德成就房未壞時佛已到此房中即是受用佛是無上福田佛既受用功德深廣不可測量又云房始成時有一新受戒年少比丘戒德清淨入此房中以楊枝倚房以此一持戒比丘以畢檀越信施之德若起億數種種房閣種種莊嚴下至金剛地際髙廣嚴飾猶若須彌設有一淨戒比丘暫時受用已畢施恩何以故佛於無量劫中修菩薩行今得成佛道始體解波羅提木叉以授衆生波羅提木叉非世間法是背離世俗向泥洹門凡房舍卧具飲食湯藥是世間法非是離世難得之法是故一淨戒比丘若暫受用已畢施恩若作僧新房舍及以塔像曠路作井及作橋梁此人功德一切時生除三因緣一前時事毀壞二此人若死三若起惡邪無此三因縁者福德常生佛先已入此房中上下重徃返經行令檀越施功德不空佛以神力感諸弟子與檀越次第説法凡作房法有三品上中下覆房法各自有限若下房以中上房覆法者以鎮重故兼頓成故若用草覆草草波夜提若中房以上房覆法者亦以鎮重故若用草覆草草波夜提若隨上中下覆法者以頓成故房成已一波夜提若不頓壘牆成無罪

九十事第二十一

爾時佛告諸比丘我教化四衆疲極問曰佛得那羅延身身無疲極得十力四無所畏大慈大悲心無疲極何以言疲極耶答曰佛無疲極隨世俗法故如父知子堪理家事雖自有力以兒堪任故欲以事業委付兒故云我氣衰耄家事汝一切知之佛亦如是雖不疲極欲以教法以授弟子隨世法故說言疲極所以令諸弟子教戒尼者一以現無恡法故二師與弟子知見同故三欲現槃特比丘功德智慧故四爲諸比丘於尼衆各有因緣應受教化故

九十事第二十二

難陀者更有難陀非佛弟難陀往昔惟衞佛出現於世爲衆生說法彼佛滅後有王起牛頭栴檀塔種種莊嚴此王有五百夫人供養此塔各發願言願我等將來從此王邊而得解脫爾時王者今難陀是爾時五百夫人者今五百尼是以是本願因緣故應從難陀而得解脫

九十事第二十三

此中次第三戒已捨羯磨教尼人故三戒亦捨設爲尼說法時至日没者以壞威儀突吉羅若阿與尼說法人以壞威儀故亦突吉羅拘摩羅偈者有堂名拘摩羅以堂主名拘摩羅故堂名拘摩羅佛在拘摩羅堂上爲拘摩羅天說此偈得入見諦以是因緣名拘摩羅

九十事第二十四

若不期而偶共同道當使相去語言不相聞處若相聞已還突吉羅若尼與比丘期比丘不許若比丘與尼共期尼不許若相聞語聲

突吉羅水道亦如是水者中渉行尼與比丘期行突吉羅此戒不共三衆突吉羅是中犯者若比丘與尼共期陸道行從一聚落至一聚落波夜提若中道還突吉羅向空地無聚落處乃至一拘盧舍五百弓也波夜提若中道還突吉羅水道亦如是若與式叉摩尼沙彌尼議共道行同尼也大衆前去者以佛在男子中得阿耨多羅三藐三菩提故又以比丘於四衆中最上首故以此因緣故名大衆除因緣者若多伴所行道有疑怖畏多伴者若有二三白衣若議行者突吉羅若百千伴亦爾有白衣不議無罪水道亦如是此戒若多尼共期行止一波夜提不犯者不期去若有王夫人共行不犯設有夫人若共期亦突吉羅

九十事第二十五

此是比丘尼不共戒尼與比丘議載船突吉羅三衆突吉羅是中犯者若一比丘與一尼共期載一船一波夜提若比丘一乃至與四比丘尼共載一船四波夜提隨尼多少隨得爾所波夜提若四比丘與一尼共載一船各得一波夜提亦隨尼多少得爾所波夜提與式叉摩尼沙彌尼共期載船同尼是中犯者若比丘與比丘尼共期載一船上水從一聚落至一聚落波夜提道中還突吉羅若無聚落空地乃至拘盧舍波夜提中道還突吉羅下水亦如是不犯者若不共期若直渡若欲直渡爲水所漂去若直渡前岸端崩墮若失行具若行船人不知捉船如是比丘欲直渡以此諸難或上或下不犯若尼與比丘各在異船共期無白衣伴波夜提若不期必使語

聲不相聞若相聞突吉羅若陸道行恐怖水行無恐怖共期無罪若船有多白衣期無罪

九十事第二十六

此是不共戒比丘與尼應量衣鉢波夜提沙彌與非親里尼衣突吉羅比丘尼式叉摩尼沙彌尼與非親里比丘衣突吉羅若比丘與式叉摩尼沙彌尼同尼波夜提若遣使與突吉羅若與五種糞掃衣三種波夜提牛嚼衣鼠齧衣火燒衣二種衣突吉羅男女初交會所汙衣女人產所汙衣若與應量白衣波夜提以染應法故若與不如法色衣亦波夜提亦以染應法故若二比丘共與一尼衣若以一衣與二尼突吉羅若不應量衣鉢鍵鎡匕楮一切器物衣紐乃至一尺一寸一縷一鉢食中乃至一餅一果皆突吉羅除打楗椎衆次第與食不犯是中犯者若非親里尼謂是親里謂是親里者如有姊妹別離既久後是他人謂是親里又如更娶異母或以私通而生男女或先懷妊今生男女以是因緣謂是親里如是諸比丘類可解若與衣者波夜提若非親里尼謂是比丘式叉摩尼沙彌沙彌尼與波夜提若非親里尼生疑是親里非親里乃至是出家尼非出家尼與衣波夜提若比丘有親里尼生非親里想者謂若姊妹別離既久後設相見謂非親里如父外通設生男女又如異母懷妊後適他家而生男女又如父與自家婢使共通而生男女是諸親里非親里想若與衣者突吉羅若親里尼謂非親里乃至謂是出家若生疑是親里非親里乃至是出家尼非出家尼若非親里尼若謂

若不謂若疑若不疑與不淨衣駝毛衣牛毛衣羖羊毛衣雜毛織衣突吉羅

九十事第二十七

若比丘尼與非親里比丘作衣突吉羅二衆亦突吉羅是中犯者若比丘爲非親里比丘尼作衣隨一一事中波逸提若割截簪突吉羅若刺針針波夜提若直縫針針突吉羅若繩綴時突吉羅若簪縁突吉羅若與親里尼作不犯此中作衣盡是應量衣若作白衣若作非法色衣盡波夜提若作五種糞掃衣三種波夜提如前二種突吉羅亦如前說若尼遣使持衣財來與作衣突吉羅若使人與作突吉羅若二人共作一衣突吉羅若與式叉摩尼作衣波夜提若與作一切不應量衣突吉羅若浣隨一一事突吉羅若染一一灑波夜提若作駝毛牛毛羖羊毛等衣亦波夜提

九十事第二十八

此是共戒尼俱波夜提三衆突吉羅若與式叉摩尼沙彌尼屏覆處坐盡波夜提屏覆者無慙愧處可作婬欲處獨與一尼者更無第三人是中犯者若比丘獨與比丘尼屏覆處坐波夜提起已還坐波夜提隨起還坐隨得爾所波夜提

九十事第二十九

此是共戒尼俱波夜提三衆突吉羅若石女小女未堪任作婬欲者突吉羅前屏處戒此露處戒後二食家中戒與未受具戒人同房宿過二宿戒與女人同室宿戒此六戒譏嫌事同而義有異屏處露處二食家戒此四戒正二人更無第三人成罪後過再宿戒與女

人同室宿戒此二戒設有多人亦得成罪又前四戒晝日犯後二戒夜犯此二戒如是差別是中犯者若比丘獨與一女人露處共坐波夜提起已還坐波夜提隨起還坐隨得爾所波夜提相去一尋坐波夜提相去一尋半坐突吉羅不犯者若相去二尋坐若過二尋坐不犯

九十事第三十

此是不共戒沙彌突吉羅此戒體比丘尼向檀越偏讃比丘功德智慧而後得食波夜提若式叉摩尼沙彌尼作因緣食亦波夜提請大迦葉舍利弗大目連阿那律凡有五事能與衆生作現世福田一入見諦道二大盡智三滅盡定四四無量五無諍三昧出見諦道所以令人得現世福已從無始已來爲邪見所惱今證見諦盡一切五邪皆悉無餘不壞信見今始成就以此因緣令人現世得福大盡智生所以令人得現世福者衆生從無始來爲癡愛慢所惱今得盡智三垢永盡以此因緣令人得現世福若出滅盡定亦令衆生得現世福又言從滅盡定出正似從泥洹中來以此因緣故得現世福又言若入滅盡定必次第從初禪乃至非想處然後入滅盡定若出定時必從非想次第入無所有處乃至初禪入散亂心以心遊徧諸禪功力深重是故令衆生得現世福四無量者以心緣無邊衆生拔苦與樂益物深廣以此因緣故令衆生得現世福無諍三昧此是世俗三昧非無漏也諍有三種一煩惱諍二五陰諍三闘諍一切羅漢二種諍盡煩惱諍闘諍此二諍盡

五陰是有餘故未盡有此五陰能發人諍唯有無諍三昧能滅此諍一切羅漢雖自無諍不能令前人於身上不起諍心無諍羅漢能令彼此無諍一切滅故能令衆生現世得福比丘尼語居士婦言請比丘爲請誰耶答言請某比丘尼語居士婦言爾爲辦秔米飯蘇豆羹雞肉鵽肉鶉肉比丘食者波夜提乃至教以少薑著食中比丘食者突吉羅此戒體但偏讚其德不問凡聖盡食者波夜提若比丘尼言請比丘居士婦言爲請誰耶答言請某居士婦言我已先請問辦何食答言麤食爲辦秔米飯乃至鵽鶉肉等比丘食者突吉羅若不曲讚功德但說布施沙門功德其福甚大如是凡說布施之福比丘食者無罪

九十事第三十一

此是不共戒比丘尼三衆不犯爾時有一比丘秋月冷熱病盛不能飲食天竺冬末月八日春初月八日此十六日寒勢猛甚多發冷病以冬春氣交爭故又日在下道行光照處少是故寒甚春末月八日夏初月八日此十六日熱勢極盛多發熱病以日正在上故所照處廣是故大熱夏末月八日冬初月八日此十六日不寒不熱以日所行道不高不下故以寒熱俱有發冷熱病利益比丘故聽三種具足食應食謂食好色香味病比丘應受一請不應受二請若受一請不能飽聽受第二請不應受第三請若受第二請不能飽聽受第三請不應受第四請若受第三請不能飽應受已漸漸食乃至日中若比丘數數食波夜提除時時者謂病時若病以食消息病

則折損聽數數食又除施衣時是名時是中犯者若比丘有衣食請彼有衣食來受請及食不犯若比丘有衣食請彼無衣食來受請不犯食者波夜提有衣食請彼有衣無食來受請不犯食者波夜提若無衣食請彼無衣食來受請突吉羅食者波夜提若無衣食請彼有衣食請彼有衣食來受請突吉羅食者無犯若無衣食請彼有衣無食來受請突吉羅食者墮若有衣無衣食請彼有衣無衣食來受請突吉羅食者墮若有衣無衣食請彼有衣食來受請突吉羅食者犯若有衣無衣食請彼無衣食來受請突吉羅食者波夜提不犯者得多衣有食請一切有衣食來不犯從今聽諸比丘節日數數食彼與他竟受彼中食何者與他謂相食相食吉凶相也故作食作食者爲大德比丘故作也齋日食月一日十六日衆僧別房衆僧請獨請皆應與他若五衆請不應與他若有衣食請彼有衣無衣食來受請無犯若至外有檀越請言比丘來食與汝衣受請無犯食亦無犯有衣食請無衣食請者若衣食請受請無犯食亦無犯若無衣食請受請突吉羅食者波夜提凡兩有必一得一失若隻句必應若有衣食請受請無犯食亦無犯彼無衣食來出外若檀越言與食無衣受請突吉羅食者波夜提以此類之義可解也

九十事第三十二

此戒共尼俱波夜提三衆突吉羅是中犯者若比丘福德舍過一食墮若過一夜宿不食者突吉羅若餘處宿是中食者墮若不病食

中過一食墮病者乃至從一聚落來身傷破乃至竹葉所傷皆名爲病不犯者一夜宿受一食若病若福德舍主是親里若先請若待伴若入險道若福德舍多次第住若知福德舍人請住皆不犯福德舍者根本爲佛弟子一切出家人欲使福深廣故然宿一切出家在家沙門婆羅門悉皆不聽遮食而食多爲出家人在家人不定或與不與

九十事第三十三

凡衆生起煩惱發狂者皆由先深愛樂失所重故佛以神通力化令見之如此長者失女夫故恚惱成狂佛以神力化作女夫共在一處以此因緣恚心即滅佛以慈力彼瞋即滅有衆生應於佛得利益者設起煩惱必先以慈心神通力故令煩惱心滅然後說法如此比類有十三因緣一睞眼女父懷瞋詣佛所佛以慈心神通力故彼瞋即除而後說法二舍衛國有一長者有一子愛之甚重而少死又多穀麥雹霜壞敗蕩盡以此狂亂佛以神力狂迷即除聽法見諦三有一婆羅門生六子容貌端正一時盡死猖狂而行佛以慈心神力化作六子盡在佛前即慙愧歡喜狂亂尋除佛爲說法入見諦道四阿闍世王飲醉象欲來蹈佛佛以慈心神力化作火坑五指作師子王象畏怖屈膝禮佛佛以手摩頭命盡生天五優波斯那懷瞋向佛佛以慈心神力化作毒蛇在道邊令悟以恚毒心墮此蛇中怖畏心故恚害即滅六瑠璃王罰舍夷國得諸釋子埋身地中不令動揺佛以神力化作園林浴池以歡其心瑠璃王與諸釋女在

堂五欲自娛諸女問王何以故歡喜種種娛樂王答女言得勝怨家是故爾耳女言以諸釋種盡是賢聖不與物諍故王得勝耳若不爾者但令一人與王共鬪王不能勝瑠璃即恚勅刖其手足擲置壍中佛以慈心神力令得手足聞法見諦七佛在樹下爾時魔王與無數兵衆來欲害佛佛以神力降伏魔敵隨前類像化而伏之爲師子之像以伏其虎金翅鳥像以伏其龍其夜叉者現毗沙門王如是比八舍利弗目連以不忍見佛泥洹便先泥洹以其先泥洹故七萬阿羅漢同時泥洹當於爾時四輩弟子莫不荒亂於時如來以神通力化作二大弟子在佛左右以此緣故衆生歡喜憂惱即除佛爲說法各得利益九有一居士佛記七日當取命終入於地獄阿難往語誠知佛語無二而以世樂染心不以在意猶作樂自娛阿難以日垂盡兼有大力强牽至佛所以手摩之兼令出家隨宜說法得阿羅漢道十有一長者唯有一子甚愛象所蹈殺父即荒迷狂行東西佛以神力化作其見使令見之荒心即除佛爲說法發辟支佛因緣十一有龍女往至佛所其夫瞋恚佛咸令瞋滅尋爲說法受三自歸十二鴿入佛影中不移轉十三病比丘佛自洗浴然後說法得阿羅漢如是有十三因緣以慈心神力降滅惡心後授法利外國法白衣舍晨起作食常分食分與乞食比丘置一處來者與之外國僧法若乞食時各分處某甲比丘至某處某甲比丘至彼處各當衰利若檀越先分一升當取一升不得長索若長索更得一小

鉢者波夜提不得者突吉羅若主人先辦大鉢一鉢盡與比丘不得更索若更索得者波夜提既得食已無出外與比丘法此食若能自食盡則止若不能盡隨意分處若欲如法者主人舍先三鉢盡與比丘若量腹取者如餘長者外見乞食比丘應示處若不示處突吉羅鉢量數大鉢一鉢是中鉢二鉢下鉢三鉢中鉢二鉢是下鉢三鉢若檀越舍先留上鉢一鉢盡與比丘比丘更索突吉羅得小鉢一鉢波夜提若主人先留小鉢小鉢一鉢盡與比丘比丘更索突吉羅索乃至更得小鉢二鉢亦突吉羅以本制戒限小鉢三鉢故若更索得小鉢三鉢者波夜提若主人先留中鉢二鉢盡與比丘比丘更索突吉羅索更得小鉢二鉢墮若主人先不留食隨檀越與多少無過更索突吉羅若先與小鉢一鉢若更索乃至得小鉢二鉢突吉羅若得小鉢三鉢墮如是隨與多少後更索突吉羅得三小鉢外更索一小鉢墮以類推之盡可解也若檀越自恣請不問多少也此是共戒比丘尼俱墮三衆突吉羅五道中從人取食過限者墮四道突吉羅是中犯者若比丘以上鉢取者應取一鉢不應過若取二鉢墮若以中鉢取極多取二鉢若取三鉢墮若以下鉢取極多取三鉢若取四鉢波夜提

九十事第三十四

此戒不共三衆不犯是中犯者若比丘食竟從座起去不受殘食法若噉根食波夜提此十五種中隨噉何食已從座起去不受殘食法十五種中隨噉何食墮若一時和合噉十

五種一波夜提若異時各各異噉十五波夜提受殘食法者隨所能食多少盡著鉢中知諸比丘一食未竟來從座起從是人邊偏袒胡跪擎鉢言長老憶念我受殘食法若前比丘不多少取者不名受殘食法若以鉢食著地若著膝上不名受殘食法若以此爲受殘食法者隨若相去手不相及者不名爲受若以不淨食若以不淨肉受不名受殘食法不淨食者殘宿食惡捉食共宿食不淨肉者狗肉惡鳥肉等也若飲食五種佉陀尼而以五種蒲闍尼受者不名爲受如是展轉欲食此而受彼悉不成受諸不成受而食者皆波夜提大比丘邊得受殘食法也四衆邊不得若上座邊應偏袒胡跪事事如法若下座邊惟除胡跪餘法悉同優波離問佛比丘有幾處

行時自恣幾住幾坐幾卧所以問者若義不問佛義相不顯問已理相分明行者無礙優波離問佛印封已後諸弟子頂戴奉行如得王封隨至四關無敢遮者此亦如是又如佛於三千世界於法自在無能過者優波離於閻浮提内解律自在無能過者又云優波離三千世界無能及者是人問佛佛自答之理無不盡佛告優波離有五處比丘行時自恣五處住坐卧行有五者知行知供養知應食知種種食壞威儀住坐卧亦如是若比丘行洗口時有檀越與五種食比丘應食應行受殘食法不應住坐卧若住坐卧當知壞威儀不名受若以此爲受食者皆波夜提不犯者若比丘言小住若日時早若歡粥若一切可噉者囑不犯一切五衆及一切解法白衣邊

盡得囑若一人受殘食法餘人食不成若行食應行時囑受殘食法不必行也知行者知是行時知供養者知前人與食知應者知應受不應受知種種食者知分别食壞威儀者知行食時如是壞威儀如是不壞威儀

九十事第三十五

此是不共戒三衆不犯此戒體若比丘不囑食不受殘食法以瞋心欲令惱故强勸令食食者波夜提不食者突吉羅是中犯者若比丘見餘比丘食竟不囑食自恣請噉十五種食隨食何食皆波夜提一切麥粟稻麻床未作麨飯餔盡名似食若變成麨飯餔盡名正食

九十事第三十六

此戒尼共三衆不犯若僧祇食時應作四種相一打揵椎二吹貝三打鼓四唱令令界内聞知此四種相必使有常限不得或時打揵椎或復打鼓或復吹貝令事相亂無有定則不成僧法若不作四相而食僧祇食者不清淨名爲盜食僧祇不問界内有比丘無比丘若多若少若遮若不遮若知有比丘若知無比丘盡名不如法食亦名盜僧祇不名别衆罪若作四相食僧祇食者設使界内有比丘無比丘若多若少若知有比丘無比丘若來不來但使不遮一切無咎若使有遮雖打揵椎食不清淨名盜僧祇若大界内有二處三處各有始終僧祇同一布薩若食時但各打揵椎一切莫遮清淨無過若有檀越或作一月或作九十日長食者若能一切無遮大善若不能無遮初作食日應打揵椎唱言六十

臘者入若有六十臘者若多若少但令一人入即是清淨若無六十臘者次唱五十九臘者若無次第唱乃至沙彌沙彌一人入亦是清淨若都無者亦名清淨若初日不唱應日日唱如初日法若初日唱者乃至長竟若遮不遮一切無過若初日不唱應日日唱乃至一人入已餘遮不遮亦復無咎若不作此二種法若食時有遮界內乃至有一比丘以遮故不得食者此中一切僧得別衆食罪設界內無比丘故有遮食不清淨若作九十日長食初日如法唱九十日竟若檀越續有一月半月食即前唱法爲清淨不須更唱惟僧房卧具九十日竟應日日唱若不日日唱即不清淨若有檀越請四人已上在僧布薩界內食應布薩處請僧次一人若送一分食若不請一人不送一分食者波逸提若二處三處亦如是若各至布薩處僧中取一人若送一分食則清淨自處不須展轉取及送食也隨何處不請僧中一人不送一分食者波夜提設請一人送一分食外有異處比丘來若遮乃至不與一人食者波夜提若聚落界內雖無僧界設二檀越請四人已上於二處食應打楗椎二處互請一人若送食一分若更有異比丘應如法入乃至一人若不互請及送食分食者隨若遮不與一人食亦波夜提若聚落界內先無衆僧有檀越請四人已上應打揵椎若不打揵椎設知此中乃至有一比丘不來食者得別衆食罪若疑有比丘而便食者突吉羅若都無疑心若打揵椎不問有無一切無罪僧祇食法隨處有人多少應令

食有常限計僧祇食調一日食幾許得周一年若日食一斛得周一年應常以一斛爲限若減一斛名盜僧祇若增出一斛亦名盜僧祇若減一斛食僧應得者失此食故若出一斛則令僧祇斷絶不續故既有常限隨多少一切無遮若僧多時隨共食之若僧少時亦共食之設有餘長留至明日次第行之如是法者一切無過留至明日所未詳也若行路時檀越請食四人已上若伴中乃至有一比丘別食者此諸比丘得別衆食罪以遠遊行時隨所住處縱廣有一拘屢舍界此界內不得別食不得別布薩惟非衣界若人各賷食雖四人一處共食無過若檀越食三人已上各異處食亦無過若一切共一處食大善若食僧食若檀越食時有異檀越別與四比丘

食四比丘在僧中次第並坐受此食食得別衆罪若四人先取僧中次第食後得益者無罪若僧食時自在維那以僧祇物別作肥好已四人共食四人雖在二處無別衆食罪但食不淨若比丘或食僧食若檀越食各取食分雖四人已上於別處食不犯別衆若四人已上雖在界內各自有物共作食不犯別衆若四人各自乞食於一處食亦無罪若四人中一人出食三人無食共一處食波夜提若別房波演檀越別與小食四人已上非足食故無罪設續與後食應僧中請一人若送一分食若各別食食不成衆不犯不爾者波夜提若僧食竟有客比丘來檀越與食四人已上無罪若客比丘遊行入有僧界內受檀越食四人已上一處食者波夜提若先自賷粮

設本是檀越與共食無罪若同行四人一人有粮於僧界内在一處與三人共食波夜提若在曠遠無僧界處有多比丘共伴一比丘別請三比丘若一處食波夜提以隨住處有自然拘屢舍界故若有行粮共一處食無過若客比丘衆多共伴入聚落界雖無僧界若比丘若白衣爲檀越別請四人已上於一處食波夜提若同伴四人已上在聚落界内受一檀越食先雖無僧但知有一比丘在中不請共食者波夜提若生疑心不問有無食者突吉羅若欲如法者應好隱悉聚落有比丘無比丘不生疑心食者無過若不爾應打揵椎若遠不聞若聞不來則清淨如法復次若僧界若自然界若聚落界有檀越食僧食僧有客比丘來檀越與食四人已上無罪若比丘僧於比丘尼僧無別衆過凡是別衆食盡是檀越食若僧祇食一切盡無別衆罪但不如法食僧祇食者食不清淨多得盜僧祇罪若僧界内有檀越別食應請僧中一人若遣一分食若不爾者三人已下各異處食無過若僧界内有檀越食先作意請僧中一人而忘不請食已在前應作一分食置上座頭送與衆僧若僧遠者應取此食次第行之凡檀越食法必先請比丘若檀越在僧界内應語檀越請此界内僧中一人設請餘界僧不免罪也若此僧結十拘屢舍界去僧道遠復不先請即日請者亦應作一分食置上座頭若能得送與僧者善若不能得送與者應次第行之若三比丘一比丘尼不犯若三比丘尼一比丘不犯乃至三比丘一沙彌尼不犯若

三比丘在界外一比丘在界内不犯若三比丘在界内一比丘在界外不犯若三比丘在地一比丘在空中不犯若三比丘在空中一比丘在地不犯除病時作衣時作衣者不問應量不應量衣一切盡聽若作衣時食難得者聽别衆食食若易得不聽别衆食除行時者極至半由旬若去若來是中犯者若比丘昨日來今日食墮明日行今日食波夜提若即日行即日道中食若到所至處食無犯船亦爾大衆集時者或以法事或以餘縁衆僧集會極少舊比丘四人客比丘四人名爲大衆雖大衆集食不難得者不聽别衆食食者波夜提沙門請食時者是外道沙門除佛五衆一切外道出家皆名沙門是中犯者若沙門請請已服俗作白衣持食與比丘比丘食者波夜提受請不犯若白衣請比丘請已外道出家作沙門手持食與比丘比丘食者波夜提若沙門請比丘沙門持食與比丘受請及食不犯若有檀越作長食或一月或九十日先隨意請人各使令定至作食初日一切令集清晨打揵椎衆僧集已勸化主比丘應立一處舉聲大唱六十臘者入先被請衆僧各住一處不被請中有六十臘者應入若無者次應唱五十九臘者入次第無者應唱沙彌入若無沙彌亦得清淨若檀越僧界内作食堂舍不容次第出在異處食無過若僧食時若是僧食若檀越食各取食分在外四人共一處食無犯若檀越舍内請四人已上食雖打揵椎若檀越遮者知有一比丘不得食者盡得波夜提若大界内有二處僧祇一日

中二處俱有檀越食布薩處無過不布薩處若不請布薩處一人若不送一分食者此處僧盡得波夜提若狂心亂心病壞心滅擯人若三比丘一狂心三狂心一比丘設界内四比丘四狂心各檀越與食盡無過亂心病壞心滅擯人亦如是凡别衆食必在界内界有種種衆僧結界有聚落界有家界有曠野處自然一拘屢舍界此界内不得别食不得别布薩但非衣界如是比丘凡是界内者不得别食又必是檀越食四人已上共一處設界内有衆僧不如法食者波夜提若但知有一人不如法食者波夜提

九十事第三十七

此是共戒比丘尼俱波夜提三衆突吉羅是中犯者若比丘非時噉食波夜提若食五種佉陀尼五種蒲闍尼五種似食若十五種一時食一波夜提若一一食一一波夜提若比丘非時中非時想食波夜提非時中時想食波夜提非時中疑食波夜提若時中非時想食突吉羅時中疑食突吉羅時中時想食不犯若非時食咽咽波夜提非時者從日中至後夜後分名爲非時從晨至日中名時何以故以日初出乃至日中明轉盛中則滿足故名爲時從中至後夜後分明轉滅没故名非時又從晨至日中世人營救事業作飲食是故名爲時從中至後夜後分燕會嬉戲自娱樂精比丘遊行有所觸惱故名非時又從晨至日中俗人種種事務婬惱不發故名爲時從中至後夜後分事務休息婬戲言笑若比丘出入遊行或時被誹謗受諸惱害名爲非

時又比丘從晨至中是乞食時應入聚落往來遊行故名爲時從中至後夜後分應靜拱端坐誦經坐禪各當所業非是行來入聚落時故名非時

九十事第三十八

此戒比丘尼共三衆不犯是中犯者若比丘噉舉殘宿食波夜提若一時噉十五種食一波夜提若一噉一噉一波夜提此戒體咽咽波夜提共食宿有三種若受食已作已有想若共宿若不共宿經宿突吉羅食則波夜提若自捉食名惡捉捉時突吉羅作已有相經宿亦突吉羅食亦爾若食不受不捉作已有想經宿突吉羅食亦突吉羅不問共宿不共宿但作已有想名内宿若他比丘食共宿無過觸捉白衣食已白衣還自收攝後與比丘得食若曠野中得多飲食食已棄去後來故在若無鳥獸食處得取而食若多人共粟麥手觸各各分已即清淨也若食是佛臘面門臘自恣臘雖先受捉後買得食以無已想故無罪

薩婆多毗尼毗婆沙卷第七

音釋

壘魯水切猶疊也 鎝音沓鎞鎝鎖子也 七楮七補履切匙也楮遲據切與箸同 鵽鶉鵽知滑切黄雀也鶉常倫切鶉鶉也 睞落代切目童子不正也 刖魚厥切斷足也 歠姝悅切大欱也 麨尺沼切乾糧也 餔平祕切乾糗也

薩婆多毗尼毗婆沙卷第八

失譯人名今附三秦録

九十事第三十九

此戒比丘比丘尼共三衆不共是中犯者若比丘不受飲食著口中波夜提隨所多少著口中咽咽波逸提有四人得從受食男女黄門二根一切非人畜生亦成受食凡受食者一爲斷竊盜因緣故二爲作證明故從非人受食得成受食不成證明所以聽非人邊受食者曠絶之處無人授食是故聽之若在人中非人畜生及無智小兒一切不聽也又爲止誹謗故爲少欲知足故生他信敬心故如昔有一比丘與外道共行止一樹下樹上有果外道語比丘上樹取果比丘言我比丘法不得摇樹取果比丘言我法樹過人不應上又言摇樹取果比丘言我法不得摇樹落果外道上樹取果擲地與之語取果食比丘言我法不得不授而食外道生信敬心知佛法清淨即隨比丘於佛法中出家尋得漏盡若受果樹葉大襆成受食不大盤小盤圓盤杌案但一人受無過手不淨受食得突吉羅

九十事第四十

此戒不共比丘波夜提比丘尼四悔過三衆突吉羅所以名美食者以價貴故以難得故以愈病故或有美食非美藥以乳酪酥等是或有美藥非美食生酥油是亦是美食亦美藥酥肉魚脯是或非美食亦非美藥訶梨勒等是是中犯者若比丘無病爲身索乳酪生酥熟酥油魚肉脯得波逸提不得者突吉羅若比丘無病爲身索飯羹菜等得者突吉羅

不得者亦突吉羅不犯者病若親里若先請不索自與不犯若比丘乞食時至檀越門彈指搖杖若問者隨所須語意令知得者善若不得者不得强索得者突吉羅此中制食無病索酥油等波逸提後過四月中制藥過四月請已索酥油者波逸提

第三誦九十事第四十一

此是共戒比丘尼俱波逸提三衆突吉羅前制有蟲水澆草上和泥此制一切不得用蟲水者若眼所見若漉水囊所得一時舍利弗以淨天眼見空中蟲如水邊沙如器中粟無邊無量見已斷食經二三日佛勑令食凡制有蟲水齊肉眼所見漉水囊所得耳不制天眼見也凡用水法應取上好細氎縱廣一肘作漉水囊令一比丘持戒多聞深信罪福安詳審悉肉眼清淨者令其知水如法漉水置一器中足一日用明日更看若有蟲者應更好漉以淨器盛水向日諦視若故有蟲應作二重漉水囊若二重故有蟲者應三重作若故有蟲不應此處住應急移去是中犯者若比丘知水有蟲用者隨所有蟲死一一波逸提若比丘用有蟲水煑飯羹湯浣染洗口身手足一切用者隨爾所蟲死一一波逸提若有蟲無蟲水想用波逸提若有蟲水有蟲水想有蟲水疑用波逸提若無蟲水有蟲想無蟲水疑用突吉羅若無蟲水無蟲想用無罪

九十事第四十二

此是共戒比丘尼俱波逸提三衆突吉羅此戒於五道中人道中得波逸提餘道突吉羅以趣異故食家女人名男子食家者白衣房

舍也此戒體若白衣舍是行婬欲處更無異人此處强坐令他夫婦所欲不得隨意得波逸提是中犯者若比丘食家中强坐波逸提若起還坐隨起還坐得爾所波逸提不犯者斷婬欲家若受齋家若有所尊重人在座和上阿闍梨父母如是此名尊重人也若此舍多人出入處不犯此戒與夫婦一處後戒獨一女人爲異

九十事第四十三

此是共戒比丘尼俱波逸提三衆突吉羅於五道中人道得波逸提餘道突吉羅以趣異故食家中者義如前説此戒體比丘獨與二女人深屏處坐波逸提獨者獨與一女人更無第三人是中犯者若比丘有食家獨與一女人共坐三事起一波逸提一者有食家二者獨共一女人三者深邃處坐若從坐起還坐隨得爾所波逸提更得三事起一波逸提隨起還坐隨得爾所波逸提若閉戸向外無淨人者波逸提若開戸向外有淨人者突吉羅若開戸向内有淨人不犯此前後二戒若是童女石女小女未堪作婬欲者若根壞盡突吉羅與女屏處坐戒凡有二種一與夫婦同處二與女人獨處坐與女人露處坐正有一種更無第三人與尼亦有屏處坐戒如前戒不與尼屏處坐戒是亦有與尼露處坐戒此九十事無在尼戒因尼有縁故制同戒

九十事第四十四

此戒共三衆突吉羅毗羅然國近雪山故名毗羅然是外道沙門志所樂處阿耆達者以供養火故名阿耆達問頗有沙門爲大衆師

多人所敬者不佛將受宿報故令發是念端正者身端正衣服端正威儀端正法端正諸根寂靖者六根不亂故身有圓光如真金聚設以閻浮檀金置於佛前佛出一臂即如土石無復光色即還自國爲佛及僧辦夏四月多美飲食所以辦四月者以夏一時有四月故又彼國安居常以四月故也斷外人客安樂自娛外事好惡一不得白問曰佛是豪族加是法王舉世所宗不畏毀失遠近聽望何故爾也答曰此婆羅門王從無始來爲癡闇所盲不顧好惡是故爾耳又此婆羅門長夜惡邪是法怨賊雖復請佛無信敬心是故不以爲意又佛欲現受宿報故使爾耳又云阿耆達本無惡心直爲外人所誤是使爾耳王夜夢見自身倒地佛即挽起覺已請諸婆羅門師以占此夢諸婆羅門以懷嫉心誑言此夢是大不祥阿耆達言何以却之婆羅門言王當四月斷外人客安樂自娛可滅此也即隨其語如法行之無上道者道凡三種一聲聞究竟道二辟支佛究竟道三佛究竟道此三道究竟入泥洹門故名道也佛究竟道於三道中最爲無上道剃除鬚髮著袈裟問曰佛常剃除不答曰不爾佛髮常如剃髮後一七日狀問曰佛初得道時著袈裟不答曰無有白衣得佛者要有三十二相出家著法衣威儀具足捨離煩惱而復一切種智入其身內如王女喻也若凡夫若聲聞若緣覺一切種智終不入其身也佛苦行三阿僧祇劫緣覺百劫聲聞二三身亦可得也佛與大衆止此林中所以然者以稱本要四聖種法又欲

折伏將來弟子憍慢心故若有弟子得諸禪定又有多聞通經藏者謂應常處僧坊堂閣不處林藪而三界法王尚處林野況餘人也又爲將來弟子作軌則故佛既受處山澤後諸弟子甘心受行又欲爲天龍善神說法故一切天龍多樂閑靜是故如來處林樹下是時舍利弗獨住不空道山中受天王釋夫人阿修羅女請四月安居問曰人云何能消天食耶答曰得禪定人不可思議不足致疑也又諸天食多人雖得食不得如天食法必食則消音維衞佛時高行梵志因緣應此中說凡馬食麥二升一升與馬一升與比丘中有良馬食麥四升二升與馬二升與佛問佛法平等何以一多一少答曰僧祇物者法應平等此檀越麥隨施主意又佛身大比丘身小各量腹食不失平等義也阿難取佛分麥并取自分入聚落中一女人前讚佛功德讚佛色身及法身也梵音聲菩薩修行時於口四業多修二業一不惡口得梵音聲二修不非時語得凡所言說人皆信受若作飯者應彌勒佛時作轉輪聖王玉女寶自作飯者此福無量以此因緣故必至阿耨多羅三藐三菩提凡發菩提心有二種一見佛發心二聞法發心此女人亦見佛亦聞法先聞阿難說佛功德後取麥時以心福深重故一切林障廓然開闢遥見世尊阿難以指示之此是佛也女人見佛光相殊特內心喜勇發菩提心佛言除佛五衆餘殘出家人皆名外道食者十五種食皆名爲食是中犯者若比丘一時與外道十五種食一波逸提若一一與一一波

逸提不犯者若外道外道女病若親里若求出家時與不犯出家時者四月試時化食若化主欲令人食飽滿即得飽滿若不欲者即不得也若盜化物得對手偷蘭遮食化食無殘宿食罪若五衆勸檀越作食一切無過但比丘食三種所勸食波逸提食比丘沙彌所勸食無罪也若自手與一切九十六種異見人食不問在家出家裸形有衣悉波逸提若教人與突吉羅與一切無見人食無咎若衆僧與外道食亦無過正不得自手與

九十事第四十五

此是共戒比丘尼俱波逸提三衆突吉羅與諸比丘結戒者爲佛法尊重故爲滅誹謗故爲息諸惡法增長善法故是中犯者若比丘故往看軍發行得見波逸提不見突吉羅軍有四兵象兵馬兵車兵步兵或四兵爲一軍或三二一兵爲一軍若故往觀乃至一兵軍從高至下從下向高得見波逸提不得見突吉羅若不故往以行來因緣道由中過不犯若住立看壞威儀突吉羅若左右反顧看突吉羅除因緣因緣者若王王夫人太子大臣大官諸將如是等遣使喚往者不犯凡夫人亦爾止誹謗故若喚不往當言比丘有所求時不喚自來無所求時故喚不來爲沙門果故若往說法或得須陀洹或得斯陀含或得阿那含又長信敬善根故又以道俗相須長養佛法故是以聽往以歡喜心故得沙門果也

九十事第四十六

此是共戒比丘尼俱波逸提三衆突吉羅是

中犯者若比丘徃軍中過二夜宿當至第三夜地了時波逸提若軍中病若狂心亂心病壞心不犯

九十事第四十七

此是共戒比丘尼俱波逸提三衆突吉羅是中犯者若比丘徃看軍陣著器仗得見波逸提不見突吉羅若從下向高從高向下得見者波逸提不得見突吉羅四兵乃至一軍亦如是若觀牙旗幢旛兩陣合戰波逸提不犯者不故徃有因緣道由中過不犯此戒體比丘在軍中二宿時故徃看軍陣著器仗牙旗幢旛兩陣合戰波逸提設不在軍二宿住時故徃看乃至軍陣合戰亦波逸提若坐不見故立看者突吉羅乃至見軍幢旛波逸提

九十事第四十八

此是共戒比丘尼俱波逸提三衆突吉羅是中犯者若比丘以瞋心故若以手打若肘若膝若脚若杖打皆波逸提若餘身分打皆突吉羅若爲呪故若食噎打拍不犯若比丘打比丘尼突吉羅若打三衆突吉羅若打得戒沙彌盲瞎聾瘂波利婆沙摩那埵比丘悉波逸提戲笑打他突吉羅六罪人五法人越濟人賊住人本破戒捨戒還俗更作比丘在家無師僧汙比丘尼殺阿羅漢不能男不見擯不作擯惡邪不除擯打者皆突吉羅若打他或波羅夷或僧殘或偷蘭遮或突吉羅或波夜提若殺心打他死者波羅夷不死偷蘭遮若婬亂心打比丘尼式叉摩尼沙彌尼白衣女人悉僧殘若無殺意但瞋心打比丘波逸提打不滿及打餘人皆突吉羅

九十事第四十九

此是共戒尼俱波逸提三衆突吉羅此與前戒打擬爲異餘義盡同前戒若打波逸提舉擬欲打便止突吉羅以打不滿故此戒本意不規打直欲掌擬令其惱怖但擬波夜提如本意欲女人上出精若遂意僧殘若不精出直摩捉便止偷蘭遮若本心直規摩捉樂意僧殘此二戒亦爾是中犯者若比丘舉手掌脚掌舉肘舉膝杖擬向比丘波逸提擬向比丘尼式叉摩尼沙彌尼突吉羅若擬向得戒沙彌盲瞎聾瘂波利婆沙摩那埵苦切驅出等羯磨人皆波逸提六罪人五法人越濟人賊住人本破戒捨戒還俗更作比丘在家無師僧汙比丘尼殺阿羅漢不見擯不作擯惡邪不除擯不能男盡突吉羅或有擬向波羅夷偷蘭遮波逸提突吉羅若殺心擬向他死者波羅夷不死者偷蘭遮不作殺心但瞋心擬向比丘波逸提餘身分擬向突吉羅擬向餘人突吉羅不犯者若比丘舉掌遮惡獸若遮惡人如是等爲救護恐難不犯

九十事第五十

此是共戒少分不共尼覆藏七波羅夷波逸提覆藏行婬波羅夷犯波羅夷此不共戒三衆突吉羅無根誹謗他有四種以無根波羅夷謗他僧殘以無根出佛身血無根破僧輪謗他四人偷蘭遮以無根僧殘謗他波逸提以無根波逸提波羅提提舍尼突吉羅謗他突吉羅是名四種向未受具戒人說他麤罪有三種一波羅夷僧殘得波逸提二説他出佛身血破僧輪得對手偷蘭遮三説他波逸

提波羅提提舍尼突吉羅得突吉羅覆藏麤
罪有三種覆藏波羅夷僧殘得波逸提覆藏
出佛身血壞僧輪得對手偷蘭遮下三篇得
突吉羅

九十事第五十一

此是共戒比丘尼俱波逸提三衆突吉羅此
戒體若比丘爲惱故令失食將向白衣舍惱
使令還是中犯者若比丘語餘比丘言汝來
共到他家若未來入城門令還者突吉羅若
入城門令還者亦突吉羅若未來入外門中
門內門令還者突吉羅若入內門未至聞處
令還者亦突吉羅若至聞處令還者波逸提
如跋難陀語達摩令還時檀越聞處是名聞
處若檀越偶出見其還去喚使令住若聞而
不住突吉羅若不聞者波逸提

九十事第五十二

此是共戒比丘尼俱波逸提三衆突吉羅此
戒體無病無餘因緣露地然火向得罪冷熱
風病隨何病須火消息是名病可然火物凡
有五種一草二木三牛屎四木皮五糞掃此
五種物若自然若使人然波逸提必在無覆
障處然向物五事中若一時以五種著火中
一波逸提若一一著火中一一波逸提若他
先然火後隨何事著火中各得波逸提若與
他前已然薪突吉羅若手把火東西房無罪
若以一莖小薪若一把草著火中波逸提若
露地火灰炭著火中突吉羅不犯者若病若
煑飯煑羹煑粥煑肉煑湯煑染熏鉢治杖治
戶鉤如是等因緣不犯若行路盛寒不犯

九十事第五十三

此是共戒比丘尼俱波逸提三衆不犯羯磨
跋難陀者或言驅出羯磨或言依止羯磨或
言不見擯羯磨或言惡邪不除擯羯磨佐助
六群比丘者或言六群中一人或言六群門
徒甚多是門徒中一人僧事者若白羯磨白
二白四若布薩說戒自恣若差十四人是中
犯者若比丘如法僧事與欲竟後悔言我不
應與波逸提隨心悔言一一波逸提除僧羯
磨事僧凡所斷事和合作已後悔譏訶突吉
羅若僧如法作一切羯磨事已後訶言不可
波逸提若僧作一切羯磨事作不如法當時
力不能有所轉易故默然而不訶後言不可
無罪除僧羯磨一切非羯磨事衆僧和合共
斷決之後更訶者若順法順毗尼者波逸提
若雖是王制僧制不順毗尼突吉羅

九十事第五十四

此是共戒比丘尼俱波逸提三衆無犯邊小
房者或言諸房舍最是邊外故言邊又言房
舍卑陋少諸卧具所須於三品中最是下者
故名爲邊與諸比丘結戒者爲佛法尊重故
爲息誹謗故與未受大戒一房過二宿波逸
提所以聽二宿者以若都不聽或有失命因
緣又若不聽二宿必有種種惱事因緣以憐
愍故得共二宿以護佛法故不聽三宿未受
大戒者除比丘比丘尼餘一切人是舍有四
種一者一切覆一切障二者一切障不一切
覆三者一切覆半障四者一切覆少障是中
犯者若比丘與未受大戒人四種舍中宿過
二夜波逸提起已還卧得爾所波夜提若通
夜坐不犯若共宿過二夜已第三夜更共異

人宿波逸提以前人相續故若共宿二夜已移在餘處過一宿已還共同宿無過若直有覆無障突吉羅若但有障無覆突吉羅若都入内閉户無犯若大籬牆内無過若黄門二根共宿一夜突吉羅過二宿波逸提若一切覆三邊障一邊不障突吉羅

九十事第五十五

此是共戒比丘尼俱波逸提三衆突吉羅阿利吒比丘先是外道弟子外道邪師遣入佛法中倒亂佛法其人聰明利根不經少時通達三藏即便倒説云何障道法不能障道盡其智辯不能令成此戒體先三輭語約勑不止次僧中白四羯磨約勑若如法如律如佛教三諫不止波逸提三衆惡邪不除亦三教不止盡滅擯

九十事第五十六

此是共戒比丘尼俱波夜提三衆不犯與諸比丘結戒者爲滅惡法故爲佛法清淨故此戒體若比丘知比丘如法作惡邪不除擯便與共住同室宿波逸提共事者有二種事一法事二財物事共住者共是人住作白白二白四羯磨布薩説戒自恣差十四人羯磨是中犯者若比丘共擯人作法事若教經法若羯磨波逸提若經説事事波逸提若别句説句句波逸提若從擯人問義受經亦如是共財者若比丘與擯人衣鉢乃至與終身藥皆波逸提若從擯人取衣鉢乃至取終身藥皆波逸提若四種舍中共卧者波逸提起已還卧隨起還卧一一波逸提若通夜坐不卧突吉羅

九十事第五十七

此是共戒比丘尼俱波逸提三衆無犯此戒體若比丘知是滅擯沙彌便畜營恤共事共宿波逸提是中犯者若比丘教擯沙彌經法若偈說偈偈波逸提若經說事事波夜提若別句說句句波逸提若從擯沙彌受經讀誦亦如是若與衣鉢乃至終身藥皆波逸提若從取鉢取衣乃至終身藥皆波逸提若四種房中共宿波逸提若起已還卧隨起還卧隨得爾所波逸提若通夜坐不卧亦波逸提若沙彌惡邪不除三教不止與滅擯羯磨若服俗作白衣後還作沙彌即先羯磨若受具戒亦即先羯磨若根變作沙彌尼亦即先羯磨三衆共惡邪不除擯共宿共事共住突吉羅共滅擯三衆共宿共事亦突吉羅

九十事第五十八

此是共戒比丘尼俱波逸提三衆不犯若寶者金銀硨磲碼碯瑠璃真珠若金薄像凡是寶器捉者一切波逸提若金像自捉舉波逸提若淨人共舉無犯一切似寶若捉若舉無犯若以似寶作女人莊嚴具捉者突吉羅若以作男子莊嚴具除矛矟弓箭刀仗作寨勒鞕帶一切捉者無犯若捉鎧一切樂器突吉羅若自捉錢突吉羅若比丘捉重寶波夜提若使三衆白衣捉無犯除僧坊内若住處内若有人忘寶應如是立心取有主來索當還是應爾僧坊内者牆籬壍障内住處内者隨白衣舍安止比丘住處是名住處内此二處有人忘寶在中若有淨人教取看舉若無淨人應自取舉若有主來應問相相應然後與

若不相應不應與若僧籬牆外復非白衣住處不應取次第法如律文說

九十事第五十九

此是共戒尼波逸提三衆突吉羅新衣者不問新故自以初得故名爲新色有五大色黄赤青黑白黄者鬱金根黄藍染赤者羊草落沙染青者或言藍黛是或言其流非即是也是亦禁餘未識其本凡此五大色若自染突吉羅若作衣不成受若作應量衣不應量衣一切不得著若先得五大色衣後更改作如法色則成受持若先作如法色後以五大色後壞者不成受持雖不成受若作三點淨者得一切處著若紺黑青作衣不成受持除三衣餘一切衣但作三點淨著無過若皂木蘭作衣依一切得作亦成受持若非純青淺青及碧作點淨得作衣裏衣舍勒外若不現得著若作現處衣盡不得著赤黄白色色不純大者亦如是除富羅革屣餘一切衣卧具物乃至腰帶盡應三點淨若不點淨著用者皆波逸提一切不如法色衣不成受持一切如法色衣則成受持一切如法色衣不如法色衣不作淨著者皆波逸提若衣故點滅猶是淨衣不須更點淨若先點淨衣更以新物段補設十處五處但一處作一點淨不須一一淨也以皆却刺補故若但直縫者應各各作點淨若却刺補衣若直縫補衣設不作點淨著者突吉羅凡淨法有三種一者如法三點淨衣一切漿須作淨者比丘得自作二者若果菜五種子應沙彌白衣作淨三者若得二種以革屣若得新靴應令白衣著行五六七步

即是作淨如畜實用種種賣販賣物此三種物盡白衣邊作淨復有二種淨一故作淨如果菜五種子淳漿若火若刀若爪甲若水故作淨是名故作淨二者不故作淨如果菜五種子若刀火自墮土即名作淨鸜鵒紫亦爾若雨墮漿中即名爲淨是名不故作淨凡壞色作點淨三種一青二皂三木蘭若如法色衣以五大色作點著者突吉羅除五大色有純色黃藍鬱金落沙青黛及一切青名純色亦不得著若黃赤白衣雖三點淨著突吉羅若先衣財時作點淨復染作色成已若更不點淨無咎以先淨故五純色衣不成受持若作三點淨著得突吉羅若先純色後以如法色壞則成受持紫草㮈皮栢皮地黃紅緋染色黃蘆木盡皆是不如法色以如法色更染覆上則成受持若先如法色後以不如法色更染作點淨得著不成受持

九十事第六十

此是共戒比丘尼俱波逸提三衆突吉羅是中犯者若比丘未滿十五日浴者波逸提若滿十五日若過不犯除熱時者春殘一月半夏初一月是二月半名熱時律師云天竺早熱是名天竺熱時如是隨處熱時早晚數取二月半於中浴無犯病者冷熱風病洗浴得差名病時風時必有塵坌汙身體是名風時雨時者必使雨水濕衣汙染身體是名雨時作時者乃至掃僧坊地五六尺名爲作時行路時者乃至半由旬若來若去是中犯者若比丘昨日來今日浴波逸提若明日去今日浴波逸提若即日來去經半由旬浴者無犯

若無諸因緣減半月浴者波逸提若有因緣不語餘比丘輒浴者突吉羅

九十事第六十一

此是共戒比丘尼俱波逸提三衆突吉羅與諸比丘結戒者爲憐愍故爲斷罪惡故爲長敬信心故是中犯者有三種奪畜生命波逸提自奪教奪遣使凡三事以成殺罪一衆生想二殺衆生意三斷命波逸提自殺者欲令死故若手拳若以頭脚若杖木瓦石刀䂎弓箭等能殺衆生物以此打擲若死者波逸提若不即死後因是死波逸提若不即死後不因是死突吉羅若以毒藥著眼中若著身處分中若著食中若著行處卧處若死不死義如前說若作弶機撥按腹墮胎乃至毋腹中初得二根念欲令死不死義如前說若教殺若遣使殺教使殺此乃殺彼突吉羅教令來殺乃去時殺突吉羅如是種種殺義如波羅夷中說正以人與畜生爲異耳

九十事第六十二

此是共戒比丘尼俱波夜提三衆突吉羅是中犯者有六因緣一生二受具戒三犯四問五物六法生者有二種一問餘比丘汝何時生問汝腋下何時毛生口邊何時生髭鬚咽喉何時現受具戒有四種若比丘問餘比丘汝何時受具戒二誰是汝和尚阿闍梨誰是汝教授師三問汝於十衆受具戒五衆中受耶四問汝於界外受具戒爲界内受耶犯者有四種一言犯僧殘二犯波逸提三犯波羅提提舍尼四犯突吉羅問者問他比丘汝某聚落行某巷行到某家坐某處共某女人語是

惡名女人也到其尼坊共其尼語邪惡名尼也是名問物者若比丘語餘比丘汝誰同心用鉢乃至終身藥法者若比丘語他比丘莫多畜衣莫數數食莫别衆食莫他不請入他家莫非時入聚落莫不著僧伽梨入村邑於前六事中生者或得波逸提或得突吉羅或無罪若推其生時年歲及三相久近未應受具戒而受具戒前人實不得戒爲慈愍好心語者無罪若故欲令其疑悔突吉羅若前人有戒欲惱令疑悔波逸提若以後五事欲令疑悔故語者不問前比丘疑悔不疑悔盡波逸提除此六事更以餘事欲令疑悔故語者突吉羅所謂語比丘言汝多眠多食多語言等是人非比丘非沙門非釋子若以此六事令餘人疑悔者突吉羅所謂若比丘尼三衆

在家無師僧本破戒還俗後作比丘越濟人賊住滅擯人六罪人五法人狂心亂心病壞心殺阿羅漢汙比丘尼本不能男盡突吉羅若得戒沙彌盲瞎聾瘂不見擯不作擯惡邪不除擯波利婆沙摩那埵依止等四羯磨人盡波逸提若以此六事遣使教人突吉羅

九十事第六十三

此是共戒比丘尼俱波逸提三衆突吉羅是中犯者若比丘以一指擊攊他比丘波逸提若以二三乃至九指一一擊攊一一波逸提若十指一時擊攊一波逸提若擊攊比丘尼三衆六罪人五法人狂心亂心病壞心在家無師僧如是等人盡突吉羅盲瞎聾瘂波利婆沙摩那埵得戒沙彌不作不見惡邪不除依止等四羯磨人盡波逸提若以木擊攊突

吉羅若教人擊攊突吉羅十七群擊攊死者是年少小比丘也

九十事第六十四

此是共戒比丘尼俱波逸提三衆突吉羅與諸比丘結戒者爲佛法尊重故爲長敬信故不廢正業故爲修正念故是中犯者有八種一者作喜二者作樂三者作笑四者戲五者弄水六者令他喜七者令他樂八者令他笑若比丘於八事中趣爲一事若拍水若倒没若如魚宛轉若一臂浮若兩臂浮若身踊若仰浮如是等種種非威儀事一一波逸提乃至槃上有水若坐牀上以指畫之突吉羅不犯者若爲學浮若直渡者不犯

九十事第六十五

此是共戒比丘尼俱波逸提三衆突吉羅舍有四種一切覆一切障一切障不一切覆一切覆不一切障一切覆少障是中犯者若比丘是四種舍中共女人畜生女宿波逸提若起還卧隨起還卧得爾所波逸提不犯者通夜不卧乃至異舍有女人宿孔容狸子入處是舍中宿波逸提若房中有一女人一波逸提有十女人十波逸提此戒亦身教成罪亦人上成罪一卧一波逸提十卧十波逸提是名身教成罪若一卧有一女人一墮若一時有十女人十墮是名人上得罪若舍一切覆無障突吉羅若一切覆三邊有障一邊無障若乃至一邊有障三邊無障突吉羅若四邊有障不一切覆突吉羅若一切覆一切障不問大小盡波逸提若作都堂招提舍同覆同障設使堂舍中有諸小房雖房房各異以

堂同故是一房設使堂四邊有障上覆亦同若比丘在堂内小房中自閉房戶女人復在一小房中以堂一覆故波逸提若白衣舍内房舍各異若比丘在一房中女人在餘房若比丘不閉房戶突吉羅閉戶無犯若是房牆障相連上復同覆而並戶出入處異雖相連同覆但比丘閉戶無罪若樹下突吉羅若人女是畜生女堪作婬欲者波逸提若不堪任作婬欲者如石女根壞鬼神女天女鴿雀等突吉羅

九十事第六十六

此是共戒比丘尼俱波逸提三衆突吉羅是中犯者有六種色聲香味觸法色者若比丘作象色馬色羊色水牛色如是如是等可畏色問此是常所見事何以怖畏答以非時故令人怖也若能令人怖若不能皆波逸提是名色聲香味亦如是以非時故令人怖也味者若比丘問他比丘汝今日用何物噉食答言用酪魚又言若用酪魚噉飯者是人得癩癖病若衆令怖若不怖皆波逸提如是等名味觸者若他先敷堅物用坐欲令怖故去堅敷輭事相忽異令驚怖也去輭著堅亦爾如是等以種種異觸怖他名觸也法者若比丘語餘比丘汝莫於生菜中大小便當墮地獄餓鬼畜生若能令怖若不能皆波逸提若比丘自以六事怖若教他怖餘比丘若能令怖若不能皆波逸提除此六事更以餘事怖比丘者突吉羅所謂若以多眠多食多言語當墮地獄餓鬼畜生如是比丘怖他者突吉羅若怖比丘尼三衆六罪人五法人狂心亂心

病壞心在家無師僧越濟人殺阿羅漢汙比丘尼本不能男一切外道出家人一切在家人盡突吉羅得戒沙彌盲瞎聾瘂波利婆沙摩那埵不見不作惡邪不除擯依止等四羯磨人盡波逸提

九十事第六十七

此是共戒比丘尼俱波逸提三衆突吉羅是中犯者若比丘藏他比丘衣鉢戶鉤革屣若覓不得波逸提若不覓得突吉羅若藏石鉢金鉢銀鉢瑠璃鉢如是一切諸寶鉢若覓得不得盡突吉羅若藏五大色衣駝毛牛毛羖羊毛雜羊毛衣盡突吉羅若藏得戒沙彌波利婆沙摩那埵盲瞎聾瘂依止等人不見不作惡邪不除擯人衣鉢盡波逸提若藏六罪人五法人在家無師僧本比丘更出家越濟人賊住人殺阿羅漢汙比丘尼本不能男比丘尼三衆如是等人衣鉢皆突吉羅一切百一物藏盡波逸提若鉢未熏亦波夜提若鉤鉢鍵鎡一切長衣鉢作淨畜者乃至鍼筩藏者波逸提若鍼筩有鍼波逸提無鍼突吉羅

九十事第六十八

此是共戒比丘尼俱波逸提三衆突吉羅此戒體本與他衣作誑心與欲使役故令他作已有想作已便奪波逸提所以不與重者不根本與故是中犯者若比丘與比丘比丘尼式叉摩尼沙彌沙彌尼衣他不還便奪取者波逸提

薩婆多毗尼毗婆沙卷第八

音釋

襆（逢玉切帕也）　机（舉履切案屬）　埿（年題切塗也）　漉（盧谷切濾也）

邃 雖遂切深遠也 㝱 莫鳳切與夢同 藪 蘇后切 噎 烏結切食窒也 恤 雪律切振恤也 矟 色角切矛屬 鎧 可亥切甲也 皂 在早切黑色也 屣 所綺切皮履也 靴 許茄切有鞾履也 觜 即委切喙也 㮈 乃帶切木名 緋 匪微切絳色也 坌 蒲悶切塵塳也 弶 其亮切施罟於道也 擊攊 攊即狄切以指擊口也

續薩婆多毗尼毗婆沙
失譯人名今附三秦録

清刻龍藏佛說法變相圖

續薩婆多毗尼毗婆沙序

西京東禪定沙門智首撰

世雄息化律藏枝分遂使天竺聖人隨部別釋自佛教東流年代綿久西土律論頗傳此方然此薩婆多即解其十誦智首宿緣積善早預緇門始進戒品即爲毗尼藏學至於諸律諸論每備披尋常慨斯論要妙而文義闕少乃至江左淮右爰及關西諸有藏經皆親檢閱悉同彫落罕有具者雖復求之彌懇而緣由莫測每恨殘缺滯於譯人靜言思此恒深悲歎比奉詔旨來居禪定幸逢西蜀寶玄律師共談此論闕義玄言本鄉備有非意闇之不勝慶躍於是慇懃三覆問其所由方知此典譯在於蜀若依本翻有其九卷往因魏世道武殄滅法門乃令茲妙旨首末零落遂

使四方皆傳闕本其真言圓備尚藴成都智首乃託邛僰行人并絡良信經涉三周所願方果以皇隋之馭天下二十六載大業二年歲次丙寅冬十二月躬獲此本傳之京邑智首深願流兹覺水散此慧燈悟彼學徒補其法寶已有一本附齊州神通寺僧沙禪師令於海岱之間諸藏傳寫猶恨晉魏燕趙未獲流布相州静洪律師毗尼匠主復是智首生年躬蒙訓導今謹附一本屈傳之河朔故具述由序標之卷初願尋覽諸賢無猜惑也

續薩婆多毗尼毗婆沙卷第九

失譯人名今附三秦録

九十事第六十九

謗人犯重偷蘭遮犯突吉羅向一人謗亦犯

九十事第七十

女人同道行者上制尼此制白衣女也義如上尼中無異也若共多女犯多也

九十事第七十一

賊共行者袈裟(此言染衣也)結愛等亦名染著此服者在獸不令其畏是故獵師喜假服假服之後令獸遠見比丘便生畏心遠而避之與賊行亦爾是以人見比丘共賊行便生不信是故佛制

九十事第七十二

不滿二十年中人若不滿二十自想不滿不得戒者眞實不滿乃至無十九故所以不得戒也胡本十九得戒者不如秦也要數日滿爲年下不滿得戒者以母胎足故也共事者説戒羯磨等共住得罪者以過二宿也若歲滿日少亦得也若人滿二十自想滿二十僧中問云不滿者有二種一誤若忘此人得戒二意不欲受師强與故説不滿此人不得戒年六十不得受大戒設師僧强授亦不得以其人不任堪苦行道又心智鈍弱唯聽爲沙彌七歲已下亦不聽度度受戒俱突吉羅僧祇家有觀相貌義年未滿二十不聽者以其輕躁不耐寒苦若受大戒人多訶責若是沙彌人則不訶故也尼十二得者爲夫家所使任忍衆苦加猒本事也

九十事第七十三

掘地中生地者胡本云實地不生者云不實地四月及八月此是雨時地相連著潤勢相淹能生草木故義名生地餘無雨時日炙乾燥風吹土起而不生草故義名不生地也若觸此上乾土犯突吉羅下侵濕地犯墮牆根齊築處不犯以異於地故地雖築治若濕相淹發犯墮凡欲取菜草土當遥言其處有好者淨來若到邊指示犯也蟻封雨時犯突吉羅以非根本實地故若中生草觸草犯墮封土犯突吉羅所以犯突吉羅者有少相連分故屋下地犯墮屋上牆上生草如蟻封通覆處處地若土起犯突吉羅及下地犯墮

九十事第七十四

四月請中佛遮非時非親里乞六群以釋摩男是親故四月竟已從乞以非時非法訶責強索故制之以數數請者或請主官事怱遽不如所請後更請或二月已盡後有財更請二月或多財人數數請故事不一同三時之中隨請若夏初請夏中受若夏半來請不盡四月則并入冬分受餘時亦爾別請者私請大德人不犯

九十事第七十五

結同戒者若二部同戒必於大僧中結後令大比丘告尼以女人賤當從大僧受故若獨結尼戒就二部中也或因尼起同或因比丘起同或俱因起不同修多羅者四阿含及二百五十戒毗尼者言折伏以能折伏貪恚癡故諸律是也摩多勒伽者善釋諸法相義有似阿毗曇也毗婆沙者云何毗曇及戒增一是以明義相論色非色教非教等故也及入

毗尼經者餘經中諸說戒處是云若以此經中戒向未受大戒說突吉羅要心口輕其人不來聽戒犯若有餘事不來無苦

九十事第七十六

往聽鬬諍犯者以能破佛法令僧爲二部是故制諍後聽者犯所以在高下處聽犯者以諍事重故不同說戒布薩羯磨等也此中諍人及餘不諍人來聽及向人說不說皆犯

九十事第七十七

僧斷事時黙然起去中若但明白白二白四羯磨者以百一羯磨入此三中故輕事白羯磨中事白二重事白四說此三羯磨時若起去犯墮餘非羯磨事起去犯突吉羅

九十事第七十八

不恭敬者胡本記云惱他也凡四事惱他與記識已師及於已是上座語令莫作是事初順言不作後作一也二逆言當作犯墮惱下座犯突吉羅未與記時有二事犯突吉羅

九十事第七十九

飲酒中凡有酒香酒味醉此三中若飲一犯墮也噉麴犯者云此麴以麥及藥草以酒和酙之後乾持行和水飲之令人醉也餘麴無犯也若過是罪者此酒極重飲之者能作四逆除破僧逆以破僧要自稱爲佛故亦能破一切戒及餘衆惡也

九十事第八十

非時入聚落中明在阿練若處者有檀越近聚落外作住處學問處及阿練若處有遠阿練若住畏賊故近聚落作僧藏也若寺在聚落外不白出寺至城門犯突吉羅又云入聚

落内時若總白入聚落後到隨意所至也若別相白若先不白隨見異寺比丘白無犯

九十事第八十一

食前後者此爲檀越家比丘結也緣跋難陀出百兩金錢百兩貯畜百兩飲食此施主所以請佛及僧欲在僧中從其乞生然知其欲乞故先至巳餘行晚來因制戒也檀越道人設食日晨白僧往不犯不白往者犯墮若白往於道中至餘家索食食得正食墮助食突吉羅若與僧一時去不白先入者墮主人明日當作食今日自往者墮除主人喚食後主人不留輙自往者墮作經勞主人僧先至而方後到者墮食後未覶去者墮餘道人欲私行直報同學得犯與不犯與上同雖大界内近寺白衣家不白亦犯墮也入城突吉羅若白而還晚令僧惱者突吉羅

九十事第八十二

門者王宫外門也門閫者宫門前一限木也過此木犯未藏寶者王巳出外夫人未起其進御時所著寶衣輕明照徹内身外現以發欲意未藏此衣名未藏寶又女爲男寶夫人未以餘衣覆身亦名未藏寶夜未曉者胡本有二義一未曉二夫人未起王及夫人未出寶衣未藏入限木内犯巳出巳藏入限不犯及王夫人大臣太子勢力强將入不犯或未藏寶夫人無突吉羅有夫人無寶突吉羅入天龍鬼神宫門突吉羅入空宫門不犯王者取聚落主巳上也

九十事第八十三

我今始知是法者云輕心聽亂心聽戒故犯

云初至衆學犯突吉羅說竟犯墮實先知言
始知犯妄語墮此中正結不專心聽罪也
九十事第八十四
鍼筩者以是小物故所以不入三十事故又
應破故若還主主不受若與他則生惱施僧
則非法唯毀棄骨者象馬龍骨牙者象及豬
牙齒者象馬豬齒角者牛羊鹿角也貪好故
不淨故犯也現餘鉢支等亦爾也
九十事第八十五
高廣牀者以生憍慢故木牀高大悉犯俗人
八戒同是也八指者一指三寸也墮得者明
用時隨坐卧得罪所以不入捨墮者以截斷
故截使應量入僧中悔若下濕處聽八指支
脚過八指盡犯也
九十事第八十六
兜羅者草木華綿之總稱也以是貴人所畜
故又人所嫌故喜生蟲故又若卧輭煗上後
得寒及麤鞕時不堪忍故乞時犯突吉羅隨
貯至成犯墮凡施佛即得其福無從用生令
佛不用故僧則常用福則常生故應護作卧
具也
九十事第八十七
覆瘡衣者先未聽畜涅槃僧有一比丘病癰
膿血流出汙安多衞佛見聽畜覆瘡衣乃至
瘡差後十日内畜不犯既聽涅槃僧患瘡時
涅槃僧内著之量如涅槃僧
九十事第八十八
尼師壇者本佛在時不卧故小作後因難陀
聽益縷際從織邊唯於一頭更益一搩手凡
長六尺廣三尺令比丘卧故僧卧具量四八

尺也今若欲作尼師壇量故如本作也云以此先制故所以在此中也後以結三十捨墮則入捨墮今作不如法便入捨墮也

九十事第八十九

雨浴衣中求願佛不與過願者云過願如王大人法有從求願所索禮必不違若求妻妾奴婢田宅悉與佛以過此不如法與故云不與過願唯與如法願也云今凡比丘浴若露覆室要不共白衣及覆上身要當著竭支一當有羞媿二喜生他欲想故昔有羅漢比丘洗有一比丘見其身體鮮淨細輭便欲心生後不久男根墮落即有女根則休道爲俗生子後還遇見即便識之知本所因即歸情求及羅漢教令悔過用心純至還得男根故宜不露形也云婬持戒大比丘及沙彌罪同破七寶塔勸人令出家精進斯福同塔也

九十事第九十

云佛衣量佛身丈六常人半之衣量廣長皆應半也佛弟難陀短佛四指衣應減長中一尺廣中四寸難陀先著上衣佛著中衣令不聽過等聽著下衣常人則下中下也佛衣色如金詰施加毛氎色亦爾故難陀衣宜當覆沙覆沙者此言壞色也令同比丘衣色

四悔過第一事

此是不共戒比丘尼式叉摩尼沙彌尼無犯沙彌突吉羅此戒體無罪名一人邊一説悔過是中犯者若比丘不病入聚落中非親比丘尼邊自手取根食得波羅提提舍尼罪若一時取十五種食一波羅提提舍尼若一一取十五波羅提提舍尼不犯者若病若親里

比丘尼若天祠中多人聚中與若沙門住處與聚落外若比丘尼坊舍中與不犯

第二事

此是不共戒比丘尼式叉摩尼沙彌尼無犯沙彌突吉羅是中犯者若比丘受比丘尼所教與食得波羅提提舍尼罪隨受得爾所波羅提提舍尼若二部僧共坐一部僧中若有一人語是比丘尼者第二部僧亦名爲語若別入別坐別食別出者是中入檀越門比丘應問出比丘何比丘尼是中教檀越與比丘食若言某應問約勑未答言已約勑是入比丘亦名約勑有諸比丘出城門時有比丘入者應問出者若出未約勑入者應約勑若出約勑入者亦名約勑

第三事

此戒與比丘尼共三衆不共是中犯者若比丘學家中僧作學家羯磨已先不請後來自手取根食得波羅提提舍尼若一時取十五種食得一罪若異時各各取得十五波羅提提舍尼

第四事

此是不共戒四衆無犯是中犯者若比丘僧未差是人不僧坊外自手取根食僧坊內取得波羅提提舍尼罪若比丘受僧羯磨已是比丘知是中有賊入應將淨人是中立若是中見人有似賊者應取是食語諸持食人汝莫來入是中有人似賊若是持食人强來者不犯律師云所羯磨人必使勇健多力能却賊者若不能却一切僧盡應至有賊處若復不能應語聚落檀越令多人防護也

衆學初此是共戒諸比丘極高著泥洹僧者非是五比丘非是優爲迦葉等亦非舍利弗目揵連等又非善來比丘多是白四羯磨受具戒者如釋種千人同時出家者此諸人等多壞威儀如釋種比丘本出豪族以先習故下著泥洹僧諸婆羅門外道在佛法中出家高著泥洹僧諸六群比丘參差著泥洹僧問曰五篇戒中佛何以止制著泥洹僧著三衣觀去來現佛及淨居天耶答曰佛結五篇戒皆應觀三世諸佛及淨居天但年歲久遠文字漏落餘篇盡無此中獨有復次結五篇戒此最在初後結集法藏者詮次在後以此篇貫初故餘篇不說復次此戒於餘篇是輕者將來弟子不生重心是故如來以佛眼觀去來諸佛及淨居天而後結也使來世衆生不生慢罪復次三世諸佛結戒有同不同於五篇戒中不必盡同此著泥洹僧袈裟三世諸佛一切盡同是故此戒觀諸佛及淨居天餘篇不觀也問曰此衆學戒結既在初而在後也答曰佛在初結後集法藏者詮次在後何以故罪名雖一而輕重有五以重戒在先輕戒在後此戒於五篇中最輕是故在後又以一是實罪二是遮罪以實在初遮在後又以一是無殘二是有殘又以如焦敗種又以如多羅葉是故重者在初輕者在後問曰餘篇不言應當學而此戒獨爾答曰餘戒易持而罪重犯則成罪或衆中悔或對手悔此戒難持而罪輕脱爾有犯心悔念學罪即滅也以戒難持易犯故常慎心念學不結罪名直言應當學也高下著内衣者高著内衣不過踝

上四指極下不得過踝上下過名高下若比丘沙彌遠行來時應踝上二搩手上至膝下比丘尼式叉摩尼沙彌尼一切時踝上二指正使行來不得高也三不參差四不如鍁頭五不如多羅葉六不如象鼻七不如麨摶八不細襵九不著茸十不幷襵兩邊十一不著細縷內衣十二周齊著三衣有四事高下者在泥洹僧上四指三不參差四周齊也

入白衣舍有四十一事受食有二十七事一一心受飯二一心受羹三不溢鉢受羹飯四羹飯等食五不抅飯食六不構飯食七不大摶飯食八不手把食九不豫張口待食十不含食語十一不齧半食十二不吸食作聲十三不嚼食作聲十四不味咽食十五不吐舌食十六不縮鼻食十七不舐手食十八不指抆鉢食十九不振手食二十不棄著手飯二十一不膩手捉飲器二十二不病不得自為索羹飯二十三不飯覆羹更望得二十四不相看比坐鉢二十五端視鉢二十六次第噉食盡二十七洗鉢水有飯不問主人不應棄舍內為人說法有十九事大小便唾洟有三事上樹有一事

七滅諍第一事

自言滅諍法五眾有事及五篇戒有犯不犯事盡自言滅諍法滅也自言滅諍有十種非法十種如法十非法者若比丘犯波羅夷罪自言不犯眾僧問言汝自說犯不自言不犯是名非法又比丘犯僧殘波逸提波羅提提舍尼突吉羅自言不犯眾僧問言汝自說犯不自言不犯是名五非法也又比丘不犯波

羅夷罪自言我犯衆僧問言汝自説犯不自言我犯是名非法有比丘不犯僧殘波逸提波羅提提舍尼突吉羅自言我犯衆僧問言汝自説犯不自言我犯是名十非法十如法者有比丘犯波羅夷自言我犯衆僧問言汝自説犯不自言我犯是名如法有比丘犯僧殘波夜提波羅提提舍尼突吉羅自言我犯衆僧問言汝自説犯不自言我犯是名五如法又比丘不犯波羅夷僧殘波夜提波羅提提舍尼突吉羅自言不犯衆僧問言汝自説犯不自言不犯是名十如法

第二事

現前滅諍有二種非法二種如法二非法者有非法僧約勑非法僧令折伏與現前滅諍有非法僧約勑非法三人二人一人令折伏與現前毗尼乃至不如法一人約勑不如法一人僧三人二人令折伏與現前毗尼是名一非法現前毗尼有不如法僧約勑如法僧令折伏與現前毗尼有不如法僧約勑如法三人二人一人令折伏與現前毗尼乃至不如法一人約勑如法一人僧三人二人令折伏與現前毗尼是名二非法現前毗尼二種如法現前毗尼者有如法僧約勑如法僧令折伏與現前毗尼又如法僧約勑如法三人二人一人令折伏與現前毗尼乃至如法一人約勑如法一人僧三人二人令折伏與現前毗尼是名一如法現前毗尼又如法僧約勑不如法僧令折伏與現前毗尼又如法僧約勑不如法三人二人一人令折伏與現前毗尼乃至如法一人約勑不如法一人僧三

人二人令折伏與現前毗尼是名二種如法現前毗尼

第三事

此是守護毗尼三衆盡與憶念毗尼五篇戒盡與憶念毗尼與憶念毗尼必白四羯磨與或現前或不現前比丘比丘尼現前三衆不現前若比丘得憶念已若反戒作沙彌即先憶念若反戒還俗後更出家若作沙彌若受具戒即先憶念若根變作沙彌尼即先憶念若沙彌得憶念已若受具戒即先憶念若反戒還俗後更出家若作沙彌若受具戒即先憶念若根變作沙彌尼亦即先憶念若比丘尼式叉摩尼沙彌尼得憶念已展轉次第如比丘沙彌法有三種非法憶念毗尼有三種如法憶念毗尼三種非法者有比丘犯無殘罪自言犯有殘罪是比丘從僧乞憶念毗尼若僧與是比丘憶念毗尼是名非法何以故是人應滅擯故又如施越比丘癡狂心故多作不清淨非法不隨順道非沙門法是人還得本心先所作罪若僧三人二人一人常說是事是人從僧乞憶念毗尼若僧與是人憶念毗尼是名非法何以故是人應與不癡毗尼故又如訶多比丘無慙無愧破戒有見聞疑罪是人自言我有是罪後言我無是罪若僧與是人憶念毗尼是名非法何以故是人應與實覔毗尼故是名三非法憶念毗尼三如法者又如陀驃比丘為慈地比丘尼無根波羅夷謗故若僧三人二人一人常說是事是比丘從僧乞憶念毗尼若僧與是人憶念毗尼是名如法何以故是人應與憶念毗尼

故又如一比丘犯罪是罪發露如法悔過除滅若僧三人二人一人猶說是事是比丘從僧乞憶念毗尼若僧與憶念毗尼是名如法何以故是人應與憶念毗尼故又如比丘未犯是罪將必當犯以是事故若僧三人二人一人說是犯罪是比丘從僧乞憶念毗尼若僧與是人憶念毗尼是名如法何以故是人應與憶念毗尼故是名三如法憶念毗尼憶念毗尼行法者餘比丘不應出其罪過不應令憶念不應乞聽亦不應受餘比丘乞聽若彼從乞聽突吉羅若受他乞聽亦突吉羅若彼不聽若出過罪若令憶念得波夜提

第四事

此是守護毗尼五衆盡與不癡毗尼與不癡毗尼必白四羯磨與或現前或不現前比丘比丘尼現前三衆不現前若比丘得不癡毗尼已若反戒作沙彌即先不癡毗尼若反戒還俗後更出家若作沙彌若受具戒即先不癡毗尼若根變作比丘尼即先不癡毗尼若沙彌得不癡毗尼已若受具戒即先不癡毗尼若反戒還俗後更出家若作沙彌若受具戒即先不癡毗尼若根變作沙彌尼亦即先不癡毗尼若比丘尼式叉摩尼沙彌尼得不癡毗尼已展轉次第如比丘沙彌法不癡毗尼有四種非法四種如法四種非法者有比丘不癡狂現狂癡相貌諸比丘僧中問汝狂癡時有所作令憶念不答言長老我憶念癡故作他人教我使作二憶夢中作三憶裸形東西走立大小便四也是人從乞不癡毗尼若僧與是人不癡毗尼是名四非法四如法

者有比丘實狂癡心顛倒現狂癡相貌諸比丘問汝憶念狂癡時所作不答言不憶念他不教我作不憶念夢中作不憶裸形東西走不憶立大小便是人從僧乞不癡毗尼若僧與是人不癡毗尼是名四如法不癡毗尼得不癡毗尼行法者餘比丘不應出其過罪不應令憶念不應從乞聽亦不應受他比丘乞聽若從彼乞聽得突吉羅若受他乞聽亦得突吉羅若彼不聽便出過罪若令憶念得波夜提罪

第五事

此是折伏毗尼一切五篇戒盡與實覓毗尼一切五衆盡與此毗尼比丘比丘尼現前三衆不現前白四羯磨與實覓毗尼有五種非法五種如法五種非法者有比丘犯波羅夷先言不犯後言犯若僧與是人實覓毗尼是名非法何以故是人應與滅擯故有比丘犯僧殘波夜提波羅提提舍尼突吉羅先言不犯後言犯若僧與是人實覓毗尼是名非法何以故是人隨所犯應治故五如法者有比丘犯波羅夷先言犯後言不犯若僧與是人實覓毗尼是名如法何以故是人應與實覓故若比丘犯僧殘波夜提波羅提提舍尼突吉羅先言犯後言不犯若僧與是比丘實覓毗尼是名如法何以故是人應與實覓毗尼故實覓毗尼行法者是比丘不應與他受大戒不得受他依止不應畜新舊沙彌不得教比丘尼法若僧羯磨教化比丘尼不應受僧所與作實覓毗尼罪更不應犯若似是罪及過是罪亦不應作不應訶僧羯磨亦不應訶

作羯磨人不應從他乞聽不應遮說戒不應遮受戒不應遮自恣不應出無罪比丘過罪不應共同事應調伏心行隨順比丘僧意若不如是行法者盡形不得離是羯磨

第六事

多覓毗尼者多求因緣斷多處求斷從多處斷故名多覓毗尼行籌時斷事時一切僧集不得取欲何以故或多比丘說非法故是名一切行籌此中一切比丘不應取欲如行鉢法也若不能斷乃至彼處僧坊中若有三人二人一比丘持三藏四衆所重者應到彼處應語彼一比丘如前次第事具足向說是大德比丘應作是語不可二人相言俱得勝也是中必一勝一負如是語者是名如法說若不如是語者是名非法說是諸相言比丘若

如法斷事已還更發起波逸提若但訶責言是斷事不如法犯突吉羅闥賴吒利者闥賴名地吒利名住智勝自在於正法不動如人住地無傾覆也應滅期者恐事纏難斷當云受語有偏故亦恐前人求及於已故也應捨付僧者以從僧中來既不能滅宜還付本故也僧現前者明僧既集中有能遮者而不遮則僧和合名現前也烏迴鳩羅者烏迴名二鳩羅名平等心無二其平如稱令必以二人有五法五法者不隨愛故捨有罪不隨瞋故罰無過不畏彼故而違法不癡故不畏罪非法輕斷事也知斷不斷故名烏迴鳩羅與欲已小遠去者恐僧中有相佐助事必叵斷故也所以取欲者令有相助者後更無言故更立烏迴鳩羅者諍事遂增恐有破僧之由妨

行道故故更著多方能善斷事者不必具五法也遣使近處僧者若就他處事必增多難斷故遣使也彼既來已若彼中能者云七日盡已破安居者以未開三十九夜故也聞其處乃至持摩多勒伽者佛法有二柱能持佛法謂坐禪學問故求此人輩亦中有大德人令諍事羞難故也傳事人斷者恐至他處難滅亦望其人向他處僧有媿受諫故又坐禪道遠之勞故亦惡事得滅爲善故作期者以事起從夏故除夏三月取餘九月明事若叵斷其當作方宜令斷莫令還至夏分也若能者付以傳事便還所以界外令滿衆者明差四人使界外滅僧若事可斷必令後不起故應還衆中重作羯磨也爲五事故立行籌人也疾滅也强者有三一其人身有力二倚有力人三有錢力往來從一住處至一住處者明事久既經多處不斷事纏堅結其人無慙無媿心轉姦巧故所以行籌者事既難斷若說一是一非必增其惡心故行籌於衆人前好惡自伏理亦無偏藏行籌者行籌人心爲非法人故望取非法者多若在明處助非法者羞取非法籌故也期行者要共想親者要也一切僧取籌者以此事重故一切悉集說戒自恣雖要猶有不來此將欲令相助者後無語故亦恐受欲人多取非法籌故四衆所尊重者以上取二種籌停等叵斷故就有德人衆所歸伏無不用語設有不隨者羞亦爲諸人所笑必受語傳事人多說事不說人大德比丘亦直說事是非不說人有事二人各自內知而伏則勝負相現也還發起波逸提

者以二罪印之令彼此後更無言故結罪也

第七事

何以名布草毗尼或有一住處諸比丘喜鬬諍相言是諸比丘應和合一處已應作是念諸長老我等大失非得大衰非利大惡不善我等以信故佛法中出家求道然今喜鬬諍相言若我等求是事根本者僧中或未起事便起已起事不可滅作是念故白僧若僧時到僧忍是事以布草毗尼滅是名白諸比丘應分作二部是中若有上座大長老應語此一部言我等大失非得大衰非利大惡非善我等信故佛法中出家求道然今喜鬬諍相言若我等求是事根本僧中或有未起事便起已起事不可滅今汝等當自屈意我等所作罪除偷蘭罪除白衣相應罪是汝等現前發露悔過不覆藏是中若無一比丘遮是事者應到第二部衆所是中若有長老上座應語言我等大失非得大衰非利大惡非善我等信故佛法中出家求道今喜鬬諍相言若我等求是事根本者僧中或有未起事便起已起事不可滅今汝等當自屈意我等所作罪除偷蘭遮除白衣相應罪今自爲及爲彼故當現前發露悔過不覆藏諸比丘言汝自見罪不答言見罪如法悔過草覆莫復更起第二部衆亦如是說是名如布草毗尼法

一切鬬諍非謗犯罪和合事現前毗尼所攝惟有下四事用上七毗尼滅無餘也

一切善不善無記及十四破僧六諍本生通名諍事（在人名諍在僧名事）用三毗尼滅（現前多覓布草也）從見聞疑根生作不作俱言犯通名出事（在人名出）

在僧名事用四毗尼滅現前憶念不癡實覓從身作口作身心作口心作身口心作生通名犯事方便名犯事成名破不悔名越用二毗尼滅現前自言從白白二白四布薩自恣差十四人從僧至僧爲事本通名作事用一毗尼現前也

續薩婆多毗尼毗婆沙卷第九

音釋

緇莊持切帛黑也　閱欲雪切察也　邛𧺂邛渠容切𧺂鼻墨切邛𧺂皆蠻南夷名　井絡絡歷各切岷山之精上爲井絡　麴丘六切酒母也　嚫初覲切　閫苦本切門限也　煗乃管切與煖同　鞕魚孟切與硬同　踝戶瓦切足骨也　釿舉欣切與斤同　摶徒官切團也　襵陟涉切猶摺也　茸如容切正

作龐罰也　吸許及切猶歙也　縮所六切歛鼻也　舐甚爾切舌餂也　闥他達切

出家授近圓羯磨儀範

元帝師苾芻拔合思巴集

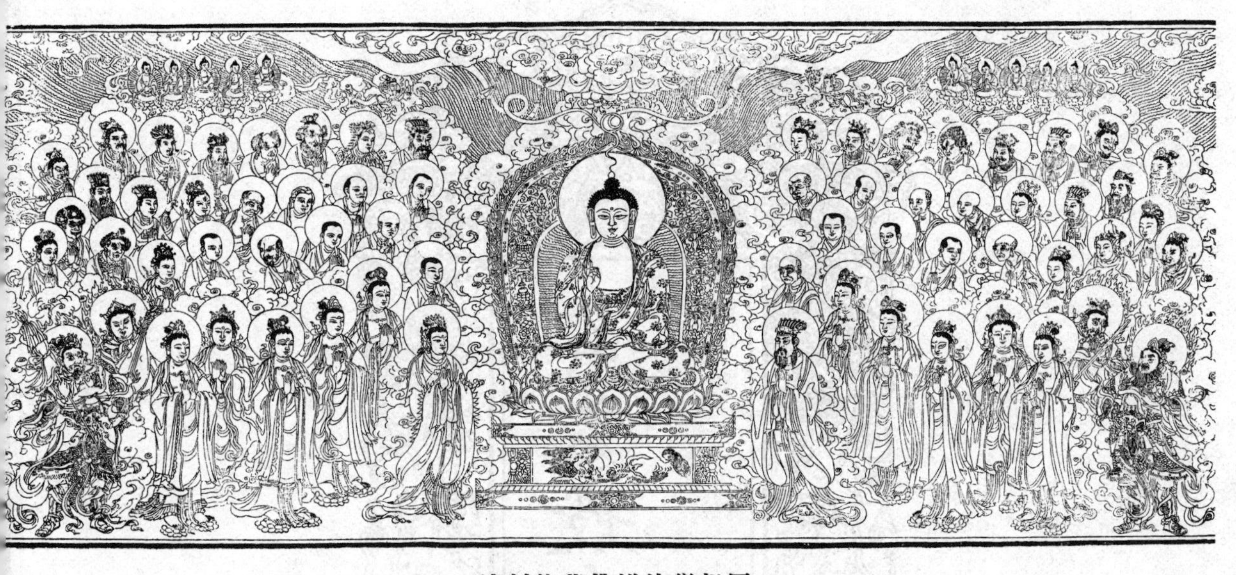

清刻龍藏佛説法變相圖

根本説一切有部出家授近圓羯磨儀範

原夫贍部嘉運至四佛釋迦文如來遺敎利見也大元御世第五主憲天述道仁文義武大光孝皇帝登極也天資福慧諦信內乘普使萬邦咸歸一化雖敷天垂拱而至治無垠眷支那弘道而在躬不息欲以自佛相承師資繼踵迄今不替正戒儀範爲拳拳從善之行人俾一一恒持於淨戒精練三業堅守四儀此實聖皇匡正佛法之睿旨也昔因善逝與人天衆普説無諍聲聞藏敎一切有部別解脫經依此採拾未得令得律儀方便羯磨儀範此乃聖光德師之總集也始從天竺次屆西番爰有洞達五明法王大士薩思迦扮底達名稱普聞上足苾芻拔合思巴乃吾門法主大元帝師道德恢隆行位叵測援茲儀

範衍布中原令通解三藏比丘住思觀演説
正本翻譯人善三國聲明辯才無礙含伊羅
國翰林承旨彈壓孫傳華文譯主生緣北庭
都護府解二種音法詞通辯諸路釋門總統
合台薩哩都通暨翰林學士安藏總以諸國
言詮奉詔譯成儀式序本帝師之親製繪爲
華跡以編陳始末粗彰聊記歲月時庚午歲
至元七年冬至後二日序

出家授近圓羯磨儀範（苾芻習學略法附）

元帝師苾芻拔合思巴集

敬禮一切智

凡有欲求出家者隨意詣一師處師即應問所有障法應如是問汝非外道否汝非年不滿十五否汝雖年滿十五非不能驚烏否雖能驚烏非年不滿七歲否汝非奴等否汝非負債否汝非父母不聽許否汝雖父母不聽許非不遠鄉所否汝非有疾病否汝非汙苾芻尼否汝非賊住否汝非別住否汝非不共住否汝非蠲割人否汝非黃門否汝非化人否汝非傍生否汝非趣外道否（曾作外道先已出家還歸外道更復重來）汝非殺母否汝非殺父否汝非殺阿羅漢否汝非破和合僧否汝非惡心出佛身血否汝不於四他勝中隨有犯否汝非因有所犯爲不悔過故衆所驅擯否汝非瘸手等否（支節不具）汝非黃髮等否汝非獨指甲等否汝非王所揀別等否汝非王不聽許否汝雖王不聽許非不遠鄉所否汝非强盜名稱否汝非毒害人否汝非皮匠人否汝非屠膾人否汝非鄙賤種族人否汝非非人趣否汝非北俱盧洲人否汝非再三轉相人否汝非似男子婦人否汝非跛陋人否汝非別州異貌人否問障法時若言是者便可答言隨汝意去若徧淨者即應攝受可授鄔波索迦律儀戒如是授時先教求出家者最初令禮敬佛三徧已次令禮敬軌範師三徧在前蹲居合掌教作是説

大德存念我某甲始從今時乃至命有歸依佛陀兩足中尊歸依達摩離欲中尊歸依僧

伽諸衆中尊大德證知我盡形壽是鄔波索迦如是三說至第三番應言阿遮利耶證知師云好答云善此是授鄔波索迦律儀竟

次授鄔波索迦五學處敎云汝隨我說

阿遮利耶存念如諸聖阿羅漢乃至命存棄捨殺生遠離殺生我某甲亦如是始從今時乃至命存棄捨殺生遠離殺生此第一支是諸聖阿羅漢之所學處我當隨學隨作隨持又如諸聖阿羅漢乃至命存棄捨偷盜邪婬妄語果實酒醞造酒令醉亂性放逸之處乃至遠離果實酒醞造酒令醉亂性放逸之處我某甲亦如是始從今時乃至命存棄捨偷盜邪婬妄語果實酒醞造酒令醉亂性放逸之處此五支學處是諸聖阿羅漢之所學處我當隨學隨作隨持師云好答云善此是鄔波索迦儀範竟

次差一苾芻作白衆彼應問本師云所有障難並已問未答言已問若問者善若不問而白者得越法罪次爲白衆一切僧伽當須盡集或巡房告知次將至衆中致禮敬已在上座前蹲居合掌作如是說

大德僧伽存念此某甲從鄔彼馱耶某甲希求出家在俗白衣未落鬚髮願於善說法律出家此某甲願欲出家剃除鬚髮披染色衣起正信心捨家趣於非家從鄔波馱耶某甲求出家言無遮難徧淨僧伽許某甲出家否衆咸言若徧淨者應與出家俱問者善如不問者得越法罪此是爲出家白衆僧儀範竟

次請爲鄔波馱耶者禮親敎師已蹲居合掌作如是說

阿遮利耶存念我某甲今請阿遮利耶爲鄔波䭾耶願阿遮利耶爲我作鄔波䭾耶由阿遮利耶爲鄔波䭾耶故我當出家如是三說至第三番應言由鄔波䭾耶爲鄔波䭾耶故師云好答云善此是請鄔波䭾耶儀範竟

次爲請苾芻看剃髮者彼便盡剃其人後悔佛言應留頂上少髮問曰除爾頂髻不若言不者應言隨汝意去若言除者應可剃除次與洗浴若寒與湯熱授冷水

次親教師應與鉢器并與淥衣彼接師足至目頂已可受鉢衣

次親教師可與著衣與著裙時當須檢察恐是無根二根及不全等此是初作儀範竟

次授三歸依并出家者先令禮敬佛次令禮親教師已蹲居合掌教作是說鄔波䭾耶存念我某甲始從今時乃至命存歸依佛陀兩足中尊歸依達摩離欲中尊歸依僧伽諸衆中尊彼薄伽梵如來應供正等覺釋迦牟尼釋迦師子釋迦帝王我等至尊彼既出家我當隨出棄捨俗容出家形相我正受持我今正趣如是三說至第三番應言我因事至說名鄔波䭾耶名某甲師云好答云善此是出家儀範竟

次親教師應付一苾芻與受沙彌律儀護者彼即應問親教師此人如何是徧淨否若徧淨者應作沙彌次禮敬佛禮軌範師蹲居合掌應如是說

大德存念我某甲始從今時乃至命存歸依佛陀兩足中尊歸依達摩離欲中尊歸依僧伽諸衆中尊願大德證知盡形壽我是沙彌

如是三說至第三番應言願阿遮利耶證知盡形壽我是沙彌師云好答云善此是授沙彌律儀軌範竟

次除阿遮利外隨一苾芻即當量影作商矩指幷晝夜分時等法皆如苾芻戒中作

次授十學處敎云汝隨我說阿遮利耶存念如諸聖阿羅漢乃至命存棄捨殺生遠離殺生我某甲亦如是始從今時乃至命存棄捨殺生遠離殺生此第一支是諸聖阿羅漢之所學處我當隨學隨作隨持又如諸聖阿羅漢乃至命存棄捨偷盜婬欲妄語果實酒醞造酒令醉亂性放逸之處歌舞作樂香鬘瓔珞塗彩高牀大牀非時食畜金銀乃至遠離畜金銀我某甲亦如是始從今時乃至命存棄捨偷盜婬欲妄語果實酒醞造酒令醉亂性放逸之處歌舞作樂香鬘瓔珞塗彩高牀大牀非時食畜金銀乃至遠離畜金銀此十支學處是諸聖阿羅漢之所學處我當隨學隨作隨持師云好答云善此是授沙彌戒儀範竟

授具足戒儀範

若彼年滿二十者鄔波䭾耶師應與求鉢及三衣等爲請羯磨師屏敎師幷入壇場諸苾芻衆若共集時其半月間於防護懺悔守持內各各思尋知已過犯應以防護懺悔守持熏修然後方坐若中國者可集十衆等若邊國者共律師可集五衆等令受戒者初禮敬佛三徧次衆僧處一一各須禮敬三徧然敬有二種一謂五輪至地（謂是額輪二手掌輪二膝輪）二謂兩手執師腨足任行於一旣致敬已應請鄔

波馱耶先以禮敬置一塼或坏以草敷上受戒者其上蹲居合掌若先是鄔波馱耶或是阿遮利耶者隨時稱説若先非二師者應云大德或云尊者若請軌範師者類此應爲當具威儀作如是説

大德存念我某甲今請大德爲鄔波馱耶願大德爲我作鄔波馱耶由大德爲鄔波馱耶故當授近圓如是三説至第三番應言由鄔波馱耶爲鄔波馱耶故當授近圓師云好答云善此是請鄔波馱耶儀範竟

次鄔波馱耶師應可加持三法衣若是割截縫刺衣者應如是加持將三法衣令各各疊共搭彼人左肩上後親教師共受戒人同起其受戒人兩手持把僧伽胝角（譯爲重複衣）應如是説鄔波馱耶存念我某甲已作成衣是堪可應受用此法衣爲僧伽胝我今守持如是三説師云好答云善次兩手持把嗢怛羅僧伽角（譯爲內衣）應如是説

鄔波馱耶存念我某甲已作成衣是堪可應受用此法衣爲嗢怛羅僧伽我今守持如是三説師云好答云善次兩手持把安怛婆娑角（譯爲內衣）應如是説

鄔波馱耶存念我某甲已作成衣是堪可應受用此法衣爲安怛婆娑我今守持如是三説師云好答云善此是守持截割縫刺三衣儀範

若無割截縫成衣服應以守持段疋應加持時二人俱起將三件物令各各疊共搭彼人左肩上持作僧伽胝物角應如是説

鄔波馱耶存念我某甲此衣爲僧伽胝法衣

我今守持若無障難當作九條衣等及作兩長一短等我當浣洗展張割截裨砌絣縫涂或就上貼補隨堪使用此衣是堪可應受用如是三說師云好答云善次持作嗢怛羅僧伽物角應如是說

鄔波䭾耶存念我某甲此衣爲嗢怛羅僧伽我今守持若無障難當作七條兩長一短條象法衣我當涂浣洗展張割截裨砌絣縫或就上貼補隨堪使用此衣是堪可應受用如是三說師云好答云善次持作安怛婆娑物角應如是說

鄔波䭾耶存念我某甲此物爲安怛婆娑我今守持若無障難當作五條安怛婆娑法衣兩長一短我當涂浣洗展張割截裨砌絣縫或就上貼補隨堪使用此衣是堪可應受用

如是三說師云好答云善此是守持未曾割截三衣儀範竟

次將鉢可示衆僧次一苾芻左手掌鉢張右手掩鉢口上從上座一一僧處躬身應如是說或云大德或云具壽存念彼具壽某甲有此波怛羅非小否非大否非白色否應如是問若無障難大衆可皆言好若言好者善若不言者得越法罪此是示鉢儀範竟

次鄔波䭾耶應自加持波怛羅應如是作共受戒人同起二人左手共持鉢各各右手掩鉢口上教如是說

鄔波䭾耶存念我某甲此波怛羅應可用食是堪可器是大仙器是乞食器我今守持如是三說師云好答云善此是守持波怛羅儀範竟

次應授坐具濾水羅次後與披僧伽胝衣教禮衆僧三徧應安在見處離聞處教其一心合掌向衆虔誠而立其羯磨師應問衆中誰先從彼鄔波馱耶某甲受請當於屏處爲教示某甲故彼受請者答云我某甲次羯磨師應問汝苾芻某甲某甲爲鄔波馱耶能於屏處教示某甲否彼應答言我能次羯磨師將屏教師爲問障難作單白羯磨次羯磨師坐已應如是說

大德僧伽存念此苾芻某甲某甲爲鄔波馱耶能於屏處教示某甲若僧伽時至聽者僧伽應許此苾芻某甲某甲爲鄔波馱耶與屏處教示某甲此是白此是差屏教師儀範竟

次屏教苾芻將至屏處教禮敬已蹲居合掌作如是說具壽汝聽此是汝眞誠時實語時我今少有問汝汝應以無畏心若有言有若無言無不得虛誑語汝是丈夫否答言是汝具男根否答言具汝年滿二十未答言滿汝三衣鉢具否答言具汝父母在否答言在在者聽汝出家否答言聽若言死者更不須問汝非奴否汝非偷來人否汝非爲求利養來否汝非有爭競人否汝非是他責人否汝非王家揀別人否汝非王家恐懼人否汝非王家毒害人否汝非自與王家作害教他作害人否汝非强盜名稱否汝非黜割人否汝非黃門否汝非汙苾芻尼否汝非賊住否汝非別住否汝非不共住否汝非外道否現是外道汝非趣外道否曾作外道先已出家還歸外道更復重來汝非殺父否汝非殺母否汝非殺阿羅漢否汝非破和合僧伽否汝非惡心出佛身血否汝非化人

否汝非傍生否應如是問皆答言非汝非負他人或少或多些少債否若言有者應可問言汝能受近圓已還彼債否言能者善若言不能者汝可問彼許者方來汝非先出家否若言我曾出家者應問汝不於四他勝中隨有犯否汝歸俗時善捨學處否答言犯重隨汝意去若無犯者汝現是出家人否若言是者汝行梵行否答言行問言汝名字何答云我名某甲問汝鄔波馱耶名字何答云我因事至說鄔波馱耶名鄔波馱耶名某甲具壽應人身中有如是病謂癩病癭病蟻漏疱瘡白癩疥癬串皮脚瘡乾瘦病忘魂飢病寒腫脚氣陰漏時氣病極時氣病或一日二日三日四日風黃痰癊總集病日減日發病長時病暫時病癰疽黃胖痳噎噦病欬嗽喘氣瘤手足刺痛諸塊血病疽病痔漏嘔逆淋瀝困病徧體熱病脅痛骨節煩痛汝無如是等病及餘諸病否答言無具壽汝聽如我今於屏處問汝然諸苾芻於大衆中亦當問汝汝於彼處以無畏心若有言有若無言無還應實答汝且住此未喚莫來此是屏處教授儀範竟

次屏教苾芻前行半路向衆合掌而立應如是說大德僧伽聽彼某甲我於屏處已正教示問其障法某甲爲鄔波馱耶唯言徧淨爲聽來否合衆咸言若徧淨者應可喚來咸言者善如是不言者得越法罪次應遥喚來既至衆中先禮衆僧三徧爲乞受近圓禮敬佛三徧又禮衆僧三徧於氍草座上蹲居合掌教作是說

大德僧伽存念我某甲今因事至說名某甲
爲鄔波馱耶今從僧伽求受近圓我某甲因
事至說名某甲爲鄔波馱耶今從僧伽乞受
近圓大德僧伽願與我授近圓大德僧伽願
濟拔我大德僧伽願隨持我大德僧伽願教
示我具哀愍心大德僧伽能哀愍故願哀愍
我如是三說此是乞求近圓儀範竟
次羯磨師於僧伽中爲問障難作單白羯磨
次羯磨師坐已作如是說大德僧伽存念此
某甲某甲爲鄔波馱耶今從僧伽求受近圓
此某甲某甲爲鄔波馱耶今從僧伽乞受近
圓若僧伽時至聽者僧伽應許我於衆中某
甲爲鄔波馱耶檢問某甲所有障難此是白
此是內中問障難羯磨儀範竟
次羯磨師於僧伽中應問障難彼受戒人禮

羯磨師蹲居合掌教如是說具壽汝聽此是
汝眞誠時實語時我今少有問汝汝應以無
畏心若有言有若無言無不得虛誑語汝是
丈夫否答言是汝具男根否答言具汝年滿
二十未答言滿汝三衣鉢具否答言具汝父
母在否答言在在者聽汝出家否答言聽若
言死者更不須問汝非奴否汝非偷來人否
汝非爲求利養來否汝非有爭競人否汝非
是他債人否汝非王家揀別人否汝非王家
恐懼人否汝非王家毒害人否汝非自與王
家作害教他作害人否汝非强盜名稱否汝
非閹割人否汝非黃門否汝非汙苾芻尼否
汝非賊住否汝非別住否汝非不共住否汝
非外道否現是外道汝非趣外道否曾作外道先已出家還歸
外道更復重來汝非殺父否汝非殺母否汝非殺阿

羅漢否汝非破和合僧伽否汝非惡心出佛身血否汝非化人否汝非傍生否應如是問皆答言非汝非負他人或少或多此小債否若言有者應可問言汝能受近圓已還彼債否言能者善若言不能者汝可問彼許者方來汝非先出家否若言我曾出家者應問汝不於四他勝中隨有犯否汝歸俗時善捨學處否答言犯重隨汝意去若言無犯者汝現是出家人否答言是若言是者汝行梵行否答言行問言汝名字何答云我名某甲問汝鄔波馱耶名字何答云我因事至說鄔波馱耶名鄔波馱耶名某甲具壽應聽人身中有如是病謂癩病瘿病蟻漏疱瘡白癜疥癬串皮脚瘡乾瘦病忘塊飢病寒腫脚氣陰漏時氣病極時氣病或一日二日三日四日風黃痰癊總集病日減日發病長時病暫時病癰疽黃胖病噎噦病欬嗽喘氣瘤手足刺痛諸塊血病疸病痔漏嘔逆淋瀝困病徧體熱病脅痛骨節煩痛汝無如是等病及餘諸病否答云無此是授近圓戒初作儀範竟

次羯磨師應作白四羯磨坐已作如是說

大德僧伽存念此某甲某甲爲鄔波馱耶今從僧伽求受近圓此某甲某甲爲鄔波馱耶今從僧伽乞受近圓是丈夫亦具男根年滿二十三衣鉢具某甲自言徧淨無諸障難此某甲某甲爲鄔波馱耶今從僧伽乞受近圓若僧伽時至聽者僧伽應許今某甲某甲爲鄔波馱耶今從僧伽與授近圓此是白次作羯磨

大德僧伽存念此某甲某甲爲鄔波馱耶今

從僧伽求受近圓此某甲某甲爲鄔波馱耶今從僧伽乞受近圓是丈夫亦具男根年滿二十三衣鉢具某甲自言徧淨無諸障難此某甲某甲爲鄔波馱耶今從僧伽乞受近圓是故僧伽今爲某甲某甲爲鄔波馱耶與授近圓若諸具壽與此某甲某甲爲鄔波馱耶付授近圓若許者默然若不許者說此是初羯磨如是三說至第三番應言僧伽已聽許僧伽與某甲某甲爲鄔波馱耶已授近圓竟由其默然故今如是持此是授近圓根本儀範竟

次除羯磨師外隨一苾芻即應量影可取細籌長許四指竪置日中度影長短影與籌齊名爲一人此中一指是名一足若有增減准此應思量影訖時即應告彼次或在夜或在晝陰即可准酌告之謂是清旦日中日暮或夜中時者初夜初半中夜中半後夜後半未明天明日未出日已出或八分初一四分初一日中時或四分餘一八分餘一日未沒日已沒星未現時星現時此二十二時中隨其一時宜應告知又依時節差別有五一冬時二春時三雨時四終時五長時言冬時者有四月謂從九月十六日至正月十五日言春時者亦有四月謂從正月十六日至五月十五日言雨時者有一月謂從五月十六日至六月十五日言終時者謂從六月十六日一日一夜是言長時者有三月欠一日一夜謂從六月十七日至九月十五日於此五中隨一時節宜應告知

次羯磨師當爲說四依法具壽某甲汝聽此

四依法是諸世尊如來應正等覺所知所見爲諸依如是法出家受近圓作苾芻者說是依法所謂依此善說法律出家近圓成苾芻性云何爲四

一諸衣中糞掃衣是清淨物易可求得苾芻依此於善法律出家近圓成苾芻性汝其甲始從今日乃至命存用糞掃衣而自支濟生欣樂否答言欣樂若得長利絁絹大白氎或毛白氎羅或緵國絹或大毛白氎紅毛氎兜羅綿紅羅細迦尸氎中平色卑下色或毛子衣或舍那衣或胡麻衣或劫貝衣或覩拘羅衣或嬌曇波國衣或日下國衣若更得餘清淨衣者若從衆得若從別人得汝於斯等隨可受之知量受用頗能持否答言頗能持

其甲汝聽二諸食中常乞食是清淨食易可求得苾芻依此於善法律出家近圓成苾芻性汝其甲始從今日乃至命存以常乞食而自支濟生欣樂否答言欣樂若得長利供大人米粆水飯粥飲等若五日八月十四日十五日作節會食若僧次請食若別請食若偶逢請食若故請食若更得餘清淨食者若從衆得若從別人得汝於斯等隨可受之知量受用頗能持否答言頗能持

其甲汝聽三諸住處中居於樹下是清淨處易可求得苾芻依此於善法律出家近圓成苾芻性汝其甲始從今日乃至命存於樹下敷具而自支濟生欣樂否答言欣樂若得長利房店樓閣涼房寨籬敵樓諸好宅舍門上樓屋房上帳幕露地帳幕板屋坎穴石窟山巖茅菴稍屋或有院墻或無院墻或有虛厦

或無虛履若更得餘清淨處所若從衆得若從別人得汝於斯等隨可受之知量受用頗能持否答言頗能持

某甲汝聽四陳棄藥是清淨物易可求得苾芻依此於善法律出家近圓成苾芻性汝某甲始從今日乃至命存用陳棄藥而自支濟生欣樂否答言欣樂若得長利酥油蜜乳糖沫宜時藥宜更藥或七日若至愈根藥莖藥葉藥華藥果藥若更得餘清淨藥者若從衆得若從別人得汝於斯等隨可受之知量受用頗能持否答言頗能持此是四依法竟

次說四墮落法

某甲汝聽有此四法是諸世尊如來應正等覺所知所見爲諸依如是法出家受近圓作苾芻者說墮落法苾芻於此四中隨一一事若有犯者隨當犯時便非苾芻非沙門非釋迦子失苾芻性破沙門法此便損減摧壞墮落爲他所勝不可重收譬如斬截多羅樹頭更不能生增長高大苾芻亦爾云何爲四諸欲戀欲以欲潤澤及染著欲是諸世尊以無量門種種毀責斷欲棄欲除欲盡欲離欲滅欲息欲沒欲稱揚讚歎是勝妙事具壽汝從今日不應輒以染心視諸女人何況兩相交會行不淨行事具壽如佛世尊如來應正等覺所知所見說若復苾芻與諸苾芻同得學處不捨學處不犯學處作不淨行乃至共傍生作不淨行事彼苾芻便墮落不可共住於如是事苾芻犯者隨當作時便非苾芻非沙門非釋迦子失苾芻性破沙門法此便損減摧壞墮落爲他所勝不可重收譬如斬截多

羅樹頭更不能生增長高大汝從今日於此不應作事不可作事非所作事應當可斷可作事中可以正念作不放逸殷勤防護自心汝於是事能不作否答言不作

具壽汝聽他不與取世尊以無量門種種毀責離不與取稱揚讚歎是勝妙事汝具壽始從今日不以賊心乃至麻糠他不與物而故竊取何況五磨灑若過五磨灑具壽如佛世尊如來應正等覺所知所見說若復苾芻若在聚落若空閑處他不與物以盜心取如是盜時若王若大臣若捉呵責言咄男子汝是盜賊癡無所知作如是盜若殺若縛若驅擯者苾芻若如是作此不與取彼苾芻便墮落不可共住於如是事苾芻犯者隨當作時便非苾芻非沙門非釋迦子失苾芻性破沙門

法此便損減摧壞墮落爲他所勝不可重収譬如斬截多羅樹頭更不能生增長高大汝從今日於此不應作事不可作事非所作事應當可斷可作事中可以正念作不放逸殷勤防護自心汝於是事能不作否答言不作

具壽汝聽殺害生命世尊以無量門種種毀責遠離殺生稱揚讚歎是勝妙事汝具壽始從今日乃至蚊蟻不應故心而斷其命何況於人若人胎具壽如佛世尊如來應正等覺所知所見說若復苾芻若人若人胎故自手斷其命或持刀授與令人送刀若教令死讚死語言咄男子何用此罪累不淨惡活爲汝今寧死死勝生隨自心念以餘種種言說勸讚令死彼因死者彼苾芻便墮落不可共住於如是事苾芻犯者隨當作時便非苾芻非

沙門非釋迦子失苾芻性破沙門法此便損減隨壞墮落爲他所勝不可重收譬如斬截多羅樹頭更不能生增長高大汝從今日於此不應作事不可作事非所作事應當可斷可作事中可以正念作不放逸殷勤防護自心汝於是事能不作否答言不作

具壽汝聽説虛妄語世尊以無量門種種毀責遠離妄語稱揚讚歎是勝妙事汝具壽始從今日不應故心乃至戲笑而爲妄語何況實無上人法説言已有具壽如佛世尊如來應正等覺所知所見説若苾芻實無現前證無徧知自知不得上人法寂靜聖者殊勝證悟智見得獲而言我知是知我如是見即爲墮落欲自清淨彼於異時若問若不問作如是説具壽我不知不見言知言見虛誑妄語除增上慢彼苾芻便墮落不可共住言知何法者謂言我知苦知集滅道言見何法者謂言我見諸天我見諸龍我見夜叉我見迦樓羅我見乾闥婆我見緊那羅我見摩睺羅伽我見餓鬼我見毗舍闍我見鳩槃茶我見部哆那我見羯吒部哆那我見旋風鬼或言諸天見我諸龍見我夜叉見我迦樓羅見我乾闥婆見我緊那羅見我摩睺羅伽見我餓鬼見我毗舍闍見我鳩槃茶見我部哆那見我羯吒部哆那見我旋風鬼見我或言我聞天聲龍聲夜叉聲迦樓羅聲乾闥婆聲緊那羅聲摩睺羅伽聲餓鬼聲毗舍闍聲鳩槃茶聲部哆那聲羯吒部哆那聲旋風鬼聲或言天聞我聲諸龍夜叉迦樓羅乾闥婆緊那羅摩睺羅伽餓鬼毗舍闍鳩槃茶都哆那羯吒部

哆那旋風鬼聞我聲或言我往觀天諸龍夜叉迦樓羅乾闥婆緊那羅摩睺羅伽餓鬼毗舍闍鳩槃茶部哆那羯吒部哆那我往觀旋風鬼或言天來觀我諸龍夜叉迦樓羅乾闥婆緊那羅摩睺羅伽餓鬼毗舍闍鳩槃茶部哆那羯吒部哆那旋風鬼來觀我或言我共諸天語言談論共相歡樂長時共住或言我共諸龍夜叉迦樓羅乾闥婆緊那羅摩睺羅伽餓鬼毗舍闍鳩槃茶部哆那羯吒部哆那旋風鬼語言談論共相歡樂長時共住或言諸天共我語言談論共相歡樂長時共住諸龍夜叉迦樓羅乾闥婆緊那羅摩睺羅伽餓鬼毗舍闍鳩槃茶部哆那羯吒部哆那旋風鬼共我語言談論共相歡樂長時共住或不得而言我得無常想無常中苦想苦中無我

想猒食想一切世間不可樂想過失想斷離愛想滅想死想不可意想青淤想膿爛想膖脹想蛆壞想啄噉想異赤想離散想骸骨想別異空觀想或不得而言我得初靜慮二靜慮三靜慮四靜慮慈悲喜捨空無邊處識無邊處無所有處非想非非想處預流果一來果不還果阿羅漢果神境智神通天耳智神通他心智神通宿住智神通死生智神通漏盡智神通或言我是阿羅漢八解脫中定善解脫俱善解脫苾芻若如是說彼苾芻便墮落不可共住於如是事苾芻犯者隨當作時便非苾芻非沙門非釋迦子失苾芻性破沙門法此便損減摧壞墮落爲他所勝不可重収譬如斬截多羅樹頭更不能生增長高大汝從今日於此不應作事不可作事非所

作事應當可斷可作事中可以正念作不放逸殷勤防護自心汝於是事能不作否答言不作此是四墮落法竟
次說沙門四種所應作法
具壽汝聽此四沙門法諸佛世尊如來應正等覺所知所見爲諸依如是法出家受近圓作苾芻者說沙門四種所應作法云何爲四具壽汝聽始從今日若他罵者不應返罵他瞋不應返瞋他打不應返打他調不應返調有如是等惱亂起時汝能攝心不返報否答言不報此是沙門所應作法竟
次標滿心希望勝願
具壽汝聽汝先標心有所希望作如是念我當何時得於世尊善說法律出家近圓成苾芻性汝今已得汝已出家今受近圓得好如法親教師及軌範師等和合僧伽秉白四羯磨文無差舛極善安住標滿心希望勝願竟
次明同得學處法
具壽汝聽如餘苾芻雖滿百夏所應學者汝亦修學汝所學者彼亦同然有此因緣同得尸羅同得學處同說别解脱經汝從今日當於是處起敬奉心不應猒離明同得學處法已竟
次依世間喻說儀範
汝從今日於親教師應生父想師於汝處亦生子想乃至命存侍養瞻病共相看問起慈悲心至老至死依世間喻說竟
次住調伏法
汝從今日於同梵行所上中下座常生敬重隨順恭勤而爲共住住調伏法竟

次成辦所須法

汝從今日受持教法讀誦思惟修諸善業於蘊善巧處善巧界善巧緣起善巧處非處善巧未得求得未解求解未證求證勿捨善軛

成辦所須法竟

次說儀範中未曾說防護法

我今為汝舉其大綱餘未知者於半月說別解脫經時自當聽聞又當於軌範師并親教師及同學親友善應諮問准教勤修說儀範中未曾說防護法竟

次說發至信偈

汝最勝智教　具足受尸羅　無障身難得
志心當奉持　端正者出家　清淨者圓具
正覺之所知　實語者所說

說發至信偈竟

次略說勸修方便法

具壽汝已受近圓竟勿為放逸當謹奉行略說勸修方便法竟

次新受戒苾芻禮親教師軌範師并諸僧伽三徧已謝恩奉持授近圓作苾芻儀範已竟

若受羯磨時應作守持除罪令僧伽於授羯磨處次第坐已作羯磨苾芻在衆前坐應作是說大德僧伽存念今是僧伽作授近圓儀範之時一切僧伽有犯律儀戒為除所犯於此僧中然無一人能向餘住處對清淨苾芻如法除其罪名若僧伽時至聽者僧伽應許僧伽今時守持自罪而作授近圓儀範後向餘處對清淨苾芻當如法除罪比是單白羯磨

次僧伽為住處應作同意作羯磨苾芻在僧

衆前坐已應如是説大德僧伽存念營造已成界外周繞一尋地畔於此房中僧伽爲授近圓故可共同意若僧伽時至聽者僧伽應許僧伽營造已成界外周繞一尋地畔於此房中僧伽爲授近圓共同一意此是白二羯磨

次當作羯磨大德僧伽存念營造已成界外周繞一尋地畔此房僧伽授近圓處同意願求是故僧伽營造已成界外周繞一尋地畔此房僧伽爲授近圓聽許故若諸具壽營造已成界外周繞一尋地畔此房僧伽爲授近圓同一聽許者默然若有不聽許者説僧伽聽許僧伽營造已成界外周繞一尋地畔此房僧伽爲授近圓默然聽許故是事如是持

此是説營造已成房舍儀範餘外營造未成房者應言營造未成房或在露地者應言未曾營造地同前作羯磨儀範

敎求出家法

凡有求出家者須當次第受律儀戒最初欲授鄔波索迦戒時先應問其障難問障難已次敎作是説南無佛馱耶南無達摩耶南無僧伽耶世尊如來應供正等覺明行足善逝世間解調御丈夫無上士天人師佛世尊善説妙法初善中善後善義妙文巧無雜圓滿清潔淨白近觀智者内證世尊聲聞僧者善行如理行質直行同行隨法成就彼旣出家我當隨出如是説已應授三歸鄔波索迦律儀戒

出家授近圓羯磨儀範根本說一切有部

根本說一切有部苾芻習學略法

元帝師苾芻拔合思巴集

敬禮一切智

教示增上戒學律藏有三種

第一未得令得儀範

第二已得律儀不犯護持方便

第三若有犯者令修補法

第一未得令得儀範者有四種

能爲得律儀作障　能爲安住律儀作障

能爲增長德業作障　能爲端嚴衆作障

若俱無此四種違緣復以歸處形相身體思念儀範若全有此五種順緣者方得律儀此差別義如儀範中應知

第二已得律儀不犯護持方便者有五種

一依依止師護持　二以對治想護持

三了知應捨相違護持　四淨自戒律護持

五依安樂住緣護持

第一依依止師護持者

若受近圓已滿足十年二十一種五德法中具十五法解律比丘求爲依止師應作不應作一切事業應問彼師如師教示隨教所行自受近圓滿十年等三種德業圓滿已來應依彼師

第二以對治想護持者

於一切時中念知不放逸具此三種法除一切相違法成就一切善法

第三了知應捨相違護持者

總集爲五篇二百五十三應捨法中具清淨戒或具應修補戒有心有念復非初緣不捨學處不犯學處

第一波羅夷篇者苾芻於三道中隨一一道行不淨行者犯第一波羅夷罪若盜非屬已身他人物者犯第二波羅夷罪除已身外人或人胎斷其命者犯第三波羅夷罪妄說過上人法者犯第四波羅夷罪此四波羅夷罪皆能斷絶正戒根本說第一篇竟

第二十三僧伽婆尸沙篇者若故泄精者若染心觸女人身者若共女人說婬欲麤惡名者若於女人前讚歎自身可持婬欲法供養者若爲人成夫婦事者若三不堪處從他人乞地并材物造房者若不堪處建僧伽藍者若無根謗苾芻犯波羅夷法者若無根以小因緣謗說苾芻犯波羅夷法者若破和合僧者若助破和合僧者若因汙他家以爲僧擯者若謗僧者若自戒中他比丘以憐愍心欲令勸時言說諸僧伽因我一切戒法莫論說我而違拒者此十三法從僧伽應修補故名爲僧伽婆尸沙第二篇竟

第三波逸底迦篇有二種

第一三十泥薩祇波逸底迦者

初徧十種者若未曾加持衣畜過十宿者若已加持三衣過一宿離者若三衣物不足望他足過三十宿畜彼物者若使非親尼浣洗衣者若從比丘尼取衣者若有三衣從在家人乞衣者若自無三衣從他人乞時過分乞者若他欲與物未與索者若他人各各欲與物未與索者若已送到不堪作衣物若過三語索或過三默索者初徧十種竟

第二徧十種者

若蠶綿作新敷具者若純黑羊毛作新敷具

者若合黑白羊毛作敷具者若減六年作第二敷具者若作新坐具不以故者縱廣佛一張手貼新者上用敷者若無持負羊毛人自持負羊毛過三由旬者有持負人自持負過一里者若使非親比丘尼擘羊毛者若畜自己諸寶自觸教人觸者若以資財出納求利者若買賣者第二徧十種竟

第三徧十種者

若應量器不加持畜過十宿者若自有鉢更求餘者若使非親織師不與工錢織作成衣者若他人爲已使人織作衣間爲自利益敎長織者若與比丘衣或鉢已後還奪取者若夏安居中所得利養安居内取要或安居中分散或安居竟自恣後彼利養不分者若住阿蘭若苾芻聚落村舍内留法衣過六夜後不到留衣處或自阿蘭若處者若雨浴衣安居一月前求者或安居後過半月畜者若欲與衆僧物或欲與一僧物自廻入已者若應堪取捨四種藥各各過限畜者此是第三徧十種三十泥薩衹波逸底竟

第二九徧十種波逸底迦者

初徧十種者若苾芻故妄語者若說他苾芻過失者若兩舌令二苾芻等離間者若有諍競苾芻和合已後再發舉諍者若與在家婦人無男子時說法者若與未近圓人同聲讀誦敎示法者若知他苾芻有犯墮落法或僧殘法隨一一與在家人說者若向未近圓人未證聖諦人實說所得上人法者若衆僧執事苾芻無過失而毀說言以僧物人事與知識者若布薩日誦微碎戒時輕訶而言何須

說如是雜碎戒令他苾芻聞者初徧十種竟
第二徧十種者
若壞種子斷青草木者若嫌毀輕賤僧伽執
事苾芻者若同學法人教利益語而違惱者
若將僧伽敷具以放逸心安置露地者若於
僧房內敷草或葉用已不除掃者若從僧伽
藍遣苾芻出者若僧住處後來苾芻欺凌先
住苾芻者若僧住處不堅固重房棚上坐卧
脫脚牀者若爲他使用有蟲水等者若壘寺
僧伽藍墻時除許量外過量壘者第二徧十
種竟
第三徧十種者
若僧伽不曾差自意往教誡苾芻尼者若教
誡苾芻尼至日暮者若實無此念而毀說他
爲此小飲食教誡苾芻尼者若苾芻與苾芻
尼衣者若苾芻與苾芻尼縫衣者若苾芻與
苾芻尼作伴道路行者若苾芻與苾芻尼同
乘船者若苾芻共女人屏處坐者若苾芻與
女人屏處立者若因苾芻尼讃歎受在家食
者第三徧十種竟
第四徧十種者
若一時食中無利養受再食等者若於外道
住處經一宿住受再食等者若苾芻足食竟
不作餘食法更食者若乞食苾芻從在家人
受過兩三鉢食者若苾芻足食竟勸令更食
者若苾芻離衆僧常食處各無巳食共三苾
芻等別食者若自洲日斜至明相出食非時
食者若食或自或他苾芻經畜食者若食不
與不受食者若從施主索美食食者第四徧
十種竟

第五徧十種者

若有蟲水等爲已身用者若在家人行不淨行時同房坐者若在家人行不淨行時同房立聽者若與裸形外道食者若觀欲戰嚴整軍者若無因緣軍陣中過二宿住者若混亂排定軍陣者若打苾芻者若以擬手向苾芻者若知他苾芻有麤惡罪覆藏者第五徧十種竟

第六徧十種者

若施主欲與苾芻食以寃酬故遮不令與當日絶食者若觸火者若因苾芻作羯磨時與他欲已而後悔者若苾芻與未近圓人近一尋地内宿過一宿者若說婬欲不爲障礙執事惡見若僧諫時不捨者若共衆僧所遣比丘而作伴者若知是被擯沙彌而收攝而作眷屬饒益共住者若受用不染色白衣敷具等者若屬他寶及似寶好物自觸教人觸者若從四月初一日至六月十五日除此兩箇半月其餘時中若未至半月而洗浴者第六徧十種竟

第七徧十種者

若故斷畜生命者若言苾芻汝非苾芻令須臾不樂者若以指擊歷苾芻者若水中戲者若獨自共在家女人一室同宿至明者若苾芻但一因由恐怖苾芻者若藏苾芻衣者若與苾芻衣不廻還復取受者若苾芻無僧殘罪無因或以小因謗說犯僧殘罪者若共在家女人更無男子同道行者第七徧十種竟

第八徧十種者

若共盜賊或匿稅商旅同道行者若知年未

滿二十與授近圓者若堅實地中掘一抄土者若受在家人請住過四月者若不依僧伽制而反毀謗告白苾芻言汝愚癡無所知者若共有鬪諍苾芻欲令鬪諍往彼聽其所說者若從僧伽所作羯磨處不問一苾芻從坐而起遠去離聞聲地者若應敬信僧伽處僧伽執事等處不敬信不隨順者若飲諸酒等者若不問苾芻等向暮入聚落者第八徧十種竟

第九徧十種者

若苾芻受食家請午時前去行詣入餘三家等或向暮時除僧伽集處入餘四家等者若日没之後紅相已滅至明相未出入灌頂王宫内或后妃宫内者若布薩日誦别解脱戒經時於雜碎戒中言我今始知如是雜碎戒是應可學而輕呵者若用象牙等作針筒者若坐卧足過量牀者若將僧伽敷具以木綿等霑汙者若作坐具應長三肘廣二肘六指過此量作者若作覆瘡衣應長六肘廣三肘過此量作者若作雨浴衣應長九肘廣三肘一十八指過此量作者若同佛衣量作衣或教他作者犯波逸底迦如來衣量者長中形人一十五肘廣九肘是也第九徧十種竟

總九十波逸底迦竟

第四四種波羅底提舍尼者

若聚落或聚落外或在道中或近道外從苾芻尼受食者若於白衣家内有苾芻尼越次指授食不止而食者若衆僧所制白衣家内反取食者若差看守怖難道却不看守受食坐者四波羅底提舍尼竟

第五一百一十二應當學者

齊整著安陀會不太高不太下衣角不象鼻不多羅葉不穀團形不蛇頭齊整披法衣不太高不太下乞食行時善護身語行齊整披法衣行不作聲行不亂視行當觀一尋地量行若入聚落不得用衣覆頭行不得抄衣行不得扠衣附肩行不得兩手交項上行不得兩手交腦後行不得跳行不得探脚行不得蹲行不得足指行不得扠腰行不得搖身行不得掉臂行不得搖頭行不得磨肩行不得連手行若不請不得在白衣家敷具上坐不善觀察不應坐不得放身重坐不得交足坐不得交腿坐不重內外踝坐若牀上坐時不得曲脚入牀下不得叉脚坐不得寬脚坐應正意受食不得滿鉢受食不得菜食齊等受應依坐次受食應視鉢受食行食未至不得預伸鉢爲更望重受不得以食覆菜不得以菜覆食若受食時不得安鉢在食上正意而食不得作極小摶而食不得作極大摶而食應作中摶而食若食未至不得張口待食不得含食語不得皺眉而食不得嚩喋口食不得呵氣食不得吹氣食不得舒舌食不得一粒粒取食若受食時不得叱笑他若受食時不得換頰嚼食不得彈舌食不得齧半食不得舐手不得振手不得刮鉢舌舐不得振鉢內食食壘作塔形不應損壞而食不得輕笑比坐苾芻鉢不得汙手捉淨水瓶不得有飯水灑近坐苾芻不問房主有飯水不得棄白衣家內應棄殘食不得置於鉢內若地上無替不應安鉢瀾邊不得置鉢危嶮處不得置

鉢峻崖處不得置鉢不得立洗鉢澗邊不得洗鉢危嶮處不得洗鉢峻崖處不得洗鉢迎暴流不得以鉢酌水應當學人坐已立不應爲說法人臥已坐不應爲說法人在高坐已在下坐不應爲說法人在前行已在後行不應爲說法人在道行已在非道行不應爲說法不應爲覆頭人說法不應爲抄衣人說法不應爲扠衣拊肩人說法不應爲兩手交項人說法不應爲兩手交腦後人說法不應爲以髮作頂髻人說法不應爲戴帽人說法不應爲戴冠人說法不應爲戴華鬘人說法不應爲纏頭人說法不應爲乘象人說法不應爲乘馬人說法不應爲乘轝人說法不應爲乘坐諸物人說法不應爲著靴人說法不應爲持杖人說法不應爲持刀人說法不應爲持蓋人說法不應爲持劒人說法不應爲持兵器人說法不應爲披鎧人說法不得立大小便不得水中大小便及涕唾嘔吐等不得青草上大小便及洟唾嘔吐等從說法爲首此三十九應當學中除有病苾芻無犯除難緣不得上樹過人頭應當學一百一十二種應當學突吉羅竟

已上四波羅夷篇十三僧伽婆尸沙篇三十尼薩祇波逸底迦并九十單波逸底迦共爲一百二十波逸底迦篇四波羅底提舍尼篇一百一十二應當學篇總爲二百五十三律儀法受近圓苾芻精進護持者此是第三了知應捨相違護持

第四淨自戒律護持者

爲淨自戒故作布薩法又爲除滅自他身命

惡災難等結夏安居三月安居竟作自恣此三種者是第四淨自戒律護持此廣差別義應看餘律

第五依安樂住緣護持者

衣服飲食住處醫藥於此四中遠離耆樂極苦二邊應以處中而住此是第五依安樂住緣護持此有差別義餘略羯磨儀範文中或廣毗奈耶中應看

第三若有所犯令修補法者

欲除覆藏罪應須發露欲除所犯罪應須懺悔身語未作意中所有微細罪業應須防護爲欲羯磨中不作障難應須守持爲令不復更犯應須治罰此是第三若有犯者再修補法此廣差別義百一羯磨中應看若作此受戒護持修補法時應愼護諸惡不令損害一切有情願獲涅槃果應須護持

根本説一切有部苾芻習學略法

恭惟略本之始迺大元世主今上明君睿智日新鴻慈天賦萬機之暇釋教是遵爰有帝師智慧備足名稱旌顯於十方教理洞明威德普洽於萬彙能引三聚薩埵徑至三種菩提復設近圓令證滿覺帝師威德心口匪窮旣具種種聖能致使燈燈傳授有三藏苾芻法救奉聖主出綸蒙帝師揮麈集成略本庶廣流通令舍伊羅國人解三種聲明通法詞二辯翰林承旨彈壓孫譯成畏兀兒文字宣授諸路釋教都總統合台薩哩都通翻作華言至元八年上元有五日云

音釋

瘸 巨靴切手足病也
絣 悲萌切以繩直物也
癭 幺郢切瘤也
疱 皮教切

切面瘖也胖普降切噦於月切逆氣也嘔於口切吐也疸音旦黄病也腫主勇切粆音沙胮脹胮普江切脹之亮切蛆七余切掉徒弔切揺也腿吐猥切股也皺側救切眉攢也⿰口尃⿰口集⿰口尃補各切⿰口集子立切⿰口尃⿰口集噍貌吒尺栗切大訶爲叱也頰吉協切面旁也舐甚爾切以舌餂物也

毗尼毋論
失譯人名今附秦録

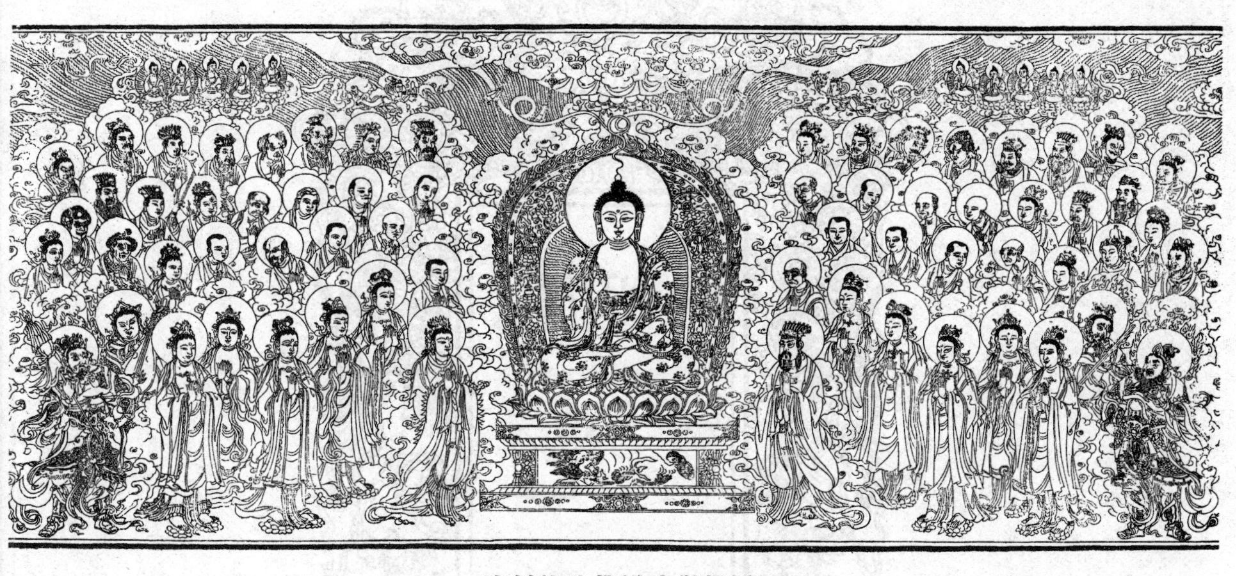

清刻龍藏佛說法變相圖

毗尼母論卷第一
失譯人名今附秦録

母義今當說　汝等善聽之　是中文雖略
廣攝毗尼義　依初事演說　智慧者當知
一切經要藏　皆總在此中　律藏外諸義
母經中可得　律義入此經　如衆流入海
毗尼外諸義　如母經中得　一切諸經義
隨意皆能解　律能滅疑惑　如衆經定說
佛所制諸戒　皆在此經中

問曰何故名母經智者說曰此經能滅憍慢解煩惱縛能使衆生盡諸苦際畢竟涅槃故名母經毗尼者名滅滅諸惡法故名毗尼今當說母經義母經義者能決了定義不違諸經所說名爲母經此中解二種經一比丘經二比丘尼經一切諸聚後當廣說初十人制

戒因緣增一中義皆入此經中因初因緣得知初事斷人疑心衆經中義不復惑也若比丘欲善持毗尼毋經中定解能速除生死亦勝犯戒賊受具足義今當說何故名受具足智慧人受具足已不犯所求成就故言受具能成就義名爲受具以是義故成就衆善名爲受具復次能專心持戒故言受具能使成沙門義故名受具能使人成就意淨法故名爲受具能成就寂滅法故名受具又成就比丘法故名受具於此律中知見達解觸證得知名爲受具有能成就比丘五種受具名爲受具何者五一者善來比丘即得受具二者三語即得受具三者白四羯磨受戒名爲受具四者佛勑聽受具即得受具五者上受具何故名爲上受具佛在世時不受戒直在佛邊聽法得阿羅漢名上受具是名比丘五種受具比丘尼亦有五種受具一者隨師教而行名爲受具二者白四羯磨而得受具三者遣使現前而得受具四者善來而得受具五者上受具能成就不作一切諸惡是名受具又於毗尼藏中選擇是非能信行故名爲受具又能成就斷五蓋法名爲受具有能除覺觀亦名受具能捨愛著禪心亦名受具苦樂憂喜以能捨故名爲受具能過四空定故亦名受具能知諸相滅亦名受具又受三歸五戒亦名受具又受八齋法亦名受具又受沙彌十戒亦名受具又分受戒名爲受具又能白業觀者亦名受具成就種性地故名爲受具云何名種性地有人在佛邊聽法身心不懈念念成就因此心故豁然自悟得須陀洹

須陀洹者善法之種性也四果四向第八地見諦地薄地離欲地已作地乃至無師獨覺皆名受具成就六度亦名受具善語亦名受具從智慧受具乃至善語受具皆名受具復欲廣說何等人應得受具若有善男子善女人無障清淨皆得受具夫障有三種業障報障煩惱障清淨人者聽其出家剃除鬚髮著法服受三自歸十戒乃至白四羯磨受具當使出家者知四墮法不可犯也依四依止盡壽形受受行乃至梵行營事得出家法得法證果受樂大功德成就是餘衆事應問和尚阿闍黎和尚阿闍黎應教毗尼中所應作不應作又復勸與諸同學同業同行一切善法莫相違返何故與受具者欲使得五通樂見苦不怖少欲知足得大人覺云何名爲得於大覺如佛所受行於毗尼故名爲覺云何名欲如佛翹懃不倦故名爲欲又復明欲繫念在前如佛覺無異以是義故名爲欲也何故名觸得定故名觸得善得惡亦名爲觸云何名證不放逸故名爲證證言知義如佛覺也此中何者是善來比丘受具如尊者阿若憍陳如當爾之時世尊遊波羅柰尊者阿若憍陳如見法得法證法深解法性即從座起整衣服偏袒右肩右膝著地合掌作禮白佛言世尊唯願如來聽我出家修於梵行世尊告曰善來比丘聽汝於我法中修於梵行盡於苦際此阿若憍陳如即得出家即得具足如來言已身上所著婆羅門服乃至鬚髮即皆墮落沙門法服自然在身威儀庠序手執應器如二十年學法者也尊者阿鉢祇婆梵跋

提伽摩訶男等亦如阿若憍陳如也耶修陀同侶四人毗摩羅修婆侯富那伽憍梵跋提耶奢童子同侶有五十人彌極同侶亦五十人那羅陀摩那婆跋陀跋期同侶五十人優樓頻螺迦葉那提迦葉伽耶迦葉此等徒衆千人優波提舍駒律陀而為上首徒衆二百五十人如此等皆豪貴巨富本是外道出家佛已出世受悟時至皆來詣佛求欲出家最後須跋陀羅如此人等皆是善來比丘也其所得果皆是無學後邊身者何以故如來自神口所說故爾餘人邊不能得也問曰世尊何以不與神力加破羅伽至婆棃伽富迦羅婆利伽使善來出家答意如此婆醯有障道業是故不得善來出家富伽羅婆利伽者此人現身無無學因緣故不得善來出家以是義故雖俱在佛邊不得一切善來出家也三語受具者爾時世尊告諸比丘吾於人天羅網時皆得解脫汝等於此網中皆得解脫爾時惡魔聞佛此言即語佛言於人天羅網不得解脫諸比丘亦不得解脫佛即說偈答曰

世人於五欲　第六意識受　吾已離諸欲
惡魔汝自墮

惡魔聞此言已知佛達其未離欲故慚愧憂愁不樂忽自滅去佛告諸比丘汝各各二人共詣諸方教化莫獨去也諸比丘即去彼土諸人聞比丘說法皆來詣佛於其中路有生悔心者即還歸家以是因緣諸比丘來白世尊佛即教使就彼三語受戒語諸比丘汝等各各還去彼方若有求出家者當為剃除鬚髮教著法服與三語受戒歸依佛歸依法歸

依僧如來應正覺是我師此即三語受戒法也爾時諸比丘生疑云何三歸即是出家即是具足佛爲說曰歸依佛歸依法歸依僧即是出家第二歸依佛竟歸依法竟歸依僧竟即是受具以是義故出家受具成就也有人復更生疑何故優婆塞受三自歸及以沙彌乃至八戒皆受三語何故不名受具也佛說曰此二義各異優婆塞者不止在三歸更加五戒始得名爲優婆塞也沙彌乃至八戒亦復如是三語受具者與此爲足更無所加故言受具所以無所加者三歸有二種一者爲受五戒十戒八齋故受三歸乃至爲受二百五十戒故受三歸二者直受三歸所以爾者當爾之時佛未制二百五十戒乃至八齋以是義故直說三歸得受具也佛制不聽三語受戒已後雖有三語不成就也佛所以後時斷三語受戒者因一病比丘是故斷也於時阿若憍陳如即從座起整衣服偏袒右肩右膝著地合掌向佛白佛言世尊我等云何得知三歸三語受具佛告憍陳如若人求出家者當剃除鬚髮敎作如是言我今盡形壽歸依佛法僧乃至說我今依佛出家婆伽婆是我師也佛告憍陳如三語受戒如我所說解也尊者憍陳如聞佛所說三語受戒心開意解即退坐禮佛而去尊者阿若憍陳如遊行到毗梨耆國展轉復到毗舍離毗舍離中有毗梨耆人二國族姓子合在一處一名羯羯帶遮二名羯倫伽三名毗斤帶遮四名羯遲遮五名遮賴遮六名毗陀跋遮七名跋陀八名修跋陀遮九名耶奢十名移須多羅十一

名阿利耶此諸人等皆生念言阿若憍陳如於大沙門法中出家行於梵行此是大智見者乃能隨學必有妙法我等何爲不就其出家學妙法也彼所修行我等亦共修行爾時族姓子共論議已即便相將詣憍陳如所頭面禮足却住一面白尊者言唯願大德聽我等於如來法中出家修於梵行阿若憍陳如即受其言聽其出家爲説三語受戒受戒已即共相隨詣於佛所頭面禮足却住一面尊者憍陳如即白佛言此諸族姓子等求欲出家爲其三語受戒爲得戒不佛告憍陳如此諸人等三語受戒具足成就善得其戒何以故過去諸佛亦曾與此三語受戒未來諸佛亦當與此三語受戒我今現在亦同彼也是故得有三語受戒白四羯磨者何以要現前白四羯磨而受具者解云當於爾時佛住王舍城優樓頻螺迦葉等師徒已出家竟有一病比丘無供養者病困篤已即便命終諸比丘等見此比丘病篤命終一無看病者二無弟子二俱無故苦惱如是往白世尊佛即集諸比丘僧從今已去斷三語羯磨於十僧中白四羯磨聽使受具如是一一受戒皆如上説廣應當知爾時有一惡比丘度人出家出家者即於師邊生疑往白世尊世尊問言汝先未受戒時生疑不答言不也佛言汝已得具足戒也復有一人求師出家受具足戒得受具已心中生疑疑師不清淨爲得戒不往白世尊世尊問言汝先知師不清淨不受戒者言不知也又復問言汝先知不清淨師邊受戒不得戒不答言不知佛言汝便是得具

足戒也復有一人求師出家師即爲受具足後心生疑往白世尊世尊問言汝先知汝師破戒不答言知也又復問言汝先知不清淨師邊受戒不得戒不答言知也復更問言汝先知汝師受戒時得戒不答言不知也佛言汝便得具足戒也又復一人求師出家師即與受具足後心生疑往白世尊世尊問言汝先知汝師破戒不答言知也又復問言汝先知不清淨師邊受戒不得戒不答言先知復更問言汝先知汝師師邊受戒不得戒不答言知也佛言三事皆知受戒不得也以是義故名爲白四羯磨云何名爲勑聽受具當於爾時佛在舍衛國毗舍佉鹿母園中堂上問蘇陀耶沙彌義沙彌解義如佛所解稱如來意佛即告言汝從今已往若有疑惑恣汝來問亦即與戒即得具足故名勑聽受具云何上受具如有一人盡一切漏未滿二十已受具足即於比丘法中自生疑心同住諸比丘知其生疑往白世尊世尊語此漏盡比丘汝數胎中年乃至閏月皆數滿不答言不滿佛即問諸比丘此比丘得阿羅漢耶諸比丘白佛得阿羅漢佛言此是上受具也又復告言後受戒者聽數胎中年云何比丘尼五種受具隨師教而行名爲師法受具當於爾時佛住釋種園中時摩訶波闍波提憍曇彌與五百釋種女來詣佛所到已頭面著地禮佛足白佛言世尊我等女人於佛法中得出家不佛言吾不欲聽女人出家聞此語已低頭泣淚而去世尊後時從釋種園向舍衛國祇洹精舍憍曇彌五百女等聞佛向祇洹精舍心

懷悲惱自慨其身不在佛法之次各自剃頭著法服隨佛後而去到祇洹精舍在外而立見尊者阿難阿難即問母及諸女言優婆夷等何爲剃髮自著法服顏色憔悴而不悅乎母及諸女即答言所以不悅者但世尊不聽女人出家是故憂色也阿難言且止當爲白世尊阿難尋入即啓世尊是優婆夷等求欲出家願世尊聽許佛告阿難吾所以不聽女人出家者如世人家男少女多家業必壞出家法中若有女人必壞正法不得久住阿難重白佛言女人於佛法中修梵行得四果不佛告阿難能修梵行其志不退亦可得耳阿難復白佛言唯願世尊聽女人在佛法之次佛告阿難女人能行八敬法者聽其出家若不能者不聽在道所以爲女人制八敬者如人欲度水先造橋船後時雖有大水必能得度八敬法亦如是怖後時壞正法故爲其制耳佛告阿難汝今爲女人求出家後當減吾五百歲正法阿難聞此之言憂愁不樂即出外問諸優婆夷等佛說八敬之法能奉行不諸女聞此語已內懷歡喜即請阿難還白世尊我等今日蒙世尊施法當奉行之譬如有人沐浴香湯莊飾已竟更有人來以華鬘莊其頂上我等今日亦復如是阿難以此之言即啓世尊世尊言此等已得受具是名師法受具白四羯磨受具者如上病比丘經中所說遣使受具者如上比丘尼經中所說云何名善來比丘尼受具當於爾時世尊在舍衛國摩登祈女來到佛所頭面著地禮世尊足退坐一面佛即爲說法深悟法性得須陀洹

果求佛出家世尊告曰聽汝於我法中善修梵行盡諸苦際佛言已訖頭髮自落法服應器忽然在身威儀庠序如久服法者是故名爲善來受具上受具者盡諸有漏成阿羅漢如上沙彌雖未滿二十得阿羅漢故名爲上受具此比丘尼亦復如是是名上受具比丘尼五種受具竟立善法上受具者爾時王舍城中有婆羅門名尼駒陀錢財珍寶巨億無量此婆羅門家生一子字畢波羅延父母種性清淨諸婆羅門所有經書無不悉達乃至大人之相亦能達之此畢波羅延童子父命終後家中有碎金九十六斛錢有八十億勒沙十萬一勒沙也奴婢僕使有千聚落其婦字跋陀顏貌殊特世之無類故能割愛斷貪捨之而去默生此念世間若有應眞羅漢者就之出家詣彼苦行仙人林中修於梵行作是念已故能割愛斷貪捨之而去詣彼苦行仙人林中十二年茹菜食果飲清流泉修於梵行得諸禪心成就五通世尊爾時現出於世在鹿野苑初轉法輪僧已成就與大比丘衆千人俱如此人等皆是耆舊長宿國之所重諸根寂靜皆是漏盡解脫者也世尊與諸比丘展轉遊行到摩竭提國入若致林中在尼拘樹王下住爾時世尊以佛眼觀於世間何等衆生生於世間少諸煩惱有大神力能堪聽受吾所說法如來見畢波羅延童子在優吒林中見已即生此念是人堪受吾之正法爾時世尊欲度畢波羅延童子故與千比丘俱從摩竭提國向多子塔到已在樹下上住一日於此林中佛神力故光明照曜林樹

炎赫而皆大明譬如秋月無雲翳日如來光明亦復如是此童子十二年已自然生心欲向多子塔經涉嶮難山谷林藪到多子塔到已見此林中光明殊特與世超絶默自生念此中或有諸天釋梵大力神仙師子王等是故此林有異瑞相畢波羅延童子漸漸前行見如來足跡有千輻相輪具足分明即尋跡前行遥見如來諸根明淨顔貌殊特衆相具足儼然而坐童子即時衣毛皆竪生於信心内自默念本出家時心中所期今此是也諸天即復唱告語言不須疑也此童子復見諸比丘繫念坐禪即生念言本所求者今乃得見直前詣佛到已頭面著地以兩手摩佛足口復嗚之自云我姓迦葉字畢波羅延童子如是三稱爾時世尊告諸比丘若有煩惱結

漏未盡非一切智亦非人師受成就善法人禮者頭破作七分吾今實是煩惱結漏盡者爲一切人作福田者慈愍衆生者亦是一切智者是故受此童子禮也爾時世尊告童子言汝今已具足供養信心成就可退坐一面童子即受告勑禮佛足已退坐一面爾時世尊爲彼童子種種因緣巧説諸法示教利喜童子即悟法得道獲須陀洹果即從座起合掌作禮前白佛言世尊是我師我是聲聞弟子佛即爲童子説如是言當於四念處親近修行廣演乃至八聖道亦如是佛告童子言汝入諸族姓子聚落心莫染著猶如月照世間無所染著汝入諸聚落心無染著亦復如是如蜂採華入諸聚落亦應如是童子如眞陀羅童子喻當捨恃姓財德之心應當謙下

入於聚落如牛群中大牛自恃角鋒慢於餘者後時刖角慢心都息汝入聚落心無染著亦應如是佛告童子內六入莫取想封著繫縛心也外六入乃至中六識亦如是色陰亦不應封著取想乃至識陰亦如是眼耳鼻舌身意及外六塵得覺觀意觀亦應如是不取想也譬如空中水渧渧渧相尋無有滯礙觀十八界十二入五陰等不取著心無罣礙亦復如是善男子汝如此應學童子白佛言奉世尊教爾時童子聞佛世尊引諸譬喻種種說法即悟取解童子受法已即從座起繞佛三帀禮佛而去到一樹下端身繫念佛所說法七日七夜至八日朝諸漏已盡三明六通具八解脫證阿羅漢果得阿羅漢果已往至佛所頭面著地禮佛已却坐一面白佛言世尊我先聞如來所說法七日七夜至八日朝諸漏已盡心得解脫得三明六通獲阿羅漢果譬如有人說言有一大象高於七肘復有一樹高六肘半說言此樹能蔭象者無有是處若有得羅漢果三明六通及八解脫能過我者無有是處佛告迦葉善哉善哉迦葉如汝所說汝於我所說法中種種諸喻深悟無生得阿羅漢果即是受具足戒也爾時世尊因是事故集諸比丘告言我先爲迦葉說如此法汝等今日皆修行之佛復告諸比丘從今已去聽汝等立善根上受具佛告諸比丘過去諸佛未來諸佛皆立善根上受具我今亦復如是是名立善根上受具也爾時尊者迦葉即從座起偏袒右肩右膝著地合掌禮佛白佛言世尊我等於如來法中住何等法

修何等法行法之人有何差别佛言善哉善哉迦葉汝之所問甚善如泉涌出不可窮盡所問住修乃至差别言辭義理所問無滯佛告迦葉四聖種是住處十二頭陀名爲行處盡諸有漏名爲差别迦葉白佛言四聖種十二頭陀乃至漏盡解脱當頂戴奉行若長者若長者子沐浴香湯以上衣服而自莊飾更有人來以好華鬘繫其頂上我等亦復如是頂戴如來所告勑法佛告迦葉汝云何復住四聖種中迦葉白佛一者隨前所得糞掃衣以爲足想二者見前人所著糞掃衣亦讃歎之三者自見所著糞掃衣不自恃議彼四者得飲食乃至病瘦湯藥隨所得以爲足想又復不自恃議彼又於他人不生此念彼人勝我彼人不如我復不念言彼人似我此人不似我復不生心此人卑我彼人不卑我復不念言彼人妙我彼人不妙我世人皆與上相違而我如上也佛告迦葉四聖種住應如是學迦葉云何復欲行十二頭陀迦葉白佛言一者常自行空閑靜處亦當讃彼閑靜之處二者乞食三者糞掃衣四者若有瞋心止不食滅已乃食五者一坐食六者一時受取七者常塜間行八者露地坐九者樹下坐十者常坐不卧十一者隨得敷具十二者齊三衣如此等法皆應讃歎亦不自恃議彼乃至少欲衆具知足衆具廣示於人佛告迦葉善哉善哉如汝所言行十二頭陀正應如是佛復告迦葉汝可隨吾按行林藪迦葉答言奉世尊告佛起而去迦葉即捉坐具著肩頭隨世尊後迦葉隨佛如師子子隨大師子爾時世

尊隨道而行到一樹下告迦葉言汝可爲吾於此樹下敷座迦葉即奉告揲僧伽棃四揲敷座如來就坐迦葉禮佛足世尊以右手按座告迦葉言此座甚柔軟迦葉言世尊此座實柔軟此衣是弟子初出家時衣此衣新時價直迦尸一國今價已退可直半國唯願如來納受此衣佛告迦葉吾憐愍汝故受此衣汝受持何等即白佛言我當取迦尸迦草糞掃衣中最下者求覓受持佛告迦葉善哉善哉汝受持迦尸迦草糞掃衣者多所利益多所安隱爾時世尊與大比丘僧千二百五十人俱次復遊行摩竭提國夜致林中善立摩拘陀樹王下坐爾時六群比丘於靜房中共談迦葉不如阿若憍陳如等善來受具亦不如毗舍離跋祇子比丘三語受具亦不如婆盧波斯那比丘白四羯磨受具此非受具者也云何與諸比丘同共布薩羯磨世尊爾時在樹下以天耳聞諸比丘在屏處論佛告迦葉爲吾取水迦葉即持鉢向池取水六群比丘見迦葉來到六群即逆語言汝非如五人憍陳如等善來受具亦不如毗舍離子三語受具亦不如婆盧波斯那白四羯磨受具汝非受具云何與諸比丘同共布薩羯磨迦葉即答諸比丘言世尊爲我在多子塔建立善法上受具竟說此言已即持水來到佛所奉佛鉢水佛飲已餘殘持與迦葉迦葉受水已整衣服偏袒右肩頭面著地禮佛足合掌白佛言六群比丘見向說言汝非善來受具復非三語受具亦非羯磨受具云何同僧法事弟子答諸比丘世尊爲我在多子塔建立善

法上受具汝等當詣佛諮啓取足得與不得隨佛所說當受行之爾時世尊爲欲斷未來諸比丘謗毀心故告阿難言汝往到王舍城此城中若有諸比丘盡集在大僧坊中阿難即受教而去至彼即集諸比丘在大僧坊衆僧集已即來白佛僧已集竟世尊自當知時爾時世尊即詣僧坊安詳就座右脇而卧如象王觀諦視迦葉爾時迦葉從座而起右膝著地頭面禮佛胡跪合掌白世尊言本在家時父終亡後粟金有九十六斛金錢有八十億勒沙自妻顏容傀偉世之無匹内自思惟若有眞阿羅漢者當受之出家思惟已即捨愛斷貪出家求道世間若有弟子師者唯佛是也云何六群謗言不受具也又復更言世間若有奇色妙寶不出已有非貪財視色久已捨之云何方被謗從出家已來在彼林中十二年得四禪心乃至五通未有一念亂心在前何以故見此生死諸行可怖畏故復次言家父在時用二十億金錢娉妻一日三時隨時易服未曾有乏乃至病瘦醫藥及離世八法恃姓豪貴不曾經心雖娉其妻各修梵行未曾有毁迦葉白佛言世尊我過去世縁以食施辟支佛故從是以來當樂出家求涅槃解脱佛自證知何以故心中常自怖畏流轉五道受於生死世尊我初至多子塔林中始見如來即生此念此即是本出家時所求師也何以故我於過去諸佛生於信心今見世尊生於信心等無有異爾時世尊告諸比丘若有煩惱結漏未盡非一切智復非人師受此成就大士禮者頭破作七分吾實是煩

惱惑累無明闇障皆已永斷知一切法爲人作師是故受此人禮爾時迦葉即白佛言諸比丘雖如此謗亦無憂惱世尊今時雖復種種讃歎之德亦不欣悦何以故我觀能讃所讃是二皆空所以者何我得一切無我無人諸法空觀故從爾時世尊在多子塔爲我説月光喻水渧喻已來心心相續常念此法更無餘想所以爾者常繫心在於善法不隨餘念世尊我未見佛時十二年中常觀地水火風及與三界皆作空想況於今日遇世尊説法有餘心想亦復無有三世見鬪覺知豈於六群生異念乎世尊爲我説四聖種已來我亦不取味觸之想見此陰身如四毒虵行四威儀心不與俱何以故爾久知此是過患之本觀此五陰念念生滅亦如五拔刀賊觀色集色滅受想行識識集識滅觀六入空聚落中五拔刀賊觀於無我世尊我觀此身如器盛不淨流出於外身隨身觀世尊我觀此心無常迅速如野馬疾風心隨心觀我觀受苦生滅代謝如水流燈炎受隨受觀我觀法無我屬諸因緣法隨法觀世尊我於如來所説法中無有錯謬當頂戴奉行世尊我於爾時王舍城千二百五十僧中衆僧行籌唱言誰是應眞可捉此籌我於爾時即拔此籌若不遇如來出世應得辟支佛而入涅槃所以爾者曾於諸佛久種善根我於爾時在畢波羅石窟中卒遇小患世尊故來問疾但窟小身大我即以手舉此石窟令大世尊即入爲我説苦空法也爾時我在畢波羅窟中入火光三昧是時帝釋梵王來禮我足復有一人捉

刀欲害我我從定出觀此二人平等無異復言我在大衆及與私房威儀無異佛告諸比丘威儀進止當如迦葉我雖聞此言不以喜悅迦葉復言我夜經行及中時乞食意中生念夜短中遍舉目上看日月皆住不行諸天變爲人身前後圍繞供養於我我於爾時於此事中都無歡喜奇特之心我於王舍城中與千二百五十比丘俱集一處行籌唱言如來滅後誰能持佛法我於爾時即拔此籌所以爾者於論中辯才無制御者是故拔籌若有正問於五欲中誰不重染應說我是何以故於三有中善得解脫故若有人問於根力覺道誰能成就我於此中能師子吼何以故於一切苦集滅出離知味知過如實見之欲如火坑乃至喻於鉾戟欲之過患亦復如是我無愛貪永已絕矣心緣解脫涅槃速疾如山頂水捨於有漏如棄涕唾我以廣修四念處乃至八聖道於八解脫定自在出入我於神通自在無礙世尊我於衆生有漏無漏種種諸心皆能悉達我知衆生過去無量宿命世尊我以天眼過於人眼見衆生生彼死此皆悉見之我盡諸有漏心得解脫慧得解脫迦葉言諸比丘及餘六群大德莫謂我自歎其德所有功德皆已捨之況復其餘虛假之名所以說者爲欲利益長夜諸衆生故佛告迦葉善哉善哉迦葉汝所利益事除吾一人其餘聲聞無能及者汝可爲諸六群愍其癡故當與懺悔

爾時優波離即從座起偏袒右肩右膝著地合掌禮佛問世尊言一切諸佛皆建立善法

上受具不佛告優波離非一切諸佛皆建立之所以立者爲五濁衆生建立之耳五濁者所謂劫濁命濁衆生濁業濁煩惱濁過去未來諸佛亦復如是我今五濁惡世是故制之優波離問佛幾處得建立善法上受具滿足佛告優波離五處滿足何等爲五一者最後邊身二者婆醯破羅伽至婆勒伽先得須陀洹果者是三者隨順蘇陀夷諸漏已盡心得解脫四者難陀放牛兒五者今迦葉如來受具戒非餘聲聞優波離此五處建立善法上受具而得滿足世尊有幾處白四羯磨受具而得滿足佛言有五處而得滿足一者和尚如法二者二阿闍黎如法三者七僧清淨四者羯磨成就五者衆僧和合與欲優波離此五處不成就不名滿足此中有四種受具從善來乃至白四是也比丘尼亦有四種受具一者如摩登者女是二者師法是三者遣使現前是四者白四羯磨是勑聽受具上受具此二皆作建立善法上受具名説比丘尼上受具亦建立善法上受具名説是名受具不受具者異於上受具名不受具若聲聞用善來語授人戒者不成受具用三語授人戒亦不得受具白四羯磨唱不成就者亦不得受具非法僧亦不得受具何者名非法僧不就戒場先羯磨後白又復更作餘羯磨皆名非法僧離佛離法離毗尼受具亦不得具年不滿二十不得受具若受亦不得具若無和尚若二和尚若三乃至衆多作和尚亦不得受具若受戒者若和尚隱身不現亦不得受具十數衆僧雖滿若一隱不現若受戒者不現

亦不得受具外更不結大界直結小界亦不得受具若和尚衆僧受戒人互在界内外亦不得受具有十三種人不得作和尚受具若在家受優婆塞戒若毀破一有受八齋毀一若受沙彌十戒毀一如此人者後出家亦不得戒亦不得作和尚二者若出家在家破比丘尼淨行亦不得作和尚三者爲衣食故自剃頭著袈裟詐入僧中與僧同法事此亦不得作和尚四者若有外道人於佛法中出家後時猒道不捨戒而去從外道中還來欲在法中佛不聽此人在於僧中亦不得作和尚五者黄門不得作和尚六者殺父七者殺母八者出佛身血九者殺眞人羅漢十者破和合僧十一者若非人變形爲人者名爲非人十二者若畜生道變形爲人者十三者二根人如是十三種不任作和尚何以故是人無戒故

毗尼母論卷第一

音釋

䖸虞戈切　嶮虛險切阻難也　藪蘇后切　渧都計切滴也　揲達協切揖揲也　傀古迴切　娉匹正切娶問也　鉾戟鉾莫侯切勾兵也戟訖逆切枝兵也

毗尼毋論卷第二

失譯人名今附秦錄

尼遣使受戒中佛在世時唯有一女得所以得者但此女顏容挺特世所無比若往者恐惡人抄掠是故佛聽令時若有如是比者可得遣使受戒其餘一切要現前得具不現前不得師法受具中除憍曇彌五百諸女其餘一切不得師法受具上受具中除尊者摩訶迦葉蘇陀婆其餘一切不得建立善法上受具若男子女人其性調善慧亦明了無有諸難得受具足復有三人不得受具一不自稱字二不稱和尚字三不乞戒此三種人不得受具與此相違得受具足復有五人可受具足一成就丈夫二不負債三不是人奴四年滿二十五父毋放出家是五種人得受具足復有五處白四羯磨受戒滿足何者五一者和尚二者阿闍黎三衆僧具足四性調順五諸根具足無諸障礙是名五處受戒滿足與五人相違不得受具復有二人不聽受具一者有業障二者龍變爲人若先不知與受戒後時知應擯出衆先知不應與受戒如上十三比類應廣知復有一人不應受具此身上忽生白色生已復滅若先知不應與受具若不知已受具竟後時雖知不應驅出衆云何爲業思業行業可思業故思業非可思業可受業不可受業少受業多受業已受業未受業色業非色業可見業不可見業有對業無對業聖業世間業現身受業生受業後受業趣惡業趣天業趣涅槃業有三業一切諸業攝在其中白業白第二業白第四業復有四

業非法作業法作業群共作業業齊集作業復有四種業有比丘群業共作非法羯磨齊集業共作非法羯磨群共業作法羯磨齊集業作法羯磨此中非法業群共業諸比丘不應作非法業齊集業此二業不應作法業群共業亦不應作法業齊集業此二業應作吾所聽之此中有三種應當知一者白業二者擯罰業三非白非擯罰業云何名爲白業白已剃髮受沙彌戒乃至大比丘戒亦先白後受若不聽不得受比丘法一切皆如是若有所作要白僧衆聽得不聽不得作是故名爲白業羯磨云何名爲擯罰羯磨若有比丘不順佛語或自白僧或他白僧僧集隨其罪輕重衆呵責擯出或有人擯罰罪負未訖更重作之衆僧亦更重呵責如此之類皆名擯罰業也云何名爲不白不擯罰若有比丘僧差營房舍此業非白亦非擯罰又復此人僧初與羯磨立作營房人是亦非白非擯罰是業名爲非白非擯罰又復解羯磨非一如羯磨亡比丘物此羯磨非白非擯罰是故有異受功德衣羯磨亦如是如結大界羯磨淨地羯磨如此等不在白擯罰羯磨也復有二種羯磨一爲人二爲法何等爲法羯磨如白已說波羅提木叉戒自恣如平僧坊地差營事人差分衣鉢人如爲受迦絺那衣捨迦絺那衣結界捨界離衣宿先布薩却安居者諸比丘檀越請安居安居日滿比丘尼爲飲食美故不去檀越心生疲厭諸比丘即往白佛佛即制安居竟比丘尼若過一日波逸提若大比丘突吉羅齊集自恣問法答法問毗尼答毗

尼問法者迦葉是答法者阿難是問毗尼者迦葉是答毗尼者優波離是俱名依法羯磨云何名依人羯磨如度沙彌法先白後剃髮受戒如行波利婆沙日未滿更犯還行本事行摩那埵行阿浮訶那與現前毗尼憶念毗尼因沓婆摩羅子被謗故佛制憶念毗尼因難提伽比丘本清淨心受戒失心所作違於毗尼後還得本心諸比丘謗言犯罪此比丘自言我本失心時所作不覺不知佛言癡狂心所作不犯是故此比丘從衆僧乞不癡毗尼云何名自知比丘佛在世時常自說戒忽至說戒日說戒時至初夜中夜諸比丘請佛說戒佛默然不說目連以天眼觀此衆中誰不清淨佛不說也見一比丘不清淨目連即起捉臂牽出佛即告目連言何以不審悉問之諸比丘應自知所以初夜中夜佛不言者外有惡賊故爾

爾時舍衛國諸比丘鬪訟此應滅之云何得滅衆中三藏比丘當取其語和合滅之有比丘字訶德有風熱亂心故與諸外道論議言辭錯亂前後不定爲外道所笑諸比丘白佛佛呼此比丘在前語言汝莫亂心故與人論議語言應定實現前呵責現前滅之

爾時舍衛國諸比丘諍訟佛告諸比丘各各相向五體投地如草敷地滅所諍訟犯事後當懺悔除滅從呵責羯磨乃至知種種雜物人羯磨此是依人羯磨有羯磨成事不成有事成羯磨不成有俱成有俱不成羯磨者法也事者人也云何名事成羯磨不成者此人清淨一切無諸障礙是名事成羯磨不成者

或言語不具亦前後不次第說不明了是名羯磨不成何者名爲羯磨成事不成羯磨成者言語具足前後次第說亦明了是名羯磨成事不成者有人諸根不具及餘障礙是名事不成又俱成者羯磨及人此二皆具故言俱成俱不成者羯磨及人二俱不足是名俱不成應止羯磨者諸比丘皆集但所作不如法應羯磨作法不羯磨作應白作法不白作衆中有持毗尼行清淨者說言此非法非律是不應作即止不作是名止羯磨不應止羯磨者衆僧齊集所作亦皆如法衆中無譏嫌者是名不應止羯磨此二章畢揵度中廣說章畢者國名也擯出有二種羯磨一永擯二爲調伏故擯調伏者未懺悔中間及飲食坐起言語一切僧法事皆不得同是名擯出調伏羯磨此人若剛强永無改悔盡此一身不復得同僧事尊者優波離即從座起整衣服合掌禮佛白佛言世尊若有比丘於僧事無缺而强擯者此事云何佛言擯有二種一者善擯二者惡擯如擯十三種人者名爲善擯與此相違名爲惡擯是名擯出羯磨復有衆僧聽懺悔入僧次第羯磨若比丘爲調伏故擯出者此人後時改悔求僧除罪僧有所敎勑皆順僧意不敢違逆能使衆僧齊心歡喜僧即聚集解擯羯磨更作聽入僧羯磨是名聽入僧羯磨優波離問佛擯出懺悔此事云何佛言爲調伏者聽使懺悔永擯者不聽懺悔何者名爲呵責羯磨有人僧中健鬬强諍於僧法事中皆不如法現前種種呵責乃至擯出此呵責事呵責揵度中廣說有呵責者

若比丘作種種不如法事衆僧呵言長老汝犯不如法事此人即答僧言我不知不見犯何等事僧應種種苦責擯出是名呵責羯磨諫法應三處諫見聞疑破戒破見破行諫者有五事因緣一知時二利於前人三實心四調和語五不麤惡語復有内立五種因緣故應諫一利益二安樂三慈心四悲心五於犯罪中欲使遠離是名諫法緣事云何名爲緣事若因若緣此中從何初起如拔陀波羅比丘經中應當廣知

爾時世尊在舍衛國一坐而食佛告諸比丘吾一食已來身體調適無諸患苦汝等亦應一食諸比丘聞告歡喜奉行拔陀波羅比丘不順佛告不能一食何以故我常數數食以此爲法佛復告言汝能多食者中前多乞一坐而食復言不能佛復欲遊諸國邑阿難爲佛縫衣此比丘到阿難所問言汝何所作阿難答言世尊欲遊諸國邑是故爲佛縫衣汝住此或無利益聞此語已即到佛所五體投地白佛言世尊當爲弟子懺悔佛言懺悔無益一切沙門婆羅門皆知汝行非法若順吾言者四禪四空定諸通解脱皆可得耳不用吾言者於此諸善不可得也復更慇懃三請世尊世尊然後受其懺悔復爲説法若人造惡能改悔者於佛法中多所利益如是廣説此拔陀波羅比丘數數犯罪諸比丘見已諫之聞諫之言不以經懷便以餘言而答佛向拔陀波羅比丘言有一比丘犯種種罪諸比丘見已如法諫之此比丘更以異言而答復主瞋恚佛言此比丘雖不受諫亦應諫之所

以爾者欲使諸沙門婆羅門一切廣聞亦欲使其現身長夜受苦佛説曰調伏法有三種一呵責二别住宿三當令依止有智慧者乃至驅出是人因是事調伏心意柔軟順僧法而行能使大衆歡悦是名調伏法

舍摩陀者秦言名滅何等比丘事應滅若有比丘隨善法能除四受一者欲受二者見受三者戒取受四者我取受能除此四受隨順行出離法善者念念增進惡者捨之是名爲滅又復滅者從現前毗尼乃至敷草毗尼滅此七諍亦名爲滅也不應滅者若比丘成就五法起鬪諍事一者常樂在家二者常樂依國王大臣三者不樂依僧四者亦不依法五者衆僧所行事皆不順之若比丘成就此五種事所有諍事不應滅之復有比丘成就五法有諍事起應當滅之何等爲五五者與上五事相違即是五也成此五法所有諍事應當滅之又復滅者隨僧行法能隨順之所有善法日日增進其所行事常爲解説若有事能令僧喜行之不倦是名滅法

捨戒法若比丘愁憂不樂不樂梵行欲歸家不樂比丘法於此法中生慚愧心意欲成就在家之法出家法於我無益在家法益我甚好意欲捨比丘法還家作如是語我捨佛法僧和尚阿闍黎梵行毗尼波羅提木叉戒如是廣説應當知是爲捨戒不捨戒者若癡狂心亂乃至口噤不能言者不名捨戒如是廣説應當知戒羸者比丘生念不樂梵行樂在外道乃至作僧祇人是名戒羸戒羸事如是上文中所説

說戒法應如法集僧僧集已應當一白羯磨不應二三四白羯磨也僧作法事如法取欲皆應黙然不應遮也僧若不滿足者不應說戒僧若滿足應廣說戒時不中略說也時者無留難名爲時爾時世尊於静房中心念我爲諸比丘制戒說波羅提木叉乃至能使人得四沙門果波羅提木叉者戒律行住處是名波羅提木叉義爾時諸比丘用歌音誦戒佛言不應當以高聲了了誦戒歌音誦戒有五事過一心染著此音二爲世人所嫌三與世人無異四妨廢行道五妨入定是名五事過也

佛在世時諸比丘日日說戒衆僧皆生猒心佛聞即制十五日一說戒爾時於一住處說戒僧坊既大諸比丘遠者不聞是以如來爲諸比丘制法僧衆若多僧房亦大者應當正中敷座說戒者在此座上當高聲了了說使得聞之爾時諸比丘在一住處僧衆雖大無誦戒者法事不成世尊聞已告諸比丘從今已後有出家者至五臘要誦戒使利若根鈍者乃至百臘亦應誦之若故不誦若先誦後時廢忘若復鈍根不能得者此等三人有四種過一不得畜弟子二不得離依止三不得作和尚四不得作阿闍黎是名不誦戒者罪有八種難得略說戒一者王難二者賊難三者水難四者火難五者病難六者人難七者非人難八者毒虵難有此八種難得略說戒略有五種一者說戒序已稱名說言四波羅夷汝等數數聞乃至衆學亦如是說第二略者從戒序說四事竟後亦稱名如前也第三

略者從戒序說至十三事後者稱名亦如前二第四略者從戒序說至二不定餘者稱名亦如前三第五略者從戒序說乃至尼薩耆波逸提後者稱名亦如前四爾時有衆多比丘在一處皆根鈍無所知有賊難不得就餘寺說戒法事不成佛聞已教諸比丘汝等當略說戒諸惡莫作諸善奉行自淨其意是諸佛教是名略說戒不成就說戒有四種非法群共說戒不名說戒非法齊集此亦不名說戒群共此亦不成就應一白處二白此亦不成說戒若有比丘於說戒時三四別共私論起貢高心因說戒論議生於諍訟如此說戒不成說戒不成有二種一鬭訟故說戒不成二惡心故增長煩惱是二皆不成說戒此事布薩揵度中應當廣知是處應說何者若比丘未犯罪心中生念云何不犯衆惡而得生善即詣持法持毗尼持摩得勒伽藏者問之尊者何者是法何者非法何者可說何者不可說彼師聞此語即次第爲說法如法說不如法不如法說如毗尼如毗尼說非毗尼如非毗尼說輕如輕說重如重說麤惡語如麤惡語說非麤惡語如非麤惡語說犯如犯說不犯如不犯說殘如殘說不殘如不殘說應如應說不應如不應說制如制說不制如不制說所說如所說不如所說如不如所說齊量如齊量說不齊量如不齊量說分別如分別說不分別如不分別說比丘法食在界內無淨厨不得食何以故佛遊諸聚落見諸比丘共諍佛問比丘諍何等事比丘白佛昨日食已有餘殘食是故諍之佛言從今已去宿

食及在大界內食無淨厨者一切不得食衆僧住處初立寺時衆僧齊集應先羯磨作淨厨處後羯磨衆僧房舍處若當時忘誤不羯磨作淨厨處者後若憶還解大界後解小界先羯磨淨厨處結界法先結小界後結大界共宿食殘宿食衆僧小界內所作食僧自手作食若僧值世飢饉得食餘時不得食受食已檀越來請彼中食即足應以此食轉施餘僧彼僧得已應作殘食法而食復有諸大師爲國主所重請食彼中食足餘殘將來施同住處僧僧怖不食佛言聽汝作殘食法食之無過有比丘外得果來即與淨施主施主值世飢饉不還本主佛因而制戒從今已去若世飢饉得自畜而食池中果一切果亦如是畜鉢法除鐵鉢瓦鉢餘一切鉢皆不得畜色

中上色衣不應畜何者錦紋鬘華如此等衣不中畜應說者有比丘生念云何修諸善法往詣諸智者所問言云何名犯云何不犯云何懺悔因何事而犯彼師隨順毗尼爲說犯不犯如是廣應當知問者聞師說已心中無復憂苦隨順師教如毗尼而行心得清淨隨順善法更無餘念是名應說又復應說者比丘生念猒患生死云何出離修道而得涅槃生此念已即到智者邊問之尊者大德云何修四禪乃至四果彼師次第爲說乃至阿羅漢果是名應說云何名爲非法說彼師爲問者說法說非法非法說法乃至所說名非所說不所說名所說限量非限量非限量作限量分別名不分別不分別名分別從食鉢乃至飲皆亦如是又不應說者有比丘問智者

云何得初禪乃至四果智者爲説汝之所問得過人法汝犯波羅夷是名不應説法時有比丘字難提伽失性於衆僧布薩日或憶或不憶憶時來不憶不來諸比丘往白世尊佛告言但與此比丘作失性白二羯磨雖不來法事成就此布薩揵度中廣明此比丘還得本心心中生疑本失性羯磨爲捨不捨往白世尊佛言得心者可捨之諸比丘復疑後還失心此復云何佛言還作失性羯磨後得本心還捨比丘受人施不如法爲施所墮隨有二種一者食他人施不如法修道放心縱逸無善可記二者與施轉施施不如法因此二處當墮三途若無三途受報此身即腹壞食出所著衣服即應離身應施者若父母貧苦應先授三歸五戒十善然後施與若不貧雖受三歸五戒不中施與復有施處一者治塔人二者奉僧人三者治僧房人四者病苦人五者嬰兒六者懷妊女人七者牢獄繫人八者來詣僧房乞人如此等人或中與或不中與治塔奉僧治僧房人計其功勞當償作價若過分與爲施所墮施病者食當作慈心隨病者所宜而施與之若設病錯誤與食爲施所墮嬰兒牢獄繫人懷妊者如此人等當以慈心施之勿望出入得報當爲佛法不作留難如此等心施之如法若不爾爲施所墮詣僧房乞若自有粮不須施之施者爲施所墮若無粮食施之無咎若比丘不坐禪不誦經不營佛法僧事受人施爲施所墮若有三業受施無過若前人無三業知而轉施與者受施能施二皆爲施所墮若比丘食檀越施以

知足為限若飽强飲食者為施所墮若比丘作憍慢意自飲食者為施所墮何以故世尊於長夜中常讚歎限食最後乃至施持戒者能受施能消施也如佛說曰施持戒者果報益大施破戒者得果報甚少如佛說偈寧吞鐵丸而死不以無戒食人信施若食足已更强食者不加色力但增其患是故不應無度食也

羯磨者有四因緣羯磨得成一如法二僧齊集三如法白一處白一乃至白四處白四白四處不三二一白四衆僧不來者與欲衆中無說難者此四法成就是名如法羯磨此事章畢揵度中當廣知非羯磨者四事不成不名羯磨毗尼者有種種毗尼有犯毗尼有闘諍毗尼有煩惱毗尼比丘毗尼比丘尼毗尼少分毗尼一切處毗尼從犯毗尼出罪毗尼又毗尼能滅不善根能滅障法能滅五蓋惡行名為毗尼復有毗尼能發露隨順修行捨惡從善名為毗尼云何名為發露所犯不隱盡向人說名為發露此事滅罪揵度中廣說隨順者隨順和尚所說隨順阿闍黎所說乃至衆僧所說皆不違逆是名隨順云何名為滅能滅闘諍故名為滅云何名為斷如斷煩惱名為斷煩惱毗尼斷煩惱毗尼中應當廣知

又比丘說言如我所知見者欲不能障道餘比丘諫言莫作是語欲者是障道之本所以知之世尊種種為欲作喩欲如火坑乃至刀喩等云何言不障當捨此見諸比丘諫時受諫者好若不受諸比丘當為作白四羯磨憶

之是名棄捨惡見比丘過語諸比丘集作法事不如法衆中有見衆僧作法事不成此人若有三四五伴可得諫之若獨一不須諫也何以故大衆力大或能擯出於法無益自得苦惱以是義故應默然不言若入僧中應立五德一者常起慈心如掃牧喻好惡平等皆欲謙令得善二者於諸上座常起恭敬謙下之心無得慢也三者於諸下座勿得談論而共交遊四者若僧集作法事時大衆應請一知法者說法五者若衆不請應語衆令請知法說舍利弗亦成就上五種入僧法

云何名白迦葉隨比丘說言衆皆聽許默然故名爲白白一處是如初度沙彌受大戒時白僧白僧已差教授師將出家者屏猥處問其遮法爲欲說波羅提木叉若自恣若鉢破更受有一比丘字闡陀始欲犯戒諸比丘知已諫之此比丘語諸比丘言汝等何所說共誰言誰有犯者云何名犯作如此異語諸比丘白佛佛言與此比丘作異語別住羯磨闡陀比丘後時復更輕弄諸比丘諸比丘語莫坐便坐莫起便起莫語便語莫來便來諸比丘白佛佛言爲作調弄白一羯磨如此等及餘未列名者皆名白一羯磨云何名爲白二羯磨白者大德僧聽某甲房舍頹毀若僧時到僧忍聽僧與某甲房舍與某檀越修治及與營事比丘白如是大德僧聽某房舍某房舍無檀越頹毀僧今與某房舍與某檀越令修治及營事比丘若僧忍者持某房舍與某檀越令修治及營事比丘僧忍者默然不忍者便說僧已忍持某房舍與某檀越及營事

比丘竟僧忍默然故是事如是持營僧事人分亡比丘衣鉢受迦絺那衣捨迦絺那衣一切結界不離衣宿法先結大界後結不失衣界先捨不失衣界後捨大界教授比丘尼自恣如是等衆多皆白二羯磨白四羯磨者白已三羯磨是名白四羯磨一者呵責二者有比丘共白衣鬪衆僧勸令與檀越懺悔擯出滅擯別住還行本事行摩那埵行阿浮呵那乃至七滅諍有比丘大德爲巨富信心檀越所重請其多年隨其所須供給與之傍人說曰此長者巨富由比丘故大損其財癡失性比丘尼受戒已來僧中乞戒犯戒事覆鉢默擯如是等及餘未列者皆白四羯磨別住有二種若有外道來入佛法中求出家者僧應與四月別住白四羯磨又復別住者十三種

種性於僧殘中若犯一一不發露覆藏後時發露僧與白四羯磨別住以何義故名爲別住別住一房不得與僧同處一切大僧下坐不得連草食又復一切衆僧苦役掃塔及僧房乃至僧大小行來處皆料理之又復雖入僧中不得與僧談論若有問者亦不得答以是義故名爲別住行本事者別住時未竟又復更犯復從衆僧乞別住僧還與本所覆藏日作白四羯磨故名本事云何名爲摩那埵摩那埵者別住苦役與前住無異但與日限少有異耳若犯時即發露者亦六日六夜行之摩那埵者秦言意喜前雖自意歡喜亦生慚愧亦使衆僧歡喜由前喜故與其少日因少日故始得喜名衆僧喜者覩此人所行法不復還犯衆僧歎言此人因此改悔更不起

煩惱成清淨人也是故喜耳阿浮呵那者清淨戒生得淨解脫於此戒中清淨無犯善持起去是名阿浮呵那義有犯不犯犯者三種人犯一不癡狂二不散亂心三不爲苦痛所逼是名爲犯復有犯者一切所犯輕重隨彼佛所制處廣應當知不犯者亦如是隨何篇所明彼中廣應當知決了犯不犯義一切當毗尼中推之從初法非法不知乃至懺悔不懺悔不知此二十二種與人受具皆名爲犯欲決斷一切不犯者應當毗尼中推之有能成就二十二法者應與人受具是名不犯有比丘犯非比丘尼犯又比丘尼犯非比丘犯又比丘比丘尼犯非式叉摩尼犯又比丘比丘尼犯非沙彌沙彌尼犯或有出家五衆犯非優婆塞優婆夷犯復有七衆皆犯何等名爲比丘犯非比丘尼犯如阿練若住處所行法比丘尼不行比丘犯非比丘尼犯有一比丘在阿練若處住懈怠不能瓶中盛水亦復無食後時有賊來從索水索食皆不得瞋恚即打此比丘如來知已後與制戒阿練若處住者皆應瓶盛水殘食少多留之賊來索可與耳如是等皆比丘法非比丘尼所行法何者比丘尼犯非比丘犯若比丘尼獨度水獨行入村離衆獨宿或獨隨道行或獨使男子剃髮或獨比丘經行處行或結加趺坐如是等所犯比丘尼非比丘犯何者名比丘比丘尼犯非式叉摩尼犯若比丘比丘尼不受食而食比丘比丘尼犯非式叉摩尼犯何等三衆犯非沙彌沙彌尼犯除沙彌沙彌尼戒已犯餘戒者是三衆犯非沙彌沙彌尼犯何者

五眾犯非優婆塞優婆夷犯除五戒已犯餘戒者是五眾犯非二眾犯何者名七眾都犯七眾皆持五戒七眾若犯此五戒皆同犯也有犯冬有非春夏有有犯春有非夏冬有有犯夏有非冬春有何者冬有非春夏有冬四月已滿應捨功德衣若不捨過一日犯突吉羅此犯冬有非春夏也何者春犯非夏冬有春一月殘應乞雨浴衣若過一月乞若乞過長得得已不十五日用此三事皆犯尼薩耆波逸提何者夏有非冬春有比丘法應夏安居安居有二種前後若不安居復不自恣此犯夏有非冬春有是故此三所犯各當時而有是名犯不犯何者輕犯波羅提提舍尼此罪輕或向一人說若自心念皆能滅也

自種性者若比丘畜人皮革屣食人肉若畜食者偷蘭遮種性者肉及皮即是人身故言種性突吉羅者不攝身威儀得突吉羅惡口者說言汝是工師伎兒諸根不具如此說者得波逸提是名惡口輕犯也重者波羅夷僧伽婆尸沙此二邊所得偷蘭遮重也或有所犯於比丘重比丘尼輕或有所犯於比丘尼重比丘輕比丘重者故出精比丘得僧伽婆尸沙比丘尼得波夜提比丘尼重者比丘尼婬欲心盛手摩男子屏處男子亦摩比丘尼屏處俱著觸樂比丘尼犯波羅夷若比丘尼知比丘尼犯重覆藏不向一比丘尼說亦得波羅夷若比丘不隨順僧法僧與呵責羯磨又比丘尼言此比丘隨順僧法種種言說與比丘同心諸比丘尼諫言不須往返言語相助不受尼諫往返言語相助不絕尼僧與作

白四羯磨此尼得波羅夷比丘尼復有八事犯波羅夷一者尼與男子互相捉手二者更互捉衣三者共男子靜房處並坐四者屏處共語五者屏處身相觸六者尼共男子獨道行七者道中露身相觸八者至共期行不淨處若尼具前七事時犯偷蘭遮滿八事犯波羅夷此是比丘尼重比丘輕或有犯重報輕或有犯輕報重或有犯重報亦重或有犯輕報亦輕有犯重報輕者有比丘作使和合男女若和合者得僧殘不和合得偷蘭遮若比丘私作房不白衆僧乞羯磨未成犯偷蘭遮成已犯僧殘是名犯重報輕犯輕報重者若比丘瞋恚心打阿羅漢或復欲心摩觸阿羅漢起於染著乃至打佛於佛上起染欲心或有惡口罵阿羅漢及佛毀呰形殘諸根不具此得波逸提是名犯輕報重犯重報重者波羅夷及二無根謗聖及凡得僧殘罪二無根者一比丘瞋心遣妹尼彌勒往謗阿羅漢陀驃摩羅子語言大德共我行欲此謗他比丘隨路行見二羊共行欲心中生念前謗既虛今以母羊爲彌勒尼公羊爲陀驃摩羅子生此念已來到寺中向衆僧說前時不實今日實見諸比丘即諫言此阿羅漢莫以惡言謗之答言實爾聽我所說諸比丘聽之說言我向者路中行見二羊共行欲公羊爲陀驃摩羅子母羊即是彌勒尼諸比丘聞此言即共論議此二皆無根是名二無根謗一汙他家二壞法輪僧方便三隨壞法輪僧徒衆四惡性不受人諫得僧殘罪此是犯重報亦重犯輕報亦輕者若比丘入聚落不憶念攝身四

威儀及口四過忘誤犯者一人前懺悔波逸提突吉羅若比丘尼犯罪忘不發露布薩時始憶若欲發露恐亂僧聽戒心中默念說戒已當懺悔如此等皆犯輕報亦輕有三種犯一者事重心輕二者事輕心重三者事心俱重事重心輕者若比丘在尼寺中爲尼說法日已没心中生疑謂日未没說法此是事重心輕事輕心重者比丘在尼寺說法日未没意謂日已没說法此是事輕心重心事俱重者比丘在尼寺說法日已没心作没想此是心事俱重心輕事重心重事輕是二俱得突吉羅心事俱重得波逸提波羅夷者犯名雖同果報有異所以者何如婬處非一畜生及人人中有出家有不出家不出家中有二種有持戒不持戒出家中有五種亦有持戒不持戒乃至聖人有如是差別犯名雖同果報有異第二波羅夷者天及人乃至聖人如此人等若斷命根得波羅夷斷名雖同果報亦異第三波羅夷者所盜處非一有出家在家在家人中盜取他物亦有差別出家人中盜亦有差別三寶中盜亦有差別是故波羅夷名雖同果報有異第四波羅夷者亦有差別向在家人說得過人法重向出家人說得過人法輕是故得罪名雖同果報不同也

毗尼母論卷第二

音釋

噤（巨禁切口閉也）闡（齒善切）絺（抽遲切）驃（毗召切）

毗尼母論卷第三

失譯人名今附秦録

云何名殘罪可除是以故名殘也云何無殘四波羅夷罪不可除是故名無殘云何名麤惡犯如人欲作四波羅夷事身所作及口所說無有慚愧因此二處必成波羅夷事是名麤惡又復一處濁重僧伽婆尸沙邊成婆尸沙方便是也是二偷蘭名濁重犯何者非麤濁重波逸提波羅提提舍尼自性偷蘭遮突吉羅如此等亦是不善身口所作但非大事方便以是義故非麤惡濁重也沙彌沙彌尼犯波羅夷得突吉羅不可懺也有犯須羯磨有不須羯磨有犯須羯磨者如十三僧殘乃至惡口此犯須羯磨得除不須羯磨者三波羅夷是一犯波羅夷須羯磨得除何者如難提伽比丘常空靜處坐禪有天魔變爲女形在難提前難提欲心熾盛隨逐此女魔即隱形見一死馬共行不淨行已即悔脱袈裟懷抱垂淚舉手呼天大喚我非沙門非釋子到世尊所如其所犯向世尊說佛知此比丘發露心重後更不犯即集諸比丘爲作白四得戒羯磨所以得戒者一此人見佛二發露心重是以得戒雖還得戒一切大道人下坐僧法事盡不得同是名有須不須也尊者薩婆多說曰若比丘得世俗定從四禪起天魔作女形惑亂其心此比丘即共行不淨行已即悔無覆藏心念念相續無一念隱亦心中不樂捨法服如此人者應當從僧乞滅除波羅夷羯磨僧與此人白四除波羅夷罪羯磨此人得戒已如僧告勑盡形奉行不得作和尚

阿闍黎不得作教授尼師僧集時不得說戒一切法事得聽在大僧下坐不得與僧連草食如尊者婆奢說曰若比丘得世俗定從定起已或癡狂心亂或爲方道乃至鬼所惑因此行不淨行行已即悔發露無覆藏心復不欲捨法服應僧中乞除波羅夷罪羯磨奉僧所勑盡形壽不得作和尚阿闍黎不得作教授尼師大衆集時不得說戒亦不得爲人作羯磨一切大僧下沙彌上坐不得與僧連草食有一比丘字禪那陀在空閑處禪定諸檀越日日送食中間無男子有一女人常爲送食常來不已便生染心共行不淨行已即悔脫三衣著肩上露身而走唱言賊賊邊人問之有何等賊答言爲煩惱賊所劫盡向諸檀越及衆僧發露無覆藏心僧中智者語言有尊者波奢善持毗尼能除汝罪此比丘即到波奢所如其所犯向波奢說波奢答言汝欲除罪皆用我語不答曰無違波奢遣人作大火坑滿中炎火語言汝欲除罪者可投此坑中波奢先共餘比丘論若比丘直入坑者汝等捉之此比丘用波奢語直入坑邊人捉之波奢知此比丘心實即爲作白四羯磨除波羅夷此比丘從今得羯磨已名爲清淨持戒者但此一身不得超生離死證於四果亦不得無漏功德然障不入地獄耳喻如樹葉落已還生樹上無有是處若犯初篇得證四果獲無漏功德亦無是處此人雖與僧同在一處但僧與其方途隔也如上所說犯戒有七種一波羅夷二僧伽婆尸沙三尼薩耆波逸提四波逸提五偷蘭遮六波羅提提舍尼七

突吉羅波羅夷者不生善根永不可懺亦無羯磨可得除罪有偷蘭遮不可羯磨除罪何者如提婆達多出佛身血是此偷蘭永不生無漏善根亦無羯磨可除罪也有波逸提不生善根亦無羯磨可得除罪也何者如比丘瞋心欲斷佛命打佛得波逸提不可懺也有突吉羅不生善根亦無除罪羯磨何者沙彌沙彌尼式叉摩尼四波羅夷中若犯一此罪不可懺也是故有犯須羯磨有犯不須如上說也羯磨已復羯磨者僧殘是也羯磨已更不羯磨者尼薩者波逸提九十波逸提等是也欲發露者要具五法一整衣服二脫革屣三胡跪四合掌五說所犯事如是應懺悔若不爾不名懺悔有五種犯易除一者有罪應一比丘前除若無比丘心中立誓亦可得除二者犯突吉羅若惡口向一人說得滅三者如波逸提自性偷蘭一人前悔亦得除滅四者僧殘邊偷蘭波羅夷邊偷蘭四人已上衆中羯磨除之僧殘如上說五者從地至地羯磨受戒揵度中當知有總名說何者是從波羅夷乃至七滅諍若有所破皆名爲犯是故名集犯諫法者若有比丘犯罪餘比丘或見聞疑應先白上座及僧上座僧若聽復應問犯罪者今欲諫汝爲聽不若上座及僧犯事者與欲得諫若二俱不聽若二聽一不聽皆不得諫諫者要內立五德然後諫之一者知時而諫二者實心非虛僞心三者爲利益故不爲不利益故諫四者柔軟言辭非麤(上鹿鹿下鹿鹿)惡語諫五者慈心故諫非不見過故諫諫者衆僧集已次第坐竟有事者別一處坐諫者從座

起詰彼犯人所如其所見聞疑事事有三處一者波羅夷僧殘及偷蘭此名爲戒二者破正見住邪見中三者從波逸提乃至惡口名之爲行見聞疑於此三處起諫者或屏處或衆中語言汝當憶念本所犯不得同僧作法事應出去如法除罪已後還當入僧是名爲諫憶念也有諫法不成者衆僧集已犯罪者別處坐諫者問有罪者聽諫不答言聽有事者聽已即起去此不成諫諫他者問已即去六群比丘是若問犯罪者問已即法不成諫也何時名諫時衆僧齊集與欲犯罪者現前與欲諫者現前如此等俱名爲諫時尊者薩婆多說曰諫者語犯罪者言我念汝語汝諫汝犯罪者答言汝念我語我諫我善哉受諫者不應受五種人諫一者無慙無愧二者不廣學三者常覓人過四者喜鬪諍五者欲捨服還俗如此等五人不應受其諫是名不受諫佛語諸比丘諫者於犯罪人邊取欲竟不應捨去去者得突吉羅罪自今已去諫者與犯罪人共期一處僧伽藍中若集飲甜漿若食粥及布薩自恣一切法事集處應僧前諫已捨去若無大衆一二知見三藏比丘前諫之捨去尊者彌沙塞說曰止語羯磨者若有比丘一破戒二破見三破行此人衆僧應立五德故諫若性不受人語兼恃聰明多智徒衆甚大復恃國王大臣之力不受諫者衆僧應當與作不語羯磨是名止語止不說戒者佛告諸比丘衆中若有不清淨者止不應說戒六群比丘聞佛語已即徧諸寺唱言佛止不聽說戒世尊告曰吾不止清淨比丘說戒

若七聚中乃至惡語僧集時衆中有犯者止無犯者便説是名止説戒止自恣者佛告諸比丘衆中若有不清淨止不應自恣當作止自恣羯磨應檢校不清淨者若重驅出輕者令其懺悔然後自恣若此不清淨者自恃聰明多智亦恃徒衆國王大臣力不可驅出者當至後自恣後自恣時到猶不出者衆僧可別自恣得清淨耳云何名波羅提木叉波羅提木叉者名最勝義以何義故名爲最勝諸善之本以戒爲根衆善得生故言勝義復次戒有二種一出世二世間此世間者能爲出世作因故言最勝復次戒有二種一者依身口二者依心由依身口戒得依心戒故名爲首是波羅提木叉布薩揵度中當廣説復有五種廣略説戒説戒序四事竟餘戒皆言汝等數數聞第二説戒序四事十三事竟餘戒皆言汝等數數聞第三説戒序四事十三事二不定竟餘戒皆言汝等數數聞第四説戒序乃至三十事竟餘戒皆言汝等數數聞第五如上廣説

比丘法要誦波羅提木叉若不誦者有誦毗尼處三時就彼處住何以故若所犯所疑懺悔解疑得除罪也是故佛制比丘要誦波羅提木叉何故名布薩斷名布薩能斷所犯能斷煩惱斷一切不善法名布薩義清淨名布薩云何名布薩羯磨衆僧欲布薩時衆中最小者應掃堂敷坐具取香水灑地然燈如此諸事皆名布薩羯磨

云何名自恣比丘夏坐已訖於智慧清淨比丘前乞見聞疑罪所以乞者夏九十日中欲

明持戒律及與餘善皆無毀失是故安居竟始得自恣名何故佛教作自恣一各各相諫二各各相憶念三互相教授四各各相恭敬五語皆相隨六皆有依非無依是故名自恣自恣羯磨者衆中最下座應掃堂敷具然燈取香火如此事皆名羯磨若界裏不羯磨淨廚處宿食沙門皆不得食當於爾時佛遊於跋利者國展轉遊行到毗離國聞諸比丘聲高佛問阿難此衆僧諍何等事阿難即往看見比丘積聚食甚多來白佛言世尊舊住比丘沙彌及淨人欲辦食與客比丘是以聲高佛即告阿難言汝往語諸比丘從今以往非僧集羯磨淨廚處界內宿食皆不得食復於一時世尊在波羅柰時世飢饉衆僧皆積聚穀米界外安止人皆盜持去諸比丘展轉相語往世尊所佛言儉年聽穀米在界裏乃至藥草亦如是復於一時世儉穀貴人無禮義諸比丘在界外熟食有力者皆摶撮持去諸比丘白佛佛言聽汝等界裏熟食界內食復為沙彌淨人分滅持去復白世尊佛言聽諸比丘手自熟食

爾時世尊在舍衛國又一病比丘常食粥檀越為日日送值一日中城門閉不得來比丘失食佛即為此病比丘界裏白二羯磨結淨廚處聽此淨處煮粥食之時諸比丘生疑謂此比丘食共宿食界裏熟飯食手自作食佛言非宿食非界裏熟食非手自作乃至藥草亦如是

爾時世尊在波羅柰國時世飢荒諸比丘隨路而行見熟果皆落在地不得自取待淨人

頃後有白衣來至即取持去比丘白佛佛言聽汝草覆頭待淨人草覆頭待淨人頃復有白衣來披草見之即取持去復白世尊佛言聽汝手自取之持去至淨人所著地還如法受食之諸比丘白佛齊穀貴已來願世尊聽諸比丘食殘宿食手自作食自得取果佛言齊穀貴已來可爾若比丘中前得食更至餘處得食已足還來以此食施施主時世飢儉施主即食比丘往白佛昨日有殘食與施主望後日得食施主即自食佛言荒年聽無施主得自舉食時有大德衆僧爲國王大臣所重諸檀越請入聚落食食已餘殘將來到寺與餘比丘欲食者若世儉時不作殘食得食至豐時與施主作殘食法然後得食若於後時穀貴人民飢餓諸比丘食後得果欲食者不作殘食法亦得食後豐已不得儉時若比丘得種種草根及藥根可食者無施主得自舉食後豐時不得

云何名受迦絺那衣如法衆僧齊集現前無留難檀越施新如法衣應受如法者非錦衣非上色衣是名如法衣界内衆僧病者營三寶事者與欲然後白二羯磨是名如法云何不名受非法群品界外衆僧是名不受捨迦絺那衣法五月已滿衆僧齊集現前無留難者界内衆僧如法與欲白二羯磨不作餘羯磨是名如法捨有八種捨迦絺那衣一者受衣已後出國是名去後捨二若比丘受功德衣已出寺遊行求索在外聞僧已捨衣竟作是念我當更求餘衣是名盡時捨三受功德衣已出外遊行訖聞寺上已捨衣竟作是念

我今更不求衣是名竟究捨四若比丘受衣已出外求衣得衣已賊即盜衣聞寺上已捨竟是名失時捨五若比丘受衣已出外乞索望得衣乞不得聞寺上已捨迦絺那衣是名希望斷時捨六若比丘受衣已出外求索聞寺上已捨作是念我當更求三衣是名聞時捨七若比丘受衣已出界外行望得即還經多日迴在界外聞寺上已捨衣是名在界外捨八若比丘受衣已出外求衣若得不得即來還寺及僧捨衣是名如法捨除此八種已非法群品皆不名受亦不名捨

分亡比丘物衣鉢坐具針氈綖囊駒執衣毛深三指傘蓋剃刀是名可分衆具尊者迦葉惟説曰分亡比丘物法先將亡者去藏已僧還來到寺現前僧應集集已取亡比丘物著衆僧前遣一人分處可分不可分物各別著一處三衣與看病者餘物現前僧應分若有奴婢應放令去若不放應使作僧祇淨人象駝馬牛驢與寺中常住僧運致此亡比丘若有生息物在外應遣寺日僧祇淨人推覓取之得已入此寺常住僧凡鐵所作應可分物鐵鉤鐵鐲鑷釿斧五尺刀户鉤針筒刀子剪刀鐵杖香爐火爐槃傘蓋蓋桎香筒如是等廣知大銅盂小銅盂鐲螺銅杖如是等名皆如鐵也何故名重衣重有二種一者價重二者能遮寒故名爲重衣者要淨受持不淨不得淨有二種一染已著色名爲淨二者著色已安三點亦名爲淨若衣作已浣染三點諸檀越見知是沙門服非外道衣是故名爲重衣爾時尊者畢陵伽婆蹉眼痛隨路而行兩

脚相跋東行西倒不能進路佛遥見之問諸比丘何以故爾時諸比丘白佛眼痛不見道故爾時佛言聽著華屣尊者畢陵伽婆蹉爲國人所重或用羅網鞶施者或與象馬駱駝車乗及作一小寺施者如此等施佛皆聽受之尊者眼痛故檀越爲作琉璃筋諸比丘白佛言唯願世尊聽畢陵伽婆蹉畜此筋治眼痛佛言此物價重爲病痛故聽畜復有諸檀越持種種銅鐵瓦瓶銅瓮銅鑭如是等重物施佛聽畜之若有人施柔軟極價好衣聽作淨施畜之復次師所有重物弟子不得自取僧與得取弟子不持此物著僧前僧不得自取羯磨分之何以故此物屬四方僧故何故復名重物者前明重物就衣得名今明重物就物得稱不應分者若私有寺及寺中所有田業果樹及象馬駱駝牛驢乃至牀榻瓮瓶養生之具皆亦如是屬四方僧若四方地外起大堂小房此中所有物現前僧不得分亦屬四方僧也此事依揵度中應廣知若糞掃衣在四方墻内者比丘不應取也衣若離上及在城塹中亦不應取若穿墻作孔出死人處墻外衣不應取也佛所以制者時世大疫死者無數不能得遠著塚間穿墻外安之王家有制不聽墻外安屍禁防者即告令言誰持此死人衣去當使負死人著塚間諸人答曰昨來沙門取之禁防即勑沙門負死人著塚間棄之佛以是因緣制比丘不聽取也塚間死屍未壞者此屍上衣不應取也死屍上起塔塔上所懸衣不應取如是等糞掃衣皆不應取有一比丘獨別處住得病命終此比

丘所有衣鉢資生之具應屬現前僧又一看病比丘不知法持此衣物往詣世尊佛即教言汝持此衣物詣僧從僧乞從上座一一應問得幾許分當施我一一乞已衆僧當為作白二羯磨施之所以佛聽乞者此人有看病之功是故佛聽乞耳復有所不應分物何者存在時所有經律應分處與能讀誦者若不及分處現前僧應與能讀誦者此物不應分賣也若比丘獨在聚落中白衣舍命終後有比丘比丘尼式叉摩那沙彌沙彌尼隨何者先來檀越應用此物與之若無來者隨何寺近應施近寺衆僧何者名養生之具人所須是何者非養生之具非人所用名非養生乃至畜生所須名為養生非畜生所須名非養生若比丘取他養生物要語他他與得取不與不得取畜生養生具除解語者一不得取解語者當問與得取不與不得取比丘正應所畜物鉢三衣坐具針氈針綖囊及瓶瓫是所不畜者女人金銀一切寶物一切鬪戰之具酒盛酒器如此等物不應受畜難陀比丘婬欲熾盛有女為其作禮即失不淨女人頭上難陀及女二皆慚愧即往白佛佛教作囊盛之佛聽畜刀子一用割皮二用剪甲三用破瘡四用截衣五用割衣上毛縷六用淨果乃至食時種種須故是以聽畜剃髮法但除頭上毛及鬚餘處毛一切不聽却也所以剃髮者為除憍慢自恃心故若髮長不得用剪刀剪應用剃刀除之佛所制剪刀者六群比丘用剪刀剃髮諸比丘白佛佛因六群制不得用剪若比丘頭上有瘡用剪刀遶瘡剪之

塗藥比丘不聽作利木刀刮汗却毛也若斷一毛一突吉羅除頭上毛若斷一一偷蘭遮是名剪髮法又復剃髮者如羅睺羅童子佛爾時從尼拘陀樹下來向迦維羅衛城乞食時瞿夷共羅睺羅在高樓上見佛來入城瞿夷指佛語羅睺羅言此是汝父羅睺羅即下樓詣佛作禮佛手摩羅睺羅頭已爲極樂佛問羅睺汝樂出家不羅睺答言樂欲出家即將羅睺至尼拘陀精舍告舍利弗與羅睺作和尚舍利弗白云何教出家佛告舍利弗先與剃髮著袈裟教胡跪合掌然後授三歸五戒沙彌十戒此是初剃髮著袈裟受三歸五戒十戒之始爾時白淨王聞羅睺羅出家即來到佛所禮佛足退坐一面低頭泣淚白佛世尊兄弟已共出家望羅睺羅繼後使宗廟不絶云何度羅睺羅出家佛即爲父王說出家種種功德大利因此爲後出家者作制若欲出家先白父母父母不聽不得出家是名度沙彌法出家求父母如法之初始也佛在俱睒彌國師子意欲出家不白父母輙來到寺求欲出家僧即爲剃髮度出家父母後時不知子所在徧聚落求覓都不知處復詣寺問諸沙門皆言不見入寺中房房求之忽見其子已剃髮出家父母即嫌說言沙門釋子云何妄語實度人子皆言不見諸比丘即白世尊佛言從今已去若出家者白父母父母聽許欲度沙彌者要白僧剃髮受三歸五戒乃至沙彌戒若僧不聽不得度沙彌出家度沙彌因緣毗尼中廣說諸比丘初出家後時髮生已長往白世尊佛言聽數數剃之此是

初數數剃髮因緣

爾時佛在王舍城佛髮已長諸比丘中恭敬心故無剃髮者有優波離童子共父母來到佛所見佛已即生此念欲爲如來剃髮生此念已長跪叉手白世尊言今欲爲佛剃髮願大慈聽許佛即令其剃髮父母在邊白世尊言剃髮善不佛言剃髮甚善但身近來逼童子小却身舉頭父母復問言剃髮善不佛言善但舉頭太高小復下頭父母復問佛剃髮善不佛言善但出息太麤此童子即不出息入第四禪佛告阿難此童子入第四禪汝可取其手中剃刀阿難即取此童子所以敢剃如來髮者有三因緣一者愚癡故剃二者如來神力欲令得第四禪故剃三者欲令後代衆生知剃髮有大功德故剃佛當欲剃髮時告語諸人此髮不可故衣故器盛之當用新物當剃髮時瞿波王子來到佛所從世尊乞髮持還國供養佛即許之王子即復諮啓世尊此髮應以何等器盛之供養佛言應用七寶作器盛之供養即如佛教造七寶瓶而用盛之復問世尊若去時象馬車乘人肩頭上於爾許處應乘何處去佛言皆得但去時應作種種妓樂將去王子如佛教去路上聞有別國賊來即路中作一大塔供養佛髮此塔名爲佛髮塔也尊者迦葉惟說曰夫剃髮法上座應先剃復有一說髮長者應先剃復有一義先洗頭者應先剃復有一義有事因緣欲行者應先剃是名如法剃髮

復次比丘法不應故殺衆生食食有三處一見二聞三疑如此等三處不應食也若有檀

越欲祀天時作意其有來者皆應與食無分別心所殺衆生俟一切來者比丘若得如此處肉不應食也

又於一時佛在毗舍離穀貴世荒乞食難得比丘中有神力者乘其通力至外道國乞食諸外道人見比丘來乞嫌其不淨以食著地捨之而去諸比丘白佛食難得故乘神通力至外道國乞食外道見之汙賤以食著地捨之而去此當云何佛言雖手不受將來著前已是與竟汝等但受之此即是受食是名故作受用不與毗尼合者法名非法非法名法乃至說名非說非說名說是名不與毗尼合又復不合者比丘語諸比丘言我不能學此法何用微細事爲大德我亦知此法入毗尼入修妬路如是廣應知是名不合毗尼合毗尼者如佛所說此應作此不應作此犯此非犯如是不違佛所說是名合毗尼義云何名爲人養生具衆僧淨人是非人養生具象駝馬驢牛能與僧遠致者名爲非人養生具云何名爲食果爾時王舍城有大長者此長者大有果樹長者遣人持果供養衆僧語使人言汝到寺當覔跋難陀釋子示果行與衆僧當於爾時跋難陀出外食比來頃日時過中諸比丘竟不得果食

爾時世尊遊蜜蜂林中有一比丘病須服呵梨勒諸比丘白佛佛即聽服三果呵梨勒毗醯勒阿摩勒隨病因緣若不差盡形服之又於一時毗舍佉鹿母外大得果來此果甜美不敢自食即請佛及僧設食兼欲與果供養佛及僧佛衆僧食已起去毗舍佉鹿母事多

忽務忘不行果去後乃憶内自思惟本所以請佛及僧者縁有此果欲用供養云何忘去即遣人擔果詣佛及僧僧心中生疑不敢輙受即便白佛佛言當作殘食法食之無咎僧淨地中忽生果樹此樹長大有枝曲向不淨地中佛語諸比丘遣淨人繩繫牽向淨地後諸比丘心疑此果本在不淨處今牽在淨處爲得食不佛言若果落不淨地者不得食不落者得食復有果生不淨地中但枝及挽皆向淨地若落淨地者得食不落者不得食又於一時諸比丘大得種種果但人少果多食不可盡殘者不知何處用白佛佛言聽捺破取汁至初夜得飲若不至初夜汁味有異成苦酒者不得飲也何以故此酒兩已成故有比丘不淨果而食外道譏嫌言諸比丘無慈心此果有命云何食生命也爲世嫌故佛即制諸比丘果要淨而食不淨不得食淨有五種一火淨二刀淨三鳥淨四果上自有壞處淨五却子淨復有七種淨一却皮淨二破淨三爛淨四萎淨五刨刮淨六水所漂淨七塵土坌淨此是淨法

爾時世尊在波槃國拘尸那竭城娑羅雙樹間入涅槃諸離車力士五百人等來到佛所以種種香湯沐浴佛身先用刼貝纏如來身復用五百張細軟白氎纏之以酥油油香著鐵棺中然後安如來身復取種種香木聚積成積復擣種種末香著於積上有一力士捉炬火欲然之諸天即滅不令得然阿那律語諸力士汝等不須疲苦諸天不欲令然力士即問阿那律言諸天何故不欲令然阿那律

言諸天欲令摩訶迦葉見如來身當於爾時天雨曼陀羅華供養如來時有一阿跋外道從如來邊得一曼陀羅華持此華向波婆國至波婆國道中見摩訶迦葉與五百徒衆隨道而行迦葉問言從何處來答言從拘尸那竭城來復問言見吾大師如來不答言汝師入涅槃已經七日諸天雨華供養如來此華是也摩訶迦葉悲惱不樂諸弟子等皆宛轉於地如失水魚頭著塵土各各而言我等從今去失蔭覆如是種種說辭非一跋難陀釋子諫諸比丘不須愁惱世尊在時禁制非一今入涅槃我等自由欲作不作各任其性何須惱也摩訶迦葉聞此之言倍生悲惱而復說言如來者是論中師子所說法輪無能壞者復能降伏一切外道於一切法悉得自在法王法主如來應供正徧知雖入涅槃其日未久云何惡人於大衆中無慚愧心發如此言摩訶迦葉作此惋歎已與五百比丘向如來所到已語阿難言我今欲見如來之身阿難答言如來身者諸力士等用劫貝及與白氎纏如來身安置棺中種種香木積聚成積云何可見作是言已如來神力故雙足出現迦葉看如來足見有垢著問阿難言如來足上何故得爾阿難言有諸女人如來臨涅槃時悲感戀慕以頂禮如來足是故垢著佛現足令迦葉見已即還不現迦葉繞如來七帀說偈讚歎火即自然焚已供養如來竟迦葉於王舍城耆闍崛山竹林精舍集五百大阿羅漢語言我在波婆國道中聞如來已入涅槃諸五百比丘皆心感懊惱跋難陀釋子忽

作是言如來在世法律切急如來滅後各任其性何須懊惱諸外道等若聞此語當作是言諸釋子世尊奉教修行如來滅後皆已廢捨我等應當聚集結集經藏使法不絕諸羅漢答言我等集於經藏須於阿難迦葉答言阿難結漏未盡云何得在此衆諸羅漢言所廢忘處應當問之迦葉言若爾者當作求聽羯磨使入僧中五百僧坐已取五百部經集爲三藏諸經中有說比丘戒律處集爲比丘經諸經中有說戒律與尼戒相應者集爲尼經諸經中乃至與迦絺那相應者集爲迦絺那揵度諸揵度母經增一比丘經比丘尼經總爲毗尼藏諸經中所說與長阿含相應者總爲長阿含諸經中所說與中阿含相應者集爲中阿含一二三四乃至十一數增者集爲增一阿含與比丘相應與比丘尼相應與帝釋相應與諸天相應與梵王相應如是諸經總爲雜阿含若法句若說義若波羅延如來所說從修妬路乃至優波提舍如是諸經典雜藏相應者總爲雜藏如是五種名爲修妬路藏有問分別無問分別相攝相應處所生五種名爲阿毗曇藏此十五種經集爲三藏

阿難偏袒右肩胡跪合掌白摩訶迦葉言親從如來邊聞如是說吾滅度後應集衆僧捨微細戒迦葉還問阿難汝親從如來聞如是語微細戒者何者是阿難答言當爾之時爲憂苦惱所逼迷塞遂不及問迦葉即訶阿難汝所語非時先何不問世尊今乃言不問爾時迦葉問諸比丘我等宜共思惟此義何等

是微細戒有一比丘說言除四事餘者名微細戒一一說乃至除九十事餘名微細戒迦葉說言汝等所說皆未與微細戒合隨佛所說當奉行之佛不說者此莫說也若捨微細戒者諸外道輩當生謗言如來滅後微細戒諸比丘皆已捨竟瞿曇沙門法如火烟炎忽生已滅若捨微細戒者但持四重餘者皆捨若持四重何名沙門以是義故尊者迦葉責阿難七事因阿難爲女人求出家中彼有十事責阿難一者若女人不出家者諸檀越等常應各各器盛食在道側胡跪授與沙門二者若女人不出家者諸檀越等常應與衣服卧具逆於道中求沙門受用三者若女人不出家者諸檀越等常應乘象馬車乘在於道側以五體投地求沙門蹈而過四者若女人不出家者諸檀越輩常應在於路中以髮布地求沙門蹈而過五者若女人不出家者諸檀越輩常應恭敬心請諸沙門到舍供養六者若女人不出家者諸檀越輩見諸沙門常應恭敬心淨掃其地脫體上衣布地令沙門坐七者若女人不出家者諸檀越輩常應脫體上衣拂比丘足上塵八者若女人不出家者諸檀越輩常應舒髮拂比丘足上塵九者若女人不出家者沙門威德過於日月況諸外道豈能正視於沙門乎十者若女人不出家者佛之正法應住千年今減五百年一百年中得堅固解脫一百年中得堅固定一百年中得堅固持戒一百年中得堅固多聞一百年中得堅固布施初百歲中有解脫堅固法

安住於此中　悉能達解義　第二百歲中
復有堅固定　第三百歲中　持戒亦不毀
第四百歲中　有能多聞者　第五百歲中
復有能布施　從是如來法　念念中漸滅
如車輪轉已　隨轉時有盡　正法所以隱
阿難之僣咎　爲女人出家　勸請調御師
正法應住世　滿足於千年　五百已損減
餘者悉如本　是故五百歲　五法與於世
解脱定持戒　多聞及布施

毗尼母論卷第三

音釋

摶撮　摶伯各切持也撮麤括切謂暫卒取之也　鑹　音螺鎈鑹小釜也　釿　音斤斫木器也　桎　職日切　筩　徒東切斷竹也　瓫　蒲奔切盎也　鐦　音開　榻　託盍切牀陜而長者　刨刮　刨薄茅切刮古猾切刨刮削也　積　子智切聚也　擣　覩老切築也　惋　烏貫切驚歎也